EL SEXTO SOL

Libro primero:

La pirámide de Etznab

J.L. MURRA

© D.R. José Luis Murra, 2009

© D.R. de esta edición:
Santillana Ediciones Generales, SA de CV
Av. Río Mixcoac 274, Col. Acacias
CP 03240, teléfono 54 20 75 30
www.sumadeletras.com.mx

Diseño de cubierta: Víctor Ortiz Pelayo
Diseño de interiores: Joel Dehesa Guraieb
Captura: Verónica Báez Aparicio
Lectura de pruebas: Gerardo Hernández Clark
Corrección: Dania Mejía Sandoval
Cuidado de la edición: Jorge Solís Arenazas

Primera edición: agosto 2009
Segunda reimpresión: octubre de 2011

ISBN: 978-607-11-0267-6

Impreso en México

Para Carlos Michel y Olivia.

Nota preliminar

Los lectores interesados en profundizar en varios de los conceptos y datos relativos al mundo científico, a la cultura maya, al chamanismo y a los sueños lúcidos o viajes astrales pueden visitar el sitio web www.elsextosol.com.mx, en el que encontrarán artículos aclaratorios y varios links en torno a estos temas, que aquí se señalan con letras *cursivas*.

La habilidad de soñar ha sido considerada por los científicos como una de las capacidades de nuestra mente para crear fantasías, existentes sólo dentro de nuestra imaginación, sin ninguna influencia en el mundo cotidiano.

Sin embargo, existen declaraciones de personas que aseguran haber experimentado sueños premonitorios que escapan de los límites del tiempo lineal, y los cuales les han permitido presenciar sucesos que ocurrieron en tiempos muy antiguos, lugares muy remotos o algo más extraño aún: hechos futuros.

Estas personas aseguran haber tenido estas experiencias con la misma intensidad con la que viven el mundo de todos los días. Pretender convencerlos de que se trata de sueños ordinarios y no de actos verdaderos es por demás inútil, ya que únicamente el individuo que tiene este tipo de vivencias puede constatar la diferencia entre éstas y los sueños comunes y corrientes.

En la antigüedad, cuando una persona tenía este tipo de sueños premonitorios los consideraba como algo divino y mágico. Ejemplos de esto son las visiones que originaron el *Apocalipsis* de Juan o las profecías de Michel de Nostradramus, cuyos textos describen estados de sueño consciente.

Si consideramos el inmenso potencial de nuestra mente, aun no del todo conocido, podemos aceptar la posibilidad de que nuestra conciencia realice un "viaje temporal". Es decir, un viaje a través del espacio y el tiempo para presenciar el pasado o el futuro. Pero si esto es así, entonces, ¿cómo diferenciaríamos un viaje temporal de un sueño común?

Una característica inquietante de un viaje temporal es que los sucesos o lugares se presentan de modo congruente con la realidad. En cambio, en un sueño común y corriente la realidad es distorsionada en lugar y forma. Dicho de otro modo, en un sueño normal las cosas no tienen sentido, mientras que en un viaje temporal todo guarda relación y lógica. Otra gran diferencia es que, cuando se experimenta un viaje temporal, el recuerdo permanece grabado en la memoria de una manera muy distinta a la de los sueños comunes, que por lo general se olvidan en cuestión de horas.

Esta increíble capacidad de nuestra mente ha sido relacionada con las reencarnaciones humanas en diferentes épocas, ya que en gran parte de estos viajes las personas adquieren la personalidad de la gente de otros tiempos históricos. Esta creencia en las reencarnaciones era común en las más avanzadas culturas de la antigüedad, como los egipcios y los mayas.

No solamente en nuestra sociedad actual se presentan estos fenómenos. A través de varias décadas de estudios étnicos e investigaciones realizadas por diferentes antropólogos y científicos en todo el mundo, se ha logrado constatar que las culturas indígenas consideran los sueños como un medio de contacto con una realidad superior que existe independientemente de la nuestra. Por ejemplo, los aborígenes australianos aseguran que nuestra mente o espíritu posee la capacidad y la libertad de viajar a través de diferentes dimensiones o mundos que guardan una estrecha relación con el nuestro. Asimismo, su mitología describe que en el principio de los tiempos, antes de la creación de nuestro mundo, todo la realidad existente se desarrollaba en otro plano al que ellos llaman el *mundo de los sueños*. Su firme creencia es que, al morir, sus almas son transportadas a este mundo para continuar su existencia.

Aunque parezcan extrañas, tales creencias se asemejan a las de la mayoría de las religiones actuales. Los budistas aseguran que nuestra mente o espíritu no se extingue al morir nuestro cuerpo físico, sino que continúa su viaje en un infinito de posibilidades de existencia para reencarnar de nuevo en nuestro mundo o en cualquier otro lugar dentro o fuera de nuestro universo físico.

Dentro de las sociedades indígenas y aborígenes, los encargados de tratar asuntos relacionados con el espíritu o a la realidad no física son llamados *chamanes*. Estos individuos gozan de una gran reputación dentro de sus comunidades, pues son considerados sabios y poseedores de poderes sobrenaturales. Las leyendas dicen que algunos chamanes son capaces de desarrollar poderes que incluyen la capacidad de aparecer y desaparecer a voluntad, así como la de controlar los elementos como el agua o el fuego. A ellos también se les atribuye la capacidad de viajar conscientemente a otras dimensiones, con muy variados propósitos, el más importante de ellos, quizá, es el de curar a las personas que sufren de algún mal o alguna enfermedad. En varias entrevistas, los chamanes han revelado que ellos poseen la capacidad de soñar conscientes, o sea, que mientras sueñan están conscientes de que lo que experimentan es un sueño y que su cuerpo físico se encuentra durmiendo en ese momento. A este tipo de experiencias se les denomina *sueños lúcidos* o *viajes astrales*.

De acuerdo con los chamanes, gran parte de su conocimiento es obtenida en estos viajes. Esto ha pasado totalmente desapercibido en nuestra sociedad, debido a la poca o nula importancia que los occidentales brindamos a nuestros sueños. Desafortunadamente, el abismo que se abre entre el mundo de ellos y el nuestro es tan grande que parece infranqueable. Nuestra sociedad siempre ha mostrado un profundo miedo y completo desacuerdo con las prácticas de sus facultades, tradiciones y creencias. En el caso de los indios huichol de México, por dar un ejemplo claro, se encuentra el uso ritual de diferentes plantas psicotrópicas, consideradas como plantas de poder o plantas sagradas, las cuales son ingeridas por los chamanes y otros miembros de la tribu con el propósito de potenciar las capacidades de la mente y así desentrañar los misterios del mundo que nos rodea. Los chamanes, que son los guardianes de la salud y seguridad de la tribu, se someten al trance a través del uso de estos alucinógenos para viajar a otros planos de existencia y obtener información sobre cómo resolver algún problema específico que afecte a un individuo o a la comunidad.

Según ellos, estos planos de existencia superiores proporcionan el conocimiento necesario para el desarrollo de otras capacidades, como la de observar la naturaleza energética más profunda de las cosas. Ellos aseguran que el ser humano, al igual que todo lo que existe en el universo, no es una unidad sólida sino un conglomerado de campos de energía que cuando se unen dan forma a un objeto o ser vivo particular y provocan la percepción de un mundo estable.

Estos campos de energía se encuentran ordenados de tal forma que su frecuencia vibratoria determina el plano de realidad en que habrán de ubicarse. De acuerdo con esta visión, el universo está dividido en planos dimensionales a los que se puede acceder por medio de los sueños. En otras palabras, que todo lo que percibimos como realidad está compuesto de energía en su totalidad y puede ser percibido como un mundo estable si logramos que nuestra conciencia se enlace a su ritmo vibratorio.

Estas ideas respecto a la naturaleza del universo, por extrañas que nos resulten, concuerdan perfectamente con los más recientes descubrimientos de los más avanzados estudios por los físicos teóricos, en un campo de la ciencia denominado *física cuántica*, la rama de la física que estudia los movimientos y propiedades de las partículas elementales que forman el universo o lo que consideramos realidad. Según su concepción, el universo no está compuesto por átomos y moléculas, como se creía hasta el principio del siglo XX, sino por una infinita cantidad de energía vibrante atrapada en el vacío y que es denominada *campo de súper cuerdas* o *campo unificado*. Este campo de infinita energía vibrante que parece surgir de la vacuidad del espacio es el responsable de crear todo lo que existe en el universo físico y, teóricamente también, de todo lo que existe en los universos más allá del nuestro.

Aunque resulta imposible describir en términos claros la naturaleza y el comportamiento del campo unificado, podemos entenderlo como un inmenso océano omnipresente de energía súper ordenada y súper consciente, que crea y establece las leyes y comportamientos de la realidad. Es como un gigantesco ordenador que define la forma de todo lo creado y, al mismo tiempo, establece un estrecho vínculo energético o interconexión entre todo lo que existe. A esta extraña propiedad la física cuántica le ha llamado *entrelazamiento* y es considerada la propiedad primaria del campo unificado. El entrelazamiento del universo quiere decir que, a nivel subatómico, todo lo que existe está estrechamente unido por un vínculo energético.

Todo parece indicar que los chamanes son capaces de percibir la naturaleza íntima o energética de todas las cosas, al volverse conscientes de la conexión o el entrelazamiento que existe entre este campo y la compleja mente humana.

Sin embargo, las leyes que gobiernan el comportamiento de este campo son totalmente diferentes y contradictorias a las leyes que gobiernan nuestra realidad de todos los días. Por ejemplo, podemos citar que, de acuerdo con las leyes del campo unificado, es posible viajar a través del tiempo en cualquier dirección posible, pues su naturaleza es tal que no existen mecanismos de restricción que impidan el acceso tanto al pasado como al futuro de un suceso determinado.

En la realidad que gobierna al campo unificado, una misma cosa puede existir al mismo tiempo en dos o más lugares y las dimensiones del espacio se pueden compenetrar de tal forma que dos o más objetos pueden ocupar un mismo lugar. A esto se le conoce como *superposición*. Existen experimentos que sugieren que en este campo de infinita energía súper concentrada haría falta solamente un centímetro cúbico para proporcionar la energía suficiente y crear miles de galaxias con millones de estrellas como nuestro Sol. Estas extrañas propiedades y la inmensa cantidad de energía que este campo posee son prácticamente inconcebibles para la mente humana.

De acuerdo con los científicos, estos nuevos descubrimientos sobre la verdadera y misteriosa naturaleza del universo y el campo unificado darán nacimiento a una nueva ciencia. Ésta no estará fundamentada en la creación de tecnología para explorar el universo, sino que utilizará el potencial de nuestra mente, percepción y conciencia como base para resolver los más inextricables secretos sobre nuestra existencia: los secretos de la vida, la muerte y nuestro origen como seres conscientes. Será una nueva ciencia que hará posible lo imposible y explicable lo inexplicable. Una ciencia que dará nacimiento a una nueva clase de seres humanos súper conscientes y poderosos. Según estas últimas predicciones, el potencial de nuestra mente será incrementado como nunca antes en nuestra historia, dando lugar al surgimiento de una nueva raza de seres humanos capaces de manipular el campo unificado, creando y modificando la realidad a voluntad propia.

No obstante, esta predicción sobre el surgimiento de esta nueva humanidad no es del todo correcta. Estoy convencido de que no se trata del nacimiento de una nueva humanidad, sino del resurgimiento de una raza que había sido destinada a vencer todos los obstáculos y restricciones del universo físico en su camino hacia la máxima evolución. Se trata del resurgimiento de una estirpe de súper humanos. Una estirpe que existió en nuestro planeta hace miles de años y cuyas huellas se encuentran dispersas alrededor del mundo, escondidas a los ojos del ser humano común.

Muchos mitos y leyendas han arrojado luz sobre la existencia de esta civilización pero la verdad permanece oculta aún. Esta estirpe de súper humanos no sucumbió a la catástrofe que destruyó su civilización, sino que encontró la forma de seguir existiendo frente a las situaciones más extremas e inconcebibles jamás experimentadas por una cultura. Esta estirpe, dicen las leyendas, era la estirpe de los Atlantes.

J.L. MURRA
Verano 2009

Capítulo 1

Una fresca mañana de diciembre, en la espesa selva de la península de Yucatán, Kiara despertó sobresaltada. Había tenido un sueño muy vívido y extraño. Se encontraba sola en una inmensa planicie desprovista de animales y vegetación, contemplando el cielo que, de pronto, comenzaba a cambiar de colores, al mismo tiempo que la tierra empezaba a temblar. Asustada, corría desesperada sin llegar a ningún lado. Cuando despertó, su corazón aún estaba acelerado por la impresión.

Se fue incorporando de su catre con lentitud y sintió la tela del mosquitero que la protegía. Se apresuró a retirarla, tomó unos shorts y una playera de algodón que siempre dejaba sobre un pequeño ropero. Se vistió rápidamente y fue hacia la salida del viejo y desvencijado remolque del campamento en que su padre la había instalado.

Al salir sintió la cálida brisa, muy común en esas zonas costeras. El día era espléndido, el viento soplaba con una fuerza considerable. Había pasado más de una semana desde que había llegado al campamento y aún no había visitado la playa. El Caribe era famoso por su incomparable color turquesa y sus playas de arena blanquecina. "El día de hoy —se dijo a sí misma— iré a nadar en el mar, nada ni nadie me lo va a impedir."

Fue a la carpa principal para hablar con su padre, el principal encargado del proyecto arqueológico que los tenía en ese lugar. Pero no lo encontró ahí y pensó que seguramente estaría en algún sitio de la excavación. Estaba a punto de irse cuando vio a alguien conocido. Se trataba de un joven arqueólogo mexicano que había conocido antes. Su nombre era José García, era muy simpático y a Kiara le había agradado desde que llegó.

—Buenos días —dijo Kiara aproximándose.

—Buenos días, Kiara —respondió José con una gran sonrisa—. Parece que no te sienta muy bien dormir en el catre, te ves un poco cansada.

Kiara pensó un momento y se dio cuenta de que esa mañana había olvidado peinarse por la prisa de encontrar a su padre. Tampoco se había lavado la cara y de seguro se veía fatal.

—No es el catre —respondió Kiara al tiempo que se agarraba el pelo y trataba inutilmente de acomodarlo—. Más bien es el ruido —se refería a los ruidos producidos durante la noche por los animales en la selva.

—Bueno, pues no creo que los animales se vayan a ir a otro lado, así que pronto te acostumbrarás, ya verás.

—José, ¿sabes dónde puedo encontrar a mi padre?

—Claro que sí, el doctor Jensen se fue muy temprano al sitio oeste a recolectar las muestras de cerámica que se obtuvieron ayer. Yo estaba a punto de ir hacia allá. Si quieres puedes caminar conmigo, no está muy lejos.

Ambos salieron de la carpa principal y emprendieron el camino. Para llegar ahí debían caminar una brecha de terracería de más de un kilómetro, pero esto no molestaba en absoluto a Kiara, que adoraba caminar.

La zona arqueológica había sido encontrada hacía más de un año casi por casualidad, cuando un grupo de investigadores estudiaba los felinos de esa región. Al caminar por la espesura de la selva hallaron las ruinas y de inmediato reportaron el hallazgo a las autoridades. Desafortunadamente, el gobierno mexicano no había podido destinar los fondos para su estudio y recuperación, alegando que el país se encontraba en una profunda recesión económica, igual que toda Norteamérica.

El descubrimiento fue ignorado varios meses, hasta que un grupo de arqueólogos mexicanos localizó al doctor Jensen y, con su apoyo, reunió fondos privados y de las Naciones Unidas para el proyecto de restauración. Estas ruinas eran las más recientemente descubiertas y, sin duda alguna, pertenecían a la civilización maya, que encantaba a Kiara con sus misterios. A sus dieciocho años, Kiara ya era una astrónoma de corazón y, siguiendo el ejemplo de los mayas, tenía una increíble fascinación por el estudio de las estrellas y los cuerpos celestes. En su nativa California le encantaba salir de noche para observar durante horas el movimiento de las constelaciones, conocía casi todos sus nombres y posiciones.

Su padre, Robert Jensen, era un experto en la cultura maya y, por lo general, en todas las culturas prehispánicas que se habían asentado en las regiones de México, Guatemala y Honduras. Él gozaba de prestigio internacional por haber descifrado algunos de los códices mayas que marcaban fechas importantes de la historia del imperio, así como aquellos que demostraban su conocimiento de las matemáticas.

Kiara no había vuelto a México desde hacía más de seis años. En su pasada estancia había sufrido una tragedia. Su madre fue secuestrada y probablemente ejecutada por un grupo subversivo de pobladores que se oponía a que científicos extranjeros excavaran en las ruinas de sus antepasados. Esto, por supuesto, sólo era el pretexto para encubrir sus verdaderas intenciones: pedir jugosas sumas de dinero por los rescates. A pesar de años de búsqueda e investigaciones, nadie había revelado su paradero ni había exigido jamás dinero por ella. Kiara vivía con la duda de si su madre había sido ejecutada y enterrada en algún lugar de la selva tropical, sentía aún el dolor de no poder verla y abrazarla.

Su padre tampoco se había recuperado de esta gran pérdida. Su carácter había cambiado de forma radical. Ya no era el mismo que la había criado; se había tornado mucho más serio y autoritario. Al inicio abandonó su trabajo para dedicarse de lleno a buscar a su esposa; pero más de un año después, sus recursos económicos y emocionales se agotaron al punto de que la única forma de permanecer cuerdo era volver a ejercer su profesión.

Mientras caminaban, José le platicaba a Kiara cómo habían llegado meses atrás y limpiado el terreno para montar el campamento alrededor de las ruinas. Ella escuchaba con atención cuando divisó al final de la brecha la entrada al sitio oeste de la excavación. A lo lejos pudo reconocer la figura de su padre parado junto a un muro de piedra, examinando una pieza de cerámica. Se dirigió hacia él.

—Buenos días, papá.

—Buenos días. ¿Qué haces aquí? —respondió su padre al tiempo que saludaba a José.

—Vengo a avisarte que he decidido ir a la playa a nadar.

—¿Vienes a avisarme o a solicitar mi permiso? —preguntó su padre sorprendido, con un gesto de molestia.

—Vengo a pedir tu permiso, pero en verdad quiero ir —dijo ella con un tono de voz más dócil—. Llevo aquí más de una semana y ya estoy muy aburrida. Quiero ver el mar, sé que es hermoso en esta región.

—Ya veo. No me parece muy buena idea, hay mucho viento y eso puede ser peligroso, no puedes ir allá sola y yo no tengo tiempo para acompañarte. Mejor espera hasta pasado mañana y podemos ir juntos, yo también tengo ganas de nadar en el mar.

—Pero papá —contestó Kiara con un gesto de desagrado—. ¿Por qué hasta pasado mañana? Ya te dije que estoy aburrida. Pídele a la doctora Sánchez que me acompañe o a alguien más, pero déjame ir.

—¡Imposible! —repuso su padre—. La doctora Sánchez dirige la excavación en el sitio principal. No tiene tiempo que perder. Como sabes, nuestros fondos son escasos y el proyecto debe completarse lo antes posible.

En ese momento, José, que había estado escuchando la conversación, intervino.

—Doctor Jensen, si me permite, puedo llevar a Kiara a la playa. No está muy lejos de aquí, son como diez kilómetros aproximadamente. Podemos usar el jeep y estaríamos de vuelta en un par de horas.

El doctor Jensen se volvió para observar al joven arqueólogo y le dijo con voz tajante:

—Muchas gracias, José, pero no será necesario. Kiara esperará hasta pasado mañana e iremos todos juntos.

—¡Pero papá! —a Kiara se le formaba un nudo en la garganta. La relación con su padre no era nada fácil y las cosas no mejoraban con el tiempo—. O sea que no tengo derecho a pasear ni a divertirme, solamente a vivir de acuerdo con tu estado de ánimo, ¿no? ¿Por qué eres tan injusto conmigo? —sus ojos se empezaron a llenar de lágrimas y su padre se sintió incómodo con la conversación.

—Tranquilízate, Kiara. No estás en Cancún o en alguna otra playa turística; ésta es la selva y aquí hay muchos peligros.

—¡José conoce el lugar mejor que nadie y solamente vamos a salir un par de horas!

Kiara se volvió para encarar a José pidiendo su apoyo. Pero él se quedó callado y la situación se ponía más tensa. El doctor Jensen tomó la palabra. Odiaba ser condescendiente con ella, pero estaba ocupado y lo que menos quería era tener que soportar los llantos de una adolescente frustrada.

—De acuerdo, Kiara, tú ganas. Pero van a llevar con ustedes el teléfono satelital y estarán de vuelta a la hora de la comida. José, te hago responsable de estar aquí a esa hora.

—No se preocupe, doctor. Estaremos de vuelta a tiempo, tiene mi palabra.

Kiara sonrió y le dio un fuerte abrazo a su padre.

—Vamos, José, no hay tiempo que perder —cuando Kiara se disponía a marcharse, su padre la detuvo con un gesto. José lo observó y supo que necesitaban unos momentos a solas, así que se adelantó a preparar el jeep y el teléfono satelital.

—Kiara, comprende que no me es fácil trabajar y estar atendiendo tus deseos al mismo tiempo. Ten cuidado, recuerda que estás en la selva. No te alejes del jeep y ten el teléfono a la mano. Cuando regreses, vamos a tener una larga conversación. Y tal vez vayamos a pasar juntos un tiempo a Cozumel la próxima semana, ¿te gustaría? Podemos bucear, los arrecifes son maravillosos.

Kiara no pudo contener las lágrimas y miró con fijeza a su padre. Dio un paso hacia adelante y lo abrazó afectuosamente.

—Te quiero, papá. Vayamos a pasar un tiempo juntos, solos, sin excavaciones ni ruinas ni arqueólogos —después de un rato, ambos escucharon el sonido del jeep—. Nos vemos al rato.

José ya la esperaba con el teléfono satelital y varias provisiones. Le dijo a Kiara que recogería algunas frutas en el campamento principal mientras ella preparaba sus cosas. Tomaron el camino de terracería y después se internaron en otra brecha a través de la selva tropical mexicana. El paisaje se tornaba más hermoso a medida que recorrían el camino que conducía a la playa. A ambos lados se podían distinguir los altos árboles de chicle y las curiosas ceibas. Por todas partes se escuchaban ruidos de aves e insectos. El cielo se notaba despejado y la temperatura no podía ser más agradable.

Kiara disfrutó el recorrido que duró alrededor de veinte minutos. José aprovechó el momento para platicarle todo lo referente a la flora y la fauna del lugar. Al percatarse del dominio que él tenía del inglés, ella se preguntaba dónde lo había aprendido. Lo escuchaba con curiosidad. Era todo un fanático de los mayas, igual que el resto de gente en el campamento. De eso no había la menor duda.

—Mira, Kiara, ¿qué te parece contemplar esta selva que existe desde hace miles de años, cuando los humanos no contaminaban el ambiente? Podemos considerarnos afortunados de que aún existan lugares donde la mano del hombre no ha llegado a ensuciar y destruir.

Kiara escuchó con atención y no pudo hacer otra cosa que asentir con la cabeza. Reflexionó sobre las palabras de José y se preguntó si esta tendencia cambiaría algún día.

Al llegar, Kiara se quedó boquiabierta. El mar, en esa zona, era la cosa más hermosa que había visto en su vida. Tenía varios colores diferentes a medida que el agua se juntaba con la arena. En la orilla se distinguía un color turquesa claro casi llegando al verde. Luego, a unos treinta metros de distancia, comenzaba a tornarse en turquesa oscuro para luego volverse azul ultramarino, aún más oscuro conforme se alejaba en el horizonte. La arena era tan blanca y fina como el talco, y el paisaje estaba poblado por palmeras, algunos arbustos desconocidos para ella y rocas apiladas a lo largo de toda la playa.

Kiara se quitó las botas y saltó de inmediato fuera del jeep para sentir la cálida arena en las plantas de sus pies. Corrió alegremente hacia el mar y se sumergió en él hasta las rodillas. La temperatura del agua era perfecta. Ni muy fría ni muy caliente. Simplemente perfecta.

Una oleada de emoción recorrió todo su cuerpo al tiempo que sentía el agua moverse contra sus piernas. Definitivamente era grandioso estar viva en ese lugar, en ese maravilloso momento. Volteó la cabeza para observar a José y éste se encontraba bajando unas mochilas del jeep. Observó el paisaje que unía a la selva con el agua del mar y más emociones recorrieron su cuerpo. Este lugar era en verdad mágico. Había algo en esa playa que no podía ver, pero su cuerpo lo percibía con una sensación de bienestar que pocas veces había experimentado. Sus sentimientos de asombro daban paso a un estado de profunda calma mental y regocijo.

José se acercó a ella y le sonrió amablemente.

—¿Qué opinas ahora de nuestro país, Kiara?

—¡Es maravilloso! De veras me faltan las palabras, es increíble estar aquí.

—Ya me imaginaba que iba a causarte esa impresión, por eso me ofrecí a traerte —explicó José—. Este lugar era considerado como un lugar sagrado por nuestros antepasados mayas. Es un sitio de poder. Un lugar donde ellos realizaban sus ceremonias.

—¿Qué tipo de ceremonias, José? ¿Eran ese tipo de ceremonias donde sacrificaban seres humanos?

—No, Kiara. Claro que no. Hubo diferentes épocas en la historia del imperio maya. No todos los tiempos fueron así de terribles, aunque al final parece que sí sucedieron. Fue durante la caída de su civilización que ellos mismos se destruyeron. Todo parece indicar que fueron presas de sus propios miedos, igual que nos sucede en la actualidad, ¿no crees?

—No sé a que te refieres, José —dijo Kiara, con rostro confundido.

—Claro que no lo sabes, cómo podrías. Eres muy joven para entenderlo. Tu vida gira alrededor de las fiestas y la loca diversión en bares y discotecas, como los famosos *springbreakers* que vienen año con año a Cancún.

—No me llames *springbreaker* —refunfuñó Kiara—. No me agrada ese término. No soy igual a los demás estudiantes de mi edad. Tengo otros intereses menos superfluos.

—Ah, qué bien. ¿Y cuáles son esos intereses?

—No lo sé, me gustan las estrellas. Algún día me convertiré en astrónoma y escribiré muchos libros como los de Carl Sagan. Soy admiradora de él, ¿sabías? No soy una americana tonta e ignorante como tú piensas.

—Hey, hey, tranquila, yo nunca dije eso —se defendió José.

—No lo dijiste, pero lo insinuaste. No soy estúpida para no darme cuenta. Quiero que sepas que paso horas enteras en la biblioteca estudiando cartas astronómicas, a diferencia de los otros estudiantes de mi edad.

—A mí también me interesó siempre el estudio de las ciencias —le respondió él—. Aunque no tuve la fortuna, como otros, de poder pagar una carrera universitaria. Todo lo que sé lo aprendí por medio de la experiencia.

—¿Así aprendiste a hablar inglés? —dijo Kiara intrigada por la afirmación de José—. Desde el campamento he notado que lo pronuncias muy bien.

—Gracias Kiara, definitivamente eres más observadora de lo que pensé. Bueno, verás, yo viví en los Estados Unidos varios años. Tengo unos familiares que viven en el este de Los Ángeles. Por eso conozco bien tu idioma y tus costumbres.

—¿En Los Ángeles? Ahí es donde yo vivo. Es una ciudad enorme. ¿Tus familiares todavía se encuentran allá?

—Así es —respondió él mientras volteba hacia el mar y enfrentaba el horizonte—. Pero hace mucho tiempo que no he podido visitarlos.

José hizo una pausa seguida de un largo silencio, parecía recordar algo. Se había quedado observando el mar. Kiara se dio cuenta de que algo en la conversación lo había inquietado y decidió cambiar de tema.

—¿Qué me estabas contando acerca de los mayas que habitaban esta zona? —preguntó ella—. Me interesa mucho saber sobre las culturas del pasado.

—Ah, los antiguos mayas, sí. Ellos realizaban otro tipo de ceremonias. Adoraban al Sol y a la madre Tierra. Se sentían profundamente agradecidos por todas las bendiciones que la naturaleza nos brinda. Y cómo no estarlo, Kiara, es todo un privilegio estar vivo y experimentar toda la vida natural que compone este tipo de lugares. ¿No crees?

—Estoy completamente de acuerdo —asintió, aunque en realidad no entendía la enorme admiración que los mayas sentían por la naturaleza ni el estrecho vínculo que ellos guardaban con su entorno inmediato.

—Durante sus rituales —prosiguió José—, los brujos antiguos, que eran sus gobernantes, invocaban los poderes del Cielo y de la Tierra para lograr que sus cosechas fueran prósperas y que su pueblo y sus animales estuvieran bien alimentados. Ellos podían provocar lluvias a voluntad y evitar las sequías. Eran poseedores de un gran poder.

Kiara miró a José con ojos de escepticismo.

—¿De veras crees que ellos eran capaces de hacer tal cosa? Me suena a ficción, ¿no crees? A historietas de acción. Ya sabes a qué me refiero. Cómics o algo parecido.

—El mundo es más misterioso de lo que pensamos, Kiara. Nuestro mayor defecto es pensar que lo sabemos todo. En realidad sabemos muy poco acerca de esta cultura y de cualquier otra, eso lo acepto. Casi todas las cosas que se dicen de los mayas son meras suposiciones. Nadie sabe en realidad qué era lo que sabían o qué hacían aquí. Nadie sabe tampoco de dónde vinieron. Lo que sí sabemos es que eran excepcionalmente inteligentes y muy avanzados en campos de estudio como las matemáticas y la astronomía. Eran capaces de predecir los eclipses y medir periodos que abarcaban decenas de miles de años y aun más. Conocían perfectamente las órbitas de los planetas y calculaban matemáticamente cuándo se iban a alinear. Pero no sabemos ni cómo ni con qué propósito lo hacían. Quizá nunca lo sabremos.

—Bueno, pues estoy segura de que mi padre seguirá dedicando su vida a tratar de averiguarlo, ya verás.

—Yo también pienso dedicar mi vida a estudiar esta cultura. No soportaría quedarme con la duda para siempre.

Kiara miró a José con detenimiento y pudo reconocer en su mirada la resolución para luchar por lo que él creía importante en su vida. Después, José se retiró y le avisó que iba a caminar por la selva en busca de plantas medicinales y algunas frutas que crecían por ahí. Se despidieron y acordaron verse a la una de la tarde para volver al campamento a la hora acordada con su padre.

El viento comenzaba a soplar con más fuerza y Kiara pudo distinguir que se empezaba a formar un manto de nubes en el horizonte. Conforme pasaban los minutos empezaba a disfrutar de su total privacidad en esa remota playa. Cogió su mochila y sacó su traje de baño. No usaría su bronceador como había planeado, pues no se sentía bien de contaminar el agua, y lo guardó de nuevo en la mochila. Se ocultó detrás de una palmera para ponerse el bikini. Su cuerpo era esbelto y hermoso. Su piel era blanca y su pelo castaño claro con unos ligeros toques de rubio. Era una joven muy bonita y muy alta. Sus ojos de color azul competían con la belleza del mar caribeño.

Kiara se zambulló por completo en el agua cristalina y buceó con los ojos abiertos mirando detenidamente el fondo blanquecino del mar. "Ojalá hubiera traído un visor y un snorkel", pensó. El fondo marino era otro espectáculo que el lugar ofrecía. El mar estaba lleno de vida que variaba desde pequeños peces que se acercaban a ella con curiosidad hasta cangrejos y caracoles marinos de todos los tamaños posibles. Además, el lecho marino se encontraba casi alfombrado con pequeñas conchas. Le gustaba coleccionarlas, por lo que estuvo ahí mucho tiempo, buceando y tomando las conchas que más le atraían. El sol seguía irradiando luz en todo su esplendor y ella empezaba a sentir cómo los intensos rayos bronceaban sus hombros.

De pronto, al volver a la superficie observó algo que la dejó estupefacta: en una de las grandes rocas, situada a unos cien metros de distancia de ella, notó la figura de un anciano o un hombre maduro vestido con un traje indígena blanco con bordados multicolores. La visión duró sólo unos segundos pero pudo distinguir que llevaba en la mano izquierda un cetro o bastón con plumas de colores o algo parecido. El extraño personaje estaba observándola fijamente. Kiara se quitó el agua de la cara y se acomodó el pelo hacia atrás. Cuando reaccionó, el hombre ya no se encontraba más ahí.

¿Cómo era eso posible?, se preguntó Kiara. Le tomó menos de un segundo recogerse el pelo. ¿A dónde se había ido el sujeto? ¿Qué intenciones tenía? Recordó lo que le había sucedido a su madre y sintió miedo. José no se encontraba ahí, estaba completamente sola y no sabía qué hacer.

Se apresuró a salir del agua y fue hacia su mochila. Tomó sus shorts junto con una playera y se vistió. Se disponía a ponerse sus botas cuando de pronto sintió una fuerza extraña en su espalda. Volteó para ver qué sucedía y soltó un grito de terror. El anciano que había visto se encontraba a escasos metros de ella y la miraba fijamente. Su presencia era imponente, Kiara no se podía mover; había quedado paralizada. Era el personaje más extraño que había visto en su vida y parecía que la dominaba con el poder de su mirada.

El anciano dijo algo en un idioma que ella no pudo entender. Kiara trató de articular algunas palabras y, con voz titubeante, preguntó:

—¿Quién es usted? —El anciano no respondió, simplemente se limitaba a escudriñarla con la mirada. Kiara dejó de sentir miedo de un instante a otro, casi por arte de magia. Algo en esa mirada le hacía sentir que el anciano no tenía intenciones de hacerle daño. Dio un paso hacia atrás y se dio cuenta de que podía moverse. ¿O era que él le había permitido hacerlo? El anciano se acercó más a ella, casi tocándola, y no se pudo mover más.

—Ve a casa —dijo él en español—. Lugar sagrado.

El anciano pronunciaba estas palabras al tiempo que hacía un movimiento súbito con el bastón de su mano izquierda. Kiara sintió las plumas pasar cerca de su cara e inmediatamente la escena comenzó a tornarse borrosa. Lo escuchó cantar una tonada que ella no comprendía y el último pensamiento que la invadió fue que la estaba hipnotizando. Trató de resistirse pero fue inútil, el cielo azul se tornó rojo y luego negro. Tuvo la clara sensación de caer en un vacío interminable y después ya no sintió nada. Kiara no se dio cuenta de que acababa de entrar en un profundo trance.

Capítulo 2

Thomas Render entró a su oficina apurado y notó que su escritorio lucía más desordenado que nunca, parecía que no lo hubieran limpiado por semanas enteras. Se disponía a ordenar los archivos cuando alguien tocó a su puerta. Un individuo de escasa estatura y aspecto un poco cómico abrió la puerta y se introdujo en la oficina. Era Daniel Roth, el jefe de la estación de monitoreo de satélites, un elemento clave para Render, encargado de la dirección administrativa del laboratorio Goddard de vuelos espaciales de la NASA, un puesto controlado directamente por la Casa Blanca. Como era responsable de vigilar el correcto manejo de los recursos de investigación, solían informarle de los aspectos más relevantes que se iban presentando.

—Señor director, tengo noticias importantes sobre el clima.

—¿Qué sucede, Daniel?

—Me temo que va a tener que ver esto —contestó Daniel Roth mientras abría un paquete de archivos y los ponía sobre el escritorio de Thomas Render—. El centro de monitoreo meteorológico nos acaba de enviar unas fotografías para que las analicemos. Estas imágenes tienen veinte minutos, es lo más extraño que he visto últimamente. Como puede observar, algo parecido a un huracán está formándose justo enfrente de Quintana Roo, en la península de Yucatán, la zona del mar Caribe.

—¿Por qué dices algo parecido a un huracán?

—Esta tormenta tiene forma de huracán pero surgió de repente frente a las costas de Quintana Roo, lo cual es inusual porque los huracanes se forman en medio de los océanos. Además, este fenómeno posee una fuerza electromagnética que no hemos podido identificar. Lo que sabemos es que no se está generando por acción de los vientos ni de la temperatura. Al principio pensamos que se trataba de una falla en el radar Doppler, pero la capitanía de puerto mexicana confirmó la presencia de extraña nubosidad y fuertes vientos aproximándose a sus costas.

—Bueno, es extraño, muy extraño, pero afortunadamente está lejos de nuestro país —dijo Tom Render—. Continúen monitoreando el fenómeno y alerten a la guardia costera para que mande un mensaje a todos los barcos que naveguen por esa zona; que modifiquen su ruta, no queremos accidentes. Dile al centro meteórológico que vamos a analizar las posibles causas de ese fenómeno.

—Entendido —dijo Daniel—. Pero hay algo más.

—¿De qué se trata? —contestó con impaciencia.

—La sonda espacial SOHO detectó desde hace una media hora alta actividad en la superficie de nuestro sol. Grandes concentraciones de energía electromagnética están formando dos manchas de proporciones gigantescas al norte del ecuador solar. El director Graham ya ha sido avisado y ha ordenado al centro de comando redireccionar el telescopio Hubble para observar el suceso.

—¿Por qué no estaba enterado yo de esto? —preguntó Render sorprendido.

—Sucedió súbitamente. Tratamos de localizarlo pero fue imposible. La concentración de energía fue detectada hace apenas media hora y el clima en el planeta se ha estado comportando erráticamente desde entonces. Quintana Roo es solamente uno de los extraños fenómenos que se han estado generando alrededor del globo. Hay alarmas también sobre otro fenómeno generándose en el Atlántico, cerca de las Islas Bermudas. Los menciono porque son los más cercanos hasta ahora.

—¿Ya calcularon en el centro de comando la magnitud de la llamarada solar que se producirá? —preguntó Tom.

—Están trabajando en eso, los pronósticos no son nada halagadores.

—¿Qué tan malo es, Daniel? ¿Qué magnitud alcanzará?

—La Federal Aviation Administration emitió una alerta a todos los aeropuertos y planea suspender la navegación aérea en cuestión de minutos. El problema son los aviones que están en el aire. Están siendo prevenidos y desviados a los aeropuertos más cercanos. En tierra no sabemos qué tan grave pueda resultar, pero podemos pronosticar apagones en todo el hemisferio norte.

—¡No puede ser! —respondió Tom alarmado—. No así, tan pronto. Deja eso ahí y acompáñame al centro de comando. Tenemos que ver qué está sucediendo. ¿Está enterada la doctora Hayes?

—Sí, señor.

—Otra cosa, Daniel.

—Sí, señor.

—No me llames señor, no somos militares. Llámame simplemente Tom, ¿ok?

—Sí señor, es decir, Tom —respondió Daniel que no dejaba de ver a Tom Render como el político responsable de que la agencia obtuviera los fondos necesarios.

Tom y Daniel se introdujeron en el elevador que los llevaría a la sala principal del centro de comando. Al llegar a la sala sintieron un silencio sepulcral. Parecía como si todos estuvieran esperando el conteo de lanzamiento de un transbordador espacial. Rara vez se veía al personal tan concentrado.

Sarah Hayes, directora en jefe del centro de comando, miró a Tom. Eran viejos amigos. Ambos se habían conocido hacía más de quince años cuando ella llegó a trabajar para la NASA. Era una mujer caucásica de complexión delgada. Tenía unos hermosos ojos verdes que contrastaban con su cabello, dándole una belleza muy especial a su rostro. Vestía generalmente traje sastre con la falda una pulgada arriba de la rodilla. Era astrofísica de profesión y había trabajado prácticamente toda su vida profesional para la NASA. Era la responsable de todas las misiones lanzadas al espacio, además del funcionamiento técnico de los satélites de investigación norteamericanos que orbitan la Tierra. Experta en astrofísica y mecánica cuántica, había escrito varios libros acerca de la compleja naturaleza de nuestro universo. Tom Render la vio al entrar a la sala y se acercó a ella.

—Hola, Tom, me da gusto verte.

—Hola, Sarah. ¿Qué diablos está sucediendo?

Sarah sonrió.

—Tú siempre tan directo, Tom. No lo sabemos, estamos esperando el alineamiento del Hubble para observarlo. Afortunadamente, en la pasada misión del transbordador instalamos un filtro reductor de calor, así que ahora podemos observar directamente el Sol por espacios de cinco minutos.

En ese momento uno de los operadores hizo un anuncio por el micrófono.

—Veinte segundos para alineación total. Tenemos imagen en treinta y cinco segundos y contando.

La sala de comando se puso cada vez más tensa mientras todos esperaban la imagen en la pantalla gigante situada al frente del salón. Tom miró a Sarah una vez más. Generalmente, que el Sol empezara a producir manchas solares era indicio de que su actividad magnética estaba aumentando. Esto significaba que en cualquier momento podía producir una llamarada solar lanzando enormes cantidades de partículas radiactivas de alta energía hacia el espacio. Esta radiación de partículas bombardeaba nuestro planeta y causaba fallas en los satélites de comunicaciones al mismo tiempo que sobrecargaba las redes de transmisión de energía eléctrica.

En ese momento se iluminó la pantalla y comenzó a enfocar una imagen prodigiosa. Era nuestro Sol visto desde la perspectiva del telescopio espacial. La imagen estaba filtrada a través del espectro ultravioleta, pero aun así era totalmente colosal. Una gran esfera de luz y fuego incandescente que se movía como si estuviera viva y tuviera voluntad propia.

En la parte norte del ecuador del Sol se comenzaban a distinguir puntos oscuros que aparecían y desaparecían en intervalos poco regulares. A momentos parecía como si estos puntos se quisieran integrar para formar dos grandes puntos o manchas de proporciones enormes.

—¡Ilumíname Sarah! —dijo Tom sarcásticamente—. ¿Qué sucede?

Sarah Hayes parecía hipnotizada observando la pantalla. Era una imagen única.

—Sí, Tom, estamos presenciando la formación de dos grandes manchas solares. Desde aquí parecen pequeñas pero cada una de esas manchas tiene un diámetro cientos de veces mayor al de la Tierra. En 1989, la última vez que el Sol presentó este tipo de hiperactividad magnética produjo una llamarada tan poderosa que interrumpió toda la electricidad en Canadá y gran parte del norte de los Estados Unidos. Seis millones de personas se quedaron sin energía eléctrica en un abrir y cerrar de ojos. Además, dañó e interrumpió las comunicaciones satelitales por varias horas y dejó muchos inservibles. Nuestros aislantes de radiación han mejorado desde entonces, pero estas manchas que están por formarse parecen más grandes y violentas que las de hace veintitrés años.

—Eso no suena nada bien, Sarah —exclamó Tom sintiendo una descarga de adrenalina en su cuerpo—. ¿Cómo podemos ayudar?

—Hemos tomado todas las medidas precautorias posibles, pero no hay forma de prevenirse completamente. Se aproxima una tormenta solar y al igual que con cualquier otra tormenta, no podemos hacer otra cosa que esperar y resistir los daños. Lo que más nos preocupa son los satélites y los aviones que se encuentran en el aire. Espero que puedan aterrizar de emergencia lo antes posible.

Uno de los operadores interrumpió la conversación y se aproximó a Sarah para entregarle un informe.

—Doctora Hayes, el reporte de los cinturones de Van Allen, ¡se están saturando rápidamente!

—Eso quiere decir que está empezando —Sarah alzó la voz para dirigirse al personal—: Que todos los monitores estén listos y funcionando. Es cuestión de unos minutos para que se produzca la tormenta. Avisen al Pentágono y que el Sistema Nacional de Emergencias emita una alerta de radiación solar extrema en todo el país.

—¿Qué hay del Hubble? —preguntó Tom—. ¿No corremos el peligro de que la radiación dañe nuestro telescopio?

—El telescopio Hubble tiene una protección contra radiación —contestó Sarah—. Un dispositivo electrónico lo apaga automáticamente cuando detecta radiaciones por encima del nivel de operación adecuado.

Todos se quedaron serios contemplando en la pantalla los cambios que se estaban generando en nuestra estrella. Sarah comenzó a revisar los reportes que tenía ahora en sus manos. Las manchas seguían fluctuando cada vez a intervalos más cortos cuando Tom escuchó el sonido de un timbre de un teléfono celular.

—Es el mío —respondió Daniel Roth tomando su teléfono con la mano derecha.

Tom estaba cada vez más nervioso y la adrenalina no dejaba de incrementar. Observaba a varios operadores acercarse a Sarah con diversas fotos y reportes. Ninguno de ellos mostraba una buena cara. Daniel seguía en el teléfono, pero no decía casi nada, se limitaba sólo a escuchar. La sala se llenaba de tensión mientras el grandioso astro seguía brillando en la enorme pantalla. Tom miró alrededor y no pudo aguantar más.

—¡Daniel, dime qué sucede!

Daniel puso el celular en espera.

—Es peor de lo que esperábamos, Tom —respondió—. Se están reportando fenómenos meteorológicos en todo el país. Quintana Roo, en México, está en alerta general, lo que sea que esté sucediendo ahí no tiene precedente alguno. Es un tipo de tormenta altamente magnética acompañada por vientos huracanados y grandes concentraciones de electricidad. Va a barrer con todo lo que toque. Si llega a tocar tierra, no habrá escondite alguno para ocultarse. Se han registrado vientos de más de trescientos kilómetros por hora cercanos al núcleo del fenómeno. Los satélites están grabando todo. Los europeos ya nos llamaron, lo están observando y están sorprendidos. El fenómeno se dirige hacia la costa a una velocidad impresionante. Si encuentra alguna embarcación en el camino, las fuertes olas la hundirán sin remedio. El fenómeno tocará tierra en cuestión de unos minutos.

—¡Diablos! —replicó Tom—. ¡No puede ser! ¿Cuál es la situación en el país?

—Nada buena, California, Texas, Oklahoma y Colorado han reportado vientos de velocidad extrema. Se espera la formación de tornados en cualquier momento. Por ahora miles de viviendas están siendo dañadas por los fuertes vientos. Nueva Inglaterra reporta formación de nubes y vientos acelerados, está comenzando a nevar y las temperaturas descendieron drásticamente. Toda la navegación aérea ha sido suspendida. Más de cuatro mil vuelos han sido cancelados. Todo el país está sufriendo de mal clima. ¡Es una locura!, nunca habíamos visto algo así.

Tom no podía creer lo que escuchaba.

—Daniel, mantengan los satélites en posición. Usen todos los radares Doppler disponibles, necesitamos datos. Alerten a toda la población del mal clima, que nadie salga de sus casas.

En ese momento Sarah regresó a donde se encontraban Tom y Daniel. Daniel reanudó la conversación telefónica dando las indicaciones que había recibido de Tom.

—Tom —dijo Sarah aproximándose a él—, hemos declarado alerta máxima en todo el país, tienes que ver estos archivos. Los reportes atmosféricos muestran que la radiación de rayos gama proveniente del Sol está alcanzando niveles críticos en las capas superiores de la atmósfera. El Pentágono acaba de llamarnos. Dos satélites militares han sido inutilizados. Están exigiendo respuestas. Tienen que apagarlos o la radiación los va a freír.

—Por favor, Sarah, es el Pentágono, no apagarían sus satélites de vigilancia ni por una décima de segundo.

—¡Pues tendrán que hacerlo si no quieren perderlos por completo!

—Tú sabes las implicaciones de hacer ese tipo de recomendación. Nos van a exigir los datos para sustentarla. ¿Cómo les vamos a decir que no sabemos qué está sucediendo? —replicó Tom.

—Tenemos que explicárselos —dijo Sarah—. Nunca antes se habían alcanzado esos niveles críticos, la radiación está a punto de amenazar la vida en este planeta. El polo magnético está fluctuando, las brújulas tienen una desviación de catorce grados. Además, los instrumentos están registrando un tipo de radiación desconocida, con una longitud de onda ultracorta nunca antes registrada.

—¿Cómo que una radiación desconocida?, ¿a qué te refieres? Eso no es posible, seguramente los sensores de los satélites se están sobrecargando. Tú eres la experta. Tú dime qué sucede.

—Las lecturas no provienen de los satélites, Tom —respondió Sarah—. La radiación está alcanzando nuestros instrumentos aquí en tierra, aquí justamente, donde nos encontramos.

—No, no puede ser verdad —exclamó Tom, que conocía perfectamente los riesgos de exposición a la radiactividad—. Esto no puede estar sucediendo.

—Está sucediendo ahora mismo —respondió Sarah—. Al parecer no hay error en las lecturas. Si esto es correcto, deberíamos estar sufriendo trastornos o vamos a comenzar a experimentarlos muy pronto. Toda la radiación que proviene del Sol causa estragos en los tejidos orgánicos. Esperemos que sea una falla en los circuitos.

La atmósfera en la sala se tornaba más y más tensa. La calma que había precedido a la tormenta había desaparecido. Todos los operadores discutían entre sí. Daniel se aproximó a Tom Render.

—Tom, la señal del celular se cortó. Estamos perdiendo las comunicaciones.

Tom miró enseguida la pantalla que aún mostraba al gigante incandescente. De pronto la imagen comenzó a fallar. Toda la atención de la sala se centró en la pantalla. La falla iba en aumento pero aún lograba mostrar el crecimiento de las enormes manchas solares. Se habían tornado inmensas y estaban oscureciendo casi una cuarta parte del Sol.

Uno de los operadores que monitoreaba los instrumentos no pudo contener el grito.

—¡Doctora Hayes, los niveles de radiación gama en la atmósfera están rebasando niveles críticos! ¡Perdemos comunicación con los satélites! ¡El telescopio se apaga!

Lo último que alcanzaron a ver todos en la sala fue el crecimiento máximo de las manchas solares y después se cortó la imagen al tiempo que la electricidad fallaba y se apagaban todas las luces de la sala. Unos segundos después

los generadores encendían las luces de emergencia y Sarah,
Tom y Daniel se miraban entre sí.

Capítulo 3

K iara abrió los ojos lentamente y pudo distinguir que aún se encontraba en la playa. Lo extraño era que ahora estaba sentada en el asiento del conductor del jeep. Comenzó a recordar los detalles de lo que había sucedido y se sintió agradecida por no haber salido lastimada.

Se sentía perfectamente, pero el viento golpeaba su cara con violencia. Observó el cielo y notó que las nubes lo estaban cerrando. Comprendió de inmediato que se aproximaba una tormenta. Tenía que salir de ahí enseguida. Buscó la llave en el encendido del vehículo pero no estaba ahí. Claro, era lógico. José la había tomado consigo.

—¡Maldición! —pensó—, tengo que encontrarlo rápido. —Se bajó del jeep y comenzó a caminar a lo largo de la brecha gritando a todo pulmón el nombre de José. Transcurrieron más de diez minutos, había avanzado unos seiscientos metros y estaba sumamente nerviosa. El viento se tornaba más violento y a lo lejos se escuchaban ruidos de truenos y relámpagos que atemorizaban a cualquiera.

Kiara conocía los riesgos de estar a la intemperie durante una tormenta tropical. La idea de estar ahí cuando sucediera le daba escalofríos. Tenía que pensar rápido, José no aparecía y tampoco respondía a sus gritos. "¿Cómo es posible que no se dé cuenta de que se aproxima una tormenta?", se preguntó. De repente recordó lo que el anciano le había dicho: "Ve a casa", quizá se refería a que ella estaba en peligro en ese lugar. Seguramente por eso la había puesto en el asiento del jeep, para que se marchara lo antes posible.

Tenía que volver al vehículo y pedir ayuda por medio del teléfono satelital.

Detestaba la idea de preocupar a su padre por sus descuidos, pero no tenía más remedio. Corrió de regreso por la brecha y a los pocos minutos estuvo de nuevo en el vehículo. Tomó el teléfono satelital y marcó el número del campamento. El teléfono sonó por mucho tiempo y finalmente tuvo que volver a marcar. Al segundo intento uno de los arqueólogos respondió.

—Soy Kiara, necesito hablar con el doctor Jensen —el ruido producido por la interferencia era terrible y difícilmente se escuchaba la voz del arqueólogo. Kiara tuvo que concentrar su oído y muy levemente escuchó que irían a buscar a su padre—. ¡Necesito que vengan a recogerme, José desapareció, no puedo encontrarlo! —por más que gritaba, no obtenía ninguna respuesta. Desesperada por no poder escuchar nada, colgó el teléfono y se llevó las manos al rostro. El viento la despeinaba con fuerza y la lluvia había comenzado a caer. Sabía que en pocos minutos estaría empapada.

No sabía qué hacer y el clima empeoraba con rapidez. Inútilmente trató de buscar los cables de encendido debajo del tablero. Jamás lograría encender el jeep sin la llave. Su única esperanza era la de encontrar a José. Saltó fuera del jeep y comenzó a correr hacia la brecha gritando su nombre frenéticamente.

Rápidamente se fue internando en la jungla al tiempo que el viento y la lluvia arrasaban con la vegetación. Su desesperación crecía a medida que el clima empeoraba. Los truenos y relámpagos se escuchaban cada vez más cerca y la lluvia empezaba a caer a cántaros.

Kiara estaba completamente mojada de pies a cabeza y comenzaba a sentir frío. Empezaba a perder la esperanza de salir de ahí antes de que empeorara la tormenta. Tenía que encontrar refugio. El jeep no era una opción pues no contaba con techo. Su desesperación no le permitía pensar con claridad. Cómo era posible que José no regresara. Quizá había sufrido un accidente o quizá estaba perdido en medio de la selva buscando el camino de regreso a la brecha. Su experiencia con el anciano la había dejado completamente trastornada, no se sentía capaz de tomar una decisión. No tenía idea de qué hacer.

En ese momento creyó escuchar un grito que provenía de la jungla. Afinó el oído y permaneció quieta. Una vez más escuchó una voz que gritaba desde la espesura de la vegetación. Ahora estaba segura de que se trataba de José. Se internó en la selva, pero era casi imposible atravesarla. Los árboles se agitaban con la fuerza descomunal del viento y las ramas la golpeaban con una fuerza tremenda.

Seguía luchando contra el viento tratando de gritar a todo pulmón para que José la escuchara. Siguió adelante por largos minutos caminando siempre en dirección hacia los gritos.

Al cabo de un rato el clima era insoportable y no tenía idea de cuántas veces había cambiado de dirección. De pronto, se detuvo y reflexionó. Cayó en la cuenta de que ya no escuchaba los gritos y había perdido por completo la orientación. Ya no sabía hacia dónde se encontraba la brecha. Estaba perdida en medio de la jungla.

Alzó la cabeza y miró al cielo. Se asustó al ver que había cambiado completamente de color. Era de color gris muy oscuro y se veían descargas eléctricas. Comenzó a llorar de desesperación. Tenía que hacer algo para salir de ahí y encontrar un lugar seguro que la protegiera de la tormenta. No podía permanecer en aquel sitio, eso sería una locura. El miedo se apoderó de ella y por primera vez pensó que quizá iba a morir en esa selva.

Una luz cegadora, seguida de un ruido ensordecedor, la hizo perder el equilibrio y caer al suelo. Un rayo había impactado un árbol a escasos cuarenta metros de ella. Kiara se incorporó y entro en pánico. No quería morir en ese lugar, no de esa manera. Se puso a correr frenéticamente buscando la brecha para volver al jeep. Su intención era esconderse debajo de él y esperar el tiempo que fuera necesario hasta que pasara la tormenta. No se le ocurría una mejor idea. No conseguía hallar la brecha por más que se esforzaba en ello; estaba totalmente desorientada y confundida en medio de la selva. Había perdido también la noción del tiempo. Su situación empeoraba cada minuto que pasaba.

Se detuvo un momento y trató de pensar con claridad. Pensó en su padre y el mensaje que había enviado por el teléfono satelital. Aunque no lo hubieran escuchado, sabían que con la tormenta su vida correría peligro y enviarían a alguien a buscarla. El pensamiento de ser rescatada la llenó de valor. Debía movilizarse para encontrar de nuevo el camino. "Vamos Kiara —se dijo a sí misma—, tú puedes lograrlo."

Un rugido se escuchó atrás de Kiara. Ella se paralizó en un instante. Qué clase de fiera podía ser. El rugido se volvió a escuchar, ahora mucho más cerca. No perdió más tiempo y con las pocas fuerzas que le quedaban inició la carrera en dirección contraria al sonido del animal. Kiara estaba a punto de rendirse. El ritmo de su corazón era tan rápido que sentía que iba a estallar. Un nuevo rugido surgió a su lado derecho. No podía creer lo que sucedía. Era el peor día de su vida. No tenía más fuerzas para correr y si la tormenta no acababa con ella, entonces moriría devorada por una fiera salvaje. El corazón estallaba dentro de su pecho y Kiara se sintió desfallecer.

Recordó las figuras mayas que representaban al jaguar, señor de la selva. Los rugidos que escuchaba eran sin duda de este felino. No iba a poder escapar ni tenía armas con qué luchar. Sintió en todo su cuerpo que la fiera se acercaba. En medio del pánico tuvo la idea de que era tiempo de encomendarse a dios. Las lágrimas corrían sin cesar por sus mejillas. Lentamente encaró la dirección de donde provenían los rugidos. No pudo reaccionar cuando vio al portentoso animal. El jaguar saltó encima de ella y la derribó fácilmente, aplastándola con todo su peso. Kiara no supo nada más.

La jungla se regía por sus propias leyes.

Capítulo 4

El lujoso rascacielos de la corporación petrolera World Oil se alzaba imponente acariciando los despejados cielos de la ciudad texana de Houston. En uno de los pisos más altos se encontraban las oficinas privadas del presidente de la corporación, William Sherman. Hacía apenas un año que habían celebrado el centenario de su conformación. En la actualidad, la corporación era una de las mayores del planeta. Contaba con más plataformas de extracción de crudo que cualquiera de sus competidores y estaba a punto de convertirse en el mayor distribuidor mundial, tras consolidar los derechos de extracción y distribución en gran parte de Asia y América Latina.

William Sherman se encontraba solo en su oficina observando los grandes retratos de su abuelo y de su padre que adornaban una de las enormes paredes. Sin duda alguna ellos eran los responsables del éxito en la consolidación de la empresa, pero desde que él había tomado el control, hacía más de quince años, la corporación había crecido exponencialmente. Él había logrado lo que sus competidores ni siquiera soñaban. Había conseguido lanzar campañas políticas en pro de sus aliados para hacerse con el control de los gobiernos de varios de los mayores países productores de petróleo. Incluso logró cambiar las constituciones políticas para que la corporación obtuviera los derechos de explotación y distribución de la mayor riqueza natural que varios países poseían. Sherman contaba ahora con una red de políticos en el ámbito internacional que se enriquecían defendiendo los intereses de su corporación.

Además, los últimos años había contado con mucha suerte, la volatilidad de los mercados cambiarios había hecho que los precios de petróleo aumentaran hasta rebasar la barrera de los cien dólares por barril. Esta tendencia a la alza había incrementado de forma notoria la fortuna de William Sherman. Ahora se encontraba entre los cinco hombres más ricos y poderosos del planeta, superado únicamente por los gigantes de las telecomunicaciones y la informática. Pero eso estaba a punto de cambiar. Sherman lanzaría, en breve, su plan estratégico que iba a transformar por siempre la economía del planeta. Un plan sumamente elaborado: le había tomado más de cinco años reunir la información y las fuentes necesarias para ejecutarlo con éxito.

Una luz empezó a parpadear en un aparato electrónico que se encontraba sobre su escritorio. Era un comunicador inalámbrico. Sherman detestaba el ruido y, aún más, ser interrumpido. Se encendía una luz parpadeante cuando una situación surgía y necesitaba ser contactado. Sherman miró la luz y supo que la hora había llegado, sabía perfectamente de qué se trataba. Tomó un pequeño teléfono que formaba parte del comunicador, presionó una tecla y murmuró:

—Dígale al profesor Mayer que lo estoy esperando, hágalo pasar.

—Sí, señor Sherman, lo haré pasar de inmediato.

Unos segundos después, la puerta de su oficina se abrió y Sherman pudo ver que su secretaria hacía pasar a un hombre maduro, de raza aria que cargaba un maletín negro bastante voluminoso.

—Buenos días, señor Sherman —dijo el hombre mientras se aproximaba y se sentaba en una silla frente al escritorio.

—Buenos días profesor. ¿Tiene las fotos?

—Así es señor. Hemos completado todas las modificaciones al prototipo y el diseño se encuentra aprobado por el equipo de ingeniería. Está listo para ir a la línea de ensamblaje.

—Déjeme verlas —ordenó Sherman.

El profesor Mayer sacó las fotografías de su maletín y se las extendió. Sherman empezó a mirarlas con curiosidad.

—Y bien, ¿qué capacidad alcanza la máquina? —interrogó al profesor Meyer.

—Considerando las últimas modificaciones, se logró la optimización del combustible para generar una potencia máxima de veinte kilowatts por día, con un rendimiento promedio de trescientos amperios. La máquina está garantizada para una vida útil de quince años con su respectivo mantenimiento.

—¿Y su costo de producción?

—Tres mil seiscientos dólares, señor. Se pondrá a la venta en ocho mil dólares.

—Muy bien, vamos a necesitar por lo menos un millón doscientas mil unidades listas para fines del mes de marzo. Y después necesitamos que se produzcan quinientas mil mensuales.

—De acuerdo, la línea de ensamblaje está lista para trabajar siete por veinticuatro. Estoy seguro de que los generadores estarán listos en el plazo indicado.

—Necesito que me acompañe —dijo Sherman abruptamente—. En unos minutos nos reuniremos con el grupo de los ocho. Estoy seguro de que trae el informe que le solicité, ¿no es así?

—Así es. Estuvo listo hasta la madrugada de ayer, pero ya tenemos las cifras. El pronóstico ha variado con los acontecimientos de los últimos días, pero eso no altera los resultados, aunque probablemente haya que acelerar el proyecto.

—Ya veremos —dijo Sherman al tiempo que se levantaba de la silla y tomaba un bastón negro, con incrustaciones de oro en las puntas, para dirigirse hacia la puerta. El bastón representaba un cetro para él y lo usaba siempre que se reunía con el grupo de los ocho. Mayer guardó las fotos en el maletín y lo siguió. Salieron de la lujosa oficina y tomaron un pasillo que los conduciría a un elevador privado.

Como director en jefe de proyectos científicos de la corporación, era uno de los pocos empleados que tenía acceso a esa sala. La seguridad para entrar ahí era impresionante. Puertas electrónicas con tableros de control y lectores de retina eran sólo unas de las medidas de seguridad para tener acceso. La sala se encontraba completamente aislada de ruido y de interferencia electrónica. Dicho de otra forma, era prácticamente imposible escuchar los asuntos que se trataban ahí dentro.

El grupo de los ocho estaba conformado por hombres provenientes de todo el globo. Todos ellos socios comerciales de Sherman. Casi todos relacionados con la industria del petróleo, del acero y la electrónica, pero también algunos provenientes del ramo militar. Mayer desconocía la mayoría de sus nombres, pero sabía que las fortunas sumadas de este grupo representaban gran parte de la riqueza que existía en el mundo entero. Estos ocho hombres eran capaces de colapsar la economía de un país o de remover del gobierno a quien quiera que se atreviera a perjudicar sus intereses o interferir en sus planes. William Sherman no era precisamente el jefe de ellos, pero había sido elegido como su líder. Él era el responsable de garantizar el dominio comercial de las empresas que conformaban el grupo.

Sherman y Mayer habían sido los últimos en llegar a la sala. Los demás miembros se encontraban sentados alrededor de una inmensa y lujosa mesa de color negro. Sherman se sentó en su lugar justo en la cabecera de la mesa y tomó la palabra.

—Bienvenidos todos a la reunión. Iremos directamente al grano. Como han sido informados previamente, los planes para la producción de los generadores siguen adelante como lo acordamos. Dentro de unos meses lograremos que tres de cada cuatro hogares estadounidenses generen su propia electricidad a partir de nuestro combustible. Esto nos irá posicionando en el mercado doméstico con miras a un futuro cercano donde la electricidad no dependerá ya de las grandes plantas productoras. El día de hoy nos acompaña el profesor Mayer, quien ha traído consigo el informe detallado sobre la transición climática.

Mayer se paró de su lugar y ocupó el lugar al frente de la sala. Tomó un micrófono que se encontraba en una mesa y sacó unos papeles de su maletín.

—Como habíamos visto en la reunión pasada, los yacimientos petroleros explorados hasta el día de hoy garantizan la cobertura satisfactoria de la demanda mundial únicamente por espacio de veinte años más, aproximadamente. De acuerdo con los modelos de crecimiento demográfico promediados entre países ricos y pobres, ése sería el resultado si la población y las economías del mundo siguen creciendo al ritmo actual. Sin embargo, sabemos que los modelos no han calculado el impacto del irreversible cambio climático. Para comprender este punto es necesario que conozcan la siguiente información clasificada.

"Hace dos décadas un estudio científico reveló que la intensidad de la luz solar estaba disminuyendo gravemente en diferentes regiones del mundo. Especialmente en las áreas densamente pobladas. Al principio el informe fue rechazado y hasta ridiculizado pues la disminución de la intensidad de los rayos solares significaría que el planeta debería estarse enfriando. Sin embargo, como todos sabemos, el planeta se calienta día a día por la acción de los gases de efecto invernadero. Esta contradicción llevó a mi equipo científico a investigar a fondo este asunto. Los resultados obtenidos permitieron comprender el hecho de que la cantidad de luz solar que capta el planeta dentro de la atmósfera estaba disminuyendo significativamente. A este fenómeno le llamamos *oscurecimiento global* y después de varios años de investigación descubrimos la causa.

"La contaminación atmósférica provocada por la quema de hidrocarburos no sólo produce dióxido de carbono y otros gases de efecto invernadero, sino también una gran cantidad de diminutas partículas sólidas tan ligeras, que flotan a grandes altitudes en la atmósfera. Estas partículas suspendidas se estaban combinando con el vapor de agua de las nubes y la atmósfera y crearon una superficie de reflexión que bloquea la cantidad de luz que el planeta recibe desde el espacio. Este fenómeno efectivamente contribuía a enfriar el planeta, pero si la temperatura de los mares iba en aumento, entonces, ¿qué es lo que estaba sucediendo?

"Esta, caballeros, es la razón por la que estoy aquí ahora frente a ustedes —continuó Mayer—. Mi equipo descubrió que el ritmo al que el planeta se calienta ha sido atenuado por el oscurecimiento global durante varias décadas. Sin embargo, ahora sabemos que las cantidades de dióxido de carbono que se encuentran ya en nuestra atmósfera son suficientes para provocar un colapso global del clima. Debido a esto la temperatura del planeta aumentará varios grados en los próximos años. Esto se debe a que, sin saber todos los efectos que las partículas suspendidas causaban en la atmósfera, los gobiernos del mundo hace años decidieron reducir estas emisiones; con la llegada de los convertidores catalíticos en los automóviles y las medidas que las industrias han tomado para disminuir estas partículas, pronto los rayos solares que estaban siendo bloqueados penetrarán de nuevo en la atmósfera y su energía quedará atrapada debido al efecto de los gases de invernadero. Esto produce una trampa mortal.

"Según nuestros estudios, al ritmo actual, en un plazo no mayor a cinco años, estaremos sufriendo un aumento de uno a dos metros en el nivel del mar a escala mundial. Este aumento tendrá efectos catastróficos en la economía mundial. Se pronostica que la crisis hipotecaria en Estados Unidos se agravará aun más, desacelerando la economía. Cientos de puertos de embarque y desembarque comercial y de petróleo empezarán a inundarse, con lo que el comercio de bienes se volverá cada vez más lento y caótico. Cientos de miles de personas perderán sus hogares y las inversiones inmobiliarias en los centros turísticos se reducirán a cero. Estamos hablando de una crisis económica de gran escala. Nada como esto se ha visto anteriormente en la historia de nuestro mundo.

Mayer hizo una pausa, tomó un poco de agua y luego continuó. El ambiente en la sala se sentía cada vez más tenso. Las voces empezaron a oírse a medida que los miembros del grupo externaban sus opiniones sobre lo que escuchaban. Mayer continuó hablando.

—Como consecuencia de la gran crisis, las tasas de desempleo en el primer mundo alcanzarán cifras de hasta cuarenta por ciento. La inflación se disparará conforme los productos empiecen a escasear. No se han podido crear modelos confiables para calcular estas tasas, pero sabemos que rebasarán el cien por ciento en algunos países. Los países pobres se verán aún más afectados y se prevé el surgimiento de guerras y revoluciones en regiones de Asia, África y América Latina. El petróleo será cada día más preciado por lo que va a escasear luego de que los gobiernos empiecen a almacenarlo. Su valor será tan alto, que muchos países recurrirán a la fuerza militar para asegurar su abastecimiento. La supervivencia de la civilización dependerá más que nunca de la industria del petróleo.

Toda la sala se llenó de voces y murmullos al tiempo que algunos miembros alzaban la voz para hacer preguntas.

—¿Qué tan confiables son sus predicciones, profesor Mayer? —preguntó un miembro del grupo, de origen oriental—. ¿No existe una solución?

—Los estudios han sido realizados durante más de cinco años por un equipo especializado de científicos. Todos los archivos de datos fueron revisados y reproducidos en los simuladores más complejos y sofisticados que la ciencia actual posee. Estos pronósticos se han realizado cuidadosamente, comparando información obtenida por centros de estudios ambientales, satélites de observación y toda clase de mediciones atmosféricas. No existe error en los cálculos. Es una realidad latente. No hay forma de contrarrestar este efecto. No podemos lanzar más partículas suspendidas a la atmosfera porque esto produciría un envenamiento gradual del aire que respiramos. Ésa no es una solución viable. La luz solar es indispensable para la vida, si su bloqueo continuara al mismo ritmo, todos los organismos del planeta perecerían sin remedio. Tenemos que enfrentar las consecuencias de este cambio ya.

—Y entonces, ¿por qué no está enterada la prensa? La mayoría de la gente piensa que los efectos del cambio climático no se sentirán hasta dentro de treinta años, quizá más. ¿Cuándo lo sabrán? —preguntó otro de los miembros del grupo de los ocho.

—Desde hace años que la industria ha logrado desmentir y confundir a la opinión pública sobre los efectos del cambio climático —aclaró Mayer—. Sólo nosotros y un grupo selecto de científicos que está bajo nuestro control conocemos los efectos reales del oscurecimiento global. La mayoría de los centros de investigación en el mundo estudia fenómenos aislados que no permiten emitir conclusiones serias. Pero una vez que se compilan todas estas investigaciones, entonces se pueden realizar simulaciones que son un noventa y seis por ciento confiables. Esto, por supuesto, no está al alcance de la opinión pública y los gobiernos no han querido destinar fondos suficientes para estudiar las consecuencias que tienen todos estos fenómenos cuando se analizan conjuntamente.

Sería un caos completo que el público estuviera enterado de la realidad de este cambio. Las inversiones se detendrían y la confianza en los gobiernos se desmoronaría cuando la gente se diera cuenta de que su patrimonio económico está en riesgo debido a causas que no podemos controlar. Se crearía pánico en la sociedad. Es necesario que todos estos datos permanezcan ocultos de la prensa. Sólo así podemos prepararnos para lo inevitable. Para cuando el mundo se dé cuenta, nuestro proyecto ya estará funcionando. Nada podrá impedir que nuestra corporación tome el control de los recursos energéticos.

—¿Qué hay de la población, el crecimiento demográfico?, ¿qué sucederá con tanta gente? —preguntó alguien más al otro lado de la mesa.

—Las condiciones del clima se recrudecerán —dijo Mayer, con un tono frío y tajante—. Hace unos días vimos una muestra de lo que está por venir. Los fenómenos meteorológicos acabarán con gran parte de la población. El hambre, las guerras y las enfermedades se encargarán de agravar el problema a escala mundial. Al mismo tiempo, el precio de las propiedades costeras se desplomará. La gente que habita cerca de los mares perderá todo, sus negocios y sus casas. No tendrá más remedio que volver a las ciudades. Esto paralizará cientos de vuelos comerciales que causarán una crisis inimaginable en la industria aérea. Habrá miles de trabajadores despedidos. El desempleo comenzará a crecer a un ritmo exponencial. Pero lo peor llegará después, cuando el aumento en el nivel del mar sobrepase los dos metros. Esto inundará todos los puertos comerciales de desembarque. El comercio internacional se verá paralizado. Los mercados bursátiles sufrirán las mayores pérdidas de su historia. Grupos empresariales transnacionales se irán a la quiebra de la noche a la mañana. Se creará un efecto bola de nieve en la economía mundial hasta que se colapse. De este modo, la gente estará cada día más desprotegida contra la naturaleza, pues lo que nos resguarda de su fuerza es la capacidad económica de calentarnos y alimentarnos en los hostiles climas de invierno. Setenta por ciento de la electricidad del mundo se produce a través de la quema de carbón mineral. Las minas de carbón son uno de los ambientes más peligrosos para trabajar que hay en el planeta. Cada año miles de trabajadores mueren en las explosiones y derrumbes que se producen en estas minas. Todos los sindicatos alrededor del mundo están emplazando huelgas que están acabando con su producción. Al no poder extraerlo de manera rápida y eficiente, las plantas termoeléctricas no pueden producir la electricidad necesaria para cubrir la demanda de invierno en los países del hemisferio norte. Además, debido a los cambios de la economía, en un futuro cercano la electricidad, al igual que el petróleo, será más costosa que nunca. Quien no consiga producirla o quien no pueda pagarla estará destinado a morir congelado.

—¿De qué porcentaje de la población mundial estamos hablando, profesor Mayer? —inquirió el hombre que había hecho la anterior consulta.

—No menos del cuarenta por ciento, en un periodo de quince años. Si nuestras predicciones son correctas, nos aproximamos a experimentar un cambio radical en el modo de vida que hasta ahora habíamos conocido. El cambio será global, sucederá en todo el planeta. Las temperaturas están aumentando ya, eso es un hecho irrefutable. La pregunta no es si sucederá, sino cuándo. Verán, el planeta ha rebasado ya la máxima capacidad sustentable de población humana. Al ritmo actual, la humanidad quema tanto carbón y petróleo diariamente que hemos alcanzado las más altas emisiones de dióxido de carbono en la historia. El constante crecimiento de la población exige cada día más petróleo, más carbón, más viviendas y más producción de alimentos. Este crecimiento, a su vez, produce más descargas a la atmósfera y más desechos no reciclables. No hay forma de que la humanidad continúe creciendo a este ritmo sin cambiar los patrones climáticos del planeta.

—¿Está diciendo que en un periodo de veinte años el mundo perderá a la mitad de su población? ¿Eso es posible?

—Así es, y ése es el mejor pronóstico, podría suceder en quince años o menos. Verá, el nivel del mar no se detendrá en los dos metros. Sabemos que continuará subiendo hasta alcanzar un incremento de treinta metros en un periodo de veinticinco años. Millones de hectáreas de tierras de cultivo se perderán. Cuando esto suceda, los recursos naturales no serán suficientes para alimentar a toda la población. El tiempo se volverá en nuestra contra. La humanidad debe alimentarse a diario. Habrá millones de refugiados. Los asesinatos en masa serán cosa de todos los días. Las enfermedades no podrán ser tratadas porque no habrá los suficientes recursos para atenderlas. El hambre será otro factor, causará desnutrición a nivel mundial. Menos de la mitad de la población tendrá acceso a una dieta balanceada. La carne será sólo para las clases privilegiadas.

Otro de los miembros del grupo tomó la palabra.

—Está hablando de un colapso de la civilización. ¿Cómo podremos sobrevivir en esas condiciones?

Sherman hizo una seña a Mayer para que se sentara. Luego se levantó de su asiento y empezó a hablar.

—No podemos hacer nada para detener el cambio climático, éste ya empezó desde hace varios años. El colapso es inminente. En estos mismos instantes, las tormentas de nieve están causando estragos en todo el hemisferio norte del planeta. La situación climática sólo tiende a empeorar alrededor del mundo. No existe solución a ese problema, tendremos que adaptarnos y enfrentar sus consecuencias. El proyecto que hemos planeado garantizará el dominio energético sobre nuestro planeta. El nuevo combustible que diseñamos no produce partículas suspendidas. Debemos sobrevivir al colapso para después reordenar el esquema social. Para eso tenemos que controlar todos los recursos energéticos, petróleo, gas y electricidad. Después, tenemos que asegurar todas las reservas de agua y la producción de alimentos. Los gobiernos no serán capaces de sobrevivir a una crisis de esta magnitud. El mundo será dividido en regiones. Cada región con sus recursos naturales será controlada por nosotros. Para esto necesitamos que cada hogar, oficina, tienda o edificio genere su propia electricidad a partir de combustibles de gas o petróleo, mismos que nosotros controlaremos. El carbón se utilizará sólo para las centrales de energía que producirán electricidad únicamente para la industria. Las líneas de transmisión actuales no resistirán las inclemencias ni las constantes radiaciones solares, ya lo vimos hace unos días, algunas ciudades se encuentran aún sin servicio eléctrico. Alrededor del mundo, en los países del norte, la gente está muriendo de frío por falta de energía eléctrica.

—El clima se ha tornado en nuestra contra —prosiguió Sherman, con expresión calculadora—. Es una lucha por la supervivencia o la muerte. Sólo los más fuertes sobreviviremos. La electricidad es tan esencial como el petróleo. Con los nuevos generadores que diseñamos, cada familia podrá generar su electricidad para calentarse y para iluminarse. Nosotros tendremos el único combustible que moverá a la industria del futuro. El combustible alcanzará solamente para abastecer a la mitad de la población mundial por espacio de cincuenta años, luego nuestros descendientes implementarán el uso de nuevas tecnologías. El tiempo que dure la transición será crucial para tomar el control y establecer el nuevo orden. En ese nuevo orden, nosotros gobernaremos sin necesidad de los políticos.

Todos los miembros del grupo se mostraban consternados. Sherman había estudiado cuidadosamente las repercusiones del cambio climático por espacio de cinco años. El plan no era perfecto pero no había otra solución.

—Sé que hay muchas dudas respecto al éxito del proyecto, pero no existe otra solución, ni hay tiempo para planear nada más. Los efectos del cambio climático están ya sobre nosotros. En cuestión de meses las economías empezarán a sentir los efectos de la crisis global. Tenemos que actuar ahora. El general Thompson disipará algunas de sus dudas.

Sherman cedió el lugar al general.

—Sabemos que la población del mundo se tornará sumamente agresiva y peligrosa cuando la comida y el combustible empiecen a escasear. La única forma de asegurar su cooperación será a través de la fuerza. Todas las regiones del mundo tendrán que recurrir a la ley marcial para garantizar el funcionamiento pacífico de la sociedad. Aquellos que controlen a los ejércitos tendrán el control de la población. Es el final de la democracia. No vamos a tener que negociar con los políticos nunca más. Los militares asumirán los gobiernos. Pero ellos no podrán mantener el orden y crear un estado productivo sin nuestra ayuda. Necesitarán de nuestros recursos energéticos y de nuestra tecnología. Los últimos grandes yacimientos petrolíferos del planeta se encuentran a grandes profundidades bajo el lecho de los océanos. Sólo nosotros poseemos la tecnología para su extracción. Sin nuestra ayuda, ningún país podrá extraer más petróleo y sus reservas se agotarán en un par de años.

La sala se inundó de un silencio sepulcral. Todos los miembros sabían que se aproximaba el tiempo en que la humanidad iba a ser puesta a prueba por la naturaleza. A nadie le convencía el plan, pero no tenían otro remedio que seguir a Sherman. Uno de los miembros preguntó:

—¿Qué hay sobre las nuevas tecnologías de energía renovable? ¿Cómo sabemos que los nuevos gobiernos no van a optar por estas nuevas fuentes de energía?

—El tiempo necesario para la transición tecnológica es de un mínimo de veinte años. Con una economía en crisis y millones de desempleados y refugiados, es imposible desarrollar nuevos motores y nueva industria. ¿Cómo podrían pagarlo o con qué? El dinero no va a valer nada. Solamente los combustibles, el agua, los alimentos y la tecnología tendrán valor. Nosotros vamos a poseer todos los recursos. Eso nos garantizará el dominio mundial con el que instauraremos el nuevo esquema social.

La reunión terminó y los miembros del grupo abandonaron la sala, los únicos que permanecieron fueron Sherman, el profesor Mayer y el general Thompson. El general se dirigió a Sherman.

—Ninguno está convencido de que el plan funcione. Piensan que los demás gobiernos se negarán a cooperar y que habrá guerras a gran escala. ¿Crees que sea momento de mencionar la existencia del agente gris?

—No lo creo —contestó Sherman—, aún no. Ésa es nuestra carta bajo la manga. —Luego, dirigiéndose al profesor Mayer, preguntó—: ¿Cómo van las pruebas de laboratorio?

—Se han realizado todas las pruebas con los conejos —respondió Mayer—. Ninguno sobrevivió. La vacuna es efectiva sólo cuando se administra veinticuatro horas antes del contagio. Me he encargado de que se produzca una cantidad suficiente, pero los científicos temen que la bacteria pueda mutar y volverse contagiosa. Hasta ahora sólo es capaz de transmitirse por contacto directo. No hay forma de saber si se puede contagiar de persona a persona hasta que sea probado en seres humanos.

—Es un riesgo que ya hemos calculado —dijo Sherman—. Continúen con las pruebas de laboratorio. Luego seguiremos tal y como está planeado. ¿Cómo van las cosas con los sindicatos mineros?

—Las huelgas siguen extendiéndose en la mayoría de los países —informó el general Thompson—. Pronto la producción de carbón mineral se habrá reducido drásticamente. Las plantas nucleares no podrán satisfacer la demanda. Tendrán que recurrir al petróleo.

—Sigue enviando dinero a los sindicatos —ordenó Sherman—. Que detengan toda la producción de carbón en las minas. Veremos cuánto tiempo puede aguantar el gobierno una crisis como ésta. ¿Qué hay de las tropas especiales?

—Tenemos el control de los principales sectores estratégicos de la armada, la fuerza aérea y la marina. Cuando llegue el momento actuarán según lo acordado. Tenemos que lograr que la población reaccione antes de esto. Los ataques terroristas no surtieron el efecto necesario.

—¡El hambre y el frío lo hará! —espetó Sherman.

Sherman y Thompson siguieron hablando sobre los detalles de la operación mientras Mayer escuchaba atentamente. Luego los tres abandonaron la sala.

Capítulo 5

Kiara se sentía caer a través de un infinito vacío. No podía sentir su cuerpo ni sus piernas y no entendía si el oscuro remolino de luces por el que se desplazaba lo estaba percibiendo con sus ojos o con algo más.

Dentro de ese vacío, no podía sentir emoción alguna. Simplemente viajaba y viajaba a través del túnel sin saber si estaba cayendo o subiendo a través de él. Sus sentidos estaban completamente perturbados. Todos sus recuerdos se habían desvanecido al igual que su cuerpo. No sentía preocupación alguna. Tampoco se cuestionaba lo que sucedía, sino que lo aceptaba pacíficamente.

El túnel por el que se conducía poco a poco se fue aclarando y ella emergió en un lugar imposible de describir con palabras. Hasta donde alcanzaba a percibir, el paisaje parecía una llanura inmensa con pasto de color verde, aunque no podía saber si se trataba de pasto o de alguna otra cosa parecida. No podía juzgar específicamente porque sus ojos funcionaban ahí de otra manera, como si le fuera difícil enfocar o como si las cosas que veía no estuvieran realmente en ese sitio. Todo era muy extraño.

El cielo estaba lleno de nubes y era de un azul muy claro. Había algo misterioso y poco familiar en él. Kiara notaba que entre más lo veía, más tenía la sensación de que el cielo la observaba a ella. Era como si todo lo presente tuviera vida y conciencia propia, independiente de la de ella. No sabía dónde posar su mirada, todo era hermoso y dentro de sí misma sentía una infinita paz y tranquilidad. A su mente llegó la idea de que lo más probable era que hubiese muerto y se encontraba en un lugar especial, lejos de la existencia del mundo real. Esta idea no la perturbó. El hecho de estar ahí ponía fin a todas las preocupaciones y dudas sobre su destino. Kiara no prestó atención a ese pensamiento. Todas sus ansiedades se habían acabado y ahora lo único que le interesaba era experimentar ese lugar.

Comenzó a mirar fijamente las nubes que atravesaban por el firmamento y éstas detuvieron su movimiento abruptamente. Kiara se sorprendió por completo, era como si trataran de que ella se diera cuenta de que la observaban. En ese momento, se percató de que ese lugar carecía de viento. Entonces, ¿qué es lo que hacía que las nubes se movieran hace sólo unos momentos?

Una voz muy parecida a la de una mujer humana la sorprendió.

—Nos movemos a voluntad. Todo lo que puedes percibir en este plano tiene voluntad propia. Todo lo que puedes ver, oír y sentir tiene conciencia propia, Kiara.

Kiara estaba totalmente sorprendida con lo que le sucedía. Sin embargo, el ambiente en que se encontraba ahora atrapada no era hostil ni le provocaba ningún tipo de ansiedad. De alguna forma se sentía bien de poder conversar con esa nube. Era una experiencia alucinante, totalmente nueva. Además, su único propósito era averiguar dónde estaba y cómo había llegado ahí.

—¿Cómo sabes mi nombre? —preguntó dirigiendo su mirada hacia las nubes.

—En este plano el conocimiento se transmite de manera natural. Al llegar aquí has establecido un vínculo con nosotros y podemos ver quién eres y de dónde vienes. El flujo de energía que desprendes nos dice todo acerca de ti. Es la primera vez que visitas este plano, ¿verdad? Lo podemos sentir.

—No recuerdo haber estado en un lugar como este antes —afirmó Kiara volteando para todos lados—. Estoy segura de que es la primera vez.

—Tu conciencia acaba de experimentar un enorme despertar y por eso te hallas tan confundida —dijo la voz mientras Kiara la escuchaba—. Es la primera vez que experimentas un estado diferente de conciencia.

Deseaba saber más sobre ese despertar, pero la nube no dijo nada más y Kiara no sabía qué otra cosa preguntar. La nube tenía razón, su mente se hallaba completamente confundida en aquel lugar. Era como si sus procesos mentales funcionaran de manera diferente. No podía sentir la misma curiosidad que por lo general sentía en su mundo. Pero esto no la contrariaba, no alteraba su paz interna.

—El ritmo vibratorio de esta realidad es diferente al que estás acostumbrada. Las cosas no funcionan aquí de igual manera que en tu mundo. Pero dinos, ¿por qué viniste aquí, Kiara? No vemos a muchos de tu tipo por estos lugares.

—¿A qué te refieres con *mi tipo*? ¿Qué soy yo para ti? —respondió ella.

—Los de tu tipo —explicó la voz— están atados a la materia densa más allá de los límites de este plano. Se encuentran en un proceso de conversión, de aprendizaje. Son muy pocos los que llegan y menos aún los que logran regresar aquí.

—¿Significa eso que no estoy muerta? ¿Cómo es que estoy aquí y a la vez me dices que estoy atada a la materia densa? No te entiendo.

—Eso, Kiara, es imposible que lo entiendas. ¿Ya te observaste a ti misma?

Kiara reparó en ese detalle. Desde su llegada no se había observado a sí misma. Había dado por sentado que se veía igual que todos los días. Lo primero que intentó fue observar sus pies. Se sorprendió. No había nada allí. De inmediato buscó sus manos. Las encontró pero no lograba enfocarlas bien. Sólo percibía imágenes borrosas que no se parecían nada a sus manos. ¿Qué estaba sucediendo?

—En este plano, Kiara, tú puedes escoger la forma que desees para moverte a voluntad. Como no has escogido ninguna, eres sólo una masa sin forma. Bastante desagradable, por cierto.

Kiara se sintió molesta. Pero esa súbita emoción desapareció más pronto de lo que había llegado.

—Sólo concéntrate, Kiara, concéntrate en ser tú y todo va a cambiar. Ya lo verás. Usa tu *intento* para formar la imagen de tu cuerpo físico, que es la manera en que te percibes a ti misma.

Kiara empezó a concentrarse en su cuerpo, recordó su hermoso pelo, sus finas manos y la sensación que le provocaba la ropa. Poco a poco empezó a experimentar una sensación de solidez alrededor de sí misma y su cuerpo fue tomando forma.

—Mucho mejor ahora —exclamó la voz—. ¿Ya te sientes mejor?

—Sí —respondió Kiara al tiempo que se observaba a sí misma en detalle—. ¿Cómo es que llegué aquí, qué es este lugar?

—Llegaste de la misma forma que todos los de tu tipo: soñando.

—Ah, estoy soñando —dijo Kiara—. Eso lo explica todo. Entonces esto es un sueño. Pero qué raro, todo me parece muy real.

—Te dije que habías llegado aquí soñando, no que esto fuera lo que tú consideras un sueño. Son dos cosas muy distintas, Kiara.

—No te entiendo, no me has dicho ni siquiera quién eres o dónde estoy. Me siento confundida.

La voz escuchó a Kiara y le dijo:

—La comprensión de este viaje de conciencia está fuera de tus posibilidades. Tú no pudiste llegar a este lugar por tus propios medios. En estos momentos debe haber alguien buscándote. Apresúrate a encontrarlo pues no te queda mucho tiempo y, sin embargo, tiempo es lo que más tienes aquí. Puedes hablar con nosotros en otra ocasión si alguna vez regresas.

Las nubes empezaron a moverse cuando Kiara escuchaba las últimas palabras que le habían dicho. Pero, ¿quién estaba buscándola? ¿Su padre? Era lo más lógico. Pero su padre no estaba ahí. Las nubes no le habían dicho dónde se encontraba. Habían mencionado que estaba soñando. Entonces lo que debía hacer era despertar y salir en búsqueda de su padre. Pero ¿cómo iba lograr eso?

Kiara no sabía qué hacer y pensó que la mejor alternativa sería caminar para buscar la salida de ese extraño lugar. Miró a su alrededor y le pareció ver algo a lo lejos. Caminó hacia allá.

Poco a poco fue distinguiendo a la distancia un edificio enorme y majestuoso. Parecía estar construido de ladrillo rojo a la manera en que edificaban las catedrales góticas en la antigüedad. La diferencia es que este edificio era probablemente veinte veces más grande y cinco veces más alto que cualquier otro de ese tipo que ella hubiese visto antes. Las puertas eran enormes y las ventanas también. Su estructura era inmensa, parecía que sus torres alcanzaban el cielo. Alrededor del edificio se encontraba un complejo de hermosos jardines llenos de gente de todas las edades y razas. Cuando llegó ahí y notó la presencia de gente, Kiara se sintió en un ambiente más familiar. Se dirigió hacia un grupo reunido alrededor de una fuente de la cual salía agua a borbotones.

Todas las personas parecían estar hablando con la fuente. Lo extraño era que cada una de ellas sostenía una conversación propia. Un hombre de mediana edad se aproximó a ella.

—¿Quién esta soñando este sueño? —le preguntó a Kiara—. ¿Eres tú?

Kiara miró al hombre que parecía más desorientado que ella. Como no sabía qué responder, simplemente le dijo:

—No, no soy yo. No sé dónde estamos, ¿tú lo sabes?

El hombre respondió que no. Hizo señas a Kiara de aproximarse a la gente para preguntar. Ella se acercó a la fuente y observó fluir el agua. Era el lugar más extraño que había visitado en su vida. Aunque quería consolarse pensando que era sólo un sueño, algo en lo profundo de su ser comprendía que estaba experimentando algo real. Una vez más se preguntó dónde se encontraba y una voz masculina que parecía surgir de la fuente irrumpió en sus pensamientos:

—Estás en el mundo intermedio. Las personas que ves aquí son almas que esperan su siguiente oportunidad para volver a vivir. Todos se acercan a mí para comprender los errores que cometieron en su existencia terrenal. El flujo que tú percibes como agua es conocimiento puro que ayuda a estos seres a prepararse para su próxima encarnación.

Kiara no podía creer lo que estaba escuchando y se separó de inmediato de la fuente. Dio unos pasos hacia atrás y pensó: "¿Cómo que el mundo intermedio?". Para ella el único mundo que existía era el mundo en que vivía todos los días. Pensó en volver a acercarse a la fuente para preguntarle cómo volver a su mundo, pero algo en su interior la detuvo y prefirió buscar por otro lado a alguien más.

Siguió caminando por el jardín y entonces se percató de una figura que le era familiar. A unos pasos de distancia pudo reconocer al anciano indio que había visto en la playa cerca del sitio de excavación. Kiara lo llamó y él no respondió, entonces ella apresuró el paso para alcanzarlo.

—Hola, es usted —dijo ella aproximándose.

—Hola, Kiara —le respondió el anciano.

—Quizá usted pueda explicarme lo que hago aquí y dónde estoy. ¿Cómo fue que llegué aquí?

—Me parece que alguien ya te lo dijo, ¿no es así? Verás, en este lugar es prácticamente imposible ocultar las cosas. Todo es transparente aquí, aún para gente como tú.

Kiara estaba sorprendida, no esperaba una respuesta como ésa. Qué quería decir con *transparente*, ella no ocultaba nada.

—Dígame, por favor, ¿estoy muerta? ¿Qué estoy haciendo aquí? ¿Estoy en este mundo intermedio porque he muerto? Contésteme por favor.

—Tranquila, Kiara, tienes que ir más despacio —dijo el anciano—. Te encuentras en el mundo intermedio pero no porque hayas muerto. Llegaste aquí por accidente. El flujo de conciencia te trajo hasta aquí involuntariamente. Te seguí hasta este lugar porque me imaginé que estarías completamente perdida.

—Pero entonces, ¿estoy muerta o no? ¿Por qué nadie me responde esa pregunta?

—Nadie muere en la forma que tú piensas Kiara —explicó el anciano—. Lo que tú llamas morir es solamente un proceso de transformación, un paso a otro nivel de existencia. Pero tu tiempo de dar ese paso no ha llegado aún, así que ya no te preocupes.

Kiara estaba más consternada que nunca. En el fondo había comenzado a aceptar la idea de su muerte. Ahora resultaba que no estaba muerta ni tampoco sabía dónde estaba, ni cómo había llegado ahí.

—Estás perdiendo tu precioso tiempo en pensamientos inútiles, Kiara. Tienes que aprender de este lugar, es un verdadero privilegio el que tu conciencia haya llegado hasta aquí. La mayoría de los seres humanos nunca llega a estos lugares. Por eso sientes que todo te está observando aquí, al igual que a mí. Somos especiales en este lugar. Tenemos un poder increíble, claro, siempre y cuando lo sepamos usar, lo cual no es tu caso.

—¿De qué poder habla? ¿Por qué dice que me siguió hasta aquí?

—Seguí el rastro de tu conciencia con mi intento para cerciorarme de que estarías bien. Ahora lo sé, así que puedo irme. Pronto empezarás a asimilar el conocimiento de esta realidad paralela. Tus posibilidades son casi infinitas en este plano. Tú sola encontrarás la forma de regresar, ya lo verás.

—¿Qué posibilidades? —cuestionó Kiara—. No se vaya por favor, tengo muchas preguntas, no sé por dónde empezar.

—No es necesario, Kiara, las respuestas vendrán por sí solas cuando las preguntas sean las correctas. Todo lo que necesitas ahora es explorar este plano de conciencia y todo se va a aclarar para ti. No llegaste aquí por casualidad, eso lo sé. Búscame y aprenderás muchas cosas sobre estos mundos. Ahora debes continuar con tu viaje. No te quiero interrumpir más. En estos lugares es importante movernos solos e ir en busca de nuestros destinos. Hasta pronto.

Dicho esto, el anciano comenzó a moverse hacia atrás de una forma muy extraña. Luego, de una manera increíble comenzó a transformarse en un animal. La extraña figura lentamente tomó la forma de un jaguar. El jaguar miró a Kiara profundamente a los ojos y soltó un rugido.

Kiara pudo ver después que el jaguar se alejaba corriendo por la llanura hasta desaparecer. Sintió un impulso de seguirlo, pero sabía que no lo podría alcanzar. El anciano tenía razón, ella no sabía cómo moverse en ese mundo. No tenía ningún poder. Se sentó por un momento en el pasto y admiró una vez más ese asombroso lugar. La sensación de estar ahí era increíble.

De alguna forma podía percibir que en ese lugar no había frío ni calor. No existía la enfermedad ni el dolor. Las personas que se encontraban ahí parecían estar reposando en un estado de completa paz interna. Solos con sus pensamientos al igual que ella, todos disfrutaban del simple hecho de estar ahí.

Si alguna vez volvía a su mundo natural, pensó, ¿cómo iba a describirle a los demás lo que sentía realizar un viaje como éste? Definitivamente no iba a ser fácil. Como la mayoría de las cosas en la vida, era necesario experimentarlo para valorarlo de verdad.

Un sonido llamó su atención repentinamente mientras reflexionaba. Era el sonido de tambores que retumbaba en sus oídos. Kiara se incorporó y miró hacia la entrada del edificio. El sonido parecía provenir de ahí. El ritmo del tambor era hipnotizante y la invitaba a acercarse. No pudo resistir la tentación y se acercó. Al entrar al edificio, quedó impresionada por su majestuosidad. Todo era inmenso. El techo era tan alto que casi no se podía distinguir.

Kiara siguió el sonido por diferentes salas con todo tipo de muebles y tapetes antiguos. Todos los salones se encontraban libres de personas. Ella era la única dentro de ese lugar. Al final de un largo pasillo por donde se dirigía a encontrar la fuente del sonido, había dos grandes puertas cerradas. No tenían manijas ni cerraduras. Las empujó con fuerza hasta que pudo abrirlas. El salón no tenía ventanas y se encontraba totalmente oscuro. Kiara empezó a caminar a través de él y, poco a poco, fue invadida por la misma sensación del túnel que la había conducido hacia ese mundo. A medida que caminaba ya no sentía el suelo ni sus pasos, sino la sensación de estar flotando en el vacío otra vez.

Un túnel parcialmente iluminado apareció justo frente a ella. La luz en su interior se movía en espiral alejándose hasta el profundo vacío. Kiara no pudo reaccionar cuando una fuerza sorprendente la succionó hacia el interior del vórtice de luz. Kiara se asustó. Podía sentir cómo esta fuerza la absorbía por completo y la hacía viajar a una velocidad impresionante. No podía oponerse, por lo que se soltó sin oponer resistencia alguna. Todo su ser fue atraído a través del vórtice y, de pronto, pudo percibir que se encontraba en otro lugar. Había atravesado un portal entre dos planos de conciencia.

Este lugar era tan majestuoso como el edificio del que provenía, pero muy distinto. Kiara seguía hipnotizada por el sonido de los tambores y tuvo que hacer uso de toda su concentración para analizar en detalle lo que ocurría. Ella estaba mirando desde una perspectiva aérea una sala redonda bastante grande llena de personas, hombres y mujeres, todos adultos que vestían de blanco y naranja. Sus ropas parecían muy ligeras, tal vez de lino o algodón, pensó. En medio de la sala se encontraba una estructura de metal forjado que contenía brasas ardiendo. Una mujer relativamente joven estaba hincada frente al fuego y sostenía en su mano derecha un bastón de metal, de bronce o algún otro material brillante.

Las demás personas en la sala estaban hincadas o acostadas en lo que parecían ser unos tapetes de floridos colores. Todos se hallaban con los ojos cerrados a excepción de la mujer que sostenía el bastón. La vestimenta de ella era diferente a la de los demás. Traía puestas las ropas más extrañas que Kiara jamás había visto. No podía ni siquiera imaginar de qué tipo de material estaban hechas. Parecían rígidas, ceñidas al cuerpo a manera de armadura o algo así, como las que usaban los antiguos samuráis, pero no eran tan gruesas ni tan pesadas. Parecía que permitían a su portadora moverse con completa libertad. Su figura era imponente, semejaba a una guerrera de otros tiempos. Era alta, de pelo oscuro y ojos café claro. Tenía una figura completamente atlética y traía una espada colgando en su espalda. Parecía como si ella estuviera controlando lo que sucedía allí dentro.

Más allá del grupo, Kiara alcanzaba a ver a tres hombres situados en una parte lejana de la sala tocando unos tambores enormes. El sonido hacía un perfecto eco dada la redondez de la sala. Este efecto causaba que su resonancia fuera tan intensa que era casi imposible concentrarse en otra cosa que no fueran los redobles que producían los tambores. El ritmo era tan rápido y el sonido tan intenso que Kiara sentía que si se concentraba en escucharlo, seguramente saldría transportada hacia otro plano de conciencia. Ella no deseaba hacer eso, por el contrario, sentía una gran curiosidad de saber qué era lo que este grupo de gente estaba haciendo. Kiara trató de moverse para acercarse un poco y mirar sus rostros; entonces se dio cuenta de que no estaba ahí físicamente. No sentía su cuerpo porque simplemente éste no se encontraba ahí.

"Demonios —pensó—, no puedo moverme." Kiara luchaba para desplazarse cuando de repente la mujer vestida de forma extraña que estaba frente al fuego movió la cabeza hacia al techo, desde donde observaba la escena. Kiara miró su rostro y notó que era muy hermosa. Aparentaba alrededor de veinticinco años, quizá algunos más. Pero, ¿por qué miraba hacia allá?, ¿acaso se había percatado de su presencia? Este pensamiento la puso intranquila, no sabía qué hacer. La mujer escudriñaba el techo de la enorme sala como buscando algo. Quizá era una casualidad y no era a ella a quien buscaba.

Kiara se relajó y concentró su atención en los hombres que estaban tocando el tambor. El ritmo era rápido, exquisito. Sentía la atmósfera del lugar saturada en aromas de incienso; estaba sumida en un inmenso trance. Nadie, a excepción de la mujer joven y los hombres que tocaban el tambor, producía un sólo movimiento. El sonido del tambor era embriagante. Kiara pensó que tal vez era un vehículo que transportaba a estas personas a otros lugares, como había sucedido con ella. Lentamente se dejó llevar por el sonido y para su sorpresa, sintió que empezaba a moverse alrededor de la sala.

Su perspectiva de observación fue cambiando a medida que bajaba hasta el suelo y podía apreciar con más claridad el exquisito gusto del piso de la sala. La curiosidad de Kiara era tal que le costaba trabajo concentrarse en los detalles de lo que veía. Quería observar todo al mismo tiempo y terminaba por perder la atención. De pronto, algo hizo que su percepción se centrara en la mujer hincada frente al fuego, quien se había incorporado y realizaba movimientos circulares con el bastón. Realizó un movimiento brusco hacia donde Kiara se encontraba, que sintió como si algo la atrapara.

Lo siguiente que pudo percibir fue una sacudida en el estómago, o al menos algo parecido. La mujer la había atrapado y la había situado justo encima del fuego. Kiara pensó que estando ahí seguramente iba a arder. Pero no sentía calor alguno. El fuego visto desde su perspectiva parecía un viento de finos colores que jugueteaba por debajo. Kiara miró fijamente a la mujer enfrente de ella. No podía decirle nada pero sentía que se trataba de comunicar también. Transcurrieron unos instantes que parecieron eternos. Ninguna lograba establecer comunicación.

Kiara percibió un movimiento en el bastón que la mujer sostenía con firmeza y sintió una fuerza que la atraía. Empezaba a sentirse una marioneta, cuando percibió que la mujer avanzaba rumbo a las puertas de la sala. Unos segundos después se encontraban fuera de la sala redonda y Kiara quedó impresionada por lo que veía.

Estaba recorriendo un pasillo de una belleza indescriptible. Las paredes aparecían iluminadas con una tenue luz azul, pero no alcanzaba a distinguir de dónde provenía. No había focos o bombillas ni ningún tipo de reflector, era como si las paredes mismas emanaran luz propia. El suelo, al igual que el de la sala redonda, lucía un lustre impecable. Parecía mármol pero no estaba cortado en cuadros como regularmente se utiliza el mármol, sino que parecía estar hecho de una sola pieza. La vista era impresionante hacia cualquier lado que ponía su atención. Definitivamente, era una experiencia como pocas el haber llegado ahí.

Kiara estaba sumamente feliz. Continuó tras la mujer por el pasillo hasta que encontraron dos grandes puertas que las llevaron al exterior. Una vez en el exterior, Kiara pudo observar todo un complejo de distintos edificios por donde la gente caminaba hacia todas direcciones. Era una pequeña ciudad, nada parecida a lo que hubiera visto antes. Podría pensar que guardaba cierto parecido con algunas pirámides, pero estos edificios que estaba viendo ahora eran nuevos y relucientes. El único parecido con alguna ruina sería la forma piramidal, nada más.

La mujer comenzó a bajar las escaleras del templo de donde habían emergido y Kiara se vio forzada a seguirla. Caminaron a lo largo de unos jardines y luego entraron a un complejo de edificios más pequeños. De vez en cuando la mujer se topaba con otras personas que se inclinaban ante ella haciendo una reverencia. La mujer contestaba siempre inclinándose de la misma manera mientras susurraba algo ininteligible. Kiara comprendió que se trataba de alguien importante, tal vez una una reina o princesa, pero lo extraño es que no llevaba ninguna escolta. Por lo general, cuando los personajes importantes caminan en público van acompañados de guardias de seguridad. Aquí las cosas no podían ser muy diferentes, pensó.

Sin embargo, desde su llegada Kiara había notado una atmósfera de tranquilidad como pocas otras veces. La gente que había observado no iba de prisa ni parecía estar enojada o estresada igual que en las ciudades. Este detalle fue el que más llamó su atención.

La mujer se detuvo frente a una puerta y la empujó suavemente. En un instante las dos se encontraban en lo que parecía ser una casa o una vivienda privada. No había más gente adentro y la decoración era bastante austera. No había cuadros en las paredes y solamente se podían apreciar unos sillones de extraño aspecto. El piso era de madera adornado con unos tapetes de un material tejido de color beige o hueso. Toda la casa era completamente blanca por dentro. El único adorno que notó fue una especie de jardinera cubierta de flores de diferentes colores.

La mujer se detuvo. Lentamente se acostó en una cama y cerró los ojos. Kiara no sabía qué hacer, aún la tenía bajo control. Trató de moverse y le resultó imposible. Vaciló por un momento y luego sintió algo. Estaba siendo succionada otra vez. Todo el entorno se oscureció y comenzó a deslizarse por un túnel como el que la había llevado a ese lugar. Volvió a sentir las mismas sacudidas de su viaje anterior y de pronto se encontraba de vuelta en el edificio donde su viaje había comenzado. Se concentró en poder ver su cuerpo y su cuerpo apareció. ¡Qué maravilla!, era sólida otra vez.

Se apresuró a encontrar la salida de ese lugar. Temía que de seguir explorando acabaría en otro mundo, pero ya había tenido bastantes emociones por un día. Era tiempo de buscar la forma de volver.

Kiara aceleró el paso hacia las puertas que la conducirían fuera del edificio cuando sintió que algo la detuvo en seco. Se volvió para mirar y quedó horrorizada. La mujer la había seguido hasta allá y la tenía atrapada. No se podía mover. La mujer se aproximó a ella y se detuvo a menos de un metro. Sus profundos ojos cafés penetraban a Kiara de una forma que le hacían sentir pánico. La mujer dijo algo en un lenguaje desconocido y, para su sorpresa, Kiara lo entendió perfectamente.

—¿Quién eres tú?, ¿cómo llegaste hasta el templo? —le preguntaba la mujer mientras una fuerza extraña seguía sujetando a Kiara.

—No lo sé —contestó Kiara.

—Ah, no sabes quién eres, eso sí que es extraño. ¿Por qué irrumpiste de esa manera en la sesión de los aprendices? Dímelo ahora o no te dejaré ir.

Kiara estaba tan asustada que comenzaba a llorar sin darse cuenta. La mujer pudo percibirlo y poco a poco fue liberándola.

—No trates de huir. No te voy a hacer daño. Quiero saber de dónde vienes y cómo llegaste hasta el templo. ¡Contéstame!

Kiara no sabía qué decir. Era la primera vez que tenía una experiencia de ese tipo y estaba siendo cuestionada por alguien que definitivamente contaba con más experiencia que ella. Kiara intentó explicar.

—Mi nombre es Kiara. No sé cómo llegué aquí, es la primera vez que me sucede. Lo último que recuerdo es que estaba en la playa y había una tormenta; luego me perdí y ya no supe lo que pasó. Ah, también recuerdo que había un jaguar y me derribó. Creo que estoy muerta, aunque ya no sé ni lo que está pasando.

Kiara intentaba explicar y no hacía más que decir cosas incoherentes. La mujer la observaba incrédula. Era una escena ridícula.

—¿De qué aldea vienes, niña tonta? ¿Cómo concebiste ese atuendo tan ridículo que llevas puesto? ¿Cuándo empezaste a dominar el sueño consciente? ¿Por qué no te había visto antes?

Kiara no comprendía nada de lo que la mujer le preguntaba. De seguro la estaba confundiendo con alguien más. Empezó a sentirse mareada, como si se desvaneciera. La voz de la mujer se hizo más fuerte:

—Ah no, no creas que vas a escapar. Te voy a encontrar y vamos a ajustar cuentas, ¿me oíste? ¡No te vayas!

Kiara se desvaneció por completo al tiempo que dejaba de escuchar la voz de la mujer y comenzaba a escuchar su propio nombre. Sentía que a lo lejos la llamaban, pero su mente no lograba concentrarse. Estaba cayendo al fondo del vacío y no podía sostenerse; sintió que ése era el final. Ya no tenía control de sus movimientos. Comenzó a gritar y no podía oír sus gritos. De pronto, algo en el entorno inmediato se iluminó. Pudo ver algo pero sin claridad, se sintió pesada. Desde ese momento pudo oír los latidos de su corazón y su respiración agitada. Algo ajeno a ella la estaba sacudiendo. Tenía los ojos abiertos pero no lograba enfocar. Su visión se aclaró y fue distinguiendo un rostro conocido.

—¡Kiara, Kiara responde! ¿Qué te sucede? —la voz del doctor Jensen retumbaba en sus oídos.

Kiara pudo ver el rostro de su padre con claridad. José estaba con él y había por lo menos seis personas más ahí. No sabía qué decir y ni siquiera si podía hablar.

—¡Papá, papá! —dijo suavemente—. Aquí estoy.

Sintió el fuerte abrazo de su padre, luego se desmayó.

Capítulo 6

Sara Hayes, Daniel Roth y otras personas se encontraban en la sala de juntas del edificio principal. Thomas Render era quien hablaba.

—Tenemos que encontrar la forma de prevenirnos para este tipo de fenómenos. Los daños suman miles de millones de dólares. Dos satélites del Pentágono fueron inutilizados por la radiación. Se perdieron decenas de vidas debido al frío y a los accidentes. Otras tantas siguen desaparecidas. ¿Dónde están las fotografías de los satélites?

—Aquí están —respondió Daniel Roth mientras ponía un archivo sobre la mesa y lo abría para sacar unas fotografías tomadas por un satélite—. La más grande muestra el fenómeno sobre la costa del Caribe frente a México.

—¿Ya encontraron la causa de estos fenómenos? —le preguntó Tom Render a Sarah Hayes.

—No hemos encontrado ningún indicio —dijo ella—. Llevamos casi una semana investigando y no hemos conseguido aclarar las causas de esos dos fenómenos.

—¡Tenemos que averiguar cuanto antes qué es lo que está sucediendo! —Render se encontraba cada vez más presionado.

Sarah Hayes escuchaba atentamente y su rostro expresaba una gran consternación por los acontecimientos.

—Algo muy extraño está sucediendo con el Sol, Tom. —exclamó ella—. Estamos monitoreándolo veinticuatro horas diarias desde el suceso y seguimos registrando fuertes olas de energía magnética, incluyendo esa radiación desconocida. La radiación ha permanecido estable, pero no podemos establecer de dónde proviene. Lo que sí hemos averiguado es que se concentra en los lugares donde se produjeron las tormentas magnéticas, principalmente en la península de Yucatán. Parece que existe algo en esos lugares que está almacenando o concentrando dicha energía. Debemos estar alertas, un fenómeno igual o más grave se puede presentar en cualquier momento. No tenemos forma de predecirlo.

—Lo sé —respondió Tom Render—. El problema es que sabemos muy poco acerca del comportamiento del campo electromagnético del Sol. Por lo pronto necesitamos idear un plan de contingencia para enfrentar el próximo incidente. ¿Hay algo en la península de Yucatán que pudiera generar esto?

—Lo único que existe cerca del sitio de la tormenta es una excavación arqueológica, no hay nada que nos permita explicar por qué las cosas sucedieron precisamente en ese sitio. De acuerdo con los últimos informes, la tormenta magnética se desvaneció por sí sola al poco tiempo de tocar tierra. El panorama no es nada alentador, pero pienso que tenemos que ir a ese sitio a investigar, es mejor que estar aquí sin hacer nada esperando a que suceda otro de esos fenómenos. ¿Crees que podamos reunir un equipo de investigación para ir allá?

—Tengo que hablar primero con el comité —respondió Tom Render—. Están recortando casi todos los fondos de los programas experimentales. Con esta crisis financiera, no sé si podamos lograr que lo aprueben.

—Hay que intentarlo —dijo Sarah—. No podemos quedarnos sin hacer algo al respecto.

Tom se paró de su silla y dio unos pasos alrededor de la mesa. Luego se dirigió a Daniel.

—¿Qué hay sobre las nevadas en el norte?

—Malas noticias, Tom, algunos pueblos pequeños todavía no tienen electricidad y la nieve continúa cayendo. Las temperaturas siguen descendiendo y la nieve se está convirtiendo en hielo. Se esperan más accidentes en las carreteras. Se le está aconsejando a toda la población que evite salir de sus casas durante las nevadas.

—Sí, eso está bien, pero si las nevadas continúan, la gente tendrá que salir a proveerse de alimentos. No pueden permanecer encerrados en sus casas por semanas enteras.

—¿Y se sabe algo más de las compañias eléctricas? —preguntó Daniel.

—Sí —dijo Tom, con gran preocupación—. Están teniendo severos problemas para reparar los transformadores debido principalmente al mal tiempo. Pero lo más inquietante es que sus reservas de carbón se están agotando rápidamente. Como sabes, los sindicatos mineros se fueron a huelga desde hace varios días y hace quince días que se suspendieron los embarques de México y Canadá debido al mismo problema. Aquí en Estados Unidos muchos analistas dicen que es sólo cuestión de tiempo para que las reservas se agoten y más de la mitad del país se quede parcialmente sin electricidad.

Sarah no pudo contener su emoción por un momento.

—¡Demonios, qué está pasando en este mundo! ¿Cómo pueden ponerse en huelga en pleno invierno? La gente va a morir congelada. No puedo creerlo.

Tom trató de calmarla.

—Tranquila, el presidente sostendrá una reunión con los líderes de los sindicatos mineros para resolver el problema. Por lo pronto ha ordenado que las plantas hidroeléctricas del oeste de la nación desvíen parte de la electricidad hacia el norte. En Las Vegas están furiosos, pero es más importante la supervivencia que el juego en los casinos, eso es claro. Además las plantas nucleares trabajan a toda su capacidad. Con un poco de suerte lograremos pasar el invierno, ya verás.

—Sí, siempre y cuando el Sol no se moleste de nuevo y los políticos se pongan a trabajar —dijo Daniel, que nunca perdía el sentido del humor.

—¿Qué hay de esa extraña radiación de la que hablabas? —preguntó Tom a Sarah.

—Tenemos a una docena de físicos teóricos y expertos nucleares haciendo todo tipo de pruebas —respondió ella—. La frecuencia de la radiación está muy por encima de la escala conocida de súper altas frecuencias. Los primeros monitoreos en animales no mostraron daños en los tejidos. Por ahora no hay motivo para pensar que represente un riesgo a la salud de la población.

—Me alegro de escuchar eso —dijo Tom aliviado.

—Desafortunadamente no son tan buenas noticias —dijo Sarah—. El campo magnético de la Tierra se ha estado debilitando y algunos científicos piensan que puede ser debido a esa radiación desconocida.

—¿El campo magnético terrestre? Es lo único que nos protege de esas tormentas solares. ¡Tenemos que averiguar qué está sucediendo!

—Necesitamos los recursos financieros para enviar un equipo de investigadores. No hay otra forma de investigarlo a fondo.

—Siempre los problemas del maldito dinero. Mañana tengo que informar al vicepresidente sobre la situación. ¿Están listos todos los informes?

—Los informes están listos, incluyendo el del desplazamiento del polo magnético —respondió Sarah.

—¿Algo especial en ese informe?

—El polo magnético continúa desplazándose. Durante los últimos años ha sufrido un incremento de velocidad, de diez kilómetros a cuarenta kilómetros por año. Ahora ha tenido un desplazamiento de doscientos veinte kilómetros. Es una señal clara de que algún tipo de radiación ha tenido efectos sobre el campo magnético del planeta.

—¿Cuál es el pronóstico? —quiso saber Render.

—Aún se están capturando todos los datos de los satélites. Los desplazamientos de los últimos años se han vuelto más erráticos. Existe el riesgo de un gran desplazamiento. Se cree que la diferencia de temperatura que está sufriendo el polo sur puede afectar al eje de rotación terrestre debido a la rápida pérdida de masa. El profesor Resnick y su equipo en la estación de investigación de la Antártida están estudiando este fenómeno.

Sarah Hayes se refería al fenómeno existente desde finales de la década de los ochenta en la Antártida. El agujero de ozono creado por las grandes concentraciones de gases fluoro carbonados ha permitido la entrada de una mayor radiación ultravioleta en las regiones cercanas al polo Sur, de esta forma se eleva la temperatura normal. Como consecuencia, grandes plataformas de miles de kilómetros cuadrados, como la gran plataforma de Larsen B, se han estado derritiendo. La pérdida de masa continental que la Antártida está sufriendo debido al deshielo podría estar causando un desequilibrio de peso que podría afectar el eje de rotación de la Tierra. Si el deshielo continúa, se podría originar un movimiento brusco del planeta para equilibrar el eje de rotación, como sucedió en diciembre de 2004 cuando el terremoto de nueve grados en la escala de Richter que causó el tsunami que golpeó Indonesia hizo que el eje de rotación del planeta se desplazara seis centímetros. Un desequilibrio de masa continental entre los polos ocasionaría el movimiento de las placas tectónicas que sostienen los continentes, y se generaría un temblor de mucha mayor intensidad que el de diciembre de 2004. Esto tendría como consecuencia un desplazamiento de grandes masas de agua que crearían olas de hasta treinta metros de altura que chocarían contra las costas del mundo.

Tom Render conocía bien este problema.

—¿Ya recibimos los reportes de la estación científica de la Antártida?

—Sí, ya los enviaron —respondió Sarah—. El calentamiento continúa y se agrava cada vez más. Como sabes, un aumento de un grado en la temperatura global del planeta se multiplica por diez grados o más en las regiones polares. Se espera que la temperatura alcance niveles récord este verano en la Antártida. La próxima semana lo sabremos.

—Si el calentamiento global persiste, entonces las temperaturas seguirán elevándose en el polo Sur —confirmó Daniel Roth—. Eso causará más deshielo y el nivel del mar seguirá en aumento. A estas alturas, podemos calcular un aumento de hasta cincuenta centímetros en el nivel del mar en menos de tres años, todos los datos parecen indicarlo. Pero lo que no sabemos es cuándo el polo Sur alcanzará el punto crítico de pérdida de masa continental. Puede ser en unos años o en unas décadas. Tenemos que encontrar la forma de calcularlo.

—Tenemos a más de veinte expertos internacionales en la estación —agregó Sarah—.Todos ellos están trabajando para calcularlo. Desafortunadamente no es sencillo, no tenemos datos comparativos. Los valores que obtendremos van a ser meras hipótesis. La realidad es que el planeta está sufriendo demasiados cambios al mismo tiempo. No es posible calcular todos los efectos conjugados que producirán estos cambios. Pero con el campo magnético terrestre debilitándose a medida que el polo Norte se desplaza, podríamos estar a punto de enfrentar un cataclismo de consecuencias catastróficas.

—¿A qué te refieres? —preguntó Tom.

—La influencia de la radiación sobre el campo magnético terrestre podría estar generando una condición propicia para una inversión de los polos magnéticos —respondió Daniel.

—Eso es cierto —continuó Sarah—. El campo magnético del planeta está sufriendo cambios que nunca antes habíamos visto y el polo sigue fluctuando erráticamente.

—Tenemos que convocar a un panel internacional para analizar este efecto —agregó Daniel—. Si la teoría es correcta, todos estos datos indicarían que el eje de rotación podría estar alcanzando el punto crítico y prepara un gran desplazamiento para reubicarse. De confirmarse esto, tendríamos que enviar al Pentágono una alerta naranja y alertar a la población de inmediato.

—Pero ¿qué podemos hacer a estas alturas? —exclamó Sarah—. ¿Evacuar a todas las personas que viven al nivel del mar? Estamos hablando de millones de familias en decenas de países. ¿A dónde van a ir?

Tom Render la miró fijamente y respondió:

—No lo sé, eso es prácticamente imposible. Tenemos que evitar que se alcance el punto crítico. Tenemos que alertar a los gobiernos del peligro que esto representa.

—Los gobiernos han sido advertidos desde hace más de diez años sobre las consecuencias del cambio climático —dijo Sarah—. Ahora empezamos a ver los efectos reales y las emisiones de contaminantes son cada vez mayores. La población mundial sigue en crecimiento. La quema de combustibles fósiles nunca había sido tan grande. Las industrias no paran de crecer para satisfacer la demanda de la población. Hay que reconocerlo, Tom, los políticos no van a solucionar el problema.

Daniel Roth escuchaba la conversación mientras sentía la frustrante impotencia, al igual que sus colegas, de no tener una solución viable para detener el problema.

—No queda otra cosa que hacer que prepararse para el peor escenario —dijo Daniel—. Es muy claro que millones de personas no van a cambiar su forma de vida. Ni siquiera cuando sepan el peligro que representa. Los políticos sólo se interesan por seguir conservando el poder. Toda la gente vive al día, nadie piensa en el futuro.

—De todas formas tenemos que seguir advirtiendo de estos peligros —respondió Tom—. Prepara el informe para el Pentágono —le ordenó a Daniel—. Sarah, comunícate con la estación científica en la Antártida. Necesitamos recabar todos los datos que nos sean posibles.

Capítulo 7

Kiara despertó sobresaltada. Un remolino de emociones atravesaba su cuerpo cuando intentó incorporarse de forma súbita. Estaba tendida sobre su catre, miró hacia los lados y a través del pabellón pudo ver la figura de su padre frente a ella, acomodando cosas en una mochila. Kiara rompió el silencio.

—Papá, ¿cómo estás? —su voz se escuchaba perdida, desubicada. Sentía aún que su mente no se encontraba allí del todo. Su padre se acercó a ella e hizo a un lado el pabellón de tela.

—Me tenías muy preocupado, Kiara. Siempre te las ingenias para meterte en problemas. Quiero que me expliques qué sucedió hace dos días y dónde te encontrabas durante la tormenta.

Kiara reaccionó incrédula.

—¿Cómo que hace dos días? ¿A qué te refieres? ¿Cuánto tiempo llevo durmiendo?

—Te encontramos ayer por la tarde —dijo el doctor Jensen—. Después te trajimos hasta el campamento y desde entonces has estado durmiendo. Yo te quería llevar a un hospital, pero la doctora Sánchez me aseguró que tus signos vitales eran normales y que sólo necesitabas descanso. ¿Cómo te sientes?

—Me siento bien, aunque estoy confundida. ¿Cómo es que he estado durmiendo por tanto tiempo? No recuerdo bien lo que sucedió, papá, lo que sí puedo decir es que acabo de vivir una de las experiencias más increíbles de mi vida.

Su padre la miró furioso.

—Lamento no poder decir lo mismo, jovencita. Pensé que quizá algo malo te había sucedido durante la tormenta, o peor, que habías desaparecido para siempre. Estaba angustiado, no es nada agradable, créeme. Te buscamos un día entero. Todo el campamento tuvo que ayudar. ¿Cómo demonios te alejaste tanto de la playa? Apareciste a tres kilómetros de donde se suponía que ibas a estar.

Entre más hablaba el doctor Jensen, sentía más frustración y enojo. Kiara no sabía ni qué decir. Trató de cambiar el tema.

—¿Dónde está José?

—José, ¡ese idiota! Lo hubiera matado si algo te hubiera sucedido, de eso puedes estar segura. Apareció después de la tormenta. Dijo que algo lo había golpeado y que había despertado en medio de la jungla después de la tormenta. Afirma que te estuvo buscando en la playa y que no pudo encontrarte. Él fue quien nos avisó que habías desaparecido. No lo he visto desde ayer, seguro que se anda escondiendo de mí. Hace bien, no he terminado con él todavía.

—Papá, él no tuvo la culpa de nada. La tormenta surgió de la nada, yo me puse muy nerviosa y me interné en la jungla buscándolo —dijo Kiara, tratando de disculparlo.

—Los dos tienen la culpa —respondió su padre señalandola con el dedo índice—. Pero tú eres una inconsciente, después de lo que le pasó a tu madre deberías ser más considerada conmigo, pero ya me di cuenta de que no es así. Te voy a enviar de regreso a Los Ángeles lo antes posible.

—¡Papá!, no puedes hacer eso, no hasta que escuches lo que me sucedió. Por favor.

—¡Sé perfectamente lo que sucedió! Está decidido. Puedes argumentar lo que quieras pero no voy a cambiar de opinión.

Kiara procedió a relatar a su padre sus experiencias con lujo de detalle. Hasta se sorprendió de la intensidad de los detalles con los que podía recordar los acontecimientos, desde cómo había aparecido el viejo indio en la playa, hasta su viaje al mundo intermedio y luego a ese extraño y pacífico lugar donde vivía esa mujer que la había perseguido. Su padre no hizo ninguna pregunta ni dijo una sola palabra, solamente se limitó a escuchar el relato.

—Es la historia más extraña que he escuchado en mi vida. Estoy seguro de que esos sueños son parte del trauma que sufriste por haberte extraviado. Es común que uno imagine cosas extrañas cuando pasa por ese tipo de situaciones tan estresantes. De todas formas, pronto estarás de vuelta en California y todo esto quedará olvidado. Yo tengo que permanecer aquí por unos meses más, hasta que estén concluidas las excavaciones, pero tus abuelos cuidarán bien de ti, lo sabes.

Kiara se quejó de mil maneras, pero no pudo conseguir nada. Su sueño había sido tan intenso, que ella se aferraba a creer que se había tratado de una experiencia real. Tenía que encontrar la forma de convencer a su padre de permanecer ahí por más tiempo.

Los días transcurrían y, para fortuna de Kiara, todos los vuelos a Estados Unidos habían sido cancelados debido a la llamarada solar. Finalmente, cuando pudieron reanudarse, estaban saturados debido a las vacaciones de fin de año. Esto le había dado nuevas esperanzas de encontrar pistas para entender lo que le había sucedido el día que llegó la extraña tormenta. Estaba convencida de que la clave para descifrar el misterio era encontrar al anciano. Pero, ¿cómo iba a lograr tal cosa? Su padre no la dejaba alejarse del campamento y ella no tenía los medios para encontrar a un personaje tan extraordinario como aquel indio. No sabía por dónde empezar, así que decidió buscar a José.

Hacía varios días que él se había alejado de ella a propósito. El simple hecho de pensar en el doctor Jensen, lo había hecho desistir de preguntar a Kiara qué le había sucedido aquel día. Había preferido olvidar el asunto y dedicarse de lleno a su trabajo en el campamento. Por ello se sorprendió cuando vio a Kiara entrar a la carpa principal donde él y otros arqueólogos se encontraban. Escuchó que saludó a todos y él trató de escabullirse. Kiara se le adelantó y le cortó el paso.

—José, necesito hablar contigo, es urgente.

—No gracias, Kiara, estoy muy ocupado. Tengo que ir afuera, por favor déjame pasar.

Kiara no se movió de su lugar.

—Necesito que me escuches, José. Lo que sucedió no fue culpa tuya, lo sabes. Es muy importante que hablemos.

—Tu padre no lo considera así. Ni siquiera me dirige la palabra. Estoy seguro de que me culpa a mí, aunque no quiera decirlo.

—Nos culpa a los dos, ya me lo dijo. Pero él es así, no es mala persona, ya se le pasará. Necesita tiempo.

—Tiempo, eh, buena idea —respondió José—. Yo también necesito un poco de tiempo. Nos vemos otro día, Kiara, adiós.

Kiara lo tomó por el brazo y le dio un fuerte pellizco. Él se quejo de dolor.

—Vas a hablar conmigo quieras o no —dijo imperativa.

—Es suficiente, niña. Suéltame, vamos a hablar afuera y no se te ocurra volverme a pellizcar. ¿Dónde aprendiste a hacer eso? Eres muy mal educada.

—Ni que te hubiera dolido tanto —refunfuñó Kiara—. Tengo que platicarte lo que me sucedió ese día. Se lo conté a mi padre y no le dio importancia. A nadie le importa lo que me pasó. Todos creen que soy una niña malcriada que no tiene nada productivo que hacer.

—¡Sí que eres una malcriada!, lo acabas de demostrar.

Kiara se sentó en una de las mesas que los arqueólogos habían colocado fuera de la carpa para sortear las muestras de hueso y cerámica que habían encontrado. Estaba convencida de que a José no iba a interesarle su relato, pero aun así se lo platicó a fondo, tratando de no omitir ningún detalle como había hecho con su padre. Para su sorpresa, José se mostraba cada vez más interesado. Incluso la interrumpía constantemente para hacerle preguntas. Al final estaba fascinado con ella.

—¡Kiara, tuviste un encuentro cercano con un chamán! Un hombre de conocimiento. No tienes idea de lo difícil que es encontrar uno. Casi todos son ermitaños y odian el contacto con la gente. Nunca se dejan ver. No les interesamos en lo absoluto —le dijo José emocionado—. Yo sabía que el sitio al que fuimos era un lugar sagrado, pero jamás me imaginé que alguien como ese anciano que describes estuviera rondando por ahí. Y dices que te hipnotizó con su bastón. No le ha de haber gustado en lo más mínimo ver una chica nadando en un sitio de poder, como en una playa turística. Qué suerte que no te haya hecho una brujería, o a lo mejor sí te la hizo —José se estaba riendo de Kiara mientras ella se ponía furiosa.

—¡No le veo nada de gracioso, José! Me estaba muriendo de miedo cuando el viejo indio apareció y tú te estas burlando de mí. ¿Por qué dices que quizá me hizo una brujería?, ¿cómo es eso?

—¡Es que la escena es realmente cómica! —siguió José en tono de mofa.

—Ya basta, dime qué es lo que sabes sobre ese tipo de sueños como el que tuve, ¿qué significan?

—Significa que el brujo te hechizó y ahora eres su prisionera.

Kiara estaba a punto de perder el control y darle un puñetazo en la cara. Se contuvo muy en contra de su voluntad e intentó con otra estrategia.

—Yo pensé que sabías mucho sobre los indios José, pero ahora me doy cuenta de que eres un ignorante que no sabe nada. Dices las mismas estupideces que los turistas. Qué decepcionante eres. Tengo que ir a hablar con alguno de los otros arqueólogos, estoy segura de que saben más que tú sobre estos asuntos.

José reaccionó de inmediato. No iba a permitir que una tonta niña estadounidese le dijera que era un idiota.

—Qué dices, niñita ignorante. Nadie sabe más de los indios y los chamanes en este lugar que yo. Solamente yo he vivido con ellos y experimentado sus tradiciones. Estas personas que ves aquí sólo han leído libros que otros arqueólogos más osados que ellos han escrito. Yo tengo la experiencia propia. Ya estoy empezando a escribir mis propios relatos. No sabes lo que dices. De hecho, te iba a ayudar a comprender tu experiencia pero me doy cuenta de que eres una engreída. Crees, como todos, que el mundo gira alrededor de ellos. Qué mal andas, eh —José se levantó y miró a Kiara. Ella se levantó también y, enfrentándolo le dijo:

—Está bien, lo siento. No quise decir eso. No seas tan temperamental. Es que no me estabas poniendo atención, te estabas burlando de mi relato y este asunto es muy serio para mí, ¡compréndeme!

José no sabía qué decir. No era fácil tratar con ella, pero aun así disfrutaba su compañía.

—Está bien, acepto tus disculpas, pero si quieres hablar sobre esos asuntos te vas a comportar. Y no se te ocurra interrumpirme. Escucha bien y calla.

Kiara asintió y volvió a tomar asiento. Estaba ansiosa por escuchar a José. A lo mejor no sabía gran cosa que le resultara útil pero por lo menos se interesaba por su historia.

—Los chamanes son expertos en realizar ese tipo de viajes que tú describes. Nadie sabe cómo le hacen para viajar ni los lugares que visitan, salvo por las historias que ellos mismos relatan. Muchos aseguran que sus poderes mágicos provienen de sus sueños. En sus sueños, según dicen ellos, se encuentran con otros seres que no habitan este mundo y les proporcionan información y conocimiento. Estos seres no son humanos como nosotros. Son seres que habitan esos mundos y que muchas veces toman formas escalofriantes. A veces los chamanes los representan como una mezcla de animal–humano o inclusive de insecto–humano. Otras veces ni siquiera tienen formas de un ser vivo, pueden ser nubes, como en tu experiencia, o rocas, árboles, cualquier otra cosa.

—¿Has tenido una experiencia como la mía? —preguntó Kiara.

—Tuve una experiencia muy diferente a la tuya, pero empezó igual, como un sueño —José hizo una pausa como buscando las palabras correctas antes de proseguir—. Veras, cuando estuve con los indios, yo los acompañé en sus ceremonias que duraban a veces hasta tres días con sus noches sin parar. En estas ceremonias, todos ingerimos una bebida hecha a partir de un cactus sagrado que crece en los desiertos, al norte de México. Tenía un sabor espantoso, pero lo que sucedió después no tengo forma de explicarlo racionalmente, como te sucede a ti ahora. En la segunda noche de la ceremonia había tomado yo más de dos veces de esa bebida y me sentía muy cansado. Llevaba casi treinta y seis horas sin dormir. Sentía los efectos de la bebida en todo mi cuerpo. Primero me sentí mal del estómago y vomité varias veces, fue horrible. Luego, conforme pasaban las horas, el grupo seguía cantando y bailando alrededor del fuego, y todos me lanzaban palabras de aliento para que me sobrepusiera de mi malestar. Me decían que traía muchos demonios adentro y que por eso me sentía mal.

”Poco a poco me fui sintiendo mejor al estar acostado y luego me levanté. Empecé a sentir una fuerza tremenda en los músculos y todo mi cuerpo se sentía muy tenso. Mi mente ya no pensaba como todos los días, sino que se enfocaba con fuerza en todo lo que veía. El mundo era maravilloso, contemplaba el fuego que ardía en el centro del círculo que formaba la gente y sentía como si ese fuego estuviera vivo y consciente. Todas mis preocupaciones se habían desvanecido y me sentía pleno y satisfecho conmigo mismo y con mi vida. Mi cabeza ya no daba vueltas, sino que podía pensar más claramente que nunca. Durante toda la noche estuve despierto y continué así hasta entrada la tarde del siguiente día. Me recosté sobre el suelo para descansar un poco las piernas y cerré los ojos. Inmediatamente tuve la sensación de estar cayendo o atravesando un túnel que estaba hecho de luces alucinantes de todos colores. Emergí luego en un lugar tan hermoso que sinceramente no podría describirlo por más que quisiera. El suelo estaba cubierto por una cantidad enorme de flores de colores tan vívidos que me producían alegría de solo verlos.

"Mi cuerpo era ligero como el viento —continuó José—. Traté de verme a mí mismo y me di cuenta de que mi cuerpo era el mismo pero tenía características diferentes. Tomé mi dedo índice izquierdo con la mano derecha y lo jalé suavemente. Para mi sorpresa, el dedo se estiró como si fuese de hule. Me di cuenta, entonces, de que me encontraba soñando, en un lugar fuera de este mundo. Observé el cielo y tuve la voluntad de volar; algo dentro de mí me dio indicaciones de la posición que debería tomar para emprender el vuelo. Y así, de pronto, despegué con una velocidad impresionante, y a los pocos segundos estaba a cientos de metros de altura. Volaba como un ave sobre un hermoso valle y podía sentir el viento sobre mi cara y mi cuerpo. Era una sensación espléndida, aún la puedo recordar. Seguí volando cada vez a más velocidad hasta que el valle sobre el que me desplazaba desapareció por completo atrás de mí. Después sentí claramente cómo mi conciencia se internaba en otros planos de existencia. Ya no podía sentir mi cuerpo y percibía luces y destellos que se movían a mi alrededor en un incesante movimiento circular. Creí que el universo me tragaba y me llevaba hacia el principio de la creación, a un lugar donde todo lo que existía estaba conformado de luz. Era una experiencia fascinante, imposible de describir en palabras. —En este momento, José interrumpió su relato.

—¿Qué pasó después, José? —preguntó Kiara.

—No lo recuerdo bien, fue hace muchos años. Lo único que recuerdo es que volví a abrir los ojos y me encontraba en la ceremonia junto con todas las demás personas. Me levanté y seguí bailando y cantando con ellos hasta la tarde del día siguiente.

—¿Cómo es que tenías tanta energía para permanecer despierto por tres días?

—El brebaje que los indios preparan es mágico, está hecho con plantas de poder. Te da una energía fenomenal.

—¿Y eso es peligroso?

—Sí, es muy peligroso. Ellos son los únicos que conocen las recetas y la cantidad que puedes ingerir. Una sobredosis puede resultar fatal.

—¡Me gustaría probarlo! —dijo Kiara enseguida, como toda una adolescente.

—Estás loca, yo lo hice porque me encontraba con la gente adecuada. Las plantas de poder no son un juego de niños, Kiara. Mucha gente ignorante que se interna en el desierto por su cuenta nunca sale de ahí. Puede morir por los efectos de la planta en su organismo o por picaduras de insectos o mordidas de serpiente de cascabel. Sobre todo las serpientes abundan en esos lugares. Los indios llevan usando estas plantas por miles de años y las conocen a la perfección. A pesar de eso existe una gran controversia en la sociedad por el uso de estos métodos para desarrollar la conciencia. La sociedad aquí en México lo considera un tabú y lo relaciona con las drogas u otras cosas malignas.

—Quizá la sociedad no esté aún preparada para este tipo de conocimiento tan extraño, ¿no crees, José?

—No sé si esté preparada o no, yo creo que simplemente no está interesada. El mundo material los provee de todo lo que necesitan. Aún así mucha gente consume drogas que no tienen nada que ver con las plantas de poder. Y lo hacen por diversión o por simple aburrimiento. Mucha gente vive una vida muy fácil y se autodestruye por su misma frustración.

—Yo creo que la sociedad no está preparada para algo así —puntualizó Kiara—. Mi padre ni siquiera se interesó por mi experiencia. Él lo único que quiere es que vaya a la universidad y obtenga un título, luego que me case y me dedique a atender a mi esposo y a mis hijos. Tiene que haber algo más en la vida que solamente existir de esa forma tan mecánica.

—La hay, pero el precio a pagar es considerable —dijo José.

—¿A qué te refieres? ¿Qué más hay aparte de lo que mencioné? ¿Hacer mucho dinero?

—No, el conocimiento no tiene nada que ver con el dinero o la riqueza. Los chamanes que me enseñaron eran fieles creyentes de que el ser humano es infinitamente más poderoso de lo que creemos. Nuestra mente o nuestra conciencia, como ellos le llaman, es capaz de lograr cualquier cosa si es entrenada correctamente.

—Te refieres a los súper poderes como los personajes de las tiras cómicas —se rio Kiara—. Ya estás un poco grande para creer en esas cosas, José.

—Bueno, a ti te sucedió algo muy extraño y también ya estás un poco grande para creer en sueños y pesadillas, ¿no?

—No, lo mío fue diferente, lo sé —respondió Kiara defendiéndose—. Tú no estabas ahí, no sabes lo que me pasó.

—Así es. Yo no estaba ahí, pero he sabido de experiencias similares. Lo que nos pasa es que nos sentimos aislados los unos de los otros. Siempre creemos que somos especiales, únicos, y no es así —le dijo José de modo tajante.

—Yo sí me considero especial y única. Quizá tú no, pero yo sí lo soy —refunfuñó Kiara.

—Ya ves, eres unaególatra, igual que todos los individuos de la sociedad en la que vives. Dices que quieres aprender sobre el conocimiento de los chamanes y no aceptas ni lo más fundamental. Los chamanes son humildes, Kiara. En sus viajes ellos se enfrentan a fuerzas desconocidas, como te sucedió a ti, y no se sienten especiales por ello. Simplemente se dan cuenta de que, como seres humanos, todos somos vulnerables, nos necesitamos los unos a los otros, pero cuando te sientes mejor que los demás, entonces crees que no necesitas la ayuda de nadie y desprecias el conocimiento y la experiencia de los otros.

—¿Quién te dijo eso? Seguro lo estás inventando por tu cuenta —respondió Kiara, que se sentía agredida con ese comentario. Ella nunca se había considerado unaególatra aunque tampoco sentía que necesitara a nadie más.

—Te voy a dar un ejemplo de nuestra civilización —dijo José retándola—. Tú sabes que los indios de esta región y otras por lo general son muy reservados con los hombres blancos y la gente de la ciudad, ¿verdad?

—Sí, lo sé —respondió Kiara—. Nos odian. Especialmente a los estadounidenses.

—¿Y sabes por qué? —preguntó José.

—¡Claro! —respondió con mucha seguridad—. Porque no les gusta el progreso ni los autos ni nuestra cultura, son tecnofóbicos, le temen a la tecnología —Kiara sintió que había dejado su clavo bien remachado.

—Tecnofóbicos. ¡Pero qué tonterías dices!, seguramente eso piensan en las escuelas y universidades sobre ellos. Pero, claro, ahí aprenden todo sin salir del salón de clases. Nada más sacas tu laptop y te conectas a internet y ya lo sabes todo, ¿no? No podías estar más equivocada, créeme. Los indios son mucho más inteligentes de lo que tú crees.

—¡Demuéstramelo! —dijo Kiara desafiante.

—Esta selva, por ejemplo. Es un lugar sagrado porque provee de frutas, animales y agua para la comunidad. Los indios la veneran porque es hermosa en sí misma, con su equilibrio perfecto. La jungla guarda muchos secretos también, pero no los revela fácilmente. Los hombres de negocios llegaron aquí hace un siglo a extraer minerales y frutos. Al poco tiempo de estar aquí, se dieron cuenta de que una de las tradiciones de los indios era masticar la resina de uno de los árboles que crece en abundancia: el árbol de chicle. Los indios la usaban porque les ayudaba a estimular sus órganos y la producción de saliva, lo cual mejoraba su digestión y los mantenía sanos. Después ellos les enseñaron la receta a los hombres blancos y éstos la llevaron a las ciudades, donde les otorgó jugosas ganancias de dinero. El chicle se volvió tan popular en aquel entonces como lo es ahora. De inmediato comenzaron a cortar los árboles para producir más y más y crear grandes industrias para satisfacer la creciente demanda. Como necesitaban mano de obra, emplearon a los antiguos indios pobladores de la zona que les habían enseñado la receta y les pagaron una miseria por su trabajo, mientras se dedicaban de lleno a explotar y dañar la selva. Muchas especies de animales se vieron afectadas, también la vida de armonía que los indígenas compartían con la naturaleza. Al paso de los años, los hombres de negocios exigían cada vez mayores cantidades de materia prima. Destruían todo a su paso en su afán de producir más resina para su exitoso producto. Su avaricia era insaciable y la jungla ya había dado todo lo que tenía. Como la jungla ya no satisfacía sus necesidades, contrataron científicos para desarrollar una fórmula sintética para sustituir al chicle natural. Cuando lo lograron, se fueron de aquí dejando a la jungla lastimada y a los indios en la miseria, con su medio ambiente destruido. El equilibrio de la jungla tardó tanto tiempo en restablecerse, que aldeas enteras tuvieron que abandonar su lugar sagrado para buscar mejores condiciones de vida. Condiciones que nunca encontraron. Algunos regresaron finalmente y poco a poco fueron acostumbrándose a volver a la selva que había sido gravemente dañada por la avaricia. Por eso y muchas razones más, los indios son muy recelosos de la gente de ciudad. Saben que vienen aquí siempre con el mismo propósito: beneficiarse de la naturaleza a la vez que la destruyen y dañan a sus comunidades.

Kiara no sabía qué decir. Pensó que el mundo no era así en su totalidad. La historia de José, aunque muy triste, era solamente un caso aislado.

—¿Qué tiene que ver la tecnología con todo esto, José?

—Mucho —dijo él—. La naturaleza paga un precio demasiado alto por el estilo de vida que la gente vive en los países del primer mundo. Piénsalo, Kiara. ¿De dónde provienen todos los materiales que se usan para fabricar la tecnología? ¿De dónde sale el acero para los autos, la madera para las casas, el plástico para los teléfonos celulares? El hombre está explotando a la naturaleza de una manera espeluznante. La avaricia no tiene límites. ¿Cuánto petróleo crees que quemamos diariamente para viajar con comodidad en nuestros autos?

"Los indios respetan la naturaleza, ¡nosotros no! —continuó José enfático—. La explotamos sin conciencia ni remordimiento alguno. La mayoría de nosotros ni siquiera se da cuenta. Estamos demasiado ocupados consumiendo sus productos para pensar en algo que no nos interesa. Siempre pensamos que cuidarla es responsabilidad de otros. Mientras sigamos siendo alimentados, no vamos a reparar en el daño que estamos creando. Nos resulta muy cómodo seguir viviendo nuestras vidas diarias mientras el medio ambiente paga el precio.

Kiara reflexionó por un momento, pero la posición de José le parecía muy radical. Ella estaba segura que la ciencia encontraría los medios para revertir todos los daños creados por la humanidad. Muy dentro de sí, confiaba en el ser humano. No imaginaba que una catástrofe así fuera posible. El mundo iba a continuar girando como siempre. No creía que las cosas podían cambiar.

—Me gustaría conocer la cultura de los indios —dijo Kiara que sentía curiosidad después de escuchar el relato de José.

—Quizá haya oportunidad de visitarlos, pero primero debes comprender su estilo de vida para que puedas apreciar sus tradiciones y costumbres.

—Necesito saber qué significan esos sueños que tuve —dijo ella—. He tratado de repertirlos todas las noches al irme a dormir, pero nada sucede. Tengo sueños normales o a veces ni recuerdo lo que sueño. Es muy frustrante.

—Te aconsejo que tomes el valor de esa experiencia y decidas si quieres conocer a fondo el mundo del chamanismo y los viajes de conciencia. No todo en ese mundo es color de rosa, Kiara. En todos lados existe el peligro. El mundo de los chamanes no es la excepción.

—Aun así estoy dispuesta a correr el riesgo. Esta experiencia ha cambiado mi idea respecto al mundo. Ahora sí tengo un verdadero misterio frente a mí. He conseguido un propósito. Siempre intuí que existía algo misterioso y desconocido en nuestra vida, pero nunca supe dónde buscar.

—¿Y cuál es ese propósito? —preguntó José, intrigado con las palabras de Kiara.

—El propósito de averiguar la verdad. De conocer los misterios de la conciencia. Necesito saber si lo que viví fue real o si fue simplemente un sueño como cualquier otro.

José miró a Kiara. Recordó que él también había buscado la verdad cuando era así de joven. Las cosas no habían resultado tan fáciles, pero aún persistía en su búsqueda. El destino de Kiara era impredecible. Quizá su poder personal la guiaría en dirección del conocimiento de los antiguos hombres. ¿Quién podía saberlo? Los dos se alejaron lentamente hacia el comedor. Habían conversado por un largo rato y ya era hora de comer algo.

Capítulo 8

10 500 a.C., continente perdido de Atlantis

En la sala de un magnífico edificio, rodeado por cuatro sujetos, se encontraba la mujer que había perseguido a Kiara. Un hombre maduro de aspecto oriental vestido con una brillante túnica similar a las usadas por los antiguos emperadores chinos miraba la escena sentado en un enorme cojín, desde una plataforma elevada por unos escalones frente a la gran sala de un templo. En su cabeza, lucía un enorme tocado cilíndrico forrado con la misma tela brillante de sus vestidos.

Todos los presentes en la sala portaban espadas y estaban vestidos con un atuendo de combate muy parecido al que había visto Kiara cuando había hecho su extraña aparición en la sesión de los aprendices. El atuendo incluía una especie de armadura semirrígida que protegía el pecho y la espalda de cada uno de ellos.

El hombre sentado en la plataforma hizo una señal y los cuatro hombres que rodeaban a la mujer se movieron como si se dispusieran a atacarla. El primer hombre embistió a la mujer blandiendo su espada en el aire. La mujer reaccionó veloz e hizo un movimiento con la espada para desviar el ataque. Un segundo después, dos hombres más atacaron por los costados y la mujer tuvo que dar un salto por los aires para evitar ser degollada.

Aterrizó a un lado de la arena de combate y los hombres arremetieron contra ella. Las espadas sonaban al chocar y hasta ese momento nadie había sido herido. Parecía un tipo de entrenamiento de suprema dificultad para la mujer pues los hombres no le daban tregua alguna. Ella tenía que estar concentrada en todas las direcciones para evitar los ataques de sus adversarios. Por espacio de cinco minutos siguieron combatiendo y poco a poco la mujer lograba desarmar a cada uno de sus oponentes, para que éstos volvieran a tomar sus espadas y siguieran combatiendo.

La batalla se tornaba cada vez más violenta y complicada. De momento parecía que los hombres iban a derrotar a la mujer, pero entonces ella giraba por el suelo y salía del área de la pelea. Sin embargo, en una de sus maniobras no fue tan afortunada y cayó en medio de dos adversarios. Uno la atacó por el frente al mismo tiempo que el otro tiraba un tajo por la espalda. La mujer pudo desviar el ataque de frente pero recibió de lleno el golpe por la espalda y gimió de dolor. Entonces cayó. Seguía sosteniendo la espada en actitud de reto y los hombres la rodearon. Se disponían a atacarla de nuevo cuando se incorporó.

—¡Es suficiente! —ordenó a los presentes el hombre sentado en la plataforma.

Todos bajaron sus espadas y se alinearon frente a él. Hicieron un saludo inclinándose y se retiraron. La mujer permaneció ahí. Tenía marcado el dolor en sus gestos. La armadura rígida había evitado que la espada la cortara, pero aun así el dolor hacía que su cuerpo se doblara al caminar. El hombre bajó de su trono y encaró a la mujer.

—La espada es una extensión de tus sentidos, Anya, no debes olvidarlo. El motivo principal para su aprendizaje es que constituye el mejor vehículo para desarrollar la fuerza del intento.

Tomó delicadamente la espada en su mano y comenzó a hacer movimientos con ella al tiempo que explicaba.

—Al sujetar la espada en tu mano, tu atención se expande más allá de tu cuerpo y comienzas a dominar todo el espacio que abarca su longitud. Por eso, el correcto desarrollo de los músculos es tan importante. Tu mente debe tener control completo de la espada y de los movimientos de tu cuerpo, pero el intento es la fuerza que logra lo que la mente considera imposible. A medida que empiezas a dominar el espacio más allá de tu cuerpo a través de la espada, la fuerza de tu intento se expande a un territorio más amplio. La espada se vuelve parte de ti y tu mente se da cuenta de que puede dominar tu cuerpo sobre espacios lejanos a través de diferentes instrumentos. Una vez que alguien domina el arte de la espada, está listo para enfrentarse a la cuarta y última escuela del conocimiento. La cuarta escuela te prepara para dominar la fuerza más misteriosa del universo.

Anya no se atrevía a decir una sola palabra. Sabía que había fracasado en la prueba. Su oportunidad de ingresar a la escuela de los iniciados se había esfumado.

—Debes mejorar el movimiento de tu cuerpo. Tus músculos están en perfectas condiciones pero tu mente no logra aprovechar su potencial. Cuando empiezas a dominar la fuerza del intento, entonces tus músculos ganan un poder cien veces más grande que el de un hombre normal. Por eso no importa qué tan grande o fuerte parezcas. Al principio del aprendizaje en las artes marciales, las mujeres se sienten intimidadas por los fuertes músculos de los hombres. Una mujer tiene esa seria desventaja al principio, pero tú has logrado llegar hasta aquí a pesar de que no posees una masa muscular como la de un hombre. Lo que has logrado ha sido gracias a tu perseverancia, sin esa cualidad no te sería posible ni siquiera tratar de aprender a manejar el intento.

El maestro hizo una pausa y entregó a Anya la espada.

—De modo que te felicito. Has pasado la prueba para tu ingreso a la cuarta escuela. La escuela del poder y la magia compleja.

Anya estaba sorprendida, una ola de emoción recorrió todo su cuerpo. Se había quedado muda. Finalmente, después de un largo silencio, pudo articular algo.

—Maestro Zing, es un gran honor para mí. Pensé que no lo había logrado —exclamó.

—Lo lograste, Anya, y de manera formidable. Combatiste tu sola contra cuatro guerreros expertos de la tercera escuela. Te mantuviste por más de diez minutos en combate abierto contra todos ellos y casi logras derrotarlos. Quiero que sepas que nunca nadie lo ha logrado. Para eso necesitas algo más que tu espada y tu fuerza física. Eso lo aprenderás los siguientes años de tu vida que pasarás aquí en este templo.

—Me siento muy honrada por haber sido aceptada —dijo Anya. Ella sabía que solamente uno entre cien guerreros era escogido para ingresar en la última escuela del conocimiento. Para llegar hasta ahí había necesitado de veinticinco años, mismos que había dedicado de lleno a aprender una gama diversa de artes marciales. Había sacrificado todo en su vida para ese momento y lo había logrado. Su felicidad era inmensa.

—Dentro de la escuela —explicó el maestro Zing— se te asignará el título de maestro guardián del templo. Uno de tus principales deberes será resguardar los secretos que mantenemos aquí. Nadie debe tener acceso al templo ni a los salones contiguos. Poco a poco irás comprendiendo por qué las cosas deben de ser de esa manera. Por ahora vas a recibir tu primera lección. ¡Sígueme!

Anya se dispuso a escuchar muy atenta mientras ambos caminaban hacia los salones contiguos al templo.

—Hace miles de años nuestros ancestros descubrieron la forma de manejar la fuerza del intento —dijo el maestro Zing—. Todo el conocimiento que poseemos se lo debemos a ellos. Durante el tiempo que ellos vivieron, la sociedad era muy diferente a como es ahora. La humanidad vivía una época de ignorancia y oscuridad. Los humanos se disputaban el control de los territorios de caza y las fuentes de agua como los ríos y lagos. Según las antiguas escrituras, estos primeros hombres fueron quienes trajeron consigo el conocimiento que convirtió una sociedad ignorante y primitiva en lo que somos ahora. Llegaron en grandes naves atravesando el océano, provenientes del lejano continente al oeste. Algún día te relataré la historia completa del cambio que produjo su llegada.

"Estos hombres habían descubierto que nuestro mundo no era lo que parecía. A simple vista, el mundo parecía estar formado por materia sólida, pero ellos fueron los primeros en darse cuenta de que todo estaba formado por energía en estado vibratorio. Lo que parecía materia sólida, era en realidad energía concentrada que fluía a diferentes ritmos. Pero lo más importante de todo es que pudieron percatarse de que esta realidad energética que veíamos *podía ser alterada por el observador*. No era inmutable y definitiva como aparenta.

"Ellos nunca hubieran podido llegar a estas conclusiones sin antes haber desarrollado una habilidad especial —prosiguió el maestro—. Las antiguas escrituras relatan que se sometieron a profundos estados de trance que tiempo después les permitieron desarrollar la capacidad de soñar en estado consciente. Como todos nosotros, al principio ellos dormían y, cuando despertaban, se hallaban extrañados por las caóticas visiones de los sueños. Tras muchos años de esfuerzos, desarrollaron la forma de permanecer conscientes mientras dormían y así comenzaron a viajar a través de otros mundos y otras realidades, donde reunieron el conocimiento para comprender los misterios de la vida y las leyes del universo.

"Aquellos hombres desarrollaron poderes que en ese entonces los hicieron destacarse sobre los demás seres humanos. Había nacido la primera estirpe de seres súper conscientes —Anya no dejaba de escuchar muy concentrada—.

Conforme estos seres viajaban a través del universo, se daban cuenta de que el mundo estaba ordenado de una manera sumamente compleja de entender para nuestra mente. El tiempo no se movía de forma continua, sino que se creaba a medida que la energía se movía. Como la energía se movía a diferente velocidad en nuestro mundo, comparada con la velocidad de los mundos a los que ellos viajaban, la conciencia podía ser desplazada a través del tiempo si se intentaba hacerlo mientras se experimentaba un viaje de conciencia. De esa forma de intentar surgió la palabra *intento*, pues así fue como comprendieron que cuando su conciencia se concentraba profundamente para realizar una tarea, aunque ésta pareciera imposible o poco probable, algo en el universo respondía a su petición e interactuaba con su conciencia para crear el movimiento del flujo de energía que realizaría la acción deseada. Esa fuerza misteriosa que ellos llamaron intento estaba presente en toda la creación y era la fuerza responsable del ordenamiento de todo lo que llamamos realidad.

"Este hecho cambió por completo su visión de la realidad y de la naturaleza del universo entero —cotinuó el maestro Zing—. Como la energía en nuestro mundo se movía de una manera muy lenta en comparación a la de los mundos a donde ellos viajaban, entonces nuestros cuerpos y mentes estaban sujetos al tiempo que nuestro mundo creaba. Su propósito entonces fue el de superar ese estado dependiente de la materia densa e internarse para siempre en los mundos más allá del nuestro. Allá el tiempo terrestre dejaría de afectarlos y permanecerían conscientes por la eternidad.

Anya estaba como hipnotizada con la historia que estaba escuchando sobre los principios de su civilización. Era fascinante escuchar la osadía de esos primeros hombres para enfrentar al universo cara a cara y desentrañar los misterios que tan celosamente guardaba.

—¿Y lo lograron? —preguntó emocionada.

—No pudieron lograrlo en un principio. No de la manera en que ellos esperaban hacerlo. Sus cuerpos permanecían sujetos al tiempo. Entonces la vejez sobrevenía y morían como cualquier otra persona. Sin embargo, ellos delinearon el camino para que nuestra civilización desarrollara habilidades y construyera tecnología más alla de lo imaginable. Estos hombres murieron, es verdad, pero no sin antes haber desarrollado poderes verdaderamente sorprendentes. Así comenzó la historia de nuestra civilización, que a través de siglos ha utilizado el conocimiento que nos legaron los ancestros para desentrañar los misterios del universo.

Anya entendía bien las explicaciones del maestro. Sin embargo, ella siempre había admirado al mundo tal y como era. A su juicio era bastante sólido e inmutable.

—¿Pero cómo lograron estos primeros hombres descubrir que el mundo estaba realmente compuesto de energía ordenada por esa fuerza llamada intento? —preguntó Anya intrigada.

—Estos primeros hombres descubrieron que la conciencia humana no estaba sujeta a las mismas leyes que restringen al cuerpo físico de moverse hacia otros planos de existencia. Ellos sospechaban que nuestro mundo no era tan sencillo como parece a simple vista, sino que guardaba muchos misterios. Esto lo sabían porque descubrieron ruinas de una antigua civilización que había habitado su continente. Casi nada sobrevivió del conocimiento de los antiguos pobladores, salvo algunas leyendas que hablaban sobre el mundo de los sueños y extrañas formas de llegar hasta ese lugar poblado por las más fascinantes criaturas.

—¿Y entonces qué hicieron?

—Nuestros ancestros siguieron las indicaciones de las leyendas al pie de la letra y descubrieron todo lo que has estado escuchando.

El maestro Zing y le pidió a Anya que lo siguiera. Bajaron muchas escaleras y entraron en un oscuro pasadizo. El maestro hizo un movimiento con la mano y una luz tenue proveniente de las paredes se encendió. Llegaron a una sala rectangular y en una de las paredes Anya pudo ver un símbolo de extraña forma, entre circular y elíptica, iluminado en una de sus partes con otra exactamente igual pero opaca. El maestro Zing comenzó a hablar.

—Nuestra galaxia, como todas las demás, fue constituida gracias a la acción del Gran Campo Creador. Éste se manifiesta como la superposición de dos fuerzas complementarias en perpetuo movimiento espiral, constituidas de energía pura pero con diferente polaridad. Estas dos fuerzas son inseparables. Al crearse una, da origen a la otra inmediatamente por el principio de acción–reacción. De ese modo, todo lo que vemos tiene una contraparte energética que no estamos habituados a percibir, porque está superpuesta fuera de las tres dimensiones que abarcan nuestros sentidos. Este símbolo muestra una parte al lado de otra porque es la única forma de representarlo en este mundo tridimensional. La realidad es que las dos fuerzas representadas por este símbolo se encuentran superpuestas en el mismo lugar, vibrando a una velocidad distinta. ¿Entiendes a lo que me refiero al decir *superpuesta*, Anya? —preguntó el maestro.

—No, simplemente no lo comprendo —respondió ella.

—No lo comprendes porque nuestra mente da prioridad siempre al sentido de la vista. Cuando vemos algo, de inmediato le asignamos una posición en el espacio. Pensamos que esa posición no puede ser ocupada por ningún otro objeto, ya que se encuentra ocupada por uno. Es una de las leyes de la materia. ¿Correcto?

—Correcto —dijo Anya—. Eso es perfectamente comprensible.

—Bueno, ahora cierra lo ojos y utiliza únicamente tu sentido del oído. Como notarás, al hacer eso no puedes asignar a los objetos un espacio determinado porque no los puedes ver. Así que solamente puedes identificar la dirección de donde provienen los sonidos que estás percibiendo.

—Sí, correcto —contestó Anya que, mantenía sus ojos cerrados.

El maestro Zing tomó unos instrumentos de metal parecidos a campanas que se encontraban en una mesa adornando uno de los salones contiguos a donde habían llegado.

—Mantén tus ojos cerrados y escucha el sonido que emite esta campana —Anya se concentró en el sonido de la campana que sostenía el maestro Zing—. Ahora que estás escuchando este sonido puedes determinar de qué dirección viene. ¿Qué sucede si mientras percibes este sonido hago sonar otra campana?

Anya escuchó las dos campanas simultáneamente. Entonces empezó a entender el concepto de superposición. Ambos sonidos provenían del mismo lugar y sin embargo eran totalmente diferentes y aislados; se superponían de manera perfecta y ordenada sin afectarse el uno al otro. Abrió los ojos y pensó en un coro. Cada cantante vocalizaba creando un sonido diferente y, para los espectadores, los diferentes sonidos estaban en el mismo lugar.

—Creo que ya entendí el concepto con los sonidos, maestro, es sólo que con mis ojos no logro imaginar cómo dos cosas pueden ocupar el mismo espacio —dijo Anya.

—No es fácil comprenderlo porque estamos acostumbrados a pensar en el espacio como algo definitivo. Nuestros ojos crean la sensación del espacio sólido e impenetrable. Es lógico que no puedas imaginar dos objetos superpuestos en el mismo espacio. Pero aunque por ahora sea incomprensible para tu mente, debes empezar a convencerte a ti misma de que el universo está hecho de energía y que tus sentidos te limitan para percibir su verdadera naturaleza. No va a ser necesario que lo comprendas, lo único necesario es que te acostumbres a la idea y el intento hará el resto. Antes de lo que crees, empezarás a percibir la naturaleza compleja del universo.

Anya no estaba segura de poder lograrlo. Nunca había imaginado una cosa así. Un mundo creado por energía vibrante era ya una idea bastante difícil de imaginar. El maestro Zing interrumpió sus pensamientos.

—La primera lección para dominar la fuerza del intento es estar consciente de que todo lo que existe es manipulable, siempre y cuando lo percibas como energía. Para lograr percibir el mundo en términos de energía debes aprender a vaciar tu mente. ¿Por qué? Porque tu mente es la que se encarga de dar forma a todo lo que percibes. Es la conexión que existe entre tu conciencia y la conciencia del gran campo creador. El flujo del gran campo creador es el responsable de la existencia de todo lo que podemos percibir. Una vez que tu mente se desconecta, deja de interferir entre el gran campo y tu conciencia. Cuando esto sucede, tu conciencia no sólo puede percibir la energía vibrante que compone el universo, sino que además es libre de viajar a través de ella. Aunque no lo sabes, tú ya has sido entrenada en el proceso de desconectar tu mente del universo físico. De esa forma has aprendido a soñar consciente. La única forma de lograrlo es desconectando tu mente del mundo de todos los días; la meditación es el vehículo perfecto para desconectarla, sin embargo el estado necesario para alcanzar la fuerza del intento es muy difícil de lograr. Se requiere una gran cantidad de energía adicional. Energía que no está al alcance de un ser humano común y que debe ser obtenida por otros medios.

Anya no se imaginaba de dónde provenía esa cantidad extra de energía. El maestro Zing continuó hablando.

—Estás a punto de conocer uno de los secretos que deberás conservar dentro de las paredes de este templo. Mañana por la tarde emprenderás el camino del conocimiento, en el mundo de la magia compleja. Debes prepararte para ser iniciada.

Anya sintió un nerviosismo muy grande, estaba a punto de ser iniciada en los secretos del conocimiento y no sabía si estaba preparada para ello.

—He escuchado hablar del rito de iniciación, pero dado que está prohibido hablar acerca de él, no tengo idea de cómo prepararme.

—Debes ayunar a partir de ahora y meditar hasta el día de mañana. Tu mente debe estar libre de pensamientos y tu corazón libre de emociones. Mañana te será inducido un trance con la ayuda de nosotros y de un ritmo del tambor. Una vez en el trance, tu conciencia viajará más allá de los límites de nuestro espacio-tiempo hacia lo desconocido. El propósito de este viaje es que experimentes la conciencia creadora del gran campo.

Anya sintió curiosidad y preguntó.

—Maestro, ¿qué no experimentamos esa conciencia creadora diariamente en nuestro mundo?

—Sí, sí la experimentamos, pero muy limitadamente. Nuestros sentidos sólo captan el aquí y el ahora de nuestro mundo. Sin embargo, nuestras posibilidades de percepción son mucho mayores. En tu viaje, vas a experimentar este poder creador aumentado millones de veces. Podrás percibir la energía que crea galaxias y universos enteros.

—¿Cuál es el propósito de experimentar esa fuerza? —preguntó Anya.

El maestro Zing hizo una pausa. No era el tipo de pregunta que esperaba responder.

—Tú misma vas a responder esa pregunta una vez que hayas experimentado ese viaje, Anya. Los secretos del universo no pueden ser revelados simplemente hablando de ellos, hay que experimentarlos personalmente. Ésa es la gran diferencia entre un iniciado y un ser humano común. De nada sirve hablar de cosas que están más allá del entendimiento humano. Ahora lo importante es tu proceso de iniciación. Para ayudarte, te presentaré a otro miembro del Gran Concejo.

Anya siguió al maestro Zing por unas escaleras que conducían a un salón privado. Lentamente abrió la puerta y a cierta distancia se encontraba una mujer blanca vistiendo una túnica hermosa con grabados en colores resplandecientes de oro y plata. Era muy alta y el tocado que llevaba en la cabeza la hacía ver más alta aún. La decoración del salón era exquisita. Enormes tapetes adornaban los pisos y las paredes estaban cubiertas de pinturas que relataban escenas de sitios y personajes que no pertenecían a su tiempo, o al menos Anya nunca los había visto antes. El salón estaba parcialmente alumbrado con hermosas velas blancas y la iluminación común que emanaba de las aristas donde se juntaban las paredes con el techo. El maestro Zing se aproximó a la mujer y murmuró algo que Anya no pudo escuchar. Después se volteo súbitamente y le habló.

—Anya, te presento a la concejal Anthea.

—Es un honor conocerla —respondió Anya haciendo una reverencia. El título de concejal era familiar para ella. Todos los maestros brujos de la cuarta escuela eran miembros del Gran Concejo, por lo que entre ellos se llamaban de esa manera para guardarse respeto.

La concejal Anthea no respondió, sólo miraba a Anya. Sus brillantes ojos grises poseían una mirada cautivadora, tan penetrante como el agua y tan fría como el acero templado. A Anya le incomodaba su manera de mirarla, era como si pudiera conocer todas sus emociones por el hecho de observarla. El maestro Zing rompió el silencio.

—La concejal Anthea estará a cargo de instruirte por los próximos años. Estoy seguro de que ustedes dos se van a llegar a conocer muy bien.

Anya no sabía qué responder, se sentía intimidada por esa mujer, pero ya no había más remedio. Las decisiones de los concejales eran inapelables.

El maestro Zing se retiró para dejarlas solas y que iniciaran el proceso de conocerse. Anya no se atrevía a decir nada y el silencio entre las dos empezaba a hacerla sentir incómoda. Finalmente la mujer le habló.

—Debes estar orgullosa de haber llegado hasta aquí —le dijo la consejal—. La oportunidad de estar en este templo es un privilegio que muy pocos gozan. Estoy segura de que eso ya lo sabes.

—Sí, lo sé —respondió Anya—. Me siento muy orgullosa de haber llagado hasta aquí.

—Me alegra que te sientas bien, pero estás a punto de encarar una fase del conocimiento que cambiará por siempre la idea que hasta ahora tenías de tu mundo. Y este tipo de cambio no es algo que puedas comprender fácilmente. Tiene que ver con el hacerse consciente de la realidad que te rodea desde un punto de vista diferente al del ser humano común. Mañana serás iniciada y entonces no habrá vuelta atrás.

Anya se sentía cada vez más nerviosa. Quería que las horas transcurrieran rápido y que llegara el día de mañana lo antes posible. Trató inútilmente de calmarse y notó que la concejal podía percibir su nerviosismo.

—No te preocupes. Estoy segura de que todo saldrá bien. El motivo por el cual el maestro Zing y yo estamos inquietos no tiene que ver contigo. Nuestra civilización está dando un rápido giro hacia una dirección inesperada. La armonía que tanto tiempo llevó para instaurarse en nuestra sociedad está siendo amenazada como nunca antes.

Anya no había notado que los concejales se encontraran inquietos, pero sí le parecía muy apresurada la decisión de ser iniciada al día siguiente, cuando normalmente pasaban meses después de ingresar a la escuela y recibir la iniciación.

—¿Qué es lo que sucede, si se me permite preguntar? —Anya rompió el silencio al fin.

—El parlamento ha desafiado al Gran Concejo por la construcción de las pirámides en los continentes. Es sólo cuestión de tiempo para que se dé una separación en el senado entre aquellos que siguen la filosofía de vida del Gran Concejo y aquellos que no.

—Pero supuestamente el Gran Concejo debe tener decisión absoluta sobre los asuntos relacionados con la evolución espiritual de la gente. ¿Por qué el parlamento está desafiando los proyectos?

—No todos los miembros del parlamento sienten que es necesaria una aclaración, pero para algunos líderes los recursos que el Gran Concejo posee están siendo mal utilizados o desperdiciados. Estos líderes tienen el apoyo de las masas. Pero esto no es nada nuevo. ¿Cómo es que no estás enterada de lo que sucede en las ciudades?

—Hace muchos años que paso la mayor parte del tiempo en la escuela y el templo. Casi no conozco gente en las ciudades.

—Bueno, pues las cosas han cambiado mucho los últimos años. El parlamento exige ahora el uso de más tecnología para hacerle frente al crecimiento constante de la población. A pesar de que conocemos las consecuencias del uso excesivo de la tecnología, todo parece indicar que no habrá forma de frenarlo. En un principio se acordó que la tecnología serviría para realizar trabajos de construcción de grandes templos y para el transporte a grandes distancias. Pero ahora los líderes políticos han introducido la idea de una vida más cómoda a través del uso de toda clase de inventos materiales. Este uso desmedido exige que cada día se produzca más energía, para lo cual se necesitan más generadores solares y de viento. Esto, a su vez, requiere que se extraiga más mineral para su construcción, lo cual representa más daño a la naturaleza. Como ves, es un círculo vicioso que nunca acaba.

—Pero, ¿por qué la gente no se instruye en este sentido? Estoy segura de que todos comprenderán que a la larga este deterioro es más perjudicial para la vida.

—Los políticos tienen gran influencia sobre la población, son líderes de opinión. Piensan que hacen un bien a la gente cuando en realidad sólo están complaciendo su ego. Es muy fácil para ellos ser presas de la adulación de los demás. Además, con el tiempo van acumulando poder y la sensación que causa ese poder gobierna su mente. Es muy difícil que alguien en esa posición se detenga a reflexionar, lo único que quieren es tomar el control para después tener el poder absoluto.

—¿Y qué es lo que quieren respecto a las pirámides?

—Quieren conocer la verdadera naturaleza del proyecto. Quieren saber qué funciones cumplen las pirámides y para qué han sido construidas. Pero sobre todo quieren conocer los secretos de la tecnología que se está usando para su construcción.

—¿Se refiere a la tecnología de reversión gravitatoria?

—Así es —contestó la concejal—. Quieren conocer el secreto de la antigravedad.

—Pero eso es un secreto que sólo incumbe al equipo científico del Gran Concejo. ¿No es así? —preguntó Anya consternada.

—Así es, Anya, pero el apoyo al Gran Concejo cada día es menor y algunos políticos consideran que no puede existir ese tipo de secretos. Parece ser que la creación del parlamento no trajo los beneficios que se esperaba cuando el Gran Concejo decidió cederles la administración del gobierno hace más de veinte años.

Anya conocía bien la historia. Hacía aproximadamente veinticinco años el Gran Concejo era el responsable de dictar las leyes que gobernaban a la población. Había gobernado por tres mil años en la manera tradicional, pero poco a poco la población fue creciendo y la gente se fue alejando de las maneras tradicionales y adoptando una forma de vida más liberal. Algunos líderes empezaron a criticar al Gran Concejo y su total hermetismo en el manejo de sus funciones. Empezaron a esparcir rumores de que vivían en un régimen totalitario que los oprimía y no los dejaba participar en las decisiones que afectaban la vida diaria de la sociedad.

El Gran Concejo previó el peligro de lo que estas reacciones significaban y decidió que se creara el parlamento para ceder las funciones de gobernabilidad a los representantes que la población eligiera. El parlamento estaría conformado por el senado, que sería el responsable de dictar y reformar las leyes que gobernarían a la población, y por la cámara de administración, que ejecutaría las leyes aprobadas y administraría los bienes de los ciudadanos. De esta forma, el parlamento se ocuparía de las necesidades de la población y el Gran Concejo se ocuparía del estudio de la ciencia y la creación de la tecnología.

Su sistema de gobierno no estaba sustentado por dinero ni basado en la actividad económica, sino en la participación equilibrada de cada individuo en las necesidades de la población. Cada persona decidía la profesión que deseaba aprender al llegar a la madurez. Una vez en esa etapa, dedicaba la mitad de su tiempo a aprender la teoría de la profesión y la otra mitad a trabajar, de manera que adquiría práctica al mismo tiempo que contribuía con la sociedad. Todos los bienes que se producían estaban a disposición de las familias para ser repartidos de manera equitativa de acuerdo con sus necesidades. El concepto de escasez no existía. Siempre había habido suficiente comida, vestido y morada para todas las familias. El sistema había durado más de tres mil años siguiendo una política de bajo crecimiento demográfico y de un uso muy limitado de la tecnología. La energía era producida únicamente con el viento y la radiación solar. El respeto al medio ambiente y a toda forma de vida era una ley inquebrantable.

El propósito de la civilización no era generar riquezas y atesorarlas, sino lograr la evolución de la conciencia a través del descubrimiento de los misterios de la vida, la muerte y el universo. Por esta razón, casi todas las familias decidían tener sólo uno o dos hijos. De esa forma podían educarlos y dedicarles el tiempo necesario. Asimismo, cada pareja podría seguir su propio desarrollo espiritual y contar con el tiempo suficiente, cosa que sería imposible si tuvieran tres hijos o más. Esto ocasionaría a la larga un crecimiento exponencial de la población que generaría más conflictos, desatención de los padres y finalmente la desintegración de las familias.

Poco a poco, el senado había ido cambiando las leyes que sostenían la forma tradicional de vida de los atlantes, permitiendo cada día más libertades a la población. Uno de los asuntos de discusión más alarmantes era el incremento que había sufrido la población en las últimas décadas. La forma tradicional había sido hasta entonces que cada pareja se uniera después de que ambos miembros cumplieran la mayoría de edad, establecida en los veintiséis años, y cada pareja debería procrear un máximo de dos hijos. Esta tradición había sido respetada por miles de años pero en la actualidad el senado había permitido que las parejas procrearan un máximo de cuatro hijos alegando que era necesario contar con más fuerza de trabajo para cubrir las necesidades actuales de la población. El Gran Concejo había objetado el cambio drástico en la ley y así había comenzado el conflicto entre las dos instituciones. El senado había exigido que se alivianara el trabajo por medio del uso de las tecnologías secretas. El Gran Concejo se había negado a hacer accesible esa tecnología. En represalia, el senado había lanzado campañas en su contra en todas las grandes ciudades. Además, había sembrado en la población la idea de una mejor forma de vida a través del restablecimiento del comercio.

Anya sintió curiosidad de viajar a las ciudades. Hacía mucho tiempo que se mantenía alejada y tenía deseos de ver cómo habían evolucionado las cosas allá afuera. La concejal se había levantado de su silla y avanzado un par de pasos. Anya preguntó:

—¿Qué va a suceder con las pirámides?

—El senado seguirá presionando, pero el Gran Concejo ha decidido nunca revelar el verdadero propósito de su construcción. Tenemos que buscar aliados. Debemos evitar que haya una ruptura de las relaciones que sostenemos con los políticos, sería muy perjudicial para todos. Pero eso lo tenemos que dejar para después. Ahora te mostraré el lugar que hemos designado para que vivas dentro del complejo central. Permanecerás ahí hasta mañana, mientras, iré a hacer los preparativos para la ceremonia.

Dicho esto, ambas mujeres se dirigieron al interior del complejo que albergaba los templos donde residían los miembros del Gran Concejo.

Capítulo 9

El doctor Jensen hablaba con un colega suyo cuando su hija entró a la carpa principal; sus miradas se cruzaron y Kiara se aproximó a ellos.

—Hola Kiara —saludó el hombre que estaba conversando con el doctor Jensen.

—Hola —contestó Kiara sonriendo.

El doctor Jensen tomó la palabra.

—Kiara, tenemos que ir a la Ciudad de México a presentar el informe anual de recuperación arqueológica a las autoridades mexicanas. Mañana saldremos a tomar el avión. Estaremos de regreso a más tardar el día 3 de enero.

—Pero eso quiere decir que no estarás aquí para el año nuevo, papá.

—Así es, Kiara, lo siento mucho pero el comité exige nuestra presencia. El país atraviesa por una seria crisis política y el futuro del proyecto depende de nuestra presencia allá. He dejado instrucciones para que no te falte nada. Hoy enviamos el jeep hacia la ciudad para que se compren todas las provisiones necesarias. Estarás bien, ya lo verás. Cuando volvamos haremos una fiesta para celebrar entre nosotros. Ahora voy a recoger las muestras que se obtuvieron hoy para catalogarlas.

Kiara se despidió de ambos y caminó en dirección al sitio oeste. Una vez más su padre se alejaba de ella para atender sus asuntos de trabajo. No podía entender para qué la había hecho viajar hasta allá si no iba a estar con ella, como lo había prometido.

Salió de aquel lugar y vio una cara conocida. Era José, que la saludó de inmediato.

—Hola, hola, pero qué honor tenerte por aquí —dijo bromeando.

—Hola, José. ¿Cómo estás?

—Yo muy bien. ¿Y tú, cómo vas?

—Sigo intrigada por lo sucedido. Pero no he vuelto a soñar nada. Creo que me quedaré con la duda para siempre.

—Bueno, pues yo tengo una idea.

—¿De qué se trata?

—Esta mañana pasaron por aquí dos pobladores de una aldea indígena que se encuentra como a cincuenta kilómetros. Uno de los ayudantes venía de la ciudad y se los encontró en el camino. Le pidieron si podía traerlos hasta aquí para luego continuar su camino a pie.

—¿Cincuenta kilómetros a pie? ¡Qué locura! ¿Por qué no los lleva hasta allá? —exclamó Kiara.

—De hecho, yo los llevé y en agradecimiento me invitaron a una ceremonia de celebración que han preparado para mañana. Es lo que ellos llaman la fiesta del maíz. Es una ceremonia de agradecimiento por la buena cosecha de este año. Me dijeron que iban a tener invitados de varias poblaciones indígenas de todo el país. Es una ceremonia muy importante para ellos. Estoy seguro de que vendrán muchos chamanes. Si quieres, puedo comentar tu experiencia con alguno de ellos para ver qué te recomienda hacer.

—¡Yo quiero ir contigo! —dijo Kiara muy emocionada.

—No, no lo creo. Tu padre no estaría de acuerdo —José hizo un gesto negativo con las manos.

—Mi papá se va a ir a la Ciudad de México por unos días. No va a estar aquí. Regresan hasta el día 3 de enero. No hay problema.

—No, sí lo hay —respondió él—. No creo que sea buena idea. No quiero más problemas. Lo siento.

Kiara se desilusionó, pero de pronto se le ocurrió algo.

—¿Quién más va a ir contigo, José?

—Nadie, voy a ir solo.

—Mira, te propongo un trato. Voy a hablar con la doctora Sánchez, si ella accede a acompañarnos, entonces le diré a mi padre que ella fue quien me invitó, así no tendrás problemas. Mi papá le tiene plena confianza. Son buenos amigos.

José no sabía qué responder, pero siendo de esa forma él se quitaría toda la responsabilidad.

—Bueno, si ése es el caso, entonces puedes venir.

—Gracias. Iré a buscarla ahora mismo —dijo Kiara al tiempo que corría para buscar a la doctora Elena Sánchez.

Kiara estaba bastante emocionada. No se imaginaba lo que era ir a una verdadera ceremonia con los indígenas. Iba a ser toda una experiencia. No tenía tiempo que perder.

La doctora Sánchez accedió a acompañarlos. Era una oportunidad que un antropólogo no dejaría pasar. Por lo general, los indios no invitaban a ningún extraño a sus ceremonias, pero esto era excepcional. Ahora Kiara necesitaba el permiso de su padre y todo estaría listo.

Para su desagrado, el doctor Jensen no estaba de acuerdo con ella. ¿Para qué tenía que ir ahí? Kiara insistió en que hablara con la doctora Sánchez. Su padre se oponía rotundamente y comenzaron de nuevo a discutir. Ella comenzó a chantajearlo con el argumento de que siempre la dejaba sola y, después de todo, su padre accedió, aunque de muy mala gana. A la mañana siguiente, se despidió de él y acordaron verse en cuanto volviera.

Kiara no necesitaría gran cosa para su aventura. Empacó solamente un cambio de ropa y una libreta. Se puso unos jeans, sus maltratadas botas y salió a buscar a José y a la doctora Elena Sánchez. Habían acordado verse frente a la carpa principal.

José y Elena ya estaban esperándola cuando llegó. Subieron al jeep y emprendieron el camino que los llevaría por entre la jungla, hacia la aldea de los indios. Kiara disfrutó mucho del viaje, que duró alrededor de una hora. Conforme se alejaban del camino principal a través de diferentes brechas, José iba describiéndoles el tipo de vegetación de la zona y los animales que habitaban por ahí. Kiara sintió terror cuando José mencionó que esa parte de la selva estaba habitada por jaguares. Por lo general, no atacaban al hombre pero era mejor andarse con cuidado, estaban entrando en el territorio del felino sagrado.

Las lianas bajaban de manera espectacular desde las altas copas de los árboles de chicle y las aves no dejaban de cantar por todos los rincones de la jungla. La selva de Quintana Roo era verdaderamente asombrosa en colorido y biodiversidad. El mundo maya estaba lleno de bellezas. Kiara había esperado por muchos años la oportunidad de visitar los cenotes. Aunque no tenía mucha experiencia en el buceo, el simple hecho de nadar en esas aguas cristalinas era algo envidiable.

José detuvo el jeep y Kiara se dio cuenta de que habían llegado a su destino.

—Nos detendremos aquí —indicó José—. La aldea queda como a seiscientos metros bajando por esa vereda.

Los tres tomaron sus mochilas y empezaron a caminar rumbo a la aldea. La doctora Sánchez iba al frente. Como a trescientos metros de donde habían estacionado el jeep pudieron ver unos niños semidesnudos jugando en un viejo carrito de tren sobre unas angostas vías que se internaban en lo que parecía ser la aldea. Los niños los vieron y salieron corriendo. Minutos después, se encontraban en la entrada de la pequeña comunidad indígena. José les pidió que esperaran ahí mientras él preguntaba por los indios que lo habían invitado. Kiara empezó a ponerse nerviosa. ¿Qué tal si se molestaban por su presencia? No sabía qué esperar. Se puso a conversar con la doctora Sánchez que no parecía para nada preocupada y al cabo de unos minutos José volvió.

—Todo listo. Nos van a facilitar una choza para que pongamos ahí nuestras cosas. La ceremonia va a empezar al caer la tarde. Parece que vamos a poder participar. Van a consultarlo con uno de los chamanes. Traigan sus cosas.

Entraron a la aldea. Las chozas de los indios estaban construidas con delgados palos de árbol; los techos, de forma cónica, con hoja de palma. Era todo un espectáculo para Kiara, acostumbrada a las grandes ciudades, el ver ese modo de vida tan sencillo y primitivo. Apenas podía creer que en el siglo XXI existiese gente que aun viviera de esa manera tan humilde. Estaba fascinada viendo a los niños que jugaban; de vez en cuando, alguno se le acercaba para tocarla y después huir a toda velocidad riendo. El ambiente era muy pacífico, nadie parecía tener prisa o estar estresado. Algunos hombres descansaban en hamacas que colgaban de los árboles y otros estaban sentados en el suelo. Algunos fumaban pipas o algo parecido. Todos sin excepción se les quedaban viendo con curiosidad pero ninguno se acercaba.

José se detuvo a hablar con un par de indios frente a una de las chozas. Llamó a Kiara y a la doctora Sánchez.

—Les presento a nuestros anfitriones, él es Kélam y él es Chak.

Kiara y la doctora Sánchez saludaron de mano a los aldeanos y ellos, extrañados, devolvieron el saludo agitando las manos por espacio de casi diez segundos. Los dos eran muy bajos de estatura y de piel morena de un tono rojizo. Su cabello era color negro, igual que sus ojos. Ambos vestían pantalones de manta color blanco, aunque se veían más bien de color beige por el polvo que se les impregnaba. Los dos hombres sonreían amablemente y José explicó que Kélam hablaba muy poco español, pero él comprendía un poco la lengua maya. Chak, por su parte, se dedicaba al comercio de artesanías y hablaba muy bien el español.

El espacio de la choza era de aproximadamente seis metros cuadrados o poco más. Era difícil calcularlo debido a su forma circular. El piso era de tierra aplanada y humedecida. Su color era un poco más rojizo que el suelo de afuera, por lo que tal vez habían agregado un poco de arcilla para volverlo más compacto. De pronto, Kiara reparó en algo: ese tipo de comunidades no contaba con baños ni retretes. ¡Diablos!, pensó. No estaba acostumbrada a ese tipo de incomodidades, pero se las arreglaría. José conversó un momento con uno de los indios y luego éste se marchó. Aparentemente le había dado algunas indicaciones sobre cómo prepararse antes de la ceremonia.

—Chak me pidió que no comiéramos nada antes de la ceremonia —indicó José aproximándose a ellas—. Debemos ayunar lo que resta del día, solo podemos beber agua.

—¿Es todo lo que debemos hacer? —preguntó la doctora Sánchez.

José titubeó unos segundos y luego respondió:

—Sí, eso es todo lo que debemos hacer.

Kiara y la doctora notaron que ocultaba algo, se miraron entre sí y luego Kiara tomó la palabra.

—¿Qué más te dijo el aldeano, José?

—Oh, nada más. No tiene importancia —respondió.

—Todo tiene importancia aquí para nosotras —dijo la doctora Sánchez—. Dinos por favor qué otras indicaciones te dio.

—Ya les dije que no tiene ninguna importancia. ¿Por qué tanta curiosidad?

—Somos mujeres, ¿no lo entiendes? No nos gusta que nos dejen fuera de las decisiones. Así que dinos ya. ¿Qué esperas? —dijo la doctora Sánchez imperativamente.

—Bueno, me pidió que no tuviéramos relaciones sexuales, y le explique que tú y yo sólo éramos compañeros de trabajo y que Kiara era hija de un colega nuestro. ¿Contenta?

La doctora Sánchez se quedó muda. Iba a decir algo pero Kiara se adelantó.

—Bueno, asunto aclarado. Si no te molesta, José, la doctora y yo vamos a descansar aquí por un momento, ya sabes, cosas de mujeres, nos vemos al rato.

Kiara hizo señas a José con las manos para que saliera de la choza. José salió no sin antes despotricar cosas en contra de las mujeres. Kiara y la doctora se rieron de él.

—¡Estos indios! —dijo Kiara—. ¿De qué nos vieron cara? ¡Qué atrevidos!

La doctora Sánchez continuó riendo y después explicó a Kiara que el ritual en el que iban a participar era un asunto muy serio para ellos y que no habían pretendido insultarlas, sino que siguieran al pie de la letra sus tradiciones. Kiara quiso saber más acerca de la ceremonia. La doctora le explicó que casi todos los indios celebraban ceremonias en fechas especiales, como todas las culturas. Una de estas fechas era cuando recogían la cosecha de maíz. Independientemente de si la cosecha era buena o no, ellos agradecían a la madre Tierra por el fruto que los alimentaba. Toda la población participaba en las ceremonias, todos se sentaban alrededor de una fogata. Las mujeres formaban una mitad y los hombres otra. Los jefes de la tribu cantaban alabanzas al Sol y a la Tierra. Después, los chamanes o médicos brujos se acercaban a los participantes para bendecirlos con sus bastones.

—Todos los médicos brujos utilizan un bastón que tiene plumas amarradas en la parte superior. Algunas de estas plumas apuntan hacia el cielo en posición vertical. Los chamanes centran su atención en el bastón para remover la mala energía que se acumula alrededor del cuerpo de la persona.

Kiara se encontraba fascinada con la explicación de la doctora.

—¿Cómo es eso de la energía? ¿Cómo saben los chamanes que esa energía existe? —preguntó Kiara.

—Eso te lo pueden responder únicamente ellos —dijo la doctora—. Lo que sí te puedo decir es que poseen una conciencia muy aguda. Una vez fui a una ceremonia con los huicholes en el norte de México y uno de los chamanes me dijo que yo tenía problemas con mis ovarios. Yo pensé que me lo decía porque quería que le pagara para que me hiciera una curación. Me molesté bastante, yo no tenía ningún dolor ni síntoma de alguna enfermedad, pero resultó que él tenía razón. Cuatro años después me casé y pasé más de tres años tratando de embarazarme sin conseguirlo. Mi ex esposo y yo fuimos a ver a varios ginecólogos y, después de varios estudios, determinaron que no ovulaba de manera correcta. Todavía me pregunto cómo fue que el chamán lo supo en ese entonces.

—¿Ya no estás casada? —preguntó Kiara.

—No, me divorcié hace varios años. Muchas parejas se casan con la esperanza de tener hijos y formar una familia. Mi problema contribuyó mucho a que mi relación terminara.

Kiara supuso que no era buen momento para hablar de algo tan doloroso.

—Siento mucho escuchar eso. ¿Qué más hacen los indios en sus ceremonias? —preguntó para cambiar el tema.

—Pues bailan, cantan y otras cosas. La ceremonia, además de ser una celebración, representa el renacimiento de todas las cosas de la naturaleza, incluidos los seres humanos, ya te darás cuenta. Va a ser una bonita experiencia para ti que eres muy joven y que no cargas con tanto peso en tu vida.

Kiara no entendió en esos momentos a qué se refería la doctora. Estuvieron conversando un rato sobre temas relacionados con la vida de las poblaciones indígenas en México y luego Kiara salió de la choza a tomar un poco de aire. Faltaban varias horas para que la ceremonia comenzara y estaba muy inquieta. Fue a buscar a José y lo encontró conversando con unas mujeres mayores que al parecer estaban preparando algún tipo de comida. Kiara se acercó a ver.

—Hola, José, ¿qué hacen?

—Hola Kiara. Ya me extrañaba que no salieras a curiosear por la aldea. Son los preparativos de la comida para mañana. Hoy todos van a ayunar para beber la medicina en la ceremonia.

—¿Qué tipo de comida es? —preguntó Kiara, que veía cómo las mujeres enrollaban un tipo de masa en hojas frescas de plátano.

—Ah, esto es una delicia. Se les llama tamales. Están hechos de masa de maíz triturado mezclado con grasa de puerco. El relleno se prepara con carne de cerdo o jabalí previamente cocida con especias y chiles. Después se meten en una olla con un poco de agua y se dejan cocer al vapor dentro de la hoja de plátano. Son deliciosos, un poco picantes, pero nada que no puedas comer. Te garantizo que te van a gustar.

Kiara se lavó las manos en un estanque donde almacenaban agua para diferentes usos. Luego regresó y se entretuvo por horas ayudando a preparar la comida. Mientras más tiempo pasaba en la aldea, más evidente era para ella la diferencia entre la vida de estas personas y la suya. Esta gente utilizaba gran parte de su tiempo preparando comida, mientras en su ciudad Kiara solamente necesitaba ir a un restaurante de comida rápida y en minutos obtenía su alimento. Los indios no contaban con electricidad ni gas, para hervir la comida hacían pequeñas fogatas con trozos de leña que recogían de la selva, en los alrededores de su comunidad.

Pensó en la historia que José le había relatado sobre el cambio que habían sufrido cuando los empresarios llegaron a procesar la resina de chicle. A lo largo de la aldea se podían ver las huellas de este cambio, pues angostas vías de tren se extendían hacía todas las direcciones; también había grandes tanques de almacenamiento y algunas otras cosas típicas de las grandes fábricas. La selva era mucho más bella, pero la modernidad terminaba por alcanzar cualquier sitio.

Kiara observó también que no todas las mujeres estaban dedicadas a cocinar. Algunas las había visto sentadas tejiendo, desde hamacas hasta rebozos y algunos otros artículos, como aretes y collares. José le había platicado que estas artesanías representaban prácticamente los únicos ingresos monetarios que los indios percibían. Una vez terminadas, ellos viajaban a las ciudades cercanas a vender los artículos en los mercados, a los turistas o a los dueños de locales comerciales, que a su vez los revendían al mejor postor. Dependían del escaso dinero que obtenían para comprar semillas que luego cosechaban, así como cuchillos, hachas y algunos rifles que utilizaban para cazar animales salvajes. Algunos hombres utilizaban estas herramientas para elaborar exquisitas esculturas en madera de árboles caídos o que habían sido dañados por algún rayo. De alguna forma la comunidad se las ingeniaba para no desperdiciar nada de lo que tomaban de la naturaleza.

Kiara no pudo ver ningún vehículo, así que asumió que los indios no contaban con ninguno. El aire que respiraban era limpio. Únicamente se podía percibir el fuerte olor del humo de la leña quemada en las fogatas. Toda la escena era como una película para ella. No podía creer que se encontrara ahí, tan lejos de su casa y con personas que no conocía preparando comida que nunca en su vida había probado. La emoción que experimentaba era inmensa. Se sentía viva en aquel apartado lugar. Tanto que había olvidado las incomodidades de la falta de electricidad y de los baños.

Transcurrieron casi dos horas y Kiara se empezaba a acostumbrar a la gente. Las mujeres le sonreían cuando le pasaban la masa y poco a poco la habían ido corrigiendo hasta que consiguió envolver de manera correcta los tamales. Empezó a sentir curiosidad por su sabor. Tenía hambre pero sabía que no debía comer nada. Luego recordó lo que había dicho José acerca de tomar la medicina. ¿A qué se habrá referido? De seguro era parte del ritual tomar algún té u otra hierba. A Kiara nada le preocupaba. Había olvidado todas sus inquietudes, quizá debido a que su mente se encontraba bastante ocupada reconociendo el nuevo entorno.

Una de las mujeres le hizo señas. Parecía que ya no había más masa y habían terminado de preparar todas las ollas. De inmediato se dirigieron a donde estaba apilada la leña y encendieron una pequeña fogata para cada olla. Luego caminaron hacia el pequeño estanque y se lavaron las manos. Un grupo de hombres se aproximaba, estaban vestidos con pantalones y camisa blancos con bordados de colores vivos. De pronto, Kiara sintió una oleada de emoción. El anciano que había encontrado en la playa estaba ahí. Los hombres siguieron de largo sin prestarles atención ni a ella ni a las demás mujeres. Quiso preguntarles quiénes eran esos hombres pero no sabía si le responderían. Probó con la mujer más cercana y para su sorpresa le dio la respuesta.

—Son jefes de tribu. Vienen de lejos para ceremonia de curación. Médicos brujos.

Kiara entendió al instante. Tenía que ver a José para comunicarle su hallazgo. Se despidió de las mujeres y corrió hacia la choza donde había dejado a la doctora Sánchez, pero no había nadie. Empezó a recorrer la aldea buscando a José. Mientras preparaba los tamales lo había visto en compañía de tres indígenas, así que seguramente andaba cerca. Siguió buscándolo, pero no lo veía por ningún lado. En cambio a la que encontró fue a Elena. Estaba con un grupo de mujeres admirando sus artesanías.

—Doctora, estoy buscando a José. ¿Lo ha visto por algún lugar? —preguntó apresurada.

—Sí, José salió con los demás hombres a juntar leña. No debe tardar.

Kiara regresó a la choza y se recostó un momento a pensar. La experiencia se tornaba más emocionante a medida que transcurría el día. Su cuerpo rebosaba de energía mientras esperaba paciente que el momento de la ceremonia llegara.

—Me dijo Elena que me estabas buscando —dijo José cuando entró a la choza y vio a Kiara recostada en el suelo.

—Sí, es importante. El hombre que vi en la playa el día de la tormenta, el anciano, ¿recuerdas?, se encuentra aquí, lo acabo de ver —dijo Kiara emocionada mientras se incorporaba.

—¿Te refieres al chamán que te embrujó en la playa ese día?

—Sí, sí, el mismo, te juro que lo acabo de ver. Está acompañado por otros cuatro hombres que visten de manera parecida.

—Bueno, pues tiene lógica. Muchos chamanes de varias tribus se van a reunir hoy aquí. Te lo dije, es una celebración importante. Hemos juntado leña para tres días o más.

—Sí, pero no me entiendes, es el mismo hombre que me habló en mi sueño o viaje o lo que haya sido… ¿No comprendes?

—¿Comprender qué? ¿Qué quieres que haga?

—Pues no sé. Acompáñame a hablar con él para que me aclare las cosas —pidió Kiara.

—Estás loca. No puedo presentarme así nada más y exigirle a ese hombre que te dé explicaciones. Tú eres la que no comprende. Esos hombres son temidos y respetados en las comunidades indígenas, no te les puedes acercar. Tengo que solicitar una audiencia con él o, pensándolo bien, por qué mejor no esperas, quizá él mismo venga a hablar contigo. La ceremonia está por empezar. No hay tiempo para tu agenda personal. Vamos allá afuera a buscar a la doctora Elena.

Kiara lo miró bastante molesta, pero entendió que por el momento no era oportuno buscar al anciano. Tendría que esperar otra oportunidad.

José y ella salieron de la choza y encontraron a la doctora Sánchez. Toda la aldea se preparaba para la ceremonia. Caminaron junto con las demás personas hacia el sitio que habían elegido los jefes. Al llegar notaron que los participantes se empezaban a acomodar alrededor de una gran fogata que habían encendido en el centro de un lugar desprovisto de vegetación. José se despidió de ellas y les deseó suerte. Kiara y la doctora Sánchez se acomodaron junto a las demás mujeres.

—¿Trajiste tu mochila? —le preguntó la doctora Elena.

—Sí —respondió Kiara—. Traigo mi mochila con el agua y un suéter por si empieza a hacer frío. ¿Cuánto tiempo vamos a estar aquí?

—Toda la noche, hasta el día de mañana.

—¿Quieres decir que vamos a dormir aquí?

—No, no vamos a dormir. Vamos a permanecer despiertas toda la noche.

Kiara estaba nerviosa. En parte exaltada y en parte llena de curiosidad. El sol se estaba ocultando y la oscuridad no tardaría mucho en envolverlos. Miró a su alrededor, el sitio donde se encontraba había sido preparado para la celebración de la ceremonia. El suelo había sido aplanado y se encontraba libre de vegetación. Todos los participantes estaban sentados en el suelo formando un círculo de unos veinte metros de diámetro. Las mujeres conformaban una mitad del círculo y los hombres la otra. En el centro se había encendido un fuego ritual custodiado por dos guardianes, quienes serían los encargados durante toda la ceremonia de alimentarlo con leña para asegurarse de que nunca dejara de arder. En dirección al este se encontraban cinco pequeñas sillas para uso exclusivo de los chamanes encargados de guiar la ceremonia. Kiara notó que todos ellos cargaban un bastón adornado con plumas. Además, dos de ellos portaban instrumentos de cuerdas que parecían ser violines. Frente a ellos se había cubierto el suelo con una manta roja para poner una ofrenda. Kiara pudo distinguir espejos, monedas, chocolates, tabaco y velas blancas. También había visto a algunos indígenas participantes depositando plumas, fajas, dijes de metal y otros artículos sobre la manta. La doctora Elena le había explicado que eran objetos de poder personal de cada uno de ellos, pero Kiara no entendía cuál era el propósito de colocarlos ahí.

Más tarde Kiara aprendería mucho sobre el propósito de estos rituales tan antiguos. Los objetos ofrendados representaban el respeto hacia la madre Tierra, que todo lo provee, y eran colocados frente al fuego porque éste representaba al Sol padre cuya luz nutre y sustenta la vida en el planeta. El círculo de los participantes donde se dividía a las mujeres de los hombres representaba el eterno ciclo de fuerzas opuestas que dan origen a la diversidad de la creación en el universo y que se repite infinitamente a través del movimiento eterno. Los cinco chamanes guías convocaban a las fuerzas del universo con humildad y respeto para integrar a la conciencia de los presentes con la conciencia suprema del cosmos y así elevar su conocimiento sobre los misterios de la creación. En suma, todo el ritual tenía como propósito fundamental elevar la percepción ordinaria para encontrar una forma de comunión con la inteligencia creadora del universo.

La oscuridad de la noche alcanzó el sitio de la ceremonia y Kiara ya casi no podía distinguir los rostros de los hombres que se encontraban al otro lado del fuego central. De pronto escuchó retumbar el sonido de tambores. Dos mujeres se aproximaban, en sus manos traían copas de cerámica que despedían humo blanco con un olor muy agradable, como a bosque. Las mujeres empezaron a pasar frente a los participantes y esparcían humo alrededor de todos sus cuerpos. La doctora tomó a Kiara del brazo.

—Antes de comenzar la ceremonia, todos los participantes son limpiados con el humo de copal.

—¿Qué es copal? —preguntó Kiara.

—Una resina que se obtiene de los árboles. Esas copas que cargan las mujeres tienen brazas de carbón ardiendo, así queman la resina para obtener el humo. Es igual al
incienso.

—Huele muy bien. Me agrada el olor.

Los tambores seguían sonando y las mujeres continuaban lanzando el humo a todos los participantes. De pronto,
el sonido cesó y se empezaron a escuchar los cantos chamá-
nicos en lengua indígena. Los cinco hombres que Kiara había
visto aparecieron y se reunieron en un pequeño círculo alrededor del fuego. Tomaron sus bastones y empezaron a recitar cantos al tiempo que movían los bastones en dirección a
los cuatro puntos cardinales. Kiara observaba atentamente.

—Los chamanes están bendiciendo el espacio alrededor
de la ceremonia —dijo Elena Sánchez en voz baja, para no
interrumpir—. Convocan a los poderes de los cuatro elementos para que vigilen a todos los participantes.

El fuego empezó a arder más violentamente al tiempo
que una ráfaga de aire cruzaba el círculo. Kiara sintió el viento en su cara. Era magnífico estar ahí. Definitivamente era
toda una experiencia que contar.

Los cinco chamanes tomaron tierra del suelo y la so-
plaron hacia el fuego. Después comenzaron a cantar y poco
a poco se fueron retirando hasta quedar sentados en las sillas que habían sido colocadas en la cabecera del círculo que
formaban los participantes. El ambiente quedó en silencio y,
tras una breve pausa, los tambores resonaron de nuevo. Dos
mujeres con trajes indígenas y ollas de metal se aproximaron
al fuego. Caminaron rodeándolo hasta completar una vuelta.
Luego se dirigieron hacia donde empezaba el semicírculo de
las mujeres participantes. Se pararon enfrente de la primera

mujer y con un pequeño cántaro le dieron algo de beber. Fueron con la siguiente mujer y así sucesivamente, hasta que estaban por llegar a donde se encontraban Kiara y Elena Sánchez.

—¿Qué es lo que beben? —preguntó Kiara.

—Es la medicina —contestó la doctora—. Sabe un poco amarga, trata de no devolver el estómago.

Kiara se sintió nerviosa. ¿Qué diablos le iban a dar de tomar? Era muy tarde para arrepentirse. A ver qué sucedía. Las mujeres se acercaron y una de ellas le ofreció el cántaro. Kiara lo tomó con ambas manos y empezó a sorber el líquido. Enseguida sintió náuseas. El brebaje sabía espantoso. La mujer le dijo algo en lengua indígena, y aunque no entendió, tomó valor de nuevo y bebió un poco más. Era horrible pero al fin consiguió tomarlo. La otra mujer le ofreció un poco de agua de naranja para que se enjuagara la boca y se quitara el mal sabor.

—El sabor de la medicina es fuerte —dijo la doctora—. Pero te va a servir, créeme.

Kiara no veía la manera de que ese brebaje le fuera a servir de algo, salvo para darle náuseas. Su estómago comenzó a emitir ruidos. La doctora pudo notar que Kiara se tocaba el vientre.

—Es normal, no te preocupes. La medicina empieza a penetrar en tu cuerpo, pronto vas a sentir los efectos.

La sensación de asco había pasado pero no del todo. El sonido de los tambores era cada vez más lento. Kiara pudo notar que ahora eran los hombres los que bebían el amargo jugo. Concentró su atención en el fuego. Los guardianes se habían colocado frente a la fogata y se aseguraban de que estuviera bien alimentada con leña. El canto de los chamanes se inició de nuevo. Se podía percibir el fuerte olor del humo de la fogata. Lentamente, Kiara empezó a sentir una tensión en sus piernas. Pensó que estaba cansada y se sentó. No eran solamente sus piernas, ahora sentía tensión en la espalda. Un extraño sabor de boca invadió su paladar. La tensión se estaba acumulando en todo su cuerpo. Se levantó de su lugar. Estaba confundida, no podía pensar claramente. La tensión subió por su espalda y la obligaba a erguirse más de lo normal. Luego, escuchó un tronido dentro de sus oídos, como si se hubieran destapado. Podía escuchar todo con más claridad. Su cuerpo parecía estar encendiéndose por dentro. No era una sensación del todo placentera debido a la tensión tan fuerte que experimentaba.

Permanecía parada junto con las demás mujeres, mientras un torbellino de sensaciones extrañas se apoderaba de su cuerpo. Trató de distraerse mirando a las demás. Algunas se encontraban paradas como ella, pero la mayoría se habían sentado. Algunas se movían de manera extraña meciéndose de adelante hacia atrás. Miró a la doctora Sánchez, sentada a unos dos metros de ella. Parecía sentirse mal. Estaba inclinada hacia delante, y Kiara no podía distinguir su rostro. Pensó en decirle algo pero prefirió no molestarla. Lentamente le dio órdenes a su cuerpo para que se sentara. No se trataba de un mareo, sino de una sensación que nunca antes había tenido en su vida. La tensión la obligaba a permanecer despierta mientras que su mente se desconectaba lentamente de la realidad. Cerró sus ojos. Todo giraba en su mente. No tenía el más mínimo control de sí misma. Se sintió asustada y volvió a abrirlos. Miró de nuevo a la doctora Sánchez, que se había inclinado hacia el frente y de repente devolvió el estómago. Kiara se acercó para ayudarla.

—Estoy bien, Kiara. No te preocupes. Hacía años que no tomaba la medicina. La carga emocional que tengo es muy fuerte. Voy a estar bien.

Kiara también sentía náuseas; pudo oler el vómito y notó que una de las mujeres se acercaba con una pala. Con mucha destreza la mujer recogió los restos y los fue a depositar al fuego. La doctora Sánchez se había acostado, parecía encontrarse mejor. Kiara regresó a su lugar. La tensión corporal se había vuelto insoportable. Seguía sintiendo náuseas, cada vez más fuertes. Se acostó para ver si podía sentirse mejor, pero las náuseas aumentaron. Se incorporó y no pudo soportar más, volvió el estómago y su cuerpo se estremeció por completo. Como no había ingerido casi nada durante el día, sólo sintió un poco de líquido salir de su boca. Su estómago producía toda clase de ruidos. La mujer con la pala se acercó y otra vez llevó los restos hacia el fuego.

Kiara se acostó de nuevo; se sentía aliviada, la tensión empezó a disminuir. Los ruidos en su estómago fueron cesando. Su mente se sintió liberada. Ahora era dueña de sí misma. Miró el precioso cielo lleno de estrellas. Lo peor había pasado. Su cuerpo se relajó. El cielo capturaba su atención cuando sus oídos empezaron a captar entonces los sonidos de la selva. Podía notar que todos sus sentidos se habían amplificado notablemente. Escuchaba un sinfín de sonidos de aves e insectos y al viento cuando pasaba sobre el follaje de los árboles. Era como si estuviera escuchando una orquesta. Empezó a sentir una alegría inmensa. Su cuerpo se llenó de energía. Alzó sus manos para contemplarlas, sentía la energía fluir por sus dedos. No sentía su carne y sus huesos sino una masa de energía que se movía produciendo un intenso calor. Percibía un poder enorme dentro de sí. Se sentó y encaró el fuego, que estaba a unos metros de distancia. Fue acercándose cada vez más, de rodillas, sin que nadie pareciera prestarle atención especial.

Kiara se encontraba mirando al fuego con fijeza. El viento hacía que las llamas se movieran mostrando diferentes colores, el movimiento era hipnotizante. Algo en el fuego la mantenía atrapada y empezó a dirigir su atención hacia el interior de las llamas. Era una sensación extraña pero placentera, daba la impresión de que su mente estuviera viajando fuera de su cuerpo y se internara dentro del fuego pero sin quemarse. Las llamas soplaban alrededor de ella sin hacerle daño. Volaba en el interior del fuego. Tuvo la certeza de que estaría bien. Su mente siguió desconectándose de su cuerpo hasta que dejó de sentirlo y formó un solo ser con el fuego; había fusionado su atención con la esencia del elemento. Estando ahí, creaba conciencia de la creación de energía. El fuego comunicaba sus secretos, no a través del lenguaje sino mediante sensaciones.

Así comprendió que el fuego era el principio sustentador de todo lo que existe en el mundo material. El principio generador que aportaba calor y luz. Sin él no podía darse la vida. El fuego era el padre, el elemento más antiguo, el que se remontaba al principio de los tiempos. Su luz era la característica más sorprendente, aportaba orden a la oscuridad. La luz era el camino que llevaba hacia la comprensión de los grandes misterios, la manifestación de la suprema inteligencia del universo. Era conocimiento puro que viajaba a través de una onda radiante.

La mente de Kiara se encontraba entrelazada con el fuego, cuando sintió que regresaba a su cuerpo. En una fracción de segundo estaba de vuelta. Alguien la estaba tocando por la espalda, volteó y vio a uno de los chamanes que le indicó por señas que volviera. Ella obedeció y regresó a su sitio, donde estaba sentada la doctora Sánchez, con un par de lágrimas en las mejillas. Kiara se sentó a su lado; su cuerpo se había relajado, pero aún sentía una gran fuerza física. Sacó su mochila y bebió un poco de agua. Le ofreció un poco a la doctora. Los cinco chamanes, junto al fuego, cantaron por espacio de diez minutos y luego las mujeres que los ayudaban dieron indicaciones para que todos los participantes se pusieran de pie. Los chamanes se paraban enfrente de ellos y, con sus bastones, hacían movimientos.

—Doctora, ¿qué es lo que hacen? —quiso saber Kiara.

—Están realizando una limpieza con sus bastones. Van a limpiarnos a cada uno de nosotros.

—¿Limpiarnos de qué?

—Las emociones diarias dejan residuos negativos alrededor del campo energético de nuestros cuerpos. Los chamanes son capaces de removerlos con las plumas de sus bastones. Es una costumbre muy común en las ceremonias.

—¿Con qué propósito lo hacen?

—Las emociones negativas, como el odio o el rencor, causan bloqueos en el campo energético. Si no son removidas a tiempo, causan enfermedades o exceso de estrés en alguno de los órganos. Los chamanes remueven estos bloqueos para restaurar el equilibrio en el flujo de la energía de nuestro organismo.

—¿La tristeza también es una emoción negativa? —preguntó Kiara.

—Sí, sí lo es. La tristeza es una emoción tan fuerte que el cuerpo tiene que llorar para desahogarse. Si la tristeza se acumula en el cuerpo, produce serios daños en los pulmones y sobre todo en el corazón.

Al escuchar esto, Kiara pensó en su madre. Su imagen se hizo presente en su mente y sintió una emoción muy fuerte en el pecho. Su ritmo cardiaco se aceleró casi de inmediato. No soportaba la incertidumbre de no haberla encontrado. Quizá había fallecido hacía mucho tiempo. Kiara se había hecho a la idea de que había muerto y que no la volvería a ver jamás. Pensaba que de esa manera se mantendría fuerte si algún día comprobaba estar en lo cierto. Sin embargo, la herida seguía ahí, cada vez que pensaba en su madre, la angustia se apoderaba de ella.

La doctora Sánchez la observaba. Kiara tenía una profunda angustia en su pecho. El recuerdo había socavado sus sentimientos. Trató de pensar en otra cosa pero no fue posible.

—Déjalo salir Kiara. No te lo guardes, no es bueno.

Kiara se resistía a esa emoción. No quería tener una explosión de emotividad frente a todas esas personas. Apretó las manos con fuerza y cerró los ojos. La imagen de su madre estaba ahí. La recordó como era cuando la vio por última vez. Imágenes de su pasado empezaron a deslizarse por su mente. Podía escuchar su voz de nuevo igual que lo hacía en su casa de Los Ángeles. La veía jugar. Su voz era tan clara como si estuviera ahí en esos momentos. Kiara deseaba volverla a ver, quería tanto volver a estar con ella, que su emoción creció y su pecho no pudo contenerse más. La doctora Elena Sánchez la abrazó fuertemente y comenzaron a llorar juntas.

Arriba, en el firmamento, las estrellas resplandecían y la gran luna iluminaba la oscuridad de la selva. Era la medianoche.

Capítulo 10

29 de diciembre de 2011. Madrid, España.

Don Rafael Andrés leía el periódico en su sillón favorito cuando escuchó el timbre de su lujoso apartamento. Entonces recordó que tenía una cita para restaurar uno de los muebles de su colección, que había pertenecido a un remoto antepasado. Bajó las escaleras para abrir la puerta. Dos hombres estaban parados.

—¿Señor Andrés? —preguntó uno de los hombres.

—Sí, soy yo.

—Somos del servicio de restauraciones, venimos por un escritorio.

Los tres hombres se dirigieron al primer piso del departamento. Entraron a una de las enormes recámaras y al fondo vieron un escritorio muy antiguo, al parecer del siglo XVI.

—Éste es el escritorio, tengan cuidado al bajarlo, es muy pesado.

Los dos hombres empezaron a atar un par de cuerdas alrededor del escritorio junto con unos pequeños cojines para proteger las esquinas. Se colocaron a ambos lados del escritorio y lo levantaron.

—¡Vaya que pesa este mueble! —se quejó uno de ellos.

—Sí, sí que pesa. Hay que bajarlo despacio.

Salieron del estudio haciendo un gran esfuerzo y llegaron al pie de la escalera. Acordaron que irían bajando lentamente. Como el escritorio pesaba tanto, el hombre que lo sostenía por el frente tenía que bajar de espaldas. Esto dificultaba más la maniobra. Bajaron pocos escalones cuando el que estaba al frente resbaló. Cayó de rodillas y el otro no pudo sostener el peso. El primer hombre fue arrollado por el enorme escritorio que rodó hasta el final de la escalera, golpeándose de lleno con la pared. Partes del mueble volaron para todos lados, había quedado completamente arruinado.

Don Rafael Andrés había escuchado el tremendo ruido y fue a averiguar qué había sucedido. Uno de los hombres estaba sentado en la escalera y sangraba de la cabeza. El otro trataba de ayudarle.

—¿Se encuentran bien?

—Coño, me he dado tremendo golpe en la cabeza. De suerte que el escritorio no me ha matado —respondió el hombre que estaba sangrando, mientras se llevaba las manos a la cabeza.

—Diablos, el escritorio quedó completamente arruinado. ¿Usted está asegurado?

—Sí, el escritorio estaba asegurado, pero no era el dinero lo que importaba. Ese escritorio perteneció a uno de mis ancestros —explico don Rafael—. Era una pieza de colección de gran valor sentimental.

El señor Andrés se aseguró de que el hombre no estuviera malherido y decidió llamar a una ambulancia. Después notificó al servicio de restauraciones del accidente. Volvió a la base de la escalera y comenzó a recoger los pedazos de madera que habían quedado regados en el suelo, cuando vio algo muy extraño. Dentro de lo que parecía ser el soporte de uno de los cajones, se asomaba un objeto que parecía una funda de piel. La extrajo de su lugar y vio que se trataba de un estuche. Lo tomó con cuidado para llevarlo a la mesa. Desató los cordones que lo sujetaban y miró el contenido. Eran pergaminos hechos con un tipo de piel o cartón muy extraño, pintados en colores vivos; representaban figuras humanas con puntos y rayas bastante grotescas. El pergamino estaba doblado en forma de acordeón; se hallaba un poco enmohecido y lleno de polvo pero aún conservaba un buen estado. Nunca antes había visto nada igual. Volvió a guardarlo en su estuche y subió las escaleras para depositarlo en su oficina.

Al cabo de unos minutos se llevaron al herido y parte del personal del servicio de restauraciones apareció para recoger los restos del escritorio. Se disculparon de mil maneras y ofrecieron sus servicios para notificar a la aseguradora y llevar a cabo todos los trámites.

El señor Andrés estaba realmente sorprendido del hallazgo. Sabía que el escritorio había pertenecido a don Carlos Andrés y Ordoñez, un antepasado remoto, sacerdote de la orden de los franciscanos en la época de la colonia, cuando México era llamado la Nueva España. Pero, ¿qué eran esos pergaminos? Rafael concluyó que debía acudir con el curador del Museo del Prado para averiguarlo. Aun era temprano, así que tendría tiempo de tomar una ducha antes de ir para allá.

Padre de tres hijos, divorciado, Rafael Andrés había hecho su fortuna en proyectos de construcción. Hacía más de dos décadas se había graduado de arquitecto en Madrid, donde había construido todo tipo de casas y edificios. Su fascinación eran los detalles estéticos. Tenía la visión del futuro; había innovado en el mundo del diseño arquitectónico, de manera que ahora competía con los mejores del mundo. En sus tiempos libres era un aventurero fanático. Había visitado varias veces el continente africano, su favorito, y también el lejano oriente. Su enorme piso en Madrid era como un museo de colección con todo tipo de obras y artefactos que adquiría en sus viajes.

También amaba la velocidad. De joven había cumplido con su servicio militar en el ejército y había permanecido varios años más, en los que aprendió a pilotear helicópteros. Tenía un exagerado gusto por las motocicletas. En su colección se sumaban más de cinco que usaba todos los fines de semana para salir a hacer cortos viajes con sus amistades. Ese día eligió una Harley Davidson V Rod. Le encantaba evitar el tráfico de las avenidas de Madrid pasando por un costado de los autos.

Después de un rápido regaderazo. Rafael sacó la poderosa V Rod de su garaje y se puso de inmediato en camino al museo. Llegó en menos de diez minutos y se encaminó a la administración del museo para hablar con su viejo conocido, el curador Alberto Ponce. Tardó poco menos de veinte minutos en la antesala. La paciencia no era una de sus virtudes, así que estaba a punto de salir de la oficina cuando la secretaria le avisó que el señor Ponce lo recibiría en ese momento.

Rafael siguió a la secretaria al interior de la hermosa oficina del curador, que se encontraba en una llamada telefónica pero hizo un gesto para saludar a Rafael y le indicó que tomara asiento frente a su escritorio. Al cabo de un minuto el señor Ponce terminaba su conversación y saludaba.

—Qué agradable sorpresa, hombre.

—Qué tal… Vengo sin avisar, pero tengo que mostrarte algo.

—¿De qué se trata?, ¿alguna otra adquisición para tu colección?

—No precisamente. Esta adquisición llegó inesperadamente. Hubo un accidente en mi piso. Una de mis antigüedades, un escritorio del siglo XVI, rodó por las escaleras y quedó destruido. Cuando fui a levantar los restos me encontré con que esto estaba oculto en su interior —Rafael sacó la funda de piel con los pergaminos y los puso sobre el escritorio.

—Pero qué lástima. ¿Y tiene reparación?

—Ha quedado muy dañado, espero que puedan hacer algo por él.

—Eso espero también. Veamos qué tenemos dentro de esta funda —comentó el curador mientras Rafael le extendía el estuche de piel.

Ponce sacó con mucho cuidado los pergaminos y empezó a revisarlos minuciosamente. Abrió uno de los cajones de su escritorio y sacó una lente de aumento para revisarlos con más cuidado.

—Parece un códice de las culturas prehispánicas, de la cultura maya. Los dibujos y notación numérica lo revelan. No hay forma de conocer su antigüedad sin una prueba de radiocarbono, pero los trazos son impresionantes al igual que los colores. Nunca había tenido la oportunidad de examinar uno tan de cerca, son muy raros, la mayoría no sobrevivió a la época de la colonia. Los colores están muy bien conservados, así como el papel. Me pregunto cuánto tiempo estuvo oculto en ese sitio. ¿Qué origen tenía el escritorio?, ¿dónde fue adquirido?

—El escritorio perteneció a uno de mis antepasados, don Carlos Andrés y Ordoñez, un sacerdote franciscano. Después fue pasando de generación en generación hasta que llegó a mi padre. Él le tenía un gran aprecio, por eso decidí conservarlo, como recuerdo del afecto que mi padre le guardaba.

—Don Carlos Andrés y Ordoñez, creo haber escuchado alguna vez su nombre. ¿Quién era él? —preguntó el curador Ponce.

—Fue un afamado explorador de su tiempo. Líder de uno de los primeros grupos de misioneros franciscanos que llegaron a la Nueva España. No conozco bien toda su historia, pero mi padre hablaba de él como un hombre sumamente controvertido, que tenía un gran respeto por las tradiciones de los antiguos indígenas. A mi padre le encantaba hablar de él y de que había renunciado a sus votos a favor a las creencias de los indios.

—Bueno, pues sí que es un hecho controvertido el renunciar a sus votos religiosos. Sobre todo en esos días cuando la iglesia era tan radical —exclamó el curador—. Lo más sorprendente es que se haya conservado oculto este códice hasta cientos de años después de su muerte. ¡Que buena fortuna! Es un tesoro.

—¿Sabes lo que significa? —preguntó Rafael con genuina curiosidad—. ¿Qué son todos esos signos y esos dibujos grotescos?

—Oh, desafortunadamente eso sigue siendo un misterio, pero sabemos que casi todos los códices representan fechas que tienen que ver con sucesos astronómicos como eclipses y conjunciones planetarias. Los mayas eran estudiosos de los movimientos de los planetas y del Sol. Yo no soy versado en la materia. Estos códices deben ser revisados por los expertos para ver si pueden obtener alguna información que nos ayude a comprender su significado.

—¿Y dónde están esos expertos?

—La mayoría está en México y Estados Unidos, aunque también en Inglaterra hay un par de personas que conocen y han investigado a fondo la cultura maya.

—¿A quién podría buscar para ese tipo de trabajo?

—Lo primero sería llamar a México, al Instituto Nacional de Antropología e Historia, y reportar el hallazgo, luego habría que fotografiar el códice y enviárselo para que ellos inicien la decodificación.

—Eso suena lógico —comentó Rafael—.

—Esto es todo un hallazgo, debemos reportarlo de inmediato. Vayamos allá abajo, al laboratorio. Más tarde trataremos de comunicarnos con autoridades de México, ahora es de noche allá.

Los dos hombres salieron de la oficina y bajaron unas escaleras que los conducirían a una gran sala subterránea. Una vez dentro, Rafael quedó maravillado con la cantidad de artículos que el museo mantenía bajo su cuidado y que eran sometidos a una minuciosa restauración.

—¡Impresionante! —dijo Ponce—. Los tiempos nos han tratado bien últimamente, y ahora cuento con más personal especializado en la conservación del valioso pasado de la humanidad.

—Ya lo creo que sí —respondió Rafael mientras miraba a los técnicos trabajando.

Ponce entregó el códice a un ayudante y pidió que lo fotografiara hoja por hoja, desdoblando delicadamente el acordeón. Sentía una emoción enorme. Nunca antes había formado parte de un descubrimiento tan importante. Quién lo iba a imaginar, tantos años oculto en el viejo escritorio…

—Listo, ya somos noticia. Tan pronto como los pergaminos sean autentificados, vamos a tener a toda la prensa encima. En México no lo podrán creer. Por cierto, me dijeron que un experto de fama mundial se encuentra ahora mismo en México, es el doctor Robert Jensen. Debemos notificar de inmediato para que revise el códice.

—Nunca pensé que la antropología fuera así de emocionante —dijo Rafael.

—La profesión tiene sus recompensas —dijo Ponce sintiéndose halagado—. Se experimenta un júbilo sensacional cuando se hace un descubrimiento así. Somos muy afortunados. Somos las primeras personas que vemos este legado de aquella civilización. Debemos conservar los pergaminos por unos días para enviarlos a los laboratorios y efectuar las pruebas pertinentes.

—Por supuesto. Tomen todo el tiempo que sea necesario, y por favor manténgame informado.

—Ya te diremos todos los detalles del laboratorio…

—¿Y pueden darme una copia de las imágenes?

—Por supuesto que sí. Nos tomará sólo un par de horas, me encargaré personalmente de que sean enviadas hoy mismo.

Rafael siguió al curador de vuelta a su oficina, donde se despidieron formalmente. Luego montó su motocicleta y se dirigió a las oficinas de su constructora. Rápidamente pasó revista a sus pendientes de ese día. Tenía una comida de negocios con un grupo de inversionistas que deseaban la remodelación de un viejo edificio. Rafael presentó su proyecto y decidió volver a casa antes de que anocheciera. De algún modo su mente se hallaba fija en el incidente de esa mañana. No podía explicarse por qué, pero deseaba volver a ver el códice maya lo antes posible.

Al llegar a su casa aún se sentía inquieto y pensó que quizá estaba sufriendo de ansiedad porque había trabajado demasiado las últimas semanas. Se sirvió una copa de escocés con hielo y lo bebió apresuradamente, el whisky calmó un poco la ansiedad que sentía así que se fue a recostar sobre la cama. Pero algo en su interior no lo dejaba tranquilo y no podía explicar de dónde provenía esa sensación tan inquietante. Cerró los ojos y respiró hondo. Justo cuando se disponía a relajarse, tocaron el timbre de la puerta.

—¡Y ahora qué diablos! —murmuró mientras el agudo timbre retumbaba en sus oídos.

Bajó pronto la escalera para abrir la puerta y se encontró con un mensajero del museo que le entregó un paquete cuidadosamente envuelto.

Ya de vuelta en su habitación, Rafael desenvolvió el paquete y se encontró con un recado escrito por el curador.

Estimado Rafael,
Hemos encontrado una nota con un mensaje escrito en castellano antiguo dentro de las páginas del códice. Aunque no estamos seguros de haber comprendido bien la caligrafía, el mensaje dice así:

"Más allá del tiempo es donde yace la verdad,
del poder del verbo la ignorancia terminará.
Mira a tu alrededor y sueña la eternidad:
el Sexto Sol la oscuridad alumbrará."

No sabemos si la letra pertenece a don Carlos Andrés y Ordoñez, y no hay modo de asegurarlo. El códice cuenta con veintiséis páginas, todas están en el paquete.
Atte. Alberto Ponce Oliva

Rafael leyó el mensaje. Luego revisó el contenido del paquete y encontró la fotografía de la nota original escrita en una caligrafía muy antigua. Su ansiedad creció. Notó cómo todo su cuerpo reaccionaba ante la vista de aquella nota. Comenzó a revisar las impresiones de las páginas del códice. Todos los dibujos le parecían completamente extraños y sin embargo había algo familiar en ellos. Su corazón se aceleraba a medida que observaba las coloridas páginas. Sensaciones extrañas recorrían su mente y le impedían relajarse para observarlo con cuidado. Algo en su interior lo urgía a esclarecer a fondo el asunto y no sabía cómo reaccionar. Tomó el teléfono y llamó al curador Ponce, quien todavía estaba ahí supervisando el traslado del códice a los laboratorios donde se efectuarían las pruebas de fechación por medio de isótopos de radiocarbono. Rafael le agradeció el haber enviado el paquete y le preguntó su opinión sobre el peculiar mensaje.

—Suena como una poesía, un verso o algo así. Pero, ¿por qué mi antepasado habría de escribir o guardar un mensaje tan extraño dentro de un códice maya, para luego ocultarlo con tanto celo?

—Lo más probable es que lo haya escondido de la iglesia —respondió Ponce—. En esos días, la iglesia quemaba todos los documentos que representaran las creencias de los indios e instituyó la religión católica como única creencia en el Nuevo Mundo durante el siglo XVI. Cualquier subversión era castigada severamente por la Santa Inquisición. Es evidente que este códice representaba un objeto de mucho valor para tu antepasado, por eso lo escondió.

—Pero ¿a qué se refiere con *el sexto sol* y soñar con la eternidad? —preguntó Rafael—. Además, si hubiese querido dejar un mensaje, ¿por qué no escribirlo en un lenguaje más claro?

—¡Por la misma razón! —respondió Ponce convencido de su hipótesis—. Él sabía que si el códice era descubierto estaría en peligro, por eso no podía expresar sus intenciones de manera clara, eso lo delataría y seguramente sería enjuiciado por la inquisición. Quizá se trata de un mensaje relacionado con el significado del códice. Los mayas medían las edades de la humanidad en ciclos llamados soles, el sexto sol representa cierta era de la humanidad. Estoy seguro de que los expertos en México sabrán descifrar parte de la información contenida en este códice, como han hecho con los otros.

Rafael Andrés se despidió del curador tras haber escuchado su opinión profesional acerca del descubrimiento de la extraña nota. Ahora su mente se encontraba verdaderamente intrigada con todo el suceso.

¿Qué significaba ese misterioso mensaje de su antepasado? ¿Qué relación tenía con el significado del códice? ¿Dónde podría encontrar las respuestas a este misterio? Tomó su computadora portátil y abrió el navegador de internet. Escogió el buscador más popular y tecleó las palabras *Sexto Sol Maya*.

Durante horas estuvo recorriendo los diferentes sitios que hablaban sobre esta cultura y sus conocimientos de astronomía. De acuerdo con los mayas, la era actual era llamada el Quinto Sol o la quinta edad del Sol. El Sexto Sol, según los investigadores, estaba a punto de comenzar, el 21 de diciembre de 2012. Esta fecha había sido obtenida según los datos que fueron descifrados en el códice de Dresden, uno de los pocos códices mayas que habían sobrevivido al apocalipsis religioso del siglo XVI.

Esta fecha marcaba el fin del treceavo *baktún* maya, un periodo de tiempo que duraba 144 mil días, mismos que los mayas denominaban *kines*. De acuerdo con su sistema de fechación, conocido como *la cuenta larga*, un Sol o una era solar comprendía un periodo de 13 baktunes, lo cual sumaba exactamente un millón 872 mil días. Esta cifra, traducida en años siderales terrestres, representaba un periodo de aproximadamente 5 mil 125 años más 94 días.

Rafael desconocía por completo el sistema en que los mayas medían el tiempo y quedó asombrado al percatarse de los enormes ciclos astronómicos que esta cultura calculaba con precisión matemática.

Ahora no le cabía la menor duda de que eran poseedores de un conocimiento muy avanzado de estas dos ciencias. Sin embargo, algunos estudiosos describían a la cultura maya como una sociedad semiprimitiva, con costumbres salvajes y sangrientas. Por otro lado, algunos eruditos aseguraban que el desarrollo de su ciencia era tan excepcional que el hombre moderno no contaba con el conocimiento necesario para descifrarla. Al parecer, en la actualidad no se había alcanzado un consenso científico sobre cuál de estas dos versiones era la más correcta.

Rafael continuó indagando sobre esta civilización perdida.

Las pirámides más famosas eran las de Chichen Itzá, Tikal, Palenque, Copán y Uxmal. De acuerdo con los investigadores, algunas de estas pirámides habían sido construidas como tumbas para sus reyes. Otras, como puestos de observación astronómica para medir las estaciones de cosecha del maíz. Al llegar los españoles a la selva, se habían encontrado con un imperio perdido desde hacía siglos pero cuyas huellas sobrevivían en forma de mitos y leyendas sobre la majestuosidad de sus ciudades-estado y su portentoso conocimiento de las ciencias. Éste había sido el mundo que su antepasado había descubierto al internarse en la densa jungla de la península de Yucatán, antes de sumergirse dentro de su compleja cosmovisón del universo y abandonar para siempre la religión católica. Esto era un hecho sorprendente y digno de ser esclarecido. En verdad él conocía muy poco sobre la vida de don Carlos Andrés y Ordoñez, sin duda tenía que averiguar más sobre este polémico personaje si pretendía comprender el significado del misterioso hallazgo que se cernía ahora sobre su persona.

Rafael casi no pudo conciliar el sueño esa noche y a la mañana siguiente se dio a la tarea de indagar acerca de la vida y obra de su ancestro. Primero visitó la Biblioteca Nacional y consultó las grandes biografías, los documentos de la colonia y por último todo lo que tenía que ver con la tarea de los franciscanos en el Nuevo Mundo. Desafortunadamente, no fue mucho lo que pudo averiguar, pero entre los documentos que habían sobrevivido se encontraban algunos datos sumamente importantes. Rafael había encontrado reproducciones de los edictos del tribunal de la Santa Inquisición que condenaban a Carlos Andrés y Ordoñez como hereje y enemigo de la causa de evangelización de los misioneros de la Nueva España. Los documentos revelaban la fecha exacta de su juicio de excomugalción de la iglesia, así como órdenes precisas para su arresto con la debida autorización para darle muerte si se resistía al ser encontrado.

Rafael sintió un escalofrío al leerlos. La historia de la familia relataba que su antepasado había renunciado voluntariamente a sus votos para entregarse a las creencias indígenas. Nunca habían mencionado que la iglesia deseaba darle muerte por este hecho. ¿Qué había sucedido con él en realidad? ¿Cómo se convirtió en enemigo de tan temible institución de su tiempo?

Ahora, el misterio que guardaba el códice se entretejía sobre una historia mucho más compleja de lo que parecía ser a simple vista. Rafael se encontraba verdaderamente consternado con los recientes acontecimientos. Deseaba encontrar más datos que lo condujeran a la resolución del enigma que guardaba la vida de su ancestro, pero esta historia había quedado olvidada mucho tiempo atrás, perdida en los oscuros recuerdos de otra época.

Para conocerla a fondo, Rafael necesitaría otros medios con los que en ese momento no contaba. Había que viajar hacia atrás en el tiempo y comprender el mundo que

Carlos Andrés y Ordoñez había enfrentado al aceptar la encomienda de la orden franciscana de instituir el evangelio de la iglesia como única creencia en los nuevos territorios conquistados. Las circunstancias que lo rodearon durante su misión explicarían la razón de su súbita conversión a las creencias indígenas y el contundente rechazo a la fe cristiana. Para comprender esto, era necesario remontarse al principio de su aventura en las remotas selvas de la península de Yucatán y vislumbrar cómo había sucedido.

Don Carlos, que en ese entonces fue conocido como fray Carlos, era un líder nato. Esta capacidad le había ganado la confianza de la orden de los franciscanos para encabezar las misiones de evangelización alrededor de la Nueva España. Por su destreza en el aprendizaje de las lenguas indígenas y su notable convicción religiosa, fue escogido por los líderes de la orden para llevar el evangelio cristiano hasta los más remotos parajes de las selvas de la península de Yucatán. Había partido desde donde hoy es la Ciudad de México con un séquito de once sacerdotes subordinados hacia la ciudad de Campeche, donde iniciaría su misión internándose en lo más profundo del territorio habitado por los descendientes del milenario imperio maya. Una vez ahí, recorrería más de media docena de aldeas y, con la ayuda de soldados españoles, obligaría a los indígenas a participar en las labores de edificación de iglesias con grandes atrios para llevar a cabo la evangelización de la población indígena.

Al cabo de un tiempo, cuando todo parecía indicar que cumpliría su misión al pie de la letra, su salud física comenzó a deteriorarse. En la densidad de la selva tropical, fray Carlos había contraído la terrible malaria, que en ese entonces carecía por completo de medios adecuados de tratamiento, por lo que era mortal. Durante meses luchó contra ella hasta que finalmente el deterioro que sufría por las constantes fiebres lo imposibilitó para seguir viajando por la jungla.

Fray Carlos se encontraba a cientos de kilómetros de la ciudad de Campeche cuando su cuerpo se desplomó de fatiga. Se refugió en una pequeña aldea, acompañado por dos de sus allegados, quienes al poco tiempo se convencieron de que no había nada que pudieran hacer para ayudarlo. Temerosos de contraer la enfermedad ellos mismos, decidieron regresar a la capital y abandonaron a fray Carlos a su propia suerte.

Nadie sabe cómo lo logró, pero fray Carlos reapareció en la escena dos años después, completamente recuperado y gozando de buena salud, algo casi imposible de creer para alguien cuyo organismo había sido dañado de esa forma. Cuando se presentó de nuevo ante los líderes de la orden franciscana, era un hombre completamente diferente. Portaba amuletos indígenas bajo sus ropas. Explicó a sus superiores que había enfermado de muerte en la selva, cosa que ellos sabían, y les dijo que había sido abandonado a su suerte por sus compañeros en una remota aldea. Convaleciente, pensó que iba a morir en cuestión de días y encomendó a dios su alma.

Dos aldeanos que hablaban una lengua incomprensible para él, habían tomado su desvalido cuerpo sacándolo de la aldea. Fray Carlos pensó que iba a ser sacrificado en algún rito pagano de sangre. Estaba tan débil que no pudo defenderse. Lo llevaron a un sitio muy hermoso junto al mar donde se encontraba un indio anciano al que los aldeanos temían y trataban con mucho respeto. Lo primero que hicieron con él fue desnudarlo y bañarlo en las cristalinas aguas de ese mar. Él estaba convencido de que lo estaban preparando para asesinarlo, pero después se dio cuenta de que ésas no eran sus intenciones. El anciano indio preparó un fuego y luego tomó muchas hojas verdes que quemaba lentamente en las brasas y producían mucho humo. El anciano lo acercó al humo y casi lo asfixia de tanto que lo obligaba a inhalar.

Después siguió un tratamiento con un brebaje preparado con corteza de árboles y algunas hierbas de la región.

Tenía que beber el amargo brebaje más de diez veces al día, hasta que se acostumbró al sabor y comenzó a tomarlo como si fuera agua. El anciano lo alimentó por más de treinta días sólo con pescado asado y frutas tropicales. Poco a poco, Fray Carlos fue recuperando la fuerza. Las fiebres cesaron por completo después de cuarenta días y él estaba sumamente agradecido con el anciano indio que había salvado su vida.

Durante el tiempo que estuvieron juntos, fray Carlos fue aprendiendo el idioma indígena. Así llegó a comprender que el anciano era llamado *hombre de conocimiento* por los demás aldeanos que tanto lo respetaban. Su amistad con él creció. Después de haberse recuperado por completo, decidió quedarse a compartir su vida con el viejo indio por espacio de casi dos años. Este tiempo fue esencial para comprender la forma de vida de los aldeanos y sus tradiciones. Él había llegado ahí creyendo que traía la verdad para iluminar la vida de los indios y había resultado ser todo lo contrario. Fray Carlos estaba consciente de que él mismo había sometido y obligado a los indígenas a adoptar una religión desconocida y completamente ajena a sus ritos. Esto no le había importado inicialmente, pues en aquel momento no estaba interesado en comprender el valor de sus tradiciones. Había despreciado el antiguo conocimiento de estas personas y después había enfermado de muerte en el corazón de la jungla. En un gesto de pura bondad, ellos habían salvado su vida y ahora comenzaba a comprender la íntima relación y el sagrado conocimiento que estos indios compartían con la naturaleza. En su mundo no existía el dinero ni la avaricia. La naturaleza no era para explotarse, sino que era venerada por todo lo que les proveía.

Sus aldeas no contaban con un gobernante tirano que les exigiera pagar tributos, ni temían a un dios castigador que los sometiera a su voluntad. Todos dentro de la comunidad eran importantes. Las mujeres eran tratadas con respeto y no como esclavas. Los viejos eran respetados por su experiencia. Ninguno atesoraba más de lo que necesitaba para vivir. Cuando alguien enfermaba, el médico brujo organizaba una ceremonia de curación y la naturaleza le daba el conocimiento para saber qué plantas medicinales debía administrar.

Fray Carlos pasó gran parte de esos dos años viajando entre la aldea y la apartada cabaña del médico brujo. Pescaba en el mar con los demás pobladores y participaba de sus ceremonias. Después de experimentar los sagrados rituales que conducían a la evolución de la conciencia, fray Carlos conoció por primera vez algo que en su vida no había tenido: el libre albedrío y la libertad de creencia. Los indígenas lo habían hecho partícipe de su mundo integrándolo a su forma de vida natural. Su existencia con ellos carecía del rigor y la amenaza constante de caer en pecado y ser castigado por expresar lo que sentía. Había descubierto en lo más profundo de la jungla una sociedad libre e igualitaria donde no había espacio para la codicia ni para la opresión religiosa.

El médico brujo, consciente de que su espíritu se había liberado del yugo de su sociedad, le había pedido que si deseaba agradecer lo que habían hecho por él, entonces debía regresar al lugar de donde había venido y persuadir a los demás miembros de su iglesia de no esclavizar a su gente en nombre de ningún dios ni gobierno. El médico brujo le confió entonces que su conocimiento era tan sólo una pequeña parte que había heredado de una portentosa civilización, la cual llegó de los mares en grandes navíos, como los españoles, solamente que con diferentes intenciones. Juntos visitaron las grandes pirámides y el anciano le explicó que esos edificios contenían un conocimiento que se escapaba del entendimiento humano. Los seres que las habían construido habían sido considerados dioses por sus antepasados. Su poder y conocimiento eran tan grandes que se habían ido sin dejar huella alguna, pero antes de partir habían enseñado a la gente de la región a vivir de esa manera y a comunicarse con la naturaleza a través de sus sueños. Si los misioneros llegaban hasta su pueblo, iban a destruir su forma de vida, lo que sería el fin de su tradición.

Fray Carlos no podía negarse ante la verdad. Prometió al anciano que haría todo lo posible por preservar su conocimiento y alejar a los colonizadores. Decidió entonces volver a la capital de la Nueva España.

Una vez ahí, se aseguró de que su experiencia fuera documentada. Relató todo lo sucedido a las personas que más confianza tenía y les pidió que dieran a conocer la verdad. Esto enfureció a las autoridades eclesiásticas. El dominio de los nuevos territorios garantizaba la obtención de enormes riquezas que engrandecerían su poderío en Europa. No iban a permitir que fray Carlos interfiriera en sus planes propagando ideas subversivas entre los demás frailes. Para ellos, los indios eran seres inferiores que no tenían ningún poder para sanar a las personas. Si había sobrevivido a su enfermedad, fue porque dios se había apiadado de su alma y lo había salvado. Era un milagro, sí, pero efectuado por su fe en la santa iglesia. Sus declaraciones fueron censuradas y él fue amonestado severamente. Se le ordenó que se retractara y que continuara llevando el mensaje evangelizador a todos los indios paganos de la Nueva España. Fue enviado hacia el norte del país en contra de su voluntad, donde permaneció por un año. Ahí se dio cuenta de que nada iba a detener a los colonizadores en su afán de cosechar las riquezas del Nuevo Mundo y esclavizar a la población. Decidió abandonar su misión y volver a la selva. Poco tiempo después fue expulsado por insubordinación. Se ordenó su arresto para enfrentar al santo tribunal de la Inquisición pero nunca fue atrapado.

Don Carlos Andrés y Ordoñez regresó a España casi al final de su vida. Se refugió en casa de uno de sus hermanos y permaneció oculto hasta el último de sus días, temeroso de la ira de la iglesia. El escritorio que Rafael había heredado había pertenecido al hermano de don Carlos, pero la historia de la familia relataba que él había hecho uso del mueble durante los años en que vivió de forma casi clandestina. Nunca reveló a nadie dónde había permanecido por más de veinte años ni lo que había hecho. Tampoco supieron jamás por qué había regresado a España después de tanto tiempo de haber desaparecido. Sus experiencias en el Nuevo Mundo quedarían ocultas por el velo del tiempo y así permanecerían muchos siglos después.

Rafael se sentía realmente frustrado al no hallar datos acerca de la historia de su antepasado que le ayudaran a esclarecer el texto. No dejaba de preguntarse qué es lo que le había acontecido en esa lejana época. Más de veinte años perdido en la jungla compartiendo su vida con los aldeanos para después regresar a su patria. No podía imaginarse una vida así. ¿Por qué solamente había dejado un mensaje y no un diario completo relatando sus experiencias?

No le cabía la menor duda, el respeto que su antepasado sentía por la cultura indígena era más fuerte que su fe. Después de todo, había abandonado su religión y su mundo a favor de esas creencias. Pero lo que no entendía es qué puede llevar a un hombre a dar un paso así.

Rafael había leído crónicas de exploradores en las cuales se aseguraba que los indios les habían revelado que las pirámides habían sido construidas por seres humanos provenientes del mar, cuyo poder era tan grande que eran considerados dioses por los aldeanos. La curiosidad de Rafael crecía respecto a los misterios de esa civilización perdida. ¿Quiénes habían construido esas pirámides? ¿Y por qué se les consideraba dioses? Los españoles habían construido grandes templos en la Nueva España y jamás fueron considerados dioses por los indios. El término "dios" representaba algo más que la habilidad de construir templos. Los españoles habían sido grandes ingenieros, de eso no hay duda, pero los indios sólo habían llamado dioses a los constructores de las pirámides. ¿Qué despliegue de poder o fuerza habían mostrado para ganarse ese título?

Rafael no podía dejar de pensar en todo el asunto. Volvió a su departamento lleno de frustración por no haber encontrado lo que buscaba y revisó una vez más los dibujos del códice maya. El curador Ponce había dicho que casi todos los códices se referían a fechas y sucesos astronómicos, o sea que los constructores de las pirámides conocían a la perfección los movimientos de los planetas, y la importancia de esto era tal que su legado para las generaciones futuras se refería exclusivamente a la mecánica de estos movimientos celestes. Todos los sucesos estaban fechados en unidades de tiempo, usando como referentes los movimientos de los planetas alrededor del Sol.

Rafael tomó una de las libretas que guardaba en su escritorio y comenzó a hacer anotaciones. Si cada uno de los cinco soles había durado 5 mil 125 años, entonces la suma total de estas edades representaba 25 mil 625 años. Esta cifra, según había consultado, correspondía exactamente a la duración del fenómeno astronómico conocido como *precesión de los equinoccios*, que es un movimiento cíclico circular que ejecuta el eje de rotación de la Tierra y que hace que su inclinación en relación con el Sol varíe durante este largo ciclo.

Pero, ¿cómo habían conseguido los mayas calcular esta cifra? Se necesitaban asombrosos cálculos matemáticos para lograrlo, tanto así que nuestra civilización apenas lo había logrado comprender a finales del siglo xx. Al parecer el Sexto Sol se refería a una nueva era para nuestro planeta que empezaría al completarse el gran ciclo de cinco soles.

Entre más estudiaba los datos, más preguntas surgían para Rafael. Sabía que las matemáticas no mienten. Como ingeniero y arquitecto, comprendía que estos constructores no habían sido gente común. Quienes quiera que hayan sido y de donde sea que hayan surgido, poseían un conocimiento de los astros comparable al que poseemos en la actualidad o quizá mayor. Las versiones que había escuchado sobre los indios de las Américas y sus sangrientos imperios no concordaban con los cálculos científicos que habían dejado plasmados en las pirámides y sus códices. La idea de que las pirámides fueran construidas como meras tumbas para sus reyes carecía por completo de lógica. ¿Cómo una cultura tan avanzada científicamente, capaz de hacer cálculos astronómicos de esa magnitud, iba a dedicar su tiempo a construir simples tumbas? Lo mismo sucedía con las pirámides de Egipto. Rafael las había visitado muchas veces y siempre lo habían intrigado. ¿Qué función habían tenido estas grandiosas construcciones durante su civilización? ¿Y por qué razón habían sido construidas? Empezó a darse cuenta de que el conocimiento que poseían los arqueólogos no parecía justificar la existencia de tan magníficas obras de ingeniería. Sabía que tenía que existir una respuesta a todo este enigma y lo iba a averiguar.

Miró la hora de su reloj, eran las once de la noche. El tiempo había volado, ni siquiera había alcanzado a cenar. Cerró su libreta y abandonó el estudio. Mañana sería un día muy ajetreado, tenía un viaje que planear.

Capítulo 11

arah Hayes entró sin avisar a la oficina de Tom Render.

—Tom, la videoconferencia está lista. La estación de investigación de la Antártida y el Pentágono están en línea. Estamos listos para empezar en dos minutos.

—Tiempo suficiente para llegar a la sala —dijo Tom al levantarse de su escritorio.

Sarah lo siguió por el corredor y al cabo de un minuto habían entrado.

—Tom, el video está en línea —advirtió Sarah.

—Sí, adelante.

—Está el general Thompson, comandante en jefe del estado mayor conjunto de nuestro país, y en la otra pantalla está el doctor Resnick, director de la estación científica de la Antártida —todos los involucrados en la conferencia se saludaron y luego Tom Render tomó la palabra.

—General, espero que haya tenido tiempo de revisar a fondo el reporte que enviamos con los últimos análisis sobre la fluctuación del polo magnético y su efecto sobre el eje de rotación del planeta.

—Así es, director Render, nuestros científicos han analizado cada una de las mediciones de los últimos seis meses. La conclusión que tenemos es que el polo se comporta tan erráticamente como se ha comportado por décadas, me parece alarmista pensar que pueda existir un desplazamiento del eje basado únicamente en esa evidencia. Según nuestros cálculos, el polo sigue desplazándose en la misma dirección

desde hace más de cien años. En la próxima década seguramente estará alejándose más del territorio canadiense para
empezar a internarse en la Siberia ártica.

—Hay evidencia de que el desplazamiento se ha acelerado cuatrocientos por ciento las últimas dos décadas, general. Esto podría indicar que el polo se prepara para efectuar
un desplazamiento mayor —argumentó Render—. Por otro
lado, tenemos indicios de que el campo magnético de la Tierra está perdiendo intensidad, a un nivel que nunca antes
habíamos detectado.

—Un desplazamiento mayor del polo son meras especulaciones, director Render. Nuestras decisiones se basan
en datos concluyentes. ¿Qué espera que hagamos con esos
datos? ¿Sembrar el pánico en la población? —respondió con
firmeza el general Thompson.

—No, de ninguna manera, general. El propósito del
informe es idear un plan de contingencia y tomar medidas
preventivas en el caso de que este fenómeno pudiera presentarse en los próximos años. Mc gustaría escuchar la opinión
del doctor Resnick.

—Las mediciones del desplazamiento del polo y del
debilitamiento del campo magnético son una realidad que
no podemos ignorar —dijo Resnick—. Sabemos también
de la pérdida de masa continental debido al acelerado deshielo que está sufriendo el continente antártico. Desde los
años cincuenta se ha sospechado que este fenómeno podría
suceder si las condiciones del clima cambiaran para calentar el planeta. Desde ese momento, varios científicos han
postulado la hipótesis de que un desplazamiento errático
del polo magnético y un realineamiento del eje de rotación
serían las consecuencias de un enorme deshielo de los cas-
quetes polares. No sólo es preocupante la cantidad de agua
dulce que se vertiría al mar, sino el desbalance de peso sobre
el eje de rotación debido a la pérdida de masa continental.

Esta hipótesis fue avalada por el mismo Albert Einstein y por otros científicos de su talla. Tenemos que considerarlo una posibilidad real.

El doctor Resnick hizo una pausa y luego continuó hablando.

—No podemos calcular si vamos a tener un desplazamiento mayor del Polo Norte magnético, pero lo que sí podemos afirmar es que, debido a la pérdida de masa continental, se está creando un desbalance de peso que puede ocasionar que el eje de rotación terrestre empiece a temblar, en especial por las enormes fuerzas gravitacionales a que está sometido el planeta mientras gira. Antes de que esto suceda, es muy lógico esperar un reacomodamiento de las placas continentales dada la enorme presión ejercida por estas fuerzas. En mi opinión, el mayor peligro que enfrentamos es que haya múltiples sismos alrededor de todo el planeta como consecuencia del reacomodo de las placas. Estos temblores pueden sobrepasar los nueve grados de intensidad en la escala de Richter.

El general Thompson hizo una pausa antes de contestar.

—Ésa sí que es una predicción alarmante, doctor Resnick. ¿De qué consecuencias estamos hablando en términos materiales?

—En términos de daños materiales, si el epicentro del temblor se produce en tierra firme, podemos esperar que todos aquellos edificios cuya tecnología no cuente con protección para movimientos sísmicos queden severamente dañados o se derrumben. Lo mismo para las autopistas y puentes elevados. También es posible la súbita apertura de grandes grietas donde el subsuelo colapse debido al choque de las placas. Si el epicentro se produce en el fondo del mar, el temblor produciría olas de hasta veinte o treinta metros de altura que barrerían las costas a una distancia de casi dos mil kilómetros.

—¿Están debidamente fundamentadas estas predicciones, doctor Resnick? —preguntó el general.

—Así es, general, lo podemos demostrar en el simulador. Pero eso solamente significaría el comienzo. Si el movimiento de rotación del planeta se ve afectado por una fuerza desequilibrante, forzaría al eje terrestre a desplazarse de su centro de equilibrio actual y buscar otra posición. Un desplazamiento abrupto del eje terrestre haría que trillones de toneladas de agua de los océanos se desplazaran violentamente lejos del ecuador en dirección a los polos. Las consecuencias de un suceso de este tipo serían catastróficas para la humanidad. Se produciría una extinción en masa en los lugares del planeta más cercanos a los mares.

—¿Y qué es lo que sugiere que hagamos? —preguntó el general Thompson.

—Es necesario que intensifiquemos los esfuerzos para frenar el calentamiento global —respondió el doctor Resnick—. La excesiva emisión de gases de invernadero nos lleva directo a ese escenario. Eso podemos demostrarlo con nuestros estudios. Por alguna razón que desconocemos, el índice de calentamiento global se ha disparado los últimos años. Es necesario que la humanidad deje de depender del petróleo, del gas y del carbón mineral como fuentes de energía. Es tiempo de que se implemente el uso de energías renovables antes de que sea demasiado tarde.

—Eso es una locura —contestó enfático el general Thompson—. Un cambio de esa magnitud representaría el colapso de nuestra civilización y de nuestra economía. El petróleo y la electricidad son la piedra angular de nuestra sociedad. Le voy a dar un ejemplo claro. ¿Cómo piensa regresar de la Antártida? Sólo puede hacerlo por medio de un avión o un barco, ambas naves son propulsadas por petróleo, doctor. ¿Puede imaginar dejar todos los barcos y aviones en tierra de la noche a la mañana? Qué locura es ésa. Toda

nuestra maquinaria militar se mueve con derivados de petróleo. Incluso nuestros barcos y submarinos nucleares tienen
motores diesel de emergencia. Tenemos que encontrar otra
solución.

—Me temo que no tenemos otra opción, general —intervino Render—. De hecho, esta transición hacia las nuevas
tecnologías debió efectuarse hace más de treinta años. Los
estudios del doctor Resnick demuestran que la temperatura del planeta ha sufrido un aumento mayor que un grado
Celsius, y continúa subiendo. Este incremento acelerado en
la temperatura global provoca un aumento de más de diez
grados en el Polo Sur. Un aumento de dos grados Celsius en
la temperatura global del planeta es inminente en los próximos años. La humanidad puede sobrevivir a un cambio de
uno o dos grados, general, pero no más. Si la temperatura del
planeta aumenta tres grados o más, el daño sería irreversible.
Aunque el eje de rotación terrestre permaneciera estable, lo
cual es muy improbable, los grandes glaciares del planeta
continuarían derritiéndose a una velocidad cada vez mayor,
hasta que la tercera parte de la Tierra que conocemos quede
irremediablemente sumergida por las aguas oceánicas. Todo
el clima del planeta se vería afectado y este calentamiento
produciría un efecto bola de nieve. La temperatura global se
dispararía a niveles jamás antes vistos. Esto sería fatal para
todas las formas de vida. Ninguna civilización es capaz de
sobreponerse a un cambio de esta magnitud. La gente que
sobreviviera quedaría aislada, sería el retorno a la edad de
bronce, sin gobiernos, sin tecnología y sin medicinas, sería
la vuelta a la barbarie.

—Comprendo su preocupación, director Render. Todos estamos alarmados por esta situación pero es necesario
tomar las medidas correctas, si empezamos a implementar
una transición de combustibles, ¿cómo vamos a impulsar
nuestros vehículos y la industria? Comprenda que nuestros

sistemas económicos dependen de la continuidad en la producción de combustibles y materiales. No podemos paralizar nuestra industria de un día para otro. Eso acabaría con la civilización antes que el calentamiento del planeta.

—Es necesario cambiar los combustibles líquidos por hidrógeno —respondió Tom—. Es la mejor opción. En cuanto a la industria, debemos utilizar la energía eólica y solar como se está haciendo en Dinamarca. Las plantas hidroeléctricas también son una solución posible. Debemos empezar a utilizar mejores tecnologías que nos permitan aprovechar la energía geotérmica. Todo el transporte aéreo debe cambiar a motores de hidrógeno lo antes posible, debemos obligar a las aerolíneas a que lo hagan de inmediato. Que empiecen a sustituir sus motores uno por uno, pero que lo hagan ya. Si el plan resulta, quizá podamos estabilizar el calentamiento en sólo dos grados y salvar a la humanidad y a nuestro modo de vida al mismo tiempo.

—Es un escenario utópico —respondió el general—. Usted está hablando de modificar las leyes, y desafortunadamente eso no se hace automáticamente. Pasarán años antes de que se apruebe una medida tan radical si es que llega a aprobarse, pero sinceramente lo dudo. Ojalá los políticos tuvieran la eficiencia que nosotros tenemos en las fuerzas armadas. En caso necesario nosotros sólo requeriríamos de unos días para implementar esas medidas, pero vivimos en una democracia. Desafortunadamente esas medidas están en manos de los políticos.

—Ése es un hecho lamentable, general —dijo Tom Render—. Quiero informarle que el vicepresidente conoce exactamente la misma información y según tenemos entendido ya la ha comunicado al presidente. Estamos seguros de que van a tomar medidas enérgicas al respecto. No existe otra solución y lo saben. Se está preparando una cumbre mundial entre científicos y jefes de estado para emplazar a toda la industria mundial a sustituir su tecnología de petróleo por las nuevas energías renovables. El presidente mismo hará el anuncio en los próximos días después de hablar con los demás jefes de estado.

—Me alegra escuchar que están tomando cartas en el asunto —respondió el general Thompson—, pero nuestras preocupaciones no terminan ahí. Aún tenemos el problema de la radiación solar. Uno de nuestros satélites ha sido inutilizado por completo y otro está muy dañado; es probable que se convierta también en pérdida total. Estos satélites cuestan cientos de millones de dólares. La seguridad de nuestra nación depende de que estemos preparados para protegernos de estas tormentas solares. ¿Qué nueva información tienen sobre el comportamiento del Sol?

—La sonda espacial SOHO ha estado registrando altas concentraciones de radiación, pero el campo magnético terrestre aún nos está protegiendo. No podemos saber con seguridad cuándo se producirá la próxima llamarada pero, a juzgar por la actividad que muestra, es muy probable que sea en poco tiempo —respondió Render.

—La situación es muy delicada. Nuestros satélites están en peligro. ¿Qué hay de la radiación desconocida que reportaron?

—Permanece estable, general. No parece ser peligrosa para la vida, pero sospechamos que está debilitando la intensidad del campo magnético terrestre, que, como sabemos, es nuestra única protección contra la radiación del Sol.

—Es imperativo que averigüen su causa. Cuenten con recursos militares si es necesario. ¿Qué están haciendo para identificar la fuente?

—Aún no podemos determinar la fuente de la radiación, pero logramos aislar un sitio de alta concentración en la península de Yucatán. Necesitamos enviar a un equipo de científicos para estudiar y analizar estas concentraciones. Sin embargo, la agencia espacial no dispone de los fondos que requerimos. Tendremos que esperar a los políticos.

—De ninguna manera, director Render —puntualizó el general Thompson—. La seguridad de nuestra nación está en peligro. Es prioritario que identifiquemos esa fuente y la eliminemos de inmediato. El campo magnético del planeta protege toda la vida sobre la Tierra y protege a nuestros satélites también. Reúna a su mejor equipo de investigadores para que se dirija de inmediato a localizar la fuente de esa radiación. Yo me encargo de que se les proporcione todo el equipo y los fondos necesarios para la investigación.

Thomas Render comprendía perfectamente la gravedad del asunto. Si el general Thompson les iba a proporcionar el equipo y los fondos necesarios, no tenía problema de trabajar al lado de los militares. No había tiempo que perder.

—De acuerdo, general. Realmente lo vamos a necesitar en esta situación. Reuniré al equipo lo antes posible.

—Enterado —dijo el general—. Por favor envíe la lista de todo el equipo que necesitarán. También quisiera pedirle al doctor Resnick que continúen con las mediciones del deshielo en la Antártida y observen con todo rigor el desplazamiento del polo magnético.

—Enterado —respondió Resnick.

Los tres personajes se despidieron.

—La situación es mucho más grave de lo que pensamos, Tom —dijo Sarah, que hasta entonces había permanecido en silencio—. Si esos temblores empiezan a azotar el planeta, no habrá un sólo sitio seguro en el mundo.

—Lo sé, Sarah. Tenemos que actuar con rapidez y presionar para que las leyes ambientales cambien. No podemos seguir quemando los combustibles fósiles a este ritmo. Sabemos que día a día expulsamos a la atmósfera millones de toneladas de dióxido de carbono, la naturaleza ya no es capaz de neutralizarlo por más tiempo. Tenemos que cambiar cuanto antes a las fuentes renovables de energía. Todos debemos cooperar, es la única alternativa que tenemos.

—Las industrias llevan años negándose a cooperar debido a los costos que representa el cambio tecnológico para ellos —dijo Sarah—. Si continúan con esa postura, van a acabar con nuestra civilización.

—Así es, Sarah —dijo Tom preocupado.

Ambos salieron de la sala de conferencias y se dirigieron a sus respectivas oficinas a enlistar los preparativos para la expedición.

El general Thompson informaba de la situación a William Sherman a través de una línea telefónica segura.

—Tenemos el informe completo —dijo el general—. Las cosas se están complicando. Acabo de confirmar con la Casa Blanca que la próxima semana el presidente se dirigirá a la nación para anunciar el cambio en las disposiciones gubernamentales para el uso de los combustibles fósiles. Está a punto de destinar gran parte del presupuesto nacional al desarrollo de energías renovables. Por otro lado, tenemos un grave problema: el equipo ha detectado la radiación desconocida, se está concentrando en el sitio donde apareció la tormenta. El campo magnético del planeta se está debilitando. Los satélites han sido gravemente dañados.

—Pon en marcha el plan —contestó Sherman—. Localicen la fuente de radiación lo antes posible. Respecto al presidente, quiero que hables con él. Va a hacer exactamente lo que yo diga. Es necesario que tomemos el control de inmediato. ¿Quién más conoce el informe?

—La estación de investigación en la Antártida, el personal de la NASA y la Casa Blanca.

—Es necesario que censures el informe. Razones de seguridad nacional —ordenó Sherman—. Una vez que se haya ejecutado el plan, tendremos el control de la información. Por ahora envía personal militar a la estación antártica. Habla con el director Render. El informe será clasificado.

El general Thompson no perdió tiempo y se comunicó con Thomas Render para avisarle que habían clasificado el informe. Al mismo tiempo, dio instrucciones para que un equipo de personal militar altamente entrenado saliera hacia el Polo Sur. Su misión: tomar el control de la estación de investigación científica.

Tom recibió la llamada del general Thompson y llamó a Sarah Hayes para que se presentara en su oficina.

—Sarah, el Pentágono ha censurado nuestro informe por razones de seguridad nacional. Van a enviar un equipo para clasificar toda la información. Ahora es secreto militar, no hables con nadie al respecto, puede traernos graves problemas.

—Es una reacción bastante rápida. ¿Has hablado con el vicepresidente?

—Sí, hace unos momentos. Las negociaciones con los sindicatos fracasaron. La crisis energética es inminente, no habrá suficiente carbón mineral para las plantas termoeléctricas. Dentro de unos días la electricidad va a tener que ser dosificada. Gran parte del país se quedará parcialmente sin energía.

—Ésas son muy malas noticias, Tom. Las bajas temperaturas y las nevadas siguen azotando todo el norte del país. La gente se encuentra en verdadero peligro.

—Desde hace muchos años que debimos desarrollar la energía eólica como lo han hecho en Europa. Ahora vamos a sufrir terribles consecuencias.

—Europa aún no está completamente preparada para este escenario, Tom. Ningún país lo está —le respondió Sarah intranquila.

—Lo sé, no es un problema que se pueda resolver de una manera fácil, pero alguien debe tomar la iniciativa. Si seguimos dependiendo de intereses comerciales, nos espera lo peor, como está sucediendo ahora.

—¿Cuándo piensan comunicar lo que está sucediendo?

—No lo sé. Los gobiernos no van a alarmar a la población antes de que hayan evaluado todo el problema y se tenga elaborado un plan de contingencia, eso es seguro. Lo importante ahora es averiguar qué podemos hacer para protegernos. ¿Ya reuniste a los miembros del equipo para la expedición?

—Sí, Daniel se está encargando de eso ahora mismo. Contamos con la mayor parte del equipo, además hemos solicitado un detector de partículas al laboratorio de investigación de alta energía en Utah. Tuvimos mucha suerte, es el más moderno que tienen a su disposición.

—Muy bien, Sarah. El Pentágono exige que salgamos a más tardar en cuarenta y ocho horas.

—¡Deben estar bromeando! ¿Dos días para planear una expedición?

—Temen por la seguridad de sus satélites. Sabes que si éstos llegan a fallar, estaríamos a merced de cualquier enemigo. Parece que ellos ya tuvieran todo listo para partir, sólo nos esperan a nosotros.

—¿Y dónde piensan establecer el campamento? Todavía no contamos con mapas detallados de la región.

—Vamos a establecer el campamento junto a una excavación arqueológica que se está llevando a cabo en esa zona, es el único lugar disponible. Desde ahí podremos observar el fenómeno con más claridad. Ya tenemos todo el equipo necesario para establecernos, el Pentágono lo envió hoy en dos aviones de carga que aterrizaron en el aeropuerto de Cancún, es el más cercano a la zona.

Sarah escuchó a Tom y le sonrió.

—Eso me recuerda que no he tenido vacaciones en más de dos años. No estaría mal pasar unos días en la playa, ¿no crees? —le dijo bromeando.

—¡Buen intento, Sarah! —se burló Tom—. Quizá cuando esta crisis se haya resuelto, tal vez.

—Bueno, al menos lo intenté.

Sarah salió de la oficina de Tom, tenía que organizar los preparativos para el viaje. Daniel se estaba haciendo cargo de todo el personal, pero el equipo científico era responsabilidad suya. Llamó al número de contacto que el Pentágono le había proporcionado para asegurarse de que tendrían disponibles los helicópteros de carga donde llevarían el equipo hasta la jungla. Luego debía hablar al ministerio de Relaciones Exteriores para tramitar los permisos necesarios con el gobierno mexicano.

Al cumplirse el plazo, todo el equipo estaba dispuesto para la expedición. Sarah supervisó personalemente todos los detalles desde el aeropuerto de la NASA. Sólo faltaba el personal. Todos los científicos estuvieron preparados en menos de doce horas, por lo que el vuelo de salida se programó justo a tiempo. Sarah incluso había tenido tiempo de ir a su casa y tomar algunas cosas. La ropa de campo que iban a utilizar sería provista por personal militar.

El avión despegó a la hora programada con un equipo de diez científicos, entre ellos Sarah Hayes y Daniel Roth. Tom Render tenía que rendir informes ante la junta del congreso, así que tuvo que permanecer en Houston. El proyecto para descubrir la fuente de radiación estaba clasificado y había obtenido la más alta prioridad, de manera que Tom nombró a Sarah Hayes directora de la expedición.

Al aterrizar en el aeropuerto, los científicos fueron recibidos por personal del consulado estadounidense y autoridades federales mexicanas. Después de pasar las aduanas, fueron llevados a un helicóptero militar que los trasladaría hasta el campamento.

Con el cielo del mediodía completamente despejado, el helicóptero no tuvo ningún inconveniente en recorrer el trayecto hasta la zona del campamento. Una vez ahí, los científicos esperaron la llegada de todo el equipo electrónico para iniciar su instalación. Sarah Hayes recorrió el lugar y pudo ver de cerca las excavaciones arqueológicas. Los encargados le notificaron que los responsables del proyecto no se encontraban de momento y que llegarían en un par de días.

Durante toda la tarde, grandes camiones que transportaban el equipo fueron llegando. De un momento a otro el lugar estaba lleno de personal militar y trabajadores que acondicionaban los remolques donde iba a instalarse el equipo técnico. Sarah supervisaba la colocación de los remolques del personal y el equipo más sensible. No tenían tiempo que perder, la orden era localizar cuanto antes la fuente de la radiación desconocida.

Daniel Roth ponía al tanto a los demás científicos sobre el carácter confidencial de la misión. No debían revelar detalles sobre el propósito de estar ahí. Solamente Sarah Hayes estaba autorizada para hablar con la prensa o cualquier otra autoridad que se presentara. Habían convenido en decir que se trataba de una investigación sobre los patrones climáticos del área del Caribe para prevenirse de futuras tormentas.

La mayor parte del equipo quedó instalada a la madrugada. Sarah Hayes estaba exhausta. Entró al remolque de los dormitorios y encendió las luces. No había nadie todavía porque todo el grupo seguía trabajando. El primero en llegar fue Daniel.

—Sarah, te estaba buscando —dijo al tiempo que se acomodaba en una silla—. Todos los generadores diesel están trabajando. No tendremos problemas de electricidad. Me encargué de que se instalaran lo más lejos posible del campamento para evitar el ruido.

—Muy bien, Daniel, te lo agradezco. Estoy muy cansada, creo que iré a dormir, mañana nos espera un día muy ocupado.

—Así es, Sarah. Creo que no va a ser tarea fácil identificar esa fuente aquí, en medio de la jungla.

—No, no lo será, lo sé. Pero debemos hacer todo lo que esté en nuestras manos para encontrarla. Si esa radiación está afectando el campo magnético terrestre, la situación puede empeorar y dejarnos a merced del viento solar.

—No estoy seguro de que la radiación sea la causa del debilitamiento del campo magnético —dijo Daniel.

—¿A qué te refieres? —preguntó Sarah intrigada.

—El campo magnético ha estado en constante fluctuación por varios años. En los últimos, ha sufrido un debilitamiento y al mismo tiempo el polo magnético ha aumentado su velocidad de desplazamiento. Esto podría indicar que el campo magnético podría estarse preparando para una inversión de los polos.

—Es una sospecha que todos tenemos, pero no hay suficientes datos que demuestren esa teoría, Daniel. Que los polos magnéticos intercambien su lugar es posible, pero es muy temprano para sugerir esa hipótesis. No es un suceso común, la última vez sucedió hace cientos de miles de años.

—Lo sé, pero debemos estudiar todas las posibilidades.

—Muy bien, Daniel, mañana veremos, por ahora hay que ir a descansar.

Sarah y Daniel permanecieron unos minutos más conversando y luego cada uno se retiró a su dormitorio. La primera fase de la investigación estaba en marcha.

Capítulo 12

Anya se encontraba sola en la sala principal del templo. Había sido citada a primera hora de la mañana y esperaba ver a todos los miembros ahí sentados. Una voz la hizo reaccionar.

—Saludos, Anya. ¿Estás lista para empezar?

Era la concejal Anthea, que había aparecido de la nada.

—Sí, estoy lista.

—Bien, entonces sígueme.

Anya siguió a la concejal hacia fuera de la sala y a través de varios corredores. Bajaron un sinfín de escaleras y entraron a una sala pequeña, muy parecida a las que se utilizaban para guiar a los aprendices.

—Pensé que mi iniciación se realizaría en la sala principal —dijo Anya.

—El salón es muy grande ahí, Anya. Esta sala es ideal para atrapar el sonido de los tambores.

El maestro Zing y otros dos miembros del Concejo que Anya no conocía se encontraban ahí. Estaban sentados en círculo y ella fue dirigida al centro. Se recostó en un extraño sillón que la hacía tomar una postura inclinada, con las piernas flexionadas y el torso ligeramente erguido hacia arriba. Los miembros del Concejo se sentaron cada uno encarando los puntos cardinales. El maestro Zing le habló.

—Anya, quiero que te concentres en vaciar tu mente por completo. Cierra los ojos y sigue el sonido del tambor. No tengas miedo, nosotros estaremos contigo en todo momento.

Anya no sentía temor pero estaba muy nerviosa. Trató de calmar su mente, para lo que fue necesario controlar su respiración. Poco a poco fue controlándose hasta que estuvo en estado de quietud. De pronto, empezó a escuchar los tambores. Un sonido monótono que iba volviéndose más complejo e hipnotizante cada vez. La oscuridad en su mente comenzó a desvanecerse y aparecieron diferentes manchas de colores que se hacían más brillantes. La luz se fue apoderando de su mente al tiempo que el sonido se aceleraba. Notó una extraña rigidez en todo el cuerpo e inmediatamente después sintió como si una fuerza desconocida la apartara de él. Ya no podía controlar sus sentidos. La atracción del sonido era tan fuerte que ella sólo se dejaba ir.

La luz en su mente estalló en una cascada de brillantes colores y Anya sintió que su cuerpo experimentaba una gran sacudida. Ésa fue la última sensación corporal que experimentó. A partir de ese punto ya no podía sentir nada en el plano físico. El sonido de los tambores la transportó hacia delante y volvió a sentir otro estallido, esta vez mucho más violento, que la hizo perder el control sobre sí misma. Ahora su ser era inmaterial y se encontraba viajando a gran velocidad a través de un túnel que la transportaba por el espacio infinito. Todo lo que podía percibir alrededor de ella era una luz cegadora que se movía en forma de remolino a medida que su velocidad se incrementaba. Esta luz era diferente a la del día y quizá mil veces más intensa. Anya podía sentir cómo atravesaba su ser y producía la sensación de una majestuosa energía envolviéndola con su poder creativo. Parecía estar viajando sobre la corriente energética que conformaba la realidad del universo. Esta corriente se extendía a través de todo el cosmos, llevando su conciencia hacia un lugar desconocido.

Anya no pudo calcular por cuánto tiempo estuvo viajando de esa forma pero le pareció infinito. Sus sentidos habían perdido toda relación con el mundo y la única forma en que percibía era a través de su mente consciente. De pronto, sintió un cambio de coloración en la gran luz por donde viajaba y un instante después el gran vórtice luminoso empezaba a ocultarse para dar paso a una oscuridad espesa, interrumpida sólo por millones de pequeñas luces que giraban en espiral alrededor de un gran centro. Anya comprendió que estaba observando una galaxia, pero desde un punto muy cercano a ella. Toda su composición irradiaba vida y conciencia de ser, de una forma que ella no podía explicar. Tenía la sensación de estar observando un organismo vivo que se movía con voluntad propia. Era un espectáculo excepcional. Podía sentir el palpitar del pulso magnético que la galaxia emanaba a cada instante. Todos sus componentes se encontraban en perpetuo movimiento. Nada permanecía estático y estos increíbles movimientos estaban sincronizados de una manera tan perfecta, que era imposible para la mente humana concebir tal sincronización. Los millones de soles irradiaban luz a los planetas que giraban armónicamente alrededor de ellos para iluminarlos y dar nacimiento a millones de formas de vida.

Anya se concentró en esta escena y se dio cuenta de que cuando lo hacía, su conciencia se trasladaba de inmediato, permitiéndole observar desde una perspectiva muy próxima. Los planetas, desde ese plano, rebosaban de vida, asemejaban pequeños frutos que las estrellas engendraban para dar nacimiento a millones de seres inimaginablemente complejos.

Mientras más percibía, más se hacía consciente de la estrecha relación que mantenía entre sí todo lo creado. Todo el universo era simbiótico. Los seres vivos dependían de los planetas, que a su vez dependían de las estrellas. De alguna forma inexplicable, todo estaba entrelazado, unido por un vínculo que sólo podía ser descrito como energético. El orden que guardaba todo el sistema era digno de admiración.

Las estrellas giraban sobre el núcleo central que era la fuente de gravedad que sostenía aquel inmenso sistema y que lo transportaba a una velocidad infinitamente grande hacia los confines del espacio.

La galaxia se regulaba a sí misma, de manera que, a medida que esa gran masa de luz y conciencia se movía a gran velocidad, iba creando tiempo. El tiempo era la resultante de la misteriosa naturaleza de la luz y el movimiento que la atraía a gran velocidad. Todas las cosas que existían en ese sistema estaban sujetas al tiempo y a la velocidad que se creaba con la fuerza que despedía el gran núcleo. A su vez, este gran núcleo sostenía el eje de giro de la galaxia mientras ésta creaba la fuerza centrífuga que permitía su expansión, creando más vida y alterando el espacio-tiempo en el gran vacío.

Una pregunta surgió en su mente y de inmediato su perspectiva se movió para esclarecerla. Anya se había preguntado de dónde provenía tal cantidad de energía y cómo se aceleraba de esa forma. Su conciencia de pronto comenzó a comprenderlo. La energía provenía de una dimensión adyacente a la de nuestro universo. La gran cantidad de luz y calor que el núcleo y las estrellas irradiaban era transportada a nuestra dimensión a través de un gran campo electromagnético que asemejaba un vórtice espiral. Este campo se formaba a voluntad de la conciencia superior de estos astros cuando alcanzaban la perfecta resonancia con el supremo campo creador. Anya comprendió que todas esas estrellas eran seres vivos y conscientes como nosotros, que su forma de conciencia era infinitamente mayor y más poderosa que la nuestra, que cada una de ellas era capaz de sustentar y crear sus propias formas de vida, para lo cual solamente necesitaban fecundar un planeta en estado maduro con su energía electromagnética.

A través del tiempo, Anya vio a las estrellas integrándose por voluntad propia, creando esos inmensos campos magnéticos y desintegrándose después de millones de años terrestres para esparcir sus restos y dar paso a la formación de nuevos planetas en la galaxia. Una vez formados, los nuevos planetas pasaban por un proceso de preparación de millones de años hasta estar listos para el surgimiento de nuevas formas de vida por efecto de la fecundación de los soles. La existencia de estos seres parecía infinitamente larga para nuestra escala de tiempo, pero en su escala propia era parecida a la existencia nuestra. A todos los seres conscientes del universo se les había encomendado la misión de evolucionar en busca de formas superiores de existencia para seguir contribuyendo a la creación infinita.

Esta búsqueda por la evolución no siempre resultaba exitosa. Anya comprendió la naturaleza dual del universo para crear vida a partir de pares inteligentes de diferente género. Cada uno de estos pares debía mantener una relación simbiótica de correcta armonía para la sustentación y creación de vida inteligente. También la correcta armonía entre estos pares contribuía a la realización de ambos y era el primer paso hacia la evolución suprema. Cuando uno de estos pares no lograba integrarse armoniosamente, entonces sobrevenía el colapso. Miles de soles y planetas se desintegraban al no alcanzar armonía entre sus órbitas y su desarrollo. Sin embargo, estas desintegraciones liberaban cantidades excepcionales de energía que significaban nuevas posibilidades de apareamiento, de este modo la energía jamás se perdía. Una conciencia de un sol desintegrado se volvía a integrar en forma de planetas para iniciar un gran ciclo de vida. Los planetas desintegrados, por su parte, se desplazaban de sus órbitas para colisionar con otros o para ser absorbidos por las estrellas. El universo estaba ordenado en un gran ciclo de creación y destrucción a escala inmensamente grande. La sincronía, o sea la posición correcta del espacio en determinado tiempo, y la armonía en su movimiento eran la clave para lograr la evolución de estos seres, que equivalía a la ascensión a dimensiones superiores de existencia menos densas. Estas dimensiones superiores estaban sujetas a otras leyes completamente diferentes a las de nuestro universo.

Anya podía observar cuando las estrellas lograban su ascensión, después de haber contribuido a la creación de especies inteligentes de grado evolutivo superior. La estrella, en vez de desintegrarse, comenzaba un proceso de implosión. Su campo electromagnético, que era el poder de su conciencia, se amplificaba millones de veces. La gran fuerza de este campo atraía hacia sí a su planeta par hasta que éste se fusionaba con la inmensa energía de la estrella. Después, implosionaban juntos creando un gran agujero negro tras de sí. La conciencia de la estrella transportaba absolutamente toda su masa y la masa de lo que existía a su alrededor junto con su conciencia a una dimensión superior para iniciar un nuevo ciclo de existencia en un nivel más cercano al supremo campo creador.

La realidad de este conocimiento saturaba la inteligencia de Anya. Ella quiso saber sobre las leyes y la existencia en las dimensiones superiores, pero el conocimiento que obtenía iba más allá de su comprensión. Entendió entonces que aún estaba sujeta a las leyes del universo físico, por eso su capacidad de conciencia no era lo suficientemente amplia para comprender más allá de estos límites. Entonces Anya se concentró en la vida de nuestro planeta. Inmediatamente comenzó a recibir información coherente del proceso de creación y destrucción a esta escala. La Tierra era la matriz en donde se desarrollaba la vida inteligente. Una vez que una forma de vida era procreada por efecto de la fecundación de un par de una misma especie, esta vida quedaba sujeta al sustento de la gran matriz del planeta. Esta gran matriz regulaba todas las funciones vitales de ese nuevo organismo.

Cada uno de estos organismos era creado a partir del elemento más abundante del planeta, que era el agua, y era

provisto de una porción infinitamente pequeña de conciencia, proveniente de una dimensión superior. Esta pequeña
porción de conciencia era donada por la estrella creadora,
de modo que cada ser se integraba a partir de la fluidez del
agua y de la luz proveniente del fuego de la conciencia. Todos
los seres vivos en el planeta proveníamos del mismo lugar,
de la conciencia suprema de nuestro Sol. Éste gobernaba y
sustentaba nuestra conciencia, mientras el planeta gobierna-
ba y sustentaba nuestro cuerpo físico. Ellos eran el padre y
la madre de todas las especies. La vida era imposible sin la
interacción energética de ambos.

Cada especie recorría un largo camino de adaptación
física para desarrollar los mecanismos necesarios de su evolución. El cuerpo debía desarrollarse para soportar los cambios
que sufría el planeta durante su desarrollo. Mientras tanto,
su cerebro se desarrollaba para establecer una conexión más
estrecha con la conciencia de nuestra estrella.

Anya comprendió que las funciones cerebrales de todas
las especies estaban dirigidas en primer término a la adaptación física requerida para sobrevivir. Pero una vez alcanzada
la forma física óptima, el cerebro seguía desarrollándose para
completar la interfase que conectaría a la conciencia individual del ser con la conciencia colectiva de la especie, con la
conciencia de nuestro planeta, el Sol y, por último, con la
conciencia suprema del gran campo creador. Este proceso
tardaba millones de años y miles de especies se habían auto-
destruido antes de alcanzar la forma óptima y de comenzar
su esfuerzo por la evolución de su ser individual.

Durante el proceso de maduración, cada conciencia individual sufría un largo ciclo de muerte y reencarnación en
diferentes cuerpos físicos. Este largo ciclo era necesario para
conseguir el desarrollo requerido, para prepararse a entrar
en otra dimensión de existencia. Este proceso de maduración de la conciencia individual era comparable al proceso

de maduración que sufría un feto para entrar en la vida física. Durante este proceso, la conciencia debía aprender a manipular la energía del gran campo creador, sólo así podía estar preparada para una nueva existencia en un nivel superior. Una vez alcanzado este estado de desarrollo, era posible para un individuo transferir todo su ser a una dimensión superior por medio de una implosión voluntaria. Esto significaba, al igual que para las estrellas y los planetas, el inicio de un nuevo ciclo de existencia superior para cada individuo. Pero al igual que a la gran escala de vida de los planetas y las estrellas, la sincronización y la armonía en su existencia eran el requisito fundamental para este logro supremo.

Anya comprendió que la especie que no se adaptaba a esta forma simbiótica de vida con el planeta era destruida sin remedio. Una vez que una especie no armónica declinaba, su conciencia colectiva se iba desintegrando, hasta que el último miembro de la especie moría. Así, la energía remanente se transformaba y volvía a comenzar un gran ciclo de desarrollo, creando una nueva. Si este ciclo se encontraba fuera de sincronización con el ciclo evolutivo del planeta, entonces no llegaría a completarse. Por esta razón, la desaparición de cada especie era un suceso lamentable pero común durante la existencia de un planeta.

A cada momento, Anya planteaba más y más preguntas sobre la evolución de las especies pero las condiciones eran siempre las mismas por más que difirieran unas de otras. Todas tenían las mismas posibilidades y todas tenían las mismas responsabilidades. Todos los seres debían trabajar en conjunto para alcanzar este logro. Al mismo tiempo, todos debían contribuir a la conservación de su medio ambiente y no dañar al planeta que los sustentaba. Dañarlo equivalía a dañarse a sí mismos, pues la especie había evolucionado físicamente para adaptarse a esas condiciones del medio ambiente. Si esas condiciones eran cambiadas, la especie no sobreviviría. Anya comprendió entonces el porqué de las enseñanzas de conservación del medio ambiente por parte del Gran Concejo. Nunca había comprendido su importancia real. Ella había pensado siempre que se trataba solamente de una forma de respeto hacia la naturaleza que nos sustentaba, pero ahora se daba cuenta de que significaba mucho más que eso. El daño a la naturaleza forzaría un cambio drástico del ambiente, que a su vez crearía condiciones de vida diferentes a las que miles de especies no podrían adaptarse. Esto, al final, produciría su desaparición y el fracaso del planeta para desarrollar especies evolutivas, por lo que no lograría su realización de conciencia y perdería su sincronía con el Sol, corriendo el riesgo de morir y no alcanzar su ascensión.

O sea que el comportamiento de las especies también influía en la evolución de los planetas. Anya casi no podía concebir esta interrelación tan estrecha entre todos los seres. Cada uno desempeñaba su función en el gran esquema. Cada muerte y cada nueva vida que se engendraba eran el precio que se pagaba en el largo camino hacia la evolución de la conciencia. Era un sacrificio excepcional de cada especie. Si las cosas no salían bien y el planeta era incapaz de sustentar más vida, todo este sacrificio sería en vano, todo tendría que comenzar de nuevo. Pero, ¿hasta dónde llegaba la responsabilidad de cada especie?, se preguntó Anya. La respuesta fue contundente. Hasta donde fuera necesario y hasta donde su conciencia alcanzara para contribuir.

Anya se encontraba profundamente emocionada de experimentar este conocimiento. Ahora comprendía su responsabilidad como ser humano. Entonces deseó volver a su mundo para experimentar la vida física. Ahora tenía un propósito claro para existir.

Las increíbles visiones de los planetas, las estrellas y la vida de las especies se fueron desvaneciendo. Anya entró al círculo de luz una vez más y sintió su ser sacudirse de nuevo.

Volvió a viajar a una tremenda velocidad a través del vórtice de luz y finalmente experimentó su cuerpo de nuevo y quiso abrir los ojos. Podía escuchar el sonido de los tambores y siguió el sonido hasta recobrar totalmente sus sentidos. Abrió los ojos y todos los miembros del Concejo se encontraban en sus lugares alrededor de ella. Trató de incorporarse pero le fue imposible, no podía mover el cuerpo.

Cada uno de los miembros del Concejo fue saliendo poco a poco del trance. En cuestión de minutos se habían incorporado y ayudaron a Anya a levantarse. Sentía todo su cuerpo adormecido y se sentó en el suelo. El maestro Zing y la concejal Anthea permanecieron con ella durante varios minutos hasta que al fin el maestro Zing rompió el silencio.

—¿Aún quieres preguntar cuál es el propósito de esta iniciación, Anya?

—No, ya no es necesario —respondió ella—. Ahora lo he comprendido todo. Aunque nunca imaginé que todo esto que acabo de experimentar fuese posible.

—Es posible y es la realidad que nos rige —dijo el maestro Zing—. Ahora comprendes la gran responsabilidad que contrae un iniciado al experimentar la verdad sobre la naturaleza de nuestro universo.

—Sí, ahora lo comprendo. Sin embargo, no todo lo que pude percibir quedó claro en mi conciencia. Creo que no alcancé a comprender cómo se logra nuestro siguiente paso en la evolución. Me refiero a la implosión del ser que lleva hacia una nueva existencia en los planos superiores.

—Eso no lo alcanzaste a comprender por que tú no estás lista aún —le respondió el maestro—. La información que recibiste es suficiente para hacerte meditar por años. Me alegra que tú sola hayas decidido volver, de otra forma hubiéramos tenido que traerte de vuelta.

—¿Por qué? —preguntó Anya, volviendo a su manera habitual de cuestionar todo.

—El universo es un gran misterio. Lo que experimentamos como conocimiento son diferentes formas de energía que nuestra conciencia logra asimilar. Cuanto más poderosa es nuestra percepción, más energía podemos asimilar, o sea, más conocimiento. Si hubieras seguido ahí, empezarías a percibir energía que aún no eres capaz de asimilar, y todo tu ser se habría desintegrado bajo esa enorme presión vibrante.

"Estos viajes de conciencia son cosa seria, Anya —le explicó el maestro Zing—. Uno puede perecer fácilmente si se interna demasiado lejos en lo desconocido. Debemos siempre ser prudentes y estar alertas del peligro que supone viajar más allá de nuestro mundo.

—Hay otra cosa que no comprendí. Al estar observando la galaxia, me di cuenta de que se desplazaba a una gran velocidad. Después percibí que este desplazamiento creaba tiempo. Entonces ¿quiere decir que el tiempo futuro depende del desplazamiento de la galaxia?

—No, Anya, no es así. Nuestra conciencia percibe el tiempo de forma lineal y, efectivamente, éste se crea por medio del desplazamiento de uno o más cuerpos conscientes dentro de un sistema. Esto sucede por la interacción del flujo de conciencia del gran campo creador con el nuestro. El tiempo es infinito y su apreciación depende de quien lo observa. Una conciencia superior percibe el tiempo de una manera mucho más rápida y en todas las direcciones, haciéndolo parecer como eterno, lo cual es más cercano a la realidad. Pero tú percibiste únicamente el tiempo presente, percibiste solamente una dirección. El tiempo es multidireccional y es paralelo al momento. De modo que percibiste únicamente el tiempo paralelo al momento que observaste, lo cual creó la sensación del tiempo lineal en que el futuro no ha sido creado. La solución a esta paradoja es uno de los grandes misterios. Me temo que va a resultar muy difícil para ti comprenderlo, pero aun así, siendo que la conciencia proviene de una dimensión superior, no está sujeta a las leyes de tiempo lineal, por lo que tu conciencia puede desplazarse en diferentes momentos paralelos al tiempo que observas si aprendes cómo hacerlo.

—No lo logro comprender. ¿O sea que el futuro ya existe?

—El futuro no existe de la forma en que lo concibes, Anya, como algo absoluto e inamovible. El futuro potencial existe solamente en referencia al momento en que es observado. Por eso es que cada suceso presente influye en la potencialidad de un futuro. El poder de modificarlo reside en las decisiones de todos y cada uno de los involucrados en la observación del momento. Aun así, aunque parezca que el futuro no puede ser modificado, sí lo es. De hecho es modificado a cada momento. O quizá sería mejor decir ajustado a cada momento. El futuro para ti existirá sólo en el momento en que decidas observarlo, no antes.

—Es demasiado complejo para mi mente —respondió ella—. Prefiero dejarlo así por ahora. No me voy a preocupar por el futuro. Por lo menos no por el futuro abstracto, sino por el futuro de nosotros como especie. Desde ahora viviré siempre pensando si vamos a lograr nuestra evolución de la forma en que el universo lo dispone.

—El libre albedrío de la conciencia nos permite avanzar en esa dirección, pero sin una guía adecuada es muy fácil perderse en el camino —le explicó el maestro Zing—. Por eso ahora que has sido iniciada en los misterios de la creación te has convertido en un faro cuya misión consiste en reflejar esa verdad dentro de nuestro mundo. Los iniciados iluminan el camino para todos aquellos cuyo destino es dar el gran paso en la evolución de su conciencia.

Anya reflexionó sobre las palabras del maestro.

—Yo pensé que la búsqueda de la evolución de la conciencia estaba destinada a todos los seres vivos por igual —dijo ella.

—Y así es. Pero es el giro del kin el que decide el momento sincrónico en que habrá de realizarse. En última instancia todos los seres están destinados a evolucionar, pero no todos se encuentran preparados en el mismo momento.

Anya comprendió finalmente que la sincronización y la armonía eran conceptos que el universo manejaba de manera distinta para cada ser vivo. Cada uno de nosotros emprendía el camino de la evolución a su propio paso. No todos estábamos preparados en un mismo momento para efectuar el gran salto. Por eso existían seres que se distinguían de otros en su sociedad, como los miembros del Gran Concejo. Ellos eran la luz que guiaba el camino para aquellos que se sentían listos para trascender la existencia material.

El rito de iniciación terminó y la concejal Anthea acompañó a Anya a sus aposentos. El viaje había saturado su conciencia de conocimiento, y su mente necesitaba de un par de días para ordenar sus emociones.

Anya se recostó en su cama y luego cayó en un profundo sueño.

Capítulo 13

Kiara se encontraba recostada a varios metros del fuego que seguía ardiendo dentro del círculo de participantes de la ceremonia. Habían transcurrido ya varias horas desde su inicio y se podía ver el cielo clareando. Era la hora del amanecer y ella no se encontraba cansada, lo cual era sorprendente. Había permanecido despierta toda la noche y sólo sentía un poco de tensión en las piernas. Se había tranquilizado y ahora gozaba de una profunda calma interior. Había podido desahogar todas sus emociones y se sentía liberada de esa carga tan pesada que venía acumulando desde la pérdida de su madre. Su mente se encontraba ahora en un estado de suma tranquilidad, casi sin elaborar ningún pensamiento, y su cuerpo se sentía también más ligero.

El retumbar de los tambores que empezaban a tocar la sacó de su ensueño. Poco a poco el ritmo fue resonando por todo su cuerpo y su corazón empezó a latir rápidamente. La claridad de la luz del amanecer le permitía ahora ver todas las cosas a su alrededor. El fuego iba perdiendo su brillo a medida que la luz del sol se apoderaba de todo. Vívidos colores empezaron a surgir por doquier. La naturaleza de la jungla era maravillosa. La gama de luz y color que ahora observaba dentro del corazón de la selva era simplemente excepcional. Kiara podía escuchar los cantos de las aves que anunciaban el nuevo día y los árboles que agitaban sus ramas suavemente con la brisa de la mañana. Era una imagen espectacular, muy diferente al molesto panorama que ella estaba acostumbrada a ver en la ciudad. Hacía mucho tiempo desde que contemplara por última vez la luz de un amanecer. La jungla exudaba vida y poder de una manera indescriptible. Toda la vida a su alrededor reaccionaba al sentir los rayos del Sol en el albor del nuevo día.

Kiara se sintió profundamente agradecida por ese momento. Reflexionó un instante sobre su vida en la ciudad y pudo comprender que había caído en la monotonía de la cultura moderna con todos sus hábitos y patrones de conducta predecibles. En la ciudad, ella se comportaba como una autómata que seguía sus rutinas al igual que todos los demás. Ahora, en cambio, se encontraba regocijándose en aquel momento único. El ritmo de los tambores generaba una sensación en su interior que no podía describir con palabras. El sonido llegaba a lo más profundo de su ser y despertaba su naturaleza salvaje, entonces su cuerpo comenzó a moverse en repuesta al invitante ritmo del tambor. Mover su cuerpo con completa libertad le daba una sensación de suprema vitalidad y poder.

El toque del tambor aceleraba su ritmo mientras varios de los participantes se incorporaban y comenzaban a bailar. La doctora Elena Sánchez estaba entre ellos. Kiara la miró y ambas se acercaron. Las dos estaban sumamente felices, bailaban sin parar y toda la gente formaba un círculo más compacto dando vueltas alrededor del fuego. Otros participantes permanecían sentados y aplaudían vigorosamente. El ambiente se saturó de alegría. Todos celebraban el amanecer de un nuevo día y Kiara sentía su cuerpo más liviano conforme bailaba y daba vueltas alrededor del fuego. Su mente se concentraba más y más en el movimiento de sus piernas, tratando de no perder el ritmo, que aceleraba constantemente.

Poco a poco fue perdiendo la noción del tiempo. Toda su atención se centraba ahora en el sonido y su cuerpo reaccionaba moviéndose de un lado a otro. De pronto, el Sol se asomó por el horizonte y Kiara pudo sentir el calor de sus rayos incidiendo en su rostro. El espíritu de Kiara se encendió al sentir esa energía envolviéndola por completo. Ahora comprendía la adoración que los indios sentían por el Sol. Era la luz que nutría a todos los seres vivos. Irradiaba calor y energía a todo el planeta.

Miró hacia el cielo y pudo admirar su hermoso color azul. Los rayos del sol se filtraban ahora por todo el firmamento produciendo vívidos destellos en el horizonte. La vida era una experiencia hermosa en ese lugar.

Los indios comenzaron a cantar en una lengua que Kiara no comprendía, pero seguía bailando alrededor del fuego. De repente, un crujido dentro de ella resonó en todo su cuerpo. Sintió una extraña rigidez en la espalda. Una sensación de poder estaba invadiendo todo su ser. Perdió el ritmo, dejó de bailar y regresó a su lugar para recostarse. Su percepción había sufrido un cambio y ella podía notarlo en cada célula de su cuerpo. Cerró los ojos despacio y para su sorpresa no estaba viendo la oscuridad, sino manchas brillantes de todos colores. Era un caleidoscopio de fulgurantes luces que formaban complejas figuras geométricas. Kiara comprendió que su cuerpo estaba entrando en trance. Se dejó llevar por la brillantez de las manchas y su conciencia comenzó a viajar por un largo túnel impulsada por el resplandor de las luces.

Casi de inmediato dejo de sentir su cuerpo, mientras la sensación de velocidad ganaba toda su atención. De pronto la velocidad se redujo y su conciencia saltó del túnel hacia un lugar familiar. En un instante, Kiara se encontraba en la jungla contemplando una pared de piedra inmensamente larga que tenía un hueco en forma de puerta. Se sintió confundida, la jungla era muy familiar, pero ella no recordaba haber visto ninguna construcción de piedra en la aldea. Se preguntó si se encontraba soñando, pero la imagen era demasiado real. Era imposible que fuera un sueño. Se agachó y cortó un poco de pasto del suelo. Era exactamente igual al pasto que crecía en la aldea. ¿Qué estaba sucediendo?

Miró sus manos y eran las de siempre. Recordó lo que le había dicho José y tomó uno de sus dedos y lo estiró. La sorpresa casi la mata del susto: su dedo se estiró casi al doble de su tamaño normal. Lo soltó de inmediato y éste volvió a la normalidad. Ahora no tenía ninguna duda de que estaba soñando, pero con la conciencia precisa de que hacía tan sólo unos minutos antes se encontraba bailando en la aldea. ¿Cómo era eso posible?

No sabía qué hacer, así que decidió explorar el entorno. Se dirigió hacia la pared y cruzó el hueco en forma de puerta. Enseguida sintió un cambio en su cuerpo. Se volvió y se dio cuenta de que el hueco había desaparecido. Definitivamente ese lugar no se comportaba de la misma manera que el mundo al que ella estaba acostumbrada. En este lugar las cosas aparecían y desaparecían sin que ella entendiera el porqué ni el cómo.

Siguió caminando hacia delante y a unos cincuenta metros vio a un grupo de hombres observando algo en el suelo. No sabía si dirigirse hacia ellos o no. Finalmente su curiosidad la venció y no pudo más que avanzar. Cuando se acercó lo suficiente distinguió de quiénes se trataba: eran los cinco chamanes que se encontraban en la ceremonia. ¡Era imposible que estuvieran allí! Luego recordó que estaba soñando y en esas circunstancias todo podía suceder. Ninguno de ellos volteó para mirarla cuando se acercó, parecían estar muy concentrados observando una pequeña pileta de agua en el suelo.

Kiara se acercó aún más para observar también. Al principio no logró ver nada salvo su propio reflejo en el agua, pero al cabo de un rato, unas imágenes comenzaron a aparecer. Eran imágenes del océano. Inmensas olas se agitaban y lanzaban agua y espuma hacia arriba. Diminutas embarcaciones luchaban contra el embravecido mar. Kiara se concentró más y las imágenes siguieron cambiando. Las pequeñas embarcaciones no eran lo que ella había pensado al principio, eran inmensos barcos cargueros que se veían pequeños en comparación con las olas. Las enormes olas hundían y arrastraban sin piedad los barcos. La imagen era verdaderamente impactante y no se detenía ahí. Las olas golpeaban las costas, y grandes casas y edificios se desintegraban a su paso. Los lugares no le eran familiares, pero lo que estaba viendo no era nada agradable. Las olas se abrían paso a través de ríos y a través de las calles para destruir todo. Las personas corrían tratando de salvarse pero eran tragadas por el inmenso torrente de agua y escombros. Kiara podía sentir la angustia y el dolor de la gente al enfrentar la muerte.

Autos y aviones eran arrastrados por la corriente como si fueran juguetes. El agua se metía por las ventanas de los edificios e inundaba todo a su paso. Miles de personas eran absorbidas en cuestión de segundos. Pensó que estaba sufriendo una pesadilla y dejó de mirar hacia la pileta de agua. Los cinco chamanes seguían mirando hacia abajo, ninguno de ellos le prestaba atención.

Kiara luchó por dominar sus emociones y volvió a mirar el agua. Las imágenes de las inundaciones se habían ido. Ahora contemplaba inmensas llanuras de escasa vegetación. Grupos de seres humanos se desplazaban a pie a lo largo y ancho de ellas. El viento soplaba con fuerza y levantaba tanto polvo que les hacía muy difícil el avance. Las mujeres llevaban a los niños en las espaldas y los hombres cargaban rifles y algunas mochilas. Restos animales y humanos aparecían en el camino de una forma verdaderamente tenebrosa. Un largo trecho de un río casi seco corría como a medio kilómetro de donde ellos se hallaban. Otro grupo de hombres y mujeres se encontraba al borde de lo que había sido un gran río, con la apariencia sólo de un camino con piedras, peces y animales muertos. Las mujeres extraían agua casi del mismo color del lodo para darles de beber a los niños pequeños. Era una imagen dura y deprimente. Kiara percibía la desolación, tristeza e incertidumbre que esas personas sentían.

La gran llanura se extendía por miles de kilómetros y a lo largo sólo se veían vestigios de la civilización, como autos abandonados y algunas construcciones que parecían ser granjas destruidas. Kiara estaba confundida, las imágenes tenían un realismo impresionante, pero no se asemejaban a ningún lugar que ella hubiera visto en el planeta. Ella no quiso ver más, ya no podía soportarlo. Se apartó de la pileta y miró a los cinco chamanes indios que continuaban viendo la escena. Algo dentro de ella se había agitado con todo lo que había visto. ¿De qué se trataba? Era un mundo completamente diferente al que ella conocía. Este lugar que había observado era inhóspito y transmitía muerte y desolación de una manera horrenda. Miró a su alrededor y a lo lejos descubrió otro hueco en la pared. Caminó rápidamente hacia él y lo cruzó para encontrarse de nuevo en la jungla. Se sentía más a gusto ahí. El paisaje era esplendoroso y el cielo tenía un color espectacular. Lo observó y descubrió un banco de nubes que se aproximaba. Recordó su primera visita a ese lugar y centró su atención en ellas, al cabo de unos instantes, las nubes se detuvieron.

Kiara estaba fascinada observando las nubes cuando escuchó una voz.

—Veo que has vuelto a este plano, Kiara —dijo la voz que hablaba—. Pareces estar agitada de nuevo.

—Acabo de ver algo muy desagradable —contestó.

—Lo sé —dijo la voz—. No es un futuro muy prometedor para los de tu especie.

—¿Dónde estoy? ¿Es el mundo intermedio? ¿Por qué vi esas escenas tan horribles?

—La visión fue *intentada* por los otros seres que se encontraban contigo —respondió la voz—. Estaban preguntándose por el futuro de los de tu especie.

—Entonces, las escenas que vi, ¿trataban verdaderamente del futuro de la raza humana?

— Así es. De un futuro potencial, como todos los futuros posibles.

—No comprendo eso. ¿Podrías explicármelo?

La voz tardó algún tiempo en responder. Luego habló.

—Estaba escogiendo las palabras correctas para que tu limitada conciencia lo entienda. El futuro, al igual que el presente, es el resultado de una combinación de variantes. Estas variantes se determinan con cada decisión que se toma. Entonces se consuman los hechos que fueron determinados por cada una de las decisiones. Tu presente está aquí en este momento, porque tomaste decisiones que te trajeron hasta este lugar. ¿Comprendes? Ahora este presente es una realidad para ti, pero hace tiempo sólo era un futuro potencial. Si hubieras decidido no venir aquí, el futuro potencial habría cambiado.

—Entonces, ¿eso quiere decir que esas escenas que vi pueden evitarse?

—Las tendencias indican que sucederán —dijo la voz—. Debes estar preparada para afrontar esa posibilidad.

—¿Quiere decir que millones de personas morirán próximamente?

—Todos los seres de tu especie atraviesan la conversión de conciencia, que los lleva a experimentar el mundo de materia densa —siguió diciendo la voz—. Ese mundo sólo puede ser experimentado por un tiempo limitado debido a la velocidad con que vibra. Este tiempo representa toda una vida para los seres como tú. Los seres que morirán a causa de los grandes cambios han escogido hacerlo al ignorar las leyes que los rigen.

—No lo comprendo. ¿Cuáles son esas leyes?

—Es imposible que las comprendas a la perfección. Pero es necesario que sepas que formar una vida y alimentarla de conciencia es un don que debe ser respetado. La conciencia baja a un plano más denso para desarrollar facultades necesarias para su evolución. Cuando esta ley es ignorada, se rompe el equilibrio que esa conciencia comparte con el ser que la alberga. Tu especie, al igual que muchas otras, ha ignorado el camino hacia la evolución personal y ha ocasionado un desequilibrio en su mundo, que ahora van a tener que afrontar.

—¿Qué va a suceder?

—Grandes cambios se aproximan. Aquel que fue en el principio y que es la fuente de nuestra conciencia está a punto de despertar a otra etapa en su evolución. La humanidad no se ha preparado para este cambio, así que muchos de ustedes no podrán adaptarse. Otros pocos tendrán que luchar para seguir existiendo en este tiempo.

—Pero, ¿cómo se supone que debemos prepararnos? —preguntó Kiara, que a cada momento se encontraba más confundida—. ¡Por favor dime qué es lo que va a pasar!

—Todo será revelado a su tiempo. El momento se acerca. No olvides el mensaje que te he dado, es muy importante para tu futuro, si acaso lo logras —respondió la voz en el momento en que las nubes comenzaron a alejarse.

Kiara gritó a todo pulmón para que no se fueran, pero fue en vano y pronto volvió a quedarse sola en esa extraña jungla. Pensó en adentrarse en la profundidad de la selva, pero recordó su encuentro con el jaguar y desistió de inmediato. Miró hacia atrás y vio la pared de piedra, era mejor idea regresar para ver si los chamanes seguían ahí. No pudo ver a nadie dentro, la pileta se encontraba en el mismo lugar, pero no había señal de los indios. Se recostó en el suelo y pensó en lo que las nubes le habían dicho. No podía entender a qué se referían, pero ya se estaba acostumbrando a lo extraños que eran sus sueños. Parecía como si nada tuviera sentido.

Acostada, sintió una pesadez en el cuerpo que no había sentido hasta entonces. Trató de incorporarse pero no pudo hacerlo. Forcejeó consigo misma y perdió la noción de dónde se encontraba. Una fuerza la mantuvo sujeta al suelo y luego sintió que se la tragaba. Seguía forcejeando para levantarse y de pronto se dio cuenta de que no estaba en el mismo sitio, estaba viendo el cielo azul del mediodía y una cara familiar apareció encima de ella.

Era José, a quien no veía desde el día anterior, cuando había empezado la ceremonia. Parecía que el tiempo se hubiera expandido. Kiara sentía como si hubieran pasado varios días desde que había llegado ahí.

—Ya despierta, haragana —le dijo José con una sonrisa en los labios—. Seguramente has estado durmiendo todo el tiempo en vez de poner atención a la ceremonia, ¿no es así?

Kiara sonrió.

—Hazte a un lado, José —le dijo mientras se incorporaba—. Me quiero levantar.

—Pues apúrate porque ya están sirviendo los tamales y si no llegamos, se los van a acabar.

Los dos fueron al lugar donde las mujeres habían puesto unas mesas de madera para que la gente comiera. José se adelantó y le sirvió a Kiara dos tamales en un plato de madera. Kiara desenvolvió lentamente la hoja de plátano y el vapor del tamal comenzó a salir, tenía un olor apetitoso. Tomó un trozo con la mano y lo probó. Sabía delicioso. A Kiara siempre le había agradado la comida picante.

La doctora Sánchez se acercó a ellos. Traía en las manos dos vasos de barro que emitían un olor a canela y chocolate. Los tres se sentaron a disfrutar de su comida.

—¿Ya terminó la ceremonia? —preguntó Kiara.

—No, aún no —le contestó Elena—. Terminando la comida, habrá un receso de una hora y luego comenzará la sesión de curación de todos los participantes.

Kiara todavía se encontraba abrumada por el contenido del sueño premonitorio que había tenido, pero no quiso ser grosera y siguió conversando con Elena.

—¿En qué consiste la curación?

—Los chamanes tienen métodos para curar que no se parecen en nada a lo que estás acostumbrada. Según su conocimiento, casi todas las enfermedades se originan por un desequilibrio en la mente. Cuando una persona sufre un trauma, una decepción o inclusive un susto, la mente puede quedar atrapada en ese momento y no puede volver a armonizar sus emociones. Esto causa un bloqueo en el libre fluir de la energía. Después, ese bloqueo se manifiesta en un mal funcionamiento de algún órgano o alguna glándula. El paciente por lo general se queja de dolores o, por ejemplo, malos funcionamientos digestivos, ése es el mal más común de la humanidad.

—Pero, ¿cómo saben ellos cuál es el problema que aqueja al paciente?

—Ellos tienen una conciencia más aguda que la nuestra, Kiara. Los chamanes como ellos dedican toda su vida al servicio de su comunidad. Desde que son iniciados por chamanes más viejos, ellos aprenden primero a manipular su energía. Para esto ayunan y entran en trace voluntariamente. Una vez que pueden hacerlo a voluntad, hacen viajes espirituales para comunicarse con entidades más allá de nuestra realidad física. Así es como ellos descubren los secretos de la curación por medio de las plantas y también por medio de algunas partes de animales.

—¿"Partes de animales"?, ¿qué significa eso?

—Así es, Kiara, algunos chamanes aprenden a curar por medio de venenos de serpiente, por ejemplo, o dientes de jaguar o inclusive órganos internos o cuernos de animales. Algunos son muy valorados en la medicina y desafortunadamente en muchos países pobres se caza ilegalmente a los animales. Los antiguos chamanes chinos eran expertos en la medicina animal. Su conocimiento en esta rama era insuperable y gran parte de él ha sobrevivido gracias a las tradiciones.

Por eso es tan importante conservar intactos a los pueblos indígenas. Es la única forma de preservar su conocimiento.

—Yo pensaba que la medicina era un campo exclusivo de la ciencia moderna —dijo Kiara.

—Pues no es así —respondió José, que escuchaba atento la conversación entre ellas—. Los chinos practican la medicina desde hace miles de años. Su conocimiento de las funciones del cuerpo humano ha desarrollado técnicas curativas como la acupuntura y el chi kung, que tratan directamente con la energía de nuestro ser. Estas técnicas apenas empiezan a ser entendidas y valoradas por la medicina occidental.

Elena Sánchez lo escuchó y luego tomó la palabra.

—La más importante aportación de las culturas indígenas a la medicina moderna es sin duda el concepto chamánico de que la enfermedad proviene del desequilibrio de la mente. Hace unas décadas los médicos despreciaban este conocimiento porque, en su ignorancia, pensaban que el organismo estaba constituido por partes independientes con funciones separadas, así que cuando una persona sufría del hígado, buscaban el problema en el hígado; si sufría del riñón, buscaban en el riñón. No comprendían que todo nuestro organismo está interconectado y que el cerebro es el responsable del regulamiento de todos los demás órganos. Cuando algo empieza a afectar el cerebro, se altera su funcionamiento y el hipotálamo comienza a cambiar la química corporal, volviéndola nociva para algún órgano. Ahora la ciencia ha demostrado que todas las enfermedades que no son infecciosas, transmitidas por un vector o consecuencia de fallas genéticas, se originan sin duda alguna en el cerebro. Y es precisamente el estrés, los malos hábitos de vida y las situaciones de mucha tensión mental lo que desencadena el mal funcionamiento. Así que, como puedes ver, los chamanes tenían razón al final de cuentas.

—Suena interesante —dijo Kiara—. Pero, ¿pueden ellos curar cualquier enfermedad?

—No. De hecho el cuerpo es capaz de sanarse por sí mismo, así como se enferma por sí mismo. El tratamiento de los chamanes consiste en llegar muy profundo en la conciencia del enfermo para identificar el problema. Luego *intentan* cambiar el estado mental del paciente para restablecer el equilibrio mental. Después recetan algunas hierbas que contrarresten la química nociva que el cerebro segrega. De ahí en adelante, es responsabilidad del paciente mantener el equilibrio para que el cuerpo se recupere.

—Pero... ¿qué hay de las personas que sufren de cáncer o de otra enfermedad mortal?, ¿se pueden recuperar?

—Cuando un paciente ha desarrollado una enfermedad degenerativa, quiere decir que la alteración mental lleva muchos años atacando al cuerpo. Cuando esto sucede, la alteración se fija en el cerebro formando algo que se denomina *red neuronal de larga duración*. Esta red produce una alteración en el funcionamiento normal del hipotálamo, entonces, el cerebro segrega sustancias dañinas diariamente en respuesta a ese estado mental. Esto hace que sea muy difícil revertir el proceso, puesto que ya no depende de la medicina del chamán, que no es milagrosa como mucha gente piensa. Sin embargo, es posible hacerlo, pero se requiere de mucha fe en uno mismo y de un trabajo incansable para restablecer la armonía perdida. Por desgracia, la mayoría de las personas no se da cuenta de cuándo está desarrollando una enfermedad de ésas y no busca tratamiento. Al final, cuando se le diagnostica, la enfermedad ha dañado considerablemente el cuerpo y por supuesto a la mente también. Muy pocas personas se recuperan, pues eso depende de qué tan avanzada se encuentre la enfermedad. Lo mejor es siempre tratarse a tiempo, vivir en armonía, ésa es la clave para la salud.

—Entonces, ¿qué es lo que hacen los chamanes en la ceremonia?

—Ahora lo vas a entender —intervino José—. Con la medicina que te dieron a probar, tu mente expulsa todas las emociones negativas de tu cuerpo. La medicina es excelente para restablecer la armonía. Es como un tratamiento preventivo para mantener tu mente sana. Luego de que ya has expulsado toda esa carga sentimental, tu cuerpo y mente se fortalecen y forman una unidad de nuevo. Si lo haces regularmente y llevas una vida tranquila y de buenos hábitos, entonces nunca vas a desarrollar enfermedades como el cáncer. Mira a tu alrededor y dime qué es lo que ves aquí. Yo veo a personas de ochenta y noventa años cargando cubetas de agua de quince litros. Están verdaderamente fuertes. Ellos mueren de vejez cuando llega su tiempo y no de paros cardiacos y cánceres en los hospitales.

Kiara y la doctora Sánchez observaban a todos los aldeanos.

—Es increíble, José, pero es cierto —asintió Elena—. Los indios no sufren de enfermedades degenerativas como nosotros. Y están muy fuertes. Sus problemas de salud se centran más en la falta de alimentación adecuada y las enfermedades transmitidas por bacterias o insectos parásitos.

—No sólo eso, doctora —respondió José—. Ellos son mucho más felices a pesar de que carecen de lo fundamental. Sus mentes están sanas y frescas. No son violentos cuando no se les ataca. No tienen policías y no hay crímenes en su sociedad.

—Bueno, eso es porque viven en comunidades pequeñas, es hasta cierto punto lógico —respondió la doctora—. Pero lo que dices de la medicina, yo no lo había comprendido del todo. Pensé que tenía solamente fines rituales y que servía para potenciar las habilidades de nuestra mente.

—Los indios no son tontos como los occidentales pensamos —explicó José—. Han sobrevivido por miles de años en condiciones hostiles sin necesidad de tecnología. Han aprendido mucho sobre la naturaleza que los rodea, pero también sobre la naturaleza humana. Sus tradiciones tienen una lógica y un propósito definido que tiene que ver con el bienestar físico y mental de sus comunidades. Pero ellos no revelan sus secretos a los extranjeros, por eso cuando vemos sus costumbres pensamos que simplemente son ignorantes y hacen las cosas por repetición como si fueran idiotas.

—Nunca me especialicé en antropología étnica, pero lo que dices tiene sentido —contestó Elena Sánchez—. Estas tribus guardan muchos secretos. Hay que estudiarlas a fondo para comprenderlas. Casi todos los antropólogos los visitan por un par de semanas y se llevan solamente un conocimiento superfluo de sus costumbres. Por eso occidente sabe tan poco de ellos.

—Pues a mí me gusta su forma de vida —dijo Kiara—. Aunque insisto en que un poco de tecnología no les vendría mal.

—La tecnología no es mala, Kiara —respondió José—. Es el exceso de tecnología y la sobreexplotación de los recursos naturales lo que es malo. Es un círculo vicioso. La tecnología crea comodidad, entonces la gente se hace dependiente. Esto representa un gran negocio para las corporaciones, entonces ellos explotan más y más el medio ambiente para crear y vender más tecnología y volver a la gente aún más dependiente. Es la ambición sin límites la que destruye ecosistemas, no la tecnología en sí.

—Eso es muy grave —dijo la doctora Sánchez—. Tú eres muy joven para entenderlo, pero nosotros hemos visto cómo el planeta ha sufrido tremendos cambios. Todo ese daño se ha hecho en pro del progreso de la humanidad, según claman los políticos y los industriales, pero eso es un engaño. Todo ese perjuicio se ha hecho por ambición. Imagínate esto: la vida útil de un teléfono celular hoy en día es de apenas unos seis meses. Actualmente existen alrededor de dos mil millones de estos teléfonos en el mundo que se desechan cada año con consecuencias terribles para el medio ambiente debido a sus baterías y componentes electrónicos. Además, cada vez se tienen que explotar más recursos naturales para fabricar nuevos. Y ése sólo es un ejemplo. Ahora piensa en toda la tecnología de consumo masivo que se fabrica y desecha simplemente para ganar dinero. Piensa en los productos químicos de limpieza que se utilizan en los hogares del mundo. ¿A dónde va a parar toda esa basura?

—Nunca lo había pensado de esa manera. Pero los materiales se reciclan, eso lo sé —dijo Kiara.

—Ningún aparato tecnológico es cien por ciento reciclable, Kiara —dijo José—. Ése también es otro de los engaños que utilizan las compañías para ocultar la realidad a la gente. La avaricia es el motor del comercio. La intención es siempre ganar dinero a toda costa, sin importar quién o qué salga dañado. Piensa por un momento en el petróleo. Todos sabemos el daño que produce y lo tóxico que es para el ambiente, y se sigue utilizando a pesar de que ahora existen tantas alternativas de energías limpias para sustituirlo.

Kiara no sabía qué responder. La realidad era innegable. La humanidad era un organismo completamente dependiente de las comodidades de la tecnología y adicto a los combustibles.

—Pero, ¿qué podemos hacer al respecto? El mundo gira de esa forma. No hay manera de cambiarlo.

—Hay una forma —dijo José—. ¡Concientiza a la gente! Hazles saber. No es necesario que la humanidad consuma de la forma en que lo hace. Podemos vivir cómodamente sin necesidad de tanto desperdicio. Tú vienes de un país industrializado. Cuando una sociedad tiene tanto dinero a su disposición se convierte en un consumidor desmedido. Su vida gira en torno al consumo, excesos y excesos. Mira a la gente en tu sociedad. Estados Unidos tiene el mayor índice de obesidad del mundo y, por consiguiente, de gente enferma. México está siguiendo los mismos pasos, al igual que los países europeos. Estamos viviendo desarmonía social y física en todos los aspectos.

—Hay que considerar las grandes ciudades —dijo la doctora Sánchez—. Millones de personas viviendo de los excesos de comida, de contaminación atmosférica y de violencia. No hay que ser un sabio para darse cuenta de que la humanidad está andando por un camino equivocado.

Kiara reflexionó por unos momentos. Era demasiado complicado para ella entender el comportamiento de toda una sociedad moderna. Pensó que no había forma de generar un cambio, tampoco creía que la gente estuviera interesada en hacer algo.

—La gente en la ciudad no ve las cosas así —exclamó Kiara—. Ustedes viven en el campo por meses o años enteros mientras estudian las ruinas arqueológicas. La gente en la ciudad vive ejecutando sus rutinas diarias como lo hago yo. No tienen tiempo ni interés en pensar en el medio ambiente o las culturas del pasado. Están demasiado ocupados sobreviviendo la vida diaria de la ciudad, tratando de ganar dinero, que tampoco es fácil. Es una lucha por la supervivencia en una jungla de concreto.

José y la doctora Sánchez miraron a Kiara. Tenía razón. La gente en las ciudades estaba completamente ocupada en su rutina diaria como para comprender el daño que estaba sufriendo el planeta. El problema era mucho mayor de lo que parecía. Millones de personas participaban en la destrucción inconscientemente. Simplemente no se daban cuenta. Eran manipuladas por los grandes y poderosos para que vivieran sus vidas de acuerdo con los intereses de ellos. Millones de seres manipulados sin escrúpulos para alimentar la avaricia de unos cuantos.

—La gente necesita un despertar de conciencia —dijo la doctora Sánchez—. El dinero no puede seguir siendo el propósito de nuestras vidas. Todos sabemos que existe algo más, pero no lo buscamos porque vivimos engañados por los estereotipos que la televisión y la publicidad nos venden incesantemente.

—Así es —aseguró José—. La televisión hace pensar a la gente que el único motivo de su existencia es acumular dinero y riqueza. Increíblemente, noventa por ciento de la población mundial es pobre y vive esclavizada por la escasez de dinero. ¿No les parece una aberrante contradicción?

Kiara pensó en la ciudad de Los Ángeles. Millones de autos y gente de clase media buscando diariamente la manera de abastecerse de dinero, comida y combustibles. Su vida entera giraba en torno a cubrir sus necesidades materiales de sustento económico.

—Desde que empecé a tener esos extraños sueños, no sé qué pensar acerca de la civilización. Cada vez me parece más raro lo que está sucediendo. El mundo está perdiendo toda la lógica con la que lo veía hace tan solo unos días.

—¿Qué sueños extraños, Kiara? —preguntó la doctora Sánchez.

—Kiara ha tenido unas experiencias verdaderamente impresionantes estos últimos días —comentó José—. Parece que ha estado experimentando sueños lúcidos.

—¿De veras? —preguntó la doctora—. Eso es magnífico, conozco gente que ha esperado toda su vida para tener una experiencia así. Yo nunca la he tenido.

—Es algo muy emocionante —dijo Kiara—, pero muy confuso también. Da la impresión de que las cosas estuvieran sucediendo en realidad. De hecho, uno está completamente consciente de lo que sucede, no como en los sueños comunes, en los que todo es caótico.

—Pues qué afortunada eres, Kiara —dijo la doctora—. Cuando vives ese tipo de experiencia es porque tu conciencia está despertando, evolucionando o creciendo. Sólo los monjes tibetanos y los chamanes tienen ese tipo de conocimiento. ¿Cómo lo lograste?

—No sé lo que hice. Sucedió por sí solo. Empezó el día que me perdí en la tormenta. Pero hoy en la mañana después del baile volví a soñar consciente. Estaba en un lugar muy parecido a éste, pero había una vieja ruina y los cinco chamanes estaban ahí.

—¿Dices que los chamanes estaban en tu sueño? —preguntó José.

—Sí, todos estaban ahí, pero ninguno me puso atención. Estaban viendo una pileta de agua en el suelo y me acerqué y vi unas escenas horribles.

—O sea, que es cierto, son capaces de soñar colectivamente —José se encontraba emocionado—. Alguien me lo había dicho, pero no sabía si creerle. Tu sueño lo confirma, Kiara. Los cinco chamanes aquí presentes estaban en tu sueño juntos. ¿Qué escenas dices que veían?

—Cuando me acerqué, vi que el mar se agitaba de manera espantosa y hundía todo a su paso. Chocaba contra las ciudades e inundaba todas las casas y las calles. La gente se ahogaba y otros lloraban. Fue horrible, no quise ver más.

—¡Eso es espantoso! —dijo Elena—. ¿Por qué estarían ellos viendo eso?

—No lo sé. Ninguno dijo una sola palabra. Después volví a mirar en el agua y vi a la gente deambular por enormes desiertos. Buscaban agua, pero se sentía muerte por todos lados. Familias enteras caminaban y bebían agua sucia de ríos casi secos donde había animales muertos.

—¡Que horror! —dijo la doctora—. Parecen escenas apocalípticas. ¿Qué mas viste, Kiara?

—Nada más, no quise ver más. Pero no era sólo lo que veía, al estar soñando consciente todo se percibe de manera distinta. Yo podía sentir lo que sentía esa gente. Era como si al verlo, yo estuviera ahí y sintiera lo que ellos sentían. Estaban llenos de angustia e incertidumbre por su futuro, experimentaban hambre y fatiga crónica, algunos estaban enfermos y deseaban morir, pero tenían miedo del dolor. Todos estaban asustados. Vivían en un estado permanente de temor.

La cara de la joven había cambiado de expresión y hacía ademanes con las manos para tratar de expresar mejor lo que sentía.

—Eso es muy grave, Kiara —dijo preocupado José—. Los chamanes tienen el poder de ver a través del tiempo. Eso que viste puede tratarse de nuestro futuro, el futuro de la humanidad.

Kiara se quedó seria. Recordó el mensaje que la voz le había dado y entonces dijo solemnemente:

—Una voz en ese mundo me dijo que lo que había visto era el futuro potencial de la humanidad.

José y la doctora Sánchez se le quedaron viendo.

—Las escenas que describes muestran efectos que son posibles con un cambio climático —afirmó José—. Todo este tiempo hemos estado hablando sobre el daño que le estamos causando al planeta. Y no sólo somos nosotros, en la televisión y los noticieros diariamente se habla de problemas con el clima. Esta impresión se está grabando en la conciencia colectiva del ser humano. No me extrañaría que llegara a materializarse.

—¿A qué te refieres con eso de la conciencia colectiva, José? —preguntó Kiara.

—Hace algunos años, unos científicos condujeron un experimento en una isla del archipiélago japonés de Koshima. Dieron un fruto desconocido a algunos monos de una sola isla. El fruto que les arrojaban se llenaba de arena y los monos lo comían de esta forma. Una vez, por casualidad, uno de estos frutos cayó en un charco de agua de mar y un mono joven lo recogió para comérselo. La arena se le había caído con el agua y ahora estaba limpio. Al parecer, la sal del agua le daba además un sabor más apetitoso pues pronto los científicos notaron que otros monos jóvenes llevaban a lavar sus frutos al agua del mar. Al cabo de varios días, los monos aprendían a lavar el fruto observando a los que sabían hacerlo. Los científicos llevaron el fruto a otra isla cercana y se sorprendieron al comprobar que los nuevos monos ya sabían qué hacer con el fruto para volverlo más apetitoso. Fue así como llegaron a la conclusión de que el conocimiento se había transmitido a través de la conciencia colectiva de su especie. Éste fue el primer experimento que tuvo éxito en demostrar este hecho, pero actualmente se han efectuado muchos más con otras especies y todos arrojaron resultados similares. El universo es un verdadero misterio. Si todos los seres humanos comienzan a hablar de una misma cosa, es probable que algunos ya lo hayan presentido y ahora ese presentimiento se está desplazando a través de la conciencia colectiva.

La doctora Sánchez miraba perpleja a José.

—Eso que dices puede que sea cierto —dijo ella—. El poder de la intención fue demostrado científicamente hace apenas algunos años cuando un investigador japonés fotografió muestras de agua congelada que había sido expuesta a diferentes intenciones positivas y negativas. Las intenciones positivas formaron hermosos cristales, mientras que las intenciones negativas produjeron caos en la estructura del agua. Hay que pensar un poco en la mente humana de nuestra época. La violencia está diariamente en la televisión y de ahí se transporta a la vida real. Si la humanidad continúa expresando emociones negativas, entonces se creará más caos del que ya existe. Estoy convencida de que una de las más alarmantes características de nuestra época es la proliferación de emociones destructivas como el odio y la avaricia. Pareciera que toda la humanidad estuviera siendo influida para sentir miedo y reaccionara sintiendo ese tipo de emociones.

Kiara escuchaba atentamente. El poder de la intención era algo real. Hace unos meses que había visto las fotografías del agua a las que se refería la doctora Sánchez, estaban en un sitio de internet. Recordó cómo en sus sueños ella podía moverse con el poder de su intención. Pero cómo era posible que los seres humanos no estuvieran conscientes de ese poder. Algo andaba mal y se estaba reflejando en el comportamiento de la humanidad.

—Pero nadie quiere que un desastre climático suceda —dijo la doctora Sánchez—. Sería desastroso para la humanidad. Nuestra civilización se acabaría como se han acabado las civilizaciones que ahora investigamos. Tenemos que evitarlo, es nuestra responsabilidad.

—¿Y cómo vamos a evitarlo? —preguntó José—. Como Kiara dijo, la gente en las ciudades está demasiado ocupada en sus rutinas diarias para prestar atención. ¿Cómo vamos a frenar esa inmensa maquinaria de contaminación y caos social?

—¡La humanidad debe empezar a reaccionar! —exclamó Kiara—. Quizá la gente siente solamente odio y avaricia porque no conoce el potencial que tiene nuestra conciencia. Cuando uno despierta este poder y experimenta el sueño consciente, todo en nuestro interior cambia. El solo hecho de saber que existimos fuera de nuestro cuerpo físico fue para mí algo tan maravilloso que no puedo explicarlo con palabras. Fue como si finalmente me diera cuenta de que sí existe una fuerza superior a nosotros y que hay vida en otros planos de existencia. Yo personalmente experimenté el hecho de nuestra continuidad después de la muerte, y esto me dio un verdadero propósito en mi vida, el propósito de buscar la verdad, de desarrollar ese poder y buscar el conocimiento. Quizá las personas ahora no pueden soñar conscientes porque nadie lo ha practicado antes. Como dijo la doctora Sánchez, sólo los chamanes y los monjes lo hacen. Si más personas comenzamos a hacerlo, pronto la mayoría de la gente lo aprendería a través de la conciencia colectiva. ¿Esto podría ser posible, no?

José la miró y sonrió.

—Sí es posible y puede que tengas razón, Kiara. La mayoría de la gente desea vivir en una sociedad diferente. Todos deseamos la paz y la armonía. Ya no queremos vivir esclavizados por sistemas económicos opresivos o gobiernos que apoyan las guerras. Estoy seguro de que somos la mayoría. La gente que se beneficia de subyugar a los demás es la minoría. Podríamos tener éxito.

—Pero, ¿qué quieres decir? ¿Que nos levantemos en contra de los sistemas económicos y los gobiernos? —preguntó la doctora Sánchez.

—No, eso no funcionaría —le respondió José—. Muchas organizaciones ya lo hicieron y los gobiernos los han tratado como criminales, los describen como intolerantes y radicales. Terroristas. Por eso la juventud está tan confundida hoy en día. El cambio tiene que venir desde las mentes de las personas. Tiene que surgir desde lo más profundo de su conciencia para que tenga éxito.

—Pero, ¿cómo podemos lograr un cambio en millones de personas? —preguntó Kiara—. Eso me parece algo imposible.

Los tres se miraron unos a otros y nadie supo qué responder. Pasaron unos minutos y los tambores empezaron a sonar. Era el llamado para el segundo día de la ceremonia. José se adelantó y fue a reunirse con los demás hombres del círculo. Kiara y la doctora Sánchez se dirigieron a sus lugares. Los guardianes del fuego depositaron leña sobre la fogata y comenzó a arder con más fuerza. Las mujeres empezaron a llevar los incensarios y el ciclo se inició una vez más. Kiara se sentó en su lugar y esperó a ser ahumada con el copal. Les esperaba una larga noche todavía.

Capítulo 14

Habían pasado seis días desde su iniciación y Anya se encontraba otra vez revitalizada y llena de energía. Su mente había ordenado gran parte del conocimiento que había adquirido durante su viaje de conciencia y ahora disfrutaba de una lucidez mental como nunca antes la había experimentado. La concejal Anthea se presentaba diario con ella para observarla y le había indicado que debía empezar a familiarizarse con las salas del complejo que debían resguardar.

Anya había dedicado la mayor parte de su tiempo a esta tarea y, en uno de los salones de acceso más restringido, había tenido la oportunidad de conocer más sobre la historia de la creación del Gran Concejo. La gran nación de Atlantis había sido conformada hacía miles de años por seres iniciados procedentes de diferentes lugares del planeta. Lejos de ahí, su civilización era conocida como la Gran Casa del Norte.

Anya había notado que el Gran Concejo estaba conformado por representantes de las cuatro razas existentes en el planeta. La concejal Anthea le había revelado la existencia de otras tres casas de conocimiento ubicadas en remotos lugares a lo largo y ancho del mundo. Cada una de estas casas poseía su propio Concejo y leyes que regulaban la vida diaria de sus pobladores. Cada una era independiente de las otras y habían estado separadas desde su conformación, miles de años atrás. El avance en el desarrollo espiritual que la órbita luminosa había traído consigo los últimos trece mil años había permitido la formación de un Gran Concejo integrado por todas las casas para velar por el destino de la humanidad. Atlantis había sido designada como nación sede para este Gran Concejo, cuya función abarcaba también mantener la unión entre las grandes casas del conocimiento.

De esta forma, la nación de Atlantis se había conformado como la sociedad modelo que albergaría el supremo conocimiento de la raza humana y cuyo Gran Concejo estaría a cargo de resguardar los grandes secretos de la tecnología desarrollada por los sabios de su tiempo. A diferencia de las demás naciones, que seguían un modelo de vida más sencillo y agrícola, la gran nación de Atlantis había desarrollado un modelo de convivencia entre la vida natural y el uso de tecnologías limpias. Este hecho había llamado la atención de Anya pues ella nunca había viajado a los continentes lejanos para observar la forma de vida de sus habitantes.

Anya se dirigía ahora a uno de los salones de reunión por un largo pasillo. Mientras recorría las majestuosas salas del templo, su curiosidad de conocer todos los secretos que se guardaban dentro de esos muros aumentaba notablemente. Sin embargo, los concejales le habían advertido que todo ese conocimiento llegaría a ella a su debido momento.

La había mandado llamar la concejal Anthea pero al entrar a la sala de reunión vio que el maestro Zing se encontraba allí esperándola. Anya lo saludó con una reverencia y Zing le indicó que tomara asiento en un sillón situado frente a ellos. El maestro fijó la mirada en ella y le dijo directamente:

—La situación política de Atlantis se encuentra bajo un gran riesgo, Anya. El futuro de nuestra nación está por decidirse en los próximos días y el escenario no es muy prometedor. Es necesario que estés enterada de lo que sucede para que te prepares a enfrentarlo.

Anya fue tomada totalmente por sorpresa con esta revelación. Habituada a vivir la tranquilidad de su tiempo

presente, jamás se había imaginado que el destino de su nación pudiera dar un giro en otra dirección.

—Maestro, pensé que el futuro de nuestro pueblo estaba regido por las acciones del Gran Concejo. Yo no he conocido otra cosa que paz y armonía social desde que tengo uso de razón. Siempre he pensado que ése es el futuro que nos espera a todos nosotros.

—El futuro es una cadena de eventos que se potencializa con nuestros actos presentes —le contestó el maestro Zing—. En nuestra civilización actual, que es la mayor del planeta, las cosas no están favoreciendo ese posible futuro de armonía que tú imaginas. Como ya sabes, el senado está presionando a la población para remover del gobierno al Gran Concejo. Los miembros del senado son políticos, no son iniciados. Ellos no están conscientes de la necesidad de evolucionar y desempeñar nuestra labor en el gran esquema. A ellos sólo les interesa vivir una vida placentera llena de comodidades, pero esta postura lleva muy rápidamente a una vida de alto consumo. Cada vez se desean más bienes materiales y menos responsabilidades. El equilibrio que mantenemos con el planeta es crucial para crear un futuro que favorezca la evolución espiritual de nuestra especie. Eso lo sabes bien ahora que has sido iniciada.

El maestro Zing hizo una pequeña pausa y luego continuó.

—Este equilibrio puede romperse fácilmente si millones de personas deciden tomar todo lo que quieren de la naturaleza. El camino espiritual exige que cada uno de nosotros consuma solamente lo necesario para su existencia. Nuestro cuerpo físico así lo exige también, no es necesario tomar nada más de lo que uno necesita para seguir adelante. Últimamente hemos visto muchos casos de obesidad en la población y ése es el primer signo de que se está produciendo un grave desequilibrio mental en los ciudadanos.

—Pero si el Concejo ha mantenido la armonía durante miles de años, ¿cómo es posible que esté sucediendo esto?

—Recuerda que el planeta regula todos nuestros sistemas biológicos —le respondió el maestro Zing—. Todas las especies viven protegidas por la envoltura del campo electromagnético de la Tierra. Este campo es producto de su conciencia y regula el clima y la composición de la atmósfera para sustentar la vida dentro de él. Desde hace años hemos detectado una variación energética en este campo, y eso produce un desequilibrio que si no se corrige, puede acabar con toda la vida que existe dentro de él.

—¿Cómo sucede eso?

—El planeta, al igual que nosotros, es un ser consciente formado en esencia por agua. Una de las cualidades mágicas de este elemento es su capacidad para almacenar la energía electromagnética que conforma nuestra conciencia. El agua es un elemento sumamente susceptible a las variaciones de este flujo debido a su alta capacidad receptiva. Cuando el planeta sufre un desequilibrio en su interacción magnética con la conciencia de nuestro Sol, toda el agua contenida en él, incluyendo nosotros y las demás especies, es afectada en sus patrones cerebrales. Los espacios sinápticos que transmiten la comunicación entre las células cerebrales traducen la información que la conciencia proporciona al cuerpo físico sobre cómo se experimenta el universo. La forma en que el agua transmite esta energía eléctrica nos mantiene vivos percibiendo un mundo coherente. Cuando el flujo de esta energía se altera, la información que transmite nuestra conciencia se ve afectada y no accede de manera correcta a nuestro cerebro, lo que produce una comunicación deficiente entre sus dos hemisferios. Esto significa que los seres humanos perdemos noción de nuestra existencia en los planos superiores y nos mantenemos en un estado desequilibrado que no utiliza el potencial completo de nuestro cerebro, sino sólo una pequeña parte. Debido a esto, los seres humanos tienden a comportarse de manera más violenta y primitiva, como si fuéramos una especie con un cerebro más pequeño.

—¿Quiere decir que nos estamos volviendo más agresivos?

La concejal Anthea intervino en la conversación.

—El planeta ha incrementado la intensidad de su campo magnético, lo que nos indica que su interacción con la conciencia del Sol es mucho mayor. Esto significa que, debido al desequilibrio que sufre, se está preparando para realizar un cambio en su alineamiento orbital con nuestro Sol para entrar en una mejor sincronía con él. Este súbito cambio en su campo magnético interfiere con nuestras ondas cerebrales, por lo que gran parte de la información que transmite nuestra conciencia no llega al cerebro y éste se concentra únicamente en las funciones más vitales para la supervivencia, nuestros instintos.

—¿Quiere decir que el planeta está haciendo que involucionemos? ¿Nos estamos volviendo más primitivos?

—Tenemos muchos años estudiando este fenómeno —dijo la concejal Anthea—. Parece que el planeta trata desesperadamente de establecer un nuevo alineamiento magnético con el Sol para equilibrar su órbita. Este intento de alineamiento parece repetirse cada veintiséis mil años, que es cuando se cumple el ciclo orbital del Sol sobre dos de los haces radiantes de nuestra galaxia. Este ciclo comprende el paso por dos regiones totalmente opuestas de radiación electromagnética de la galaxia. En este momento, nos encontramos a la mitad del ciclo y estamos a punto de entrar al crepúsculo estelar, en lo que los sabios de la antigüedad llamaban la *órbita oscura*. Este periodo, que dura trece mil años, siempre ha sido sumamente difícil para la supervivencia de las especies y esto condiciona aún más al planeta para lograr un equilibrio de conciencia.

"Al parecer, antes de entrar a la órbita oscura, el planeta amplifica la intensidad de su campo magnético para así lograr una mayor atracción de gravedad con el Sol y ganar un impulso adicional que sostenga a las especies en equilibrio con su medio. Desafortunadamente estos cambios son acompañados siempre por enormes desastres naturales que incluyen erupciones volcánicas, grandes terremotos y drásticos cambios en la geografía y el clima del planeta.

"La órbita oscura afecta de manera negativa el comportamiento de las especies, por lo que el planeta incrementa su campo para tratar de lograr la estabilidad mientras este periodo se completa. Sabemos que durante este periodo la conciencia de las especies se contrae en lugar de expandirse y se torna cada vez más difícil entrar en el camino evolutivo. Según los archivos de los antiguos sabios, la última vez que la humanidad enfrentó la órbita oscura, estuvo al borde de su extinción. Los sabios tuvieron que refugiarse en los lugares más inhóspitos del planeta para resguardar el conocimiento y sobrevivir la época de oscuridad. En ese tiempo sólo se les podía encontrar en las más altas montañas del planeta, así como en la profundidad de las selvas y los desiertos. Tuvieron que habituarse a vivir donde nadie más se atrevía a hacerlo para protegerse de la violencia de los demás.

Anya estaba fascinada con el relato de la concejal Anthea.

—Durante mi viaje de iniciación percibí algo relacionado con los ciclos de creación y destrucción, pero no logré asimilarlo —dijo Anya—. El universo es muy complejo.

—Estos ciclos son generados para mantener el equilibrio entre las dos polaridades de la energía creadora —explicó la concejal—. Para evolucionar, un ser debe ser sometido al frío y al calor. A la luz del día y a la oscuridad de la noche. Todo tiene una razón de ser en este plano de existencia. La órbita oscura es un reto a sobrevivir antes de lo que sigue, es una forma que tiene el universo para seleccionar naturalmente a las especies más aptas para evolucionar.

—¿Qué sucede al terminar ese periodo?

—Cuando se completa el ciclo entero, el Sol sale de la órbita oscura para adentrarse en las regiones de la galaxia donde la densidad de la energía es más cercana a la luz divina producida por el gran campo creador. Esta luz inunda la conciencia del Sol y produce un cambio en la interacción magnética de todo nuestro sistema solar, impulsando a las especies a expandir su conciencia y tener la posibilidad de realizar un salto evolutivo para continuar su existencia en un plano superior. A ese momento los antiguos sabios le llamaban *el amanecer estelar*, porque representa un nuevo comienzo para todas las especies. Al paso por esa región se le conoce como la *órbita luminosa*.

—¿Y este cambio sucederá dentro de trece mil años? —preguntó Anya.

—Así es. Es un ciclo constante y por eso cuando el momento se acerca, nuestro planeta se esfuerza para entrar en sincronización con el Sol y atravesar esa región en un estado de equilibrio que beneficie a todas las especies y a su propia conciencia.

—Pero entonces, ¿si la gente se está tornando más agresiva, quiere decir que quizá no estemos preparados para realizar ese salto evolutivo?

—Exactamente. Ninguna especie en desequilibrio puede realizar un logro de tal magnitud.

—Entonces, ¿qué va a suceder con nosotros? —preguntó Anya pensando en la importancia de lograr el salto evolutivo como había percibido durante su viaje.

—Durante el transcurso de nuestra existencia —dijo el maestro Zing—, el largo ciclo de muerte y reencarnación produce la maduración de nuestra conciencia hasta llegar a convertirnos en una especie inteligente. Una vez que se logra esto, algunos individuos de la especie consiguen por esfuerzo propio expandir su conciencia hasta alcanzar un grado evolutivo superior, asimilando el complejo conocimiento que celosamente guarda el universo. Estos seres, como ya sabes, son los encargados de mostrar a los otros el camino que conduce hacia ese logro para que lo transmitan y de esta forma beneficien a toda la especie. Así, con el tiempo y las condiciones propicias, es posible realizar el logro supremo del salto evolutivo para todos y cada uno de sus miembros. Para lograr esto, se necesita alcanzar el número de masa crítica de seres iniciados en la humanidad. Cuando se alcanza este número, el conocimiento se transmite de manera natural a través de nuestra conciencia colectiva y se produce una reacción en cadena que expande la conciencia de todos los individuos y crea una nueva raza de seres súper conscientes capaces de romper el ciclo de reencarnación y viajar a otros planos de existencia.

—Pero ahora son muy pocos los seres humanos que han llegado hasta el camino de la iniciación en el conocimiento —dijo Anya—. ¿Qué le espera a nuestra civilización?

—El cambio en la intensidad del campo magnético terrestre durante la órbita oscura constituye un verdadero reto para la supervivencia de nuestra especie. Si nuestros cálculos son correctos, la Tierra va a sufrir una fuerte sacudida al intentar un nuevo alineamiento, de igual manera que tu cuerpo se sacude cuando entras en trance.

—No entiendo, ¿qué es lo que va a suceder exactamente?

—El planeta ha estado luchando por millones de años para establecer la sincronización adecuada con el Sol y poder realizar el salto evolutivo de su conciencia durante el amanecer estelar. Hasta ahora no le ha sido posible lograrlo y su tiempo se está acabando. Tanto él como el Sol han entrado en su etapa madura de existencia y la estabilidad del sistema comienza a declinar. Nuestra Luna se está alejando cada día más de la Tierra y pronto su gravedad no será lo suficientemente fuerte para mantener el eje de rotación de nuestro planeta en equilibrio. Entonces el planeta comenzará a girar erráticamente sobre sí mismo y esto ocasionará el fin de toda forma de vida sobre él. El planeta y sus formas de vida constituimos un sistema simbiótico de energía. Cuando las especies declinan, declina también el planeta y muere. La sincronización es absolutamente esencial cuando se trata de viajar a otros planos dimensionales. En poco tiempo el Sol empezará a crecer y su luz incinerará a todos los planetas cercanos a él, incluyendo el nuestro. Eso marcará el fin del equilibrio en nuestro sistema solar.

—¿Cuándo sucederá?

—Aproximadamente en un millón de años.

—¡Pero eso es muchísimo tiempo! —dijo Anya aliviada.

—Parece serlo, pero no lo es —respondió el maestro—. En la escala planetaria, correspondería a menos de un año. Nuestro planeta está luchando desesperadamente para alcanzar el equilibrio con el Sol y realizar el salto. Para lograrlo tiene que efectuar movimientos en sus patrones de giro, que para nosotros significan desafortunadamente enormes catástrofes naturales. Eso es lo que nos espera en los próximos meses, Anya. Es probable que nuestro continente no sobreviva, por eso hemos iniciado la construcción de una sede para el Concejo muy lejos de aquí, en el continente oriental. Estamos tratando de calcular el momento exacto para salvar a la población. Por eso hemos estado preparándonos. Pero no es una tarea fácil. Sabemos que el planeta no podrá alcanzar el equilibrio en su órbita por sí mismo, ya lo hemos calculado.

—¿Por qué el planeta no podrá alcanzar el equilibrio?

—Hace millones de años, el planeta sufrió un accidente. Un enorme asteroide chocó contra él, aniquiló casi todas las formas de vida y debilitó la velocidad a la que el planeta orbita alrededor del Sol. Desde entonces el sistema ha estado en desequilibrio y el planeta ha estado luchando para corregirlo sin ningún éxito. Cada veintiséis mil años el sol completa su periodo de giro que abarca los dos haces radiantes de la galaxia, y el planeta recibe una oportunidad para realizar un salto de conciencia si se encuentra en la posición y el tiempo correcto para hacerlo. Hasta ahora no ha logrado hacerlo y el desequilibrio en su velocidad de giro está afectando a todos los seres vivos, pero más aún a los seres humanos.

—¿Por qué nos afecta más a nosotros? —preguntó Anya.

—Porque somos la especie que se encuentra más cerca de realizar ese salto —contestó el maestro Zing—. En el universo consciente, todo lo que sucede forma parte de un gran esquema. La raza humana fue escogida para hacer una contribución especial al gran esquema. Pero ése no es un tema que podamos discutir aún.

—¿Qué hay sobre los desastres naturales que se avecinan?, ¿qué tan graves pueden ser?

—No lo sabemos a ciencia cierta, pero es probable que la geografía del planeta cambie drásticamente. Eso quiere decir que quien se encuentre en el sitio equivocado morirá sin remedio —respondió la concejal.

—¿Y el senado no debería estar enterado al menos de esto?

—Tenemos que ser muy cautelosos con esa información, Anya, compréndelo —respondió el maestro—. La población estallaría en pánico. Los políticos no ayudarían en nada, buscarían salvarse ellos mismos y se aprovecharían de la situación. El Concejo ya ha elaborado un plan de evacuación y lo ejecutaremos cuando sea tiempo de hacerlo. Por ahora debemos lidiar con el senado y asegurarnos de que no interfiera. Mañana habrá una reunión de las dos cámaras, es necesario que asistas y te familiarices con el sentir de la población. Sabes que por años hemos visto por su bienestar, pero ahora las circunstancias han cambiado. Lo que ahora consideran su bienestar constituye un riesgo para el medio ambiente, y desafortunadamente ellos no lo ven de esa manera. La población ha caído presa de una ambición desmedida.

Anya escuchaba al maestro Zing y empezaba a sentirse consternada con todas las revelaciones que había recibido sobre el complejo camino evolutivo de las especies. Por un lado sentía la responsabilidad de ver por el futuro de la humanidad; por otro, estaba la responsabilidad de guardar los secretos del Concejo y prepararse para una batalla política contra los miembros del senado, que tenían a casi toda la población a su favor. Además, estaba preocupada por las revelaciones del maestro Zing sobre los desastres naturales que se avecinaban.

La concejal Anthea intervino en la conversación y dijo:

—Gran parte de la población se ha tornado sumamente agresiva, Anya, estamos convencidos de que no será fácil que coopere. La mayoría de ellos piensa que el Concejo guarda muchos secretos y han dejado de creer en nosotros. Cuando sea el momento de revelar lo que está a punto de suceder, muchos no lo creerán.

—Estoy empezando a entender lo difícil que es esta situación —dijo Anya con preocupación—. Espero que el encuentro de mañana con el senado ayude a calmar los ánimos de la población.

Capítulo 15

Sarah Hayes iba caminando rumbo a la carpa principal, donde se encontraba el equipo científico de comunicaciones. Había perdido la noción del tiempo y había dormido hasta entrada la tarde por casi dieciséis horas. Se sentía bien, pero tenía una sensación muy extraña, como si sus procesos mentales hubieran disminuido y experimentara una calma mental muy poco común. Daniel Roth estaba sentado frente a una de las computadoras.

—Buenos días, Daniel.

—Buenos días, ¿dormiste bien? —preguntó él en tono irónico.

—Sí, gracias. Ya necesitaba un verdadero descanso.

—Pues vaya que fue un descanso, eh. Ya íbamos a ir a buscarte al remolque.

Sarah no hizo caso de la burla y observó cuidadosamente la computadora en que Daniel trabajaba.

—¿Qué es lo que estás analizando en la pantalla?

—Son los datos de la sonda SOHO sobre la rotación del Sol. Estamos probando el enlace satelital con Houston, al parecer funciona perfectamente. La zona ecuatorial del Sol está completando su giro en aproximadamente veintiséis días terrestres, mientras que la zona polar tarda treinta y seis días. La actividad es normal y no se han registrado posibles manchas en formación.

—Parece que el gran astro comienza a descansar después de la hiperactividad que mostró hace una semana, ¿no?

—Así parece, Sarah. Los enlaces satelitales han estado funcionando correctamente todo el día, y otra cosa —Daniel hizo una pausa antes de continuar—. Tengo noticias importantes: hemos estado estudiando nuestras primeras lecturas en los medidores de radiación que instalamos en el campamento, los resultados son increíbles.

—¿A qué te refieres?

—Queremos pensar que las lecturas que estamos recibiendo no son correctas y que quizá exista una falla en la calibración de los fotomultiplicadores del dispositivo. Pero es un hecho que en las primeras lecturas de datos hemos detectado una radiación de partículas cuya energía está muy por encima de la escala normal.

Sarah comenzó a pensar en el asunto mientras buscaba un lugar para sentarse.

—Eso es imposible —respondió—. Tiene que haber un error. Ninguna partícula es capaz de sobrepasar la escala normal de energía. Estudié por años astrofísica y lo sé perfectamente. Es necesario que revisen la instalación del equipo.

—El procedimiento de instalación se ha repetido ya tres veces, Sarah. Si existe algún error, sería la primera vez que el equipo falla de esa manera. Y eso no es todo, hemos estado midiendo la longitud de onda de esta radiación, también sale completamente de la escala y su frecuencia es prácticamente incuantificable con nuestros instrumentos.

Sarah Hayes escuchaba atentamente a Daniel. Los datos que le estaba proporcionando no correspondían a las radiaciones normales provenientes del sol, que regularmente se dividen en un espectro que abarca la luz común, los rayos X, los rayos gama y los rayos de más alta energía, que son llamados rayos cósmicos. Estos últimos son acelerados a velocidades cercanas a la de la luz gracias a la interacción del poderoso campo electromagnético del Sol. Actualmente los rayos cósmicos son las partículas aceleradas de más alta energía que se han descubierto viajando en el espacio y, en general, existe una relación directamente proporcional entre su velocidad y su energía: a mayor velocidad, mayor energía y viceversa.

Los descubrimientos que había hecho Daniel Roth estaban muy por encima de las escalas de energía comunes de estos rayos. Sarah Hayes había tomado asiento al lado de Daniel y miraba los reportes con incredulidad.

—Hay que emplear otros sistemas de medición, Daniel. Esos datos tienen que estar equivocados. Es simplemente imposible. ¿Qué dice el equipo de investigadores?

—Desde hace dos horas que terminamos de verificar los resultados y ahora no caben más dudas. Todos estamos de acuerdo en que estamos frente a algo totalmente nuevo. Las conclusiones primarias son que si las lecturas de los sensores son correctas, estaríamos detectando partículas de alta energía de orden súper lumínico que viajan propagándose desde los confines del universo hasta el infinito. En otras palabras, con esa cantidad de energía y a velocidades superiores a la de la luz, este tipo de radiación de partículas o lo que sea puede viajar a cualquier lugar en el universo, y lo que es más extraño, a cualquier lugar en el espacio–tiempo.

—¿Cómo que a cualquier lugar en el espacio–tiempo? —preguntó Sarah al tiempo que cerraba los reportes de las lecturas de radiación—. Ninguna partícula conocida puede viajar a velocidades superiores a la de la luz, eso lo sabemos.

—El equipo lleva horas discutiéndolo, desde esta mañana, cuando obtuvimos las primeras lecturas. Consideramos que esta energía supera la velocidad de la luz y prácticamente puede viajar al pasado o al futuro. Y no sólo eso, también a galaxias que se encuentran a millones de años luz de la Tierra. Su expansión no tiene límites.

—¿Y de dónde proviene esa energía, Daniel?, ¿ya pudieron determinarlo?

—Ése es el punto más difícil de comprender, no existe una explicación lógica. Puede ser que provenga de otro universo, o más bien, de una dimensión que desconocemos. Este hecho es de veras increíble, un descubrimiento que bien podría ser merecedor del Nobel. El equipo ha estado especulando si hemos descubierto una abertura en el campo unificado.

—¡Creo que se están emocionando demasiado! —exclamó Sarah Hayes con aire de incredulidad—. El campo unificado… ¡por favor!, Daniel. Han estado leyendo demasiada ciencia ficción.

El campo unificado, también llamado campo de súper cuerdas, ha sido descrito por los físicos teóricos como el principio fundamental de la creación de la materia y la energía, responsable de la creación del universo. Su energía es infinitamente grande, tanto que no puede ser medida a escala humana. Daniel lo sabía y también estaba consciente de los datos que los instrumentos estaban arrojando.

—Lo mismo pensé yo, Sarah, hasta que nos dimos cuenta de que la energía que observamos está pulsando.

—¿Pulsando? —pregunto Sarah—. ¿*Energía pulsante*?

Las pulsaciones en los sistemas energéticos de las estrellas son comunes en las fuentes de materia súper concentrada e indican que existe un proceso sincronizado que mantiene la energía en perpetuo movimiento.

—Sí, tal como lo oyes. El campo que produce esta energía está pulsando como si fuera un faro. No creemos que exista ninguna avería en los instrumentos, se trata de un fenómeno real. Hay algo aquí, muy cerca de este lugar, que está creando un campo pulsante de súper alta energía. Y como ya te lo había dicho, no creo que esté afectando el campo electromagnético de nuestro planeta. Esta cosa, cualquiera que sea, se activó como un reloj hace unos días y funciona con una precisión nanométrica.

—¿Por qué dices "esta cosa", Daniel? Dijiste primero que esta radiación puede provenir de los confines del universo y ahora dices "esta cosa", no te comprendo.

—Hemos detectado que esta zona está saturada de radiación. Es lógico pensar que hay algo aquí que la está produciendo. Pero qué es y dónde está, eso no lo sabemos. El campo magnético del planeta se ha venido debilitando desde hace años. Esta radiación comenzó a sentirse cuando el Sol aumentó su actividad la semana pasada. Al mismo tiempo se originó una tormenta magnética totalmente inusual en este sitio. Si estuviera debilitando el campo magnético del planeta, ya habríamos detectado un cambio en él, sin embargo, el campo se ha mantenido estable. ¿Qué otra cosa podemos concluir?

—Es muy pronto para hacer especulaciones —dijo Sarah—. Vamos a reunir todos los datos y después nos reuniremos para sacar conclusiones. Por ahora debemos concentrarnos en descubrir esa fuente de radiación, eso es lo más importante. Tenemos que saber qué es lo que la está atrayendo.

Daniel miraba a Sarah detenidamente. Ella parecía sorprendida con los datos, pero su semblante no reflejaba gesto alguno. Se veía como distraída o como si su mente se encontrara en otro lugar.

—Existe otro problema, Sarah, ¿cuántas horas dormiste ayer?

—¿Qué dices?, ¿de que hablas, Daniel? —respondió ella mientras Daniel la observaba cuidadosamente—. No sé, creo que dieciséis horas. Estaba sumamente agotada. ¿Qué tiene eso que ver?

—No creo que sea normal para ti dormir dieciséis horas, ¿o sí? —murmuro Daniel—. Todo el equipo científico ha reportado anormalidades en su ciclo normal de sueño. Ahora, hazme un favor… cierra los ojos y dime qué ves.

Sarah cerró los ojos y en un principio no vio nada. Después de unos veinte segundos comenzó a ver una cascada de luces brillantes que se impactaban en su visión, era un espectáculo increíble.

—Dios mío, Daniel…

—Eso que estás viendo es la radiación de partículas que se estrellan con las células fotosensibles de tus retinas, Sarah. Igual que les sucede a los astronautas durante las misiones espaciales.

—Esto es increíble —decía Sarah que mantenía los ojos cerrados.

—Ya puedes abrir los ojos. Ahora, sal y dime qué hora es. Observa el Sol y dime qué hora se supone que debe ser.

Sarah estaba sorprendida con lo que Daniel le pedía. Salió de la carpa y se dio cuenta de que el Sol se había ocultado y que empezaba a anochecer. Entró a la carpa de nuevo y miró a Daniel.

—Deben ser las 6:30 pm, el Sol se está ocultando ya.

—Ahora mira tu reloj.

El reloj de Sarah marcaba las 3:12 pm.

—Mi reloj está averiado, Daniel, marca las tres de la tarde. Seguramente se le está acabando la batería, eso debe ser.

—El mío marca la 1:30 pm, Sarah. El reloj de la computadora marca las once de la mañana. Ahora revisa las demás computadoras, por favor.

Sarah revisó las otras computadoras y todas marcaban una hora diferente. Ningún reloj estaba a tiempo.

—¿Qué demonios está sucediendo aquí, Daniel? Estoy empezando a preocuparme.

Daniel observaba a Sarah con atención. Se levantó de su silla y buscó la forma más clara de explicarlo.

—Sospechamos que la radiación está alterando no sólo los relojes, sino nuestro reloj biológico. El tiempo se está expandiendo y contrayendo para nosotros. Yo dormí sólo tres horas y sin embargo me siento totalmente recuperado. Lo extraño es que estuve soñando todo el tiempo que estuve durmiendo. Es como si no hubiera dormido en absoluto, como si hubiera estado consciente en todo momento, sólo que no estaba aquí. Estuve soñando, pero no como sueño normalmente, las cosas eran demasiado reales. No sé cómo explicártelo.

—Daniel, siento como si me estuviera sumergiendo en la dimensión desconocida, *The Twilight Zone.* ¿Te acuerdas de esa serie de televisión donde sucedían cosas extrañas e imposibles?

—Sí, sí me acuerdo —respondió él—. Y creo que es la mejor descripción de lo que está sucediendo aquí, por ridículo que parezca.

Sarah y Daniel se observaron el uno al otro sin saber qué decir. De pronto Sarah notó algo.

—¿Dónde están los demás miembros del equipo, Daniel?, ¿no deberían estar aquí? —preguntó temiendo que todos hubieran desparecido.

—Tranquila, Sarah, no te preocupes. Todos salieron a comer. Quedaron en regresar en dos horas. Te aseguro que están igual de consternados que nosotros.

—Salieron a comer a la hora de cenar… Por cierto, ¿cómo demonios sabremos qué hora es?

—Tendremos que usar métodos antiguos. No hay otra solución —dijo Daniel.

—Que irónico. Representamos a la agencia espacial científica más avanzada del mundo, tenemos equipos valuados en decenas de millones de dólares y vamos a medir el tiempo clavando una varita en el suelo y observando su sombra. ¡Qué sofisticado!

—La vida te da sorpresas, Sarah. Velo por el lado positivo, nadie te va a culpar si llegas tarde a alguna cita —dijo Daniel riendo.

—Muy gracioso. ¿Cómo piensas que les voy a explicar esto en Houston?

—¿Houston? ¿A qué hora estaba programada la videoconferencia con Tom?

—¡Diablos! —exclamó Sarah—. Lo había olvidado por completo. Es a las siete en punto. Encendamos el enlace con el laboratorio.

Daniel tomó una de las computadoras y comenzó a teclear algo en la consola. Una imagen apareció en la pantalla, era uno de los técnicos del laboratorio de comunicaciones en Houston. Daniel ajustó el sonido para escucharlo.

—Doctora Hayes, aquí Houston, ¿me escuchan? —dijo la voz del técnico.

Sarah se acercó a la pantalla para que la cámara de video la captara.

—Houston, aquí la doctora Hayes, los escucho y los veo fuerte y claro.

—Doctora Hayes, me alegro que respondan, tienen un retraso de diez minutos. Íbamos a llamarla por el teléfono satelital. ¿Está todo bien allá?

—Todos estamos bien pero estamos experimentando problemas con el funcionamiento del equipo —respondió Sarah—. Tenemos inconvenientes con el movimiento de los relojes.

El técnico los miró sorprendido.

—Será mejor que llame al director Render. Está esperando para hablar con usted. Le voy a avisar que el enlace está listo. Saludos a todos por allá.

—Gracias, Houston, saludos para ustedes también.

El técnico se retiró de la cámara y Sarah miró a Daniel.

—Con que nadie me iba culpar por llegar tarde, eh, tonto —dijo Sarah con una sonrisa.

Tom Render apareció en la pantalla de la computadora. Su semblante mostraba bastante preocupación.

—Buenas tardes, Sarah. ¿Cómo van las cosas en el campamento?

—Buenas tardes, Tom. Todo el equipo ha sido instalado y los enlaces satelitales funcionan a la perfección. No hemos tenido problemas con la corriente eléctrica pero las lecturas de nuestros instrumentos son muy extrañas. Parece ser que la concentración de radiación de este lugar tiene efectos inesperados en el equipo electrónico.

—¿Qué pasa con las investigaciones?, ¿qué han averiguado?

—Hoy compilamos las primeras lecturas de los sensores y me temo que los resultados no nos ayudan mucho.

—¿A qué te refieres? ¿Qué resultados obtuvieron?

—No sé cómo voy a explicar esto, Tom. Los análisis mostraron que la radiación está compuesta por partículas de súper alta energía que se mueven a velocidades superiores a las de la luz. Esto contradice todas las leyes conocidas de la física. Sé que suena increíble, pero se ha revisado la instalación del equipo tres veces y arroja siempre los mismos resultados. No sabemos qué concluir al respecto.

Tom Render no hacía ningún comentario y su semblante seguía mostrándose serio.

—¿Dónde está Daniel?

—Está aquí conmigo. Está escuchando la conferencia.

—Déjame hablar con él, por favor.

Daniel se acercó a Sarah y su cara apareció en la pantalla.

—Daniel, quiero que me des tu opinión sobre las lecturas que obtuvieron el día de hoy.

—Mi opinión es que no existe ninguna falla en los sensores. Estamos frente a una forma de radiación desconocida para la ciencia. Esta radiación está alterando el movimiento normal de los relojes que tenemos aquí. Por eso no pudimos conectarnos a tiempo para la videoconferencia. Es un fenómeno nunca antes visto en la historia de la humanidad. No podemos concluir nada, excepto que no sabemos qué es, ni de dónde proviene.

Tom Render permanecía callado.

—Tom, no pareces sorprendido con las extrañas lecturas de los instrumentos —dijo Sarah—. ¿Qué sucede?

—Los resultados no me sorprenden porque ya los conocía —respondió Tom Render—. Hace unas horas tuve una junta con el general Thompson. Los militares ya habían podido medir la intensidad de la radiación. Los resultados que obtuvieron ustedes sólo confirman lo que ya sabíamos. Este asunto es ultrasecreto. El general Thompson ha ordenado que ningún tipo de información relacionada con este descubrimiento se transmita fuera del campamento. Y hay otro asunto: los militares han tomado el control de la estación científica en la Antártida. Acabo de hablar con el doctor Resnick hace unos minutos, sus comunicaciones han sido bloqueadas, solamente tienen permitido transmitir hacia Houston. Me temo que es cuestión de horas que los militares tomen control del campamento donde se encuentran ustedes.

Daniel y Sarah se miraron entre sí.

—Sabíamos que era una operación secreta, mas no de carácter militar —dijo Sarah—. Ése no fue el convenio para venir aquí. El general dijo que nos proporcionaría los medios, no que tomarían el control de este proyecto. No podemos permitirlo. ¿Has hablado con el vicepresidente?

—Sí, ayer hablamos con él. Parece que los militares tienen el control. El presidente acaba de dar marcha atrás a las reformas sobre la reducción en el consumo de los combustibles fósiles. El país se encuentra bajo una severa crisis financiera y, para empeorar la situación, los cortes de energía se han desencadenado en más de la mitad de las ciudades en la nación.

—Pero saben perfectamente que no podemos seguir calentando el planeta a este ritmo, Tom. Tenemos que presionar al gobierno. ¿Qué te dijo el doctor Resnick? —Sarah comenzaba a percatarse de que todo se iba a complicar de una forma que no habían sospechado.

—Tiene las manos atadas —respondió Tom—. Los militares confiscaron todos lo documentos que tenía en la estación. Todo el personal ha sido forzado a firmar un acuerdo de confidencialidad bajo pena de prisión en caso de ser violado. Estoy seguro de que no tardarán en llegar a ustedes para exigirles también que lo firmen.

Daniel y Sarah se miraron de nuevo. No podían ocultar su preocupación. Esta misión no les estaba gustando en lo más mínimo.

—De acuerdo, si eso quieren, entonces renuncio a la dirección de este proyecto, Tom —exclamó Sarah haciendo un brusco ademán con las manos—. Quiero volver a Houston lo antes posible. No pienso quedarme aquí y trabajar con un arma tras la espalda. ¿Cuándo puedes evacuarnos?

—Lo siento mucho, Sarah, no puedo sacarlos de ahí. Ya lo intenté esta mañana. Entiéndeme, hace una hora tuve que firmar yo mismo el acuerdo de confidencialidad, además del acuerdo que otorga al Departamento de Defensa absoluta jurisdicción sobre el campamento.

Sarah y Daniel casi pierden el aliento. No podían creer lo que estaban escuchando. Ahora eran prisioneros de los militares. No podían tomar decisiones por su cuenta. Tenían que permanecer ahí el tiempo que el Departamento de Defensa considerara necesario.

—Pero, ¿por qué quieren que permanezcamos aquí? Ellos tienen personal científico calificado.

—Este proyecto es muy importante para ellos —dijo Tom—. Quieren a los mejores científicos y ya los obtuvieron. Sabes que llevan muchos años interesados en tus publicaciones sobre las radiaciones en los cuerpos estelares. Tengo que aceptar que fue una jugada muy ingeniosa. Nos engañaron desde el principio. Pero yo sé que ustedes van a aguantar esta situación. Lo mejor que podemos hacer es resolver este acertijo y darles lo que quieren para que nos dejen en paz.

—Eso no va a ser fácil —dijo Daniel—. Podría tomarnos meses, incluso años, descubrir la fuente de esa radiación. Ni siquiera sabemos dónde empezar a buscar.

—Por eso tenemos que movernos rápido, Daniel —respondió Tom—. Estoy enterado de que fue el mismo general Thompson quien clasificó este asunto como ultrasecreto. Con la crisis energética que estamos viviendo no es de sorprenderse que el Pentágono quiera una solución alterna al problema de la escasez de energía. Es lógico que tanto el gobierno como los militares quieran obtener el control de esa fuente. Toda su atención esta enfocada en el campamento y lo que ustedes puedan descubrir.

Sarah y Daniel permanecieron callados unos segundos. Estaban conscientes de que no los dejarían volver hasta que los militares obtuvieran lo que estaban buscando.

—Vamos a necesitar toda la ayuda que puedas brindarnos —dijo Sarah—. Son miles de kilómetros cuadrados. Probablemente un sondeo satelital del área circundante de la jungla sería lo más adecuado. No tenemos muchas alternativas.

—Veré qué puedo hacer. Estaremos en contacto por este medio y los mantendré informados. No pierdan la calma. Hablaré con el presidente para resolver cuanto antes este asunto.

Un estruendo se escuchó cerca del campamento. Su intensidad aumentaba y todo el equipo electrónico en la carpa comenzó a temblar. Daniel se levantó de su asiento y salió de la carpa para ver qué sucedía. Unas enormes luces se acercaban al campamento con un ruido infernal y se levantaba una tolvanera que hacía casi imposible mirar através de ella.

—¡Sarah! —exclamó Daniel—. Tres helicópteros están aterrizando. Son los militares, están llegando al campamento.

Sarah Hayes miró la pantalla de la computadora y se dirigió a Tom Render.

—Creo que es mejor que nos comuniquemos mañana, Tom. Quiero asegurarme de que no maltraten a los miembros de mi equipo.

—Entendido. Mañana a las diecinueve horas. Houston fuera.

Sarah y Daniel salieron de la carpa y vieron que el polvo empezaba a disiparse. Un escuadrón de treinta soldados formados en línea se erguía frente a dos oficiales.

—Daniel, avísale a todo el equipo que tendremos una reunión en la carpa principal en quince minutos.

Daniel se alejó en busca de los demás científicos y Sarah caminó a donde se formaba el escuadrón. Sabía que iba a ser muy difícil trabajar bajo esas circunstancias, pero por el momento no tenía otra opción.

Capítulo 16

El Sol empezaba a ocultarse en la ajetreada capital mundial del petróleo y William Sherman se encontraba en su oficina, como era su costumbre. El general Thompson había sido citado para encontrarse con él ese día. Los planes de Sherman estaban en marcha y ya había empezado a notar la resistencia de los políticos. Nunca le había gustado la política. William Sherman era un hombre extremadamente antisocial. Consideraba que no necesitaba tener ningún tipo de relación con la gente, pues todo lo que deseaba lo conseguía sin necesidad de pedir favor alguno. Sabía que todos los seres humanos tenían un precio. Para él, sólo existían dos tipos de personas: las que se vendían a sí mismas al mejor postor y las que necesitaban ser disuadidas para ser compradas; lo había corroborado cientos de veces mientras construía su grandioso imperio financiero.

En muchas ocasiones se le había solicitado hacer presentaciones públicas o dar entrevistas a importantes revistas de negocios, y todas las veces se había rehusado. Sherman no era en absoluto un hombre público. Odiaba las reuniones y las fiestas, donde los grandes hipócritas se le acercaban siempre para pedirle o proponerle algo. Su única diversión era cuando conseguía arruinar económicamente a sus competidores forzándolos a vender sus industrias a bajo precio.

Sherman no estaba casado ni tenía planes de estarlo algún día, no tenía hijos ni deseaba tenerlos. Su mayor enfado era cuando tenía que considerar la idea de quién heredaría su imperio cuando le llegase el momento de morir. Por lo general, siempre evadía esa pregunta en su mente.

Había contratado desde hacía más de quince años al profesor Mayer. Sin duda alguna, era una de las mentes científicas más impresionantes de la época. Aunque el profesor Mayer se ocupaba primordialmente de asuntos relacionados con la creación de nuevas tecnologías para uso comercial y militar, una de sus principales tareas desde un principio había sido reclutar a especialistas en todos los campos de la medicina y la tecnología genética con el fin de desarrollar un medio para prolongar la vida. Su meta era lograr por lo menos la prolongación de la vida por muchos años más. Sherman le había advertido que no se iba a conformar con menos de eso.

La luz del aparato comunicador del escritorio se encendió y William Sherman supo que el general Thompson había llegado. Reflexionó por un momento en su relación de negocios con el general. En definitiva, Sherman era el tipo de persona que no confiaba absolutamente en nadie, pero el general había estado muy cerca de ganarse su confianza. Se conocían desde hace más de cuarenta años, desde que eran niños. El padre del general Thompson había sido uno de los pocos hombres que había peleado tanto en la segunda guerra mundial como en la guerra de Vietnam. En la segunda guerra había sido infante de marina a la corta edad de diecinueve años; en Vietnam había ascendido a coronel después de haber dedicado toda su vida al ejército. Ahí peleó numerosas batallas contra el Vietkong.

Después de la humillante derrota sufrida en Vietnam, el padre del general Thompson había decidido dejar el ejército para dedicarse a la venta de armamento, un negocio bastante lucrativo durante esa época. Así conoció al padre de Sherman y juntos fundaron una compañía de fabricación de armamento de alta tecnología financiada con la fortuna de los Sherman. La compañía tuvo bastante éxito gracias a las relaciones del viejo Thompson con los militares, lo que hizo que ganara contratos multimillonarios con el Departamento de Defensa.

Así era como estos dos poderosos hombres habían pasado gran parte de su vida juntos. William Sherman apreciaba al general Thompson, era la única persona que conocía su secreto, y lo había mantenido oculto por muchos años. Sin duda era el hombre indicado para llevar a cabo sus planes.

El general Thompson apareció en la lujosa puerta de su oficina.

—Buenas tardes, William.

—Buenas tardes, Raymond ¿Qué noticias tienes de la Casa Blanca?

El general Thompson saludó de mano a Sherman y tomó asiento en uno de los sillones ubicados en el centro de la enorme oficina.

—El presidente ha dado marcha atrás a la iniciativa contra los combustibles fósiles. Sin embargo, no me gusta nada su actitud, se mostró bastante renuente a obedecer. Parece ser que está tramando algo, no se puede confiar en él, ni en su administración.

—¿Qué acaso alguna vez se ha podido confiar en los políticos? —respondió Sherman, que estaba parado frente a la ventana y observaba cómo se iban encendiendo las luces de la gran ciudad.

El general Thompson no respondió y Sherman siguió:

—Los cortes de energía ya son cosa de todos los días en el país. ¿Cómo piensa ese idiota hacerle frente a la crisis de electricidad? Sabía que nos iba a traer muchos problemas cuando ganó la presidencia.

—Fue un hecho desafortunado para nuestros planes —respondió el general—. Pero de todas formas no creo que tenga un plan para hacerle frente a la crisis, por eso ha accedido a nuestras demandas. Conoce la postura de World Oil y sabe que no puede pelear contra la corporación. Pero seguramente está planeando algo.

Sherman caminó hacia su escritorio.

—Las principales plantas de energía del país están perdiendo cada día más dinero. La gente se niega a pagar las cuentas de electricidad debido a los frecuentes cortes. Muy pronto todos estarán en quiebra y se verán forzados a vender sus acciones a bajo precio.

—Me parece que ya lo están —dijo el general—. Han empezado a pedir préstamos por cientos de millones de dólares al gobierno federal.

—¿Quién te dio esa información? —preguntó Sherman.

—El presidente. Estaba listo para pedir al congreso que se los otorgara, pero le advertí que no podía hacerlo hasta que se resolviera el problema con los sindicatos mineros. Se puso furioso, comenzó a gritar que el país se iba a ir a la ruina, que toda la gente iba a culpar a su administración. Hay que tener cuidado con él. No sé lo que esté tramando en este momento.

—Ese idiota lo único que quiere es que su administración sea popular y que su imagen tenga buen rating —dijo Sherman, que a cada momento mostraba más su enojo—. No tiene la fuerza para dirigir esta gran nación. El control de los sindicatos asegura nuestra victoria en esta batalla. Pronto la crisis energética será insostenible y entonces tomaremos el control. Nuestro plan está funcionando a la perfección. ¿Qué hay de las investigaciones de la NASA?

—Hemos controlado la estación de la Antártida. Ningún dato sale de ahí sin que lo sepamos. Y en estos momentos un escuadrón de marines está tomando el control del campamento de investigación en la península de Yucatán.

—¿Qué han descubierto?

—Nada que no sepamos —contesto el general—. Solamente confirmaron los datos que ya teníamos. Aún no sabemos de dónde proviene la radiación. Thomas Render está pidiendo que uno de nuestros satélites haga un sondeo infrarrojo para tratar de localizar la fuente de energía desde el espacio.

—¡Háganlo! —ordenó Sherman—. Dices que los científicos aseguran que esa energía es infinitamente abundante, ¿correcto?

—Correcto.

—¿Y de dónde proviene? ¿Dónde está el generador? ¿Qué combustible está quemando?

—Los científicos no lo saben —respondió el general Thompson haciendo un gesto de exasperación con las manos.

—¡Los científicos más brillantes del mundo y no lo saben! —exclamó Sherman—. ¿Cómo es posible que no lo sepan? Para qué les pagamos entonces. Tiene que haber una explicación.

—Sí la hay, pero no creo que quieras escucharla.

—¡Cómo que no quiero escucharla! —gritó Sherman—. Una fuente de energía infinita a nuestro alcance. Claro que quiero escuchar de qué se trata.

—Los científicos alegan que la energía proviene de otra dimensión. De un universo paralelo. Del vacío supremo.

—¿De otra dimensión? ¿Del vacío supremo? ¡Qué estupidez es ésa! —gritó Sherman claramente desesperado—. ¡Quiero una explicación lógica de inmediato!

—No la hay. Es un nuevo descubrimiento científico, como lo fue la electricidad hace más de dos siglos. Nadie podía explicar el fenómeno en esa época, de hecho, tampoco hay una explicación lógica para la electricidad, es sólo que hemos aprendido a producirla y ahora nos resulta familiar. Lo importante no es entender esa fuente de energía, sino localizarla y encontrar cómo emplearla antes de que alguien más lo haga.

—Tienes razón —dijo Sherman tratando de tranquilizarse—. Voy a enviar al profesor Mayer allá abajo —refiriéndose al campamento—, él sabrá cómo localizar la fuente. Nadie más debe estar enterado de que existe esa fuente de energía. ¿Qué hay de los científicos de la NASA que están ahí?

—Todos van a firmar los acuerdos de confidencialidad.

—Mantenlos vigilados, que nadie salga de ahí. Corta sus comunicaciones y mantenme informado. Si alguno se inquieta, deshazte de él —ordenó Sherman—. Hay que informar al profesor Mayer para que se dirija allá de inmediato.

—Tenemos un problema —dijo Thompson—. La Casa Blanca está al tanto del proyecto, está siendo informada por Thomas Render. En esta época de crisis, seguro que están contemplando la idea de explorar esa zona en busca de una fuente alternativa de energía. Hasta ahora no han dicho nada al respecto, pero sus intenciones son claras. Si alguno de sus científicos descubre la forma de emplear esta energía para uso común, todo nuestro proyecto se vería seriamente comprometido.

—Estás especulando mucho, Raymond. Aún no sabemos ni siquiera de dónde proviene esa energía ni cómo puede ser utilizada.

—Lo sé. Pero el secreto del arte de la guerra es prever lo que tu enemigo planea aun antes de que él lo haya pensado, es la mejor manera para adelantarse a sus pasos. Sabemos perfectamente que la Casa Blanca no desea apoyarnos, está buscando una oportunidad para apuñalarnos por la espalda. Además, hay algo que no recuerdas.

—¿De qué hablas? —preguntó Sherman.

—Hace algunos años, un científico inglés trató de patentar un generador magnético de electricidad. Aseguraba que la corriente eléctrica del generador, provenía del vacío. Su invento no pasó las pruebas de rendimiento y no pudo reunir el dinero para la patente, entonces vino a nosotros y decidimos no financiarlo. Pero eso prueba que ya han existido intentos para aprovechar este tipo de energía. Ese generador producía una cantidad considerable de corriente, pero necesitaba recargarse con mucha frecuencia, eso lo hacía impráctico para su uso en la industria. ¿No te das cuenta? Algún científico puede tomar el modelo de ese generador para hacerlo funcionar con esta fuente de radiación y conseguir energía del vacío. De la nada, lo cual significaría energía gratis.

—¡Energía gratis! —vociferó Sherman con furia—. ¡El sueño de los malditos ecologistas! Aun cuando la energía fuera gratis, habría que transmitirla a las ciudades. Se necesitan redes de distribución para lograr eso. ¡Nada es gratis en este mundo! Tú eres quien no se da cuenta de algo muy importante. Yo lo aprendí de mi padre en el curso de los años. La mayoría de las personas piensa que el poder del dinero se basa en la capacidad para comprar bienes de cualquier tipo, pero no es así. El verdadero poder del dinero yace en la manipulación de los demás, con ese poder puedes lograr que cualquier persona haga lo que tú quieras, hombres y mujeres, políticos y jueces, e incluso legisladores. Todos son propensos a obedecer una vez que encuentras su precio. Nuestra civilización está basada en el acaparamiento de los recursos, no importa de dónde vengan o lo que cuesten. El que acapara los recursos consigue acumular grandes fortunas de dinero y con eso tiene el poder en su mano. Es rey y soberano, como lo soy yo. Extraigo el petróleo del planeta y lo vendo al precio que me parece adecuado para seguir incrementando mi fortuna. Ahora vamos a apoderarnos de la electricidad del país y la venderemos al precio que queramos. La gente tiene que pagar por ella, no tiene otra opción, es absolutamente indispensable para vivir, como lo es el agua. Si esa fuente de radiación puede producir energía, te aseguro que no será gratis.

—Si esa fuente puede producir energía eléctrica, entonces te advierto que el gobierno no titubeará en apoderarse de ella —dijo Thompson.

—¡No lo hará gratuitamente! —gritó Sherman—. El gobierno se apoderará de ella y la distribuirá a la gente al precio que le parezca conveniente. El control de la energía representa la mayor autoridad en nuestra civilización. Todos quieren tener el poder en sus manos y regir sobre el destino de la humanidad. Al final, serán ellos o nosotros quienes gobernemos a los demás.

William Sherman se sentó frente a su escritorio. Tomó el comunicador y ordenó a su secretaria que localizara al profesor Mayer.

—¿Qué vamos a hacer? —preguntó el general.

—Vamos a impedir que el gobierno tome el control de esa fuente de energía. Thomas Render es un problema. Es el enlace entre el proyecto y la Casa Blanca. Necesita ser eliminado.

—Aun si eliminamos a Render, seguimos teniendo al presidente en nuestra contra —repuso Thompson.

—¿Y qué pasa con nuestro hombre en la Casa Blanca? ¿Qué resultados está dando?

—Ha estado informándonos bien. Está al tanto de todos los movimientos de la administración. No tendremos problemas para conocer todos sus planes.

—¿Y estará a la altura de lo que necesitamos de él?

—Yo no contaría con eso, pero de todas formas seguirá nuestras órdenes al pie de la letra.

William Sherman se aproximó a la pared donde estaban las fotografías de sus antepasados. Se detuvo frente a una de ellas. Raymond Thompson lo miraba.

—¿Que sucede, William?, ¿algún inconveniente?

—Nada en absoluto. Es sólo que últimamente he estado pensando mucho en mi padre. En la época en que el vivió jamás llegaron a imaginarse los cambios que el futuro produciría en el mundo. Ellos creían que la civilización seguiría su curso sin enfrentar inconveniente alguno.

El general Thompson guardó silencio. La familia de Sherman no era un tema del que le gustara hablar.

—Es extraño —continuó Sherman—. Hacía años que no pensaba en él. Supuse que su recuerdo se había esfumado de mi vida, pero ahora he vuelto a enfrentarlo. Voy a mandar incinerar sus restos.

Thompson sabía que Sherman había mantenido congelados los restos mortales de su padre desde que había muerto hacía más de quince años.

—Pero si haces eso, entonces no habrá forma de... —susurró el general sin completar la frase.

—Lo sé —dijo Sherman—. Y por cierto, te agradezco que hayas mantenido el secreto de mi familia por todos estos años. Eres un hombre digno de confianza, Raymond, me lo has demostrado.

Thompson miró a Sherman fijamente y decidió cambiar el tema de conversación.

—Te agradezco mucho, William. Pero ahora tenemos asuntos importantes que tratar, dejemos la historia familiar para otra ocasión. La situación que estamos viviendo es una bomba de tiempo, con el agravante de que no sabemos cuándo explotará. El país está entrando en la peor recesión económica de su historia; el clima está haciendo estragos por todos lados; los cambios que se avecinan serán radicales para la población; los rusos cada día están más tensos por la escasez de combustibles, esta semana amenazaron a Canadá por la soberanía de los yacimientos bajo el círculo polar ártico y hoy detectamos cuatro submarinos nucleares en dirección a esos mares. Canadá ha sido siempre nuestro aliado, pero no podemos darnos el lujo de un conflicto con Rusia.

—¡No habrá guerra con Rusia! —dijo Sherman terminantemente—. Que se queden con los yacimientos. De todas formas, a esa profundidad no podrán explotarlos sin nuestra ayuda.

—Canadá está en serios problemas, eso ya lo sabes. Ya no puede seguir pagando los precios actuales del crudo. La población está desesperada y el primer ministro está solicitando nuestra intervención militar para detener a los rusos.

—No vamos a ayudarles, ya te lo dije —respondió Sherman con determinación—. Ayer tuvieron el descaro de pedirme una extensión de su crédito por veinte mil millones de dólares en petróleo crudo. ¿Y con qué piensan pagarme? La mitad de su país ya me pertenece. Quizá debería quedarme con la otra mitad.

—Los rusos no van a ceder. La gente está muriendo de frío por todo el país, así que van a luchar hasta la muerte por esos yacimientos. Los canadienses no entienden. Dijeron que van a defender sus derechos por la fuerza si es necesario —exclamó Thompson—. Las cosas están sucediendo demasiado rápido, como lo habías previsto. Todos los países empiezan a sentir el pánico por la escasez de los combustibles. China es el único que sigue creciendo económicamente, pero pronto sus reservas empezarán a decaer, y entonces se convertirá en un verdadero peligro.

—Por eso necesitamos la alianza con los rusos —repuso Sherman—. Les dirás a los canadienses que vamos a intervenir para que se resuelva el conflicto de manera diplomática. Después les daremos tiempo a los rusos para que tomen el control de los yacimientos a cambio de su lealtad a nuestro proyecto.

El general Thompson meneó la cabeza y exclamó:

—El presidente habló con el primer ministro canadiense y le ha prometido que nuestro gobierno no permitirá que los rusos violen la soberanía de sus recursos. Les ha ofrecido su apoyo incondicional.

—¡Ese maldito imbécil! —gritó Sherman—. ¿Qué no le explicaste nuestra posición?

—Lo hice, pero no quiso escuchar. Dijo que él iba a decidir a quién darle el apoyo. Argumentó que según los estudios de suelo, noventa por ciento de los yacimientos se encuentra bajo suelo canadiense.

—¿Y arriesgar una guerra con los rusos por petróleo que ni siquiera pertenece a este país?

—Dijo que no llegaría a tanto. Que los rusos se retirarían en cuanto vieran que Canadá contaba con nuestro apoyo.

—¡O sea que planea intimidarlos con la fuerza! —murmuró Sherman—. Lo sabía, es un tipo peligroso. El poder se le está subiendo a la cabeza. Está comprometiendo nuestras futuras alianzas. Vamos a tener que ponerle fin a este asunto de una vez por todas.

—No va a ser fácil eliminarlo —dijo Thompson—. La seguridad del servicio secreto es prácticamente impenetrable.

William Sherman estaba impaciente, caminaba de un lado a otro de la oficina. Por fin se detuvo frente al general Thompson y se sentó en uno de los sillones.

—Usaremos el agente gris. Es nuestra mejor opción.

—Aun faltan años de estudio sobre el uso de esa arma, podría ser muy arriesgado. No sabemos las consecuencias que pueda tener —respondió Thompson, que no estaba de acuerdo con la idea.

—¿Y qué sugieres?, ¿eliminarlo por medios comunes y exponernos a una investigación? El agente gris no deja rastro alguno. Nadie lo conoce, no podrán encontrarlo.

—No estoy de acuerdo —dijo Thompson—. Tenemos que encontrar otra manera de hacerlo.

—No podemos esperar. Si vas a encontrar otra forma de hacerlo, que sea rápido —ordenó Sherman.

La luz del intercomunicador del escritorio se encendió, Sherman tomó el teléfono.

—El profesor Mayer está en la línea, señor Sherman.

—Comuníquelo.

—A sus órdenes, señor Sherman —dijo el profesor Mayer.

—Necesito que se prepare para viajar a un campamento de investigación, profesor. Tiene que llegar lo antes posible. Venga a mi oficina mañana y le daré los detalles de la operación. No hable con nadie al respecto —indicó Sherman.

—Entendido. Estaré en su oficina a las nueve de la mañana.

William Sherman cortó la comunicación. El general Thompson se había levantado de su asiento en señal de que estaba a punto de irse.

—El profesor Mayer llegará al campamento en un par de días —dijo Sherman—. Necesitamos los sondeos del satélite, vuelve a Washington y hazte cargo de eso.

—De acuerdo. Sobre el asunto de Thomas Render... ¿cuándo se llevará a cabo?

—¡De inmediato! —ordenó William Sherman—. Haz que parezca un accidente. Que esté bien planeado, no queremos dejar huellas.

—Usaré a mi equipo especial. Les va a tomar una o dos semanas máximo.

El general Thompson estaba esperando que Sherman se levantara para despedirlo, pero él permanecía sentado.

—Este sujeto, Thomas Render, ¿tiene familia?

—Es casado y padre de tres hijos —respondió el general, extrañado con la pregunta—. ¿Qué sucede, William? Te he notado extraño estos últimos días.

—Seguramente es el estrés —murmuró Sherman—. Me he sentido distinto. Son muchas cosas, tengo una úlcera y me está molestando. Estoy empezando a cuestionarme algunas cosas, no lo sé. Llámame mañana.

El general Thompson salió de la oficina y Sherman siguió en el sillón mirando el retrato de su padre, tomó su teléfono y llamó a su secretaria.

—Necesito mi medicina para la úlcera de inmediato —luego de dar la orden se recostó en uno de los cojines mientras su atención se concentraba en el retrato de su padre, y su rostro se ensombrecía.

Capítulo 17

Para llegar al sitio de reunión con el Concejo era necesario que Anya subiera las enormes escaleras que conducían al interior del recinto sagrado del templo. Todos los miembros del parlamento estaban reunidos en sus plataformas frente al Gran Concejo. La sala central del templo del Sol era el lugar donde se reunía el Concejo con las dos cámaras gobernantes de la nación de Atlantis.

El maestro Zing presidía a los nueve miembros del Concejo. La reunión parecía estar a punto de empezar y Anya se acomodó en la parte más lejana del auditorio para observar. Túreck, uno de los senadores, abandonó su lugar y se dirigió a un podio situado al frente de ambas cámaras.

—Honorables miembros del Concejo y honorables miembros del parlamento de la nación —resonó la voz del senador en toda la sala—, nos hemos reunido este día para discutir uno de los asuntos más importantes que afectan a nuestra sociedad hoy en día. Desde hace muchos años, el senado ha propuesto la creación de moneda de uso corriente para establecer el comercio en nuestra sociedad. Los grandes yacimientos de argento que han sido encontrados en el continente occidental serían suficientes para proveer a nuestro pueblo con un incentivo para mejorar la productividad de su trabajo así como su forma de vida. La idea del establecimiento del comercio en nuestra sociedad es respaldada por una amplia mayoría de nuestra población y ha sido rechazada por el Gran Concejo sin contar con razones justas para su prohibición. Por lo tanto, exijo ante esta cámara que sean enumeradas las razones del rechazo a esta iniciativa para que finalmente el establecimiento del comercio sea aprobado por ambas cámaras.

Numerosas voces de aprobación resonaron en toda la sala. Algunos senadores aplaudían mientras otros lanzaban consignas a favor de la iniciativa. El maestro Zing pidió silencio a todos los presentes.

—Honorables miembros del senado —dijo el maestro, que se había levantado de su lugar para dirigirse a toda la audiencia—. Largos han sido los siglos desde que el Gran Concejo decidió dar por terminado el uso del comercio en nuestra civilización. Este gran paso marcó la diferencia en una sociedad gobernada por unos cuantos poderosos mientras que la gran mayoría era subyugada por las intrincadas reglas del poder que acarrea el atesoramiento de bienes. La idea del comercio es muy atractiva en principio, pues fomenta la idea de un trabajo mejor remunerado, pero existieron razones importantes para acabar con esa forma de vida. Es necesario remontarse a la historia de nuestra civilización para reconocer la verdadera cara del uso de la moneda y el comercio como base para la vida social. En un principio existió un equilibrio entre los pobladores cuando el comercio se practicaba en regiones pequeñas. Conforme la población fue creciendo, el interés de las personas se centró básicamente en la idea de atesorar más bienes y esto trajo consigo a los primeros terratenientes, mientras en el pasado la tierra no había pertenecido a nadie, sino que era usada para sembrarla en favor de las comunidades. Cuando el comercio creció, se creó la necesidad de poseer la tierra para hacerla producir, esto dio como resultado que, por primera vez en la historia, un hombre trabajara no para el bienestar de su comunidad, sino para engrandecer la riqueza y el poder de otro. Fue el surgimiento de las clases sociales, un concepto que dejó de existir hace siglos en nuestra sociedad, pero que en otros tiempos distinguía a un ser humano de otro simplemente por la capacidad de alguno de poseer más bienes que el otro. Esta forma social se asemeja a la de las culturas más primitivas de nuestra historia. Conforme la tierra fue adquiriendo un valor monetario cada vez mayor, la vida de un ser humano fue adquiriendo un valor cada vez más bajo. La sensación de poder que crea la riqueza de bienes es tan embriagante que termina corrompiendo por completo la mente del ser humano. El dinero, como fue llamado en ese entonces, perturbó enteramente a nuestra antigua civilización. Su importancia creció a tal grado que la humanidad olvidó del todo el motivo de su existencia y se centró únicamente en la obtención rápida de riquezas para llenar su vida. Miles de crímenes fueron perpetrados en la desesperación por acaparar bienes materiales; miles de personas fueron asesinadas en las guerras que dividieron a las poblaciones en su lucha por las riquezas naturales del planeta; todos los ecosistemas fueron dañados por el simple hecho de que a cada cosa se le otorgara un valor material, miles de animales fueron asesinados simplemente para tomar sus pieles y venderlas. Es necesario que comprendan que la acumulación de riquezas daña a todos los organismos vivientes, pero más aún al ser humano. Por eso es decisión del Concejo que el sistema social que nos rige siga vigente a favor de la sociedad que tantos cientos de años nos ha costado crear.

La sala quedó muda, como si el discurso del maestro hubiera tenido efecto sobre los miembros del senado, pero poco a poco se empezaron a escuchar murmullos entre la multitud. El senador Túreck tomó la palabra de nuevo.

—Agradecemos al gran maestro del Concejo sus palabras sobre el pasado de nuestra sociedad, pero consideramos que ese modelo de vida no aplica en la sociedad actual. Nosotros estamos plenamente conscientes de los problemas que podría acarrear el establecimiento del comercio, pero también estamos conscientes de que las cosas en nuestra sociedad ya no funcionan como habían sido planeadas. El aumento de la población exige que existan medios de control sobre la producción de nuestras cosechas. Muchas personas sienten que son otros quienes se benefician del trabajo que ellos realizan. La repartición equitativa de los bienes no es verdaderamente equitativa cuando unos trabajan más que otros, o cuando unos logran mejores producciones que otros. La realidad de las clases sociales es un fenómeno que se encuentra dentro de nuestra naturaleza. Es fácil notar que algunas personas son más inteligentes que otras y por esa razón desempeñan labores de mayor importancia, como nuestros médicos y científicos. Tiene que existir una forma de compensar la labor que ellos desempeñan frente a la población regular, ciertos beneficios deben estar implícitos, de otra forma se crea el descontento social, como está sucediendo ahora. El establecimiento del comercio es la mejor solución. Realmente no consideramos que la riqueza por sí sola podría llegar a perturbarnos de la manera en que el Concejo refiere. Desafortunadamente sentimos que la posición del Concejo es demasiado conservadora y que impide el correcto desarrollo de nuestra sociedad, al igual que en el desarrollo y uso de las tecnologías secretas, un tema que se pondrá a discusión más adelante.

Los miembros del Concejo no se sorprendieron al ver la posición que el senado adoptaba frente a la situación. El maestro Zing tomó de nuevo la palabra.

—Senador Túreck, comprendemos su razonamiento en cuanto al establecimiento de una moneda de uso común para la nación, pero no creemos que usted comprenda las implicaciones de este hecho. Nuestra sociedad nunca ha sido gobernada por la fuerza, sino por la razón. Los tiempos de las guerras y el uso de las armas quedaron atrás luego de la desaparición del dinero. El restablecimiento de una sociedad comercial podría traer muy pronto conflictos sociales que desatarían guerras por el control de los recursos. Tiene que comprender que aunque parezca inocente otorgarle un valor a la tierra o a la piel de un animal o a un puñado de grano, este simple hecho despierta la codicia en el ser humano y pone en riesgo al planeta entero.

—Como miembro del senado, temo que ni yo ni ninguno de los miembros comparten su opinión —respondió el senador Túreck perdiendo la paciencia—. Como acaba de mencionar, nuestro gobierno no se rige por la fuerza, por lo que hemos decidido someter la iniciativa a votación. Que sea la mayoría la que decida.

Anya era la única persona sorprendida en la sala. No esperaba escuchar una discusión con posturas tan encontradas sobre el establecimiento de las viejas tradiciones, casi olvidadas en la sociedad donde ella había crecido. Sabía que el Gran Concejo solamente tenía el derecho de veto en las cuestiones que involucraran la tecnología y el desarrollo espiritual de la conciencia. De modo que la única forma que tenían para oponerse a la iniciativa era votar en contra.

El senado estaba integrado por cincuenta miembros. Si la mayoría votaba a favor de la iniciativa, entonces no habría forma de detenerlos. Anya esperaba impaciente a que se realizara la votación y su nerviosismo crecía a medida que el murmullo aumentaba en las tribunas. Recordó lo que el maestro Zing había dicho sobre el futuro de su civilización y ahora estaba enfrentando cara a cara los hechos. Los políticos tenían la intención de cambiar de manera radical la forma de vida que hasta ahora había conocido y ella no podía hacer nada al respecto. Poco a poco el personal fue repartiendo las tabletas de madera para la votación, los murmullos cesaron dando lugar a un silencio lleno de tensión que inundó la atmósfera del recinto.

Anya observó a los miembros del Concejo y notó que seguían conversando entre sí. Seguramente esperaban que el discurso del maestro Zing hiciera entrar en razón a los políticos, pero no había forma de prever el resultado de la votación. El tiempo transcurrió lentamente y la desesperación de Anya por conocer el resultado se tornaba insoportable.

Al cabo de veinte largos minutos se tenía el conteo final. Treinta y dos senadores habían votado a favor de la iniciativa, por lo tanto sería aprobada en contra de la voluntad del Gran Concejo. Era un hecho perturbador.

—Bien, la votación favorece la iniciativa —dijo triunfal el senador Túreck—, de manera que será emitido de inmediato el decreto para la explotación de las minas de argento. Se acuñará la moneda de nuestra nación para celebrar este gran momento. La denominación se discutirá en el comité de asuntos económicos en los próximos días.

El recinto explotó en aplausos por parte de la mayoría de los senadores y el senador Túreck alzó las manos en señal de triunfo. Instantes después prosiguió con su discurso.

—El siguiente tema a discutir es el uso necesario de las tecnologías secretas en los proyectos de construcción y comunicaciones de la nación. Existen puntos aclaratorios y puntos de discusión. El primer punto aclaratorio es la necesidad del senado de conocer el propósito de los proyectos que el Gran Concejo realiza en los continentes lejanos, referentes a la construcción de numerosos edificios de forma piramidal.

El maestro Zing se levantó de su asiento y tomó la palabra.

—Desde hace varias décadas el Gran Concejo ha decidido llevar nuestra civilización y forma de vida más allá de las fronteras de nuestro continente, para ayudar en el desarrollo de las comunidades que habitan en los otros continentes. La construcción de edificios y pirámides tiene el propósito de integrar a los habitantes de estas tierras a nuestra forma de comprender al universo y el propósito de la vida en este planeta.

—Gracias por la aclaración, concejal, pero me temo que hasta ahora no ha contestado nuestra pregunta, ¿cuál es el propósito de la construcción de las grandes pirámides en los continentes extranjeros?

—El propósito de la construcción de las pirámides no tiene nada que ver con la conquista o la colonización de estos continentes. Su posición es estratégica a lo largo del planeta. El diseño de su construcción corresponde a ciencias estudiadas solamente por los iniciados y su propósito no puede ser revelado a esta cámara, el senado no está en posición de juzgarlo. Su construcción compete únicamente al Gran Concejo.

—Su posición con respecto a esos edificios supone que se trata de un proyecto que no debe ser dado a conocer a la población —dijo el senador Túreck, impaciente—. Este hecho es verdaderamente inquietante en una civilización organizada como la nuestra. Nuestra posición es que el Gran Concejo debe revelar los motivos de su construcción para que su posterior desarrollo se discuta abiertamente en esta cámara.

El maestro Zing respondió de manera tajante:

—El Concejo ha decidido que este asunto debe permanecer sólo en nuestro conocimiento, senador. Es una decisión definitiva. El Concejo ejercerá su derecho al veto en este asunto.

—Su derecho al veto no ayuda a mejorar las relaciones con esta cámara, concejal, pero si así lo desean, entonces así será —dijo el senador Túreck—. El otro punto a tratar es la necesidad de contar con la tecnología de carácter secreto en las obras de ingeniería y comunicaciones de nuestra nación. Actualmente se encuentran retrasadas obras de vivienda para la creciente población, así como obras de ingeniería de las principales ciudades. Con el advenimiento del comercio, será necesario contar con mejores vías de comunicación y más vehículos para transporte de mercaderías. El senado está preparado para exigir al consejo que se liberen los planos para la construcción de los reactores antigravitacionales para su uso tanto en la construcción como en nuevos medios de transporte de mediano y largo alcance.

Hubo una gran conmoción entre los miembros del senado, estaban ansiosos de escuchar la respuesta del Gran Concejo. Anya supo enseguida que el Concejo no iba a ceder tan fácilmente. Durante cientos de años, la tecnología había sido manejada con extrema cautela y lo que proponía el senado traería como consecuencia un uso desmedido de energía que alteraría el delicado equilibrio de los ecosistemas. El maestro Zing pidió silencio en la sala y respondió al senador Túreck.

—La resolución del Concejo de utilizar la tecnología antigravitatoria en los proyectos de construcción y los medios de transporte fue una difícil decisión, senador. La producción de este tipo de reactores involucra ciencia física avanzada. Para manejar esas cantidades de energía es necesario producir campos magnéticos de súper alta frecuencia, que no son inofensivos para el ser humano. El uso de la tecnología representa una gran responsabilidad, no se puede producir tal energía simplemente para cubrir las necesidades de una creciente población. Nuestro planeta tiene ciclos regulatorios que afectan la vida de los seres humanos, los campos magnéticos pueden alterar fácilmente estos ciclos y poner en peligro la vida de millones de seres humanos. Además, esta tecnología solamente ha sido utilizada para fines pacíficos, pero una vez que fueran liberados los planos para su desarrollo, sería muy fácil utilizarla para fines bélicos. La fuerza antigravitatoria impulsa vehículos a grandes velocidades para viajar de una forma más eficiente, pero también podría impulsar proyectiles que serían utilizados para destruir o intimidar a otros seres humanos. El senado no puede garantizar que este tipo de tecnología no sea usado para construir armas, y por ese motivo el Concejo ha decidido que permanecerá en calidad confidencial. Para la construcción de viviendas y nuevos vehículos de transporte, el Gran Concejo asistirá a las autoridades locales, pero la tecnología seguirá en manos del personal científico autorizado.

Las voces en la sala no se hicieron esperar. Varios miembros del senado empezaban a alzar las voces en reclamo a la decisión tomada por el Gran Concejo. Anya sintió cómo la atmósfera se tornaba tensa y agresiva. Definitivamente no le agradaba la política. No veía la forma en que se pudiera conciliar el asunto, una de las partes iba a tener que ceder, de otra forma, los presagios no eran nada favorables para la sociedad.

—Su decisión, concejal, es de nuevo muy lamentable para nuestra sociedad —dijo el senador Túreck, que seguía frente al podio—. Desde hace años, los proyectos de comunicaciones son insuficientes para las necesidades de nuestra población. Asimismo, las tareas de construcción se demoran más del doble de tiempo por su renuencia a liberar la tecnología secreta. La población siente que el Concejo está utilizando este medio para seguir dominando a la sociedad y, como representantes de la población, es nuestro deber exigir que se cumplan sus demandas. Si el Concejo decide vetar el uso de la tecnología, la sociedad se rebelará contra esta decisión.

—¡Tenga cuidado, senador! —respondió el maestro Zing—. No sería la primera vez que una sociedad es mal dirigida por los que se dicen sus gobernantes. Le sugiero que medite bien su curso de acción en los próximos días y no intente crear una revolución para apoyar sus intereses personales. El Concejo está al tanto de que desde hace tiempo el grupo político ha venido gozando de privilegios que no están al alcance de la población. Ahora ustedes cuentan con lujosas viviendas construidas con el pretexto de ser los representantes de la sociedad atlante. Sabemos perfectamente que usted pretende venderle a esta sociedad la idea de una mejor forma de vida a través del uso del dinero, para que toda la gente concentre su atención en la riqueza.

—¡Esas acusaciones no tienen fundamento! —clamó el senador Túreck alzando la voz—. Todos los nuevos programas de gobierno han sido cuidadosamente revisados por los miembros del senado, han sido aprobados por mayoría de votos y representan un beneficio para todos los habitantes de nuestra nación.

El maestro Zing y los demás miembros del Concejo comenzaron a hablar entre ellos. La situación empeoraba cada vez más. Anya no conocía bien los alcances de la iniciativa que el senado acababa de aprobar, pero sabía que iba a representar un cambio radical en la forma de vida que la nación había conocido desde hacía muchos siglos. La sala se llenó de voces y murmullos desde ambas cámaras y finalmente el maestro Zing alzó la voz.

—Honorables miembros del parlamento, el Gran Concejo ha decidido dar por terminada la sesión. Muchas gracias por su presencia.

Las voces de los miembros del parlamento se hicieron oír por toda la sala mientras el Concejo se retiraba. Anya sabía que las cosas no iban bien. La repentina salida del Concejo de la sala de audiencias sólo podía significar una cosa: la ruptura de relaciones entre ellos y las dos cámaras gobernantes. No había duda alguna en su mente, la nación estaba atravesando la peor crisis política de su historia. Ni siquiera veinte años atrás, cuando había sido creado el parlamento, las relaciones entre el gobierno se habían vuelto así de tensas. Anya abandonó la sala abriéndose paso entre un tumulto de personas. Los senadores seguían discutiendo sobre el control del gobierno y la repentina salida del Concejo. Por fin, logró salir del recinto y se dirigió al templo rápidamente. La concejal Anthea la estaba esperando.

—Lamento mucho que hayas presenciado esa escena —dijo la concejal al aproximarse a ella—. Pero fue necesario que nos retiráramos. Los miembros del Concejo no soportamos la hipocresía de los políticos, parece ser que ignoran que podemos ver sus intenciones claramente. El maestro Zing desea hablar contigo, me ha enviado a buscarte, por favor acompáñame —ambas se dirigieron a una sala privada dentro del complejo del templo.

—Saludos, Anya —dijo él cuando las vio entrar, y las invitó a que tomaran asiento.

—Saludos, maestro —contestó Anya haciendo una reverencia y se sentó junto a él, que fue al grano.

—Te he mandado llamar porque es necesario que estés al tanto de las intenciones del senador Túreck. Como pudiste ver en la audiencia de hoy, su propósito es cambiar por completo la forma de vida de los atlantes y desafortunadamente tiene el apoyo de la mayoría de los senadores. Por supuesto que sabemos que este apoyo lo ha ganado a base de sobornos, de las riquezas que reparte entre la gente que lo apoya. Es una situación grave. Sabemos que sus intenciones son las de tomar totalmente el control del gobierno y separar al Gran Concejo de esta responsabilidad. Con este fin ha ideado el plan de enriquecer con dinero y poder a una selecta parte de la población, para establecer el dominio completo sobre la nación.

Anya interrumpió al maestro.

—Pero eso sería la ruina de nuestra civilización. Si lo lograra, volveríamos a las épocas de guerras y destrucción a gran escala como sucedió en el pasado. Los hombres van a pelear por los territorios y los recursos naturales del planeta.

—Lo sabemos, Anya. Por eso el senador y su grupo quieren tener acceso a la tecnología secreta. Esto les permitiría desarrollar armas de destrucción masiva, con lo cual garantizarían su dominio sobre nuestra nación y los otros continentes. Las cuatro naciones que forman el Gran Concejo jamás aceptarán que los políticos tengan control sobre este tipo de tecnologías. Es una situación muy peligrosa —el maestro hizo una pausa y luego continuó—. Por eso decidimos levantar la sesión. Los planes de este grupo son claros. Ellos creen que tienen toda la ventaja a su favor, pero nosotros conocemos sus intenciones, sabemos que en un corto periodo tratarán de apoderarse de los conocimientos para la fabricación de los reactores antigravitacionales. Conocer sus planes nos brinda una ventaja, pero aun así debemos conocer exactamente cuándo y cómo planean hacerlo para impedírselo.

Anya miraba al maestro con un gesto de duda, no comprendía por qué el Concejo simplemente dejaba que las cosas siguieran su curso de esa manera.

—Maestro, no comprendo por qué el Concejo no le pone fin a esta situación de una manera rápida y contundente. A mi juicio, el senador Túreck es un hombre sumamente ambicioso que pretende convertirse en un tirano y gobernar a su voluntad. Creo que el Gran Concejo debería exponerlo y removerlo de su cargo, ¿no sería la mejor solución al problema?

—Desafortunadamente no lo sería —respondió el maestro Zing—. Durante los últimos años, la mentalidad de la población ha venido cambiando. Recuerda que el campo magnético de la Tierra ha sufrido fluctuaciones, el proceso de cambio que produce la entrada a la órbita oscura se ha iniciado ya, por eso la población ha comenzado a pensar más agresivamente y sus ambiciones han crecido. La mayoría de las personas simpatiza con la idea de poseer riquezas. Detener al senador Túreck solamente le brindaría más popularidad y una mayor aprobación, los senadores argumentarían que el Concejo está deteniendo a los representantes políticos porque desea gobernar de forma totalitaria. Es una situación complicada, sobre todo porque sus ideas tienen demasiados simpatizantes. Mucha gente se va a beneficiar de inmediato con los cambios que han planteado.

—Entonces, ¿qué debemos hacer?

—Los Concejos de las cuatro naciones se van a reunir pronto para encontrar una solución —dijo el maestro—. Este problema afecta la vida en todos los continentes. Ahora mismo sabemos que un contingente de senadores y otros seguidores del senador Túreck se dirigen a los principales nucleos de población para promover el restablecimiento del comercio. La votación de la iniciativa fue una mera formalidad, el plan había sido concebido desde hace mucho tiempo.

Anya empezaba a comprender la seriedad del asunto. El plan era parte de una conspiración muy elaborada para tomar el control de la población.

—La concejal Anthea viajará mañana al continente oriental y tú debes acompañarla. Una vez ahí tu misión será vigilar de cerca al grupo del senador Túreck.

—Maestro, sinceramente no creo ser la persona indicada para esa tarea. No tengo ninguna experiencia en ese tipo de encomiendas y hace muchos años que me he mantenido alejada de las ciudades.

—Sé que es difícil para ti enfrentar estas circunstancias pero no tienes nada de qué preocuparte, no vas a estar sola en esta misión. Seguirás nuestras órdenes al pie de la letra y todo saldrá bien, ya lo verás.

—Pero, ¿qué hay de mi entrenamiento?, ¿cómo voy a realizar ambas funciones?

—Tu entrenamiento comenzará de inmediato y esta tarea en particular te ayudará a entender ciertos conceptos que te serán necesarios para recorrer el camino del conocimiento. La cuarta escuela te prepara para enfrentar los aspectos más difíciles de nuestra existencia. Ya no se trata simplemente de ejercicios físicos ni sesiones de meditación, ahora empezarás a enfrentar la realidad que gobierna el destino de cada uno de nosotros, ése es el reto más grande que se debe superar en el camino del conocimiento.

Anya reflexionó un momento y luego respondió.

—Estoy dispuesta a hacer lo que el Concejo crea necesario para cumplir con la misión, pero aún no estoy segura de estar calificada para una tarea de esa magnitud.

—Te comprendo perfectamente, pero es necesario que todos por igual afrontemos el cambio que está sucediendo en nuestra civilización. La vida nos tiene destinados muchos retos que debemos superar si queremos seguir el camino de la evolución de la conciencia. ¿Alguna vez te has preguntado cuál es el motivo primordial de nuestra existencia?

Anya sintió curiosidad con la pregunta del maestro. En realidad tenía solamente un concepto vago sobre el papel individual de los seres humanos en el mundo.

—Sé que estamos aquí, en este plano, para aprender lecciones que nos ayudan a enriquecer nuestra conciencia de ser.

—Eso es cierto, pero la vida de un individuo no puede ser descrita simplemente en términos generales. Todos experimentamos diferentes lecciones de vida en nuestro mundo. Aunque existe un patrón predeterminado para nuestro aprendizaje, cada camino y cada persona son únicos, eso es lo que hace nuestra existencia tan maravillosa, nuestra individualidad y la forma como aprendemos esas lecciones. Es el hecho de encontrar nuestro camino lo que le da el verdadero sentido a nuestra existencia.

—¿A qué se refiere con un patrón predeterminado? —preguntó Anya.

El maestro Zing la miró fijamente y comenzó su explicación.

—Como sabes, cuando un ser humano muere, su espíritu sigue existiendo en una dimensión paralela a la nuestra. Tú has visitado esa dimensión innumerables veces, aunque esto no lo sabías. Al desarrollar el sueño consciente, nuestro espíritu es capaz de viajar a diferentes reinos de conciencia. El mundo intermedio es el lugar donde se reúnen los espíritus que aún no están listos para volver a la vida terrenal.

—¿Quiere decir que las personas que se encuentran ahí son seres que están esperando para volver a reencarnar en nuestro mundo?

—Así es, las personas que ves ahí son seres que están esperando una nueva oportunidad para volver a la vida material. El Sol determina el sendero que nuestra conciencia debe recorrer en este plano para evolucionar. Como pudiste percibir durante tu iniciación, cuando un planeta se encuentra suficientemente maduro para albergar vida inteligente, entonces su estrella central dona parte de su espíritu para sembrar la conciencia en el planeta en forma de seres inteligentes capaces de evolucionar. La nueva conciencia se multiplica y se alberga en millones de seres creando el milagro que llamamos vida.

—Eso lo pude observar durante mi iniciación —dijo Anya—. ¿Pero cómo influye el Sol sobre nuestros destinos particulares?

—Nuestro espíritu posee un número específico de oportunidades para experimentar la vida material en nuestro mundo. Una vez que nuestro espíritu ha alcanzado este plano, encarna en su forma física y su destino es determinado por el momento de su nacimiento. Este complejo sistema de enseñanza es incomprensible para nuestra mente, porque no sólo se desarrolla en este plano, sino en dos planos simultáneamente. Esto no lo podrás comprender por el momento, pero es necesario que sepas que aquel ser que no alcanza a comprender los designios de su destino no consigue lograr la evolución de su conciencia. Esto significa que después de haber experimentado la vida terrestre en múltiples ocasiones y de no haber encontrado el camino, la oportunidad de regresar a este mundo se acaba. En este caso esa conciencia individual es reabsorbida por el Sol y pierde para siempre su oportunidad de seguir existiendo como un ser individual.

"Existen 20 senderos predeterminados que guían el rumbo de nuestros destinos. Estos 20 senderos son influidos por 13 números magnéticos provenientes del campo electromagnético del Sol. Juntos forman una matriz de un total de 260 permutaciones electromagnéticas que determinan la misión que debemos lograr durante nuestra existencia en la Tierra.

Anya no comprendía bien la explicación.

—¿De dónde provienen esos números, 13 y 20?

—Los 20 senderos de encarnación, también llamados sellos solares, determinan la marca solar que prevalece en nuestra conciencia a lo largo de la existencia en este plano. Este sendero es definido por la conciencia del Sol y es aceptado por el espíritu que va a encarnar. El sello solar es codificado cuidadosamente en nuestra información genética para que determine nuestro carácter y nuestra habilidad para comprender el mundo que nos rodea.

"Tanto los 20 sellos solares como los 13 números magnéticos provienen de la rotación del campo magnético solar. El giro del Sol es el resultado de la transferencia de un enorme flujo espiral de energía que proviene del supremo campo creador. Este flujo es transportado por la conciencia suprema del Sol a nuestro plano de existencia. Lo que nosotros percibimos diariamente como luz solar no es otra cosa que el poder de su enorme conciencia que nos envuelve y hace realidad nuestra existencia. De acuerdo con la *ley del kin*, este flujo produce diferentes pulsos de radiación que gobiernan nuestros destinos. Esta matriz combinada de sellos y números fue desarrollada por los antiguos sabios después de haber comprobado las verdades sobre nuestra reencarnación en este plano. Ellos fueron los primeros seres humanos en comprender este gran misterio. Sé que para ti es imposible creerlo, pero es la luz que proviene de nuestro Sol la responsable de crear la realidad que percibes todos los días, sin ella simplemente no existiríamos.

—Tiene razón, es un concepto casi incomprensible para mi mente —exclamó Anya.

—Lo sé —respondió el maestro—. Por eso debes empezar a comprender cómo funcionan estas leyes, esa es la clave para identificar el camino correcto, pues nuestro sendero del destino determina en gran forma los retos que vamos a enfrentar en la vida así como la forma de reaccionar frente a las adversidades. Si conocemos el sendero que está atravesando un ser humano, entonces podemos comprender en gran parte su manera de actuar o sus expectativas. Como tú ya sabes, la vida es una prueba siempre difícil que debemos superar en nuestro camino hacia la evolución personal. Algunos senderos son más difíciles que otros, pero todos son igual de importantes pues los resultados que obtengamos deciden si estamos preparados para volver y enfrentar otras pruebas que nos ayuden a encontrar nuestro camino para alcanzar una conciencia superior.

—Pero, ¿qué tiene que ver esto con la misión que me están encomendando? —preguntó Anya.

—Los seres humanos experimentan muchas reencarnaciones durante la existencia de su espíritu. Uno de los senderos más difíciles es cuando se gana poder e influencia sobre los demás, es una prueba única que un espíritu debe superar para ascender en el camino de la conciencia superior. Lamentablemente muchos no comprenden la realidad de estas pruebas y se dejan llevar por la fascinación del momento, como por ejemplo el senador Túreck. Él está recorriendo una existencia de gran poder y la está utilizando para corromper a los demás y lograr beneficios superfluos que lo harán fracasar en su verdadera misión. Por supuesto que él no lo sabe, y tampoco le interesa, ha caído ya dentro del círculo vicioso del poder. Una persona así se torna muy peligrosa para los demás, su ambición se alimenta día a día y se convierte en la fuerza que termina gobernando su vida por completo. Tu misión es observar de cerca los círculos del poder para que te sirva de experiencia personal. Cuando veas el comportamiento de estos individuos, vas a comprender muchas particularidades de los senderos del destino que de otra forma nunca podrías entender.

”En un principio, cuando los primeros brujos maestros descubrieron este misterio, pensaron que vivir sus vidas en aislamiento los ayudaría a completar su misión más fácilmente, pero estaban equivocados: el aislamiento sólo es provechoso durante corto tiempo. El verdadero reto en la vida es aprender a través de uno mismo y a través de la constante interacción con los demás. Nuestra interacción con los demás seres humanos hace que la experiencia de vida sea realmente completa. Cuando uno logra identificar su sendero de destino y encara su misión con valor, entonces encuentra el camino en la vida que lo llevará hacia la realización de su viaje de conciencia. Esto, Anya, es el verdadero propósito de todo ser humano en este plano de aprendizaje que llamamos Tierra.

—¿O sea que todos nosotros tenemos un destino que ha sido trazado por una conciencia superior? ¿Nuestro futuro ya está escrito?

—Nuestro futuro no está escrito, Anya. Es muy complicado para ti entenderlo en esta etapa de tu aprendizaje. Existe un patrón, un sendero que nos ha sido destinado como prueba, pero tenemos libre albedrío. Podemos actuar de forma egoísta y seguir nuestras ambiciones o podemos escoger un camino recto que nos lleve a comprender las verdades de la vida y nos ayude a superar la difícil prueba de la existencia. Al final, el triunfo depende de nosotros. Piensa en la vida como una carrera, se te asigna un vehículo con ciertas características para que recorras el camino, pero es nuestra responsabilidad trazar una ruta que nos conduzca a la meta.

—Me parece que empiezo a comprenderlo, aunque nunca pensé que una forma de conciencia superior tuviera que ver con nuestros destinos. Siempre creí que nuestras vidas se regían al azar y que uno mismo forjaba su propio destino —comentó Anya.

—Ésa es la sensación más común para todos los seres humanos, es producto del cambio de conciencia que sucede cuando un espíritu reencarna. El paso a la vida física borra todo recuerdo de las vidas y experiencias pasadas, y la única forma de recuperar ese conocimiento es accediendo a un plano superior de existencia, pero eso todavía no es posible para ti. Conforme vayas dominando la habilidad de soñar consciente, podrás acceder a conocimientos más profundos sobre las existencias pasadas de tu espíritu. Por ahora no tiene caso seguir hablando de algo que debe ser experimentado, como tu viaje de iniciación. Poco a poco irás acumulando más energía y tu conciencia diaria comenzará a fusionarse con tu ser energético, entonces te verás en un estado de súper conciencia y tendrás acceso a más conocimiento.

Anya comprendía las palabras del maestro. Había una gran diferencia entre aprender algo por medio de la enseñanza común, o sea, hablando de ello, y por medio de la experimentación personal en todo su esplendor. Anya recordó su viaje de iniciación y quiso saber cómo podía experimentar la realidad de los sellos solares y los números magnéticos.

—¿Cómo fue que nuestros antepasados descubrieron el conocimiento sobre la reencarnación y la influencia del Sol en nuestro destino? —preguntó ella al fin.

—Ya me esperaba esa pregunta. Te lo acabo de explicar pero no lo comprendiste. Para acceder a ese tipo de conocimiento es necesario fusionar ambas partes de tu ser para que perciban como una unidad coherente. Cuando la fusión se realiza, se está en posición para asimilar ese tipo de conocimiento. Nuestros ancestros lo descubrieron después de toda una vida de disciplina física y mental. Nuestro conocimiento se forjó a través de siglos. Cada miembro de nuestra orden aportó algo más y así fue creciendo y creciendo hasta que nos permitió sobrepasar las leyes que rigen al ser humano común. Todavía no es el tiempo para hablar de esas cuestiones, por ahora es suficiente que sepas que todos estamos conectados en el universo y la única forma de evolucionar es drase cuenta de esa realidad para integrarse a ella. Mientras sigas pensando como un ser individual que nace y muere sin sentido alguno, entonces nunca encontrarás el camino.

Anya se encontraba cada vez más confundida con las explicaciones del maestro Zing. Era desesperante, entre más cosas sabía más interrogantes tenía. De forma paradójica, mientras más sabía más ignoraba. Se le había encomendado una misión completamente diferente a su entrenamiento habitual y no sabía cómo reaccionar. No era buena para relacionarse con la gente, siempre había sido bastante retraída y se sentía más cómoda en soledad. No tenía la menor idea de cómo iba a lograr socializar si nunca antes lo había hecho.

La concejal Anthea había escuchado toda la conversación sin hacer ningún comentario. Anya la observó y se dio cuenta de que se había levantado de su asiento en señal de que era momento para retirarse.

—Está bien, todo está dicho por ahora —dijo la concejal. Luego se dirigió a Anya—: Vayamos a hacer los preparativos para el viaje, no hay tiempo que perder.

Capítulo 18

El jeep avanzaba a gran velocidad a través de la jungla. Kiara se había sentado en el asiento trasero y observaba con curiosidad todo a su alrededor. Hacía media hora que habían dejado la aldea, para dirigirse de vuelta al campamento. Kiara se había cambiado de ropa y ahora lucía un hermoso collar hecho con cuentas de chaquira que había comprado a una de las mujeres indígenas.

El último día de la ceremonia había transcurrido sin ninguna novedad para ella. Había pasado la mayor parte de la noche observando las estrellas en el hermoso cielo despejado de la selva. No había sentido frío ni calor, su cuerpo empezaba a aclimatarse perfectamente a la humedad de la selva tropical.

José y Elena habían pasado por un extraño rito de curación durante el último día. Los dos habían sido llamados por uno de los chamanes y habían sido acostados boca arriba cerca del fuego central. Luego uno de los chamanes había sostenido su cabeza poniendo las manos sobre sus orejas, sujetando la cabeza con fuerza, mientras otro se reclinaba sobre ellos y pronunciaba palabras en una lengua que Kiara no entendía.

Desafortunadamente no había tenido tiempo de hablar con ellos al respecto. Uno de los chamanes les había pedido que todos ellos se retiraran, al parecer la ceremonia iba a continuar exclusivamente para la gente de la comunidad. La celebración del maíz era un asunto muy serio para ellos. De todas formas, Kiara se sentía agradecida de haber vivido aquella experiencia. Había comprendido con todo su ser la tremenda diferencia que significaba la vida en esos lugares comparada con la vida en la ciudad. Podía sentir cómo en la aldea todo se movía a un ritmo que no alteraba la mente de sus habitantes, a diferencia de lo que pasaba en la ciudad, donde todo sucedía demasiado rápido y volvía a las personas agresivas y apáticas. Seguramente le iba a ser difícil volver a acostumbrarse a su regreso a Los Ángeles.

El jeep siguió avanzando por la brecha y adelante apareció algo que no estaba ahí hace unos días, cuando ellos habían partido. Un puesto con varios hombres armados y vestidos con uniformes militares bloqueaba el camino que conducía al campamento. Kiara pudo reconocer el uniforme de los soldados estadounidenses, y otros parecían ser del ejército mexicano. José se detuvo y un hombre armado con un rifle automático se acercó a él.

—El paso está prohibido. Por favor regrese por esta ruta hasta que encuentre la carretera principal.

—Somos arqueólogos —dijo José—. Estamos trabajando en el campamento que se encuentra como a dos kilómetros de aquí.

El militar les pidió sus identificaciones a José y a la doctora, luego miró a Kiara.

—¿Y ella quién es?

—Es la hija de un colega nuestro, el doctor Robert Jensen. Él es uno de los responsables del campamento.

El militar les pidió a los tres que bajaran del jeep y llamó a sus compañeros para registrar el vehículo.

—Tendrá que hablar con los estadounidenses —dijo el militar—. Sólo ellos pueden permitirles el acceso a la zona del campamento.

José acompañó al militar hacia una carpa donde estaba instalado el personal de Estados Unidos. Después de veinte minutos de discusión y varias llamadas de los militares con sus teléfonos satelitales, accedieron a escoltarlos hacia el campamento.

José y las dos mujeres subieron al jeep.

—¿Qué es todo esto? —preguntó la doctora Sánchez—. ¿Qué hacen los militares estadounidenses aquí?

—No tengo la menor idea —dijo José—. Pero me parece muy extraño. Hace tan solo dos días que nos fuimos y aparecieron de la nada.

José arrancó el jeep y siguió a un vehículo militar. Recorrieron aproximadamente dos kilómetros cuando lo que vieron los dejó simplemente impresionados. Un enorme campamento de varias carpas y remolques se situaba donde unos días antes no había absolutamente nada. Por todos lados se veían militares haciendo recorridos en vehículos. Tres helicópteros enormes se hallaban estacionados a cien metros del campamento, junto a cuatro remolques con poderosos generadores diesel que producían un ruido ensordecedor. El jeep siguió avanzando unos seiscientos metros hasta que los militares les hicieron señales para que se detuvieran.

Los tres bajaron de los vehículos y un hombre les indicó que lo siguieran. Kiara recibió una agradable sorpresa al entrar en una de las carpas: su padre se encontraba ahí junto con una mujer y dos hombres que ella no conocía.

—¡Papá! —exclamó acercándose a él.

Su padre se levantó y la abrazó con fuerza mientras los presentes observaban a José y a la doctora Sánchez. La mujer que estaba sentada en la mesa con ellos se levantó y saludó a todos.

—Hola. Soy la doctora Sarah Hayes, de la agencia espacial norteamericana. Es un gusto conocerlos. Ellos son mis colegas, el doctor Daniel Roth y el coronel Samuel McClausky, que está a cargo de la seguridad del campamento.

Kiara se sentía confundida. Hacía unos días el campamento era un solitario lugar perdido en medio de la selva y ahora parecía ser un centro de investigación de alta tecnología. Por todos lados había equipos electrónicos, cables en el suelo, computadoras y personal científico trabajando en las enormes carpas rígidas que habían instalado.

La doctora Sarah Hayes parecía ser una persona agradable. Aproximadamente de un metro setenta centímetros, de complexión delgada, tez blanca y llamativos ojos claros. Su pelo era color castaño oscuro. Vestía toda de color caqui, de una forma muy similar a como visten los arqueólogos, con shorts y camisa, sólo que su uniforme portaba la insignia de la NASA en el lado izquierdo de la camisa.

—Hola, mucho gusto —respondió Kiara.

José y la doctora Sánchez miraban impresionados todo el equipo electrónico. José se acercó a Sarah Hayes.

—Hola, mi nombre es José García y ella es mi compañera, la doctora Elena Sánchez.

—Mucho gusto en conocerlos —respondió Sarah.

—Vaya que trajeron algo de equipo con ustedes —dijo José.

—Sí —respondió Sarah sonriendo—. Estamos investigando los cambios en los patrones climáticos en la zona del Golfo de México. Espero que no les incomode nuestra presencia aquí.

El doctor Jensen escuchaba la conversación. Kiara y él habían tomado asiento en un par de sillas que estaban cerca de la mesa. El coronel McClausky tomó la palabra.

—El doctor Jensen nos ha proporcionado una lista de los nombres de todo el personal que labora en la excavación. Vamos a preparar unas identificaciones, así no tendrán problemas para entrar y salir del campamento, estarán listas esta tarde. Les voy a pedir que por favor acompañen a nuestro personal para que les tome una fotografía.

El grupo se despidió y todos salieron de la carpa. Personal militar estaba afuera esperándolos y los condujeron a un lugar donde les tomaron fotografías. Al terminar, todos se dirigieron a los vehículos para regresar al campamento de la excavación. José había evitado hablar con el padre de Kiara desde el día de la tormenta, pero lo que estaba sucediendo no era algo normal.

—Doctor Jensen —dijo José mientras se le aproximaba—, todo esto es muy extraño, ¿no cree?

—Sí, José, es muy extraño. Nadie nos notificó de la llegada de los militares y hace unas horas estaban sugiriéndonos que nos marcháramos de este lugar, que dejáramos el campamento abandonado. Tuve que hablar seriamente con las autoridades mexicanas. Nos van a permitir seguir adelante con la excavación, pero tenemos que seguir sus reglas.

—¡Pero identificaciones con fotografías y retenes en los caminos! ¿No le parece exagerada tanta seguridad? Nunca me han gustado las armas automáticas.

—Lo sé, pero pienso que es mejor no meternos en asuntos que no nos incumben —respondió el doctor Jensen—. Vamos a jugar su juego y esperar que no se acerquen a nuestro campamento.

Ya en el campamento, Kiara encontró de nuevo a su padre en el remolque donde dormían.

—Papá, pensé que ibas a llegar hasta mañana.

—Decidimos acortar el viaje —respondió él—. ¿Cómo les fue con los aldeanos?

—Excelente, ha sido una experiencia inolvidable —dijo Kiara entusiasmada.

—Me alegro de que la hayas pasado bien. Aunque no pensé que te fueras a sentir a gusto, estás muy acostumbrada a las comodidades de la ciudad. Por cierto, aquí tengo tu boleto de regreso a Los Ángeles. Tu vuelo sale mañana en la noche. Tus abuelos irán a recogerte.

Kiara se quedó muda. No sabía qué decir.

—Pero... mañana es muy pronto. Aún quedan varios días de vacaciones, me puedo ir la próxima semana.

—Ya está decidido, Kiara —dijo su padre tajantemente—. Tuve que pagar un boleto completo para conseguir lugar en el avión. Eso sin contar que también tuve que negociar con los militares durante horas tu salida del campamento. Me voy a sentir más tranquilo cuando regreses a tu vida normal.

Kiara se sentía desolada. Apenas comenzaba a aclimatarse a ese lugar y sus misterios cuando de pronto tenía que volver a la ciudad y dejar la jungla por quién sabe cuánto tiempo. Dio dos pasos hacia atrás y se fue a la recámara. Tenía ganas de llorar, no entendía bien por qué, pero le dolía alejarse de la tranquilidad de la selva. En las dos semanas que había pasado ahí le había tomado cariño y respeto. Ahora sentía un extraño vínculo con todo lo que la rodeaba, nunca iba a olvidar las experiencias que había tenido ahí. Pensó en su vida en la ciudad, volvería a ver a sus amigas, pero cómo iba a explicarles todo lo que le había sucedido en esas dos semanas, no había forma de que pudieran entenderlo.

Su padre entró a la recámara, tomó su maletín del suelo y sacó unas hojas, parecían dibujos mayas. Una de las hojas se deslizó por entre las demás y voló hasta donde Kiara se encontraba. Ella la atrapó y se puso a observarla cuidadosamente: era la figura de un hombre vestido de una forma nada usual, y a su alrededor se veían símbolos que parecían números y otros extraños dibujos.

—¿Qué es esto, papá?

—Es parte de un códice que acaba de ser descubierto en España.

—¿Cómo lo obtuviste?

—Me lo enviaron por correo electrónico mientras estaba en la Ciudad de México. Es muy antiguo. Estamos tratando de descifrarlo. Necesito ver a la doctora Sánchez, dame la hoja por favor.

Kiara le entregó la hoja a su padre.

—¿Por qué fue descubierto en España si se trata de un códice maya? —preguntó ella.

—Parece ser que estuvo oculto por siglos dentro de un escritorio. El dueño lo llevó al Museo del Prado y ellos nos llamaron. Ahora tenemos que descifrarlo.

—¿Te puedo acompañar?

—Claro que sí, siempre y cuando no nos interrumpas.

Se dirigieron al remolque de Elena Sánchez. Se sentaron en una mesa sumamente pequeña y el padre de Kiara puso las copias en el centro, de manera que los tres pudieran verlas. Después de explicarle a la doctora su procedencia comenzaron a estudiarlas.

—He tenido muy poco tiempo para examinar las láminas —dijo el doctor Jensen—. Es muy diferente a los otros que se han encontrado; por ejemplo, en ésta se ve a un hombre sufriendo una transformación; en esta otra hay fechas y conjunciones planetarias; aquí hay un dibujo que parece ser la vista lateral de una pirámide, nunca antes se habían encontrado pirámides en los códices…

La doctora Sánchez tomó un par de hojas y empezó a examinarlas, una de ellas llamó su atención.

—Esta lámina se refiere a un sexto sol: el número está grabado justo a la izquierda del símbolo del Sol, de eso no hay duda, pero no es claro el sentido.

—¿Por qué? —preguntó Kiara.

—Los mayas creían que habían existido cuatro edades previas a la edad de ellos —contestó su padre—. A estas edades les llamaban Primer Sol, Segundo Sol, Tercer Sol y Cuarto Sol, ellos vivían en la edad del Quinto Sol. No tiene sentido que se refieran al Sexto Sol, a menos que el códice hable de alguna profecía, algo que ellos no vivieron pero esperaban.

—¡Quizá podían ver el futuro! —dijo Kiara.

Su padre la miró con gesto de enojo.

—Te dejé venir con una condición, Kiara, ¿ya se te olvidó? —preguntó molesto su padre.

—No pretendo molestar. Es sólo que con lo que me ha sucedido aquí estoy empezando a pensar que cualquier cosa es posible.

—La ciencia se basa en hechos —dijo el doctor Jensen—, no en especulaciones. Así que por favor permanece callada y déjanos trabajar.

Kiara tomó una de las láminas y se puso a observarla.

—Estas láminas contienen fechas —dijo la doctora Sánchez—. Me parece que todas están relacionadas. Contienen un mensaje que se relaciona con el nacimiento del Sexto Sol. Si ves aquí, notarás que los mayas también sugerían la palabra nacimiento. No sólo habla del Sol, sino del principio.

El doctor Jensen observaba una figura que mostraba una serpiente formada por una cadena de veinte símbolos. La serpiente se hundía en la tierra y luego volvía a surgir con un penacho de plumas sobre la cabeza.

—Es complicado entender la mente de personas que vivieron miles de años antes que nosotros —dijo el doctor Jensen—. Esta hoja, por ejemplo, muestra dos serpientes en movimiento. La serpiente era un animal mágico, los mayas la relacionaban con la sabiduría y los principios fundamentales de la vida. En la pirámide de Chichen Itzá se le ve bajando durante el equinoccio en forma de luz hacia la tierra. Aquí de nuevo vemos a la serpiente, pero hay dos diferentes: una está bajando y otra sube transformada.

—Yo pienso que la serpiente simbolizaba el alma o el espíritu inmortal para los mayas —dijo la doctora Sánchez—. Los egipcios también simbolizaban el alma inmortal por medio de la serpiente, el alma inmortal poseía la sabiduría del universo. Es una gran coincidencia. Esas dos serpientes pueden sugerir la transformación del alma.

—Pero si el alma es inmortal —dijo el doctor Jensen—, ¿por qué necesita ser transformada?

—Eso es un misterio, pero se cree que nuestra alma es transformada cada vez que reencarnamos en la Tierra. Durante nuestra vida, nuestras experiencias le sirven a nuestra alma para madurar —aseguró la doctora—. Ésa era la creencia tanto de los mayas como de los egipcios.

—No estoy seguro… Si eso sucede todo el tiempo, ¿qué papel juega el Sexto Sol aquí? —preguntó el padre de Kiara.

—El alma, según estas dos culturas, era una pequeña porción de luz divina donada por el Sol. Aquí podemos observar dibujos que se refieren a esta relación. Es necesario que estudiemos a fondo todas las láminas para concluir algo. José nos sería muy útil con la simbología, él pasó mucho tiempo en comunidades mayas, creo que sería buena idea llamarlo.

—Yo iré a buscarlo.

Kiara recorrió casi todo el campamento en busca de José hasta que finalmente lo encontró en uno de los sitios de excavación.

—Mi padre y la doctora Elena necesitan verte.

—¿Qué necesitan? Estamos empezando a clasificar unas muestras.

—Mi padre ha traído unas copias de un códice que fue descubierto en España hace unos días. Te necesitan para tratar de descifrarlo.

—¿Un códice recién descubierto? Déjame guardar estas muestras y vamos para allá.

Cuando Kiara y José entraron en el remolque, la doctora Sánchez estaba sirviéndole café al doctor Jensen.

—Yo también quiero una taza —dijo Kiara.

José se adelantó y se sentó en la pequeña mesa, tomó algunas de las copias y comenzó a mirarlas.

—Esto es fascinante —dijo—. La transformación del hombre y el nacimiento del Sexto Sol. ¿Son auténticos?

—Son auténticos —le aclaró el doctor Jensen—. Los pigmentos fueron autentificados con pruebas de radiocarbono.

—Es verdaderamente impresionante —exclamó José, después de contemplarlos durante un largo rato, en silencio, y visiblemente emocionado—. Estos símbolos de las serpientes sugieren los veinte sellos solares, transformados a través del viaje del espíritu. Y este hombre aquí acostado está siendo transformado a través de la muerte… Bueno, no estoy seguro de que se refiera a la muerte, no aparece ningún símbolo que la sugiera. En cambio aparece el símbolo de la luna y el de las estrellas.

Kiara tomaba su café impacientemente mientras observaba las láminas del códice, quería ser parte del equipo que revelaría el misterio:

—¡Puede que esté durmiendo y soñando!

Su padre le lanzó una mirada inquisidora y ella se abstuvo de hacer más comentarios.

—Es interesante —dijo la doctora—. Puede que Kiara tenga razón. Siempre hemos concluido que un hombre acostado parece estar muriendo, como en la tumba de Pacal Votan, pero bien puede tratarse no de que esté durmiendo, sino cayendo en un trance, viajando a través de la conciencia.

—Están perdiendo la objetividad —dijo el doctor Jensen—. Ha sido claramente establecido que la figura de Pacal Votan no está cayendo en trance, sino muriendo. Muriendo y volviendo a nacer, ése es el mensaje, y creo que es el mismo mensaje que vemos aquí, no el *mambo–yambo* de la Nueva Era, que no tiene ningún sentido. Hay que permanecer dentro de los límites de lo establecido si queremos hacer un trabajo serio.

José y Elena Sánchez se miraron entre sí. Definitivamente ninguno de ellos se sentía a la altura para discutir con el renombrado doctor Jensen.

—Yo pienso que debemos tomar en cuenta todas las posibilidades —dijo Elena—, y no solamente encerrarnos en lo establecido, después de todo, su cultura era totalmente diferente a la nuestra. Este dibujo muestra una figura humana muriendo o cayendo en un trance para convertirse en una figura mitad humana y mitad animal, eso sugiere que no está naciendo de nuevo, sino que está sufriendo una transformación. Muchas figuras mayas y egipcias muestran esas extrañas formas de hombres con cabezas de animal y otras combinaciones parecidas. Nunca se ha podido establecer por qué hacían estas relaciones.

—Ellos describían a sus dioses de esa manera —argumentó el doctor Jensen—. Los dioses tenían el poder para convertirse en ese tipo de quimeras. Por supuesto que esto era sólo mitología, una forma de representación de los arquetipos que veneraban. Ambas culturas eran profundamente religiosas, eso es todo.

—Yo no estoy muy seguro de eso —dijo José—. Pienso que la ciencia de hoy los ha descrito de esa manera porque simplemente no entendemos sus razones para representar estos personajes transformados. Ambas culturas estaban muy avanzadas en la astronomía y las matemáticas como para representar supersticiones baratas en sus templos. Tiene que haber otra explicación.

—No existe otra explicación —dijo el doctor Jensen—. Cientos de antropólogos han estudiado a estas culturas y no han encontrado otra explicación. Esas figuras humanas con cabezas de animal solamente existían en su imaginación, eso es un hecho.

—Cientos de antropólogos los han estudiado —exclamó Elena Sánchez—, eso es cierto, pero siempre lo han hecho desde el mismo contexto, que es la visión del hombre moderno. Nosotros somos una cultura que vive y trabaja bajo otros esquemas. Hemos estudiado a estas culturas desde la perspectiva equivocada por más de cien años, ahora lo comprendo. Ellos hablaban de dioses. De seres humanos que se convertían en dioses, de dioses que se convertían en animales, del espíritu inmortal que reencarna. ¡Eran totalmente diferentes a nosotros! ¿Cómo podemos tratar de entenderlos con nuestra mentalidad actual? Es obvio que estas culturas poseían habilidades y conocimientos que nosotros no poseemos. Por eso no entendemos nada y nos jactamos de que eran unos supersticiosos ignorantes que creían en dioses humanos con cabezas de ibis.

El doctor Jensen estaba sorprendido por la explosión de emotividad de la doctora Sánchez, sin embargo no estaba de acuerdo con ella. Para él, el mundo era de una sola manera, como siempre había sido, y los despliegues fantásticos de esas culturas eran simplemente construcciones simbólicas arquetípicas.

—Creo que es tiempo de que me retire —dijo el padre de Kiara—. Les dejo las láminas para que sigan estudiándolas —y diciendo esto salió del remolque más rápido de lo que había entrado.

—Mi padre es así —dijo Kiara—. No va a cambiar, créanmelo.

—Es difícil para él aceptar la posibilidad de que todo lo que se dice de estas culturas sea incorrecto —dijo la doctora Sánchez—. Pero los arqueólogos lo sabemos: miles de años borran irremediablemente la historia de una civilización. Se obtiene muy poca información de las ruinas. Necesitamos primero comprender su contexto social para entenderlos a fondo.

—Hay algo que siempre me ha intrigado —dijo José—. Estas culturas dejaron muchos indicios sobre la reencarnación y las innumerables vidas físicas que experimenta el espíritu en su camino a la ascensión, pero lo interesante es que lo representaban como un hecho verdadero y no como una creencia. Sin embargo, nuestra cultura concluye que eran simples creencias porque nosotros no hemos corroborado esa verdad. Entonces, mientras nosotros no corroboremos alguna verdad por ignorancia nuestra, no existe tal verdad, son solamente creencias y supersticiones. ¿Por qué nunca podemos aceptar que quizá alguna de estas culturas conocía verdades acerca de la vida que nosotros no conocemos?

—Ése es el ego de la cultura moderna —dijo la doctora Sánchez—. Lo único que tiene validez es lo que la cultura moderna establece. Como la religión, por ejemplo: no responde a nuestras preguntas ni a nuestras necesidades espirituales, y lo único que tiene validez es lo que su propia ignorancia establece. Por eso los sacerdotes católicos de la conquista destruyeron todo vestigio de conocimiento de las culturas prehispánicas, no querían competir con algo que no entendían. Su fórmula para engañar a la gente con la idea del *profeta dios* les daba muy buen resultado. Fue una suerte que Egipto no haya estado en su camino o lo hubieran destruido por completo. Es aberrante que esa tendencia de negar todo lo que no está establecido por su cultura aún permanezca en nuestros días.

—Es una lástima —dijo Kiara—. Mi padre piensa que mantenerse sobre los caminos seguros es mejor que arriesgarse a proponer algo nuevo.

—No juzgues tan duro a tu padre, Kiara —le dijo Elena Sánchez—. Él ha tenido que trabajar muy duro por decenas de años para ganarse su reputación, es lógico que no quiera arriesgarse a proponer algo sin tener completa seguridad de que es correcto.

—Mejor volvamos al códice —dijo José, que aún sostenía en sus manos las copias—. Nos estamos desviando de nuestro propósito.

—Si este hombre está cayendo en sueño o en trance y se transforma en un ser mitad humano y mitad animal, ¿qué podemos concluir? —preguntó la doctora Sánchez.

—Existen leyendas entre los indios del norte y del sur de México sobre los espíritus naguales —siguió hablando José—. De acuerdo con ellas, un brujo es capaz de viajar al mundo inferior, encontrar a su espíritu protector y fusionarse con él durante el viaje. Cuando el brujo regresa, adquiere habilidades o poderes que le son otorgados por la conciencia del animal.

—¡Con razón la ciencia no acepta esos argumentos! —exclamó Kiara—. Eso suena muy fantasioso, como a ciencia ficción.

—Pero en los sueños todo es diferente, tú lo sabes, Kiara —dijo José—. Recuerda que la realidad siempre se establece por el contexto en que se desarrollan los eventos. En Hawai, por ejemplo, los aborígenes polinesios erigían enormes tótems con formas mitad humanas y mitad animales para representar a sus espíritus protectores; los aborígenes australianos hacían lo mismo. Los mayas y los egipcios esculpían estatuas de seres semejantes. Es demasiada coincidencia entre tantas culturas separadas por miles de kilómetros de distancia.

—Tienes razón. Entonces es lógico establecer que todas estas culturas eran expertas en el trance que se produce al soñar consciente, ¿de acuerdo? —preguntó Elena.

—Totalmente de acuerdo —dijo José—. Conocían y dominaban la habilidad de soñar conscientes, no tengo la menor duda. Y además, dejaron vestigios de este conocimiento en todas sus escrituras y en sus imágenes. Lo más extraño es la importancia que le daban a este tipo de sueños, importancia que los llevaba a construir esculturas de estos seres mitológicos y también sus enormes templos. ¿Qué estaban tratando de decirnos?

—No lo sé —respondió Elena—. Quizá trataban de establecer que estos mundos eran tan reales como el nuestro, pero es imposible saberlo porque ellos eran muy diferentes a nosotros. En nuestra cultura los sueños son considerados fantasías, simple imaginación creada por nuestras mentes.

—¿Y por qué consideraban dioses a estas figuras? —preguntó Kiara.

—Eso tampoco lo sabemos —dijo la doctora—. Sólo podemos especular al respecto. Como te expliqué, mientras no conozcamos su contexto social, no tenemos bases para concluir nada.

—No del todo —dijo José—. Su contexto social era muy parecido al de las tribus indígenas actuales. Eran culturas chamánicas, su contexto social estaba gobernado por hombres que adquirían habilidades de conciencia y mayor percepción a través de la práctica del trance y otros rituales como la danza. Estos hombres adquirían la sabiduría para guiar a sus pueblos por el camino de la vida y más allá de la muerte. Su misión no terminaba aquí, sino que se preparaban para enfrentar la muerte y sus consecuencias. Eso lo sabemos a ciencia cierta. Todas las culturas de la antigüedad fusionaban la realidad de sus sueños con la realidad de todos los días, ambas realidades estaban entrelazadas inseparablemente. Si estas criaturas o espíritus, o lo que sean, otorgaban poderes o habilidades a los practicantes de esta actividad, entonces ellos los consideraban dioses. Su habilidad adquirida era un regalo de los dioses, ¿quién más te puede otorgar un don o un poder especial? Hasta nosotros mismos decimos cuando eso sucede: es un don otorgado por dios.

—Interesante analogía —dijo Elena—. Entonces podemos concluir que la mejor forma de comprender a estas culturas es desarrollando sus mismas habilidades. Eso nos situaría exactamente en el mismo contexto que sus sacerdotes y sus hombres de conocimiento, que fueron quienes construyeron los templos y esas esculturas.

—Exacto —dijo José—. ¿Pero cómo podríamos desarrollar las habilidades que ellos tenían?

José y Elena miraron a Kiara.

—Dinos cómo logras entrar en el trance que produce el sueño consciente, Kiara —le pidió la doctora.

—No puedo explicarlo. Sucede por sí solo, no he establecido un método. Lo único que he notado es que mi mente entra en un estado de mucha calma antes de que esto suceda, como si se desconectara de las preocupaciones del mundo para prepararse a realizar un viaje.

—No va a ser tarea fácil establecer un método para desarrollar ese tipo de habilidad —dijo José—. Miles de personas han tenido experiencias de sueños lúcidos, pero nadie sabe cómo lo hace ni por qué sucede.

—Yo digo que son contadas las personas que lo logran —exclamó la doctora Sánchez—. ¿Cómo lo lograban los mayas y los egipcios?

José y Kiara se esforzaban pensando en una respuesta, pero la pregunta era algo muy complejo de entender. No existían bases para este conocimiento, era algo completamente nuevo.

—Quizá transmitieron ese conocimiento a sus comunidades a través de la conciencia colectiva de la especie —especuló José—. Quizá cuando todos murieron, esta habilidad se perdió; la habilidad de convertirse en dioses se perdió. Ahora nosotros no sabemos cómo activarla en nuestros cerebros, pero sabemos que existe. Era un aspecto sumamente importante de sus vidas, ¿cómo fue que se perdió?

—Yo no diría que la habilidad está perdida, José —le opuso la doctora Sánchez—. Está dormida, pero está ahí. Las experiencias de Kiara lo demuestran. Ella tiene acceso a esa habilidad, sólo que no sabe cómo lo hace. Eso es muy común en gente con habilidades súper naturales, como los genios matemáticos. Ellos tienen acceso a la habilidad del cerebro de hacer cálculos complejos en segundos y no saben cómo lo hacen, dicen que simplemente sucede.

José reflexionó por un momento y luego agregó.

—Hace poco vi un documental en un canal científico sobre nuevos descubrimientos en materia genética. En un estudio hecho en personas con habilidades de ese tipo, los científicos se dieron cuenta de que ciertas secuencias de ADN en genes específicos de estas personas se encontraban activadas, a diferencia del común de la gente, en quienes permanecen dormidas.

—Sé muy poco sobre el ADN —dijo la doctora Sánchez—. Pero sé que contiene absolutamente toda la información genética que determina a la especie humana, las características hereditarias de nuestros padres y toda la información que define nuestra personalidad y las habilidades que poseemos.

—Eso es algo maravilloso —dijo Kiara—. Quizá exista la forma de activar esas secuencias dormidas de nuestro ADN para adquirir habilidades que nos permitan comprender mejor nuestras vidas en este mundo.

—Los científicos ya están trabajando en eso —dijo la doctora Sánchez—. Si lo logran, sería el siguiente gran paso en la evolución humana.

—Lo que yo me pregunto —exclamó José— es por qué estas culturas no nos dejaron un mapa con instrucciones para activar esas secuencias. De esa manera podríamos transmitirlo a los demás a través de la conciencia colectiva. Nuestros hijos serían totalmente diferentes. Crearíamos una raza de súper humanos.

—Una raza de dioses —dijo la doctora Sánchez, que tomaba su café lentamente—. El potencial humano es tan grande que se escapa de nuestra imaginación.

Luego se levantó de su silla y se recargó en una de las paredes del remolque. Miró hacia donde estaban las hojas del códice, tomó algunas de ellas y exclamó:

—Qué frustrante situación. Tan cerca del conocimiento y tan lejos. Mírennos… Estamos aquí en la tierra de esta civilización, analizando sus escritos, contemplando su brillante arquitectura, sosteniendo la verdad en nuestras manos y, sin embargo, el conocimiento se nos escapa por entre los dedos.

Kiara sentía una emoción intensa al escuchar a la doctora Sánchez y agregó:

—Qué sueño tan hermoso sería que el despertar de esas habilidades nos definiera como seres humanos y no la ropa o el dinero que poseemos.

—Creo que en el pasado así fue —dijo Elena Sánchez—. Por eso valoraban tanto este conocimiento. Basta con ver las pirámides para entender que esta gente estaba en busca de algo diferente al dinero.

José miró a Kiara, que seguía sentada en la pequeña mesa tomando su café:

—Pues sea lo que fuera que estaban buscando, lo vamos a descubrir.

Capítulo 19

Junto con la concejal Anthea, Anya caminaba por un largo pasillo de una de las alas del complejo que no conocía. Había hecho los preparativos para su viaje muy rápidamente y uno de los ayudantes del templo se había llevado su equipaje argumentando que no era necesario que ella lo cargara. Se había puesto su traje de entrenamiento tal como la concejal le había ordenado. No tenía la menor idea de a dónde se dirigían y la curiosidad la estaba matando.

Finalmente llegaron a una sala de espera, donde estaba una persona que parecía ser la encargada de ese sitio. La sala contenía únicamente sillones dispuestos de manera que aprovecharan el espacio para albergar el mayor número posible de personas, muy juntos unos de otros. Anya estimó que podían albergar aproximadamente a unas cien personas. La concejal se sentó y le hizo señas para que hiciera lo mismo. Su curiosidad la estaba llevando al límite pero no se atrevía a preguntar a dónde irían. No pudo soportar el silencio por más tiempo.

—¿A dónde nos dirigimos?

La concejal se sonrió.

—Vaya que aguantaste un buen tiempo la curiosidad, desde hace un buen rato que percibo tu ansiedad. Vamos a volar hacia el continente oriental, al lugar donde se encuentra la nueve sede del Gran Concejo. Es un sitio magnífico que llamamos Nueva Atlantis.

En esos momentos la persona encargada de la sala les indicó que era momento de subir al vehículo. Las dos mujeres abordaron una nave muy grande que por dentro parecía una sala de algún edificio público. Anya estaba impresionada, nunca antes había volado en una de esas máquinas, de hecho nunca antes había visto una tan grande, no eran nada comunes. Tomaron asiento en uno de los sillones y Anya notó algo.

—¿Siempre está tan vacío aquí?

—No, claro que no —respondió la concejal—. Éste es un vuelo privado, pero regularmente este medio de transporte lo utilizan los ingenieros y otros funcionarios de la administración del Concejo para viajar al viejo continente.

—¿El viejo continente? —preguntó Anya.

—En ese continente se originaron nuestros antepasados, los primeros seres humanos, o mejor dicho protohumanos.

—¿Protohumanos? —murmuró Anya—. Es la primera vez que escucho ese término.

—Toda la vida en el planeta evoluciona, Anya. Es la ley del kin, la ley del eterno giro que cambia y modifica todo lo que está a su alcance. Nada permanece inalterable, incluso el gran campo vibrante evoluciona.

—¿Qué es el kin? —preguntó Anya.

—Te lo acabo de decir. Absolutamente todas las cosas en el universo se encuentran siempre influidas por el magnetismo que producen los grandes cuerpos estelares al girar; por ejemplo, en los planetas y las estrellas, este eterno giro permite a la conciencia percibir todo su derredor mientras continúa su viaje a una velocidad constante. La tendencia natural de esa conciencia es la de expandirse, debido a la fuerza centrífuga que produce este giro.

—Cuando me encuentro con ustedes, me siento verdaderamente ignorante —se quejó Anya refiriéndose a la concejal y al maestro Zing.

—No seas tan dramática. Hemos estado aquí por muchísimos años más que tú, por eso hemos tenido más tiempo de aprender. Aprovecha tu tiempo, Anya, pues ese tiempo es todo lo que tenemos en la vida.

—Hábleme más sobre la ley del kin y los primeros seres humanos —pidió Anya.

La concejal Anthea hizo una pausa como buscando las palabras más adecuadas y luego continuó.

—El propósito de todas las especies vivientes es acumular conocimiento para evolucionar en formas de vida superiores, es una ardua tarea que toma miles e incluso millones de años. Existen muchos factores que favorecen o dificultan este proceso, la Tierra y el Sol son los principales factores en nuestro caso. Cuando varios individuos de una especie logran producir con su intento un cambio favorable para su adaptación, se altera el magnetismo de su estructura genética y esto produce también un cambio en la conciencia colectiva de su especie. El cambio permite que los demás seres obtengan ese conocimiento para alterar su estructura y lograr una transformación evolutiva. Estos cambios se originan siempre primero en la conciencia o mente del individuo, y a partir de ahí modifican la estructura física por medio de su intento.

—¿Cuál es la ley del kin?

—Todo el universo se encuentra en constantes movimientos cíclicos, producidos por la enorme presión que ejerce la energía liberada por el kin cuando alcanza nuestro universo. Las dos fuerzas que componen al supremo campo creador forman un vórtice de flujo al unirse, lo cual ocasiona que nuestro universo gire eternamente. La Tierra gira alrededor del Sol al igual que el Sol gira alrededor del centro de nuestra galaxia, la galaxia gira alrededor de un grupo de galaxias más compactas que a su vez giran alrededor de otras, y así sucesivamente. El universo se mueve en un eterno giro por la acción del gran campo supremo. La ley del kin es la resultante de la unión de esas dos fuerzas complementarias que producen la luz divina y el movimiento continuo e infinito.

Este movimiento expone la conciencia a las influencias de los pares de opuestos, como el día y la noche, el frío y el calor. Estas experiencias producen los cambios que la conciencia necesita para adaptarse y evolucionar ante un entorno siempre en transformación.

—¿Y cómo influye sobre nosotros y sobre las demás especies el eterno giro del kin?

—Buena pregunta, Anya. Ésa es la clave de la evolución. El eterno giro del kin nos sitúa siempre en una posición distinta a la que nos encontrábamos anteriormente en relación con el espacio. Piénsalo bien, estamos viajando siempre a nuevos territorios en el inmenso espacio del universo, y eso nos permite atravesar a cada momento diferentes campos de energía producidos por los millones de soles que habitan en nuestra galaxia y muchas otras. La radiación y el magnetismo de estas estrellas no es otra cosa que energía, y esa energía es en realidad conocimiento, un conocimiento que puede ser decodificado si se cuenta con las herramientas adecuadas. Este conocimiento por sí solo es capaz de activar nuevas secuencias en la estructura molecular de nuestros genes, de esta forma podemos evolucionar como especie.

—¿Quiere decir que en cualquier momento podemos activar esas nuevas secuencias y transformarnos en seres humanos diferentes? —preguntó Anya.

—No, no es así. El universo es un gran reloj de sincronización. Con cada determinado giro se atraviesan diferentes lugares cuya energía es asimilable por nuestra especie. Podemos aprovechar ese momento para captar la energía y asimilarla dentro de nuestra conciencia. Como resultado de esta asimilación, nuestro cuerpo físico modifica la estructura molecular de su ADN para encender una nueva secuencia que nos permita hacer uso de ese conocimiento, lo cual se traduce en términos físicos como una nueva habilidad. Pero nada sucede hasta que se alcanza el equilibrio y la sincronización adecuada.

—¿De qué tipo de habilidades estamos hablando? —Anya no podía contener las miles de preguntas que surgían en su mente.

—Existen miles de habilidades —dijo la concejal—. Grandes hombres y mujeres de nuestra especie han contribuido a nuestra evolución aprovechando el giro del kin para asimilar el conocimiento generado por estrellas de todo el cosmos. Hablar fue una de esas habilidades, muy importante, por cierto. Pero los hombres de conocimiento poseen habilidades que otros seres humanos no han podido alcanzar.

—¿Por ejemplo? —preguntó Anya, que seguía presionando a la concejal para que revelara algunos de sus secretos.

—No hay límites para las habilidades que se pueden desarrollar. El universo es energía concentrada, y esta energía produce un campo magnético que influye sobre todo lo demás. Entre más energía posees, mayor es tu magnetismo y mayor tu influencia. Puedes desarrollar la habilidad de que tu cuerpo envejezca mucho más despacio, la habilidad de leer el pensamiento de los demás, la habilidad de mover objetos sin tocarlos, la de controlar los elementos o la de volar. No hay límites en el universo, el infinito es el único límite.

—¿Pero quién ha sido testigo de estas habilidades? ¿Cómo saben ustedes que esto es posible?

La concejal Anthea miró fijamente a Anya, luego se paró de su asiento y sonrió.

—Algo que no entiendes es que todas estas habilidades están al alcance de nuestra especie. Las secuencias genéticas están dormidas, sólo esperando para ser activadas. Muchas de ellas ya existen y fueron utilizadas por los grandes hombres y mujeres que crearon nuestra civilización. Ellos trazaron el mapa genético. Fue un regalo de poder para la raza humana. El cambio en nuestra estructura molecular está hecho en su mayoría. Lo difícil es preparar a los demás para que reconozcan y activen esas habilidades.

—¿Y cómo se prepara a alguien para que logre despertar esas habilidades?

—¿Qué has estado haciendo los veinticinco años de tu vida? —preguntó la concejal.

Anya se sintió confundida. Después reflexionó. Qué estúpida había sido. Toda la vida de aprendizaje que había llevado era para eso, para desarrollar habilidades más allá del ser humano común.

—¿O sea que lleva años de entrenamiento prepararse?

—Sí y no. Ciertamente lleva algunos años prepararse, pero no veinticinco. Tu preparación incluye el entrenamiento físico, moral y ético para el correcto uso de las habilidades que puedas desarrollar. Imagínate el peligro que representaría un ser súper poderoso sin escrúpulos, podría dañar y esclavizar a los demás a su antojo. Tu mente y tu ser deben ser preparados para recibir un don de esa magnitud, para estar realmente preparada, primero has aprendido el respeto y el amor por todas las formas vivientes. Ese tipo de entrenamiento para controlar tus impulsos toma hasta diez veces más de tiempo.

—Ya lo comprendo —dijo Anya—. Todos estos años se me ha inculcado el respeto a mis compañeros, el respeto a mis maestros, el respeto a las reglas de la escuela, el respeto a la naturaleza y el respeto a todos los demás seres. Todo este tiempo se nos ha inculcado una filosofía para evitar dañar nuestro entorno. Yo pensé que solamente se trataba de una forma de someternos para obedecer esa filosofía de vida.

—¡Por supuesto que es una forma de sometimiento! —contestó la concejal—. Pero de nosotros mismos. Del peligro que representamos como seres violentos. No olvides que existe mucha oscuridad dentro de nosotros. Es un verdadero reto aprender a contener todas esas emociones destructivas.

—Lo sé —dijo Anya—. Lo que nunca he entendido es por qué somos así.

—La violencia y la agresividad es información que se encuentra almacenada en nuestros genes. Es tan antigua que data de los tiempos en que nuestra especie tenía que luchar a muerte por su supervivencia. Cuando éramos todavía protohumanos, teníamos que luchar por un pedazo de carne o alguna fruta, también teníamos que defendernos de otros animales que trataban de matarnos para comernos, eran luchas físicas de vida o muerte. Esas secuencias genéticas se encuentran todavía activas en nuestra especie.

—Pero eso va a cambiar algún día, ¿no es cierto?

—Eso depende de muchos factores. La evolución no sólo depende de nosotros mismos. Aunque es posible que algún día nuestra especie logre activar más y más secuencias superiores de ADN para nuestra evolución, y ya no será necesario seguir luchando por nuestra supervivencia. Entonces las secuencias que nos hacen agresivos y violentos simplemente se irán apagando poco a poco, hasta quedar dormidas para siempre. Antes de que eso suceda, la especie humana deberá probar que es capaz de sobrevivir sin antes haberse destruido a sí misma.

—Pero, ¿por que habríamos de autodestruirnos? —repuso Anya—. A mi juicio, lo estamos haciendo muy bien. Nuestra sociedad es bastante pacífica y no ha habido grandes conflictos sociales desde hace varias décadas.

—Las cosas cambian, Anya, a veces muy rápidamente. Los vientos de cambio soplan hacia diferentes direcciones. No confíes en lo que ven tus ojos, puede ser solamente un espejismo.

Anya no comprendió a qué se refería la concejal y estaba a punto de preguntar cuando una de las encargadas del vehículo en que viajaban se les acercó para ofrecerles algo de comer. La concejal pidió pescado asado con verduras. Anya no sabía qué elegir así que pidió lo mismo.

—Ven aquí, Anya —le pidió la concejal al tiempo que se dirigía a una puerta cercana—. Te voy a mostrar algo.

Las dos atravesaron la puerta y un estrecho corredor las condujo a la proa del vehículo. Anya estaba impresionada: en esa parte del vehículo, el cristal abarcaba todo el techo y ambos lados hasta la altura de las rodillas, el suelo estaba cubierto con una alfombra muy agradable al tacto. La nave se movía a gran velocidad cruzando el océano como a doscientos metros de altura, sin producir ruido alguno. Las nubes adornaban el cielo formando hermosos cúmulos que se alzaban majestuosamente en el horizonte.

—¡Es impresionante! —dijo Anya—. Ni siquiera puedo sentir que estamos moviéndonos.

—Estás experimentando la levitación magnética. La nave está equipada con un reactor antigravedad que repele el campo electromagnético de la Tierra. La fuerza resultante hace que la nave se desplace a gran velocidad, deslizándose suavemente sobre las líneas magnéticas de nuestro planeta. Es una tecnología fascinante, ¿no crees?

—Más que fascinante —dijo Anya—. Parece que flotamos sin esfuerzo alguno. Ni siquiera me di cuenta de cómo fue que nos elevamos a esta altura.

—Parece totalmente inofensivo, ¿verdad? —preguntó la concejal.

—Sí, visto desde nuestra perspectiva, el viaje es placentero y totalmente inofensivo. Claro, a menos que cayéramos desde esta altura.

—No te preocupes, eso no va a suceder. En la remota posibilidad de que algo llegase a fallar, la nave cuenta con un reactor de emergencia que nos depositaría suavemente en el suelo o en la superficie del agua. El casco de la nave está diseñado para flotar, así que en el peor de los casos sufriríamos de un mareo por olas que nos sacudieran de forma violenta.

La concejal hizo una pausa y luego continuó.

—El punto es que el senador Túreck está detrás de esta tecnología, y sabemos que pretende utilizarla para su propio beneficio, como lo ha venido haciendo con todo lo que llega a sus manos. La forma más fácil de destruir el equilibrio con la naturaleza es el uso desmedido de este tipo de tecnologías, exactamente lo que harían los políticos si las tuvieran a su alcance. Por eso tenemos que impedírselo.

Anya seguía observando a través de las ventanas de la nave pero se volvió hacia la concejal:

—Con todo respeto, concejal Anthea, yo pienso que están sobreestimando demasiado al senador Túreck. No creo que pueda apoderarse de esta tecnología como ustedes sospechan.

—El maestro Zing lo considera un hombre sumamente peligroso —respondió la concejal—. Te sugiero que tú hagas lo mismo o te puedes llevar una desagradable sorpresa.

—No dudo que sea un hombre peligroso, sé lo ambicioso que es. Es sólo que no veo la forma en que él pudiera convencer a los científicos para que traicionasen al Gran Concejo.

—El senador Túreck pretende cambiar la forma de vida de todos los habitantes de nuestra nación. Eso, en sí, es más peligroso que el uso de la tecnología para sus fines, cualesquiera que éstos sean.

—Estoy de acuerdo —dijo Anya—. La gente se deja influenciar fácilmente por los políticos, más aún si éstos les prometen mejores condiciones de vida a cambio de nada. La gente parece olvidar que todo tiene un precio, si los políticos les ofrecen algo, habrá un precio que pagar, sin duda alguna.

—Las ambiciones del senador Túreck van más allá de la simple riqueza. Hasta ahora solamente ha revelado su interés por la tecnología pero no sabemos qué otra cosa pueda estar planeando. Esa idea de establecer el comercio suena muy

atractiva en principio, pero a la larga se vuelve una forma
de vida esclavizante, sobre todo para aquellos que menos
poseen, quienes se convierten en esclavos de los poderosos,
y luego sobrevienen los conflictos cuando unos pocos empiezan a acaparar los recursos naturales.

—No entiendo por qué el Gran Concejo ha permitido
que se apruebe esa iniciativa —dijo Anya—. Presiento que
va a generar serios problemas a nuestra civilización.

—El Gran Concejo ha gobernado a la nación de la mejor forma que ha podido durante miles de años. Ahora la
mente de la gente se está centrando en los recursos materiales
y la población está creciendo de manera desordenada. Los
tiempos de paz y armonía se acabaron. Estamos empezando
a enfrentar un cambio radical en nuestra civilización, nuestra
misión ahora es conservar todo lo que hemos logrado. Pero
eso no va a ser fácil, ya lo verás.

Anya no pudo más que sentirse consternada al escuchar
esas palabras. La forma de vida que había conocido desde
siempre estaba a punto de cambiar, y no precisamente para
bien. Por primera vez desde hacía muchos años sintió miedo
e incertidumbre por lo que habría de suceder en su futuro.

El sonido de una puerta hizo salir a Anya de sus pensamientos. La encargada del servicio en el vehículo estaba de
vuelta con una ayudante, ambas traían unas charolas con la
comida que habían ordenado hacía unos minutos. La ayudante movió con rapidez uno de los sillones hacia delante
y luego lo volteó hacia abajo con mucha destreza. Giró la
parte de abajo y, para sorpresa de Anya, el cómodo sillón se
había convertido en una mesa para dos personas. Ágilmente
colocaron los platos con la comida en la mesa junto con los
cubiertos y un pequeña vela en el centro.

—La mesa está servida. ¿Desea que les traigamos alguna bebida para acompañar la comida? —preguntó la
encargada.

—Sí, por favor, tráiganos agua de fruta para las dos. Eso será todo —pidió la concejal.

Anya se sentó en la mesa y esperó a que la concejal Anthea se sentara antes de probar la comida. Había perdido el apetito después de la conversación que habían tenido. No se sentía peparada para la misión que le habían encomendado y dudaba cada vez más al respecto. La concejal sintió su ansiedad y le preguntó.

—¿Qué te sucede, Anya?

—No me siento bien. Empiezo a pensar que quizá no estoy preparada para la misión que me han encomendado.

—Claro que estás preparada. Además, no vas a estar sola, vas a tener todo nuestro apoyo.

Anya se sintió un poco aliviada al ver que la concejal confiaba en ella, aunque a la vez quería revelarle sus sentimientos, pero tenía miedo de decepcionarla. Anya observó la comida y estaba a punto de probarla cuando vio que la encargada del vuelo se acercaba con una charola que sostenía dos hermosos vasos largos con jugo de frutas color amarillo. Anya la miró a los ojos y la encargada le sonrió. Colocó los vasos sobre la mesa y sacó un pequeño encendedor de metal de su bolsillo para prender la vela.

Intentaba accionar el encendedor pero sólo conseguía sacar algunas chispas. Anya y la Concejal esperaban pacientemente a que la encargada encendiera la vela, pero el encendedor no funcionaba.

La concejal Anthea, con una sonrisa delicada en el rostro, hizo un movimiento con la mano, envolviendo la vela, que súbitamente se encendió por sí sola.

La encargada observó perpleja y se retiró haciendo una reverencia en señal de respeto.

—¿Podemos empezar? —preguntó la concejal a Anya.

Anya no sabía qué responder, nunca antes había visto tal cosa. Había escuchado muchas historias sobre el conocimiento de los grandes maestros miembros del Concejo, pero siempre había tenido sus dudas.

—¿Se te aclararon las dudas? —le preguntó la concejal Anthea.

—¿Cómo es posible? Lo que acabo de ver es simplemente increíble. No sé qué decir realmente.

—Lo que viste es sólo una muestra de lo que el conocimiento puede lograr —le dijo la concejal—. Nosotros mismos nos marcamos nuestros propios límites, como tú cuando piensas que no debes revelarme tus emociones por temor a decepcionarme. Si piensas que no eres apta para una tarea, tu mente se engancha a ese pensamiento y hace todo lo posible por no lograrlo. Si mantienes tu mente abierta y sin prejuicios, te sorprenderás de lo que somos capaces.

Anya se dio cuenta inmediatamente que la concejal podía leer sus pensamientos. Todo el tiempo que habían pasado juntas, ella había sabido lo que Anya pensaba.

—Bien, ahora vamos a comer.

El pescado estaba suave y cocido a un punto perfecto. Las verduras habían sido preparadas en una salsa agridulce que Anya no pudo identificar.

—La salsa es de un fruto que proviene del continente occidental —dijo la concejal—. Es muy buena, ¿no crees?

—Es excelente —dijo Anya dándose cuenta de que la concejal seguía leyendo su pensamiento.

—Ya te acostumbrarás —dijo la concejal sonriendo.

—¿Ustedes, hacen eso todo el tiempo?

—No, no todo el tiempo, sólo cuando queremos. Termina tu comida, Anya, se te va a enfriar.

La nave dejaba de atravesar el océano para adentrarse en tierra firme. Anya nunca había observado la tierra desde el aire. La perspectiva aérea era un verdadero espectáculo, a lo lejos podía distinguir hermosos bosques de pinos y una que otra aldea perdida en medio de la espesura. Al cabo de unos minutos, vio lo que parecía ser una ciudad muy parecida a las que había en su continente. La nave comenzó a reducir la velocidad sin que ella lo notara y lentamente empezaron a descender.

La vista de la ciudad era majestuosa. Un enorme río atravesaba todo lo ancho del valle, en donde se veían varios edificios de piedra blanca. Tres de ellos sobresalían de todos los demás por su extraña apariencia: eran las tres famosas pirámides del continente oriental. Por primera vez en su vida podía ver aquellas maravillosas obras de ingeniería. Tanto había escuchado a otra gente hablar de ellas, que estaba obsesionada por conocerlas. El carácter súper secreto que el Concejo había dado a su construcción y propósito había hecho que la gente se obsesionara aun más. A lo lejos se veía que la más pequeña de ellas todavía se encontraba en construcción, casi a punto de ser terminada.

Anya observó una extraña máquina levantar enormes piedras rectangulares y llevarlas hasta lo alto de la pirámide, donde un equipo de hombres las instalaba.

—¿Impresionantes, verdad?

—Es el viaje más increíble que he tenido en mi vida —dijo Anya, que en realidad no acostumbraba realizar viajes tan lejanos—. No puedo parar de sorprenderme.

—La maquinaria que ves allá abajo utiliza los mismos principios de tecnología de esta nave para mover esas enormes piedras. El brazo de la máquina genera un campo antigravitacional controlado que atrapa la piedra y la mueve con facilidad hasta lo alto de la pirámide. La parte más difícil del proceso es colocarla en su posición exacta. El equipo de hombres que ves en la cima se ocupa de eso.

—Son muy extrañas —exclamó Anya—. Quisiera verlas de cerca.

—Las verás. Hemos llegado a nuestro destino, bienvenida a Nueva Atlantis.

La concejal se dirigió hacia el área de embarque. La puerta principal de la nave se abrió y apareció una enorme sala con decenas de personas: un comité les daba la bienvenida. La concejal Anthea empezó a saludar a todas las personas de la sala, que le devolvían el saludo respetuosamente. Era una sensación agradable ser tratada de esa manera, a Anya le gustaba estar al servicio del Gran Concejo.

Un grupo de personas acaparó de pronto la atención de la concejal y empezaron a caminar juntos a través de un extenso corredor hacia el interior del edificio. A todos se les notaba muy inquietos, como si estuvieran dando alguna noticia. Anya los siguió a través del corredor hasta que llegaron a una enorme terraza. No se había dado cuenta, pero estaban en el tercer piso del edificio que servía como puerto de embarque para las naves intercontinentales. Se despegó del grupo y caminó hacia el balcón para admirar el paisaje. La vista era magnífica. Definitivamente la belleza de ese lugar competía con la de la capital atlántida. Hermosos jardines con ríos empedrados y multitud de estatuas adornaban el paisaje a lo largo y ancho del horizonte.

Después de ver a lo lejos por un rato, Anya comenzó a mirar a su alrededor y notó que la gente local vestía de manera diferente a la gente de casa. Sus túnicas lucían estampados en vivos colores que contrastaban en las exquisitas telas. También usaban muchos collares de cuentas, probablemente de hueso o piedra. Sus caras estaban maquilladas con diversos polvos y pinturas que resaltaban las facciones y los profundos ojos oscuros de la gente. La sociedad de la Nueva Atlantis era más diversa y multirracial que en la capital. Gente de todas las razas iba y venía por los corredores y los bellos jardines de ese puerto luciendo todo tipo de vestimentas que ella nunca había visto.

Anya se sintió un poco fuera de lugar vestida con su traje de entrenamiento. Las incrustaciones de metal en su atuendo de combate hacían que destellos de luz solar se reflejaran en todas las direcciones. Llevaba su espada sujeta a la espalda y la gente no dejaba de observarla con curiosidad. Cada vez que se acercaba a alguien, los demás agachaban la cabeza en señal de respeto, seguramente creían que Anya estaba a cargo de la seguridad de los edificios del complejo, por su vestimenta.

Transcurrieron unos diez minutos y luego la concejal se aproximó con tres personas jóvenes también con trajes de entrenamiento: un hombre negro, una mujer rubia y un hombre blanco de cabello oscuro, todos alrededor de los treinta años de edad.

—Anya, quiero que conozcas a los maestros guardianes del complejo de la nueva capital. Ellos van a ser tus compañeros de aprendizaje aquí en Nueva Atlantis.

La concejal presentó a la mujer como Dina, luego al hombre negro como Dandu y finalmente al otro hombre, Oren. Los tres hicieron una pequeña reverencia para saludar a Anya y ella hizo lo mismo.

—Bueno, los voy a dejar solos un rato para que vayan conociéndose. Después pueden mostrarle a Anya el complejo de edificios que integran la escuela —y diciendo esto, se alejó para reunirse con el grupo de personas que estaban esperándola.

Anya miraba a sus nuevos compañeros y no se le ocurría nada qué decir, nunca había sido buena para socializar. La mujer rubia la observaba cuidadosamente, como esperando a que dijera algo, pero como Anya no hablaba, fue ella la que rompió el silencio.

—¿Hace cuánto que ingresaste a la cuarta escuela?

—Hace apenas algunas semanas.

—O sea que eres principiante —dijo Oren, el hombre de cabello oscuro.

—¿Qué quieres decir con principiante? —Anya respondió en tono de reto.

—Quiero decir que apenas has comenzado tu entrenamiento en esta escuela. Es muy diferente a las otras —contestó él.

—No sé a qué te refieres —dijo Anya—. He estado entrenando toda mi vida para llegar hasta aquí.

—Déjame ver tu espada —dijo Oren.

Anya lo miró con desconfianza. Tomó su espada en la mano derecha y luego titubeó, no estaba segura si deseaba dársela. De pronto sintió una fuerza tremenda que hizo que la espada se separara de su mano y se fuera volando hasta Oren, que la tomó con un ágil movimiento.

—Bonita espada. Un poco ligera para mi gusto, pero definitivamente una buena pieza. ¿Dónde la conseguiste?

Anya había sido tomada por sorpresa. ¿Cómo demonios había hecho él para arrebatarle la espada de esa manera?

—¡Regrésame la espada!

Oren comenzó a reír. Miró a su compañero y se la entregó.

—¿Qué te parece, Dandu?

—Me parece una buena espada. Tiene un buen peso, es perfecta para una mujer —dijo Dandu, que también se reía.

—¿Y crees que sepa utilizarla? —le preguntó Oren a Dandu.

—No estoy seguro. A lo mejor sólo la usa para asustar a los demás.

Anya estaba empezando a sentirse furiosa. Este par de idiotas se estaban burlando de ella.

—¡Dame la espada o te la quitaré por la fuerza!

—¡Cuidado! —dijo Oren—. Tiene mal carácter. Mejor devuélvesela, no sea que te vaya a golpear —luego soltó una carcajada.

Dandu comenzó a reírse también. Anya estaba furiosa y no sabía qué hacer. Caminó hacia delante y encaró a Dandu.

—Es la última vez que te digo por las buenas que me devuelvas la espada.

Dandu se la entregó. Anya hizo un movimiento rápido y en menos de un segundo la hoja de la espada se encontraba en la garganta de Oren.

—¡Y tú, no vuelvas a tocar mi espada sin mi permiso!, ¿lo oíste? —le dijo a Oren con voz desafiante sin retirar la espada de su garganta.

Oren dio un paso atrás y desenvainó su espada haciéndola chocar contra la de Anya.

—Veamos qué tan bien sabes usarla.

Dina había estado observando toda la escena y de pronto avanzó hacia Oren.

—Ya está bien, tranquilícense. Ya déjala en paz —dijo Dina amenazante.

—Gracias, pero no te metas —le dijo Anya—, esto es entre él y yo.

Oren seguía sonriendo y de pronto hizo un movimiento de ataque con la espada. Anya desvió el ataque y volvió a poner la hoja en la garganta de él. Oren retrocedió y comenzó a desviar la espada de Anya con la suya. Ella no dejaba de atacarlo y en cuestión de segundos se encontraban peleando en nutrido combate. Oren manejaba excelentemente la espada pero la velocidad de Anya era superior. Él no hacía otra cosa que defenderse y desviar los ataques de ella, que fue acorralándolo contra el barandal. De pronto hizo un movimiento que produjo un golpe sobre el torso de él. La ligera armadura del traje de entrenamiento lo protegió, pero había sido un golpe severo que Anya le había asestado directo a su ego.

—¡Ya basta! —gritó Dina, que había empezado a notar cómo el combate había llamado la atención de la gente de la terraza—. ¡Todos los están mirando! ¡Compórtense!

Anya y Oren seguían en guardia. Luego Oren envainó su espada y le hizo una pequeña reverencia a Anya. Ella envainó también su espada y devolvió la reverencia. Dina tomó a Anya del brazo y la condujo a una de las sillas que estaban en la terraza, mientras ella todavía jadeaba por la excitación del combate. Oren, por su parte, se quedó con Dandu cerca del balcón platicando de la lucha que acababa de sostener.

—Eres buena con la espada —le dijo Dina a Anya con cara de asombro—. Yo nunca he podido vencerlo. De veras que eres rápida.

—¡Es un idiota! —dijo Anya.

—Solamente estaban bromeando contigo, así son ellos, ya los conocerás.

—¿Hace cuánto que llegaste aquí? —le preguntó Anya.

—Hace casi tres años. Dandu llegó hace cinco y Oren ha estado aquí por casi nueve años, él es el líder del equipo.

—¿Qué equipo?

—Los tres estamos a cargo de la seguridad de la escuela.

—¿Y dónde está la escuela?

—Aquí es la escuela —respondió Dina—. Este puerto de embarque por donde llegaste es utilizado únicamente por los miembros del consejo. La gente que ves a tu alrededor tuvo que pedir permiso para ingresar aquí, necesitaban hablar con la concejal, parece que hay una revuelta política en las calles.

—¿De qué se trata?

—Los seguidores del senador Túreck han estado repartiendo esto —dijo Dina mostrándole a Anya una moneda de plata que sostenía en la mano.

Anya tomó la moneda y la observó cuidadosamente. Estaba muy bien acuñada; de un lado tenía un símbolo muy extraño, 8, y del otro la imagen del escudo del senado. Mientras ella examinaba la moneda, Oren y Dandu se acercaron a donde se encontraban las dos mujeres.

—Es hora de mostrarle a nuestra invitada las instalaciones —dijo Oren con tono sarcástico.

—Le estaba mostrando las monedas que los seguidores del senador Túreck están repartiendo a la gente —dijo Dina.

—No entiendo para qué van a servir esas cosas —dijo Oren observando la moneda.

—El senador Túreck planea restablecer el comercio con el uso de esa moneda —les aclaró Anya—. El senado acaba de aprobar esa iniciativa hace algunos días. Pronto van a empezar a ver mercancías de todo tipo a la venta en las calles.

—No veo la utilidad que pueda tener eso —dijo Dandu—. Nuestro sistema social funciona perfectamente, ¿por qué habríamos de cambiarlo?

—El senado piensa que la gente debe aspirar a tener una vida más cómoda a partir del uso del dinero —dijo Anya.

—Aun así no veo cuál puede ser la ventaja de contar con dinero —dijo Dandu—. Nuestro sistema nos provee de todo lo que necesitamos. ¿Qué pretenden hacer con ese dinero?

—El senador Túreck alega que la gente debe tener la libertad de tener más hijos, para eso se necesita tener casas más grandes y se deben producir más cosechas, más alimentos y más telas, más de todo en general.

—Pero si sucede algo así, tarde o temprano la población crecerá hasta que no quepa nadie ya en la ciudad y tendrán que empezar a dañar el bosque para construir más viviendas —dijo Dina—. Por eso el Concejo está preocupado con esa iniciativa.

—El maestro Zing dice que el dinero dará como resultado la separación de la población en clases sociales, y que unos pocos van a acaparar los recursos y terminarán esclavizando a los demás —dijo Anya.

—Como sucedía en la antigüedad —comentó Oren—. Cuando había reyes y soberanos que conquistaban las tierras y esclavizaban a los pueblos haciendo que explotaran los recursos naturales para luego acapararlos y formar grandes fortunas.

—Exactamente —dijo Anya.

—No creo que la gente vaya a cooperar —agregó Dandu, confiado.

—La gente no prevé las consecuencias de este cambio —respondió Anya—. Es una idea muy atractiva la del comercio y la libertad para consumir todo lo que deseen. Parece una idea inofensiva, pero las consecuencias a largo plazo son devastadoras. El maestro Zing me explicó que conforme se va haciendo más común el uso del dinero, la gente empieza a obsesionarse con el consumo. Después, todos los bienes son acaparados por particulares o por los gobiernos, y son vendidos a la población. De esta forma todos son obligados a vivir en esas condiciones. De otra manera no pueden obtener nada, todo es vendido o comprado, no hay forma de escapar del juego.

—¿Estás segura de eso? —preguntó Dina—. No puedo imaginarme que la gente se obsesione con tal facilidad.

—No creo que el maestro Zing esté equivocado —dijo Anya.

—Y es que verdaderamente la idea parece atractiva y muy inocente —dijo Dina.

—El maestro Zing también me dijo que los bienes materiales a gran escala desequilibran la mente de las personas. Cuando la gente se llena de posesiones, pierde el equilibrio y todos sus pensamientos giran únicamente alrededor de no perder lo que tienen. Además, las personas se obsesionan tanto con tener grandes posesiones, que cometen asesinatos y todo tipo de crímenes para obtener lo que desean. Las sociedades pierden por completo el equilibrio y se generan guerras terribles por la soberanía de los recursos.

—No me lo hubiera imaginado —dijo Dandu—. Sinceramente no sé qué pensar al respecto, sólo que el Concejo no debería permitirlo. Me parece ilógico que no intervengan.

—El senado cuenta con el apoyo de la mayor parte de la población. Han estado alimentando el ego de la gente por varios años —dijo Anya—. Ahora ya no hay marcha atrás.

—Será difícil convencer a la gente de que a la larga ese sistema de vida representa un verdadero peligro para todos —comentó Oren.

—Va a ser más que difícil —comento Anya—. Sobre todo porque el dinero proporciona un beneficio inmediato a la persona. Quien lo tenga en grandes cantidades podrá obtener todos los bienes que desee sin ningún esfuerzo.

—Eso sí que es enfermizo para la mente —dijo Dina—. Imagínate obtener todos los bienes materiales que desees sin ningún esfuerzo, eso trastorna la mente de cualquiera. Por eso los gobernantes de la antigüedad eran tan crueles y despiadados, no tenían el más mínimo respeto por la vida, su obsesión por el poder los cegaba por completo.

—Durante el viaje la concejal Anthea me dijo que nuestra civilización está a punto de sufrir un cambio radical. Que no podíamos evitarlo. Nuestra responsabilidad ahora es conservar el conocimiento almacenado por todas las generaciones que han integrado el Gran Concejo.

—Por eso han construido este lugar —completó Oren—. Nueva Atlantis está destinada a ser la nueva sede del Gran Concejo. El conocimiento será depositado aquí y nosotros debemos encargarnos de resguardarlo.

—¿Qué saben ustedes sobre esas tres pirámides tan impresionantes? —preguntó Anya.

Los tres se quedaron callados como si no supieran qué responder, pero finalmente Oren habló.

—Son el secreto mejor guardado del Gran Concejo, ni siquiera nosotros sabemos para qué fueron construidas.

—Ya me lo imaginaba…

La conversación fue interrumpida por un mensajero que llegó de forma inesperada: la concejal solicitaba la presencia de todos ellos en uno de los salones. Anya no pudo más que sentirse impresionada por la arquitectura de ese lugar, todo era más grande y majestuoso que en su tierra natal. A lo lejos las pirámides se alzaban orgullosas por sobre aquel verde valle. Las miró otra vez en el horizonte y comenzó a caminar detrás de sus compañeros. Se preguntó si algún día conocería el secreto de su construcción.

Capítulo 20

E l ruido ensordecedor de un enorme helicóptero se
escuchó por todo el campamento de los científicos.
Sarah Hayes y Daniel Roth habían sido informados
por la mañana de la llegada de un nuevo científico: el profesor Mayer. Sarah no lo conocía y tampoco sabía cuál era el
motivo que lo traía al campamento.

—Parece que nuestro invitado ha llegado —le dijo
Daniel.

—Nunca escuché hablar del profesor Mayer —dijo
Sarah.

—Yo sí —contestó Daniel—. Trabaja para la corporación petrolera más grande del mundo, la World Oil
Corporation.

—¿Cuál es su área de investigación? —le preguntó Sarah, que se había aproximado a la salida de la carpa principal
para echar un vistazo al helicóptero.

—El profesor Mayer es ingeniero físico, graduado de
la Universidad de Darmstadt, en Alemania. Pero tiene más
de veinte posgrados en diferentes áreas de la ciencia, desde
ingeniería genética hasta astrofísica. Es sin duda uno de los
científicos más brillantes de la época.

—Me parece extraño que trabaje para la iniciativa privada, ¿no crees?

—¿Estás bromeando? —preguntó Daniel—. Esas corporaciones pagan fortunas a los investigadores. Estoy seguro
de que hasta comparte algunas patentes de sus inventos con
World Oil.

—Pero, ¿por qué estará aquí? Esta operación está a cargo del personal de la NASA y el Pentágono.

—Debe tener alguna conexión con los militares. World Oil es una corporación tan grande que tiene subsidiarias en todo el mundo, y algunas de ellas fabrican armamento estratégico de alta tecnología así que tiene conexiones con el Pentágono.

Sarah y Daniel observaron un par de personas que bajaban del helicóptero. Enseguida, un montacargas bajaba una enorme máquina y la llevaba hacia una carpa custodiada por dos soldados y cercana a los generadores. Daniel y Sarah se miraron entre sí.

—¿Qué es lo que están descargando, Daniel?

—No tengo la menor idea. Pero parece que no quieren que lo veamos.

Los dos volvieron a sus lugares y al poco tiempo apareció el coronel McClausky con un hombre blanco bastante alto, de cabello canoso y ojos claros, vestía de traje y cargaba un portafolios en la mano derecha.

—Doctora Hayes —dijo el coronel—, él es el profesor Mayer. Será el encargado de informar al Pentágono los avances de la investigación. Voy a agradecer su total cooperación con él en las investigaciones.

Sarah Hayes lo saludó y luego presentó a Daniel Roth. El profesor Mayer saludó escuetamente y se limitó a preguntar si habían tenido problemas con los instrumentos de medición pues el helicóptero en que viajaba había tenido dificultades con los medidores de altura y los radares. Sarah le explicó que desde que llegaron habían notado anomalías con los relojes, pero los instrumentos en el campamento habían funcionando bien.

El profesor Mayer se retiró sin decir nada más y Sarah volvió a quedar sola con Daniel.

—¿Encontraste la forma de determinar la hora exacta? Necesitamos comunicarnos con Tom a Houston —interrogó Sarah.

—No he tenido tiempo de idear algo. Por ahora tenemos que observar el crepúsculo, que se presenta como a las 6:40 pm, esperamos unos minutos y después encendemos el enlace con Houston.

—Pues creo que ya es momento, el Sol se ocultó hace unos minutos.

Daniel encendió el enlace satelital que les permitía establecer la videoconferencia con Houston.

—No hay nadie todavía —repuso.

—Esperemos aquí.

Al cabo de unos minutos apareció la cara del operador de la estación de Houston. Enseguida, Tom Render.

—Saludos a todos, ¿cómo están?

—Bien, Tom —respondió Sarah—. Nos estamos aclimatando a nuestra nueva situación, hasta ahora los militares se han comportado con amabilidad. Hoy llegó un científico contratado por el Pentágono, el profesor Mayer.

—Estoy enterado —dijo Tom—. El general Thompson me llamó esta mañana. Hay dos cosas importantes que debo decirles, ¿se encuentra alguien con ustedes?

—No, Tom. Estamos solos Daniel y yo.

—Bien. Esta mañana recibí una llamada del doctor Resnick desde la estación de investigación en la Antártida. Sus censores registraron un temblor a ciento veinte kilómetros al este de la zona donde se encuentra la estación de investigación. El equipo del doctor Resnick realizó un vuelo de reconocimiento en helicóptero y descubrió una grieta que ha seccionado miles de kilómetros cuadrados de hielo sobre la plataforma del continente. Parece ser que la acción del agua que se ha estado derritiendo ha creado enormes cavidades en el subsuelo y ha causado la separación del hielo con la placa de tierra del continente. Esta inmensa plataforma se está deslizando hacia el mar por acción del calor del verano antártico. No sabemos las consecuencias que esto vaya a tener globalmente.

—Ésas son malas noticias, Tom. Todo indica que el calor sigue incrementando sobre los polos y que el deshielo continúa.

—Desafortunadamente así es, Sarah. El doctor Resnick ha salido a investigar la grieta él mismo y aseguró comunicarse diariamente para reportar los avances de la investigación.

—Falta mucho para que termine el verano en la Antártida —dijo Sarah—. Esperemos que la plataforma se mantenga estable hasta que bajen las temperaturas y el agua vuelva a congelarse.

—Eso es lo que todos esperamos. El otro asunto que quiero discutir con ustedes es de carácter delicado, tiene que ver con los militares. Ayer viajé a Washington y hablé directamente con el presidente. Me advirtió que no podíamos confiar en el general Thompson y que mantuviéramos vigilado al profesor Mayer. El presidente no especificó sus razones, pero me dio estrictas órdenes de mantenerlo informado sobre las actividades del profesor y los militares en el campamento.

—¿Qué demonios está sucediendo allá? —se quejó Sarah—. ¿Qué, ahora vamos a hacer labor de espionaje y contrainteligencia aquí? Éste es un proyecto científico, Tom. La situación ya es demasiado tensa tal como está. ¿Cómo espera el presidente que espiemos a los militares cuando ellos nos están espiando a nosotros?

—Van a tener que ingeniárselas. Necesitamos que Daniel intervenga sus comunicaciones y tenga acceso a la información que guardan ahí.

—Eso no va a ser posible —dijo Sarah—, el personal del coronel McClausky tiene codificados todos los sistemas de acceso a la red central.

—Puede que haya una forma —dijo Daniel interrumpiéndola—, creo que sé como hacerlo.

Sarah Hayes lo miró inquisidoramente.

—Muy bien, Daniel —dijo Tom—, sabía que podía contar contigo. Necesitamos averiguar qué es lo que planean. Avísenme cuando hayan intervenido sus sistemas.

—Entendido.

—¿Alguna novedad sobre la investigación?

—Nada por ahora —dijo Sarah—. Seguimos esperando las fotografías del satélite.

—Las fotografías están en manos de los militares. Seguramente el profesor Mayer ya las tiene en su poder —dijo Tom.

—Voy a preguntárselo —dijo Sarah—. Veremos cómo reacciona.

Tom se despidió y Daniel desconectó el enlace satelital. Sarah fue a servirse una taza de café, cuando regresó, miró a Daniel y le dijo:

—No me gusta nada esta situación. ¿Qué sucedería si el coronel McClausky se da cuenta de que lo estamos espiando?

—Prefiero no pensar en eso ahora —dijo Daniel—. Pero es obvio que están tramando algo aquí. Mira la seguridad que han establecido. Los arqueólogos estaban asustados, pude verlo en sus expresiones.

—No creo que les permitan permanecer por mucho tiempo aquí. Hace rato escuché a McClausky darle indicaciones a uno de los soldados: van a hacerles la vida difícil hasta que se vayan.

Permanecieron en silencio mirando varios informes. Sarah notó que Daniel estaba más serio que de costumbre, parecía estar pensando en otra cosa.

—¿Qué sucede? —le preguntó.

—¿Has estado durmiendo bien?

—Esas luces me están volviendo loca. Las veo cada vez que cierro los ojos y la cabeza comienza a darme vueltas. ¿Por qué preguntas?

—Es que ayer las luces no me dejaban dormir. Tuve insomnio por horas y ya no sabía qué hacer. Finalmente dejé de luchar contra ellas, me concentré en los destellos y simplemente me dejé ir. Después me sucedió la cosa más extraña de mi vida.

—¿Qué cosa?

—Desperté… Pero no estaba aquí en el campamento, estaba a miles de kilómetros, en Alemania. Desperté lejos de aquí en otro continente y en otro tiempo, en la época en que era niño, en los años sesenta, cuando tenía siete años, y mis padres y yo aún vivíamos en Berlín. El país era pobre, aún resentía los estragos de la segunda guerra mundial. No sé cómo explicártelo, pero yo estaba ahí tal como soy en la actualidad, y además estaba despierto. Después me di cuenta de que estaba soñando, pero sabía que estaba soñando y estaba reviviendo experiencias que tuve a esa edad en nuestro pequeño departamento al este de Berlín.

—No te comprendo, Daniel. ¿Estabas despierto o estabas soñando?

—Estaba soñando, pero despierto, o soñando pero consciente. O sea que estaba en otro lugar, pero yo estaba consciente de que me había ido a dormir aquí en el campamento hacía sólo unos minutos. Entonces, ¿cómo podía estar en la Alemania de los años sesenta?

—Qué extraña experiencia. Entonces, si vivías en Alemania de pequeño, ¿cuándo llegaste a Estados Unidos?

—Mis padres quisieron huir desde que los soviéticos anunciaron que iban a construir el muro que separaría la ciudad en dos, pero no pudieron salir sino años más tarde. Viajaron a Hamburgo y tomaron un barco que los llevó a Nueva York. Allí mi padre tuvo que buscar trabajo y empezar una nueva vida. Fue muy difícil al principio, pues ninguno de nosotros sabía hablar inglés.

—¿Qué tipo de trabajo hacía tu padre, Daniel?

—Mi padre era un matemático muy brillante pero cuando llegó a Nueva York tuvo que trabajar de obrero en un fábrica de acero. Luego de cuatro años, cuando aprendió a hablar inglés, consiguió trabajo como maestro en la universidad, ahí trabajó el resto de su vida. Ocasionalmente hacía trabajos para el gobierno también, se relacionó con algunas personas y así cuando terminé mis estudios, me ayudó a conseguir trabajo en la NASA.

—Interesante —dijo Sarah—. La vida en aquella época era igual de difícil que ahora, ¿no crees?

—Definitivamente. Mi madre horneaba pretzels y los vendía en las calles para que tuviéramos dinero para pagar la renta y alimentarnos. En invierno, mis hermanos y yo salíamos todos los días a buscar leña para el horno, era la única forma de mantenernos calientes y no morir de frío por las noches. A veces teníamos que quedarnos despiertos gran parte de la noche para alimentar el fuego y evitar que se apagara.

Los ojos de Daniel se llenaron de lágrimas con el recuerdo. Sarah sintió el impulso de consolarlo.

—Eres un buen hombre, Daniel. Mira en lo que te has convertido. Eres un científico brillante como tu padre, debes estar orgulloso de ti mismo. Luchaste contra la adversidad y saliste victorioso.

—Gracias Sarah —respondió Daniel mientras las lágrimas corrían por sus mejillas—. Es que no tenía ya ningún recuerdo de mi infancia y ayer lo volví a vivir todo en mi sueño. Desde nuestra partida de Alemania hasta los primeros años de escuela en Nueva York. Mis recuerdos de esa época fueron muy intensos.

Sarah reflexionó también sobre su vida. Hacía muchos años que había emprendido la carrera que la llevaría a trabajar en una de las agencias espaciales más importantes del mundo. Sin duda estaba orgullosa de su logro, pero todo en la vida tenía un precio. Sarah nunca había podido encontrar al amor en su vida. Estaba completamente dedicada a su trabajo y con el transcurso de los años comenzaba a sentirse sola. Nunca antes se había cuestionado sobre lo que su destino le tenía preparado, pero los años seguían pasando y la edad comenzaba a quebrantar su ilusión de formar una familia. Ahora se encontraba en medio de la jungla investigando un fenómeno que podría cambiar el futuro de la humanidad y era todo lo que le importaba.

—¿Sabes por qué decidí dedicarme de lleno a la ciencia? —preguntó Sarah.

—¿Por qué?

—La mayoría de mis amigas decidió casarse y formar una familia. Pero a mí no me gustaba el rumbo que la civilización estaba tomando, yo quería ser diferente, contribuir a crear un cambio positivo en una sociedad dedicada exclusivamente al consumo. Pensé que algún día podríamos empezar a colonizar otros planetas y entonces podríamos empezar de nuevo con una sociedad diferente, libre de guerras y de pobreza y de tantas enfermedades. Pensé que si no podíamos lograrlo en este mundo, tal vez lo lograríamos en otro. Qué lejos estaba de la realidad, ahora que me doy cuenta.

—La situación ha empeorado desde entonces, ¿no crees?

—Ha empeorado mucho. En los años ochenta la mayoría de nosotros creía que la tecnología iba a solucionar todos nuestros problemas, que en veinte años empezaríamos a colonizar Marte y que todo iba a ser fácil. Pero mira dónde nos encontramos ahora.

—Tenemos que hacer algo, Sarah. No nosotros, sino la humanidad entera. La gente está demasiado distraída en la sociedad de consumo para darse cuenta de lo que está sucediendo. El mundo está girando en la dirección equivocada. Estamos destruyendo la naturaleza, acabando con sus recursos y, aún así, cada día hay más pobreza y escasez de bienes. Lo más preocupante es que, a pesar de haber desarrollado tanta tecnología, la humanidad sigue sin encontrar el verdadero sentido de nuestra existencia.

—Es cierto, Daniel, pero ese tipo de situación está fuera de nuestro control. Los políticos y las iglesias del mundo sólo piensan en enriquecerse y mantener su poder sobre la gente. Dices que la humanidad no encuentra el sentido de nuestra existencia y eso es muy cierto. Las grandes religiones han defraudado a la gente desde el principio de los siglos, sus líderes sólo se enriquecen y se dedican a salvaguardar los intereses de sus organizaciones, al igual que los políticos. ¿Dónde está la sabiduría y la fe de las que tanto presumen? Cada día son peores los escándalos relacionados con sacerdotes y sectas religiosas, y de los políticos qué podemos decir. Nadie piensa en adoptar otros sistemas de gobierno que favorezcan a la gente ni en utilizar otros tipos de energía. Vivimos presas de un gran engaño.

Sarah y Daniel siguieron conversando cuando de pronto alguien entró en la carpa principal, era el profesor Mayer.

—Espero no interrumpir —dijo al entrar.

—Claro que no —respondió Sarah—. Estaba por ir a buscarlo para informarle sobre los resultados de nuestras investigaciones.

—El Pentágono me ha dado todos los datos —respondió Mayer—. Es fascinante, esta radiación.

—Es muy extraña —respondió Sarah—. Nada parecido a lo que conocemos.

El profesor Mayer puso su portafolios sobre la mesa y sacó unos planos muy grandes con fotografías.

—Éstas son fotografías infrarrojas de toda esta zona, las acabo de recibir —dijo Mayer al tiempo que señalaba con los dedos—. Los sensores infrarrojos sólo muestran el campamento arqueológico y las ruinas. Más al norte se puede ver el campamento donde nos encontramos. Pero estas fotografías muestran otra cosa cerca de aquí, como a cinco kilómetros dentro de la jungla.

Sarah y Daniel se acercaron para ver las fotografías.

—¿Qué tipo de imagen es ésa? —preguntó Daniel—. Ésas no son fotografías infrarrojas.

—Son material clasificado. Es una nueva tecnología que permite ver estructuras subterráneas. Son mucho más precisas que los rayos X. Son fotografías de rayos T.

Daniel y Sarah estaban completamente familiarizados con esa tecnología y conocían todas sus ventajas sobre los rayos X: producían imágenes más claras, pues los rayos T son emisiones de partículas cuya frecuencia se encuentra en el rango de los teraherzios y no son dañinas para los tejidos orgánicos.

—No sabía que esa tecnología se encontraba instalada en nuestros satélites —dijo Sarah.

—Son de un satélite militar —completó Mayer—. Somos los primeros civiles que tienen acceso a este tipo de imágenes.

Daniel observó las fotografías cuidadosamente. En una de ellas, lejos de la zona del campamento, se observaba una formación cuadrada con una línea.

—¿Qué tipo de estructura es ésta?

—No sabemos. Sea lo que sea, se encuentra bajo tierra —explicó Mayer—. La diferencia en el color sugiere que se encuentra varios metros por debajo de la superficie.

—¿Y qué es esta línea? —preguntó Sarah.

—No hay forma de saberlo. Para ir allá vamos a necesitar maquinaria para excavar.

—¿Cuál es la escala de esta ampliación? —preguntó Sarah, que estaba mirando cuidadosamente unas cifras que se encontraban debajo del cuadrado en cuestión—. ¿Cuánto mide *eso*?

—Es bastante grande —respondió el profesor Mayer—. Su base es de por lo menos veintitrés metros a cada lado. Es un cuadrado perfecto.

—¿Cuándo tendremos la maquinaria para desenterrarlo?

—Probablemente en una semana o dos —dijo Mayer—. Acabo de hablar con el general Thompson, me ordenó que lo mantuviéramos en secreto. No queremos problemas con las autoridades locales. Es muy probable que se trate de un edificio antiguo.

—¿Una pirámide? —preguntó Sarah—. Tiene sentido, las pirámides tienen bases cuadradas.

—No hay que hacer especulaciones hasta que sepamos qué es —dijo Mayer—. Lo importante es que los locales no se enteren. Hay un organismo en este país que protege todas las ruinas antiguas, si lo averiguan, van a venir y no nos dejarán realizar nuestro trabajo.

—Está bien —dijo Sarah—, lo mantendremos en secreto.

Dicho esto, Mayer se despidió y salió de la carpa central. Sarah lo siguió con la mirada hasta que desapareció en la oscuridad de la noche, luego salió de la carpa haciéndole señas a Daniel para que la siguiera. La noche en la selva era sumamente oscura y se podían observar miles y miles de estrellas en el firmamento. Sarah condujo a Daniel a un lugar apartado.

—Estoy segura de que nos están vigilando —dijo Sarah—. Hace un rato olvidé comentarte que hoy vi a dos hombres de McClausky merodeando por nuestros remolques. Creo que han instalado micrófonos en todo el campamento para escuchar nuestras conversaciones.

—Diablos, no lo había pensado. ¿Qué hay de las conversaciones con Tom?

—No sé. Revisé la computadora y no parece que la hayan intervenido aún, pero quizá pudieron intervenir el satélite, eso tendrás que averiguarlo tú.

—Mañana voy a intervenir todas sus comunicaciones —dijo Daniel—. Ya sé cómo voy a hacerlo. Mayer necesita conectarse al satélite para enviar la información. Voy a introducir un comando automático en la red central para que cada vez que se conecte al satélite nuestra computadora copie su disco duro.

—¿Y cómo piensas hacer eso, genio? —le dijo Sarah, incrédula.

—Una de mis hermanas me enseñó —dijo Daniel.

—¿Tu hermana?

—Es una hacker. ¡Una de las mejores! Vive en Zürich. Gana mucho dinero trabajando para una compañía que fabrica software de seguridad. La última vez que fui a visitarla, me llevó a pasear por las calles en un porsche último modelo.

—¿O sea que desarrolla programas de software de seguridad?

—De alta seguridad —corrigió Daniel—. Ella diseña sistemas de información para grandes bancos y gobiernos. La última vez que hablé con ella, me dijo riendo que ahora mismo estaba trabajando en el diseño de un gusano para destruir todos los archivos de deudores de todos los grandes bancos de Europa y Norteamérica. Por supuesto que ella sabe cómo intervenir cualquier sistema de seguridad. Si no logro hacerlo, puedo contactarme con ella y mandarle una descripción del sistema que deseamos intervenir.

—¿Un gusano?

—Es la jerga que usan los hackers. Creo que se trata de un algoritmo complejo, algo así.

—No estará hablando en serio, ¿verdad? —dijo Sarah.

—Con ella nunca se sabe, probablemente sólo estaba bromeando sobre arruinar a los bancos.

—¡Que lástima! Me parecía una buena idea. La gente dormiría más tranquila si alguien les quitara a los bancos de encima.

—Con la crisis hipotecaria que sufre el país, seguro que sí. Millones de familias están perdiendo sus casas.

—Parecemos un par de pillos, Daniel —dijo Sarah sonriendo—. No puedo creer que estemos planeando intervenir las comunicaciones secretas del Pentágono.

—La necesidad te lleva a hacer cosas inesperadas —dijo Daniel—. Así es la vida. Nunca sabes hasta dónde las circunstancias te pueden obligar a hacer algo. Pasaremos de astrofísicos a delincuentes cibernéticos sin esperarlo.

—¡Delincuentes cibernéticos! Espero que nunca nos agarren… —Sarah reía ante la imagen de ellos como piratas cibernéticos.

Capítulo 21

El timbre que anunciaba el final de las clases sonó y todos los estudiantes se empujaban para salir lo más rápido posible del salón. Kiara estaba entre ellos. Hacía más de una semana que había vuelto a Los Ángeles y ése era su primer día de regreso en la escuela. Shannon, su mejor amiga, se había alegrado mucho de verla. Las dos caminaban por uno de los pasillos que conducía a la salida.

—Hey, vamos al centro comercial, Kiara. Ahí podemos comer algo y te platicaré lo que hice en vacaciones, ¿sí?

Kiara no estaba de humor para ir de compras, además no tenía dinero. Su padre le enviaba justo lo que necesitaba para cubrir sus gastos. Habían discutido al respecto y él le había sugerido que encontrara un trabajo.

—Está bien —dijo Kiara—. Pero no me puedo quedar mucho tiempo. Tengo que ir a buscar un empleo.

—¿Un empleo? Pero si tú nunca has trabajado. ¿Qué piensas hacer?

—No lo sé, Shannon, cualquier cosa estará bien. A lo mejor en el mostrador de alguna tienda o un restaurante de comida rápida. Cualquier lugar que contrate estudiantes.

—¡Te van a pagar una miseria! Y te van a poner a limpiar los baños, ¡qué asco!

—¡Deja de burlarte, idiota! Lo digo en serio. Mi padre me manda el dinero contado y mis abuelos apenas viven con su pensión. Necesito trabajar para ganar algo de dinero para mí.

—Si ése es el caso. Pero no me grites, estaba bromeando. Te voy a ayudar a conseguir un empleo.

—No, déjalo así mejor. Yo me las arreglo sola.

Las dos caminaron a la parada del autobús que las conduciría hasta el centro comercial. Tras un viaje de veinte minutos, empezaron a caminar por los anchos pasillos de la plaza.

—¿Y qué hay de los chicos, Kiara? ¿Conociste a alguien en las vacaciones?

—A nadie. Ni un alma.

—Qué aburrido. Yo conocí a dos. Aún no me decido por ninguno.

—Estás loca. Ya piensa en otra cosa.

—Oye, estás más amargada que antes. ¿Qué te hicieron en México? ¿No tuviste sexo en la playa?

—Eres una idiota, Shannon. Te dije que dejes de burlarte de mí.

—Como quieras. Pero alégrate la vida. Mira, eres una chica linda, todos se te quedaban viendo hoy en la escuela, ¿no lo notaste? Creo que hasta te creció el busto.

—Contigo no se puede, ¿verdad? ¿A dónde quieres ir? A ver, ¿qué vamos a comer?

—Vamos por una hamburguesa.

—¡Una hamburguesa! Vas a engordar, Shannon.

—Tienes razón. Vamos por una ensalada —dijo Shannon, que sostenía un pequeño espejo en su mano y se pintaba los labios mientras caminaban.

—¿Te pintas los labios para ir a comer?

—No para ir a comer, tonta. El centro comercial está lleno de chicos, me tengo que ver sexy. Toma, píntatelos tú también.

—No sabía que andabas tan urgida —se burló Kiara rechazando el labial que su amiga le ofrecía—. Hay una tienda de sexo saliendo del centro comercial, a lo mejor necesitas darte una vuelta por ahí.

—Qué estúpida eres. Tienda de sexo, buena idea, deberías trabajar ahí, a ver si alguien te quita lo amargada.

Kiara soltó una carcajada que se oyó por todo el centro comercial. Las dos sonrieron y siguieron caminando hasta la zona de los restaurantes. A unas dos mesas a la derecha de donde se sentaron había tres jóvenes. Shannon saludó a uno de ellos.

—¿Quién es? —preguntó Kiara.

—Es Josh. Está en la misma escuela que nosotros pero en segundo grado.

—¿Te gusta, verdad?

—No está mal.

—Te lo voy a presentar —dijo Shannon al momento que se levantaba para ir a la mesa de los tres jóvenes.

Kiara trató de detenerla pero fue en vano. En menos de dos segundos, Shannon se encontraba ya coqueteando en la mesa de ellos. Josh estaba hablando y de repente volteó a mirar a Kiara, que miró hacia otro lado, disimulando. "¡Vaya idiota! —pensó—, qué le estará diciendo, ya me lo imagino."

Shannon regresó a la mesa con una enorme sonrisa.

—Ya está —dijo—. Asunto arreglado.

—¿Qué le dijiste?

—Nada, solamente que él te gustaba mucho y que te morías por conocerlo.

Kiara se puso roja como un tomate, no esperaba que Shannon hubiese sido tan directa.

—Eres una verdadera imbécil. Cómo te atreves a decirle eso. Seguramente va a venir a lucirse con sus amigos.

Y dicho esto, Kiara vio que los tres se acercaban a su mesa. Los dos amigos de Josh traían patinetas, tenían el pelo largo y la ropa típica de los adolescentes. Kiara trató de levantarse pero Shannon la agarró de un brazo. Josh se acercó a ellas.

—Bueno, Shannon, ¿no me vas a presentar a tu amiga?

Shannon se sonrió.

—Kiara, te presento a Josh. Josh te presento a Kiara, es mi mejor amiga.

Kiara no sabía qué hacer, así que dibujó una leve sonrisa y dijo:

—Qué tal, mucho gusto, Josh.

—No seas tan seria —dijo él—. ¿Por qué no vienes y vamos a platicar a otra mesa tú y yo?

—No gracias, estoy bien —dijo Kiara.

—Ven, vas a estar mejor conmigo —dijo Josh sonriendo de una manera sugestiva.

Los dos amigos que permanecían atrás de él oyeron eso y se empezaron a reír y a mirarse entre sí.

—¿De qué se ríen? —les preguntó Kiara desafiante.

—Heeeey, tranquila, fiera —dijo uno de ellos—. Tranquilízate, apenas te estamos conociendo.

—Tranquilízate tú, tarado. Por qué mejor no se van a fumar yerba allá afuera a la calle.

—¡Kiara! —gritó Shannon—. ¿Qué te pasa?

—Hey, tranquila, niña —dijo Josh—. No insultes a mis amigos.

—Diles a tus amigos que no se burlen de mí. Y no voy a ir contigo a ningún lado.

—Uy, esta perra es muy agresiva, Josh —dijo uno de los amigos—. Vas a tener que domarla, amigo.

—¡Inténtalo, imbécil! —dijo Kiara levantándose de la silla y alzando el puño.

Los dos amigos soltaron grandes carcajadas y empezaron a caminar para atrás haciendo señas con las manos.

—Mejor nos vamos, Josh —dijo uno de ellos—. No sea que esta perra vaya a mordernos.

—Perro tú, maldito idiota —gritó Kiara llamando la atención de toda la gente alrededor de ellos. Un guardia de seguridad escuchó los gritos y se acercó.

—¿Están bien, chicas?

—Estamos bien —dijo Shannon—. Mi amiga aquí se puso un poco histérica. Mil disculpas.

El guardia se volteó hacia donde estaban los tres jóvenes.

—¡Y ustedes qué hacen ahí! No pueden andar patinando en los pasillos. ¡Fuera de aquí!

Los chicos le explicaban al oficial que no habían hecho nada pero el guardia los fue escoltando de mala manera hasta la salida del centro comercial.

—Mira lo que has hecho, Kiara. ¿Estás loca o qué? El guardia los sacó del centro comercial por tu culpa.

—Me alegro —dijo Kiara—. No viste lo que insinuaban esos idiotas. Seguramente pensaron que me iría con su amigo allá afuera.

—Estaban bromeando contigo, así son todos. No seas histérica.

—¡Tú tuviste la culpa! No sé qué estupideces le fuiste a decir a tu amigo.

—¿Yo tuve la culpa? Te voy a llevar con un siquiatra. Estás alucinando.

—Bueno, ya, ya pasó. Olvídalo. ¿No íbamos a comer algo?

—Me quitaste el apetito con tu escena, Kiara —le reclamó Shannon.

—Bueno, de todas formas no querías engordar —respondió sonriente.

—Ven, vamos a pedir un par de ensaladas. Y no vuelvas a hacer esas escenas cuando yo esté presente.

—Ya cállate y vamos a comer. ¡Anda!

Las dos se aproximaron al mostrador de un restaurante naturista y empezaron a observar el menú. Ordenaron un par de ensaladas y luego se sentaron en una mesa cercana a esperar. Shannon vio un letrero sobre el mostrador de otro restaurante donde vendían hamburguesas.

—Mira, Kiara —le dijo Shannon señalando el restaurante—. Están buscando ayudantes ahí. Tal vez te den trabajo, ve a ver.

—¿Ahí? —respondió Kiara mirando el lugar—. ¿Vendiendo hamburguesas? Seguramente quieres que engorde, ¿es eso, verdad? Eres una envidiosa, Shannon.

—¿No que querías un trabajo? Ve ahí y toma el maldito trabajo —le ordenó Shannon.

—Al rato voy a ir yo sola.

—¿Tú sola? ¿Cuándo vas a hacer eso?

—¡Cuando te hayas ido!

—Creí que íbamos a volver a casa juntas, Kiara.

—Lo siento, pero no será así.

—Pues no voy a ir a ningún lado. Te voy a acompañar a ese lugar, te guste o no.

Kiara hizo un gesto de desesperación y se fue al mostrador a preguntar por su orden. La encargada se la entregó y después de que terminaron de comer fueron a preguntar por el trabajo. Las atendió una estudiante y fue a llamar al mánager. Un tipo blanco y muy obeso, como de unos treinta años se acercó al mostrador.

—Bien, ¿cuál de las dos es la que busca trabajo?

—Yo —respondió Kiara.

—¿Cuántos años tienes?

—Dieciocho.

—¿Eres estadounidense?

—Sí, así es. Soy estadounidense.

—¿Sabes preparar hamburguesas?

—No… Digo sí, sí sé. Preparo hamburguesas en mi casa todo el tiempo, casi a diario —mintió.

Shannon estaba a punto de lanzar una carcajada, pero Kiara se dio cuenta y le dio una patada en la espinilla.

—¡Haay! —chilló Shannon.

—¿Qué pasa? —preguntó el mánager—. ¿Por qué gritas?

—No es nada —dijo Shannon—. ¿Le vas a dar el trabajo?

—Ummm… No sé. Tráeme una solicitud con tu número de seguro social y dos referencias de tus últimos trabajos.

—Oye… ¡Qué te pasa! —le gritó Shannon—. ¿No ves que necesita el dinero? Su padre es un alcohólico y su madre está en la calle. ¿Qué nunca has necesitado dinero?

—Oye, niñita, ¡no me grites! —gruñó el mánager—. A mí qué me importan sus malditos problemas.

—Ya cállate, Shannon —le dijo Kiara enojada—. Lo hechas todo a perder, ahora no me va a dar el trabajo.

—No te lo iba a dar de todas formas, es un patán, vele la cara —respondió Shannon haciendo un ademán despectivo en dirección al mánager.

—¡Eres una grosera! —le gritó el mánager a Shannon—. ¿Tú cómo sabes a quién le voy a dar trabajo? Lárgate de aquí. Voy a llamar a seguridad.

Kiara no hallaba cómo salir de tan nefasta situación.

—Tiene razón, Shannon —dijo Kiara—, vete de aquí. El hombre está tratando de ayudarme y tú lo estás insultando, ¡vete! —le hizo señas.

Shannon entendió que Kiara planeaba algo y se alejó diciendo tonterías.

—¡Y no vuelvas! —le gritó el mánager, que se sentía triunfador.

—Quiero disculparme por su comportamiento —dijo Kiara.

—No te preocupes, estoy acostumbrado. Trabajo con estudiantes todo el día. Mi nombre es John.

—Yo soy Kiara.

—Bueno, ¿y qué sabes hacer, Kiara?

—Pues la verdad, nada. Nunca he trabajado, pero tengo muchas ganas de aprender.

—¿En serio? —preguntó John, que en verdad no le creía—. Bueno. Vas a estar a prueba dos semanas.

—Perfecto —dijo Kiara—. ¿Cuánto me van a pagar?

—Mmm, veamos, $5.75 la hora. Es un buen sueldo considerando que es tu primer trabajo.

El sueldo no le alcanzaba para nada pero no tenía muchas opciones.

—Está bien, ¿cuándo empiezo?

—Mañana a las tres de la tarde. Me traes tu solicitud con tus datos.

—Listo. Mañana nos vemos.

—Hay una condición —le dijo John.

—¿Cuál?

—No traigas a tu amiga.

—Entendido —dijo Kiara y salió caminando triunfante.

Shannon estaba esperándola en una tienda más adelante.

—¿Y qué? ¿Lo conseguiste?

—Por supuesto. Aunque casi lo arruinas todo. Con que mi padre es un alcohólico, eh.

—¡Funcionó!, no seas tonta. Me debes una. ¿Cuándo empiezas?

—Mañana.

—Perfecto, voy a venir a verte.

—Me advirtió que no te acercaras.

—¿Que no me acerque? Ni sueñes, Kiara. Vas a ver lo que voy a hacer.

—No vas a hacer nada —le advirtió Kiara—. Vas a hacer que pierda el trabajo el mismo día que empiezo.

—Verás que no —dijo Shannon.

Las dos salieron del centro comercial y tomaron el autobús a casa. Shannon se despidió y Kiara se fue caminando a casa de sus abuelos. En el camino, cuando iba cruzando la calle, vio un aparador grande donde había gente practicando artes marciales. Algo llamó su atención. Cruzó la calle y se paró enfrente a observar.

Dos chicos de su edad que estaban adentro sentados se le quedaron viendo. Kiara desvió su mirada hacia los demás que estaban entrenando. Parecía como si estuvieran boxeando pero también usaban las piernas para dar patadas. Uno de los chicos se levantó de su lugar y salió a verla. Kiara lo vio y comenzó a caminar.

—Espera, no te vayas —le gritó el chico.

—Tengo prisa.

—Espera, te voy a dar un folleto, eso es todo —le dijo el chico al alcanzarla.

Kiara leyó el folleto: "Muay Thai Fighting School".

—¿Qué es esto?

—Es una técnica de combate. Mi nombre es Shawn, soy uno de los entrenadores.

Kiara alzó la vista, el chico parecía tener unos veintitrés años a lo mucho. No podía ser uno de los entrenadores, era lógico que estaba fanfarroneando.

—¡Ah, sí! Mucho gusto, Shawn.

—¿Y tú cómo te llamas?

—¿Para qué quieres saber?

—Era sólo una pregunta para hacer conversación. Ven, si quieres te muestro la escuela, ¿te gustan las artes marciales?

—No… Quiero decir, no sé. Nunca he practicado ninguna.

—Ven, te voy a mostrar. También hay mujeres en la clase.

Kiara accedió a regañadientes y al fin Shawn consiguió arrastrarla hasta dentro de la escuela.

—Aquí es donde aprendes a golpear en serio —dijo Shawn—. ¿Ves esos costales? Pesan como cien libras, lo mismo que una persona. Cuando lo pateas, sientes igual que si fuera una persona. ¡Bam!, lo golpeas y el costal se dobla, ¿divertido, no?

Kiara no sabía si reírse o salir corriendo de ahí.

—Déjame ver cómo lo hacen ellos —le dijo Kiara volteando a ver a la gente que estaba practicando.

Shawn accedió de mala gana. Kiara estuvo observando por un tiempo y luego preguntó:

—¿En cuánto tiempo aprendes a golpear así?

—Umm, depende. En un año o dos.

—¡Un año! Eso es mucho tiempo.

—Tienes que practicar también. No se trata de dar golpes sin sentido —dijo Shawn—. ¿Por qué no vienes mañana y empiezas tus clases?

—No puedo, tengo que ir a trabajar.

—¿Dónde trabajas?

—En el centro comercial —dijo Kiara y después se arrepintió, seguramente iba a ir a buscarla ahí.

—¿En qué parte del centro comercial?

—Me tengo que ir. ¡Gracias! —dijo esto buscando la salida. Salió a la calle y aceleró el paso. Cuando Shawn salió, Kiara ya estaba cruzando la calle.

—¡No me dijiste cómo te llamabas!

Kiara se rio y le dio vuelta a la calle.

Cuando llegó a casa de sus abuelos se sentía agotada, el primer día de clases había sido verdaderamente intenso. Tenía que hacer su tarea antes de ir a dormir.

Al día siguiente llegó a la escuela y estuvo distraída todo el tiempo. Reflexionó sobre las cosas que le habían sucedido durante su estancia en la selva, no podía dejar de pensar en los sueños que había experimentado. De nuevo en Los Ángeles, pudo darse cuenta de que era inútil tratar de influir en las personas para que cambiaran sus hábitos de consumo. La vida sucedía demasiado de prisa, las personas iban de un lado a otro como autómatas. La sociedad funcionaba como el mecanismo de un reloj.

Al salir de la escuela se dirigió de inmediato al centro comercial. No quería llegar tarde a su primer día de trabajo.

La empleada del mostrador la condujo a la pequeña oficina de John. Cuando Kiara entró en la oficina, John estaba mirando las noticias en una pequeña televisión que tenía en un rincón. A Kiara le desagradaba ver las noticias por televisión, siempre estaban exagerando sobre la gravedad de los sucesos, con un tono alarmista. Pero esta vez lo que estaban conunicando llamó su atención.

—En un hecho sin precedentes en la historia, el día de hoy se registró el más alto índice de ausentismo en el trabajo en nuestro país —afirmaba el conductor televisivo—. Miles de personas no se presentaron a trabajar el día de hoy en decenas de ciudades del país. El Departamento del Trabajo ha solicitado la ayuda de sicólogos para explicar este extraño suceso. Nuestro corresponsal en las calles de Los Ángeles está entrevistando gente que decidió no ir a trabajar el día de hoy.

—Hola —dijo Kiara para anunciar su presencia. John se encontraba como dormido frente al televisor, volteó la cabeza lentamente y dijo:

—Ah, eres tú. Llegas temprano. ¿Puedes creer esto? Miles de personas no fueron a trabajar el día de hoy. De haberlo sabido, no hubiera venido.

—Unos buscan trabajo y otros quieren dejarlo —dijo Kiara—. Así es nuestro mundo.

—¡Nuestro loco mundo! —dijo John, levantándose de la silla y apagando el televisor—. Muy bien, vamos a empezar contigo. Tienes que aprender el menú de lo que servimos y las reglas de higiene del lugar. Te voy a dar un manual para que lo estudies en tu casa y en tres días presentarás una pequeña prueba.

"¡Más exámenes!", pensó Kiara, como si no tuviera suficiente con la escuela.

John le mostró el restaurante y después la pusieron a hacer la limpieza de la cocina. Cuando llegó la hora de salida, de camino para tomar el autobús que la llevaría a casa, Kiara se detuvo de nuevo frente a la escuela de artes marciales. Shawn la miró a través de la ventana y se apresuró a salir.

—Hey, pensé que no ibas a volver.

—Paso por aquí todos los días, queda de camino a mi casa.

Shawn la condujo dentro de la escuela y finalmente la convenció para que empezara a practicar con él por las noches.

Kiara empezó a acostumbrarse a su rutina de todos los días en la ciudad. Por las mañanas iba a la escuela, por la tarde a su trabajo en el restaurante y por las noches a sus prácticas con Shawn. El fin de semana se ponía de acuerdo con Shannon para salir a divertirse a alguno de los clubes. Pasaron alrededor de tres semanas desde que había vuelto de México y los recuerdos de sus aventuras se iban desvaneciendo poco a poco.

Kiara estaba presentando exámenes en la escuela, pero aun así tenía que cumplir con el trabajo. Un día salió de la escuela después de presentar su primer examen y tomó el autobús como de costumbre para ir al centro comercial. Al llegar, le llamó la atención que había menos gente por los pasillos, y la poca que había estaba congregada en los locales de electrodomésticos, donde se exhibían las pantallas de telvisión. Las tiendas estaban abiertas pero no se percibía el barullo habitual que producía la gente. Llegó al restaurante y solamente se encontraba uno de sus compañeros atendiendo en el mostrador. "Que extraño", pensó.

Saludó a su compañero, entró al restaurante y de inmediato escuchó el sonido de la televisión que venía de la oficina del mánager. Kiara se acercó y vio a todo el personal del restaurante apretujado dentro de la pequeña oficina viendo la televisión.

—¿Qué sucede aquí?

—¿Qué no has visto las noticias? —le dijo uno de los chicos.

—No, ¿por qué?

—Hace una hora un terremoto sacudió el mar cerca de las costas de Japón y China

—¿Un terremoto en el mar?

—Se están formando olas de más de veinticinco metros. Han impactado las costas de Japón y China. Todas las agencias de noticias del mundo están cubriendo la noticia.

—Ya cállense —dijo John—. No me dejan escuchar —tomó el control remoto y subió el volumen.

Kiara escuchó al reportero decir que estaban esperando las imágenes de la transmisión vía satélite. Agencias de noticias chinas y japonesas habían desplegado flotas de helicópteros para filmar las escenas en las costas. De pronto, las imágenes aparecieron en la televisión.

—Lo que estamos viendo —dijo el reportero— son imágenes de las costas de Japón tras el impacto. La destrucción no tiene precedentes. Tenemos noticias de que gran parte de la población no pudo ser evacuada a tiempo. Cientos de miles de personas están sufriendo los embates de las gigantescas olas.

Kiara lanzó un pequeño grito de sorpresa y horror. Las imágenes que estaban presenciando no parecían reales. Inmensas olas barrían los puertos marítimos y todos los edificios que encontraban a su paso. Se veían barcos destruidos por las calles casi a un kilómetro de distancia de la costa; la línea divisora del mar se había perdido por completo; a lo lejos se veían cuerpos de personas flotando en el agua; algunos edificios altos se habían derrumbado y por todos lados se veían escombros.

—Tenemos noticias de que el aeropuerto de Kansai ha sido destruido por completo —siguió el reportero—. En un momento tendremos las imágenes. Grandes aviones flotan en el agua mientras otros fueron destruidos por la fuerza de las olas. No existe un cálculo de cuántas personas han perdido la vida en estos sucesos, pero los expertos dicen que se puede alcanzar la cifra de un millón sólo en Japón. El primer ministro japonés ha lanzado un mensaje de ayuda a todos los países del mundo para que se unan a las autoridades japonesas en el auxilio de los sobrevivientes. Se teme que mueran más personas si no son atendidas en las próximas horas.

Kiara y sus compañeros estaban horrorizados. Nadie sabía qué decir, todos habían enmudecido y no dejaban de prestar atención a los reportes.

—No puedo creer que esté sucediendo esto —dijo John rompiendo el tenso silencio que se acumulaba en la oficina.

El reportero de la televisión continuó hablando.

—El terremoto submarino rebasó los 9.1 grados en la escala de Richter. Es por mucho el mayor terremoto registrado en la historia de la humanidad. Las olas más altas registradas en China y Japón alcanzaron treinta y dos metros de altura. La isla de Guam, considerada territorio estadounidense, también ha sido devastada. Asimismo Nueva Zelanda y Australia se encuentran en el camino de las mortíferas olas. Los dos gobiernos han ordenado la evacuación inmediata de todos los habitantes y turistas que se encuentran en las zonas costeras. Se estima que las olas que impactarán estos dos países alcanzarán por lo menos quince metros de altura, por lo que se prevé una destrucción significativa de los puertos y centros turísticos.

Kiara recordó de repente los sueños que había tenido durante la ceremonia en la aldea. ¿Sería posible que se estuvieran convirtiendo en realidad?

Capítulo 22

Sarah Hayes se había levantado muy temprano ese día, las luces que alumbraban el campamento aún estaban encendidas. Ni siquiera se molestó en mirar su reloj pues sabía que de todas formas no iba a funcionar. Nadie se había levantado todavía y el comedor estaba completamente vacío. Había pasado más de una semana desde que el profesor Mayer les había mostrado las fotos del satélite y aún no había noticias sobre el equipo de excavación. Sarah estaba cansada de esperar sin hacer nada. Las investigaciones se hallaban por completo estancadas y no se vislumbraba ningún avance futuro. Tom Render había viajado a Washington por varios días y no se había vuelto a comunicar con ellos.

Sarah terminó su cereal y tomó un café. Salió rápidamente del comedor y se dirigió al remolque donde dormía Daniel Roth. Llamó a la puerta con fuerza. Después de varios minutos de estar tocando, Daniel abrió; estaba aún adormilado.

—Sarah, ¿qué haces aquí? ¿Qué hora es? Todavía no ha amanecido.

—Necesito que me acompañes —dijo Sarah—. Y tiene que ser rápido. Vístete pronto, te espero en el comedor.

—¿A esta hora? —se quejó Daniel—. Pero si estaba dormido y soñando. ¿Cuál es la prisa? Me voy a dormir un par de horas más.

—¡No! Hoy saldremos a investigar a dónde se encuentra esa estructura subterránea o lo que sea. No podemos esperar hasta que a Mayer se le ocurra traer el equipo de excavación.

—Pero si esa construcción se encuentra enterrada a muchos metros de profundidad —dijo Daniel, que seguía medio dormido—. Mejor vete a dormir un rato, Sarah, luego hablamos.

—¡Que no! No seas perezoso —le ordenó Sarah—. Estuve pensando en la línea que aparecía en la fotografía. Estoy segura de que se trata de un acceso para llegar a la base. Quiero encontarlo antes de que Mayer lleve a su equipo de excavación ahí.

—¿Una especie de entrada? Espero que tengas razón. Dame veinte minutos. Te veo en el comedor.

—Que sean diez —le indicó Sarah, y luego empezó a caminar rumbo al comedor. Daniel refunfuñó algo y luego cerró la puerta del remolque.

A los veinte minutos de esperarlo, Sarah ya había perdido la paciencia e iba a ir a buscarlo de nuevo cuando él apareció finalmente.

—Bien, ¿qué hay en el menú? —dijo al llegar a la mesa donde se encontraba Sarah.

—Café y cereal. Ése va a ser tu desayuno. Apúrate.

—¿Por qué tanta prisa, Sarah? Mejor vamos a esperar a los cocineros. Tengo mucha hambre.

—No quiero que Mayer sepa a dónde vamos —dijo Sarah en voz baja.

—El campamento está vigilado, eso lo sabes perfectamente. Además, ¿quieres caminar cinco kilómetros hasta ese lugar?

Sarah no había pensado en eso.

—Tienes razón. Hay que tomar un jeep y decirles que vamos a otro lado.

—No va a funcionar. Mayer nos está vigilando.

—Bueno, pues ahora vamos a averiguarlo.

El sol se asomaba por el horizonte cuando Sarah y Daniel salieron en dirección al centro de control donde estaban los militares. Para su sorpresa, el coronel McClausky se encontraba ahí con otros tres elementos de su equipo.

—Buenos días, coronel —dijo Sarah—. Hemos decidido salir a hacer un recorrido de investigación por la jungla. Necesito que me facilite un vehículo para la operación.

—¿El doctor Mayer está enterado? —preguntó McClausky.

—Es muy temprano, no quisimos despertarlo. Se trata de un simple reconocimiento.

Daniel se puso tenso, mientras McClausky pensaba qué decir.

—No pueden ir ustedes solos a la selva, es muy peligroso. Soy responsable de su seguridad. Si desean ir, lo harán acompañados por tres de mis hombres.

Sarah pensó que McClausky se iba a negar a dejarlos ir, y estaba sorprendida por cómo le había volteado la situación. No sabía si realmente deseaba protegerlos o simplemente enviaba a sus hombres para espiarlos. De todas formas el coronel no pensaba dejar que se fueran solos, de modo que Sarah accedió a que los acompañaran.

—De acuerdo, coronel. Vamos a recoger nuestro equipo y estaremos listos para partir.

—Muy bien, doctora, voy a dar instrucciones a mis hombres.

Daniel tomó a Sarah del brazo y le dijo en voz baja:

—Seguramente McClausky les está dando instrucciones de espiarnos.

—Me pareció que el interés del coronel en nuestra seguridad era genuino. Recuerda que nos ha tratado con respeto todo el tiempo que hemos estado aquí. Hasta ahora no ha abusado de su autoridad.

—Pero recuerda lo que nos dijo Tom. No podemos confiar en ellos —insistió Daniel.

—No sabemos lo que vamos a encontrar, pero de todas formas Mayer lo sabrá, entonces es mejor ir a investigar y luego veremos qué sucede.

Los dos recogieron el equipo que necesitaban en la carpa principal y dejaron aviso a los demás científicos de que estarían fuera la mayor parte del día. Sarah tomó su GPS y lo metió en una de las mochilas.

—¿Crees que funcione el posicionador global? —preguntó Daniel.

—Lo he estado probando. Al parecer no se ve afectado. ¿Traes el contador Geiger para medir la radiación?

—Sí, todo está listo. Podemos partir de inmediato.

Sarah y Daniel regresaron a encontrarse con el general McClasuky y lo vieron con tres hombres fuertemente armados subiendo unos contenedores al jeep.

—Coronel —dijo Sarah—, no creo que todas esas armas vayan a ser necesarias para el recorrido.

—Nuestro trabajo es estar preparados, doctora. No se preocupe, mis hombres saben cómo usar el equipo.

Sarah prefirió no discutir con los militares por ese asunto. Ella y Daniel subieron al jeep e inmediatamente después los tres hombres hicieron lo mismo. Daniel miró a Sarah y dijo:

—No llevamos nada para comer.

—¡Demonios! Lo olvidé por completo.

—No se preocupe por eso, doctora. Soy el teniente Mills —dijo uno de los tres hombres que iban con ellos— y estoy a cargo de su seguridad. Llevamos varios kits de supervivencia con barras de proteína y bebidas hidratantes.

—De verdad ustedes piensan en todo.

—Nuestro trabajo consiste en estar preparados. ¿Hacia dónde nos dirigimos?

—Aquí están las coordenadas —le respondió Sarah al entregarle una nota.

—Umm, esto está en medio de la jungla —comentó el teniente—. Vamos a tener que dejar el jeep en el camino y andar a pie aproximadamente unos dos kilómetros.

Arrancaron y en cuestión de diez minutos estaban en el lugar indicado para abandonar el vehículo. Sarah tomó su mochila y Daniel la siguió con lo que restaba del equipo. Ella sacó su GPS y comenzó a orientarse en el terreno.

—Es en esa dirección —dijo señalando con el brazo hacia el suroeste.

Los tres soldados tomaron su equipo y aseguraron el jeep. Después, todos empezaron a internarse en la jungla hacia donde Sarah había señalado. La humedad en el aire incrementaba mientras más se internaban en la espesura de la selva, pero no parecía que hiciera más calor que en el campamento, solamente había menos brisa. El suelo era duro y fácil de transitar. Lo único en verdad molesto eran los miles de mosquitos que revoloteban alrededor de ellos y comenzaban a picarlos. Sarah puso su mochila en el suelo y sacó un repelente en aerosol. Cuando todos terminaron de rociarse, continuaron su camino a través de la espesura. Mientras avanzaban, Sarah percibía con atención todo tipo de ruidos. A lo lejos se escuchaban los cantos de las aves y, más cerca, los zumbidos de los insectos. Entre las copas de los árboles, se filtraban algunos rayos de luz matutina, creando un espectáculo fascinante. Sarah se movía con cuidado, siguiéndoles el paso a los soldados, y no dejaba de maravillarse con la riqueza de flora y la fauna presentes en ese lugar. De pronto, justo en la dirección en que se movían, se escuchó un rugido inconfundible. El teniente Mills, que iba adelante del grupo, hizo una seña para que se detuvieran.

—¿Oyeron eso? —preguntó en voz baja.

—Fue un rugido —dijo Daniel, que se había parado al lado de Sarah.

—Probablemente sea un leopardo —dijo uno de lo soldados.

—Un jaguar —corrigió Daniel—. Los leopardos viven en África. Aquí los felinos más grandes son los jaguares, pero son igual de peligrosos.

—Vamos a tener que avanzar con cautela —dijo Mills—. No se separen del grupo —luego hizo una seña a los otros soldados para quitar los seguros de las armas automáticas. Los dos soldados obedecieron de inmediato.

Sarah Hayes se mantenía al lado del teniente Mills mientras el grupo avanzaba. El rugido que habían escuchado había alterado su tranquilidad y ahora empezaba a sentirse nerviosa con todos los ruidos. Trató de tranquilizarse con la idea de que quizá había sido otro animal y decidió acercarse a Daniel.

—¿Crees que se trate de un jaguar? —preguntó Sarah inocentemente.

—Sin duda alguna. ¿No escuchaste el rugido?

—Sí, pero, ¿no puede tratarse de otra cosa?

—¡Eso fue un jaguar, Sarah! Ya no estás en Kansas. Ahora estamos en medio de la selva y éstos son sus dominios.

Sarah sintió el ritmo de su corazón acelerado mientras Daniel se le adelantaba siguiendo a los soldados. El grupo fue avanzando muy despacio por varios minutos más. Sarah iba viendo el GPS en todo momento y trataba de controlar su nerviosismo.

—Ya estamos cerca —dijo Sarah—, como a quinientos metros.

Mills se acercó y miró la pantalla del posicionador global. Cambiaron de dirección y todos siguieron caminando tratando de hacer el menor ruido posible. De pronto algo saltó de entre la maleza y lanzó un rugido estrepitoso. Cualquier cosa que haya sido se encontraba a tan sólo unos metros.

—¡Nos está acechando! —gritó Daniel.

—¡Fuego a las tres en punto! —ordenó Mills.

Inmediatamente los tres soldados empezaron a abrir fuego con sus rifles. Sarah se tapó los oídos y se agachó. Los soldados dispararon unas ráfagas más y luego Mills dio la orden de cesar el fuego.

—Ningún felino nos va a sorprender —dijo Mills. Luego señaló a Sarah y Daniel y les dijo—: ustedes dos, permanezcan entre nosotros y no se alejen. Vamos a abrir fuego contra lo que se mueva. Cuando disparemos, agáchense y, si es posible, tírense al suelo.

Sarah y Daniel no perdieron tiempo y se acostaron en el suelo, mientras, los soldados escudriñaban los alrededores. Sarah sintió verdadero miedo de encontrarse ahí, sentía que el corazón le iba estallar en el pecho. No tenía idea de lo que significaba internarse en la jungla.

Transcurrió un par de minutos y no se volvió a escuchar ningún rugido. Mills dio la orden de seguir avanzando y el grupo se movió despacio hasta que llegaron a las coordenadas que indicaba el GPS.

—Hemos llegado —dijo Sarah.

—Voy a medir el nivel de radiación —contestó Daniel mirando a su alrededor.

—¿Qué es lo que estamos buscando, doctora? —preguntó Mills.

—Buscamos un pasaje o una posible entrada subterránea.

—No parece haber nada de eso aquí. Vamos a estar vigilando mientras ustedes realizan la búsqueda.

Daniel se aproximó con el contador Geiger.

—Las lecturas son extrañas —dijo—. Este aparato no está diseñado para captar este tipo de radiación.

—Tiene que haber algo aquí. Las fotos del satélite eran muy precisas y me aseguré de memorizar las coordenadas.

—Yo sólo veo árboles, Sarah.

—Vamos a buscar por un rato —dijo Sarah, que seguía asustada y miraba a los alrededores buscando al jaguar—. Si no encontramos nada, entonces regresamos al campamento.

Continuaron inspeccionando la zona, y transcurrieron varios minutos sin encontrar nada. Sarah pensó que no había sido una buena idea ir a ese lugar, sólo había puesto las vidas de todos en peligro. Afortunadamente el coronel McClausky había enviado a sus soldados con ellos. "La vida es una ironía", pensó Sarah. Se disponía a llamar a Daniel para decirle que se fueran cuando uno de los soldados lanzó un grito.

Sarah y Daniel corrieron para ver qué sucedía. El soldado había encontrado una formación de piedras enormes y en medio de ellas había una grieta muy angosta que parecía la entrada a una cueva. El teniente Mills se acercó para mirar y se dirigió a todo el grupo.

—Esperen aquí —les ordenó—, probablemente no sea otra cosa que la guarida de algún felino —luego encendió una bengala plástica y se esforzó para pasar por la grieta, ésta era tan angosta que tuvo que levantar su rifle con los dos brazos para poder pasar con el cuerpo de lado.

—¡Tenga mucho cuidado! —le advirtió Sarah.

Todos se encontraban nerviosos por el encuentro fortuito con el jaguar y no dejaban de voltear a todas direcciones, con el pensamiento de que seguramente el felino los seguía acechando. Transcurrieron más de veinte minutos y el teniente Mills no regresaba.

—Ya tardó demasiado —dijo Daniel, sumamente ansioso de estar esperando—. ¿A dónde se fue?

—Vayamos a buscarlo —les dijo Sarah.

—Tenemos que esperar aquí, doctora —dijo uno de los soldados—, son órdenes del teniente.

Esperaron varios minutos más y la desesperación se apoderó de todos.

—Tenemos que hacer algo —dijo Daniel—. Hace más de veinticinco minutos que se fue, algo le sucedió, puede estar en peligro.

Los dos soldados empezaron a discutir si debían ir o no. Sarah se levantó y se aproximó a la grieta, pero uno de los soldados le ordenó que se sentara. Sarah iba a comenzar a discutir con él cuando una voz familiar los llamó.

—¡Ya pueden venir! —dijo la voz de Mills desde el interior de la grieta—. Tengan cuidado de dónde pisan, hay una bajada de más de dos metros.

Uno a uno fueron atravesando la grieta y bajando por un enorme hoyo en el piso. Sarah seguía al teniente Mills y miraba sorprendida los anchos escalones de piedra que partían hacia las profundidades de la tierra. Con mucho cuidado fue descendiendo escalón por escalón, apoyando las manos sobre el túnel por el cual descendían. Los dos soldados y Daniel la seguían moviéndose despacio y con mucha cautela. Mientras más se internaba en las profundidades de ese túnel, Sarah percibía que el aire se enrarecía y despedía un fuerte olor a humedad. Trató de respirar más profundo y luego se percató de que unos metros más abajo la oscuridad empezaba a disiparse. Sarah pensó que Mills había dejado unas bengalas ahí para alumbrarlos mientras descendían, entonces empezó a bajar los enormes escalones con más confianza, tratando de alcanzar al teniente, que se había adelantado. Quería llegar cuanto antes a la zona alumbrada pues no le gustaba caminar casi a ciegas en esa oscuridad. Recorrió el último tramo que la separaba de la zona alumbrada y se encontró con Mills, que estaba parado junto a una pared iluminada con una luz blanca y, al mismo tiempo, azulada.

Sarah se acercó y no pudo dar crédito a lo que veía. La iluminación no provenía de ninguna bengala plástica, sino de la pared misma. Una línea de luz formada por cristales en forma de jeroglíficos de aproximadamente treinta centímetros de ancho brotaba de ambos lados de la pared, proporcionando una iluminación perfecta al corredor. La línea de luz parecía hecha de vidrio o cuarzo transparente incrustado, formando peculiares signos en los muros de piedra. Sarah miró entonces hacia el techo del túnel y quedó sin aliento al ver que toda la parte superior estaba tallada de una manera impresionante.

—¿Qué le parece, doctora Hayes? —preguntó Mills.

—Esto es increíble —exclamó Sarah—. Las paredes irradian su propia luz. Nunca había visto nada parecido en mi vida. Ni siquiera comprendo qué tipo de tecnología mantiene alumbrado este sitio.

—Espere a que vea lo que hay más adelante —le dijo Mills—. Cuando me enlisté en el ejército, jamás imaginé que llegaría a ver algo como lo que nos espera allá abajo.

—¿Allá abajo? —preguntó Sarah—. ¿Qué tan profundo es este túnel?

—Bastante más profundo. Parece que son más de cincuenta metros hasta la base.

Daniel acababa de llegar hasta la zona iluminada y había quedado boquiabierto.

—Esto es sorprendente. ¿Qué tipo de material es éste? —dijo refiriéndose a la parte iluminada de las paredes.

—Parece ser un tipo de cuarzo, pero no estoy segura.

Daniel seguía mirando con curiosidad el cristal que despedía luz de las paredes cuando Mills vio llegar a los soldados y les ordenó que se adelantaran.

—Cuando estén listos, podemos continuar el descenso —dijo Mills.

—Vayamos de una vez —respondió Sarah—. No puedo esperar para ver qué hay allá abajo.

El grupo fue descendiendo la escalera por unos minutos hasta llegar a una amplia galería perfectamente iluminada. Sarah no podía contener la emoción mientras observaba las paredes del enorme salón. Estaban talladas con exquisitos grabados que se alineaban uno a uno en forma descendente. En definitiva, no se parecían a nada que hubiera visto con anterioridad. De alguna forma semejaban un poco a la antigua escritura jeroglífica de los mayas, pero como no era experta en la materia, no podía comprender siquiera el orden de tan intrincada simbología.

Daniel se había detenido detrás de ella y tampoco emitía palabra alguna. Ambos se habían quedado paralizados ante la vista de esa majestuosa obra de ingeniería tan diferente a las construcciones de la era moderna.

Justo enfrente de la entrada de la galería había un enorme símbolo iluminado que mostraba dos espirales que surgían desde su centro y que se expandían hacia lo ancho. Estas espirales formaban dos partes perfectamente simétricas; una de ellas irradiaba luz y la otra era opaca. Daniel se le quedó mirando por un tiempo y dijo:

—Creo que he visto este símbolo antes, pero no recuerdo dónde.

—Yo nunca había visto algo así —dijo Sarah que no podía contener la emoción—. Éste puede ser el descubrimiento del siglo, tenemos que reportarlo a los arqueólogos. Esta galería es impresionante, la civilización que la construyó debió tener un conocimiento muy avanzado de ingeniería para esconderla a esta profundidad.

Sarah se acercó a la pared donde estaba tallado el enorme símbolo y pudo notar dos hendiduras verticales que iban desde el piso hasta el techo. Daniel se acercó a ella para examinarlas también de cerca.

—¿Crees que se trate de una puerta?

—No lo sé —dijo Daniel—. Si lo es, debe pesar toneladas. No veo la manera en que pueda moverse.

Sarah puso su mochila en el suelo y sacó una pequeña cámara digital. La encendió y empezó a tomar fotos de las cuatro paredes de la galería y el techo. Daniel observaba las intersecciones de las paredes y los tres soldados tomaron asiento en el piso. El teniente Mills apoyó su rifle en el suelo, sacó una cantimplora y bebió ruidosamente recargado en una de las paredes. Sus hombres hicieron lo mismo. Daniel se sentó al lado del teniente Mills e intentó relajarse un poco. Sentía todos sus nervios alterados. La única que parecía absorta en sus observaciones era Sarah Hayes, se movía de un lado a otro de la galería examinando las paredes y tomando fotos. Daniel la observaba cuidadosamente. Después de tomar decenas de fotografías, Sarah volteó a donde se encontraban los demás y vio que todos se habían sentado en el suelo.

—¿Qué hacen ahí?

—Estamos descansando —respondió Daniel—. ¿Quieres un poco de agua?

—¿Descansando? —murmuró Sarah—. Pero acabamos de llegar.

—¿A qué te refieres con que acabamos de llegar? —preguntó Daniel—. Llevamos más de una hora sentados aquí, ¿no es así, teniente?

—Así es —contestó el teniente Mills—. Mi reloj se detuvo, no puedo decir con exactitud pero ha sido mucho tiempo.

—Vamos a comer algo, Sarah —dijo Daniel—. Llevas mucho tiempo ahí, has de haber tomado más de doscientas fotos.

Sarah miró la memoria de la cámara y vio que lo que Daniel decía era correcto.

—Qué extraño —dijo ella—. Siento como si acabara de llegar aquí y hubiera tomado a lo mucho diez fotografías.

—Doctora —dijo Mills—, llevamos tiempo observando cómo ha tomado cientos de fotos. Siéntese un momento, vamos a comer los paquetes que trajimos.

—Yo no tengo hambre —respondió Sarah—. A lo mucho algo de sed, eso sí.

Uno de los soldados la escuchó y le lanzó su cantimplora. Sarah reaccionó rápidamente y la atrapó en el aire.

—Yo sí voy a comer algo —dijo Daniel—. No me dejaste desayunar nada, Sarah.

—¿De qué hablas, Daniel? Hoy desayunamos con todos los miembros del equipo antes de venir aquí.

—Eso fue ayer. Hoy me levantaste a las cinco de la mañana y me convenciste de que te acompañara a explorar la selva.

Sarah trató de recordar el suceso pero no pudo, algo en sus recuerdos estaba fallando.

—Creo que me voy a sentar un momento —dijo confundida.

Daniel y los soldados abrieron los paquetes que contenían las raciones que los soldados utilizaban para alimentarse durante las misiones. Daniel probó una de las barras de proteína.

—Umm, esto es bueno. Y yo que pensé que los hacían pasar hambres durante las misiones.

—Espere a probar el platillo principal —dijo uno de los soldados—. Tenemos hasta postre y café con leche.

—¡Quién lo fuera a imaginar! —dijo Daniel sorprendido.

Los soldados se miraron entre ellos y se echaron a reír.

—¡El ejército no es tan malo como dicen! —dijo uno de ellos sonriendo.

Sarah estaba viendo las fotografías que había tomado en la pequeña pantalla de la cámara, cuando sus ojos empezaron a parpadear. Sentada en el suelo, empezó a sentir como si efectivamente hubieran estado ahí por horas, no se había percatado hasta entonces de que en ese lugar el tiempo no parecía transcurrir de la misma forma en que estaba acostumbrada. De repente empezó a sentir sueño, cerró los ojos y una cascada de luces brillantes apareció en su campo de visión. Daniel la observó y le sacudió el hombro.

—Sarah, ¿qué ocurre?, ¿estás bien?

—Estoy bien —respondió abriendo los ojos—. Es sólo que de repente me sentí cansada también. Voy a cerrar los ojos por un momento.

—Está bien, descansa —dijo Daniel—. Nosotros haremos lo mismo.

Sarah volvió a cerrar los ojos y de nuevo su visión se vio inundada de los brillantes destellos, eran mucho más intensos que los que sentía en el campamento. Recordó lo que le había dicho Daniel sobre no luchar en contra de las luces y su cuerpo se relajó. Antes de que se diera cuenta, su conciencia estaba viajando a través de un intenso remolino de luz, una sensación que nunca había experimentado. Flotaba por el espacio siguiendo esas luces sin ningún esfuerzo hasta que los destellos empezaron a girar de forma vertiginosa y se sintió succionada dentro de un túnel. De pronto las luces dejaron de centellar y volvió exactamente al lugar de donde había venido. Recobró la conciencia de inmediato y miró a su alrededor: se encontraba sentada en la galería subterránea, todo lucía igual sólo que todos los hombres habían desaparecido. Sarah se incorporó asustada y buscó la puerta de salida. Recorrió las cuatro paredes de la galería y no encontró puerta alguna. "¿Cómo es posible?", se preguntó. "¿A dónde se fueron y dónde está la puerta que lleva a la escalera?"

No podía entender lo que estaba sucediendo. Se había quedado ahí atrapada y sin embargo sólo sentía una leve inquietud. Comenzó a pasear por la galería y su atención se centró en el enorme símbolo de la pared. Se acercó a él y se preguntó a dónde llevaría esa puerta. Unas voces resonaron en la galería. No entendió lo que dijeron, pero de repente la

enorme pared de roca donde se encontraba tallado el símbolo empezó a hundirse lentamente.

Miró sorprendida cómo el enorme muro se hundía en
el piso sin producir el menor de los ruidos, y poco a poco
fue percibiendo unas luces que provenían del interior de la
cámara que se encontraba detrás del muro. Esperó a que el
muro se hundiera por completo en el suelo y después entró
despacio en la cámara recién abierta.

La luz se había intensificado y se propagaba en haces de
rayos que convergían en un solo punto en el centro de la cámara. Las paredes estaban inclinadas y formaban un vértice
conforme se extendían hacia un solo punto en el techo. Sarah
comprendió que se encontraba dentro de una pirámide. En
las paredes de esa sala contigua también podía ver miles de
grabados parecidos a los que había en la galería por donde había entrado. Los haces de luz provenían de diferentes
puntos de las cuatro paredes y se unían en un solo punto
justamente en el centro de la cámara a una altura de un metro
con sesenta centímetros aproximadamente.

Sarah no pudo soportar la curiosidad y extendió la mano para tocar uno de los rayos de luz que provenía de las
paredes. Extendió la palma izquierda hasta que el rayo dio
justo en ella. Lo que vio la dejó perpleja: conforme el rayo
tocaba su mano, otra mano iba surgiendo paralela a la suya.
La otra mano que veía era transparente y palpitaba lanzando
débiles destellos de una luz muy tenue. Sarah movió sus dedos y los otros dedos se movieron exactamente igual. Retiró
la mano de inmediato y la mano transparente desapareció.
Luego miró su mano de cerca y se dio cuenta de que estaba
intacta, no había sufrido daño ni tenía dolor alguno.

La visión de las luces dentro de la pirámide era fascinante, pero recordó que tenía que salir de ahí. Se dio media vuelta
y para su sorpresa la abertura de la pared había desaparecido,
estaba atrapada en la cámara. Empezó a empujar la pared con

fuerza pero no sintió que se moviera, así que lo intentó con todo su cuerpo. Luego sintió que se sacudía. Hizo un último esfuerzo y empujó con todas sus fuerzas. La pared la tragó por completo y todo se oscureció. De repente percibió una luz, abrió los ojos y vio la cara de Daniel. El brazo derecho de él la sostenía por su hombro izquierdo y la sacudía con suavidad. Sarah iba a decir algo cuando Daniel llevó su dedo índice a la boca en seña de que no hiciera ruido.

Sarah estaba completamente confundida y decidió no moverse. Luego Daniel le hizo señas de que mirara hacia su derecha. Sarah volteó la cabeza lentamente y vio a un enorme jaguar a unos cinco metros de ellos, su corazón empezó a latir rápidamente.

—¡No te muevas, Sarah!

Sarah movió únicamente los ojos buscando a los soldados: Mills se encontraba del lado izquierdo y los otros dos soldados estaban sentados en la pared del lado derecho, todos parecían estar dormidos, incluso uno de los soldados a la derecha se sacudía como si estuviera sufriendo de pequeños espasmos musculares. El corazón de Sarah aceleró el ritmo cuando vio que el jaguar se acercaba a ellos. Daniel hizo un movimiento involuntario tratando de recargarse aún más sobre la pared. Entonces el enorme animal recorrió de forma ágil los cinco metros que los separaban y puso sus fauces justo frente a la cara de Sarah, que se hallaba sentada con la espalda en la pared, igual que Daniel.

El pánico se apoderó de ella, sentía el corazón explotarle dentro del pecho. Pudo oler el aliento del jaguar a tan solo unos centímetros de su cara. El jaguar gruñía mientras la olfateaba. Sarah no se atrevía a mirarlo a los ojos pero, sin saber de dónde tomó valor y alzó la mirada para enfrentar la del animal. Sus ojos eran hipnotizantes y no reflejaban temor alguno, Sarah sintió que la penetraban con la mirada y no sabía si seguir mirándolo o no.

De pronto se escuchó un ruido a su izquierda. El jaguar volteó la cabeza en un rápido reflejo y ella hizo lo mismo: era Mills, que había despertado, había visto al jaguar y con un movimiento brusco había tratado de tomar su rifle inútilmente. Se inclinó hacia delante y tomó el rifle por el cañón, pero no estaba en posición de disparar. El jaguar sintió el peligro y lanzó un rugido ensordecedor. Sarah entró en pánico, ahora estaba segura de que el animal los iba a matar. El jaguar hizo un movimiento sorprendente y saltó hacia Mills. El teniente, en un movimiento de reflejo, soltó el rifle y se tapó la cara con ambos brazos.

El jaguar lanzó otro rugido y luego, con un movimiento súbito, emprendió la carrera hacia la puerta que llevaba a la escalera de acceso. Sarah no podía creer que el felino se marchara. Se llevó la mano izquierda hacia el pecho para sentir el latido de su corazón. Daniel estaba petrificado del susto. Mills poco a poco fue retirando los brazos de la cabeza y dijo:

—¡Ese maldito animal iba a devorarnos! Nos ha estado siguiendo todo el tiempo.

—¡Era hermoso! —murmulló Sarah, que aún tenía la mano derecha apoyada sobre el pecho y sentía el intenso latido de su corazón agitado.

Mills se levantó y tomó su rifle, le quitó el seguro y revisó su cargador. Miró a los otros dos soldados y les gritó:

—¡Par de inútiles! ¡Ya levántense!

Uno de los soldados tenía los ojos abiertos pero estaba como perdido. El otro seguía con los ojos cerrados y se sacudía irregularmente. Mills se acercó a él y comenzó a abofetearle la cara para despertarlo. Como no reaccionaba, tomó su cantimplora y le echó agua en la cara, el soldado abrió los ojos y empezó a agitar las manos.

—Levántate —le ordenó Mills, dándole una patada en el muslo—. ¿Qué diablos te sucede, idiota?

—Estaba, estaba… —murmuró el soldado tratando de decir algo más.

Daniel se incorporó y fue ayudarlo.

—Tranquilo, tranquilo. Estás bien —dijo—. Todos estamos bien.

La cara del soldado estaba envuelta en pánico.

—¿Dónde estoy?

—¿Cómo que dónde estás? —dijo Mills—. Estás en una misión. ¿Qué te sucede?

—Estaba… Estaba en mi casa y mi padre me golpeaba. Estaba peleando con él, defendiéndome de sus golpes —dijo el soldado.

—Estabas soñando —le dijo Daniel—. Fue un sueño, tranquilízate. Toma un poco de agua.

Mills se volteó y miró al otro soldado.

—¡Y tú!, ¿qué esperas para levantarte?

El soldado obedeció, se fue levantando con lentitud y tomó su rifle.

—Este lugar está embrujado, ¡vámonos de aquí! —dijo el soldado que se acababa de incorporar.

—¿A qué te refieres? —preguntó Daniel.

—Hace unos momentos me encontraba muriendo —dijo el soldado con una expresión de terror en el rostro y empezó a llorar—. Todos estaban ahí y yo estaba acostado en una cama sin poder moverme. Me estaba muriendo. Estaba muy viejo y me estaba muriendo. Mis hijos estaban ahí.

—Pero si tienes escasos veinte años —le dijo Daniel—. Fue sólo un sueño. No pasó nada.

—¡No fue un sueño, lo sé! —gritó el soldado, que seguía llorando—. No podía respirar y no podía moverme, fue horrible. Yo me largo de este lugar, ¡está maldito!

El soldado salió corriendo hacia la salida de la galería. El otro lo vio, tomó su rifle y dijo:

—Lo siento, teniente, pero yo también me voy.

—¡Usted no va a ningún lado, soldado! —gritó Mills, pero el soldado no obedeció y salió corriendo—. ¡Malditos cobardes, regresen aquí! —les gritó el teniente apuntándoles con el rifle.

—Déjelos ir, teniente —dijo Sarah Hayes—. Definitivamente hay algo extraño en este lugar. Será mejor que todos regresemos al campamento.

Sarah, Daniel y el teniente Mills salieron de la galería y subieron la escalera hasta el exterior. El teniente fue el primero en atravesar la grieta y comenzó a gritar buscando a los soldados.

—Malditos cobardes, no están por ningún lado.

—Seguramente se dirigen al jeep.

—Tendremos que apurarnos, no quisiera caminar los cinco kilómetros hasta el campamento si deciden llevarse el vehículo.

—No se preocupe, doctora, yo tengo las llaves.

Los tres caminaron a través de la selva y al cabo de treinta minutos encontraron el camino donde habían dejado el vehículo. Los dos soldados estaban sentados en el suelo esperando.

—Ustedes dos —les gritó Mills—, ¡harán trabajos forzados durante dos semanas! Malditos cobardes, son una vergüenza para el cuerpo de marines.

Los soldados no dijeron ni una sola palabra y subieron al jeep. Al cabo de varios minutos todos habían regresado al campamento.

El coronel McClausky salió de su carpa y se dirigió al vehículo.

—Doctora Hayes —dijo el coronel—, el profesor Mayer requiere su presencia en la carpa principal. Ha sucedido un grave accidente.

—¿Aquí en el campamento? —preguntó Sarah.

—No, todo está bien aquí. Sera mejor que vaya a verlo usted misma —dijo McClausky—. Todos los científicos están reunidos en la carpa principal.

Sarah miró a Daniel y le dijo:

—¿Qué podrá ser? Pensé que ya habíamos tenido suficientes emociones por un día.

Los dos fueron a la carpa y encontraron a todo el equipo de científicos, incluido el doctor Mayer, sentado en semicírculo viendo una enorme pantalla de plasma en el centro de la sala. Escenas de destrucción e inundaciones se veían en la pantalla.

—Qué bueno que llega temprano, doctora Hayes —le dijo Mayer.

—¿Qué está sucediendo?

—Un terremoto de más de nueve grados produjo un enorme tsunami en las costas de Japón y China. El efecto ha sido devastador. No sabemos todavía cuántas personas perdieron la vida, pero se estima que van a ser más de un millón. Es el peor desastre natural que ha sufrido nuestro planeta.

Sarah y Daniel veían las escenas por televisión con incredulidad. El reportero de la cadena de noticias informaba que las ciudades de Shangai, Hong Kong y Beijing habían sido seriamente afectadas. Las inundaciones alcazaban más de diez kilómetros tierra adentro y no había suficientes equipos de auxilio para ayudar a las víctimas. Los aeropuertos habían sido destruidos y la única ayuda que llegaba era por helicóptero. El primer ministro chino solicitaba la ayuda de todos los países para socorrer a las víctimas. Todas las ciudades de la costa habían sido declaradas zonas de desastre.

Daniel estaba impactado frente a la pantalla.

—¿A qué hora sucedió esto?

—Las olas impactaron las costas hace aproximadamente dos horas —dijo Mayer.

—Esto es terrible —dijo Sarah —. ¿No fueron avisadas las víctimas?

—El sistema de alerta de tsunamis los previno. ¿Pero cómo se puede evacuar a toda la población de las grandes ciudades? —preguntó Mayer—. Eso es imposible. Muy pocos lograron salir. Ahora las calles están inundadas y los autos están flotando. No hay forma de salir ni de entrar. Es un golpe terrible para estos países. Japón recibió el mayor daño, dicen que fueron impactados por olas de treinta metros de altura.

—La fuerza de una de esas olas es capaz de demoler edificios enteros —dijo Daniel.

—Y lo hizo. Acabó en unos segundos con el aeropuerto de Kansai y con toda la línea costera.

—¡Dios mío! —dijo Sarah—. Éste es un suceso apocalíptico, peor que cualquier tipo de bomba. Esas olas acabaron con la vida de cientos de miles de personas en segundos. ¿Qué pudo originar un maremoto de esa magnitud?

—El doctor Resnick nos había alertado sobre posibles temblores —dijo Daniel—. Verifiquemos los datos de los satélites.

—Hay que llamar a la estación internacional de la Antártida —dijo Sarah mirando a Mayer.

—Háganlo —respondió él—. ¿Quién puede establecer la conexión satelital con la Antártida?

—Yo —dijo Daniel—. Sólo necesito los códigos de acceso del sistema de seguridad de nuestras comunicaciones.

Mayer hizo una pausa, no sabía qué responder. Luego dijo:

—Hablaré con McClausky de inmediato.

—Hay otra cosa, profesor Mayer —intervino Sarah—. Descubrimos la entrada a la estructura subterránea. La línea que mostraba la fotografía era efectivamente una escalera de acceso.

—Interesante —dijo Mayer—. ¿Qué profundidad tiene?

—Probablemente más de cincuenta metros hasta la base —dijo Sarah. Luego sacó su cámara de la mochila junto con un cable USB para conectarla a la computadora. Mayer se quedó observándola.

—¿Qué está haciendo? —preguntó Mayer, que estaba a un paso de salir de la carpa en busca del coronel McClausky.

—Voy a copiar en la memoria de esta computadora las fotos que tomé en ese sitio. Va a estar de acuerdo conmigo en que son más que excepcionales.

Mayer esperó un minuto hasta que las fotos se guardaron en la memoria de la máquina. Luego Sarah sacó la pequeña memoria de la cámara y se la entregó a Mayer.

—Aquí tiene. Copie las fotografías en su computadora y después hablamos al respecto.

Mayer tomó la memoria y salió de la carpa. Daniel seguía observando las noticias por televisión, pero cuando vio que Mayer salía, le hizo señas a Sarah de que salieran.

—Ésta es la oportunidad que estábamos esperando para intervenir el sistema de los militares.

—Bien —dijo Sarah—. Tenemos que comunicarnos con Tom a Houston, tiene que ver las fotografías de la galería. Vamos a necesitar a un experto para que nos ayude a descifrar esos jeroglíficos.

—Estoy de acuerdo. Voy a buscar a Mayer, seguramente ya habló con McClausky y en unos momentos podremos hablar con el doctor Resnick. El maremoto fue peor de lo que podíamos pronosticar.

—Es lamentable que haya ocurrido tan cerca de las costas. La gente no tuvo oportunidad de huir.

—Sí, y por desgracia siempre son los inocentes los que pagan las consecuencias.

Capítulo 23

Don Rafael Andrés acababa de tomar una ducha. Había llegado a Cancún desde hacía tres días y hasta ahora solamente había tenido tiempo de visitar las ruinas de Chichen Itzá, a unos ciento sesenta kilómetros al norte de la península. Había llamado su atención la increíble precisión matemática de esa cultura para hacer coincidir la bajada de la serpiente solar desde la cima de la pirámide hasta la base, justamente los días en que se daba el equinoccio primaveral de cada año.

Como arquitecto, sabía que sus constructores debieron haber hecho complejos cálculos matemáticos para que este fenómeno se diera con exactitud cada año. Aunque Rafael seguía intrigado sobre el códice del antiguo escritorio, ahora no sabía qué camino debía tomar. El curador Ponce le había proporcionado el correo electrónico del doctor Robert Jensen, a quien le había escrito haciéndole saber de su próxima visita al campamento, más no había recibido noticia alguna del renombrado arqueólogo. En Madrid, hace tres días, incluso estuvo a punto de abandonar por completo la idea de visitar la zona maya, pero luego pensó que, debido a la ansiedad que sufría, le vendrían bien unas vacaciones.

Eran aproximadamente las dos de la tarde. Rafael se había desvelado toda la noche recorriendo los clubes nocturnos de la ciudad, uno de sus pasatiempos favoritos cuando viajaba a algún lugar turístico. Los primeros días del viaje los aprovechaba siempre para familiarizarse con el lugar. Cancún era mucho más grande de lo que él había pensado y le había tomado toda la noche recorrer tan solo parte de la vida nocturna del afamado lugar.

Finalmente había regresado al hotel, justo a las seis de la mañana para ver el amanecer desde el balcón de su habitación. La salida del sol desde el horizonte era un espectáculo magnífico y digno de verse. Los brillantes rayos de la mañana chocaban contra las aguas del calmado mar y resplandecían al reflejarse en las arenas blanquecinas. Rafael se maravilló de encontrarse ahí y ser testigo de semejante belleza natural. El mundo era sin duda un lugar mágico, entre más viajaba a través de él, más se maravillaba con la diversidad de sus paisajes.

Rafael durmió hasta la una de la tarde y, después de una refrescante ducha, estaba listo para bajar a uno de los restaurantes del hotel para tomar su primer comida del día.

Cerró la puerta de su balcón y se dirigió a los elevadores que conducían al lobby. Ya en el restaurante disfrutó del enorme bufet que los hoteles gran turismo ofrecían. La comida del mar era una delicia. Rafel tomó pescado y camarones empanizados seguidos de un poco de ensalada de la región y un vaso de agua de frutas con mucho hielo. Cuando terminó de comer, salió al área de la alberca para sentir un poco la brisa del mar. El día era espléndido, no se veían nubes en el horizonte y no hacía demasiado calor. Rafael estuvo unos momentos acostado en uno de los camastros pensando en el itinerario que iba a seguir en su viaje de investigación.

Primero visitaría los sitios arqueológicos de la región para reunir toda la información que pudiera ayudarle a descifrar el códice y el extraño mensaje escrito por su antepasado. Luego visitaría el campamento del doctor Robert Jensen, que se encontraba a unas dos horas de camino. Finalmente viajaría a la Ciudad de México para a hacer una visita al Museo Nacional de Antropología e Historia. Planeaba permanecer en México por espacio de dos o tres semanas únicamente.

Se dirigió a su habitación para usar el teléfono y rentar un jeep para sus recorridos. Abrió la puerta y encendió el televisor, que estaba sintonizado en el canal de noticias. Subió el volumen y empezó a mirar las imágenes. El reportero describía la devastación sufrida en las zonas de China y Japón. Rafael no entendía de qué se trataba. Poco a poco comprendió que se trataba de un desastre natural de proporciones nunca antes vistas. Algo en él se resistía a creer que fuera real. Quiso llamar a sus conocidos, pero desistió de la idea al instante.

Lo que estaba viendo por televisión realmente estaba sucediendo. Las imágenes eran horribles. Por un momento sintió miedo de encontrarse justo frente al mar en esos momentos, pero luego pensó que Japón se encontraba al otro lado del mundo. Apagó el televisor e intentó serenarse. Buscó el directorio telefónico para llamar a la agencia de renta de vehículos. Había más de cien agencias listadas que ofrecían el servicio, escogió la primera y llamó. La agencia acordó llevarle el vehículo al hotel en media hora.

Rafael tomó algunas de sus pertenencias y se dirigió al lobby. Mucha gente se había reunido allí para ver las escenas del tsunami en la televisión. A Rafael no le gustaba ver las noticias, no era del tipo de persona que disfrutara del amarillismo de la prensa. Sin embargo, no pudo ignorar que esta vez se trataba de un incidente horrible. Más drástico que el presentado a finales del año 2004, cuando otro tsunami había impactado las costas de Indonesia.

Le entregaron el jeep en el estacionamiento del hotel, y Rafael comenzó a manejar en dirección sur de la zona hotelera. Detuvo el auto justo enfrente de la playa pública. La vista del mar desde ahí era la mejor de toda la ciudad. Rafael decidió que quizá era tiempo de visitar el campamento del doctor Jensen y escuchar una opinión profesional sobre el significado del códice, pero pensó que ya era demasiado tarde ese día para viajar hasta el campamento y decidió esperar hasta la mañana siguiente para emprender el viaje.

Esa noche Rafael regresó temprano al hotel e hizo los preparativos para el viaje. Se acostó temprano, despertó con los primeros rayos del sol y tomó la carretera hacia el sur de la península. Tomó la desviación que lo introduciría en la brecha de terracería rumbo al campamento. Después de unos cuarenta minutos vio un puesto de vigilancia del ejército. Detuvo el auto y uno de los militares se acercó a él. Rafael explicó los motivos de su visita y el militar lo hizo bajar del vehículo, le ordenó que pasara a una carpa donde se encontraba el personal estadounidense.

Después de más de una hora de deliberaciones, logró convencerlos de que hablaran con el doctor Jensen. Unos minutos más tarde, un jeep con militares lo escoltaba al campamento. El doctor Jensen lo esperaba en la entrada. Los soldados dieron media vuelta y dejaron que estacionara su vehículo.

—¿El doctor Jensen?

—Así es —dijo el doctor extendiendo la mano para saludar al recién llegado.

—Soy Rafael Andrés. Le envié un correo anunciándole mi visita.

—Mucho gusto de conocerlo —dijo el doctor Jensen—. No he podido responder a su mensaje.

—Bueno, no importa, ahora estoy aquí.

—Venga, acompáñeme a la carpa principal.

Los dos hombres entraron al campamento. Rafael no entendía por qué había pasado por tanta seguridad para llegar a una excavación arqueológica, pero no le pareció correcto preguntar sobre el asunto.

Dentro de la carpa principal se encontraban otras personas. El doctor Jensen los presentó como sus asistentes, eran la doctora Elena Sánchez y José García. Rafael los saludó de mano.

—¿Qué lo trae desde tan lejos? —preguntó la doctora Sánchez.

—El señor Andrés fue quien descubrió el códice que hemos estado estudiando —dijo el doctor Jensen.

—Oh, felicidades —dijo la doctora Sánchez—. Es un gran descubrimiento. Existen solamente otros pocos códices en el mundo.

—Gracias —dijo Rafael—. Ha sido sólo una casualidad, el códice se encontraba oculto en un antiguo escritorio de la familia.

—Su contenido es muy interesante —dijo la doctora—. Siéntese a la mesa, le mostraremos lo que hemos averiguado hasta ahora.

La doctora Sánchez dio unos pasos y sacó las copias del códice de un archivero, las puso sobre la mesa y se sentó junto a José y Rafael. Lentamente fue explicando a detalle cada una de las hojas, incluso las teorías del sueño que había rechazado el doctor Jensen, quien se disculpó, obviamente enfadado, y salió de la carpa.

Rafael escuchó a José y a la doctora Sánchez por espacio de media hora. Le alegraba ver la emoción que ambos sentían cuando hablaban de sus hipótesis. Después de todo, el viaje a México había valido la pena, pensó. Los arqueólogos eran mucho más amables de lo que esperaba, y los datos sobre lo que hablaba el códice eran algo fascinante.

—¿O sea que el códice habla sobre el nacimiento del Sexto Sol?

—Así es —dijo la doctora Sanchez—. Pero no solamente habla de eso, también sugiere la existencia de otros niveles de conciencia y de sus transformaciones. Este códice habla de algo que nuestra civilización no conoce. La mayoría de sus láminas son un completo misterio, no hemos podido interpretarlas.

—Pues, a pesar de todo, es asombroso que hayan descubierto todo esto. Tengo algo que mostrarles —Rafael sacó de su mochila la copia del escrito que su antepasado había dejado junto al códice.

José y la doctora lo leían sorprendidos.

—Sabía que estábamos sobre la pista correcta —dijo José.

—¿Qué creen ustedes que mi antepasado quiso decir con ese mensaje?

—Creo que está advirtiendo sobre la leyenda que aparece en el códice —respondió José—. *El Sexto Sol la oscuridad alumbrará.* Se refiere al nacimiento del Sexto Sol, a la llegada de la luz. Pero no sé a qué se refiere con la oscuridad… ¿Estará hablando de un eclipse, quizá?

—No lo creo —dijo la doctora—. No habrá eclipses cercanos a la fecha de nacimiento del Sexto Sol, el 21 de diciembre de 2012.

—Entonces, ¿a qué se estará refiriendo? —Rafael estaba pronunciando la pregunta, cuando alguien entró a la carpa, una mujer de aproximadamente treinta y cinco años. Era la doctora Hayes. Rafael volteó a la entrada y la miró fijamente. Sarah se quedó como muda al verlo. Esperaba encontrar al doctor Jensen en la carpa.

Elena Sánchez se levantó de su silla y dijo:

—Qué sorpresa, doctora Hayes. Bienvenida, pase a sentarse, por favor.

—Estoy buscando al doctor Jensen —respondió Sarah mientras se sentaba al lado de Rafael Andrés.

—El doctor Jensen salió hace un rato de la carpa. Debe andar en la excavación.

José se ofreció para ir a buscarlo y Sarah asintió, luego volteó para encarar a Rafael.

—Hola, soy Rafael —dijo él mirando fijamente sus ojos verdes.

—Perdón, qué grosera —dijo la doctora Sánchez—. Olvidé que ustedes no se conocían. Doctora Hayes, él es el señor Rafael Andrés, ha venido desde España a investigar el significado de un códice maya.

Sarah miró a la doctora Sánchez y luego dijo:

—¿Un códice?

—Es un pergamino muy antiguo que el señor Rafael descubrió oculto en un escritorio del siglo XVI.

—Qué interesante —dijo Sarah volteando a ver a Rafael.

—El doctor Jensen no debe demorar —dijo la doctora Sánchez—. ¿Quiere tomar un café o agua?

—Un café.

—¿Eres arqueóloga? —preguntó Rafael con un marcado acento español.

—No, yo soy astrofísica. Trabajo para la NASA.

—¿La NASA? —dijo Rafael sorprendido—. ¿Qué están haciendo aquí en medio de la selva mexicana?

Sarah no sabía qué responder y Rafael no le quitaba los ojos de encima.

—Tenemos un campamento para realizar estudios sobre el clima de la zona.

—El clima —dijo Rafael—. Nunca pensé que las científicas estadounidenses fueran tan hermosas.

Sarah se quedó sin aliento cuando escuchó eso. Tragó saliva y, nerviosa, cambió de tema.

—¿A qué te dedicas?

—Soy arquitecto. Tengo una compañía constructora en Madrid —dijo Rafael—. ¿Has estado alguna vez en España?

—Sí. Hace muchos años —dijo Sarah—. Viajé por algunos países europeos, entre ellos España, me gustó mucho.

Rafael sonreía y la miraba fijamente a los ojos. Sarah no sabía de qué más podían seguir conversando y sentía un nerviosismo muy extraño en presencia de aquel hombre. En ese momento, regresó la doctora Sánchez con el café de Sarah, lo puso sobre la mesa y preguntó:

—¿A qué debemos el honor de su visita, doctora Hayes?

Sarah titubeó un momento y luego contestó:

—Quería escuchar la opinión del doctor Jensen sobre un símbolo que desconozco.

—Pues muéstrenoslo —dijo la doctora—. Todos somos arqueólogos aquí.

—Por supuesto —dijo Sarah—. Entonces sacó una fotografía con el símbolo que había encontrado en la galería y la puso sobre la mesa.

—Impresionante —dijo la doctora Sánchez—. Es la representación del Hunab Ku tallado magistralmente en piedra. Pero, ¿de dónde proviene esta luz azulada? ¿Dónde tomó esta fotografía?

—Fue en una exhibición en un museo de Houston —mintió Sarah de nuevo.

—Increíble. Nunca había visto nada igual. El escultor que hizo esto es un verdadero maestro. Mire la definición de los bordes. ¿Qué tipo de herramientas usó para tallar este símbolo?

Rafael, que no dejaba de escuchar a la doctora Sánchez, se acercó para ver la fotografía.

—No lo sé —dijo Sarah—. Yo sólo pasé por ahí y tomé la foto. ¿Qué significa ese símbolo?

—Es un símbolo muy, muy antiguo. Probablemente precede a la cultura olmeca, que fue anterior a los mayas y a los aztecas. Algunos antropólogos lo relacionan con los mayas, ellos consideraban que el poder de la creación era la gran obra del dios supremo o Hunab Ku —explicó Elena Sánchez—. Hunab Ku era conocido como el supremo dador de movimiento y medida. Algo así como la fuente de la energía que creó el universo entero. Los mayas lo veían como una deidad doble, una pareja completamente idéntica con fuerzas de diferente polaridad. La una engendraba a la otra y viceversa. Ninguna de ellas podía existir sin la otra, son el complemento perfecto.

—¿Algo así como una fuerza simétrica? —preguntó Sarah.

—¡Exactamente! Ésa es la palabra, simétrica. Los mayas representaban la fuerza creadora del universo con este símbolo en eterno movimiento espiral. Los rayos que despide desde su centro representan la energía que su eterno giro produce.

—La energía del gran campo unificado —dijo Sarah, que también estaba observando la fotografía.

—¿Perdón? —preguntó la doctora Sánchez.

—Estaba pensando en voz alta —se disculpó Sarah—. Es un término de la física cuántica para representar un campo electromagnético que en teoría es responsable de la creación de la energía que compone las partículas fundamentales del universo. Creo que probablemente es la misma idea que ellos representaban con este símbolo.

Rafael tomó la fotografía y empezó a medir la curvatura de las dos siluetas. Luego tomó una de las copias del códice, le dio la vuelta y comenzó a dibujar una línea a través de un cuadriculado.

—Sólo quería estar seguro.

—¿Seguro de qué?

—La curvatura de la silueta corresponde exactamente a la espiral de Arquímedes —contestó Rafael—. Como arquitecto, el ángulo de la curvatura llamó mi atención. La espiral de Arquímedes es comúnmente usada como adorno arquitectónico en grandes columnas de cantera. Está presente en la cultura griega, romana e incluso en la egipcia. Es muy antigua y si extiendes la curvatura de este símbolo más allá de su límite actual, se produce una espiral perfecta. Una espiral exactamente igual a las que forman las galaxias.

Rafael dibujó las dos espirales en papel. Sarah estaba sorprendida, pensó en la galería y en el extraño sueño que había tenido en ese lugar donde se le había revelado que la construcción era una pirámide. Ahora no le cabía la menor duda. ¡Esa compleja estructura había sido construida por una inteligencia superior! La radiación que estaban detectando provenía sin duda alguna de la pirámide. ¿Pero qué funcionamiento tenía esta increíble obra de ingeniería? ¿Por qué estaba atrayendo energía directamente del gran campo unificado?

Sarah se encontraba completamente absorta en sus deducciones, cuando entraron José y el doctor Jensen. Sarah se levantó de su silla para saludarlo. La doctora Sánchez le mostró la fotografía.

—Es el Hunab Ku. ¿De dónde sacó esta fotografía?

Sarah dio la misma respuesta y el doctor Jensen miró a la doctora Sánchez. Sarah sacó otra fotografía con símbolos. Por la cara que había puesto el doctor Jensen, ella supo que no habían creído la historia de la exhibición. El doctor Jensen no quiso interrogar a Sarah delante de todas las personas. Tomó la otra fotografía y la observó con cuidado.

—Nunca había visto estos otros jeroglíficos —dijo Jensen—. Pueden ser anteriores al periodo preclásico.

Sarah se le quedó viendo como preguntándose algo. El doctor Jensen continuó.

—El Hunab Ku es uno de los símbolos más antiguos que se han encontrado. Algunos especialistas creen que es anterior a la cultura maya, quizá miles de años anterior a ellos. Estos jeroglíficos también parecen pertenecer a una época previa.

El doctor Jensen miró a Sarah y preguntó:

—¿Por qué la NASA está interesada en símbolos mayas de hace miles de años?

Sarah fue tomada por sorpresa. El doctor Jensen era estadounidense, no había forma de evadir una pregunta tan directa.

—Realmente quisiera hablar de eso —dijo Sarah—, pero esa información es clasificada. Los militares es…

—No debe decir nada —dijo el doctor Jensen—. No queremos causarle problemas, doctora Hayes. Sabía que había una buena razón para explicar la presencia de los militares aquí. Estoy seguro de que estas fotografías fueron tomadas muy cerca de aquí, ¿no es cierto?

—Así es.

El ambiente se tornó tenso en la carpa. El doctor Jensen caminaba en silencio de un lado a otro. Conocía muy bien a los militares, había pasado toda su vida investigando vestigios de culturas ancestrales en zonas de conflicto. Sabía que definitivamente no era aconsejable meterse en sus asuntos.

—Será mejor que me vaya —dijo Sarah—. Gracias por la ayuda.

—No te vayas —dijo Rafael haciendo un ademán con las manos para detener a Sarah. Luego reflexionó y se dio cuenta de que su reacción había sido muy obvia. Miró alrededor y todos estaban observándolo.

—Hemos planeado hacer una fogata en el campamento hoy en la noche. Si gusta, puede acompañarnos, doctora Hayes —dijo José para aliviar un poco la tensión que se había producido con la inquietante revelación.

—De acuerdo —dijo ella—. Así tendremos tiempo de pensar en este asunto. Gracias por su ayuda.

Sarah salió de la carpa y emprendió el camino de regreso a su campamento. "¿Qué había hecho?", se preguntó, para luego darse cuenta de que no era su costumbre guardar secretos.

—Olvidó llevarse las fotografías —dijo Elena.

—No creo que las haya olvidado —dijo José—. Ella, como nosotros, todo lo que quiere es averiguar la verdad.

—Los militares no son cosa de juego —dijo el doctor Jensen—. No tardarán en obligarnos a dejar el campamento, ahora que ya encontraron lo que buscaban. Por eso han montado esa estricta vigilancia sobre este perímetro.

—Yo digo que debemos buscar ese lugar —dijo José—. Al diablo con los militares.

Rafael miró a los tres arqueólogos y dijo:

—Al levantarme hoy por la mañana, lo último que imaginé fue encontrarme en una situación como ésta. Creo que me voy a quedar unos días por aquí si me lo permiten.

Sarah Hayes llegó al campamento y fue directo a buscar a Daniel. Lo encontró sentado tranquilamente en el comedor.

—Daniel, necesito hablar contigo. Vamos afuera.

—Me vas a dejar sin comer otra vez —se quejó Daniel—. Estoy esperando mi comida. Están a punto de servir el bufet.

—Puedes comer más tarde. ¡Esto es urgente! —exclamó Sarah.

Daniel salió del comedor a regañadientes y ambos se alejaron un poco de las carpas para hablar sin que los escucharan.

—Acabo de revelar un secreto militar —dijo Sarah llevándose la mano derecha a la frente.

—¿Qué hiciste?

—Fui a ver al doctor Jensen a su campamento. Le mostré las fotografías que tomamos ayer en la galería.

—¿Estás loca? ¿Por qué hiciste eso? —dijo Daniel enfadado.

—Tenía que averiguar lo que ese símbolo significa. No me vas a entender, algo me ha estado sucediendo desde la expedición que hicimos, tuve una experiencia muy extraña. Cuando fui con los antropólogos, había una persona que nunca había visto, pero sentí como si lo conociera de toda mi vida.

Sarah relató a Daniel el sueño en el que había comprendido que ese lugar era una pirámide, y lo que los arqueólogos habían revelado sobre ese símbolo.

—Entiéndeme, Daniel —dijo Sarah—. Quien haya construido esa pirámide sabía cosas sobre la vida y el universo que nosotros ignoramos completamente. Te digo que ese sueño que tuve no era un sueño: yo estaba ahí y la luz dividió mi mano en dos, luego atravesé la pared de roca sólida. Todo eso lo podía sentir tal como siento ahora que tú y yo estamos aquí, no había diferencia alguna.

—Eso mismo dijeron los soldados, ¿recuerdas? —le respondió Daniel—. Estaban aterrorizados —hizo una pausa y continuó—. Te entiendo, Sarah. Yo también tuve una experiencia inolvidable.

—¿Qué te pasó?

—Volví a Alemania en la época de mi niñez, sólo que esta vez averigüé lo que había sucedido.

—¿Qué sucedió?

—Te lo voy a explicar en otra ocasión, es una cuestión familiar. Ahora tengo algo más importante que decirte.

—¿De qué se trata? —Sarah, que miraba de un lado a otro cerciorándose de que nadie se acercara.

—Ayer pude comunicarme con mi hermana a Zürich a través del teléfono satelital. McClausky autorizó que me proporcionaran los códigos de seguridad del sistema. Hablé con ella media hora y le expliqué la situación. Revisó el sistema por medio de una conexión remota y me dijo que estaba familiarizada con el tipo de protección que usa. Más tarde volví a llamarla y me envió un programa que evade la protección del sistema y nos permite copiar los archivos del disco duro de todos los usuarios. Adivina qué archivos copié esta mañana.

—¡Los archivos de Mayer! —dijo Sarah emocionada.

—Exactamente. Tiene una memoria de 800 GB. Pero lo interesante es lo que guarda ahí: tiene cientos de archivos de proyectos de investigación de la corporación World Oil. Y pareciera que conocen los secretos mejor guardados del Pentágono. Desde armas nucleares portátiles y sistemas invisibles de radar Stealth hasta una división completa de armas bacteriológicas y químicas.

—No puedo creerlo —dijo Sarah—. ¿World Oil ha estado espiando los archivos secretos del Departamento de Defensa?

—No, no hay forma de hacer eso —dijo Daniel—. La seguridad del Pentágono es absolutamente inviolable, mi hermana me lo dijo. Alguien del Departamento de Defensa con acceso a esos archivos ha estado informando a World Oil.

—¡Eso es traición al estado! Está penado con la muerte bajo el código del ejército. ¿Dónde guardaste esos archivos?

—En una unidad de disco duro en la carpa principal.

—¿En la carpa principal? ¿Te has vuelto completamente loco? Cualquiera puede verlo ahí.

—¿Dónde más iba a guardarlo, Sarah? ¿En mi trasero? —se defendió Daniel—. ¿Cómo demonios iba a saber lo que

Mayer guardaba en su computadora? Me aseguré de que nadie lo vea, desconecté esa unidad de memoria.

—Pero cualquiera puede conectarla.

—Tenemos más de treinta unidades de grabación como ésa, nadie lo va a notar... por ahora.

—Tenemos que sacar esa información del campamento —dijo Sarah—. Si Mayer averigua que conocemos sus secretos, hará que McClausky nos encarcele.

—Quizá McClausky no sabe nada de este asunto. Los archivos son de Mayer. Mayer fue enviado por el general Thompson. ¿Recuerdas lo que nos pidió Tom? El presidente sospechaba que algo andaba mal, alguien muy cercano a él le generaba mucha desconfianza.

—No tenemos alternativa, Daniel. Si Mayer se da cuenta, informará al general Thompson y nos asesinará antes de lo que crees.

—No hay forma de que saquemos la unidad de disco duro del campamento, los militares registran todos los vehículos. Tampoco podemos enviarla por satélite, podría caer en manos de cualquiera y sería mucho más arriesgado.

Sarah estaba muy nerviosa. El general Thompson era sin duda el responsable del robo de información al Pentágono. Su vida y su carrera estaban en juego, no iba a dudar en asesinarlos si se enteraba de que ellos tenían en su posesión archivos que lo delataban.

—Quizá haya una forma de sacar la información del campamento —dijo al fin—. Si no funciona, entonces tendremos que destruirla.

—¿Cómo demonios nos metimos en esto, Sarah? Si destruimos la información, Tom y el presidente no tendrán pruebas para acusar al general Thompson.

—Quien quiera que esté detrás de esto está jugando con las vidas de millones de personas —dijo Sarah—. Ahora que hemos descubierto la pirámide, van a tratar de usar esa tecnología para sus fines. Por eso están aquí, para asegurarse de que nadie más se apodere de esa tecnología.

—En caso de que esa tecnología tenga algún uso práctico, debe ser usada en beneficio de la humanidad. La pirámide debe ser estudiada por científicos de todos los países. El mundo debe saber de su existencia.

—¿Por qué crees que le entregué las fotografías al doctor Jensen? No puedo ser partícipe de un proyecto que atente contra los intereses de la humanidad entera.

—Desgraciadamente has puesto en peligro a esa gente. Ya viste cómo detienen a todo aquel que posea información que ellos consideren clasificada. Mira los datos de la estación de la Antártida, los ocultaron deliberadamente. No hubiéramos podido impedir el maremoto, pero quizá los gobiernos podrían haberse prevenido con un plan de evacuación más efectivo si hubieran conocido el riesgo.

—Lo sé. No podemos permitir que el mundo siga funcionando de esa manera. Tenemos que advertir al doctor Jensen y a su equipo. Van a tener una reunión hoy en la noche, una fogata, debemos ir a hablar con ellos.

Daniel estaba sumamente nervioso. No paraba de mirar de un lado a otro.

—Tranquilízate, Daniel. Vas a llamar la atención de los soldados.

—Mejor vayamos a comer.

Sarah siguió a Daniel hacia el comedor. Fueron a la barra y se sirvieron roast beaf con puré de papa y ejotes hervidos. Sarah tomó un pay de manzana como postre y luego se sentaron a comer. El día avanzaba y las noticias sobre el desastre en China y Japón seguían saliendo en la televisión. Después de veinticuatro horas transcurridas desde la catástrofe, la cuantificación de los daños alcanzaba los billones de dólares. El saldo para la economía de estos países era la pérdida de más de diez millones de puestos de trabajo. La pérdida de vidas humanas no había podido calcularse pero los primeros pronósticos habían sido demasiado optimistas. Ahora se calculaba que más de dos millones de personas habían fallecido en cuestión de segundos tras el impacto de las olas.

—¡Dos millones de personas! —dijo Daniel—. ¿Cómo puede recuperarse un país de semejante pérdida?

—¿Ya obtuvieron los datos que estábamos esperando de los satélites?

—Todavía faltan los últimos cálculos, pero es un hecho que hubo un movimiento brusco del eje de rotación —dijo Daniel, que había terminado de comer y se sentía un poco más tranquilo.

—¿De cuántos grados?

—Eso es lo más preocupante. Parece que fue menos de 0.6 grados de inclinación.

—¿Y ese movimiento produjo un terremoto de esa magnitud?

—Me temo que sí.

Sarah terminó su comida y se llevó las manos al rostro. La presión a la que estaba sometida empezaba a hacer efecto sobre sus nervios. Daniel estaba recargado sobre su silla y se veía agotado.

—Creo que es mejor que nos vayamos a descansar por un rato —dijo Sarah levantando su charola de la mesa.

—Está bien —dijo Daniel—. Voy a dormir un poco en el remolque.

—Nos vemos cuando el sol se ponga —le dijo Sarah.

Los dos salieron del comedor y se fueron a sus respectivos remolques. Sarah se acostó de inmediato, tenía que idear un plan para sacar el disco duro del campamento, pero pensó que por el momento era mejor descansar un rato. En la noche pensaría qué hacer.

Daniel llegó a su remolque y les dio una repasada a los primeros reportes que tenía de los satélites. El maremoto que había azotado los países de Asia era una prueba del delicado equilibrio con el que nuestro planeta ejecuta su desplazamiento. Cualquier cambio en su rotación, por mínimo que fuera, tenía consecuencias desastrosas para la humanidad. Daniel pensó en el doctor Resnick y su equipo. Las últimas noticias que tenía de ellos era que estaban aprovechando el verano antártico para lanzar vuelos de reconocimiento en helicópteros y aviones con el fin de documentar los cambios sufridos por el medio ambiente. Pronto el verano terminaría y el clima gélido ya no permitiría que las aeronaves sobrevolaran el continente. Las investigaciones de su equipo eran cruciales para determinar los cambios climáticos que el planeta sufriría en el futuro.

Daniel se puso a reflexionar sobre el hecho de que los humanos estaban alterando dramáticamente el equilibrio del planeta. El tsunami había sido tan sólo una muestra de lo que podía suceder. Daniel se acostó en su cama y recordó que su madre lo ponía a rezar todas las noches por la salud y el bienestar de su familia, esta vez él iba a rezar por el bienestar de la humanidad. El cansancio lo venció y entró en un profundo sueño.

Despertó unas horas más tarde y miró a través de la ventana: el sol se había ocultado por completo y recordó que había acordado encontrar a Sarah al atardecer. Fue a su pequeño baño y se mojó la cara con agua fría. Se cambió la camisa, tomó sus lentes y se dirigió al remolque de Sarah. Tocó la puerta y una voz desde adentro contestó:

—Puedes pasar, Daniel. La puerta está abierta.

Daniel entró al remolque y pudo ver la puerta del baño abierta y con luz, Sarah estaba adentro. Daniel se aproximó y vio a Sarah maquillándose frente al espejo, se había pintado los labios y se estaba poniendo sombra en los ojos. Daniel la miró sorprendido.

—¿Tienes una cita o decidiste ir a otro lado?

—¿De qué hablas?

—¿Te estás maquillando para ir a una fogata con los arqueólogos?

—Solamente me estoy poniendo un poco de color en la cara. Por favor, Daniel, soy una mujer —se quejó Sarah.

—Pero si ni siquiera en Houston te había visto tan maquillada —dijo Daniel—. ¿Qué estás tramando?

—¡Eres un entrometido! Qué te importa —dijo Sarah que se estaba poniendo delineador en los ojos—. Ve a buscar unas linternas, no quiero tropezarme en el camino.

—¡Y arruinar tu maquillaje! ¡Dios no lo quiera! —se burló Daniel.

Sarah le aventó un estuche de sombras para que se fuera. Daniel puso los brazos en la cara y dijo:

—De acuerdo, ya entendí. No es para que te pongas histérica.

Daniel salió del remolque y fue al lugar donde guardaban las herramientas. Sacó dos linternas y verificó que las baterías funcionaran. Cuando regresó al remolque, Sarah estaba esperándolo. Se había puesto unos shorts que le llegaban a la mitad del muslo y una blusa ceñida al cuerpo.

—¡Wow!

—Y bien, ¿cómo me veo?

—Sensacional —dijo Daniel—. Aunque creo que una minifalda te vendría mejor para la ocasión.

—Dame la linterna, tonto —dijo Sarah haciendo caso omiso de su ironía.

Daniel caminó tras de Sarah, que parecía tener mucha prisa. Pasaron cerca de un grupo de soldados que estaban haciendo guardia, quienes se quedaron mirando a Sarah.

—¿Ya ves lo que ocasionas? ¿Cómo se te ocurre ponerte ese atuendo en medio de la selva? —se quejó Daniel.

—¡País libre! —dijo Sarah muy segura de sí misma.

Después de caminar unos minutos, Sarah y Daniel llegaron al campamento de los arqueólogos. Casi todos estaban reunidos frente al fuego. Algunos asaban salchichas en las brazas y otros bebían cervezas. Rafael estaba sentado en una silla platicando con José. La doctora Sánchez los vio aproximarse y los fue a recibir.

—Bienvenidos. Voy a traerles unas sillas. Si desean tomar algo, las cervezas y los refrescos están en esas hieleras de aquel lugar.

—Yo puedo ayudarte con las sillas —dijo Daniel a Elena, y se alejó con ella.

Sarah se quedó sola por un momento y vio que Rafael se aproximaba; el corazón le empezó a latir rápidamente.

—Me alegro de verte —dijo Rafael—. Te he estado esperando.

Sarah no sabía qué responder, hacía mucho tiempo que no se sentía nerviosa frente a un hombre.

—Pues, aquí estoy.

—Quería verte.

Ambos se quedaron callados por un momento, hasta que Rafael, para reiniciar la conversación, preguntó a Sarah:

—¿Qué demonios está sucediendo aquí?

Sarah miró a Rafael a los ojos y le dijo:

—Es muy complicado. No creo que debamos involucrarte en este enredo.

—Puedes confiar en mí. Cuéntame todo desde el principio.

Capítulo 24

Las luces de los corredores se fueron apagando paulatinamente y Anya dio el último recorrido que la llevaría hasta sus aposentos. La concejal Anthea había reunido a ella y sus tres compañeros para informarles que el maestro Zing llegaría el día de mañana para reunirse con ellos, tenía noticias importantes que darles. La concejal casi no había hablado con Anya, lo cual le pareció muy extraño, se suponía que iba a empezar su entrenamiento en ese lugar, pero no había hecho otra cosa que recorrer el complejo de la escuela durante todo el día con sus compañeros.

Anya se quitó el traje de entrenamiento y vio que habían llevado su equipaje a la recámara. Se metió a la tina de baño y dejó correr agua caliente para sumergirse y relajar su cuerpo. Las pantorrillas le dolían de tanto que había caminado ese día. La escuela era inmensa y apenas pudo visitar la mitad de las instalaciones. Muchas otras áreas permanecían cerradas y solamente los miembros activos del Concejo tenían acceso a esos lugares.

Dina fue su guía durante el recorrido. Ella estaba encargada de la seguridad de las grandes bibliotecas de la escuela. Los textos más importantes del Gran Concejo estaban siendo grabados en enormes láminas de granito para asegurar su supervivencia con el paso del tiempo. Anya tuvo oportunidad de ver parte del proceso de grabado en las duras piedras, que eran cortadas y pulidas en un grosor como de tres dedos de ancho con una máquina de corte que funcionaba con la ayuda de una hélice. La hélice era propulsada por el viento haciendo girar un engranaje bastante grande. Un mecanismo de engranes reductores transportaba el movimiento del engrane principal y aumentaba la velocidad de éste cientos de veces. Una enorme sierra de metal y una piedra de lijado estaban conectadas al último engrane, el cual giraba a una velocidad sorprendente. El operador de la sierra cortaba y pulía grandes bloques de piedra, los cuales eran llevados a la sección de grabado. Ahí un grupo de escultores utilizaba tinta y cinceles de hierro para tallar la piedra. Dina le explicó a Anya que la tinta tenía un tratamiento especial que reblandecía la piedra. La presión del golpe del cincel penetraba la piedra aproximadamente tres milímetros y era capaz de realizar el más intrincado grabado. El resultado era asombroso, las láminas quedaban grabadas con una precisión milimétrica.

El proceso era lento y agotador, pero los escultores disfrutaban hacerlo, era como una terapia concentrar la atención en un trabajo tan minucioso. Dina le aseguraba que ese tipo de trabajo despejaba la mente y tranquilizaba hasta al hombre más nervioso del mundo.

—¿No habría sido más fácil grabarlo todo en metal? —preguntó Anya.

—El metal se oxida con los años. La piedra no sufre oxidación y dura por miles de años si se le protege del sol y la lluvia. Además es mas fácil de obtener que el metal, pues éste debe ser extraído, separado y fundido antes de que pueda grabarse. La piedra es más abundante y no hay necesidad de hacer grandes excavaciones bajo tierra.

Dina le explicó también que el proceso de extracción de metal era muy peligroso para los humanos. Cuando se perfora la tierra, ésta libera gases inflamables que pueden causar explosiones, por eso el metal era tan raro en su civilización. La vida humana tenía prioridad sobre cualquier material que su sociedad requiriera.

—Esos textos deben ser muy importantes para el Concejo —dijo Anya—, se lleva un trabajo considerable grabarlos en la roca. ¿Tienes idea de lo que dicen?

Dina miró a Anya con sorpresa.

—¿Cómo podría saber lo que dicen? Están escritos en el alfabeto sagrado.

—Nunca había visto textos en alfabeto sagrado. Tan sólo conozco un par de símbolos.

—¿No conoces ninguna palabra en el lenguaje secreto? —le preguntó Dina.

—Ninguna.

—Oren ha empezado ha recibir las primeras lecciones por parte de los maestros del Concejo, pero no habla al respecto con nosotros. Ese tipo de enseñanza es confidencial, incluso para nosotros.

Anya había escuchado muy poco acerca del lenguaje secreto. Solamente los miembros del Concejo lo conocían. Se enseñaba de generación en generación a los miembros más avanzados de la cuarta escuela.

—¿Cómo logró Oren tomar mi espada sin tocarla? —preguntó Anya.

—Esa habilidad fue un regalo de poder que recibió de sus espíritus protectores —contestó Dina—. El conocimiento que lleva a desarrollar esa habilidad le fue otorgado en un viaje de conciencia.

—Nunca había visto a nadie hacer eso, hasta el día de hoy. Lo extraño fue que sucedió dos veces, primero fue la concejal y luego Oren.

—Los concejales tienen poderes que ni siquiera imaginas. Ellos han desarrollado la mayor parte de la tecnología que ves aquí. Pero eso no es nada comparado con lo que pueden hacer con sus habilidades.

—Ya tuve mi primera demostración —dijo Anya—. No necesito más.

Anya terminó de bañarse mientras seguía recordando su recorrido por la escuela. Salió del baño y se puso ropa de dormir. Había dejado las puertas de su balcón abiertas y podía sentir la suave brisa que entraba a la habitación. Las delicadas cortinas blancas de lino se movían armoniosamente mientras el viento refrescaba. Salió un momento para observar el cielo, las estrellas alumbraban la cálida noche en aquel lejano continente y las tenues luces de la ciudad se apagaban poco a poco.

Anya se sentía feliz de haber hecho ese viaje. El estar ahí despertaba una extraña emoción dentro de ella, estaba ansiosa de que amaneciera para poder admirar la belleza de ese paisaje otra vez. Regresó a su habitación y se acostó, apoyó sus manos sobre el estómago y se dispuso a dormir. Rápidamente entró en un profundo estado de sueño y para su sorpresa una fuerza desconocida la hizo despertar en un lugar familiar para ella. Era el mundo intermedio.

Anya se encontraba frente a una gran edificación que reconoció de inmediato: era el mismo lugar donde persiguió a aquella adolescente que se había internado hasta su mundo. Entró en el lugar y recibió una sorpresa: el maestro Zing y la concejal Anthea estaban sentados en una de las enormes salas del gran salón, como si la estuvieran esperando. Anya se sentía a sus anchas cada vez que soñaba consciente. Hacía años que lo había experimentado por primera vez y desde entonces se había dado a la tarea de mantener su atención en el sueño el mayor tiempo posible. Al principio su atención le permitía soñar de esa forma por espacio de unos minutos, pero ahora era capaz de sostener su sueño por largos periodos. Anya se aproximó a los concejales y ellos le hicieron señas de sentarse.

—¿Sabes dónde te encuentras? —le pregunto la concejal.

—Sí —respondió Anya—. Es el mundo intermedio. He venido aquí muchas veces en mis sueños. También reconozco este edificio, hace poco estuve aquí.

La concejal miró al maestro Zing.

—Este edificio fue creado con el intento de los miembros del Concejo. Nadie puede entrar sin nuestro consentimiento, de hecho, ni siquiera es posible encontrarlo —dijo la concejal.

Anya relató el suceso en el que persiguió a la joven que después se esfumó por sí sola al no poder mantener la atención de sueño.

La concejal volvió a mirar al maestro Zing y éste tomó la palabra.

—Es muy poco probable que lo que acabas de relatar haya sucedido exactamente en este sitio, pero puede ser una señal. El universo está lleno de misterios, nadie los conoce todos.

El maestro Zing hizo una pausa y continuó.

—De todas formas eso no importa por ahora. Te hemos traído aquí para que realices un viaje fuera de los límites de tu conciencia normal. Tu entrenamiento de años ahora te va a servir para enfrentar el siguiente reto en el camino del conocimiento. Vas a ser empujada hacia lo que los antiguos brujos llamaban el inframundo o el sendero de *Xibalba*.

Anya sintió un estremecimiento en el cuerpo. Había escuchado historias sobre ese lugar, pero nunca había creído su existencia.

—¿Y para qué es necesario que vaya yo a ese lugar?

—Es natural que sientas miedo —dijo la concejal—. Es sin duda un viaje peligroso. Cualquier viaje más allá de los límites de tu conciencia es un asunto serio.

Anya quiso argumentar que no sentía miedo, pero inmediatamente recordó que los dos concejales podían leer sus pensamientos y sentir sus emociones. En realidad estaba sintiendo un miedo atroz que tensaba todas las fibras de su ser energético.

—No podemos acompañarte en ese viaje —dijo el maestro Zing—. Pero te daremos unos consejos para que regreses sin problemas.

—Sigo sin entender los motivos para hacer este viaje —dijo Anya, que prefería no ir a ese lugar.

—Has llegado a una encrucijada en tu vida —siguió hablando el maestro Zing—. Como todos los seres humanos que han rebasado los treinta años, has alcanzado la plenitud de tu vida.

El maestro Zing hizo una pausa, se levantó de su lugar y se acercó a Anya.

—Todos los seres humanos contamos con un reloj biológico —explicó—. Nuestra existencia como seres mortales está regulada por ese reloj. Treinta años representa aproximadamente un tercio de una vida normal. Cuando se cumple ese plazo, nuestros cuerpos alcanzan su plenitud y comienza el proceso que regula el fin de nuestra vida humana. Nuestros patrones cerebrales cambian en respuesta a la codificación de nuestro reloj interno y el cuerpo comienza a envejecer. El envejecimiento no es otra cosa que un cambio brusco en nuestros patrones cerebrales. El peso de las emociones y las experiencias empieza a contribuir a que ciertos sistemas de nuestro cuerpo fallen, esto acelera aún más el proceso de envejecimiento de nuestro cuerpo, que irremediablemente nos lleva hasta la muerte física.

Anya escuchaba con mucha atención. Trataba de controlar sus emociones pero le era imposible, nunca se había puesto a pensar que algún día tendría que enfrentar su muerte, siempre había gozado de buena salud.

—Una vez que una persona ha alcanzado su plenitud, el tiempo se vuelve en su contra, sus posibilidades se limitan conforme el tiempo transcurre. En esos momentos llega a una encrucijada en la que debe decidir cuál camino habrá de tomar. Por un lado, se puede tomar un camino seguro y seguir la vida conforme a las reglas del medio social, rechazando la oportunidad de seguir evolucionando y aceptando las consecuencias del envejecimiento. Ese camino conduce después de la muerte hasta este lugar, el mundo intermedio. Aquí el espíritu espera su siguiente oportunidad para reencarnar y volver al proceso de aprendizaje al que llamamos vida.

"Cuando un ser decide no explorar las posibilidades de evolución de su conciencia, queda atrapado en los esquemas de una misma experiencia que se repite y se repite sin lograr un avance. Muere y su conciencia llega al mundo inferior, ahí espera otra oportunidad para explorar las infinitas experiencias que enriquecen el conocimiento interno de sí mismo. Pero cada vez que regresa al plano físico, todos los recuerdos de sus experiencias pasadas quedan escondidos en lo profundo de su conciencia, de modo que no se tiene acceso a los recuerdos y eso dificulta en extremo el proceso de la evolución de nuestra conciencia. Por eso es de suprema importancia que durante nuestra vida física nos esforcemos al máximo para enfrentar nuestra condición como seres conscientes.

"Todos nosotros tenemos una misión en común, el explorar las capacidades de nuestra conciencia para evolucionar y viajar más allá de los límites de nuestro universo. Nuestra misión consiste en expandir los límites de nuestra percepción para evolucionar y poder movernos hacia planos superiores de existencia.

"Para entender esto, primero debes comprender que el universo se encuentra siempre viajando hacia nuevas fronteras en el espacio y el tiempo. La energía del gran campo creador siempre se mueve y produce el eterno giro de miles de millones de galaxias. Nuestra conciencia nos fue otorgada con el propósito de desarrollarla para enriquecer al universo, pero cuando uno rechaza una y otra vez las oportunidades de evolucionar mientras se está vivo en el cuerpo físico, nuestra conciencia se degrada y se desintegra para volver a formar parte del gran campo creador. Entonces la oportunidad de seguir existiendo y viajando por el universo como un ser individual se pierde para siempre.

Anya escuchaba el intrincado misterio de la evolución. Sin embargo, sentía que el mundo físico seguía determinando su existencia como persona. Ella era definitivamente el ser físico que conocía y que diariamente experimentaba en el mundo conocido. El maestro Zing la miró y le dijo:

—Tu impresión sobre la naturaleza determinante del mundo físico se debe a la fijación de tu conciencia en ese plano, pero esa impresión comienza a cambiar a medida que tus posibilidades de percepción se expanden. Conforme más te permitas viajar a otros planos de existencia, más real será la impresión que tengas sobre tu propia evolución. Poco a poco irás experimentando la realidad de las dimensiones superiores, entonces el mundo físico te parecerá lo que realmente es: una escala en el interminable viaje a lo desconocido.

"Para lograr esto, es necesario emprender el difícil camino de la exploración de la conciencia, un camino que te separará de los demás y te traerá hasta aquí. Primero desarrollaste la habilidad del sueño consciente; ése ya es un enorme paso, pero se trata sólo del comienzo, una mera preparación. Ahora es momento de decidir si deseas seguir adelante. Si escoges este camino, constantemente tendrás que decidir entre seguir adelante o permanecer atrás, entre continuar con el viaje de aprendizaje o detenerte para siempre en una escala del camino. Esa decisión es solamente tuya.

Anya había dedicado toda su vida al camino que la llevaba por esa ruta de la encrucijada. Por más miedo que ella sintiera, tenía que seguir adelante.

—Decido seguir adelante.

La concejal Anthea sonrió.

—Tus compañeros ya realizaron ese viaje —le dijo—. A todos les fue bien.

Anya escuchó eso y tomó valor.

—El inframundo fue llamado erróneamente así por el tremendo miedo que les daba a los primeros brujos —dijo el maestro Zing—. En realidad no es un mundo inferior al nuestro, sino que está en una escala de conciencia superior. Existen nueve niveles de conciencia a los que podemos acceder desde este plano; ocho de ellos son superiores al nuestro y sólo uno se encuentra por debajo, pero ese lugar no forma parte de la escala de ascenso, está separado. Una vez que se llega ahí, todo se acaba.

—¿Qué lugar es ese?

—Los brujos de la antigüedad nunca hablaban sobre ese lugar, Anya. El libre albedrío que posee nuestra conciencia la posibilita para escoger su forma de actuar. Algunos seres se desvían en el camino y deciden dañar a los demás por diferentes razones producto de nuestros instintos más primitivos. Al dañar a los demás, se dañan principalmente a sí mismos y son condenados a ese lugar, de donde nunca más pueden regresar al mundo físico.

El maestro Zing miró fijamente a Anya y luego continuó hablando.

—Tu viaje te llevará al lugar donde dio comienzo la vida humana. Nuestro mundo de todos los días es una proyección de este reino. Ese mundo está íntimamente ligado al nuestro, pues ahí se logró el diseño que da forma a todo ser vivo en nuestro mundo. Llegarás a un lugar que los brujos antiguos llamaron El jardín de la vida, a través del sendero de Xibalba. En este lugar se diseñó el protocolo que rige el funcionamiento de nuestro organismo físico. Al llegar ahí obtendrás el conocimiento necesario para mantener tus patrones cerebrales en equilibrio, lo cual dará como resultado una extensión de tu vida física.

—¿Por qué es necesario extender nuestra vida física? —preguntó Anya.

—La cantidad de conocimiento necesaria para ascender en la escala evolutiva —intervino la concejal Anthea— no puede ser alcanzada en un lapso de vida normal. No podemos detener el paso del tiempo, pero podemos modificar nuestro programa de vida, para que nuestro cuerpo envejezca más lentamente. Eso nos da la oportunidad de alcanzar estados superiores de conciencia. Una vez que lo logramos, nuestras posibilidades de existencia se diversifican, no estamos atados ya a las leyes del mundo físico.

—Eso que acabas de escuchar, lo comprenderás mucho tiempo después —dijo el maestro Zing anticipándose a las preguntas de Anya—. El mundo físico es una prueba para nuestra conciencia, una prueba muy dura, pero que te prepara para enfrentar una realidad más compleja. Comprende que por ahora no tiene mucho sentido hablar sobre estas cosas. Para que algo se convierta en conocimiento verdadero debe ser experimentado por uno mismo, recuérdalo siempre.

—Ahora es tiempo para ti de efectuar ese viaje —dijo la concejal—. Sólo recuerda: cuando llegues a la entrada, tienes que pronunciar el nombre de Xibalba para entrar. Cuando estés ahí, no vayas a cometer el error de pensar que te encuentras en un lugar como el mundo intermedio, donde en cualquier momento puedes perder la atención y despertar en tu cuerpo físico. El viaje al reino de Xibalba es un viaje completamente diferente. Tu conciencia debe entrar y salir de ese reino por voluntad propia, de otra forma puedes quedar atrapada ahí para siempre.

—¿Qué más debo hacer?

—Nada, sólo relájate. Vamos a empujar tu conciencia hacia el inframundo. Cuando encuentres a algún espíritu aliado, no luches con él, razona tal como lo haces en el mundo de todos los días antes de tomar una decisión, ¿está bien?

Anya quiso hacer otra pregunta pero la concejal alzó las manos y ella salió despedida a una velocidad increíble hacia atrás. Todo se oscureció. Dejó de percibir su cuerpo, luego sintió que un enorme abismo la tragaba. Empezó a caer y caer cada vez más profundo. Quiso resistirse y tratar de salir de ahí, pero no lo logró, el pánico se apoderó de ella. Empezó a experimentar un dolor insoportable y cuando pensó que no aguantaría más, el dolor cesó.

Recobró la sensación de su cuerpo y se encontró acostada en un lugar cubierto de niebla. No podía ver nada a su alrededor. No sabía qué hacer y lentamente se incorporó. Miró hacia arriba y vio algo que parecía agua en movimiento. Su imagen se reflejaba como si fuera un espejo. Anya se sitió confundida y luego recordó lo que la concejal le había dicho, así que miró otra vez hacia arriba y pronunció el nombre: *Xi-bal-ba*.

De pronto, ya no se encontraba en el lugar de la niebla. Su conciencia se había desplazado hacia su reflejo y ahora se encontraba parada sobre el piso que asemejaba un espejo líquido.

"El jardín de la vida", pensó Anya, observando cuidadosamente el lugar. Ahora se encontraba en un sitio más allá de su imaginación. Se asemejaba al mundo de todos los días, pero sus características eran más que sorprendentes. Hermosas aves de una variedad de colores nunca antes vistos por ella surcaban el cielo mientras las nubes lucían destellos de luz metálica y se movían cambiando de forma rápidamente. Todo en ese lugar exudaba conciencia de ser. Anya se sentía observada desde todas las direcciones posibles. Además el ambiente era extrañamente denso, no denso en términos de materia, sino de energía que vibraba a un ritmo diferente al que ella estaba habituada. Podía moverse con libertad, pero percibía que ese lugar concentraba más misterios que el mundo intermedio.

Anya caminó hacia fuera del sitio donde se encontraba y comenzó a andar sobre algo que parecía pasto, pero que tenía una consistencia mucho más dura. Su color era un verde que nunca antes había visto y parecía emanar luz propia. Cuando se quedaba mirándolo mucho tiempo, tenía la sensación de hundirse en él. Observó sus pies y se dio cuenta de que no estaba dejando huellas sobre el suelo. Luego observó el paisaje y se maravilló ante la infinita gama de colores que veía. Era un hecho, ese lugar era mucho más colorido que su mundo. Del suelo crecían enormes flores que al igual que el suelo irradiaban luz propia. Los árboles eran inmensos y Anya escuchaba todo tipo de ruidos salir de ellos.

Hasta ahora el lugar no le parecía perturbador en lo más mínimo, no entendía por qué los antiguos brujos le temían tanto a ese lugar. Siguió caminando y llegó a uno de los campos de flores. Los vivos colores luminiscentes que veía hipnotizaban su atención. Desvió la mirada y observó un árbol gigantesco a su derecha, caminó hacia él y se paró debajo de una de sus ramas; luego miró su tronco y algo le pareció extraño, no podía deducir lo que era, pero no se trataba de un árbol común y corriente. Miró hacia arriba para ver su follaje y lo que vio le heló la sangre: una de las ramas del árbol se había convertido en una enorme serpiente y se acercaba sigilosamente a ella, su enorme cabeza estaba tan solo a un metro de la suya.

Anya caminó hacia atrás y vio que la serpiente se desprendía del tronco y brincaba hacia donde ella se encontraba. Un instante después la serpiente se hallaba erguida. Anya sintió un miedo estremecedor. La serpiente era enorme y ella no podía conocer sus intenciones. La serpiente empezó a enroscarse sobre sí misma y su cabeza se elevó aún más sobre la de Anya. El animal medía aproximadamente cuatro metros de altura y era del grueso de por lo menos dos seres humanos. Si deseaba acabar con Anya, no tendría problema alguno en devorarla de un solo bocado. Anya se dio cuenta de que no contaba con arma para defenderse y deseó haber tenido su espada consigo; en ese momento su espada apareció de repente en su mano derecha.

La serpiente la observó y dijo algo en una lengua que Anya no entendió, luego volvió a hablar en el lenguaje de los atlantes.

—¿Vas a pelear conmigo?

—¡Sólo si me atacas! —balbuceó Anya, que estaba temblando de miedo.

—¡Miserable mortal! ¿A qué has venido a la tierra de los dioses?

Anya no sabía qué contestar, los concejales no le habían advertido qué debía decir en caso de ser cuestionada.

—Vengo en busca de un espíritu aliado —respondió Anya.

—¿Y crees que con tu espada vas a intimidarme? ¿Cómo te atreves a desafiarme?

Anya recordó lo que le había dicho la concejal sobre no pelear en ese mundo, así que aventó la espada y dijo:

—Tienes razón, no he venido a desafiarte, es la primera vez que vengo a este lugar.

La serpiente se enroscó de nuevo y agachó la cabeza a la altura de ella.

—Pocos son los de tu especie que se atreven a llegar hasta aquí. No busques pelea en este lugar pues nuestro poder es infinitamente mayor al tuyo. Tú estás sujeta a la densidad de la materia. Eres muy osada al venir hasta aquí.

—Fui enviada aquí como parte de mi aprendizaje —dijo Anya—. ¿Aquí es el jardín de la creación?

La serpiente se acercó a ella.

—¿Estás buscando el conocimiento secreto? El árbol de la vida, ¿no es así?

—Así es —dijo Anya.

—¿Quieres dejar de ser mortal?

—Quiero llevarme ese conocimiento para completar mi aprendizaje.

—Tu aprendizaje no terminará nunca —le dijo la serpiente—. Los de tu especie vienen aquí a formar alianzas con nosotros, los dioses. Desean el poder para liberarse de su mundo, siempre han querido ser como nosotros.

—¿Y cómo son ustedes? —preguntó Anya.

La serpiente hizo un giro sobre sí misma y de pronto se transformaron los rasgos de su cabeza. Ahora parecía una mezcla de serpiente con cabeza de dragón, su piel cambiaba de color y de forma, como tornándose más dura y con un brillo metálico.

—Nosotros no estamos sujetos al paso del tiempo como ustedes —le dijo—. Nuestra existencia es prácticamente infinita en comparación a la suya. Conocemos las fuerzas que rigen el universo y somos capaces de manipular la realidad.

Anya se sentía intimidada con la presencia de la serpiente. Entendió por qué los brujos de la antigüedad tenían tanto miedo de estos seres. Ella se sentía insignificante ante ese ser de conciencia superior, podía notar que la serpiente sólo sentía una simple curiosidad por ella. La veía como nosotros vemos a un pequeño insecto, con curiosidad, pero sin el menor sentimiento. Por dentro, sabía que ese ser era capaz de acabar con ella en un instante, sin el menor cargo de conciencia.

—No tengo intenciones de acabar contigo —dijo la serpiente—. Eres una rareza en nuestro mundo. Sigue adelante por este bosque y encontrarás lo que buscas. Ten cuidado de escoger bien hacia dónde te diriges.

Anya miró fijamente a la enorme serpiente y le agradeció su consejo. Definitivamente no se sentía en posición de discutir con ese ser tan poderoso y caminó despacio por el bosque. Luego vio cómo la serpiente se agitaba cambiando su forma de nuevo y remontaba el vuelo hasta lo alto del cielo. Se sintió aliviada de ver que se alejaba y se prometió que en adelante sería más precavida. Al avanzar, se encontró con una gran pradera, donde se veían unos animales extraños a lo lejos. Luego algo llamó su atención: un enorme búho la observaba desde lo alto de la rama de un solitario árbol, como a unos veinte metros de ella. Su mirada era verdaderamente penetrante. Por algún motivo sintió afinidad con ese búho; no resultaba intimidante como la gran serpiente que acababa de conocer. Llamó con su mente al ave y ésta emprendió el vuelo hacia ella.

Anya alzó el brazo izquierdo y el búho entendió lo que ella quería: se posó suavemente sobre su brazo. Sintió que sus garras se aferraban a su antebrazo. Acarició la cabeza del búho, cuando éste volteó y la miró a los ojos. Anya observó fijamente los ojos del búho que eran enormes y tuvo la sensación de que podía hundirse en ellos. Lo miró con más firmeza y súbitamente su conciencia comenzó a viajar hacia dentro de ellos. Sintió que el búho remontaba el vuelo y comenzaba a volar a gran altura, de alguna forma el búho le estaba permitiendo mirar ese extraño mundo desde su propia perspectiva. Anya veía con atención y conforme más observaba las escenas, éstas le transmitían el conocimiento para comprender el complejo funcionamiento de ese lugar. La marea de conocimiento fue demasiado intensa para su mente. Las leyes que regían a ese sitio eran por completo diferentes a las del mundo conocido, casi imposibles de comprender desde la perspectiva de un ser mortal.

Anya surcó el firmamento dentro de la conciencia del ave por un largo tiempo. Su vuelo la llevó a ver cosas inimaginables a lo largo de ese mundo fantástico. Nunca en su vida había imaginado la posibilidad de que un mundo tan complejo y diferente al suyo pudiera existir de esa forma. El conocimiento que iba adquiriendo se volvió tan intenso, que su mente simplemente ya no podía procesarlo, y en ese momento la presión hizo que deseara cortar su conexión de conciencia. Inmediatamente después de desearlo, se encontraba nuevamente parada sobre la pradera, observando los misteriosos ojos del búho.

Algo le hizo saber que acababa de establecer un vínculo energético con ese ser. Anya ahora podía mirar a la distancia y ver con exactitud lugares que su visión normal no percibiría. El animal mágico le había transferido la habilidad de ver más allá de su rango visual, utilizando el poder de su conciencia. Había recibido su primer regalo de poder.

Anya agradeció al búho por tan magnífico regalo. El búho la miró una vez más y salió volando en dirección a las nubes. El mundo se mantuvo quieto y ella siguió observando a los animales que se movían en la pradera. El tiempo en ese lugar parecía carecer por completo de sentido, Anya no podía siquiera sentir cuánto tiempo había transcurrido desde su llegada. Seguía observando la pradera y de vez en cuando se aventuraba más allá, con la nueva habilidad que había adquirido.

Volteó y miró el lugar por donde había llegado hasta ahí, pensó que quizá la concejal Anthea y el maestro Zing estarían esperando su regreso. Caminó hasta el espejo líquido y cuando hubo llegado se dio cuenta de que no sabía cómo regresar. Había estado tan nerviosa sobre su viaje, que se olvidó por completo de preguntar. Pronunció el nombre de Xibalba y nada sucedió.

"¡Demonios! —pensó—. Voy a pasar una eternidad aquí si no encuentro la forma de volver."

Recordó que su espada había aparecido cuando la deseó y supo que debía utilizar su intento para emprender el retorno. Concentró su mente en el lugar donde había estado con los dos concejales. Visualizó el gran edificio donde había comenzado su viaje y, de repente, sintió que su conciencia se proyectaba a una velocidad impresionante hasta el mundo intermedio.

La concejal Anthea y el maestro Zing la vieron materializarse en la sala.

—Me alegra que estés de vuelta —dijo la concejal—. Parece que ya se te quitó el miedo.

—Ya me siento mejor —dijo Anya y, después de sentarse, les platicó su experiencia con la serpiente.

—Te dije que no pelearas, ¿lo recuerdas? —le dijo la concejal—. Esos seres son muy temperamentales. Si no lo hubieras amenazado, quizá te hubiera entregado parte de su conocimiento.

Anya platicó después su experiencia con el búho y la nueva habilidad que le había otorgado. La concejal la felicitó por su logro. El maestro Zing le sonrió y le dijo que era hora de despertar, tenían asuntos pendientes por resolver. Los dos concejales se despidieron de ella y desaparecieron de inmediato. Anya aún sentía la excitación de su viaje y sólo alcanzó a despedirse tímidamente de ellos.

Despertó en la cama de su habitación y pudo ver la luz del sol entrando por el balcón. Salió y respiró el fresco rocío de la mañana, era un día espléndido. El paisaje que tanto le gustaba se mostraba orgulloso ante sus pies.

Después de ponerse su traje de entrenamiento, salió al pasillo y se encaminó al comedor, donde había acordado ver a sus compañeros. Los tres estaban sentados en una mesa comiendo frutas de la estación y bebiendo jugo de naranja. Se sentó con ellos y los hombres comenzaron a bromear. Anya los observó detenidamente y, para su sorpresa, estaba viendo a tres individuos totalmente distintos a los que había conocido el día anterior. Entre más los observaba, más rasgos de su carácter descubría. Podía ver incluso sus inseguridades y escudriñar en sus mentes en busca de experiencias traumáticas.

Dina observó a Anya por unos momentos y después dijo:

—Tienes algo diferente hoy.

Anya volteó a verla. Dina era la mujer más sencilla e inocente que uno podía imaginar. La cubrió con la mirada hasta que le hubo revelado sus sentimientos más íntimos.

—Tus ojos no son los mismos —le dijo Dina, que la observaba con curiosidad—. Se volvieron más profundos, no puedo explicarlo.

Anya no sabía si debía hablar de su experiencia, pero finalmente les platicó en detalle sobre su viaje. Los dos hombres se sintieron incómodos.

—¿O sea que ahora puedes ver a grandes distancias y además puedes develar los secretos de las personas con solo mirarlas? —le preguntó Dandu.

—Así es. Ése fue el resultado de mi primer viaje al inframundo.

—No pienso dejar que te metas en mi mente —dijo Oren.

—No es necesario que me dejes —dijo Anya riendo—. Ya he visto todo lo que había por ver.

Dina comenzó a hacer bromas para que Anya le revelara los secretos de Oren. Anya recordó cómo la había molestado forzándola a luchar con él por la espada y decidió desquitarse.

—Está enamorado de ti. Es su secreto mejor guardado, lo acabo de ver.

Oren la miró con aire de incredulidad por lo que acababa de decir.

—O sea que lo puedo someter a mi voluntad —dijo Dina.

—¡En el momento que quieras! —dijo Anya—. Va a caer totalmente.

Las dos mujeres estaban muertas de la risa burlándose de Oren. Éste se paró de la mesa enfadado y les ordenó que lo acompañaran a una de las salas de juntas, el maestro Zing los esperaba a todos.

El grupo terminó de almorzar y fue a la sala de juntas. Las dos mujeres seguían burlándose mientras caminaban por el pasillo.

Había una gran mesa redonda en la sala de juntas y todos tomaron asiento a los lados del maestro Zing, quien les pidió que estuvieran callados y prestaran atención.

—El plan del senador Túreck es mucho más peligroso de lo que pensamos —les dijo—. Su plan de restablecer el comercio ha revelado una intención mucho más compleja.

Les entregó unas monedas de plata para que todos las vieran.

—El símbolo que aparece en el reverso de la moneda es muy antiguo, pertenece al alfabeto sagrado y no se ha usado desde hace miles de años. Este símbolo fue desarrollado por los antiguos brujos para dominar a los pueblos que oponían resistencia a sus conquistas. Cansados de pelear contra las constantes rebeliones de estos pueblos, ellos desarrollaron un método excepcional para desviar su atención y manipularlos a su antojo.

”El símbolo 8 contiene un círculo más pequeño que se posa sobre uno mayor. Los círculos representan a la población. El círculo superior representa a la secta de los líderes, los cuales ejercen su dominio situándose por encima del círculo mayor, que representa a la gran mayoría de la gente. Juntos comparten una relación de dependencia en donde unos pocos dominan a los demás por medio de la magia que le fue impartida a este símbolo. La magia de este símbolo consiste en no permitir que las condiciones cambien. Los de arriba siempre dominan a los que se encuentran abajo, éstos son sometidos sin darse cuenta, trabajan y obedecen a los líderes hasta que su poder de dominio es tan grande, que son considerados seres superiores por los de abajo. Cuando el poder de la magia del dominio se ha extendido y depositado en la conciencia de los sometidos, entonces el símbolo se oculta de ellos para que no recuerden su existencia ni cómo se formó el sistema en el que viven.

Los cuatro aprendices estaban mudos ante tal revelación. Anya se sintió estúpida por haber subestimado al senador Túrek, ahora deseaba encararlo para conocer sus secretos. Dina sacó la moneda que le había mostrado a Anya el día anterior.

—Déjala ahí —le ordenó el maestro Zing indicando la mesa.

Dina titubeó un momento y luego la dejó.

—¿Ya sentiste su magia? —le preguntó el maestro Zing.

—Comenzaba a atesorarla y deseaba tener más —dijo Dina—. Ayer que se la mostré a Anya, me aseguré de que me la devolviera. Esas monedas tienen un encanto especial, pensé que se debía a la brillantez de su metal.

—Y yo quería quedarme con ella —dijo Anya—. Pero Dina me la pidió y tuve que entregársela. En el momento en que se la devolví, todo lo que deseaba era tener la mía propia.

—La magia de este símbolo fue desarrollada hace miles de años por una secta de magos llamada la Orden de los Doce —explicó el maestro Zing—. Ellos establecían el dominio de los territorios que conquistaban sobornando a los líderes de los pobladores con la idea de la riqueza fácil y rápida. Cuando los líderes no cooperaban, eran asesinados y sus cabezas degolladas eran exhibidas en público.

Los cuatro aprendices se miraron los unos a los otros. Nunca habían oído hablar de la Orden de los Doce y mucho menos de ese tipo de prácticas sanguinarias. Anya no pudo resistir la curiosidad:

—¿Por qué nunca oímos hablar de esa orden?

—La orden se extinguió cuando fue derrotada por nuestros ancestros —dijo el maestro—. Sin embargo, la magia de dominación del símbolo nunca pudo ser revertida. Solamente había permanecido oculta hasta nuestros días.

—Pero entonces, ¿quiere decir que la Orden de los Doce aún existe? —preguntó Oren.

—La Orden de los Doce dejó de existir, pero algunos de sus líderes nunca fueron encontrados, a pesar de que se les buscó por más de un siglo. La historia de estos sucesos se encuentra documentada en la gran biblioteca del Concejo, pero el recuerdo de su existencia se fue perdiendo con el tiempo. Yo reconocí el símbolo de su dominio cuando lo vi porque mi maestro me lo mostró hace mucho tiempo en una visita a la gran biblioteca. También me advirtió que la magia de la orden aún existía y existiría por siempre mientras hubiera alguien que la utilizara en contra de otros.

—Yo nunca he entendido el concepto de magia —dijo Dina—. Tampoco por qué les llamaban magos y brujos de la antigüedad a esos líderes.

Todos se le quedaron viendo. Tenía razón, ninguno de ellos comprendía bien el porqué de esos términos.

—En las épocas antiguas reinaba la oscuridad —explicó el maestro Zing—. El conocimiento pertenecía a unos pocos, que lo usaban para someter a los demás. Aquellos cuyo poder era grande se hacían llamar brujos, magos o hechiceros. A su conocimiento la gente le denominaba magia o brujería porque no lo podía comprender. Tampoco estaba a su alcance comprender los secretos celosamente guardados por estas sectas. Sólo unos pocos eran iniciados en el conocimiento de la conciencia y de la percepción. Generalmente eran sólo los familiares de estos brujos o las personas que desde su niñez mostraban un potencial mayor para el aprendizaje del conocimiento secreto. Los brujos recorrían las aldeas en busca de aprendices con talento para preservar su poder. Estos aprendices eran secuestrados y separados de sus familias por siempre.

—No puedo concebir ese grado de maldad —dijo Dina—. Siento que todos nosotros tenemos una parte oscura en nuestra conciencia, pero asesinar y secuestrar me suena más a una historia de terror que a un suceso real.

—Los tiempos cambian, Dina —dijo el maestro Zing—. Esos hechos eran el pan de cada día para los habitantes de ese tiempo, lo creas o no. Tomó muchos siglos erradicar ese tipo de prácticas y destruir a los miembros de esa orden. El mal es el producto de un instinto primitivo y está presente en todas las especies.

El maestro Zing se levantó y comenzó a caminar de un lado a otro tranquilamente.

—La mente de un ser humano enloquece cuando asesina a otro, se vuelve más agresiva y despiadada. Luego se justifica a sí misma y lo vuelve a hacer. Finalmente se trastorna al grado de que ya no puede operar de manera creativa y sólo se concentra en destruir, hasta que se destruye a sí misma.

—¿Qué vamos a hacer ahora? —quiso saber Anya.

—La antigua magia del símbolo ha sido liberada de nuevo y su poder se extenderá rápidamente sobre la población. Tenemos que encontrar a los líderes antes de que la crueldad y la codicia reinen de nuevo sobre nuestro mundo. Lo primero será no perder de vista cada movimiento del senador Túreck.

Capítulo 25

El comedor del campamento militar se había vaciado de gente. Mayer había esperado a que todo el personal del ejército se retirara para poder comer con tranquilidad. Tomó su charola y se sirvió abundante comida del bufet. Luego se sentó en una mesa cerca de la ventana y desde ahí pudo observar a alguien que se acercaba, era la doctora Sarah Hayes.

Sarah entró al comedor y, justo como esperaba, encontró a Mayer solo, sentado en la misma mesa de siempre. Sarah había estado observando sus movimientos y se había dado cuenta de que solía esperar a que todo el personal se retirara para comer en su mesa habitual en completa soledad. Sarah tomó su charola y se sirvió comida, después se aproximó a la mesa de Mayer.

—Espero no molestarlo, profesor.

—No me molesta, doctora, siéntese si es lo que desea.

Sarah se sentó frente a él y los dos comieron en silencio hasta haber terminado. Sarah se levantó de la mesa.

—¿Toma café o te?

—Me es imposible tomar café con el calor que hace aquí —respondió Meyer—. Seguiré bebiendo mi té helado.

—Pensé que se había acostumbrado al calor en Houston —dijo Sarah mientras se dirigía a la barra.

—Paso la mayor parte de mi tiempo en los laboratorios de la compañía en el norte del país—dijo Mayer—. El clima es agradablemente frío allá.

—¿Hace cuánto tiempo que trabaja para la World Oil Corporation?

—Hace más de quince años.

—He leído sobre usted, profesor Mayer. Es un científico muy brillante. ¿No cree que su genio podría estarse desperdiciando en manos de una corporación petrolera?

—No sabía que mi carrera era de interés público —dijo Mayer mostrándose escéptico sobre los comentarios de Sarah—. La corporación abarca decenas de campos de investigación, doctora. Mi interés siempre ha sido el de crear cosas útiles, no postular teorías que habrán de ser demostradas cien años después. Además, las corporaciones pagan mucho mejor que los gobiernos, eso usted debe saberlo.

—Sin duda las corporaciones pagan mejor —dijo Sarah, que estaba convencida de esa realidad—. Eso es un hecho. Yo más bien me refería a si es correcto que su creatividad sea explotada por particulares cuando bien podría beneficiar a la humanidad entera.

—Me parece que está confundiendo las cosas —dijo Mayer poniéndose a la defensiva—. Las corporaciones poseen el dinero y los recursos para el desarrollo de nuevas tecnologías. Nuestra civilización se rige por la posesión de capitales y, para acumular dinero, una corporación debe explotar algún recurso, natural o artificial. Los recursos naturales se acaban, pero las tecnologías pueden mejorarse y seguirse explotando por siempre. Así es nuestro mundo. Los idealistas piensan que pueden cambiar el orden establecido, pero yo estoy convencido de que eso no es ni será posible.

—¿Por qué piensa que eso no es posible? —preguntó Sarah extrañada con esa postura—. Es una visión muy conservadora para un científico de su talla.

—Mi padre peleó en la segunda guerra mundial —aclaró el profesor Mayer—, fue general de la Luftwaffe en la Alemania dominada por los nazis. Aunque nunca estuvo de acuerdo con las ideas de Hitler, tuvo que pelear esa guerra y al final fue arrestado por los aliados y encarcelado por años. Esa dura lección me enseñó que si alguien quisiera proponer un cambio, esto nos llevaría al mismo lugar siempre. Piense bien en nuestra historia moderna, la meta del sistema siempre es el poder. Primero vino el infierno del nazismo; cuando fracasó, lo siguió el infierno del socialismo y la guerra fría; ahora nos espera el infierno del imperialismo y la globalización de los mercados. Los ricos y poderosos seguirán en el poder y los pobres seguirán siendo oprimidos, de una forma o de otra. Los sistemas cambian, pero el infierno permanece. Siempre son unos pocos los que explotan a los demás. El concepto de igualdad en este mundo no es más que una triste broma utópica.

Sarah reflexionó sobre las palabras de Mayer.

—Yo creo que sí puede existir un cambio, siempre y cuando nosotros, la comunidad científica, cooperemos para detener a las grandes corporaciones.

—Usted sí que es una idealista, doctora Hayes, por eso trabaja para la NASA. Respeto su opinión, pero las corporaciones son más poderosas de lo que usted se imagina. Pueden controlar a quien sea, gobiernos o personas, da igual, todos tienen un precio. El poder es más adictivo que cualquier droga. Si alguien intenta ponerse en su contra, ese alguien no vive para contarlo. Es la lucha por la supervivencia.

—¿No sería posible redireccionar los intereses de las grandes corporaciones y restaurar el daño que estamos haciendo a la gente y a nuestro planeta?

—El único interés que tienen las corporaciones es el poder. El poder se obtiene con grandes capitales, entiéndalo. En este mundo todo está a la venta: los obreros venden sus servicios; los comerciantes venden los productos que compran a las grandes empresas; las corporaciones controlan las grandes empresas y los recursos de este mundo, ellas son el fundamento del sistema, su existencia depende de que el sistema siga funcionando tal como funciona ahora.

Mayer hizo una pausa y continuó.

—Nosotros somos sólo peones en su tablero. Los científicos somos desechables al igual que la población. Piense en la industria farmacéutica, por tomar un ejemplo. Cada día es más costoso tratarse una enfermedad en cualquier lugar del mundo. Los medicamentos están diseñados para tratar los síntomas y no para curar la enfermedad, de esa manera hay que consumirlos hasta que llegue la muerte. Las enfermedades provienen de nuestra forma de vida, el estrés se relaciona con más de doscientos padecimientos distintos, y todos estos padecimientos producen billones de dólares en ganancias para las farmacéuticas. ¿Usted cree que quieren cambiar nuestro sistema de vida? ¡Si es el sistema el que les da vida y las enriquece más allá de lo imaginable!

—Usted me sorprende, profesor Mayer. Está perfectamente consciente de cómo funcionan las cosas, veo que conoce el gran esquema, pero contésteme esta pregunta: ¿por qué coopera con ellos?

El profesor Mayer tomó su vaso de té helado y bebió un trago, se aclaró la garganta y respondió con firmeza.

—Cuando me gradué de la universidad en Alemania, tenía deseos de cambiar el mundo. Había visto lo que la guerra había hecho con mi país. Quería viajar al extranjero y trabajar para una corporación que desarrollara nuevas formas de tecnología más accesible a los bolsillos de la gente, pero nadie quiso contratarme. Los alemanes no eran bienvenidos en corporaciones europeas: el resentimiento contra los nazis tuvimos que pagarlo nosotros los civiles. Después de la esclavización que sufrimos por parte de ellos, vino el resentimiento de todo el mundo contra nosotros. Finalmente, después de mucho tiempo de desempleo, conseguí trabajo en una compañía química local, donde ganaba una miseria y era expuesto diariamente a sustancias tóxicas peligrosas, fue durante el gran auge de los productos químicos domésticos en los años sesenta. La compañía producía insecticidas en aerosol y limpiadores a base de amoniaco y otras sustancias aún más tóxicas. Todos esos venenos industriales terminaron en los vertederos del río Rhin y otros grandes ríos de Europa, como el Sena y el Támesis, y a nadie le importaba la contaminación de los principales ríos y mantos acuíferos de Europa.

Mayer tomó un poco más de su té helado y luego continuó.

—Las cosas no han cambiado mucho desde entonces, doctora Hayes, el único cambio es que ahora las corporaciones hacen el trabajo sucio en los países pobres, para quitarse de encima a los ambientalistas europeos. Después de varios años de frustración, seguí en la búsqueda de un mejor empleo y lo encontré. La World Oil me dio la oportunidad de trabajar en otros campos de investigación y realizar más estudios de posgrado. Con el tiempo fuimos desarrollando mejores tecnologías para la localización y sustracción de yacimientos de petróleo. Luego fui asignado a trabajar en la industria militar. Ahí desarrollamos sistemas de guía para misiles totalmente revolucionarios y la corporación ganó billones en contratos con el Departamento de Defensa. Mis esfuerzos fueron recompensados con creces. Al día de hoy, poseo una fortuna bastante considerable, puedo financiar mis pequeños proyectos de investigación y tengo dos hijos que viven como millonarios en Alemania.

—¿Cómo logró toda esa fortuna?

—Desarrollé tecnologías militares que otros no quisieron o no pudieron hacer, ésa es la realidad. La corporación se beneficia de mis inventos y yo me beneficio de su dinero. Es una relación de negocios, nada más que eso: negocios.

Sarah sabía que Mayer había desarrollado todo tipo de armas, desde electrónicas hasta bacteriológicas para la corporación. Ellos habían recompensado bien sus servicios.

—Pero, ¿de qué va a servir el dinero si acabamos con la civilización?

—La civilización siempre ha sobrevivido. Los humanos poseemos un enorme poder de adaptación. Los científicos piensan que los insectos son más resistentes que nosotros pero yo lo dudo.

—Somos resistentes pero no lo suficiente para lo que se avecina —dijo Sarah—. Estoy segura de que conoce los resultados de los informes de los satélites sobre el desequilibrio del eje terrestre.

—Estoy enterado —dijo Mayer sin hacer ningún otro comentario.

—Estará de acuerdo en que existe la posibilidad de que el eje terrestre se incline de nuevo y produzca temblores de mayor magnitud que el que acaba de ocurrir en el Pacífico, ¿no es verdad?

—Estoy de acuerdo —dijo Mayer—. No hay nada que podamos hacer al respecto, salvo rezar para que no sucedan cerca de nosotros.

—¡Tenemos que informar lo antes posible a todos los gobiernos del mundo! —exclamó Sarah.

—¿Y crear pánico a nivel mundial? No me parece una buena idea.

—¿Y cuál es una buena idea?

—Ninguna. Tenemos que resistir hasta que el eje se estabilice de nuevo. La gravedad de la Luna mantiene al eje terrestre en su sitio, mientras tengamos a la Luna, ésta se encargará de que el eje alcance la estabilidad de nuevo.

—¡Pero el eje puede reubicar su posición! —dijo Sarah—. ¡Puede efectuar un desplazamiento de varios grados y ubicar el polo magnético en un lugar completamente distinto!

—Si eso sucede, no vamos a vivir para contarlo. La fuerza gravitacional empujaría el agua de los océanos lejos del ecuador, billones de toneladas de agua inundarían los continentes. Entiéndalo, doctora, ¡no hay forma para prepararse frente a ese escenario! Es el fin absoluto.

—Si continuamos quemando combustibles fósiles a este ritmo, seguiremos lanzando millones de toneladas de dióxido de carbono a la atmósfera, eso seguirá calentando el planeta y derritiendo los polos, habrá más desbalance de masa sobre la posición actual del eje. Es como si estuviéramos forzando al planeta a que eso suceda. ¡Usted entiéndalo! —gritó Sarah.

Mayer sabía que había muchas posibilidades de que Sarah Hayes tuviera la razón. Se calmó un poco y bebió de su té helado.

—¿Y qué sugiere, doctora? Es muy fácil lanzar la voz de alarma y crear el pánico, pero eso no ayuda en nada absolutamente.

—Tenemos que forzar a los gobiernos a que implementen otras tecnologías para alimentar a la industria y propulsar los vehículos. Nuestras casas deben ser alimentadas con molinos de energía eólica. Debemos calentar el agua con energía solar. No sé, reducir drásticamente la quema de combustibles. Usar la energía geotérmica. Darle oportunidad al planeta de enfriarse. Reestablecer el equilibrio.

—La industria crece día a día al igual que la población —dijo Mayer—. Son billones de personas y cientos de gobiernos y corporaciones. Su iniciativa no va a funcionar. La economía de los países se basa en el petróleo y la industria. Detener la quema de combustibles equivale a un cambio global en la vida y economía de los países, lo que es igual a millones de desempleados si las industrias cierran sus puertas. Los sistemas de gobierno se colapsarían sin los ingresos que reciben por la venta de crudo. Eso no va a suceder, doctora, ¡enfréntelo!

Sarah estaba consciente de que un cambio tan radical también traería consecuencias catastróficas a los sistemas sociales. La economía del mundo dependía de la quema de los combustibles fósiles y la vida diaria de las personas dependía de la estabilidad de la economía, era un círculo vicioso de destrucción.

—¿Qué hay de la estructura subterránea que encontramos? —preguntó Sarah—. ¿Cree que haya sido una fuente para extraer energía limpia del vacío?

Mayer se recargó en su silla y tomó una postura más relajada como preparándose para el debate científico.

—No lo sé. Es muy pronto para lanzar hipótesis. Ayer estuve ahí. Podríamos tardar décadas en descifrar esa tecnología, ni siquiera sabemos qué es o para qué se utilizaba.

—Pero algo en ese lugar despide energía en forma de radiación, ¿cierto?

—Una energía que desconocemos —dijo Mayer—. Esa radiación altera los sistemas de movimiento de los relojes. Además produce alucinaciones e interfiere con los patrones cerebrales. Puede resultar más un peligro que un beneficio.

—Tenemos que hacer algo, profesor —dijo Sarah, volviendo a su punto—. Somos científicos, no podemos esperar simplemente a que la contaminación del medio ambiente acabe con la civilización. La temperatura global ha aumentado ya un grado centígrado, las investigaciones del doctor Resnick lo demuestran. El cambio climático se está acelerando a un ritmo que nadie había considerado posible, y es nuestro deber buscar alguna alternativa para detenerlo.

—No hay nada que podamos hacer —dijo Mayer con apatía—. Ya le expliqué que los sistemas económicos que nos rigen no permiten que haya un cambio rápido. Habría que comenzar un proceso de concientización con los gobiernos, seguido de debates para reformar las leyes, en todo caso; el cambio está desgraciadamente en manos de los políticos.

Sarah sacó la fotografía de la pared de la galería que mostraba el Hunab Ku.

—¿Sabe qué es esto?

—Es un símbolo que la gente que construyó la pirámide grabó en la pared —respondió él con cinismo.

—Este símbolo representa el campo unificado —explicó Sarah—. Los constructores de esa edificación conocían su existencia, no sólo en teoría, sino en la práctica. Tenían el conocimiento para utilizar el enorme potencial de la energía del vacío.

—¿Quién le dijo eso?

—Los arqueólogos, el doctor Jensen y sus colegas.

Mayer hizo un movimiento súbito parándose de su silla, puso las dos manos sobre la mesa y enfrentó a Sarah.

—¿Habló de nuestro descubrimiento con los arqueólogos? ¡Le recuerdo que firmó el acuerdo de confidencialidad! ¡Puedo hacer que la arresten inmediatamente!

—¿Y qué va a lograr con eso? ¡Arrésteme junto con todos los demás! Nunca va a averiguar lo que esta cultura hacía con esa energía.

—¡Cállese! No llame la atención de los soldados. No sabe con lo que está jugando, usted no conoce a esta gente. No quisiera verla en una prisión militar, doctora Hayes.

—¡Entonces deje que los arqueólogos investiguen la galería! —exclamó Sarah—. Necesitamos que alguien nos ayude a descifrar esa tecnología. ¿Qué puede perder?

La curiosidad científica de Mayer era intensa, pero no quería ver más gente involucrada en el proyecto. A William Sherman no le gustaba que nadie estuviera al tanto de sus planes, pero quizá los arqueólogos podían descifrar los jeroglíficos, eso los llevaría un paso adelante en la investigación, de eso no había duda. Si la energía que emanaba de esa fuente podía ser controlada, eso significaría un cambio radical en la vida de toda la humanidad.

—No lo sé —dijo Mayer—. No depende de mí. Además, estarían sujetos a la jurisdicción del ejército, y no creo que los arqueólogos accedan a sujetarse a la ley marcial. Por lo pronto, adviértales que no se acerquen a la galería, los soldados tienen órdenes de abrir fuego.

—Hablaré con ellos —dijo Sarah—. Estoy segura de que querrán investigar esos jeroglíficos, bajo amenazas o no. Es el descubrimiento del siglo, usted lo sabe.

Mayer se sentó en su silla y observó a Sarah.

—Realmente está determinada a hacer lo que sea necesario para salirse con la suya, ¿no es así, doctora Hayes?

Sarah ignoró su comentario y comenzó a quejarse.

—¿Por qué siempre los militares tienen que meter las narices en asuntos de carácter científico? Que nos dejen a nosotros averiguar la forma de utilizar esta energía. ¿Por qué demonios están aquí? Sólo nos están estorbando con su estúpida paranoia y usted coopera con ellos. Es un descubrimiento científico, ¡por el amor de dios!

—¡Eso discútalo con el general Thompson! —respondió Mayer—. No me venga a dar lecciones de jurisdiccionalidad a mí. Tampoco es de su incumbencia saber cómo ni con quién realizo mi trabajo. Sé que los militares no ayudan aquí, pero ésas son las reglas del mundo en que vivimos. Veré qué puedo hacer con su iniciativa de llevar a los arqueólogos a investigar la galería, pero le advierto que no es una buena idea.

—Me parece bien —dijo Sarah, que trataba inútilmente de controlar sus emociones y recogía su charola para salir del comedor.

—A mí no —dijo Mayer tajantemente—. Comete un grave error, doctora.

Sarah salió del comedor ignorando la advertencia del profesor Mayer. Ciertamente sabía que se encontraba en peligro interfiriendo con la agenda de los militares, pero no le gustaba la forma en que abusaban de su poder. En el fondo sabía que no podía hacer nada para enfrentarlos y la impotencia que sentía era verdaderamente abrumadora. Caminó hacia el centro de control tratando de calmarse y encontró a Daniel hablando con uno de los científicos.

—Sarah —dijo Daniel tan pronto como la vio entrar—, tengo los resultados del simulador. Los satélites muestran una grieta de más de dos kilómetros de ancho extendiéndose a lo largo de la zona occidental del continente.

Sarah Hayes tomó las fotografías que Daniel tenía en sus manos. La imagen mostraba una línea separando aproximadamente una tercera parte del continente antártico en dirección hacia el mar de Amundsen.

—Esta masa de hielo —dijo Sarah—, ¿se está desplazando?

—Sí —dijo Daniel—. Se trata de una placa de hielo de millones de kilómetros cuadrados deslizándose hacia el mar.

Sarah estuvo a punto de regresar con Mayer y aventarle las fotografías en la cara. Ahora no tenía duda alguna de que las enormes placas de hielo de la Antártida se estaban desplazando peligrosamente fuera de su punto de equilibrio normal. Se controló y tomó aire, tenía que pensar con claridad, no era momento para ponerse a pelear. Tenía que pedir ayuda.

—¿Hay noticias de Tom? —preguntó al fin.

—Sí, recibimos un mensaje. Se comunicará con nosotros hoy a las siete en punto.

—¿Alimentaron estos nuevos datos en el simulador? —le preguntó Sarah a Daniel.

—Sí, tomó toda la mañana hacerlo, pero tenemos los resultados. El informe sugiere altas posibilidades de desplazamientos en las placas tectónicas del Pacífico para equilibrar este movimiento.

—Eso significa que habrá más temblores.

—Todo indica que así será. Pero no podemos determinar dónde ni cuándo.

—Tenemos que alertar a Tom. Los gobiernos deben elaborar de inmediato planes de evacuación más eficientes.

—Eso no va a ser fácil, Sarah. Estamos hablando de millones de personas.

—Lo sé, Daniel, acabo de hablar con el profesor Mayer al respecto.

Daniel hizo una seña a Sarah para que salieran de la carpa.

—Tom debe estar al tanto del peligro de la situación —dijo Daniel—. El problema es que los militares pueden escuchar nuestras conversaciones con Houston.

—Pensé que la comunicación era por medio de un canal seguro.

—Lo era, hasta hace unos días —dijo Daniel—. Ahora que hemos descubierto la galería, todos los protocolos de seguridad aumentaron al máximo nivel. Debemos ser cautelosos, no podemos informarle a Tom que tenemos los archivos de World Oil. Una vez que salgan del campamento, alguien debe contactarlo y entregárselos.

Sarah no sabía qué hacer. La situación se complicaba más a cada momento.

—Mayer sabe que les mostré las fotografías a los arqueólogos.

—Pero... ¿cómo pudo enterarse de eso? —preguntó Daniel sorprendido.

—Yo se lo dije. Le pedí que dejara al doctor Jensen y a su equipo investigar los jeroglíficos de la galería.

Daniel la miró incrédulo.

—¿Te has vuelto completamente loca? —dijo Daniel llevándose las dos manos a la cabeza—. ¿Qué te propones, Sarah? ¿Qué nos maten o que nos lleven a prisión? Sabías perfectamente que no podemos revelar información clasificada por el Departamento de Defensa.

La presión dentro de Sarah iba en aumento de nuevo.

—¡Estoy cansada de jugar el sucio juego de los políticos y los militares! Desde que llegué aquí me he dado cuenta de muchas cosas. No puedo soportar más ver cómo funcionan las cosas y agachar la cabeza con el estúpido miedo que les tenemos. ¿No te das cuenta, Daniel? Vivimos en una civilización gobernada por el terror.

—Lo sé, pero… ¿qué vamos a hacer ahora, Sarah?

—Tenemos que pedirle ayuda a Tom. Sé que los arqueólogos quieren investigar los jeróglíficos de la galería, eso podría ayudarnos a entender cómo funciona esa tecnología. La única opción que tenemos ahora es poder ofrcerle a la humanidad una alternativa que sustituya los combustibles fósiles. Quien quiera que haya construido esa edificación tenía el conocimiento para utilizar esa energía infinita. Si lográramos descubrir la forma de emplearla, quizá tendríamos una oportunidad para detener o por lo menos aminorar el calentamiento del planeta.

Capítulo 26

José estaba empacando las últimas provisiones antes de dirigirse a la aldea donde había estado junto con Kiara y Elena hacía unas semanas. Rafael se había ofrecido a llevarlo, dado el interés que tenía en el desciframiento del códice maya. Durante los días que había estado ahí, él y José habían formado un vínculo por el interés que compartían en la leyenda descrita en el códice.

A pesar de los conocimientos de todo el equipo liderado por el doctor Jensen, aún había muchas interrogantes sobre el significado de la mayoría de las láminas. José le había sugerido a Rafael pedir la opinión de los chamanes de la aldea sobre los dibujos que ellos no habían podido interpretar. Esta idea había llamado la atención de Sarah en un punto muy importante: había decidido pedirle a Rafael que sacara del campamento el disco de memoria que contenía la información de las actividades del profesor Mayer y la corporación World Oil.

Rafael había accedido a hacerlo una vez que hubieran probado la seguridad de los militares a la salida del campamento, y viajar a la aldea era la oportunidad ideal. Los dos hombres salieron del campamento en el jeep y en cuestión de minutos llegaron al puesto de vigilancia militar instalado en el camino.

Los militares les pidieron que explicaran los motivos de su salida, después los hicieron bajar del vehículo para registrarlo a fondo. Tocaron los cojines de los asientos para asegurarse de que nada estaba oculto ahí; utilizaron espejos para mirar por debajo; bajaron todo el equipaje y abrieron los paquetes para verificar su contenido, finalmente registraron el motor. No habiendo encontrado nada sospechoso, los dejaron salir del campamento.

José le dio instrucciones a Rafael sobre cómo dirigirse hacia la aldea. Rafael condujo a través de la selva, apreciando la magnífica variedad de vegetación y fauna que se veía y escuchaba por el camino. De pronto empezó a pensar en Sarah, había sido una enorme sorpresa encontrar una mujer como ella en medio de esa selva tropical. Definitivamente, jamás se hubiera imaginado tener un encuentro de ese tipo en un lugar como ése. Sarah había causado un enorme impacto sobre él, había estado horas y horas hablando con ella de todo tipo de cosas, mientras disfrutaban de la fogata en el campamento. Rafael se preguntaba si era posible que hubiera experimentado amor a primera vista cuando ella entró en la carpa el día de su llegada.

La idea le parecía asombrosa, no era algo que sucediera todos los días. "¿Será que estábamos destinados a conocernos ese día?", se preguntó. Su encuentro fue una total coincidencia visto desde el punto de vista escéptico, pero durante su viaje en el avión, Rafael había leído sobre los mayas: ellos creían que todos los seres humanos teníamos un destino que cumplir en la vida, eso incluía el hecho de que ciertos lugares y personas desempeñarían un papel decisivo en las decisiones que tomáramos para recorrer los intrincados caminos del destino.

De acuerdo con las creencias de los mayas, el día de nuestro nacimiento determinaba la forma y las dificultades que uno tendría que enfrentar para llevar a cabo la misión que nos había sido encomendada. Para definir esto, habían desarrollado un ciclo de 260 días llamado Tzolkin. Este ciclo contenía 20 sellos solares y 13 números magnéticos que se iban intercalando a partir de una fecha de inicio hasta que el ciclo alcanzaba su vuelta completa, vuelta que generaba 260 combinaciones posibles.

Hasta la fecha, nadie podía explicarse de dónde habían obtenido esta idea sobre los 13 números y los 20 sellos, pero los mayas le daban una importancia primordial en sus vidas. De acuerdo con su cultura, el sello solar determinaba las características de la conciencia del individuo, así como su forma de interactuar con el mundo. De esa manera, algunos sellos determinaban situaciones específicas en la vida que uno tenía que superar. Por otro lado, los números magnéticos determinaban la influencia que uno era capaz de ejercer sobre los demás; había números que eran compatibles entre sí y números que no lo eran, algunos eran dominantes y otros sumisos. Muchas veces la atracción entre personas obedecía directamente al magnetismo de sus números, y la forma de emprender y llevar una relación quedaba bajo el dominio del sello solar personal.

José le avisó que ya estaban cerca de la desviación que conducía a la aldea. El jeep tomó la brecha y en pocos minutos llegaron a su destino. La aldea se mostraba exactamente igual que como la habían dejado semanas atrás, el tiempo parecía no causar ningún cambio en ese lugar. Al entrar a la comunidad, niños de todas las edades se les acercaron y comenzaron a jugar con ellos, José les preguntó si podían llamar a Chak, uno de los aldeanos con el que había hecho amistad.

Uno de los niños mayores fue a buscarlo y al cabo de unos minutos, José lo vio aproximarse. Rafael dejó que José explicara los motivos de su viaje, mientras observaba la aldea y notó algunas similitudes con las aldeas que había visitado en África. Los rieles de tren y los pequeños carros llamaron su atención. Unos antiguos silos se veían al fondo de la aldea, estaban oxidados y parecía que en cualquier momento se vendrían abajo. José terminó de hablar con Chak y se aproximó a Rafael.

—El chamán se encuentra en su choza, está curando a una persona. Chak me dijo que podía recibirnos después de que terminara. Traje unas provisiones del campamento para ofrecérselos a cambio de sus servicios.

Rafael, como buen aventurero, había visitado chamanes africanos en otras ocasiones y sabía que siempre era necesario recompensarlos de alguna forma por sus servicios. Los chamanes casi nunca estaban interesados en el dinero a menos que quisieran obtener algo en especial, pero esa posibilidad era muy remota. Por lo general, se les daba tabaco, plumas de aves exóticas o cuchillos de acero inoxidable para la caza en pago a sus servicios. Algunas personas les daban rifles de bajo calibre.

José y Rafael esperaron pacientemente a que el chamán terminara con su curación. Después de unos veinte minutos, Chak los llamó para que se aproximaran a una choza. José entró primero y Rafael lo vio hacer una reverencia en señal de respeto al anciano, que se encontraba sentado en el suelo. A un metro de distancia, un pequeño fuego estaba encendido a sus pies. El chamán estaba sentado sobre un pequeño tapete hecho con hoja de palma. Los dos hombres se sentaron en el suelo frente al chamán. Chak entró a la choza y también se sentó, habló unas palabras con el chamán y luego le preguntó a José:

—¿Quién de los dos está enfermo?

—No, ninguno de nosotros. Traemos un códice maya que nos gustaría mostrarle para escuchar su interpretación. Rafael abrió su mochila y le entregó las copias del códice a Chak. El chamán las recibió y fue mirándolas una a una por espacio de cinco minutos. Luego hizo una pregunta.

—¿Dónde encontraron estos dibujos? —preguntó Chak, que estaba sirviendo de traductor.

—Los encontró él —dijo José apuntando a Rafael—. Estaban escondidos dentro de un escritorio muy antiguo, del siglo XVI.

Chak tradujo la respuesta y el chamán puso las hojas en el suelo frente a él, movió las hojas de un lado a otro y luego dijo algo.

—Dice que el códice está en desorden, no se puede interpretar así.

Rafael se levantó de su lugar y tomó parte de las hojas. Los científicos del laboratorio de Madrid habían tenido el cuidado de numerar todas las páginas. Él había visto el códice original en forma de acordeón y comenzó a poner las páginas en orden. José pidió a Chak que le regalara un poco de resina de chicle para pegar las hojas y así lo hicieron. Al cabo de quince minutos, las páginas del códice podían leerse como las originales.

El chamán tomó el códice en forma de acordeón y empezó a leer las páginas. Sus ojos se movían de manera extraña conforme lo leía, como si estuviera viendo las dos páginas abiertas al mismo tiempo. Luego de un rato dijo por fin algo.

—¿Por qué quieren saber el significado de este códice? —preguntó Chak.

—Es parte de una investigación que hacemos en este lugar —dijo José—. Creemos que tiene relación con el nacimiento del Sexto Sol y una galería que se encuentra oculta bajo tierra.

Chak tradujo las palabras al chamán, que escuchó con mucha atención y luego de hacer una pausa y habló.

—La galería subterránea es una pirámide y fue escondida porque sus constructores no querían que fuese encontrada. El códice fue escondido porque su dueño no quería que fuese encontrado. Los secretos del conocimiento antiguo no son para ser encontrados aún. No fueron hechos para los hombres que son, sino para los que vendrán —dijo Chak con bastante dificultad para traducir.

José y Rafael se miraron entre sí, no habían entendido bien la última frase. Lo seguro era que el chamán no tenía intenciones de revelar el significado del códice. José tomó la palabra:

—Pregúntale por favor, ¿por qué no quiere revelarnos el significado del códice? —le dijo a Chak.

El chamán escuchó la pregunta y respondió de inmediato.

—Dice que no tiene nada en contra de ustedes, sabe que sus intenciones son buenas, pero que no comprenderían porque no poseen el conocimiento de los antiguos hombres.

El chamán siguió hablando mientras Chak lo escuchaba atentamente.

—Dice que la galería subterránea fue construida por los dioses antiguos, eran seres humanos con poderes increíbles. Aun él no comprende cómo lograron construir algo así. Los dioses usaban su cerebro de una forma distinta a la nuestra.

El chamán volvió a hablar y José y Rafael se dieron cuenta de que había dado instrucciones a Chak para que fuera traduciendo poco a poco. El chamán se llevó las manos a ambos lados de la cabeza.

—Los dioses podían separar las imágenes en su cerebro y dibujarlas o tallarlas en piedra, para que nadie las pudiera entender más que ellos. Luego las juntaban adentro y sabían cuál era el mensaje.

El chamán tomó el códice y se lo mostró a Rafael y José. Juntó las dos páginas para ejemplificar que cada página necesitaba sobreponerse a la otra para formar nuevas figuras completamente distintas a las que mostraba el códice.

—Impresionante —dijo Rafael.

Luego el chamán volvió a hablar.

—Dice que muchas veces sus antepasados simplemente copiaban los dibujos o grabados creyendo que hablaban sobre cosas del mundo, pero en realidad tenían mensajes que sólo los más altos sacerdotes que los gobernaban podían entender.

El chamán seguía hablando y José y Rafael escuchaban cada vez con más atención.

—Dice que el códice habla sobre el reino de Xibalba y sobre el cambio que se producirá en el mundo dentro de poco tiempo. Los hombres han perturbado el espíritu de la tierra y muchos van a morir. Las leyes del kin han sido ignoradas por miles de años y ha terminado el tiempo en que el hombre debía haber aprovechado para elevar su conciencia.

—¿Qué es Xibalba? —preguntó Rafael a José, que hizo una pausa para pensar y luego trató de explicárselo.

—Algunos investigadores piensan que Xibalba era el infierno o el inframundo para los mayas, aunque estas aseveraciones fueron hechas por los primeros expedicionarios católicos que estudiaron el libro de los acontecimientos o Popol Vuh de las tribus mayas aborígenes. En realidad era el lugar donde ellos creían que los dioses habían creado a los primeros seres humanos. El Popol Vuh dice que Xibalba era un lugar donde existían seis casas de tormento y castigo que eran gobernadas por los trece señores del inframundo. Allí se encontraba el árbol de la vida; según sus leyendas, aquel que encontraba el árbol de la vida recibía el conocimiento que lo convertiría en un ser inmortal, pero para llegar hasta ese lugar tenía que pasar por muchas pruebas dentro de los diferentes niveles llenos de laberintos, animales mitológicos y quimeras mitad hombre y mitad animales. Algunos de estos seres mitológicos conferían poderes a los iniciados que llegaban a ese reino, pero otros eran malvados y los atrapaban para hacerlos sufrir en lugares espeluznantes. Por eso muchos investigadores piensan que el inframundo era el

infierno para los mayas, porque ellos describían estos lugares espeluznantes como si fuera el infierno. Pero hay otros
relatos mayas antiguos que aseguran que el infierno es aquí
donde habitamos nosotros.

—¿Cómo? —pregunto Rafael—. ¿Estamos viviendo en
el infierno, según ellos?

—En la antesala, para ser exactos —respondió José—.
Según las leyendas mayas, los señores de Xibalba crearon al
ser humano varias veces porque siempre resultaba imperfec-
to. Después, los últimos hombres que crearon tampoco se
comportaron bien y los señores de Xibalba los expulsaron
de los planos superiores arrojándolos a este mundo. Desde
aquí, miles de almas caían al último infierno, cuando en re-
petidas ocasiones violaban las leyes del kin. Para ellos, este
mundo era un sitio de prueba para las almas de los hombres.
Algunos podían salvarse buscando el camino de regreso al
jardín de la vida, para lo cual tenían muchas oportunidades
de reencarnar en este plano, pero la mayoría de las almas que
ya estaban condenadas experimentaban aquí sólo una pequeña muestra del sufrimiento que les esperaba cuando llegaran
finalmente al nivel más bajo. De ese nivel jamás hablaban,
apenas si lo mencionaban. Tenían un miedo irracional a ese
mundo. Por eso su tradición habla de buscar el camino para
salvar sus almas de su inminente caída.

—¡Qué horror! —dijo Rafael—. ¿De veras creen en eso?

—No sólo creen en eso. Ellos están convencidos de que
nosotros, los hombres civilizados, somos de esas almas condenadas y que por eso sufrimos tanto y producimos tanto
sufrimiento en el mundo.

—¡Mierda, eso es cierto! —dijo Rafael pensando
en todas las guerras y crímenes que el hombre civilizado
provocaba.

—Por eso siempre han huido de nosotros —le explicó José—. Para ellos, somos demonios haciendo una escala

hacia el último de los infiernos. Las primeras veces que llegué a visitar a estas tribus hace muchos años, no me dejaban entrar a la aldea. Después de mucho insistir, por fin accedieron, pero me limpiaban todo el día con humo de copal y se ponían a rezar, pidiéndoles a los dioses que me iluminaran.

—No lo dudo. Entonces el camino para salvarse es regresar a Xibalba. ¿Y encontraron finalmente el árbol de la vida?

—Según los brujos antiguos, era muy fácil perderse en ese reino en la búsqueda de ese poder. Xibalba era como un laberinto lleno de trampas y encrucijadas de donde algunas almas jamás regresaban. Otros, en cambio, se volvían malvados en su ambición por descubrir ese poder. El árbol de la vida, dicen las leyendas, se encontraba en un jardín custodiado por uno de los señores de Xibalba y sólo él decidía si mostrarle el árbol a quien llegaba hasta ahí. Las leyendas dicen que los antiguos dioses humanos lo habían encontrado y así habían alcanzado la inmortalidad.

—No entiendo —dijo Rafael—. Entonces ese reino se encuentra solamente en su imaginación, es un mito de su cultura, ¿verdad? Igual que los mitos de las culturas africanas.

El chamán volvió a hablar y Chak escuchó con atención, luego empezó a traducir lo que estaban diciendo José y Rafael.

Chak miró a Rafael y tradujo las palabras del anciano.

—Dice que tú no has sido iniciado por la tribu en el conocimiento antiguo, por eso hablas de mitos y de imaginación. No sabes nada del verdadero conocimiento, pero puedes empezar hoy si lo deseas, puede que aún tengas tiempo.

—¿Tiempo para qué? —preguntó Rafael.

—Para seguir el sendero de Xibalba —le respondió Chak—. El chamán te está preguntando si deseas ser iniciado en los misterios del conocimiento antiguo. Dice también que ese códice no llegó a tus manos por casualidad.

Rafael se sintió desconcertado. Sabía que cada tribu tenía diferentes ritos de iniciación y algunos de ellos eran muy dolorosos: en África algunas tribus se perforaban la lengua con astillas filosas, y en el avión había leído que los hombres mayas de la antigüedad se perforaban el pene hasta hacerlo sangrar para invocar a los dioses de la fertilidad.

—No me van a perforar ninguna parte del cuerpo, ¿verdad? —exclamó Rafael.

—¿A qué te refieres? —preguntó José.

Rafael le explicó lo que había leído en el avión. Chak escuchó la explicación y se lo dijo al chamán. Éste soltó una carcajada que se escuchó hasta el otro lado de la aldea, luego dijo algo, y Chak, que se estaba riendo también, lo tradujo.

—Dice que, si deseas, te podemos perforar el pene y tus dos tetillas y pasearte por la aldea para que todos te vean.

Todos a excepción de Rafael comenzaron a reír a carcajadas. Luego él se dio cuenta de que estaban bromeando y sonrió.

—Bueno, si ya han terminado de burlarse de mí, ¿me pueden decir en qué consiste el rito de iniciación?

José le explicó que solamente tenía que beber la medicina de la tribu y que el chamán iba a humearlo frente al fuego.

—No parece peligroso —dijo Rafael—. Pero, ¿qué tipo de medicina es ésa?

—Es un brebaje que ellos preparan a base de plantas que te ayudarán a entrar en trance. El brebaje tiene más funciones, va a limpiar tu conciencia y también tu organismo. No tengas miedo.

—¡Yo no tengo miedo! —exclamó Rafael con arrogancia—. Solamente quiero saber bien de qué se trata.

—Para ellos, ser iniciado y beber la medicina es un asunto muy serio —explicó José—. Es una tradición que comparten con muchas otras tribus indígenas del país. La planta que compone el brebaje es sumamente sagrada en su cultura. Es imposible que lo entiendas.

—¿Y por qué es tan sagrada esa planta? —preguntó Rafael—. ¿Por qué no he de entenderlo?

—Las tribus del norte tienen su propia mitología, ellos llaman a Xibalba el mundo de los sueños. Según su leyenda, cuando los hombres empezaron a buscar el árbol del conocimiento por su ambición, la serpiente emplumada, que era el señor guardián de ese plano y que ya antes había bajado a la Tierra a enseñar el sendero del conocimiento a los hombres, se había enojado con ellos porque lo habían utilizado para dañar a los demás y además se habían vuelto crueles. Entonces la serpiente, cansada de custodiar el árbol del conocimiento, utilizó su enorme poder para transformarlo en el venado azul, para que así escapara por sí solo de las ambiciones de los hombres para siempre. El venado azul era un ser mágico y jamás podría ser encontrado; la serpiente emplumada estaba más que complacida con su logro, ya no tendría que preocuparse de que los ambiciosos hombres lo encontraran. Pero a través del tiempo, el venado azul comenzó a mirar en el corazón de los hombres que lo buscaban y vio que algunos de ellos no buscaban el conocimiento para volverse poderosos y esclavizar a los demás, sino que buscaban la verdadera iluminación de su conciencia.

—¿Y entonces qué sucedió? —preguntó Rafael, que estaba sumamente interesado en la mitología indígena.

—El venado, en un gesto de amor por los hombres, bajó a este plano desde el mundo de los sueños y caminó por el desierto para que los indios lo vieran. Los indios lo vieron y quisieron atraparlo pero el venado era muy veloz para ellos y corrió y corrió por todo el desierto sin que pudieran alcanzarlo. Entonces la serpiente emplumada se dio cuenta de lo que había hecho el travieso venado y bajó para llevárselo de regreso.

—Pero entonces, ¿cuál fue el gesto de amor para los hombres? —preguntó Rafael.

—Los hombres malvados que querían cazarlo para quitarle su poder se dieron cuenta de que la serpiente se había llevado al venado para siempre y se marcharon, pero aquellos que habían observado bien a Tamatz Kayaumari, como llamaban ellos al venado azul, se sentaron a esperarlo, y mientras esperaban a que regresara se dieron cuenta de que en los lugares donde sus patas habían dejado huellas empezaba a crecer una planta de aspecto muy especial. Después, cuando la planta terminó de crecer, el venado les habló desde el cielo a los hombres que lo habían esperado y les dijo que aquel que deseara encontrarlo en el mundo de los sueños podía comer el cacto sagrado y éste los conduciría hasta él.

"La serpiente lo escuchó y estuvo de acuerdo, pero les advirtió a los hombres que antes de atreverse a comerlo debían vivir una vida impecable de respeto hacia sí mismos, hacia los demás y hacia todas las criaturas de la naturaleza, de otro modo serían rechazados por el cacto sagrado, quien los haría pagar por todos sus errores y malas acciones.

—¡Qué leyenda tan folclórica! —exclamó Rafael.

—Desde entonces, los marakames, que son los hombres de conocimiento de las tribus del norte, han viajado alrededor del país para llevar a las demás tribus el fruto de los dioses, que es el regalo que les dejó el venado azul. Para ellos, realizar sus ceremonias es la forma de honrar el conocimiento de sus ancestros y buscar el sendero que conduce a Xibalba. ¿Ahora entiendes lo que significa para ellos esa tradición?

—Perfectamente —dijo Rafael—. Lamento haber sido tan idiota. Esas tradiciones representan para ellos algo tan sagrado como lo es para nosotros nuestra religión.

José asintió con la cabeza.

Chak comenzó a hablar con el anciano chamán y José pudo darse cuenta de que relataba toda la historia que él le había contado a Rafael.

—¿Cómo sabes tanto sobre las tradiciones? —le preguntó Chak a José mientras él y el anciano lo veían detenidamente.

—Soy antropólogo —respondió él—. Además he pasado años viviendo con diferentes tribus.

Rafael volteó a ver al anciano que les estaba sonriendo.

—Entonces, ¿él es un marakame? —preguntó Rafael a José refiriéndose al anciano.

—Así es. Es un hombre de conocimiento, aunque marakames se les llama en las tribus del norte.

—¿Y tú crees que yo estoy listo para ser iniciado en el conocimiento de su tribu?

—Él piensa que sí lo estás —le dijo Chak adelantándose a José—. Él dijo que tu poder personal te trajo hasta aquí desde el otro lado del mundo. El códice de tu antepasado te mostró la ruta de tu destino, de ti depende tener el valor de afrontarlo.

—¡Pues entonces que así sea! —dijo Rafael tomando valor—. Estoy listo.

—Antes de empezar —dijo Chak—, nuestro médico brujo desea saber si puede conservar los dibujos y el cuchillo del señor Rafael.

Rafael recordó que siempre que salía de campamento cargaba con su enorme cuchillo de cacería. El ejemplar que traía en su cinturón lo había comprado en Suiza y había pagado una considerable cantidad de euros por él. Era una fina pieza de acero inoxidable de veinte centímetros de largo con un filo estupendo y mango ergonómico de hule reforzado. Era su pieza favorita y no podía entregarla tan fácilmente.

—Dile al médico brujo que con gusto puede conservar los dibujos, pero no el cuchillo.

El anciano chamán lo miró, se quedó meditando unos segundos y luego se paró de su lugar con una agilidad felina. Sacó de entre sus cosas un estupendo bastón de madera con la cabeza de un jaguar tallada en el borde superior y hermosas plumas de colores colgando de sus extremos. Era una pieza de artesanía incomparable. El chamán se la mostró a Rafael, él la observó con detenimiento y supo que era uno de los bastones de poder sobre los cuales también había leído. Se levantó de su lugar y desabrochó su cinturón, luego sacó el cuchillo con su funda de piel y se lo entregó al chamán.

—Trato hecho —dijo Rafael admirando el bastón en sus manos. Ya hasta había escogido en qué lugar de su departamento de Madrid lo pondría. En cuanto llegara al campamento se lo enseñaría a Sarah y bromearía con ella diciendo que lo había comprado para embrujarla.

El chamán sacó el cuchillo de su funda y lo observó detenidamente. Sonreía y se mostraba muy satisfecho con el trueque que había hecho con Rafael. José miró el bastón y le dijo a Rafael que era muy afortunado de conseguir una pieza así, los chamanes rara vez entregaban sus bastones de mando a otros hombres, luego se volteó y le dijo a Chak:

—Yo sólo traje unas provisiones que deseo regalarles —sacó algunos chocolates y unas bolsas metálicas con café molido y azúcar. Chak las recibió con gusto y salió de la choza.

El chamán guardó el cuchillo y las copias del códice en un rincón de su choza y les hizo señas a José y Rafael de que esperaran ahí dentro. Después de unos minutos regresó con un recipiente en sus manos, Chak venía detrás de él.

—Es la medicina —dijo José.

—¿Qué efectos produce? —preguntó Rafael.

—Sólo un poco de náuseas, no te preocupes; la doctora Sánchez y la hija del doctor Jensen lo tomaron hace unas semanas y están perfectamente bien.

El chamán se acercó a Rafael y le entregó el recipiente. Después atizó el fuego con una vara y le sopló para generar más calor. De la bolsa de su pantalón sacó un polvo y lo echó al fuego, inmediatamente comenzó a oler a copal, el humo se volvió tan denso dentro de la pequeña choza que José y Rafael comenzaron a toser.

El chamán le hizo señas a Rafael para que bebiera del recipiente. Rafael se lo llevó a la boca y comenzó a beber lentamente. El sabor del brebaje era espantoso, sumamente agrio y además tenía un horrible gusto a tierra. Rafael lo sabía porque se había caído de un camello en un viaje que había hecho a África y había aterrizado con la boca abierta en un pozo con lodo. El agua con tierra había llegado hasta su garganta y había tenido que tragarla, y el sabor era horrible. Ahora estaba recordando esa sensación.

Acabó de beber a duras penas el brebaje y luego se limpió la boca con su camisa. Alzó la cabeza y entre el humo vio cómo José hacía gestos de repugnancia.

—¿Lo tomaste todo?

—Hasta la última gota. ¿Por qué estas haciendo esos gestos con la boca?

—Es que yo la he tomado muchas veces —dijo José—. Y cada vez siento como si fuera la primera. El sabor es espantoso, ¿verdad?

—¡Horrible como su puta madre! —dijo Rafael—. Pero lo peor ya ha pasado, ¿no?

—Bueno, eso depende. Mejor siéntate aquí, tranquilo —dijo José poniendo su mano en la espalda de Rafael—. Sólo por precaución.

—¡Que no me pasa nada, hombre! —dijo Rafael sentándose en el suelo—. Los españoles conquistamos estas tierras, ¡somos más duros que las piedras!

El chamán se acercó a Rafael y comenzó a soplarle humo de copal con un pequeño incensario, una vez que hubo terminado salió de la choza. José se quedo hablando con Rafael acerca de la iniciación que había tenido junto con la doctora Sánchez y Kiara. Después le platicó sobre el día de la tormenta y cómo Kiara había desaparecido por dos días en medio de la jungla. Todo había cambiado desde entonces, José quería investigar la galería subterránea que Sarah Hayes había encontrado, pero no se atrevía a hacerlo por temor a que los soldados le dispararan si se acercaba.

Tras casi media hora de ausencia, el chamán regresó con un pequeño tambor, se sentó frente al fuego y empezó a tocarlo. Rafael se había sentado en el suelo y no sentía otra cosa que no fuera el horrible sabor en la boca que el brebaje le había dejado. José se sentó a un lado para acompañarlo. Poco a poco el sonido del tambor apaciguó los pensamientos de ambos y de pronto dejaron de conversar para concentrarse de lleno en los sonidos.

El tambor seguía sonando cuando Rafael empezó a notar una sensación extraña dentro de sí. Su cuerpo empezó a ponerse rígido, una tensión que corría a lo largo de su espalda se apoderaba de él. Trató de moverse un poco para aminorar la sensación, pero no importaba lo que hiciera, la tensión en su cuerpo seguía en aumento. Luego su estómago comenzó a producir sonidos mientras una sensación de náusea lo invadía por dentro.

Se acostó en el suelo tratando de aminorar los síntomas, pero resultó peor, se sintió más incómodo hasta el punto de que volvió a sentarse. José lo observaba sin decir una palabra. Rafael cerró los ojos y empezó a ver todo tipo de luces y manchas brillantes. La náusea iba en aumento y su abdomen empezaba a sentir espasmos. La presión aumentó y comenzó a devolver el estómago. José sacó de su mochila unos pañuelos desechables y se los dio a Rafael. Éste volvió a vomitar y se quejó de las náuseas que estaba sintiendo. La cabeza le daba vueltas y todo su cuerpo temblaba, la medicina se había apoderado de todo su ser y ahora empezaba a dudar de que fuera tan duro como las piedras.

Chak, que había regresado cuando el chamán había traído el tambor, salió de la choza. José pensó que seguramente había sentido náuseas por el olor del vómito, pero regresó enseguida con una pala y recogió los restos. Salió de la choza e hizo un agujero para enterrarlos.

Rafael respiraba profundamente halando el aire a bocanadas mientras su cuerpo seguía convulsionándose. Llevó su mano derecha a su corazón y sintió el acelerado latido en su pecho. Nunca antes había tenido ese tipo de sensaciones. Cerró sus ojos y su conciencia comenzó a viajar a una velocidad increíble. Amargos recuerdos sobre su divorcio y los pleitos que había tenido con su ex mujer llegaron a su mente. Estaba reviviendo la experiencia tan traumática que había sido explicar a sus hijos, todavía pequeños, que había decidido mudarse de casa.

Recordó cómo uno de sus hijos lloraba a lágrima abierta y Rafael sintió pena por él. Unas lágrimas empezaron a correr por sus mejillas mientras revivía los tristes recuerdos. Nunca había querido aceptarlo, pero había sido un suceso muy traumático para ellos, no había sido su intención dañarlos, pero desafortunadamente habían quedado atrapados entre dos fuegos y habían salido lastimados. Rafael se cuestionó si había hecho lo correcto. Hacía más de diez años de su separación y sin embargo todavía no lo había superado, sentía una profunda culpa por dentro. Entonces supo que la única solución posible ahora era hablar al respecto con sus hijos y juntos superar el trauma.

Rafael no entendía cómo, pero el cacto sagrado estaba recorriendo toda su mente para remover todos los dolorosos recuerdos de su agitada vida. Mientras más recordaba, más fuerte era la sensación de haberse equivocado al vivir de manera tan egoísta. Se encontraba solo y su vida estaba llena de lujos y emociones excitantes, pero no podía llenar el vacío que sentía de haber perdido a su familia.

La sensación de náusea poco a poco fue desapareciendo y Rafael pudo escuchar de nuevo los redobles del tambor dentro de su cabeza. La tensión en su cuerpo poco a poco fue convirtiéndose en una sensación de extrema fuerza y vitalidad. Se incorporó del suelo y se sentó con las piernas cruzadas, miró la choza a su alrededor y todo había cambiado. No podía describir cómo se había realizado este cambio, pero algo en su interior le hizo saber que estaba observando el mundo desde otro nivel de conciencia. Ahora las cosas no parecían tan reales y sólidas como antes, todo parecía encontrarse en su sitio sólo temporalmente. Tenía la sensación de que podía hacer las cosas desaparecer a voluntad y proyectar su mente hacia otro lugar. Miró a José y percibió algo como un aura luminosa alrededor de él.

Luego se percató de que todo a su alrededor estaba irradiando una luz tenue pero constante. La energía que circulaba por su cuerpo era tan intensa que se sentía atrapado en ese pequeño lugar. Cerró sus ojos, se concentró en el tambor e inmediatamente su conciencia viajó en dirección al sonido. Rafael perdió la sensación de su cuerpo y su conciencia se proyectó a través de un remolino de luces brillantes hacia otro lugar en el espacio.

La aldea había desaparecido y ahora se encontraba parado sobre una calle de lo que parecía ser una ciudad muy antigua. La calle no tenía pavimento, sino que estaba empedrada como las antiguas vías rurales de Europa. Miró los edificios cercanos y pudo reconocer construcciones del siglo XIX. Empezó a caminar por la calle y vio que se aproximaban por el otro lado de la acera dos mujeres vestidas con ropas de ese tiempo cargando unas pequeñas sombrillas. Las observó con detenimiento mientras pasaban de largo ignorándolo completamente. Siguió caminando y a unos doscientos metros encontró una plaza pública, muchos hombres y mujeres caminaban de un lado a otro de manera tan natural como en cualquier lugar del mundo. Se sentó en una banca. Nadie parecía percatarse de su presencia. Dos hombres estaban parados frente a la banca como a unos seis metros de distancia, discutían sobre las ventajas que representaría para su pueblo traer agua potable desde un manto cercano. Uno de los hombres le explicaba al otro cómo deberían instalar la tubería para luego distribuirla entre las casas de los habitantes, parecía que este hombre era ingeniero y el que lo escuchaba algún funcionario público. Terminaron de conversar y se despidieron. Ambos hablaban español pero con un acento muy diferente al que estaba habituado Rafael, así que pensó que seguramente se encontraba en un lugar del México antiguo u otra parte de Sudamérica. Algo en el ingeniero le parecía muy familiar, no eran sus facciones, sino algo que no podía comprender. Un impulso de su conciencia lo hizo seguirlo mientras él caminaba. Después de seguirlo por un laberinto interminable de calles, el hombre se detuvo en una casa, sacó una enorme llave de su bolsillo y la insertó en la cerradura de la puerta. Entró a la casa y cerró la puerta tras de sí. Rafael quería seguirlo, pero se había quedado afuera.

De pronto pensó en una osadía: se acercó a la puerta y apoyó su mano sobre ella, se sentía sólida como cualquier otra, pero Rafael sabía que se encontraba soñando en ese momento, entonces caminó a través de la puerta y se encontró en el interior de la casa.

Muchas voces se escuchaban desde el fondo del pasillo y él se adentró hasta la cocina. Presenció una escena familiar: sentados en una mesa rectangular el hombre y dos niños de aproximadamente ocho y diez años tomaban la cena en una vajilla con diseño muy antiguo. Una mujer se encontraba de espaldas preparando comida en una estufa. Rafael podía percibir el fuerte olor a leña desde el lugar donde se encontraba mirando. De pronto, la mujer tomó una cacerola y se volteó para ponerla en la mesa. Rafael recibió la sorpresa más grande que podría imaginar: era idéntica a Sarah Hayes.

La mujer se sentó a la mesa y empezó a compartir la cena con la familia. Los ojos de Rafael no daban crédito. Luego, algo dentro de él le hizo recordar otros sueños donde había visto a esta Sarah por primera vez. Desde hacía muchos años había soñado con ella y su mente simplemente lo había olvidado por completo. Ahora entendía por qué tuvo esa sensación cuando la vio en el campamento: Sarah y él ya se conocían, quizá habían vivido toda una vida juntos. Rafael no pudo soportar más la escena y quiso alejarse de ahí. De inmediato se encontró de nuevo en la choza con José, Chak y el chamán. El fuego seguía ardiendo con olor a copal y el tambor no había parado de sonar.

Capítulo 27

El reloj despertador sonó a las 6:45 de la mañana y Kiara saltó de la cama para apagarlo. Trató de recordar si había soñado algo, pero no pudo. Llevaba días sin recordar lo que había soñado y se preguntó por qué le sucedía eso. Ahora más que nunca era importante para ella recordar sus sueños, ver si recibía un mensaje o quizá hacer un viaje y averiguar más sobre el destino de la civilización.

Estaba en época de exámenes y las cosas no habían ido muy bien. No lograba concentrarse ni en los estudios ni en el trabajo ni en el contenido de sus sueños, era verdaderamente frustrante. Para empeorarlo todo, las escenas que mostraban los noticiarios en televisión sobre la destrucción ocasionada por el maremoto en el lejano oriente, la habían horrorizado, recordaba claramente que durante la ceremonia lo había visto, semanas antes de que ocurriera.

Se puso unos jeans bien ajustados y una blusa corta. Ordenó sus libros y los metió en su morral. En la cocina encontró a su abuela preparando café. Le dio un beso y le ofreció algo de desayunar pero Kiara solamente quiso un pan tostado con mermelada, eso le daría suficiente energía hasta el mediodía. No quería subir de peso, la guerra entre las chicas de su escuela por lucir la mejor figura no daba tregua alguna.

Después hizo su recorrido habitual y llegó a la escuela. Shannon estaba esperándola frente a las escaleras que llevaban a la puerta de acceso.

—Buenos días —dijo Kiara.

—Eran mejores hasta que me levanté.

—Vamos, cada semana tiene un lunes, aprende a enfrentarlo. No puedes vivir siempre en fin de semana.

—No extraño el fin de semana —dijo Shannon mientras entraban—, hoy tenemos examen de álgebra y como siempre no tuve tiempo de estudiar.

—¿Cómo que no tuviste tiempo de estudiar? Tuviste todo el fin de semana.

—El fin de semana lo uso para divertirme con mis amigos —exclamó Shannon—. ¿A que profesor tan idiota se le ocurre hacer un examen en lunes?

Kiara se rio y juntas entraron al salón de clases. Había estudiado días enteros y esperaba superar las malas calificaciones del mes pasado. Era el penúltimo examen de ese mes, en unas horas más presentaría el examen de historia y por fin sería libre de sus preocupaciones escolares.

El mediodía llegó y Kiara se sentía aliviada. Los dos exámenes no habían sido tan complicados como esperaba. A pesar de su falta de concentración durante el fin de semana, había memorizado lo más relevante, seguro sería suficiente para alcanzar buenas notas. Caminó hacia la cafetería y vio a Shannon sentada con los codos en la mesa y los brazos cruzados sobre la cabeza. No necesitaba preguntarle lo que le sucedía.

—Te fue mal, ¿verdad?

—Mal… —dijo Shannon, que mantenía la cabeza oculta entre sus brazos—. Esa palabra no describe lo horrible que me fue.

—Te lo mereces —dijo Kiara—. Pasaste todo el fin de semana haciendo tonterías en vez de ocuparte de tus deberes.

Shannon levantó la cabeza y con un gesto de desagrado exclamó:

—No entiendo para qué te enseñan tantas estupideces en la escuela. Mira a tu alrededor, ¿tú crees que a alguien realmente le interesa lo que nos enseñan? Lo único que todos desean aquí es tener dinero, mucho dinero.

—¡Para eso estudias, tarada! Para ir a la universidad, graduarte y conseguir un trabajo donde te paguen bien.

—Quién habla de ese tipo de dinero —dijo Shannon—. Me refiero al dinero grande, Kiara, no seas tarada tú. Estoy hablando de fama y fortuna, eso es todo lo que hay en este mundo.

—Pues no comparto tu opinión. Hay más cosas en el mundo que sólo fama y fortuna.

—¡Pues te equivocas! —exclamó Shannon—. Mira a esos chicos allá con sus patinetas. Lo único que quieren es que los veas, vienen a lucirse todos los días.

Kiara reconoció a los amigos de Shannon con quienes había tenido el altercado en el centro comercial. Shannon continuó hablando.

—Mira a los otros jugando basquetbol. ¿Qué es lo que desean? Que un agente los descubra y puedan jugar en un equipo profesional. Mira aquellas chicas maquillándose, sueñan con ser modelos y aparecer en las portadas de las revistas de moda. Todos desean lo mismo, Kiara, ¡fama y fortuna! Todos menos tú.

—¿Para qué demonios querría yo fama y fortuna, Shannon? Mira la vida de los famosos. ¿Fama y fortuna para qué? Para que me suicide a los treinta o para que me vuelva drogadicta y acabe en una clínica de rehabilitación. Quizá para que me case siete veces y al final me quede sola, ¿no?

—Tú no tienes remedio, Kiara —dijo Shannon sacudiendo la cabeza—. Fama y fortuna para divertirte, para eso sirven.

—Tanta diversión te vuelve loca, Shannon. Tus alabados artistas no son más que un montón de idiotas que usan su fama y fortuna para vivir una vida llena de excesos. Exceso de drogas, exceso de sexo, exceso de parejas, exceso de comida, exceso de matrimonios, exceso de todo, ¡maldita sea!

—¡Pues eso es mejor que no tener nada y tener que venir a esta maldita escuela! —gritó Shannon, y toda la gente que estaba cerca volteó a verla.

—¿Qué están mirando, idiotas?

—¡Hey, tranquilízate! No te pongas histérica por una simple discusión entre amigas.

—¡Si fueras mi amiga, entenderías a qué me refiero! —dijo Shannon claramente enfadada—. ¡Vas a acabar en un maldito convento para monjas!

Acabó de decir eso y agarró su morral para irse corriendo. Kiara iba a seguirla pero tenía que llegar más temprano al trabajo: uno de los empleados había estado faltando y necesitaba cubrirlo. "Ya se le pasará", pensó Kiara, y se dirigió a la parada de autobuses.

El centro comercial se encontraba tan lleno como de costumbre. Kiara se percató de que había más personas comiendo a esa hora y apresuró el paso. John, su mánager, estaba en el mostrador atendiendo gente, se le veía muy estresado.

—Kiara, vete a la cocina a ayudar con las ensaladas —le dijo enseguida—. Dereck volvió a faltar, el muy idiota. Ya son tres los que se unen al maldito boicot.

Kiara se cambió rápidamente y se metió a la cocina. El calor que producían las planchas era insoportable. El ritmo de trabajo era extenuante durante las horas pico y Kiara trabajó incansablemente hasta que todas las órdenes fueron despachadas. Se quitó el gorro y se limpió el sudor de la frente, tomó una bebida dietética del refrigerador y se metió a la oficina a descansar y refrescarse un poco. John había dejado el mostrador y estaba ahí dentro, como de costumbre, viendo los partidos de basquetbol por la televisión.

—¿Qué haces aquí?

—Estoy tomándome un descanso. Acabo de trabajar como loca para despachar todas esas órdenes.

—Acábate tu refresco y vuelve a tu lugar.

—¿Por qué tanta prisa? No tenemos clientes.

—¿Prisa?, ¿dijiste prisa? —exclamó John enfadado—. No tendría tanta prisa si tus compañeros vinieran a trabajar. Malditos holgazanes. ¿Ya viste las noticias? Ahora es en todo el mundo: millones de personas están faltando al trabajo. En todos los países, simplemente no salen a trabajar. Parece como un virus que ya se extendió por todo el maldito globo.

—¡Quizá ya se hartaron de tanto estrés! —le dijo Kiara en tono de sarcasmo.

En ese momento hubo un corte repentino de electricidad y todo se apagó. John empezó a maldecir de nuevo.

—¡Otra vez! —gritó John golpeando el televisor—. Es la cuarta vez desde el fin de semana. ¡Maldita sea! ¿Cómo puedes dirigir un lugar así? Los empleados no se presentan y la maldita electricidad se va todos los días.

—¡Cálmate! —dijo Kiara—. La electricidad ha estado fallando en toda la ciudad. En un par de horas seguramente regresará.

—Un par de horas… ¡No tengo un maldito par de horas! —gritó John—. Tenemos que prepararnos para la hora de la merienda. ¿Qué demonios vamos a hacer?

—¡Tranquilízate! —dijo Kiara que seguía sentada en su silla—. Te vas a enfermar.

—¡Ya estoy enfermo con tanta estupidez! —John salió de la oficina dándole una patada a la puerta—. Y tú regresa a tu lugar, ya descansaste mucho.

—Apenas llevo dos minutos sentada.

—No me importa cuánto tiempo llevas ahí. Tienen que trabajar más rápido. Productividad es lo que necesitamos, no descansos. Eso me recuerda que tengo que hablar con el cocinero.

John entró en la cocina seguido de Kiara y comenzó a pegar de gritos.

—¡Pónganse a trabajar! ¡Son unos perezosos! Tú, Juan, eres el peor de todos —dijo John dirigiéndose al cocinero—. Maldito mexicano, bueno para nada. Casi esperamos todo el día para que despacharas tus órdenes. O te corriges o te largas de aquí.

—¡Chinga tu madre pinche gringo pendejo! —contestó el cocinero en español; John no comprendió lo que había dicho.

—¿Qué dijiste? —preguntó John, y el cocinero se atacó de la risa junto con los demás.

John preguntó a Kiara si había entendido.

—Tú hablas español, ¿verdad Kiara?

—Sí, así es —Kiara había entendido perfectamente y no podía contener la risa.

—¿Por qué te ríes? ¿Qué fue lo que dijo ese idiota?

—¡No me grites! Y ya deja de gritarles a todos. Hacen lo mejor que pueden.

—Que me digas que fue lo que dijo. ¡Es una orden! —le volvió a gritar John.

—¡Pues averígualo tú mismo! —le gritó Kiara y salió hacia el área del mostrador.

John y los cocineros siguieron pelcando por largo rato. El centro comercial se había quedado casi vacío debido al corte de electricidad. Los generadores de las tiendas sólo alcanzaban para darles energía a las luces más fundamentales y no a los grandes anuncios. Pronto llegó la oscuridad y el lugar lucía realmente sombrío. Kiara se dio cuenta de que los comercios usaban las grandes luces como atractivo.

Llevaba apenas unas semanas de trabajar ahí y ya sentía toda la presión y el estrés que el trabajo provocaba. Ahora no le extrañaba que la gente se peleara en sus casas después de un día como ése. Por eso Shannon anhelaba tanto la fama y el dinero, quería escapar de ese mundo, para meterse en otro quizá peor. Kiara decidió hablar con ella al siguiente día y arreglar las cosas.

La hora de salida llegó y se apresuró a checar su tarjeta de empleado. Tomó el autobús y se bajó cerca de la escuela de Shawn. Llevaba varios días que no lo veía por estar ocupada con sus exámenes. Caminó hasta la entrada y desde la ventana lo vio practicando. De inmediato sintió una oleada de emociones en las entrañas. En las semanas que llevaba practicando con él, le había tomado verdadero aprecio. En el fondo se sentía atraída hacia él, pero no quería demostrárselo aún. Esperaría un poco hasta conocerlo mejor y ver qué tipo de persona era realmente. Entró a la escuela y se sentó en una de las sillas. Shawn se acercó.

—¿Qué esperas para ir a cambiarte? Tenemos que practicar.

Kiara le sonrió y se fue a los vestidores. Se puso sus shorts de entrenamiento y regresó al salón de prácticas. Shawn la puso a calentar por veinte minutos y, cuando estuvo lista, empezó a repasar la técnica para patear el costal.

—Debes girar bien la cadera para que tu patada tenga contundencia —le decía a cada momento.

—No sé por qué me exiges tanto. En realidad yo lo que quiero es hacer ejercicio y estar en forma, no matar a alguien a patadas.

—Eres mujer y eso te hace vulnerable —le contestó Shawn—. Debes aprender a defenderte. Nunca sabes cuándo lo necesitarás.

—Espero que nunca —dijo Kiara, que estaba sudando enfrente del costal y volvió a patearlo.

Shawn le pidió que parara y empezó a describirle cómo golpear con el puño.

—Tienes que cerrar bien el puño para que no se te lastime la mano. Mantén la muñeca firme y gira con todo el torso del cuerpo al golpear.

—Voy a imaginar que te estoy golpeado a ti —dijo Kiara riendo—. Así me va a ser más fácil.

Los dos terminaron de entrenar y salieron del gimnasio. Kiara le dio la noticia a Shawn de que había terminado con sus exámenes y que volvería a entrenar con él todas las noches.

—Vas a tener que mejorar si quieres presentar tu examen para tu primera cinta.

—Créeme, no estoy interesada en presentar ningún otro examen.

—Es parte del entrenamiento. No puedes quedarte como principiante para siempre.

—Ya veremos después.

Shawn acompañó a Kiara a su casa y se despidieron frente a la puerta. Una vez en su habitación, se acostó en su cama, cerró los ojos y recordó la escena de su jefe peleando con los cocineros mexicanos en el restaurante. Realmente era una imagen muy mezquina de la vida de un ser humano. Kiara estaba llena de ilusiones y sus expectativas de vida eran grandes. El poco dinero que había ganado en el trabajo lo estaba ahorrando para comprar su primer telescopio, tenía que juntar más de mil quinientos dólares para comprar un aparato decente. Diariamente, al salir del trabajo, daba una vuelta por el centro comercial y veía todas las hermosas cosas que las tiendas mostraban en los aparadores. Ropa fina, jeans de moda, zapatos y accesorios de todos tipos. Hacía más de un año que deseaba cambiar su guardarropa, y podía empezar a hacerlo, pero su deseo de comprar el telescopio era mucho más grande.

Esa noche había acordado con Shawn salir a divertirse el fin de semana, tenía pensado invitar a Shannon para reconciliarse por completo con ella. Quizá la había juzgado mal y exagerado un poco sobre la vida de los famosos, pero sabía que siempre estaban envueltos en escándalos. Kiara era contraria en naturaleza al escándalo y al spotlight, gustaba de ir a lugares calmados.

Los recuerdos de aquellas semanas que había pasado en México comenzaron a invadir su mente. Cerró sus ojos y trató de recordar la aldea donde había asistido a la ceremonia del maíz. De inmediato su mente le trajo el olor a humo de copal y leña quemada. Luego, sin quererlo, recordó lo que José había dicho sobre la conciencia colectiva de la especie. ¿Sería realmente posible transmitir información utilizando sólo la mente? Kiara deseaba que así fuera. Abrió los ojos y se concentró en enviar un mensaje de paz y armonía a todos los seres humanos. Se sentía sumamente perturbada por las visiones que había presenciado en su sueño, el recuerdo seguía siendo muy vívido todavía.

Se preguntó de nuevo por qué no había tenido éxito en sus intentos de despertar conciencia durante el sueño. Desde que había vuelto a Los Ángeles, no recordaba ni el más mínimo detalle de lo que había soñado cuando despertaba. Quizá esas experiencias que tuvo en la jungla habían sido producidas por aquel lugar, quizá la magia de la selva se había apoderado de ella y la había hecho viajar en el tiempo para mostrarle esas terribles escenas.

Luego pensó que era probable que, siendo ella una persona de la ciudad, el espíritu de la jungla estaba resentido con ella y los demás seres humanos por dañar severamente su ecosistema. En respuesta, el espíritu había utilizado su poder para que la conciencia de ella presenciara el horrible futuro que le esperaba a la humanidad. Kiara nunca había creído en la magia ni en los espíritus, pero esas experiencias hicieron que revaluara sus creencias. Ahora no estaba segura de lo que era real e irreal. Según la ciencia y las demás personas que conocía, los sueños eran sólo locas fantasías creadas por nuestras mentes mientras dormíamos, no tenían ningún valor real. Algunos autores habían escrito libros sobre el significado de los sueños, pero la mayoría de ellos describía sólo vaguedades de poca importancia, nada concreto.

José le había contado sobre los chamanes y cómo se valían de los sueños para hacer que su conciencia viajara a otros mundos; tras las experiencias que había vivido, esa postura le parecía la más sensata. Las experiencias eran demasiado reales para considerarlas una fantasía. Las culturas de la antigüedad habían considerado sagradas a las entidades con quienes se topaban en sus viajes, sus templos estaban llenos de estatuas que mostraban a estas quimeras como si formaran parte del mundo real. ¿Qué tal si estas figuras fueran verdaderamente reales en su propio mundo? ¿Qué tal si existían realmente y tenían vida propia en esos reinos de conciencia?

Kiara recordó lo que la doctora Sánchez había dicho sobre los viajes astrales y los monjes tibetanos. Los chamanes y los monjes tenían algo en común, vivían fuera de las ciudades, lejos del alcance de la sociedad de consumo y del dinero. Ambos grupos compartían una relación más íntima con la naturaleza, ambos vivían existencias pacíficas lejos de las distracciones y constantes preocupaciones del mundo civilizado. Kiara afinó el oído y pudo escuchar a sus abuelos viendo la televisión, como era su costumbre todas las noches. Luego pensó en la inmensa ciudad de Los Ángeles: millones de personas atravesando velozmente las autopistas en sus autos, millones viendo los canales de televisión que la era satelital ofrecía, otros tantos millones haciendo compras o saliendo a centros nocturnos a divertirse y disfrutar de la música, las luces y todas las demás creaciones de la era moderna.

Su atención volvió a su casa y pensó en sus abuelos: su mente estaba hipnotizada la mayor parte del día por todo aquello que escuchaban en la televisión, su conciencia siempre estaba distraída en una u otra cosa, a diferencia de la vida en la jungla, donde la gente siempre estaba atenta al aquí y al ahora de su existencia.

Kiara empezó a atar cabos. Desde que había llegado a la ciudad, su mente había sido bombardeada con miles de preocupaciones y cosas que la distraían. Sus amigas solamente estaban interesadas en los productos y las opiniones de la gente famosa que veían en la televisión. Pensó en Shannon y en cómo su mente giraba alrededor de lo que la televisión, las revistas y el internet decían que era excitante para su vida; sus convicciones no eran las suyas propias, sino el producto de estereotipos creados por los publicistas. Estereotipos que le decían a la gente cómo debían pensar, actuar, vestirse y qué debían esperar de la vida.

Definitivamente, en un mundo así no había tiempo para desarrollar las habilidades de nuestra mente. Kiara recordó que, no hacía mucho tiempo atrás, un profesor de biología les había hablado sobre el funcionamiento del cerebro humano.

"Los científicos no dejan de sorprenderse cuando logran desentrañar un pequeño misterio sobre el funcionamiento de nuestro órgano principal —decía el profesor—. Parece ser que el mismo cerebro es el responsable de nuestras emociones y estados de ánimo. Este increíble órgano es capaz de procesar billones de bits de información cada segundo sobre las impresiones que recibe del mundo que nos rodea. Es infinitamente más rápido que cualquier microprocesador que hasta ahora haya inventado la ciencia. Además de ser el responsable de regular todas nuestras funciones orgánicas, nuestro cerebro se encarga de interpretar la realidad que percibimos con nuestros sentidos y de volverla familiar por medio de la memoria asociativa. Sin embargo, aunque la ciencia ha hecho grandes progresos en el estudio de su funcionamiento y la naturaleza de su estructura, la capacidad de sus funciones sigue siendo un misterio para los científicos. Al día de hoy se estima que el ser humano más inteligente del planeta utiliza un máximo de diez por ciento del potencial total de funcionamiento que posee nuestro órgano principal."

Kiara reflexionó sobre su recuerdo. Si solamente utilizamos un mínimo potencial de nuestros cerebros y ese mínimo potencial permite a la raza humana fabricar sofisticadas tecnologías como las comunicaciones satelitales y las súper computadoras, ¿qué tipo de capacidades se esconden en ese noventa por ciento de potencial que sigue inactivo? ¿Sería posible que una de esas capacidades sea la posibilidad de viajar a través de la mente o la conciencia a lugares desconocidos más allá del espacio y el tiempo?

Sonaba a ciencia ficción, pero tan sólo hacía dos siglos, el viajar a la luna, atravesar el océano en aviones, transmitir imágenes vía satélite y calentar comida con microondas sonaba aún más irracional y fantasioso.

Quizá nuestro cerebro poseía esa habilidad y el mundo antiguo había hecho uso de ella para obtener conocimientos sobre la vida y los misterios del universo. Pero, ¿qué había sucedido entonces? ¿Por qué habíamos perdido esa capacidad tan extraordinaria que nuestra mente poseía? ¿Por qué la civilización había perdido el interés en su propio desarrollo evolutivo? Algo andaba mal en la sociedad moderna, de eso no tenía duda alguna.

Con esta interrogante en la cabeza, Kiara se paró de su cama y se cambió de ropa para dormirse. Se lavó los dientes, fue a desearles las buenas noches a sus abuelos y apagó su lámpara cuando hubo regresado a su habitación. Su mente se encontraba en calma tras la larga reflexión y pronto se quedó profundamente dormida.

El denso follaje de la selva llamó su atención inmediatamente. Caminaba por entre los árboles, buscando algo con desesperación. De repente, a lo lejos, notó algo moviéndose. Miró detenidamente en esa dirección y distinguió dos ojos brillantes de color amarillo verdoso que la miraban atentamente. Kiara sabía que estaba viendo a un animal, pero no podía ver su cuerpo, ni siquiera su silueta. Su camuflaje era perfecto. El animal la acechaba y ella se movía con cautela para no asustarlo. Se acercó lentamente y el animal se movió revelando su silueta tras las plantas.

Era un jaguar, tal como lo había visto aquel día en que se había extraviado en la jungla. De pronto algo en su mente la hizo reflexionar: se suponía que ella debería estar en casa de sus abuelos en la ciudad, en cambio, estaba de regreso en la selva tropical. Kiara notó que una vez más estaba soñando y podía estar consciente de este hecho. La certeza de que se encontraba otra vez explorando un plano diferente de la realidad aumentó la confianza en sí misma. Llamó al jaguar para que se acercara a ella y, para su sorpresa, el animal obedeció y se posó a su lado como si fuera un pequeño gato. Ella se sentó al lado de él y lo acariciaba.

El contacto que estaba teniendo con él en esa realidad alterna la hizo consciente de un hecho que le era difícil de comprender desde la perspectiva de su razonamiento cotidiano: al estar juntos en ese plano, la conciencia colectiva de sus especies había establecido un vínculo por medio del intento de ambos para comunicar la intensa emoción que sentían de encontrarse más allá de los límites del mundo ordinario. Kiara acariciaba suavemente la piel del jaguar y se percataba de que éste podía comprender la sorpresa que ella sentía de poder convivir con él de manera tan íntima. Entonces Kiara quiso saber más sobre la vida y propósito de su especie.

El jaguar volteó y observó a Kiara. Ella hundió su mirada dentro de los ojos de él y su conciencia se entrelazó de inmediato con la del hermoso felino. Ahora ella podía sentir la forma en que el animal coexistía con su medio ambiente. Su vida se desarrollaba tanto en el mundo natural como en el plano en que se encontraban ahora. El felino poseía la increíble capacidad de internarse en diferentes reinos de conciencia cada vez que descansaba. Su propósito de vida no era tan distinto al nuestro, la diferencia estaba en que él aún era movido por sus instintos naturales, que no le permitían el razonamiento lógico con el que los humanos analizábamos el mundo después de experimentarlo. El jaguar no se cuestionaba el porqué de las cosas, él era un viajero de la conciencia que exploraba los mundos valiéndose de sus sentidos y de sus agudos instintos. Como muchas otras especies, había encontrado el equilibrio con el medio que lo sostenía y se sentía asombrado de descubrir lo infinitamente extenso y complejo que era el universo. Su encuentro con Kiara en esa dimensión le permitía observar a la especie humana sin el miedo y la precaución que tendría que adoptar si se encontrara en el reino natural de todos los días. La transmisión de información entre las dos especies que esa dimensión permitía era fascinante para ambos. El jaguar observaba a Kiara y se daba cuenta de la asombrosa inteligencia que la mente humana poseía.

Después de unos momentos, Kiara sintió que había establecido un lazo de hermandad con el poderoso animal al compartir información sobre los propósitos de sus especies. El jaguar la miró incorporándose y comenzó a caminar de prisa. Ella lo siguió abriéndose paso con dificultad entre tanta maleza, tenía que esforzarse demasiado al correr para poder seguir su rastro. Justo cuando pensó que ya lo había perdido, el jaguar se detuvo frente a una extraña formación de enormes rocas y transmitió el mensaje a Kiara para que lo siguiera.

Enseguida entró en una estrecha grieta por entre las piedras y Kiara se apresuró a seguirlo. La grieta ocultaba una entrada en el suelo donde había una escalera que descendía y una tenue luz de color azul claro en el fondo. La escalera se internaba profundamente en la tierra y, más o menos a mitad del camino, Kiara quedó sorprendida con lo que vio. Una línea de jeroglíficos exquisitamente tallados en la piedra y cubiertos con un material parecido al vidrio resplandecía alumbrando el corredor que bajaba a una galería subterránea.

Kiara llegó hasta la galería y se maravilló ante los jeroglíficos tallados en las paredes. Uno de los símbolos llamó su atención, era enorme y con un diseño hipnotizante. Estuvo observándolo por largo rato y de pronto recordó algo que había olvidado del todo, su mente reaccionó de inmediato para traer de vuelta los recuerdos de aquel día que había ido con José a la playa y se había extraviado durante la tormenta. No era la primera vez que visitaba ese lugar. Esa galería subterránea se encontraba cerca del campamento arqueológico donde estaba su padre. El día que se había extraviado, el brujo indio la había asustado para que se desmayara y la había llevado a cuestas hasta ese lugar para que la tormenta no los dañara. Ahora recordaba perfectamente que había despertado en el interior de la galería y había visto el extraño símbolo. Luego reconoció al viejo chamán indio y, antes de que ella entrara en pánico, éste la había puesto a dormir dentro de ese lugar valiéndose de su magia. Así fue como, durante el sueño dentro de la galería, había llegado por pimera vez al mundo intermedio y luego a ese otro lugar donde aquella mujer guerrera de esa extraña civilización la había perseguido.

Pero, ¿por qué el jaguar la había conducido hasta ese lugar? Kiara volteó para verlo y lo encontró echado en uno de los rincones de la galería, como si fuera a dormir una siesta, definitivamente se sentía cómodo en ese lugar. Tras unos instantes de reflexión, las piezas empezaron a acomodarse en su lugar.

El jaguar habitaba en la selva tropical. Su curiosidad felina lo había llevado a descubrir la galería subterránea y una vez ahí dentro, se había acostado a dormir. Entonces, la magia de ese sitio había transportado su conciencia hasta otras dimensiones, tal como lo había hecho con Kiara. Ahora el jaguar se había convertido en un viajero de la conciencia y exploraba los mundos a su voluntad, visitando la galería cada vez que se le antojaba. Kiara le transmitió sus pensamientos, esperando que el jaguar validara su razonamiento y, en cambio, éste le hizo saber que la galería se había convertido en parte de sus dominios y que ella se encontraba ahí en su territorio porque él la había invitado a pasar.

Kiara comprendió, no sin sorprenderse, que el felino aun conservaba celosamente los instintos de su especie; uno de ellos era la posesión de sus territorios. El jaguar se consideraba dueño absoluto e indiscutible de la galería. Él la había encontrado dentro de su territorio y la había reclamado como suya propia.

Kiara se sentó junto a él y le aseguró que no tenía intenciones de pelear con él por la posesión de la galería, ella estaba de acuerdo en que era posesión suya y de nadie más. Los ojos del jaguar brillaron de felicidad y Kiara percibió la enorme inocencia que se escondía tras esa masa de músculos tan imponentes. La conciencia del jaguar era como la de un niño. El enorme felino acercó su cabeza a ella y comenzó a lamerle la cara con su áspera lengua. Luego empezó a juguetear rudo con ella, como si jugara con alguien de su especie. Como era mucho más pesado que ella, prácticamente la mantenía de espaldas al suelo dando zarpazos y mordisqueándola con cuidado para no lastimarla. Kiara luchaba con él empujándolo con las piernas mientras el jaguar, con tremenda agilidad, siempre se las ingeniaba para caerle encima. Ella empezó a reírse y escuchaba los rugidos cada vez más fuertes que el enorme felino emitía. Se carcajeaba jugueteando con el animal y de pronto toda la escena se desvaneció.

La oscuridad de la noche todavía dominaba la habitación, Kiara había abierto los ojos y estaba de vuelta en casa de sus abuelos. Miró el despertador, eran las 5:25 am. Su cuerpo se sentía lleno de adrenalina y se paró de su cama. Las sábanas y las cobijas se encontraban en el suelo, su cuerpo se había movido de un lado a otro mientras estaba luchando con el jaguar. Bajó a la cocina y se sirvió un vaso con leche. Sentía una enorme vitalidad en el cuerpo y una extraña claridad mental. Definitivamente, cada vez que soñaba consciente, todo su ser se sentía renovado y con una inmensa sensación de fortaleza física.

Miró por la ventana de la cocina y observó la calle desierta, la luz parpadeante de un farol iluminaba a duras penas el vecindario. Luego escuchó un ruido adentro de la casa, era el sonido de una puerta seguido por pasos en la escalera. Seguramente era su abuela que diariamente se levantaba temprano para preparar el desayuno. Kiara se acercó a la entrada de la cocina y acechó en la oscuridad, se escondió dentro de la cocina y esperó a que su abuela se acercara a encender la luz. La anciana entró a la cocina, encendió la luz y cuando miró hacia delante, Kiara la sorprendió.

—¡Sorpresa abuela!

La abuela soltó un grito de espanto.

—Ay… —luego vio que se trataba de su nieta y recuperó el aliento—. ¡Eres tú! ¿Qué haces aquí a esta hora?

—Sorprendiéndote, abuela —dijo Kiara—. Quitándole la monotonía a las mañanas.

Capítulo 28

La lujosa habitación del piso 88 en la torre de la mayor corporación petrolera del mundo se encontraba en completa oscuridad. Las brillantes sábanas de satín púrpura que vestían la cama king size estaban tiradas en el suelo. Sobre la majestuosa cama de diseño minimalista en caoba pintada de negro, William Sherman se movía de un lado a otro mientras yacía acostado con ambas manos aferradas a una almohada. Dentro de sus sueños, una escena que nunca había podido dejar atrás cobraba vida de nuevo.

En la enorme mansión, situada frente a un hermoso lago en el estado de Maryland, los gritos provenientes de la habitación principal llegaban a los oídos del pequeño William, que comía a solas en la lujosa mesa del comedor. Tenía apenas ocho años de edad y era hijo único. Uno de los sirvientes se encontraba parado frente a la mesa tratando de ignorar los ruidos que provenían del piso de arriba.

El pequeño William dejó el tenedor sobre la mesa, movió su silla hacia atrás y salió corriendo rumbo a la escalera que conducía a los pisos superiores. El sirviente trató de detenerlo con un grito, pero el niño había corrido demasiado rápido. Subió deprisa los escalones y cuando hubo llegado al tercer piso, contempló la puerta abierta de la habitación de sus padres. Los gritos de su madre lastimaban sus oídos y su corazón latía más y más deprisa. El pequeño se acercó a la entrada de la habitación y titubeó antes de decidirse a entrar, no era la primera vez que estaba en una situación como ésa.

El latido de su corazón era tan intenso que podía sentir las arterias de su cuello palpitando con fuerza.

Cruzó la puerta de entrada y después de recorrer el pequeño pasillo de adentro, miró a sus padres forcejeando con un arma de color plateado que su madre sostenía en la mano derecha. Su padre le gritaba insultos y trataba desesperadamente de quitarle el arma de la mano. El pequeño William, actuando por instinto, se abalanzó sobre ellos para evitar que siguieran peleando y quiso tomar el arma alzando sus dos manos. En ese instante, escuchó el ruido ensordecedor de un disparo seguido por un grito ahogado que su madre había lanzado. William sintió su cara llenarse de sangre que brotaba del cuello de su madre, cuyo cuerpo perdía el equilibrio y caía pesadamente sobre la cama. La bala había perforado su arteria carótida y la sangre salía a borbotones. Su padre trataba inútilmente de contener la hemorragia con las dos manos, mientras él se abalanzaba tratando de abrazar a su madre, que ya estaba inerte sobre la cama. De pronto sintió cómo su padre lo golpeaba y empujaba hacia un lado con el brazo derecho.

—¡Pero qué has hecho, imbécil! —le gritó su padre.

William estaba tirado en el suelo sin poder respirar. La impresión del disparo y la sangre habían bloqueado sus pulmones y sentía que se ahogaba. Las piernas de su madre colgaban de la cama y su padre seguía tratando de contener la hemorragia usando un pañuelo.

El pequeño William luchaba por respirar cuando alcanzó a observar cómo las piernas de su madre dejaban de moverse y vio a su padre sentarse en la alfombra con las manos cubiertas de sangre y agarrándose la cabeza. La escena que veía era sumamente dolorosa, no sólo en su cuerpo, que se asfixiaba, sino en su ser total. Algo dentro de su mente sabía que su madre se había ido para siempre. Sintió que la asfixia lo hacía perder el conocimiento y que su conciencia se hundía en un sombrío lugar, presa del dolor de haber perdido a su ser más querido.

William Sherman despertó de su pesadilla y sintió un dolor en el corazón. Trató de tomar aire pero el intenso dolor inundaba su pecho. Sentía la misma asfixia que había experimentado en su sueño. Apenas cobró algo de fuerza y se paró de su cama para caminar tortuosamente hasta el baño y luchar para alcanzar un frasco de píldoras que tenía sobre el lavabo de mármol. Se sentó en el suelo tratando de respirar y abrió el frasco con dificultad. Las manos le temblaban como a un anciano y, al abrir el frasco, las píldoras cayeron al suelo. Se puso de rodillas y tomó dos de ellas mientras respiraba jadeante y con dificultad. Se llevó las píldoras a su boca y las tragó. Luego se levantó con dificultad.

Se sentó en el piso del baño y esperó a que las píldoras surtieran efecto. Después de quince minutos, se incorporó y se miró en el espejo: su cara lucía demacrada y su semblante era el de una persona enferma. Abrió las puertas del espejo y miró los diferentes frascos con medicinas que guardaba ahí. Lo invadió una furia incontrolable y aventó las medicinas con un golpe de la mano. Se dio media vuelta y regresó furioso a la habitación. El reloj marcaba las 6:15 am. Se acostó y recordó el suceso trágico que acababa de revivir, su cuerpo comenzó a temblar como si tuviera frío. La imagen de su madre ensangrentada en la cama lo perseguía y el dolor lo volcó en llanto al tiempo que aferraba una almohada con las manos.

El desahogo de su dolor dio lugar a otro sentimiento que guardaba muy dentro de sus entrañas. Recordó cómo su padre lo había culpado del trágico accidente, eso lo había traumado para siempre. Pero lo que vino después fue aún peor: lo odiaba con toda la rabia que un ser humano podía sentir, él había asesinado a su madre, él era el responsable de su muerte y ni siquiera había tenido que pagar por ello. La ley había considerado que el accidente fue debido a un intento de suicidio que había culminado de la peor forma. Pero William Sherman había averiguado la verdad muchos años después: su madre no estaba pensando en quitarse la vida y dejarlo a él solo a merced del maldito déspota de su padre; había comprado el arma para acabar con su esposo.

William Sherman ya no iba a guardar más las apariencias. Hoy mismo haría que quitaran todos los retratos de ese maldito de sus oficinas y residencias privadas. Incineraría su cuerpo de una buena vez y con eso iba a borrarlo de su memoria por el tiempo que le quedara de vida. Respiró aire profundamente y pensó en todos los hipócritas que lo habían persuadido de mantener los retratos de su familia siempre presentes, para honrar la memoria de esos grandes hombres. Los odiaba a todos. Sabía que a sus espaldas hablaban sobre los amoríos de su padre y que su madre había muerto a manos suyas.

Él había sido enviado a un internado militar después de la muerte de su madre, y su padre había solicitado estrictamente que se le disciplinara con rigor. William se había vuelto un rebelde desde el incidente y las lecciones de disciplina que recibía a menudo eran propinadas a golpes y con encierros periódicos. Todo ese dolor y frustración habían sido provocados por ese maldito, pero al final él había triunfado, se había apoderado de toda la fortuna forjada con generaciones y generaciones de intenso trabajo.

Ahora su corporación era tan poderosa que podía regir el destino de la humanidad y así lo iba a hacer. Iba a aplastar como a un gusano a quien se atreviera a ponerse en su camino. Se quitó la pijama y se metió en la ducha. El dolor del pecho lo seguía molestando y la úlcera mostraba los primeros síntomas de las mañanas, pero no tenía tiempo de ver a los médicos, tenía una agenda que cumplir.

Salió del baño y utilizó su intercomunicador para llamar a su secretaria.

—Buenos días, señor Sherman —contestó ella—. ¿En qué puedo servirle?

—¡Necesito que me suban mi desayuno de inmediato! —ordenó con aspereza—. ¿Dónde está mi equipo de seguridad?

—Está esperándolo en el helipuerto. Los pilotos y el equipo de seguridad están listos para llevarlo al aeropuerto como ordenó ayer. Haré que le suban el desayuno ahora mismo.

Sherman no respondió. Volvió a su clóset y empezó a escoger entre docenas de trajes, eligió uno confeccionado perfectamente a la medida en el más caro casimir inglés. Tomó una camisa blanca de seda y una corbata color vino con vivos en color azul marino. De uno de los cajones sacó un par de mancuernillas de oro con sus iniciales y un rólex de oro de 22 kilates con la carátula rematada con brillantes de claridad F, valuado en más de un millón de dólares. Por último tomó unos calcetines y unos zapatos negros de diseñador.

Pasaron cuatro minutos desde que había ordenado su desayuno y el suave timbre de su puerta sonó una vez. Accionó el intercomunicador de su clóset para ordenar que pasaran y dejaran el desayuno en la mesa. Diariamente se le servía un pequeño bufet de donde él podía escoger entre jugos de naranja y zanahoria, omelet de champiñones y queso, hot cakes, cereal con leche deslactosada, y algunas frutas como piña, papaya, melón, manzana y pera. Además de té verde, café de altura finamente molido y colado, pan tostado, yogur con miel de abeja y toda una variedad de quesos y embutidos. La mayor parte de las veces William Sherman bebía solamente el jugo de naranja, comía un poco de fruta y daba una probada al omelet o a los hot cakes.

Ese día tenía prisa y solamente bebió el jugo, comió parte de la fruta y un pan tostado con mantequilla y mermelada. Salió de su apartamento y entró en el elevador privado que lo llevaría a la azotea del edificio donde se encontraba el helicóptero esperándolo y una escolta de ocho guardias de seguridad. El piloto despegó y en quince minutos estaba aterrizando en el aeropuerto intercontinental de Houston, donde su jet privado lo llevaría a Washington para reunirse con el general Thompson.

Tras dos horas y media de vuelo, Sherman aterrizaba en Washington y era recibido por una limusina blindada con placas del estado mayor. El general Thompson se encontraba a bordo de ella.

—Buenos días, William.

—Buenos días —dijo Sherman mientras se acomodaba en el asiento—. ¿Cómo va el asunto de las termoeléctricas?

—Por ahora el presidente ha decidido esperar antes de enviar la iniciativa al congreso sobre el préstamo que requieren; la presión que estamos ejerciendo ha surtido éxito.

—¿Cuál es su situación financiera?

—Están maquillando sus cifras para que sus acciones no se desplomen, pero nuestros informantes aseguran que no logran cobrar sus cuentas y que el déficit con sus proveedores está alcanzando el límite.

—Entonces están listos para vender —dijo Sherman—. Si no lo hacen ahora, corren el riesgo de que la información se filtre a los mercados financieros y sus acciones se desplomen llevándolos a la quiebra.

—Podemos filtrar esa información —dijo Thompson.

—¡No! Sería un escándalo nacional. El gobierno se vería obligado a actuar y los congresistas los apoyarían para conseguir sus préstamos. Además, incluso si el gobierno no tuviera el dinero para prestarles, llamaríamos la atención de otras corporaciones que querrían adquirir las acciones, sería una encarnizada batalla para consumir sus restos, como lo hacen los carroñeros.

—Entonces, ¿qué propones?

—El resultado de la batalla está decidido. Hemos ganado. Hablaré con el director de World Oil para que envíe las primeras ofertas de compra de acciones antes de que se derrumben. Los accionistas entrarán en pánico cuando sepan que conocemos su situación y querrán salvar su pellejo. En una semana como máximo tendremos el control absoluto, entonces desviaremos el flujo de energía hacia la industria y comenzaremos a vender los generadores domésticos por todo el país. Controlaremos toda la energía que mueve a esta nación, que será la primera; después seguiremos con Asia y por último tomaremos a los europeos.

—El conflicto entre Rusia y Canadá sigue escalando —intervino el general—. Eso puede arruinar nuestro plan.

—El presidente no puede seguir en el poder por más tiempo —dijo Sherman—. He ideado la forma de beneficiarnos doblemente con su muerte. Tu equipo realizará la tarea, pero plantaremos evidencia que incriminará a un grupo terrorista, de ese modo distraeremos la atención del congreso y dejará de intervenir en nuestros planes. ¿Cuándo se acabará con el objetivo?

—Tan pronto tengamos toda la información que nos proporcione nuestro contacto en el servicio secreto. Ya tenemos la forma de eliminarlo, solamente hay que situarlo adecuadamente. Te advierto que va a ser un movimiento muy arriesgado, la seguridad es impenetrable aun para nosotros.

—¡Maldita sea! —gritó Sherman—. Sabes que no puede haber errores. Tienes que hacerlo de inmediato y no dejar ninguna huella. ¿Cuántas veces hemos discutido este asunto? El tiempo se nos está acabando.

—Podemos hacerlo en unos días pero habrá repercusiones, eso te lo aseguro —dijo el general Thompson—. No se puede liquidar al presidente de la nación sin causar un escándalo.

—No puede hacerse así, ya lo sabes —se quejó Sherman.

—Entonces habrá que esperar una oportunidad, no nos podemos precipitar —repuso el general.

—Quisiera saber qué está tramando ahora ese imbécil. Sé de buena fuente que se ha propuesto acabar con la corporación. Está planeando algo, lo sé.

—Nuestro hombre me informó ayer que el presidente acaba de reunir a un equipo de científicos de las mejores universidades para hablar sobre el tema de la energía, está buscando opciones para salir de la crisis. Sabemos que se entrevistó más de tres veces con el director Thomas Render, quieren terminar con la dependencia del petróleo y están investigando la posibilidad de obtener energía del vacío, piensa que con ese descubrimiento detendría la crisis y ganaría fácilmente la reelección el año próximo. Seguramente acudirá al congreso en unos días para tratar de ganar la jurisdicción sobre el campamento donde fue descubierta la galería subterránea. Si lo logra, no habrá forma de detenerlo.

—¡Maldición! —gritó Sherman—. Quizá deberíamos volar en pedazos ese maldito lugar. Si las cosas se complican, no habrá otro remedio. De todas formas nuestro equipo debe actuar inmediatamente, debemos acabar con sus planes.

—El profesor Mayer se está preparando para efectuar la primera prueba con el generador experimental, ayer terminaron de armarlo completamente. Esa energía podría sernos útil, quién sabe qué tipo de armamento se pueda desarrollar. Podríamos necesitarlo en el futuro —dijo el general Thompson, que no estaba de acuerdo con la idea de volar la supuesta pirámide en pedazos.

—¿A qué hora se está comunicando Mayer? —preguntó Sherman.

—Es variable, sus relojes están sufriendo desperfectos debido a la radiación. Podemos llamarlo desde aquí si deseas hablar con él.

—Hazlo.

El general Thompson tomó su teléfono celular y llamó al centro de comunicaciones del Pentágono. Ordenó que establecieran la comunicación con el campamento y que enviaran la imagen hacia su limusina. En menos de cinco minutos, la comunicación estaba establecida y el coronel McClausky aparecía en la pantalla.

—Buenos días, general —dijo McClausky—. A sus órdenes.

—Buenos días, coronel. Necesitamos hablar con el profesor Mayer si se encuentra disponible.

—Sí, señor. El profesor Mayer se encuentra trabajando con el generador que trajimos. Enviaré a alguien a que lo busque de inmediato.

—Muy bien coronel —dijo Thompson—. ¿Cómo se está comportando el personal civil en el campamento?

—No han dado problemas hasta ahora. Sólo preguntan de vez en cuando si ya establecimos una fecha para que visiten a sus familias.

—No hemos establecido la fecha. Se lo haremos saber cuando lo hallamos decidido.

—Muy bien, señor —dijo McClausky—. Aquí esta el profesor Mayer.

—Buenos días, general —dijo el profesor Mayer acercándose a la cámara.

—Buenos días, profesor. No me encuentro solo —el general ajustó el zoom de la cámara que estaba transmitiendo la imagen dentro de la limusina para que también captara a William Sherman.

—Buenos días, señor Sherman —al verlo aparecer en la pantalla, Mayer se puso nervioso, la presencia de Sherman siempre lo había intimidado.

—Buenos días, profesor. ¿Cuáles son los avances del proyecto?

—Hace unas horas conectamos el generador y realizamos la primera prueba de rendimiento. Parece que su funcionamiento no se vio afectado por la radiación, pero es muy pronto para hacer especulaciones. Necesitamos acercarlo a la fuente y ver qué sucede; estamos preparando el vehículo para llevarlo hasta allá.

—Muy bien. ¿Qué hay sobre la tecnología de construcción de la pirámide?

—No hemos hecho ningún avance. Es algo completamente nuevo y distinto a lo que conocemos, no tiene conexiones ni circuitos ni nada con qué trabajar. Y por cierto, hay una situación de la que deben estar enterados.

—¿Qué situación?

—La doctora Hayes mostró unas fotografías del interior de la galería subterránea al equipo de arqueólogos que trabajan en el campamento cercano a nosotros. Quiere que les permitamos unirse a la investigación para que nos ayuden a descifrar los jeroglíficos y avancemos en la investigación.

William Sherman se sulfuró.

—¿Qué no sabe que no puede divulgar absolutamente ningún detalle sobre ese descubrimiento? ¿Qué fue lo que habló con ellos, profesor?

—La doctora Hayes está enterada de la confidencialidad de este proyecto. Le advertí que podíamos arrestarla en cualquier momento, pero parece no entenderlo. Habló con ellos sobre la posibilidad de que la radiación proceda del gran campo unificado.

—Parece que la doctora Hayes necesita una lección. Piensa que estamos jugando —Se volteó hacia el general y le preguntó—: ¿Qué sugieres que hagamos?

—No es momento para intimidarlos todavía —dijo Thompson—. Si le damos una lección, ya no podremos contar con su ayuda para la investigación, tendríamos que sustituirla.

—¿E involucrar a más científicos? ¿Qué haremos con los arqueólogos?

—Creo que su propuesta tiene sentido —respondió el general Thompson—. Si pueden ayudar a descifrar esos jeroglíficos, quizá nos puedan ser útiles. Además, ya conocen la naturaleza del proyecto, es mejor que los mantengamos vigilados.

—Estoy de acuerdo —dijo Sherman—. Pero habrá que desmantelar su campamento. No queremos que se divulgue más información. Nosotros nos encargaremos de eso, profesor. Por ahora infórmele a la doctora que los arqueólogos tienen que trasladarse al campamento. Daremos instrucciones al coronel McClausky para que los mantenga vigilados.

—¿Qué hay sobre sus honorarios? —preguntó Mayer—. Si desmantelan el campamento arqueológico, ya no tendrán apoyo económico.

—Usted nunca pierde el tiempo cuando se trata de dinero, ¿no es así profesor? —le dijo Sherman—. Asígneles un sueldo de acuerdo con sus ingresos habituales, la corporación se encargará de enviarle el dinero. Recuérdeles lo que les sucederá si violan los acuerdos de confidencialidad. No vamos a permitir que suceda de nuevo.

—Muy bien, señor Sherman —dijo Mayer—. Los mantendré informados.

El general Thompson cortó la comunicación y Sherman murmuró:

—No me gusta la forma en que se están complicando nuestros planes.

Capítulo 29

En el último día de su visita en Nueva Atlantis, Anya había decidido visitar los nuevos templos y las pirámides por su cuenta. Dina y Dandu se habían ausentado en una misión y Oren se había ofrecido de guía para que no tuviera problemas al entrar a los lugares. Anya presentía que escondía una segunda intención pero finalmente accedió a que la acompañara.

Primero empezaron con un recorrido por la ciudad, que se veía completamente distinta a lo que ella estaba acostumbrada en el viejo continente. La intención del senado de restablecer el comercio había tenido éxito con la población y las calles se veían ahora llenas de mercancías que los extranjeros traían desde los confines del mundo para venderlos a la gran civilización de los atlantes.

El puerto principal de la ciudad se veía repleto de barcos, y numerosas personas llegaban con sus mercancías para buscar un lugar dónde establecerse y ofrecerlas al mejor postor. Oren vigilaba el puerto mientras caminaban desde el malecón que bordeaba el gigantesco río.

—No puedo creer que esto esté sucediendo tan rápido —dijo Oren—. Hace tan sólo unas semanas, eran escasos los barcos que atracaban en los puertos de la ciudad. La mayoría de los viajeros se quedaba por un día o dos y después continuaba su camino, ahora veo gente desconocida por toda la ciudad. El senado está creando un caos. Se ha corrido el rumor de que nuestras ciudades están llenas de riquezas, que todos los ciudadanos poseen miles de monedas de plata y que compran todo lo que les ofrecen.

—¿Cuántas monedas está recibiendo cada persona por su trabajo? —preguntó Anya.

—No lo sé. El Concejo acaba de nombrar al inspector general y apenas se está formando el equipo que regulará esas cuestiones. Por lo pronto, parece que el senado les está dando miles de monedas para que compren todo lo que se les antoje, eso atrae a multitud de extranjeros. La ciudad se está convirtiendo en un caos. No tenemos suficientes edificios para albergar a tanta gente, nunca se planeó de esa manera. Ahora los extranjeros se están bañando en las fuentes públicas y no tengo idea de dónde estarán haciendo sus necesidades, pero no me extrañaría que empezaran a hacerlas en las calles.

A Anya se le revolvió el estómago cuando se imaginó la escena.

—El maestro Zing les advirtió que se iba a producir un caos y que nuestra forma de vida dejaría de existir gracias al comercio —dijo Anya—. Yo estuve ahí. A los senadores no les importó en absoluto todo lo que les dijo.

—Ayer fui a hablar con el administrador de la ciudad y tenía a cientos de personas esperando y otras tantas quejándose —dijo Oren—. Me dijeron que regresara en quince días para que tuvieran tiempo de desahogar todo el trabajo que tenían pendiente, ¿puedes creerlo?

—Te creo. El sistema se ha desequilibrado por completo y no dudes que pronto se convierta en un verdadero caos social.

—¡Ya es un caos social! Cuando venía de regreso ayer por la tarde, unas personas estaban platicando que dos comerciantes habían peleado en la calle y que uno había acuchillado a otro. Luego, otro estaba acusando a unas mujeres de haberle robado y se proponía golpearlas, los guardias del templo tuvieron que poner orden. Si la gente sigue llegando a este ritmo, no habrá forma de conservar la armonía en la ciudad.

—Quizá debamos hablar al respecto con los concejales.

Los dos siguieron caminando y Oren llevó a Anya a visitar la mayor de las tres pirámides que se habían construido en la ciudad. Casi llegando al sitio, Anya pudo contemplar una estatua majestuosa representando el cuerpo de un león con cara de humano.

—¿Qué es esta estatua tan extraña?

—La estatua representa a uno de los guardianes del reino de Xibalba. Pensé que los habías visto en tu viaje de conciencia. No todos se ven así, pero sí son igual de imponentes. El Concejo decidió que era la mejor forma de recordar a toda la gente que el mundo sobrenatural se cierne sobre nosotros por más que lo ignoremos. Esta estatua vigila a las pirámides y al mismo tiempo hace saber a la gente que este poder es de orden sobrenatural, eso mantiene alejados a los curiosos.

—Yo no vi nada parecido a esa figura durante mi viaje —dijo Anya, que estaba anonadada viendo la majestuosa estatua.

—La verdad, yo creo que ésa es la versión que han preparado para la gente, pero la realidad es que he observado que los miembros del Concejo son muy cuidadosos cuando orientan y construyen sus monumentos, siempre están midiendo y observando los movimientos de las estrellas. La vista de esta enorme figura coincide exactamente con la salida del sol durante los equinoccios, y la curvatura del ángulo de las tres pirámides coincide perfectamente con las tres estrellas que forman la constelación del arquero. Hace un tiempo tuve curiosidad y le pregunté al maestro Zing por qué la habían construido. Me respondió que la enorme estatua daría testimonio sobre el tiempo en que fue construida y sus motivos, que el hombre saldría de la oscuridad después de miles de años y se daría cuenta de que no solamente existe en este plano tridimensional, sino que está viajando eternamente como lo hacen los planetas y las estrellas. Dijo que todo el universo se encuentra en movimiento eterno y que aquel que sea capaz de descifrar el conocimiento que quedará grabado en la piedra encontrará el camino que lo llevará hacia el reino de Xibalba y los demás reinos superiores de conciencia. Cuando haya logrado esto, conocerá por sí mismo los misterios que rigen al hombre y al universo, así, desarrollará el poder para lograr la inmortalidad.

—No entiendo —dijo Anya—. El maestro me dijo que al llegar al reino de Xibalba uno descubre la forma para extender la vida, pero nunca dijo que se pudiera alcanzar la inmortalidad.

—El reino de Xibalba es mucho más grande y complejo que nuestro mundo. Yo he viajado ahí muchísimas veces y aún me siento un novato. El maestro Zing no se refería a permanecer en este mundo como un ser inmortal, sino a salir del ciclo de reencarnación y permanecer vivo en un plano superior.

—Sí que es complejo el conocimiento de los maestros —dijo Anya sorprendida—. Además no les gusta revelar nada sobre él.

—Lo que los maestros buscan es que lo experimentemos por nosotros mismos. Estoy de acuerdo con ellos en que hablar sobre el conocimiento no tiene ningún sentido, hay que descubrirlo por uno mismo. Ellos sólo nos sirven como guías. Si no lo experimentas por ti misma, entonces da igual que exista o no, siempre tendrás la duda en tu mente, lo que es igual a no saber nada.

—Tienes razón —dijo Anya—. No hay forma siquiera de imaginar ese reino si no lo experimentas tú mismo, por eso nunca me habían hablado de él. Ahora tengo curiosidad por volver.

—Ya tendrás tu oportunidad para adentrarte de nuevo en ese lugar. Pero nunca olvides lo cautelosa que debes ser en esos viajes. Cuando llegas ahí, empiezas a ganar poder y ese poder atrae a todo tipo de seres que empiezan a acecharte, exactamente igual que aquí cuando te metes en la jungla: en realidad no sabes lo que se encuentra ahí. El camuflaje de los animales de la selva es asombroso, pero en ese reino va más allá de la imaginación, no puedes ver nada que no quiera ser visto. Esos seres poseen una conciencia superior, te pueden manipular a su antojo si lo desean.

Anya recordó cómo la serpiente se había camuflado convirtiéndose en parte del tronco del árbol. Lo más seguro es que Oren tuviera razón y en realidad sólo pudo ver lo que deseaba ser visto.

—El búho que me transfirió sus poderes parecía un ser bastante amigable.

—Ese búho era solamente una entidad menor en ese mundo —respondió Oren—. La serpiente es otra cosa mucho más poderosa, pero créeme que hay cosas mucho más espeluznantes que la serpiente. Esta gigantesca estatua del guardián te da una idea de lo que puedes encontrar en ese reino de conciencia.

Anya había dejado de sentir miedo por ese lugar, pero no se atrevía a regresar sin una buena razón.

—Y tú, ¿cómo conseguiste ese poder que tienes para mover los objetos?

—Tuve un encuentro con unos seres amigables, como tú les llamas —dijo Oren sonriendo—. Pero no lo obtuve la primera vez que viaje ahí, tuve que hacerlo muchas veces y lo único que traía de regreso era más miedo cada vez.

—¿Qué tipo de seres eran ésos?

—Eran seres acuáticos. Se parecían mucho a los delfines de nuestros océanos y estaban dotados con una inteligencia suprema, muy superior a la nuestra. Cuando llegué a ese mundo en esa ocasión, entré por un lugar donde todo era densamente líquido, como si estuviera sumergido bajo el agua, pero sujeto a una presión enorme. Me movía con dificultad y comencé a desesperarme. No podía nadar como en el agua normal y me sentía impotente. Traté de escapar de ahí y no pude hacerlo. Luego pensé que quizá había caído en una trampa y que iba a quedar atrapado ahí para siempre, empecé a sentir verdadero terror, mi conciencia pidió auxilio y después de un tiempo un grupo de estos seres se me acercaron. Primero me observaron por mucho tiempo y, mientras me observaban, algo dentro de mí comenzó a calmarme. Luego me fui relajando poco a poco, entonces mi cuerpo comenzó a moverse. Algo en mi interior me daba instrucciones de cómo usar el intento para desplazarme en ese medio.

Entonces me di cuenta de lo que sucedía: estos seres se estaban comunicando conmigo. No por medio de un lenguaje ordinario, sino con instrucciones en forma de un flujo de sensaciones que llegaban directo a mi mente. Cerré los ojos y pude ver cómo se comunicaban entre ellos, no tenían necesidad de emitir sonidos si no lo deseaban. Dejé que me instruyeran por completo y después de horas de estar intentando me empecé a mover cada vez con más facilidad. Me acerqué con ellos y me llevaron a pasear a lo largo de ese mundo acuático.

Fue una experiencia increíble, no hay forma de que pueda expresar lo que sentía estando con ellos. Todos formaban una sola entidad pensante y tenían lazos de afecto entre ellos que son simplemente impensables para los humanos. Eran seres que habían alcanzado una forma de evolución perfecta en su ambiente, eran capaces de comunicarse de esa manera extraordinaria y, además, de mover los objetos que los rodeaban sin necesidad de tocarlos, influían en la mente de otros seres para lograr lo que querían. Yo quise aprender más sobre ellos y formaron un vínculo energético conmigo.

Desde entonces, siempre que quiero puedo comunicarme con ellos. Así fue como me otorgaron ese regalo de poder, me transfirieron su conocimiento para mover los objetos usando el intento. Fui muy afortunado.

Anya y Oren se habían sentado en una banca de uno de los hermosos jardines que rodeaban a la gigantesca estatua. Ella estaba fascinada de escuchar su relato.

—¿Cómo logran estos seres transferir ese tipo de conocimiento? —le preguntó Anya.

—Es lo que me he estado preguntando por años —respondió Oren—. Mi teoría es que son capaces de fusionar esa parte de su conciencia con la tuya y de esa forma el conocimiento se transmite automáticamente.

—No lo hubiera imaginado —dijo Anya.

Oren se le quedó viendo fijamente por unos instantes. Su mirada ponía nerviosa a Anya, parecía como si quisiera decir algo pero no se animaba a hacerlo. Finalmente Anya le preguntó:

—¿Qué te sucede?

—Estoy seguro de que te diste cuenta de que quise venir contigo a este recorrido por una razón —le dijo Oren.

—Sí, soy lo suficientemente intuitiva para darme cuenta —dijo Anya—. ¿Qué es lo que deseas?

—Quiero que me digas por qué le dijiste a Dina que yo estoy enamorado de ella.

Anya lo miró sorprendida y después soltó un caracajada.

—Con que esa era tu intención secreta… Qué tonta fui, debí imaginármelo.

—¡Contesta mi pregunta! —le dijo Oren.

—Fue una mentira piadosa, ¡por favor! No puedes estar enojado por eso.

—¡Dina se ha estado comportado como una idiota altanera desde que le dijiste eso! —le reclamó Oren enfadado—.

Ya no obedece mis órdenes y me mira como si me tuviera bajo su control.

Anya no paraba de reírse.

—Qué inseguro eres. Es sólo un juego. A las mujeres nos gusta sentirnos admiradas, nos gusta que los hombres nos presten toda su atención. Dina se está deleitando contigo, ¿qué hay de malo en eso?

—¡Ella cree que es cierto! —gritó Oren—. Y lo cree porque tú se lo dijiste.

—Déjala que crea lo que quiera —dijo Anya haciendo un ademán con las dos manos.

Luego se paró de la banca y le hizo señas a Oren de que siguieran adelante, todavía no habían entrado a conocer los templos. Oren empezó a caminar rápidamente y Anya lo siguió sin decir una palabra hasta que llegaron al templo. Varios gatos estaban jugando en la entrada y cuando vieron a Oren le maullaron amenazantes.

—¡Fuera de aquí! —dijo Oren y los gatos huyeron con rapidez.

—¿Qué hacen esos animales aquí?

—Se creen los guardianes del templo…

—¿Quién los trajo aquí?

—¿Quién crees?

—No tengo idea —dijo Anya—. Es la primera vez que vengo, pero ya cálmate, eres muy temperamental.

Oren se detuvo un momento y miró a Anya, trató de calmarse y comenzó a hablar despacio:

—Dina trajo a uno de ellos aquí y la concejal Anthea se lo permitió. Después, como era lógico, llegaron todos los demás y formaron una manada. Entonces el templo se volvió su territorio. Ellas aseguran que los gatos les transmiten todo lo que sucede aquí cuando ellas no están.

—¿O sea que son sus espías aquí en el templo? —preguntó Anya—. Qué idea tan interesante.

—Dina me contó que la concejal Anthea los había llevado en un viaje de conciencia, con lo que se volvieron más inteligentes que los demás gatos. Ahora, los muy estúpidos creen que están al servicio de ellas y me agreden cada vez que vengo.

—Pues a mí me parece una excelente idea el tenerlos aquí de vigías, son muy perceptivos. Lo entiendo perfectamente.

—Tú no entiendes nada —le dijo Oren—. Eres nueva en este lugar. Las cosas están cambiando rápidamente y puede ser que pronto nos encontremos en peligro. Ya viste lo que está pasando allá afuera, no tenemos tiempo para estos juegos tontos. El mismo maestro Zing nos advirtió que estuviéramos alertas. No sabemos lo que la Orden de los Doce está tramando, pero hasta ahora lo que hicieron les funciona a la perfección, toda la gente está idiotizada con su juego de comprar y vender, se está volviendo agresiva y pronto van a ser más. Si su propósito era acabar con nuestra forma de vida, no tardarán en lograrlo.

—Pero, ¿qué podemos hacer por ahora? Sabemos de la magia del símbolo, pero nadie nos va a creer. La gente nos odia por estar al servicio del Gran Concejo. ¿Viste como nos miraban y evitaban nuestra presencia en las calles? Es como si ahora fuéramos sus enemigos. ¿Tú crees que podemos prohibirles que sigan usando las monedas?

—Te digo que si esto sigue así, se volverá un caos —dijo Oren—. Tenemos que actuar de inmediato.

—¿Y qué vas a hacer?

—Voy a hablar con el maestro Zing directamente. Te llevaré a recorrer el templo y después regresaremos a la escuela.

—¿Qué hay de las pirámides? Pensé que íbamos a visitarlas también.

—La entrada a las cámaras subterráneas está prohibida. Inclusive para nosotros. Demos el recorrido por el templo y no sigamos perdiendo tiempo.

Los gatos los seguían como si quisieran vigilarlos de cerca. Anya comenzó a poner atención en los grabados de las paredes y Oren le explicó que las paredes del templo guardaban información detallada sobre su cultura y las costumbres de los atlantes. Los dos recorrieron un largo pasillo y entraron a una enorme sala repleta de inscripciones, en varias paredes. Anya pudo reconocer jeroglíficos en el lenguaje común que se estudiaba en las escuelas.

—Esta sala está completamente dedicada a la población de Atlantis —dijo Oren—. En esta sala pueden descubrir la historia desde los primeros iniciados hasta la formación del Gran Concejo y el avance de nuestro conocimiento.

—Es fascinante —dijo Anya—. Podría pasar días enteros aquí leyendo estos textos.

—Precisamente ése es el propósito. Los concejales usan su intento todo el tiempo para atraer a más gente hacia el camino del conocimiento. Estas paredes producen un movimiento en la conciencia de quien las observa, despiertan el interés para seguir observándolas. La concejal Anthea me dijo que el camino del conocimiento exigía mucha disciplina y una total entrega, pero eso la mayoría de la gente lo ve como algo que está muy por encima de sus expectativas y se decide por otra profesión.

—Ya lo había escuchado. Lo que no sabía es que los concejales usaran su magia para atrapar discípulos.

—Su magia está presente en todos lados —explicó Oren—, por eso tenemos prohibido entrar a las cámaras subterráneas de las pirámides. La concejal Anthea me advirtió que no dejara entrar a nadie y que tampoco nosotros entráramos por nuestra cuenta. Me dijo que el intento dentro de esas cámaras es tan intenso que altera las ondas magnéticas de nuestro cerebro y produce peligrosos movimientos de conciencia que pueden enloquecer a cualquiera. Dijo que era como arrojar a alguien que no sabe nadar a las peligrosas olas de un océano embravecido.

—Pues vaya que tienen secretos y más secretos —dijo Anya—. ¿Por qué son tan renuentes para hablar de todo esto?

—Eso ya te lo expliqué —exclamó Oren—. Ellos quieren que nos esforcemos para descubrirlo por nosotros mismos. Quieren que experimentemos el conocimiento, que luchemos por impulsar nuestra conciencia hacia estados más elevados. Nosotros mismos escogimos este camino, ellos no pueden andarlo por nosotros.

—Tienes razón. No lo había visto desde ese punto de vista. Es que es sumamente frustrante tener tantas interrogantes, quisiera saberlo todo.

—Yo también me sentía así cuando llegué aquí hace casi nueve años. No entendía nada sobre la magia y el intento. Pero poco a poco el conocimiento fue llegando. Luego, mi interés me llevó a explorar más durante mis sueños y, cuando regresaba al templo, siempre descubría algo nuevo. Entendí que todo lo que los concejales hacían o construían tenía un propósito perfectamente definido, así fue como observé la posición de la enorme estatua y estudié sus proporciones. Yo mismo me di cuenta de que estas paredes estaban cargadas del intento para atraer discípulos. Cuando se lo comenté al maestro Zing, me dijo que ya estaba cerca de salir de la oscuridad con la que todos nacemos y que si seguía luchando de esta manera pronto experimentaría la iluminación y me convertiría en uno de ellos.

—Te felicito. Sé por experiencia que es un largo camino para llegar hasta aquí.

Oren se sintió reconfortado al escuchar a Anya. A ella todavía le esperaban largos años de aprendizaje.

—El Concejo desea que todos los atlantes alcancen un estado superior de conciencia. Algunos discípulos son escogidos, como el maestro Zing lo fue. Pero otros, como yo, llegamos aquí por puro interés y la fuerza de la disciplina.

Ellos no pueden forzar a nadie para interesarse en este camino, pero los atraen sutilmente con otras técnicas.

Anya recordó cómo ella había sido escogida por el maestro Zing cuando era apenas una niña. No había sido muy inteligente en la escuela pero su habilidad física la destacaba sobre los demás. Era la más avanzada de su grupo en las clases de gimnasia y empezaba a competir con los hombres en las artes marciales. Finalmente el maestro habló con sus padres y ellos le preguntaron a ella si deseaba asistir al grupo avanzado de niños que era educado dentro del complejo del templo. Anya ni siquiera imaginaba lo que iba a descubrir años después. La escuela del templo fue su hogar desde el primer día que llegó y ella nunca tuvo en mente abandonar su entrenamiento, aunque sabía que al paso de los años muchos niños y jóvenes abandonaban la escuela y escogían otro tipo de conocimientos para estudiar y llevar una vida común.

—No sabía que el maestro Zing había sido escogido para llegar al Concejo —dijo Anya.

—¿No conoces su historia? Es muy interesante. ¿Nunca te has preguntado porque un hombre de raza oriental dirige el Concejo?

—No conozco la historia de ninguno de los concejales. Nuestra civilización es multirracial, nunca me había preguntado eso.

Oren se disponía a contarle la historia a Anya cuando unos pasos se escucharon entrando a la sala del templo. Era uno de los guardias del complejo, se acercó a Oren y le dijo algo en voz baja.

—¡Debemos irnos! —le dijo Oren y empezó a caminar rápidamente en dirección a la salida. Anya lo siguió.

—Ha habido un ataque en el viejo continente —exclamó Oren—. Una protesta fuera del complejo se salió de control, los manifestantes golpearon a los guardias y los tomaron como rehenes. El maestro Zing nos está esperando en el complejo científico que se encuentra cerca de aquí, ha enviado un vehículo por nosotros que acaba de aterrizar en los jardines centrales.

—¿Aterrizó? ¿Quieres decir que vamos a volar hacia allá?

—No sabía que les tuvieras miedo a las alturas —se rio Oren, que percibía la ansiedad de Anya—. Todos los días se aprende algo nuevo.

Llegaron a los jardines y Anya vio el vehículo más extraño de su vida. Estaba hecho de metal por fuera y una compuerta permitía el acceso a un máximo de cuatro pasajeros que se sentaban en unos asientos bastante compactos, situados muy cerca los unos de otros.

—Súbete. No tenemos tiempo que perder.

La compuerta se cerró y el piloto de la aeronave comenzó el ascenso. Se escuchó un molesto ruido agudo y la nave comenzó a moverse de un lado a otro. Por la ventana podía verse que estaban ascendiendo rápidamente, hasta alcanzar una altura considerable por encima de los edificios del complejo. El piloto hizo otro movimiento y la nave comenzó a desplazarse hacia delante. Una leve presión empujó el cuerpo de Anya contra su asiento.

—El ruido proviene de los estabilizadores —dijo Oren—. Llevan años tratando de perfeccionarlos.

—Es diferente al transporte que me trajo hasta este continente. Aquella nave no se movía en lo más mínimo.

—Entre más pequeña es la aeronave, más difícil resulta mantenerla estable. Parece una contradicción pero no lo es. El enorme transporte que te trajo hasta aquí tiene espacio suficiente para instalar más generadores y equilibrarlos, mientras que en este vehículo todo se tiene que realizar en un espacio reducido.

Anya seguía viendo a través de la ventana, empezaba a gustarle observar el mundo desde la perspectiva aérea. La pequeña aeronave voló tan sólo unos minutos y pronto estaba aterrizando cerca de unos edificios fabricados en su mayor parte con vidrio y un armazón de metal.

Oren se bajó de la aeronave seguido por Anya. Parecía que conocía bien el camino, pues se dirigió de inmediato a uno de los edificios. Una vez adentro, Anya se quedó boquiabierta, como ya era su costumbre. Nunca había visto tanta tecnología reunida en un solo lugar. Enormes cuadros en las paredes mostraban imágenes de las estrellas y el espacio más allá del planeta. Otras mostraban imágenes en tiempo real que parecían del viejo continente de Atlantis. Se podía ver la ciudad y algunas partes del templo desde una perspectiva aérea.

Oren siguió hasta otra sala sin prestar atención al personal y a las imágenes que proyectaban los cuadros. Al entrar a la sala contigua, Anya vio al maestro Zing parado frente a una gran mesa cuya superficie proyectaba imágenes como las que Anya había visto a la entrada. Un hombre se encontraba con él y ella lo reconoció de inmediato: era uno de los concejales. Ella lo había visto a lo lejos sentado junto a los otros nueve durante la sesión con el senado. Su presencia era imponente, era de raza negra y de estatura superior a cualquier otro ser humano que hubiera visto en su vida, su pelo era largo y estaba agrupado en trenzas que le llegaban por debajo de los hombros.

A diferencia del maestro Zing, que siempre estaba vestido con sus hermosas túnicas y su tocado cilíndrico, este hombre vestía un traje de combate como el que Anya y Oren usaban comúnmente. La diferencia radicaba en la poderosa musculatura del concejal y los grabados que mostraba su armadura. Llevaba una espada a la cintura y un enorme arco colgado a su espalda. Anya no conocía su nombre.

Al verlos entrar, el maestro Zing se dirigió a ellos.

—El complejo del templo ha sido invadido por más de mil manifestantes. Ninguno de los concejales se encontraba ahí cuando sucedió. Los guardias usaron la fuerza para tratar de detener a los invasores, pero fueron superados en número. Algunos se encuentran como rehenes y otros probablemente hayan perdido la vida tratando de defender el templo. Las cámaras secretas del Concejo se encuentran cerradas como siempre, nadie puede entrar ahí, pero los invasores están tratando de llegar al puerto de embarque de los vehículos de transporte.

Anya y Oren empezaron a sentir la adrenalina correr por sus venas. Sabían que iban a ser enviados a controlar a los invasores.

—¿Con qué tipo de armas atacaron a los guardias? —preguntó Oren sabiendo que en su civilización la población regular carecía por completo de ellas.

—Con espadas y lanzas —dijo el maestro Zing.

—¿Y cómo las obtuvieron?

El imponente concejal la miró y dijo:

—No lo sabemos, pero es lógico deducir que el senado ha planeado esta revuelta para encender aún más los ánimos de la población.

—Él es el concejal Kelsus —dijo el maestro—. Será el encargado de dirigir al equipo que recuperará el complejo. Él es Oren y ella es Anya.

Los dos hicieron una pequeña reverencia en señal de respeto al concejal Kelsus.

—He oído sobre ustedes dos —dijo el concejal—. Pero ahora no es momento para pláticas sociales. Oren y Dandu vendrán conmigo. Anya y Dina permanecerán aquí.

Anya quiso reclamar pero sintió la mirada del maestro Zing y permaneció callada. El concejal Kelsus se dirigió a Oren.

—Estamos reuniendo a seiscientos de nuestros mejores guardias, todos son guerreros entrenados. Están abordando los transportes para partir de inmediato. Los seiscientos hombres formarán dos compañías, tú y Dandu dirigirán una cada uno. Vamos a exigir a los agresores que se rindan. Si oponen resistencia, los tendremos que desalojar por la fuerza. Vas a necesitar una armadura. Dandu ya está supervisando la salida de los transportes, partiremos cuanto antes.

—La concejal Anthea partió esta mañana hacia allá —dijo el maestro Zing—. Les va a dar una última oportunidad de que se marchen en paz antes de que lleguen los guardias.

El concejal Kelsus tomó unos planos del Concejo que le había proporcionado uno de los científicos, se despidió del maestro Zing y de Anya y luego le hizo una seña a Oren para que lo siguiera. Anya se acercó a Oren antes de que se fuera.

—Ten cuidado.

—Lo tendré. No te preocupes, sabré cuidarme.

El maestro Zing y Anya se quedaron solos en la sala, ella no podía soportar más las ganas de quejarse.

—Puedo escuchar tus pensamientos, Anya —le dijo el maestro mientras seguía estudiando los planos del templo.

—Maestro, no entiendo por qué he de permanecer aquí —se quejó al fin—. Se me encomendó la seguridad de ese complejo, es mi deber ir con ellos.

El maestro Zing volteó y miró a Anya fijamente.

—La Orden de los Doce es experta en el arte de la guerra, Anya. Dina está preparando a cuatrocientos guardias para establecer un perímetro de vigilancia alrededor de este complejo, pueden atacarnos aquí en cualquier momento. Ellos están usando a extranjeros y a miembros de la población como peones. Saben que nosotros no queremos lastimarlos, solamente están probando nuestras defensas y nuestra capacidad de respuesta. Este edificio puede ser uno de sus blancos. Todos los archivos de nuestra tecnología están siendo guardados en cámaras blindadas ahora mismo.

Anya no lo había pensado y se sintió completamente estúpida al escuchar al maestro. Se dio cuenta de que aún tenía mucho que aprender.

—¿O sea que Dina y yo tenemos que proteger el complejo?

—Así es. Tú vendrás conmigo ahora. Aquí tengo los planos del complejo. Veremos cómo distribuir a los guardias.

Capítulo 30

El mensajero del campamento arqueológico llegó al puesto de vigilancia de los soldados en las afueras del campamento militar, traía un mensaje para la doctora Sarah Hayes. En el centro de comando, el coronel McClausky mandó llamar a Sarah, que llegó después de unos minutos.

—Hemos recibido un mensaje para usted, doctora Hayes —le dijo el coronel al mismo tiempo que le extendía un sobre blanco.

Sarah tomó el sobre y le agradeció. Estaba a punto de salir del centro de comando cuando el coronel volvió a hablar.

—El profesor Mayer me pidió que le dijera que pasara a verlo cuando tuviera tiempo. Creo que se encuentra en su remolque ahora.

Sarah Hayes no perdió tiempo para escuchar lo que Mayer quería decirle. Conforme se acercaba al remolque, empezó a sentirse nerviosa, qué tal si habían decidido arrestarla por haber divulgado información...

Tomó valor y pensó que si hubieran decidido eso, seguramente ya estaría encerrada en algún lugar lejos de ahí. Llegó al remolque y tocó a la puerta. El profesor Mayer salió y después de un corto saludo la hizo pasar. Sarah se sentó y observó que Mayer había colgado un cuadro con la fotografía de él junto a sus hijos.

—Esta mañana hablé con mis superiores. Están preocupados de que usted no haya respetado los protocolos de seguridad del proyecto. Debería saber que no puede andar por la calle divulgando secretos militares, doctora Hayes —le dijo ásperamente.

—Estoy al tanto de la responsabilidad que tenemos. Al consultar al doctor Jensen sólo estaba tratando de avanzar en nuestra investigación. Usted sabe que estamos completamente estancados, ¿no es así?

—Lo sé. Pero tiene que consultarnos antes de tomar ese tipo de decisiones. El general Thompson desea saber si está dispuesta a seguir los protocolos de seguridad o si desea retirarse del proyecto. Es necesario que sepa que otra divulgación de este tipo la llevará directamente a una prisión militar, la pena mínima sería de veinte años sin derecho a libertad condicional.

Sarah Hayes tragó saliva. No tenía intenciones de retirarse del proyecto, sabía que si lo hacía, de todas formas los militares iban a seguir asediándola por años. No tenía muchas opciones.

—Lo entiendo —dijo Sarah—. Tiene mi palabra de que no tengo la menor intención de divulgar detalles sobre este proyecto a nadie. Sólo quiero que descubramos cómo se genera este campo de energía.

Mayer la miró fijamente y luego dijo:

—No pretenda jugar con esta gente, doctora; es un consejo que le doy y espero que lo tome. Yo he trabajado con ellos por muchos años y los conozco bien. Si hace lo que le dicen no tendrá ningún problema, sólo tiene que actuar con extrema cautela.

—Le agradezco su preocupación, profesor. Este lugar me ha estado afectando. Sé que cometí un error de juicio, no volverá a suceder.

—Este lugar nos afecta a todos —dijo Mayer—. Los soldados se están comportando de manera extraña también. Yo he estado pensando en mis hijos todo este tiempo. He decidido que éste será el último proyecto en el que trabaje para la corporación. Pienso retirarme al finalizar aquí, establecerme en Europa y trabajar sólo en mis propios proyectos, abrir un pequeño laboratorio y vender algunas patentes de mis inventos.

—Me alegra escuchar eso —dijo Sarah sorprendida.

—Podré ver más a mis hijos y a mis nietos. Estuve reflexionando sobre lo que hablamos usted y yo hace unos días y pienso que tiene razón en muchos de sus puntos. Al diablo con las malditas corporaciones. Ya no tengo necesidad de ellos, ni ellos de mí, tengo suficiente dinero para independizarme.

—Qué sorpresa —dijo Sarah—. Por el modo en que las defendió el otro día, nunca hubiera pensado que tomaría esa decisión.

—No las defiendo. No se deje confundir. Todos nosotros fuimos los que dejamos que las corporaciones se apoderaran de nuestro mundo. Al final fuimos nosotros los que fallamos, ellos sólo aprovecharon sus ventajas.

—Pues esas ventajas están por acabarse si la polución que generan persiste. Quizá ahora esté de acuerdo conmigo en que es tiempo de que conduzcan sus negocios con más respeto a los sistemas naturales que nos sustentan.

—Estoy de acuerdo —dijo Mayer—. Pero yo ya estoy muy viejo para perseguir ideales. Les ayudaré en todo lo que pueda para tratar de conseguir la energía del vacío. Si lo logramos, usted y sus colegas encárguense de que sea para el bien de toda la gente.

—¿Qué hay del equipo del doctor Jensen?

—He conseguido que se les permita estudiar las inscripciones en la galería, siempre y cuando firmen los acuerdos de confidencialidad. De hecho va a tener que convencerlos de que lo hagan, para evitar mayores problemas.

—¿Por qué?

—El general Thompson está enterado de que conocen la existencia de la galería y el campo de energía que produce. En estos momentos está hablando con las autoridades de este país para que cierren su campamento. Solamente permanecerán aquí aquellos que tengan relevancia en la investigación.

—Pero eso no es correcto. Los van a dejar con su excavación a medias y sin trabajo. ¿De qué van a vivir?

—El gobierno mexicano va a reubicar a los trabajadores. La corporación pagará los salarios del doctor Jensen y de sus colegas que permanezcan aquí. Tenemos alojamiento de sobra, no será precisamente de lujo, pero seguramente estarán mejor servidos que en los viejos remolques donde duermen ahora —aseguró Mayer—. ¿Por qué no va a notificarles de una vez? Y por favor recuerde: el general Thompson no aceptará un *no* como respuesta.

Sarah Hayes asintió y salió del remolque del profesor Mayer. Inmediatmente después, sacó de su bolsillo el mensaje que le habían enviado. El sobre había sido abierto por los soldados, solamente decía: "Ya llegamos. Rafael".

Se dirigió a la carpa principal a avisarle a Daniel que iría a buscar al doctor Jensen para llevarles la noticia. Sarah pensó en el profesor Mayer y sintió remordimientos. Estaba planeando sacar el disco de información del campamento y si lo lograba, la carrera científica de Mayer terminaría para siempre. Lo más seguro es que sería encarcelado por el resto de su vida.

Ahora tenía una opinión diferente sobre el profesor. No era el maldito villano que estaba en contubernio con los grandes poderes para esclavizar a la gente. Solamente era un científico que había luchado contra la adversidad y que terminó siendo una marioneta en los ambiciosos planes de las corporaciones. ¿Quién era ella para juzgar sus aciertos y sus errores? Había que analizar las circunstancias antes de crucificar a alguien. Sarah pensó en Oppenheimer, Enrico

Fermi y Werner von Braun, todos ellos habían colaborado en el desarrollo de la bomba atómica. El ejército americano en los años cuarenta estaba presionado por acabar con la guerra y se valió del ingenio de ellos para crear la primera arma de destrucción masiva. Luego la lanzó en contra de civiles inocentes. Niños, mujeres y ancianos japoneses fueron calcinados en unos segundos debido a una cruel guerra de intereses políticos, y su país nunca había logrado recuperarse de esa tragedia.

Los archivos de Mayer mostraban que la corporación contaba con los planos para construir todo un arsenal de armas químicas, biológicas y atómicas. ¿Qué era lo que estaban tramando con ese arsenal? ¿Serían capaces de lanzarlas en contra de civiles? Sarah concluyó de inmediato que si las circunstancias jugaban en contra de ellos, echarían mano de cualquier cosa disponible para mantener su poder sobre la gente. Ya lo habían hecho anteriormente por todo el mundo, ejércitos y dictadores habían diezmado poblaciones enteras de civiles simplemente para conservar su poder.

Ahora estaban detrás de la máxima fuente de energía que existía en el universo. Ella, como los demás científicos del proyecto, estaba siendo manipulada para entregar el conocimiento a los militares y a sus líderes. Esta realidad era sumamente preocupante para ella, no deseaba colaborar con el ejército pero las circunstancias no estaban precisamente a su favor. Reflexionó un momento y recordó lo que Tom le había dicho sobre pedir la jurisdicción del campamento directamente al presidente. Sarah tenía fe en que Tom tendría éxito y les quitaría a los militares de encima.

Llegó a la carpa y encontró a Daniel, como siempre, pegado a una computadora. En vez de pararse de su lugar a su llamado, Daniel le hizo señas con la mano para que viera algo y Sarah se acercó.

—¿Qué sucede?

—Tengo los resultados del simulador. Mira los movimientos que predice en las placas tectónicas. Toda la costa del Pacífico en el continente americano está ahora en riesgo de sufrir temblores. Y ahora en el Atlántico empieza a haber reacciones, las corrientes submarinas se están alterando.

—Eso explica las fuertes mareas en la costa este de Norteamérica y en Europa —dijo Sarah—. Esta mañana vi el canal de noticias y enormes olas estaban inundando todos los puertos comerciales.

—Nuestro planeta se compone de agua en más de setenta por ciento —dijo Daniel—. Los cambios climáticos que se produzcan afectarán en primer lugar los patrones de movimiento de esas grandes masas de agua. Sabemos que el movimiento de las aguas cálidas del ecuador hacia los polos es lo que regula el clima de nuestro planeta; si estos movimientos cambian, entonces el clima estará cambiando en respuesta a ese fenómeno.

—Por eso el clima se ha estado comportando de forma tan errática últimamente. ¿Qué noticias hay de Tom? ¿Por qué no se ha comunicado?

—No lo sé. Nadie en Houston me ha podido decir dónde se encuentra. Lo último que me dijo es que iba a sostener varias reuniones con el presidente para discutir el futuro de nuestra investigación. Él esta aconsejando al presidente que pida al congreso que nos dé la jurisdicción del campamento.

—Lo sé, pero es muy extraño que no nos llame. Debió haberse comunicado ayer por la tarde. Es muy importante que sepamos qué va a suceder aquí con los militares.

Daniel le preguntó si quería que siguiera insistiendo con Houston pero Sarah dijo que esperarían a que él se comunicara. Seguramente había surgido algo importante. También le comunicó a Daniel la noticia sobre el doctor Jensen y su equipo.

—Voy a su campamento a buscarlos —dijo Sarah.

—¡Espérame! Te acompaño.

—¿Para qué? Solamente voy a discutir con ellos este asunto.

—Quiero ser parte de la discusión —dijo Daniel con firmeza—. Solamente dame unos minutos. Ahora regreso.

—Apúrate —le contestó Sarah que estaba ansiosa de ver a Rafael. Se sentó y luego recordó algo, con tantas cosas en mente había olvidado maquillarse. Fue a su lugar y sacó un espejo pequeño y un estuche de maquillaje de su bolsa. Se fue a esconder a un rincón para que Daniel no la viera cuando entrara y se puso rubor en las mejillas, se pasó un poco de bilé por los labios y de pronto escuchó un ruido, volteó hacia atrás y miró la cara de Daniel. Sarah soltó un grito de sorpresa.

—Ay, me asustaste, tonto —le dijo sosteniendo el lápiz labial en la mano.

—¿Qué haces aquí? ¿Para qué te escondes?

Sarah no contestó a su pregunta.

—¿Qué no ibas a recoger algo a tu remolque?

—¿A mi remolque? Solamente fui a la cafetería a traer esto.

Sarah vio que Daniel traía un pay de queso y una rebanada de pastel de chocolate en un contenedor de plástico.

—¿Para qué traes eso? Vas a engordar más con esa dieta que llevas aquí —se burló ella.

—Qué graciosa eres, Sarah —dijo Daniel, molesto con la insinuación de que estaba obeso—. No son para mí, son para la doctora Sánchez. El otro día que estuve platicando con ella me dijo que la comida en su campamento era muy austera. No tienen postres ni nada elaborado, por eso le llevo unos pasteles para que los pruebe.

Sarah ató cabos de inmediato. Había visto a Daniel siempre atrás de la doctora Elena cada vez que iban a ver a los arqueólogos.

—¿Estás enamorando a Elena Sánchez? —preguntó Sarah sonriendo.

Daniel fue sorprendido con la guardia baja y no supo qué decir, empezó a tartamudear nervioso.

—Eh… Eh… Es sólo un presente. ¿Qué hay de malo en eso?

—Nada, por supuesto, Casanova —dijo Sarah burlándose—. Ya vámonos de aquí.

—Mira quién habla —dijo Daniel siguiéndola—. ¿Por qué tanta prisa?

Ambos salieron de la carpa y en cuestión de minutos habían llegado al campamento de los arqueólogos.

—Vamos a la carpa principal a buscar al doctor Jensen —le dijo Sarah a Daniel.

Al llegar encontraron a José y a Rafael con la fotografía del Hunab Ku sobre una mesa. Rafael vio a Sarah y se levantó de inmediato. La saludó y la llevó a la mesa a que se sentara. Ella sentía cómo su cuerpo se llenaba de endorfinas mientras se sentaba al lado de él.

—Tengo algo maravilloso que mostrarte —dijo Rafael—. Ahora vuelvo —y diciendo esto salió presuroso de la carpa. Sarah no tuvo tiempo de decir nada, estaba muy ocupada luchando contra sus hormonas para no comportarse como una adolescente enamorada.

José saludó a Sarah y se puso a platicar con Daniel. Él le dijo que buscaban al doctor Jensen y a la doctora Sánchez, tenían noticias importantes sobre la galería. José les pidió que esperaran allí, tomaría el jeep para ir en busca de ellos. Daniel y Sarah se quedaron solos en la carpa por un minuto y de repente apareció Rafael con un palo tallado en madera lleno de plumas e incrustaciones de piedras de colores y collares de chaquira. Rafael se acercó ignorando a Daniel y se lo entregó a Sarah.

—Es hermoso —dijo ella—. ¿Qué es?

—Es uno de los bastones de mando que llevan los jefes de tribu en las aldeas indígenas. Es como el cetro que lleva un rey, sólo que éste tiene poderes mágicos —aseguró Rafael.

—¿De veras? —dijo Sarah mirando a Rafael.

Daniel se empezó a sentir incómodo entre ellos dos y se levantó.

—Voy a ver por qué se demora José —dijo y salió de inmediato sin que Sarah y Rafael le hicieran caso alguno.

—¿Qué poderes tiene? —le preguntó Sarah sosteniendo el bastón con las dos manos y admirando el hermoso tallado de cabeza de jaguar en él.

—Con ese bastón puedo embrujarte y hacer que vengas conmigo a España —dijo Rafael.

Sarah se rió y mirándolo fijamente le dijo:

—Para que yo vaya a España contigo, vas a necesitar algo más que un bastón mágico.

—Tengo una motocicleta con la que te puedo pasear por toda la ciudad de Madrid, es fantástica. Luego te puedo llevar a un restaurante a que disfrutes de un espectáculo de baile flamenco, ¿qué te parece?

—Suena bien —dijo Sarah—. Vas por el camino correcto.

Sarah no dejaba de observar el bastón y de repente dijo:

—Este bastón es maravilloso. Me transmite una sensación de seguridad y poder. No sé cómo explicarlo.

—Puedes quedarte con él si lo deseas —le dijo Rafael emocionado, e inmediatamente después se preguntaba por qué se lo había regalado de esa forma.

Sarah aceptó el regalo y puso el bastón sobre sus piernas. Entonces Rafael le habló sobre su iniciación con el viejo chamán y el sueño donde la había visto en esa ciudad del pasado.

—¿Tú que crees? —le preguntó Rafael—. ¿Será posible que al fin nos hayamos encontrado de nuevo?

—No sé qué pensar —dijo Sarah—. Me gusta estar contigo. Me siento muy a gusto.

Rafael acercó su cabeza a Sarah y ella sintió una oleada de emoción recorriendo todo su cuerpo. Rafael se disponía a darle un beso cuando el doctor Jensen, Elena Sánchez, Daniel y José entraron a la carpa. Elena Sánchez traía el contenedor con los pasteles en las manos. Todos se saludaron y se sentaron a la mesa. Elena les ofreció pastel a todos pero nadie quiso, se levantó para preparar café y Daniel fue a ayudarla. Sarah observó a Daniel siguiéndola y sonrió.

—Daniel nos dijo que tiene noticias importantes para nosotros, doctora —dijo el padre de Kiara.

—El general Thompson ha pedido su colaboración con nuestro equipo para tratar de encontrar el funcionamiento de la tecnología que esconde la galería —dijo Sarah—. Las condiciones para su colaboración son que se comprometan a mantener en secreto toda la información que se relacione con el proyecto.

Sarah les explicó sobre la firma de los acuerdos de confidencialidad y sobre las consecuencias de divulgar información. Elena y Daniel llegaron a mitad de la conversación y Sarah tuvo que repetir todo para que ella lo escuchara.

Hubo un largo e incómodo silencio y luego el doctor Jensen habló.

—Pues parece que el destino nos puso en este lugar —dijo cruzando ambos brazos y reclinándose en su silla—. Dice usted que este general espera que aceptemos, eso me suena a que están incómodos con el hecho de que sepamos sobre su descubrimiento, pero ¿qué va a pasar con nuestro campamento?

—Ésa es una mala noticia que debo darles. Su campamento está a punto de ser clausurado indefinidamente. Todos los trabajadores van a ser reubicados en otras excavaciones. El profesor Mayer me prometió que a ustedes se les asignaría un salario por sus servicios, debemos hablar a ese respecto también.

—¡Pero no pueden clausurar nuestro campamento! —dijo José.

—Tienen el poder para hacer eso y más —dijo el doctor Jensen—. Durante la reunión en la Ciudad de México fui advertido de que podría suceder en cualquier momento. Parece que llegó la hora. Me aseguraré de que nos paguen bien el tiempo que nos quedemos aquí.

—Pero, ¿qué hay de mí? —preguntó Rafael—. ¿Yo dónde encajo en este asunto?

—No creo que los militares permitan que te vayas —dijo Sarah—. Podemos intentarlo si quieres.

La realidad le cayó a Rafael como un cubetazo de agua fría. Había planeado volver a España en unos días y ahora parecía que se encontraba atrapado en la selva en las mismas circunstancias que ellos.

—Tengo que pensarlo bien —dijo él. Luego miró a Sarah recordando el disco de memoria que habían planeado sacar del campamento.

El doctor Jensen les preguntó a José y a Elena si estaban dispuestos a quedarse.

—Yo me quedo —dijo José—. Este descubrimiento es digno de correr el riesgo.

—Yo también me quedo —dijo Elena Sánchez—. No puedo imaginarme ahora algo más importante que hacer.

—Entonces mañana iré a hablar con el profesor Mayer —dijo Jensen—. Nadie más sabe sobre la existencia de la galería, lo hemos mantenido en secreto para no perjudicarlos a ustedes —agregó refiriéndose a Sarah y Daniel—. Voy a avisar a mis colegas sobre la posibilidad de que clausuren el campamento pronto.

El padre de Kiara salió de la carpa y los demás permanecieron allí. Sarah miró a José y le preguntó:

—¿Averiguaron algo sobre el códice maya en la aldea?

—Es muy complejo, pero ustedes son científicos. Veremos qué opinan —respondió José. Luego les explicó lo que había dicho el chamán sobre el códice y la manera de sobreponer una imagen sobre otra para poder descifrarlo. Daniel y Sarah no daban crédito a lo que escuchaban.

—De modo que los constructores de la galería utilizaban el cerebro de forma que podían superponer una imagen sobre otra y de codificar mensajes… —dijo Daniel—. ¿Por qué tomar tantas precauciones?

—Su conocimiento no era revelado a las masas —le respondió Elena Sánchez—. Eso lo sabemos bien. Existían castas sacerdotales, el conocimiento era sagrado, sólo los iniciados tenían acceso a él.

Sarah empezó a mirar la fotografía del Hunab Ku que estaba sobre la mesa.

—Quizá esta forma de codificación es la misma que usa el universo —dijo—. Miren bien este símbolo, es perfectamente simétrico. Cada forma tiene una contraparte simétrica exactamente igual, es como se define al campo de súper cuerdas. El campo es súper simétrico, cada creación provoca una reacción que crea una forma exactamente igual a la creada, de diferente polaridad y perfectamente simétrica. Eso lo han observado los científicos que estudian las partículas fundamentales, como los protones y electrones. Todas estas partículas tienen un doble simétrico igual pero de carga contraria que los físicos denominamos antipartículas.

—¿Cómo que antipartículas? —preguntó José.

—Son copias perfectas de las partículas elementales pero están creadas de antimateria —respondió Daniel—. La física cuántica ha demostrado que su existencia se debe a que en el principio de la creación se creó la misma cantidad de antimateria que de la materia que dio origen a nuestro universo conocido. Pero por razones que desconocemos, la antimateria no está regida por las mismas leyes que rigen la materia, y la mayor parte de la antimateria desapareció al colisionar con su contraparte material. Al final de la gran colisión, la materia que sobrevivió permaneció inerte y formó nuestro universo tal como lo conocemos hoy en día.

—Pero… ¿por qué este gran campo crea materia y antimateria que finalmente se aniquila la una contra la otra? —preguntó José.

—Ése es el misterio más grande del universo —contestó Sarah Hayes—. Y eso no es nada nuevo. Verás, a escalas subatómicas el universo se comporta de formas inexplicables. Para empezar, lo que nosotros llamamos partículas elementales y antipartículas no son partículas en realidad. Son más bien presencias indescriptibles que se comportan como cargas electromagnéticas y sólo existen cuando son observadas, como si tendieran a existir y no existir a placer. Por eso algunos físicos han llegado a creer que son sólo pensamientos que viajan constantemente entre las diferentes dimensiones del espacio-tiempo. Sus propiedades son hipercomplejas y prácticamente imposibles de entender bajo el razonamiento humano común.

—¿Cómo que se trata de pensamientos? ¿El universo está creado de pensamientos? —preguntó Elena Sánchez.

—Las partículas fundamentales y sus antipartículas sólo existen cuando son observadas —explicó Daniel—. Y de hecho los pensamientos de quienes las observan influyen sobre sus comportamientos. Después, pueden existir y no existir a voluntad. Por eso es que los físicos creemos en la existencia de mayores dimensiones a la nuestra, es la única explicación sobre las desapariciones y apariciones súbitas de estas partículas. Están viajando entre dimensiones todo el tiempo.

—Yo creí que los físicos sabían todo acerca de la estructura de nuestro universo —dijo Elena.

—En realidad a niveles subatómicos casi no sabemos nada —explicó Sarah Hayes—. Sólo podemos observar ese misterioso mundo y maravillarnos con sus propiedades, como lo es la naturaleza dual de la creación, que crea pares inteligentes a través del principio de acción-reacción.

Rafael había tomado una hoja de papel y dibujado dos espirales iguales a la del símbolo.

—Miren —dijo Rafael al tiempo que sacaba unos dibujos hechos por él que mostraban diversos tipos de espirales iguales a las del símbolo—. Este símbolo encaja perfectamente con la propiedad de simetría de la que habla la doctora Hayes. Una espiral se crea y produce una respuesta exactamente igual que crea otra espiral perfectamente simétrica. El color de los dibujos resultantes es contrario porque la creación ha producido un par simétrico de diferente polaridad. La curvatura de esta espiral corresponde a la llamada espiral de Arquímedes. Esta espiral es famosa porque era usada para adornar las acroteras arquitectónicas de las grandes columnas que sostenían los templos griegos y romanos desde siglos antes de nuestra era. Incluso se puede encontrar en vasijas etruscas de esa época. Sin duda alguna es muy antigua.

Sarah Hayes observó los dibujos de Rafael y quedó impresionada.

—Esto es verdaderamente interesante —exclamó Sarah—. Hace algunos años descubrimos en la NASA que el campo electromagnético del Sol se mueve precisamente en forma de espiral de Arquímedes. El movimiento de su flujo magnético forma un vórtice espiral con características idénticas a las que este dibujo muestra. La radiación que la galería produce surgió exactamente al mismo tiempo que la llamarada solar que nos impactó el día de la tormenta magnética. Todos estos datos están relacionados y apuntan directamente a que el flujo de energía solar podría ser el responsable de que se haya suscitado este fenómeno.

Todos escuchaban con atención a Sarah y aunque no entendían bien a qué se refería, José hizo una observación importante:

—Esa espiral también aparece esculpida en las comisuras de la boca de las serpientes que adornan las escaleras en la famosa pirámide de Kukulkán en Chichen Itzá. Y por lo general también en todas las serpientes que fueron esculpidas por los mayas en sus templos.

Sarah y Daniel lo miraron sorprendidos.

—¿Te refieres a la pirámide que forma la serpiente solar durante los equinoccios de primavera y otoño? —preguntó Daniel.

—Exactamente —respondió José.

—Esto no puede ser una coincidencia —dijo Sarah—. Si este símbolo representa el campo unificado como pensamos, esto significa que el movimiento del campo electromagnético de nuestro Sol actúa de la misma forma que el gran campo.

Sarah reflexionó por un momento y luego continuó:

—La importancia del movimiento de este flujo de energía es suprema. El Sol es el responsable de que exista la vida en nuestro planeta. Su energía es la única fuente de alimentación que poseemos y esa energía sustenta cada segundo de la existencia de todas las formas de vida que conocemos. Sin esta energía, nuestro planeta se congelaría, lo cual volvería imposible el desarrollo de vida.

—Entonces —preguntó Daniel—, ¿cuál es la relación entre el símbolo y el gran campo unificado?

Sarah meditó unos segundos y luego respondió:

—Sabemos que el gran campo unificado es la matriz de donde proviene la energía suprema que crea y ordena todas las formas del universo. El Sol representaría algo así como una ventana o una puerta dimensional que abre paso a enormes cantidades de esta energía concentrada creando un flujo en forma de luz y radiación electromagnética. Entonces la matriz del campo unificado es expuesta a este flujo de energía en forma de luz que sustenta la vida consciente en el universo que conocemos a cada instante y de manera ininterrumpida. El movimiento espiral del símbolo representa este flujo constante que aparece tanto a escala atómica como a enormes escalas astronómicas, como las galaxias.

—¿Quieres decir que el movimiento de esta energía está representado por medio del flujo espiral? —preguntó Daniel—. ¿Es ése el significado de este símbolo?

—Es completamente lógico —respondió Sarah con seguridad—. Piensa en el fenómeno electromagnético y cómo producimos electricidad hoy en día. La electricidad es un flujo de energía y se necesitan tres elementos para producir este flujo constante: primero, un campo magnético; segundo, un material conductor como el cobre o la plata; tercero, se necesita que entre el material conductor y el campo magnético exista de por medio un movimiento constante. De otra forma el flujo de energía es interrumpido. La función de las grandes turbinas de vapor en las plantas termoeléctricas es la de mantener un movimiento constante entre el campo magnético y el material conductor, al igual que en el alternador de un automóvil. Las turbinas y el alternador giran incesantemente y así es como producimos el fenómeno conocido como energía eléctrica.

—Lo sé —respondió Daniel—. Pero, ¿qué significa todo esto? ¿Qué relación tiene todo esto con la galería y este extraño símbolo?

—La galería es parte de una estructura piramidal cuya función consiste en crear un vórtice de flujo representado por el símbolo como un movimiento espiral. Lo sé porque el día que estuvimos ahí soñé que me encontraba en otra área de ese edificio y, de alguna forma que no comprendo bien, supe que me encontraba dentro de una pirámide.

Todos escuchaban atentos la conversación y José tomó la palabra:

—Lo que dice la doctora Hayes tiene sentido. Durante el día que pasamos en la aldea, mientras Rafael estaba en trance, Chak, el aldeano maya, me platicó que la galería había sido descubierta por su pueblo hacía cientos de años y que en realidad se trata de una estructura muy grande a la que ellos llaman la pirámide de Etznab. Su existencia se ha mantenido en secreto por generaciones porque los chamanes así lo decidieron. El anciano que inició a Rafael en el conocimiento de los ancestros se mostró muy inquieto cuando le revelamos que conocíamos la existencia de la galería. Al principio nos advirtió que los sabios que la construyeron la habían escondido deliberadamente puesto que sus secretos no debían ser revelados aún.

—¿Pirámide de Etznab? —preguntó Sarah—. ¿Qué significa ese nombre?

—Etznab significa *espejo* en maya —respondió Elena Sánchez, que se encontraba junto a Daniel siguiendo la conversación—. La traducción más cercana sería entonces la pirámide de los espejos.

—Pero... ¿por qué la pirámide de los espejos?, ¿qué significado puede tener ese nombre? —le preguntó Daniel.

—El espejo para los mayas representaba la capacidad para ver más allá de la realidad evidente —explicó Elena Sánchez—. Era un instrumento mágico que revelaba la verdadera naturaleza de las cosas. Para ellos la realidad completa era llamada *realidad incluyente*, y estaba formada por todos los campos de conciencia presentes que influían en un suceso durante un instante preciso. La realidad evidente a la que nosotros estamos acostumbrados era para ellos sólo una fachada de toda la realidad incluyente. Esta realidad evidente era lo que las personas comunes percibían, pero los iniciados poseían la capacidad de ver y sentir los sucesos más profundamente. El espejo mágico tenía el poder de mostrar a los brujos iniciados todas las intenciones presentes que la realidad evidente escondía. El espejo es un instrumento de poder que es usado aún en las ceremonias por los chamanes de diferentes tribus.

Rafael escuchaba la conversación y se mostraba bastante inquieto. Finalmente habló.

—Nunca imaginé que estas culturas tuvieran tantos secretos ocultos en su conocimiento.

Sarah Hayes lo miró fijamente.

—Un espejo revela la cantidad de luz que refleja la imagen iluminada en esos momentos. Es una copia simétrica de la imagen que refleja pero existe sólo de forma virtual en el instante que la imagen es expuesta a su reflejo. Según las propiedades que describe el símbolo, el campo unificado posee igualmente una copia simétrica de sí mismo junto con la cual forma el vórtice de flujo. En el Sol, este vórtice de flujo de naturaleza electromagnética mantiene en perfecto equilibrio las poderosas reacciones de fusión nuclear que se desarrollan dentro de su esfera. Este hecho es casi imposible de explicar para la ciencia. El vórtice de flujo crea un campo autocontenido de liberación de enormes cantidades de energía nuclear que llegan a nuestro planeta en forma de luz solar y radiación electromagnética. Y este vórtice no se mueve en forma de espiral por causalidad. Una de las más extrañas propiedades del movimiento espiral es que se expande y se contrae al mismo tiempo. Es bidireccional. Se contrae en su centro y se expande en sus límites en un estado de perfecto equilibrio. Su velocidad aumenta mientras el movimiento se acerca a su centro y disminuye cuando se expande hacia sus límites.

Sarah hizo una pausa meditando sobre lo que decía y luego continuó.

—Este símbolo describe al vórtice de flujo como el responsable de toda la creación, tanto del universo material como de lo inmaterial. Mantiene la energía del gran campo unificado en movimiento y así produce la creación y la evolución de las formas que existen en el universo. El vórtice de flujo altera el estado cuántico de todas las partículas, es como un viento constante que agita el agua del mar produciendo fuertes y enormes olas. Toda la creación reacciona al movimiento del vórtice de flujo y así evoluciona, de acuerdo con su ritmo. En nuestro sistema planetario, el Sol es el único cuerpo que posee la capacidad de concentrar la energía que conforma el vórtice de flujo que nos alimenta a cada instante. Ahora lo comprendo perfectamente. Por eso los mayas y los egipcios lo adoraban. Él es el responsable de la creación a nuestra escala planetaria. Es como un pequeño dios en la gigantesca jerarquía del universo. Toda la naturaleza que nos rodea tiende a cambiar y evolucionar en respuesta a la exposición de este flujo de energía vital, tal como el agua del mar tiende a formar olas en respuesta al paso del viento.

Sarah se veía como perdida en sus pensamientos mientras los demás trataban de comprender lo que decía.

—El Sol era llamado por los mayas Kinich Ahau, que significa *gran señor regidor* —dijo Elena—. Esto equivale a lo que ahora llamaríamos dios, aunque los mayas eran más inteligentes en cuanto al uso de este término. Para ellos el Sol representaba a dios porque su luz y energía sustentaba a los seres vivos a cada instante. Pero en cuanto a la creación del universo, ellos llamaban Hunab Ku al principio creador de todo lo que existe. Sin embargo no existía un glifo que representara al Hunab Ku porque ellos lo describían como algo inconmensurable que era imposible describir en palabras o signos. La doctora Hayes tiene razón, el Sol era para ellos dios en la escala jerárquica del universo, por esto su movimiento y sus ciclos eran de gran importancia para sus estudios. Ellos dividían las edades de la humanidad en eras solares, cada Sol regía durante una era determinada irradiando nuestro planeta con su eterno flujo de energía. Si toda la naturaleza tiende a evolucionar en respuesta a su flujo, ¿significa esto entonces que la llegada del Sexto Sol será una variación en este flujo de energía?, ¿era eso lo que los mayas observaban dentro de su estudio de los ciclos solares?

—Es lo más lógico y probable —respondió Sarah—. Aunque no puedo asegurarlo porque los físicos sabemos que el flujo de energía de nuestro Sol sufre variaciones todo el tiempo. Como les mencioné, este flujo se mueve en forma de espiral de Arquímedes, expandiéndose y contrayéndose continuamente de forma variable, lo que da lugar a que se creen ciclos recurrentes de manchas solares incesantemente.

—Ahora comprendo cómo los mayas seguían las variaciones de este flujo —respondió Elena tras reflexionar unos instantes—. Ellos tenían un calendario sagrado llamado Tzolkin que revelaba estas variaciones por medio de signos y números. El día de nacimiento de cada persona determinaba el sello personal de cada uno. De acuerdo con lo que dices, el flujo de energía solar varía diariamente debido a su movimiento espiral, ¿correcto?

—Es correcto —respondió Daniel adelantándose a Sarah—. Hemos estudiado por décadas el comportamiento del campo electromagnético del Sol y así es como funciona. Su movimiento espiral constante afecta el flujo de energía en su gran esfera de plasma, lo que resulta en que la radiación que recibimos diariamente tenga diferentes niveles de polaridad.

—O sea que los mayas conocían la variación del flujo electromagnético del Sol y hasta tenían un calendario con sellos y números que determinaban sus características —dijo Sarah—. Me pregunto cómo fue que obtuvieron un conocimiento tan complejo sobre el funcionamiento de nuestra estrella. Si lo que pensamos es correcto, entonces la serpiente solar que forma la pirámide de Kukulkán no puede significar otra cosa que la representación misma del flujo electromagnético del Sol que desciende a la Tierra.

—Pero, ¿por qué lo representarían en forma de una serpiente? —preguntó Rafael interviniendo en la conversación.

—Las ondas electromagnéticas se mueven igual que lo hacen las serpientes —respondió Daniel—. No lo hacen en línea recta sino que ondulan mientras avanzan. Tiene cierta lógica.

—Nunca lo hubiera imaginado —respondió Rafael.

—Los egipcios también relacionaban a las serpientes con el poder del Sol —dijo Elena Sánchez—. Los faraones se llamaban a sí mismos hijos del Sol y portaban figuras de cabeza de sepiente en su frente como señal de gran conocimiento e iluminación.

—La antropología formal ni siquiera imagina lo complejamente avanzado que era el conocimiento de estas culturas —exclamó José—. Su forma de codificación dimensional y sus representaciones de la energía en movimiento son conceptos que esta disciplina desconoce por completo. Pero... ¿por qué otorgaban tanta importancia al flujo de energía solar?, ¿qué es lo que trataban de conseguir con la construcción de las enormes pirámides?

—Para entender eso —le respondió Sarah— es necesario comprender primero que el universo entero está creado completamente de energía en forma de cuerpos cuyas partículas fundamentales se encuentran en un estado cuántico. Un estado cuántico es un estado de almacenamiento de cierta cantidad de energía, y esta cantidad de energía es lo que otorga sus características individuales a cada partícula. Es un hecho comprobado por los físicos que toda la energía que existe en el universo no puede ser creada ni destruida, sino solamente transformada. La energía se aglutina en forma de sólidos o se dispersa en forma de radiación pero jamás se destruye. Se encuentra siempre en movimiento, alterando los estados cuánticos de las partículas fundamentales.

"Cuando quemas un trozo de leña, por ejemplo, este cuerpo que contenía energía en forma densificada cambia su estado energético y libera su energía en forma de fuego, que está compuesto de luz y calor. Entonces a nivel molecular y atómico podemos afirmar que los elementos y partículas que componían esa materia en estado sólido cambiaron su estado cuántico liberando la energía que tenían almacenada. Como resultado del cambio de este estado cuántico, la leña se transforma en cenizas y libera quantums de energía que son absorbidos por otras partículas, como las de nuestros cuerpos que absorben calor frente a una fogata. Por eso es lógico deducir que todos los cuerpos tienden a reaccionar de maneras diversas ante flujos de energía, algunos se solidifican mientras que otros se dispersan.

—Entonces los mayas comprendían que el vórtice de flujo era el responsable de la evolución de los seres vivos al alterar el estado cuántico de sus partículas, pero ¿cuál es la relación entre el Sol y el flujo de energía que desprende la pirámide de Etznab? —preguntó Daniel.

—No lo sabemos a ciencia cierta, pero lo he estado analizando y creo que es posible deducirlo si observamos cuidadosamente las leyes del electromagnetismo. En el siglo XIX, James Clerk Maxwell demostró por medio de sus ecuaciones que la electricidad, el magnetismo y hasta la luz eran manifestaciones del mismo fenómeno al que llamó el campo electromagnético. Cada una de estas manifestaciones se produce mediante la acción del campo electromagnético y se encuentran intrínsecamente unidas. Verán, cuando una corriente eléctrica es producida aparece de inmediato un campo magnético a su alrededor, esta propiedad se conoce como inducción electromagnética. El campo magnético producido por la corriente eléctrica en circulación es capaz por sí mismo de inducir otro flujo de electricidad en un material conductor que se encuentre cercano a él. Nicola Tesla fue uno de los pioneros en el estudio de la inducción electromagnética y hasta llegó a transmitir la electricidad sin necesidad de cables, haciendo uso de esta propiedad del electromagnetismo y sus características de resonancia.

—Suena interesante pero honestamente no lo comprendo —se quejó José.

—Te lo voy a explicar de una manera simple —repuso Sarah—. Para crear una corriente eléctrica, como había mencionado, se requiere de movimiento continuo entre el campo magnético y el medio conductor. Este movimiento entre los dos se efectúa lógicamente a cierta velocidad. Como la energía se transmite en forma quantums, la velocidad de propagación determina el ritmo o la frecuencia a la que viajan estos quantums a través del flujo eléctrico. Al igual que en la propagación del sonido, una nota que se propaga con cierta frecuencia puede hacer resonar un vaso de cristal que posea determinada cantidad de agua, lo que produce una amplificación del sonido. Si has observado ese experimento, te darás cuenta de que si utilizas muchos vasos con diferentes cantidades de agua, solamente el que tenga la cantidad correcta de agua tenderá a reaccionar mediante la resonancia acústica y amplificará el sonido de cierta nota musical, mientras que los otros vasos no se verán afectados. Si cambias la nota musical, entonces será otro vaso el que resuene amplificando el sonido. Lo mismo sucede con el flujo de corriente electromagnética, que puede amplificarse por medio de lo que se conoce como acoplamiento de resonancia electromagnética. Nicola Tesla maravilló al mundo a principios del siglo xx al transmitir y amplificar la electricidad por medio de esta propiedad.

”Estoy segura de que la pirámide de Etznab, así como las otras pirámides, fueron construidas con cierto nivel de resonancia electromagnética para amplificar el flujo de energía solar —continuó Sarah—. En el momento en que el Sol varió su ritmo o frecuencia de propagación de energía, la pirámide se activó instantáneamente amplificando una frecuencia de resonancia electromagnética tan increíblemente rápida que nuestros instrumentos nunca antes habían captado.

Sarah volteó a ver a Daniel como esperando su opinión.

—Lo que propones suena lógico y altamente probable, Sarah, pero ahora la pregunta más importante es: ¿cuál era el propósito de los constructores de pirámides al crear este tipo de flujos de resonancia electromagnética?

—Francamente no lo sé —respondió Sarah—. No parece que estas edificaciones tuvieran el propósito de producir energía eléctrica para sus comunidades.

—Entonces nos encontramos de nuevo donde empezamos, sin comprender absolutamente nada —se quejó Daniel haciendo aspavientos—. Aunque empezamos a comprender su mecanismo de funcionamiento, desconocemos lo más importante: su propósito.

El grupo permaneció callado por unos momentos hasta que alguien rompió el silencio.

—Nosotros no comprendemos este propósito porque no pensamos como los mayas —les dijo Elena—. Los mayas no estaban interesados en producir grandes cantidades de energía eléctrica para mover toda una sociedad de consumo masivo ni para agilizar el comercio de bienes. Su interés se centraba en la comprensión de los misterios del universo, misterios que incluyen el origen de la vida, la muerte y la evolución de los seres conscientes. Sus gobernantes no eran políticos corruptos que perseguían agendas personales de egolatría y riqueza económica. Su forma de gobierno era presidida por un líder y un Concejo de sabios iniciados en su intrincada forma de conocimiento de las leyes del universo, era el Concejo de los Ah Kin. Estos hombres componían el núcleo de sabiduría y experiencia sobre el cual se fundamentaba su orden social. Su propósito era sin duda lograr la evolución de su conciencia. Todos sus rituales y prácticas chamánicas que sobreviven hasta estos días avalan esta tesis.

—Elena tiene razón —agregó José—. Para resolver este enigma hay que pensar como ellos y ver el mundo como ellos lo hacían. Sólo sumergiéndonos en su contexto social podemos descubrir el verdadero propósito de la construcción de las pirámides. De eso no me cabe la menor duda.

Sarah y Daniel se miraron entre sí.

—Entonces debemos volver al principio —repuso Daniel—. La pirámide de los espejos y el símbolo del Hunab Ku inscrito en sus muros. La propiedad principal que comparten, como ya vimos, es la simetría tanto de las imágenes del espejo como la del símbolo mismo. Luego el principio de acción-reacción que crea estas copias simétricas. Después tenemos el movimiento espiral que se expande y contrae al mismo tiempo. Este movimiento que está presente en el campo magnético del Sol produce lo que Sarah llama el vórtice de flujo que altera el estado cuántico de las partículas. ¿A dónde nos lleva todo esto?

—Creo que empiezo a dilucidar este asunto —dijo Sarah y todos voltearon a verla—. ¿Qué nos ha estado sucediendo todo este tiempo en el campamento? ¿Qué es lo que se ha visto afectado con este flujo de energía?

—Nuestros sueños —respondió Daniel—. La forma en que soñamos.

—Exacto —respondió Sarah—. Gracias a ese cambio ahora sabemos que no sólo existimos en el cuerpo físico, sino que nuestra conciencia viaja a diferentes reinos donde uno puede permanecer consciente de su identidad como persona individual.

—La doctora Hayes tiene razón —dijo José emocionado—. Para los mayas una conciencia humana tenía la posibilidad de evolucionar hasta convertirse en lo que ellos llamaban una conciencia suprema mediante estos viajes a lo desconocido. Ése era el propósito que perseguían.

—Entonces las pirámides son vehículos para la expansión de la conciencia —aseguró Sarah—. Estas edificaciones funcionan mediante principios fundamentales de la física que nuestra civilización apenas comienza a explorar. La resonancia electromagnética fue completamente olvidada después de los experimentos realizados por Nicola Tesla. Él quería crear dispositivos capaces de transmitir energía eléctrica sin necesidad de cables. Su meta era producir energía limpia y abundante, y que esa energía fuera gratuita para la población del mundo, lo mismo que buscamos nosotros ahora.

—¿Y qué sucedió con él? —preguntó José.

—Sus inventos y sus patentes fueron boicoteados y anulados por intereses de grandes grupos de poder que comenzaban a vender la energía eléctrica haciendo grandes fortunas con ello —respondió Daniel—. Sus experimentos dejaron de ser financiados y jamás se concretaron.

—Sin duda, Tesla era un visionario con ideas admirables —dijo Sarah—. Pero la tecnología que ocultan las pirámides es aún más fascinante. Trata al ser humano como un ser formado por energía, cuya conciencia es capaz de viajar a lugares en el universo que la ciencia apenas puede intuir que existen. Es tecnología de resonancia de energía aplicada a la conciencia de los seres vivos, estamos hablando de un conocimiento de un orden muy superior a nuestra tecnología actual, que trata a los seres vivos como simple materia.

Todo el grupo se sumergió en un profundo silencio, tratando de comprender las implicaciones del manejo de una tecnología incomprensible para la ciencia de hoy en día. ¿Qué más misterios ocultaban estas portentosas edificaciones de la antigüedad? Sarah Hayes miró a todos y les dijo:

—Vamos a poner sobre la mesa las conclusiones que hemos obtenido hasta ahora para poder seguir adelante…

Todos estuvieron de acuerdo.

—El gran campo unificado tiene las tres propiedades fundamentales para la expansión de la energía. Sus características son: ser de naturaleza electromagnética, poseer la capacidad de conducción de esta energía y permanecer en eterno movimiento. Magnetismo, energía y movimiento. Tres propiedades en una sola.

Rafael había estado escuchando atentamente toda la conversación y repuso:

—Si este gran campo unificado es el responsable de la creación, como ustedes dicen, entonces puede ser considerado como el dios mismo, creador de todo lo que existe. Esas tres propiedades de las que hablas serían interpretadas como el misterio de la santa trinidad. Dios es uno y es tres al mismo tiempo.

—Así es —respondió Sarah—. Pero no es tan sencillo como parece. La característica del vórtice de flujo, que es la forma en que la energía se manifiesta y produce la evolución es de naturaleza dual: se expande y se contrae al mismo tiempo. De esta forma es lógico deducir que todo lo que ha sido creado es por obra y contacto con el vórtice de flujo. Esto significa que, por el principio de acción-reacción, el contacto de creación del vórtice de flujo crearía inmediatamente una forma y una copia simétrica de esta forma. Una se expande con la tendencia a reducir su movimiento y densificarse, y la otra tendería a acelerarse y contraerse en una forma de energía más sutil.

—Correcto —dijo Daniel—. ¿Pero dónde está esa copia simétrica de todo lo que es creado?

—En una dimensión paralela —respondió Sarah—. Piénsalo, es la respuesta al enigma de la existencia de la antimateria.

Todos los demás los miraron sin entender nada.

—No comprendo nada —dijo José.

—Es complicado —dijo Sarah—. Pero si consideramos que toda la materia tiene un doble energético, como ha sido demostrado por la física cuántica al descubrir las partículas elementales y sus antipartículas, entonces cada uno de nosotros tendría uno también. Eso me hace pensar en lo que sucedió en la pirámide cuando acerqué la mano a la luz y ésta produjo una copia exactamente igual pero menos densa que mi cuerpo normal. El sueño estaba tratando de decirme algo, de orientarme para que comprendiera.

Como nadie conocía la experiencia que Sarah había tenido en la pirámide, ella la explicó con lujo de detalles.

—¿Quieres decir que nuestro doble energético es con quien soñamos todos los días? —preguntó José.

—Tiene que ser así —dijo Sarah—. Tenemos un doble energético existiendo en otra dimensión superior como consecuencia de la propiedad del vórtice de flujo que nos creó. Esta dimensión, por consecuencia, no está sujeta al tiempo normal; el tiempo tiende a ser concreto sólo en esta dimensión, eso los físicos ya lo han establecido. En esa otra dimensión, nuestro doble podría moverse hacia delante o hacia atrás en el tiempo, eso explicaría por qué nuestros sueños son tan caóticos. Nuestra conciencia está mucho más habituada a estar aquí, a lidiar con las leyes de este mundo, la gravedad, el tiempo lineal y la solidez de los objetos. En un mundo regido por otras leyes nos encontraríamos igual que un recién nacido cuando llega a este mundo, todo aparecería como un caos imposible de entender.

—Los sueños son totalmente caóticos —dijo José—. No tienen continuidad. Cada vez que uno sueña aparece en un lugar distinto, con gente distinta, haciendo cosas distintas.

—Ése sería el resultado de vivir en una dimensión donde el tiempo no es lineal —dijo Daniel—. Sarah tiene razón, si alguien no está acostumbrado a las leyes que rigen ese lugar, todo se le aparecería como un caos incontrolable.

—Eso es probablemente lo que nos sucede cuando soñamos, Daniel —dijo Sarah convencida—. Empezamos a experimentar un mundo al cual no estamos habituados porque nuestra mente está fija en nuestro mundo de todos los días. Aquí, ninguno de nosotros se siente extraño. Llevamos años experimentando horas y horas la forma en cómo funciona este mundo. Somos expertos en estar aquí.

Rafael miraba a Sarah sujetándose la barbilla fuertemente.

—Creo que ya empiezo a comprender.

—¿En serio? —le preguntó Sarah con cara de incredulidad.

—Empiezo a comprender por qué la gente los considera a ustedes, los físicos teóricos, como unos locos de remate —dijo Rafael—. Dimensiones paralelas, dobles de antimateria, vórtices de flujo. Por supuesto que no comprendo nada. ¿Qué no hay una forma más fácil de entenderlo?

Sarah cerró los ojos y meditó en la forma de expresar en palabras un concepto de existencia que no se encuentra en este universo.

—Tienes que emplear tu imaginación creativa para entenderlo —dijo Sarah—. Tienes que hacer que tu mente se libere de las restricciones que la atan a las leyes de este plano. Contémplalo de esta manera: cuando nuestra conciencia aparece en este mundo, tiene que aprender a mover el cuerpo físico para experimentar la solidez y la gravedad del mundo. A un bebé le toma años aprender a controlar su cuerpo. Su cerebro tiene que experimentar el mundo para lograr adaptarse a los requerimientos de ese plano. La codificación en nuestro ADN ayuda a proporcionarle a nuestro cerebro un sistema de información para operar eficientemente. Al principio, sus movimientos son torpes e inseguros, pero luego, conforme se va haciendo niño, empieza a desarrollar más habilidades y comienza a aprender funciones más complejas, como escribir o andar en bicicleta. Nos esforzamos tanto durante este proceso de aprender a controlar nuestros sentidos, que nuestros cerebros se acostumbran a hacerlo compulsivamente. Luego lo dominamos por completo y la vida se vuelve monótona, ya no sabemos qué hacer con nosotros mismos y nos enganchamos a la vida en la sociedad y, empezamos a imitar los patrones de conducta de los demás. Esto es un hecho que todos los psicólogos conocen.

"Ahora imagina que nuestra conciencia proviene de un lugar donde no existe la gravedad, la solidez y el tiempo continuo —prosiguió Sarah—. Una conciencia recién llegada a este plano se alojaría en el cuerpo de un bebé y, estando acostumbrada al movimiento libre, trataría de que el cuerpo físico volara y no lo conseguiría. Querría moverse en el tiempo y se encontraría sujeta a esperar que el tiempo se

mueva solamente hacia delante segundo tras segundo. Eso
sería comparable a estar aprisionado en un lugar sin libertad
de movimiento. Luego tendría que hacer esfuerzos supremos
para desplazarse en el espacio, eso significaría para esa conciencia tener que cargar con un organismo lento y pesado si
desea moverse, un organismo pesado del cual nunca puede
librase mientras esté aquí.

”Ésa es la forma más sencilla de entenderlo, Rafael.
Exígele a tu mente que se esfuerce por entender cómo sería
la vida en un lugar donde el tiempo no es continuo. Cada
día de experiencia sería totalmente nuevo. No existirían las
rutinas. La continuidad de los días carecería de importancia.
La verdadera importancia estaría en aprender y experimentar
cada instante de tu existencia.

”El espacio también sería diferente, podrías viajar a
donde quisieras con un mínimo esfuerzo, sólo tendrías que
doblar el espacio y aparecerías en un lugar muy lejano instantáneamente. No habría cuerpo lento y pesado para cargar,
sino que serías tan ligero y rápido como la luz misma. Sin solidez prácticamente no habría obstáculos que te detuvieran.
Experimentarías la libertad de viajar y estar donde quisieras.
La vida en una dimensión como ésta representaría la libertad
total para la conciencia.

José, Elena y Rafael se miraron entre sí. Los tres se estaban esforzando por entender un concepto bastante complejo
para nuestra mente.

—Por eso los mayas aseguraban que los seres humanos
nos encontrábamos en la antesala del infierno —dijo Elena
Sánchez—. Piensen en cómo describió Sarah este mundo.
Ataduras al tiempo, pesadas cargas que desplazar, obstáculos por todas partes. A eso agréguenle el sufrimiento que
producen las enfermedades y las experiencias traumáticas.
Después está la maldad con que muchos humanos operan
en este mundo.

Todo el grupo reflexionó por un momento sobre las palabras de Elena Sánchez. Era una cruda descripción del mundo, pero era muy real.

—También hay cosas buenas en el mundo —dijo Sarah—. Quizá los mayas de la antigüedad buscaban expandir su conciencia para alejarse de todo aquello que los hiciera experimentar sufrimientos en este mundo. Por eso su obsesión con los ciclos solares y la energía del vórtice de flujo. Entre más comprendieran sus leyes, más oportunidades tenían de alcanzar un estado de conciencia superior. Debido a esto consideraban la realidad de los sueños y los viajes de conciencia como el camino que los conducía hacia la iluminación.

—Ahora entiendo por qué los chamanes piensan tan diferente a nosotros —exclamó José—. Para ellos estos viajes representan la realidad de la existencia del ser humano y no una fantasía como los occidentales suponemos. Por eso dicen todo el tiempo que estamos dormidos y que no entendemos nada. Ellos hablan del sueño como el reino del poder porque pueden realizar todas esas cosas que ustedes acaban de describir: viajar en el tiempo, vencer la gravedad y volar, atravesar muros sólidos y recorrer miles de kilómetros en un instante. Así aprenden a preparar su conciencia para una existencia posterior fuera de este mundo físico. Mientras tanto la mayoría de nosotros los occidentales pasamos nuestras vidas preguntándonos por qué estamos aquí sin comprender nada.

—Pero si todo esto es correcto, la pirámide produce el cambio de conciencia que uno necesita para percatarse de que una parte de nuestro ser se encuentra en otra dimensión —dijo Elena Sánchez—. Pero entonces, ¿dónde se encuentra en estos momentos ese otro yo? ¿Qué sucede con él cuando estamos despiertos?

—Eso es un misterio que tenemos que resolver —dijo Sarah.

Rafael escuchaba a todos relatar sus historias y de pronto dijo:

—La pirámide es la clave para entender lo que esta cultura sabía sobre los misterios de la conciencia —miró a Sarah y a Daniel y preguntó—: ¿Cuándo podemos ir allí?

—Pienso que muy pronto —dijo Sarah—. Pero primero tenemos que trasladarlos al otro campamento y notificar al profesor Mayer.

José, Daniel y Elena salieron en busca del doctor Jensen. Sarah permaneció en la carpa con Rafael y le dijo:

—Entonces, ¿has decidido quedarte a investigar con nosotros?

—No le veo ningún sentido regresar a España con las manos vacías —dijo él—. Quiero pasar más tiempo contigo y también quiero entender por qué tuve ese sueño extraño donde tú estabas.

—Entonces voy a regresar con Daniel a nuestro campamento y a hacer los preparativos para recibirlos —dijo Sarah, y los dos se levantaron de la mesa, salieron de la carpa y encontraron a Daniel hablando a solas con Elena Sánchez. Se pusieron de acuerdo con ella y luego Sarah y Daniel volvieron a su campamento.

Empezaba a anochecer y Daniel se dirigió a la carpa central para ver si había novedades. Sarah fue al comedor a buscar al profesor Mayer que se encontraba solo leyendo unos informes y tomando té helado.

Sarah le explicó que el doctor Jensen y tres de sus colegas permanecerían en el campamento. Mayer estuvo de acuerdo y salió del comedor después de unos minutos. Sarah se quedó un rato esperando a Daniel. Los descubrimientos que habían hecho acerca de la naturaleza del símbolo y la pirámide la habían maravillado. Éste era sólo el principio para comprender la complejidad del conocimiento de una cultura ancestral. Sarah se sirvió un poco de café y vio a

Daniel cruzar la puerta de entrada al comedor, había algo raro en su forma de andar, venía demasiado aprisa. Antes de que ella pudiera decir algo, él se adelantó.

—Ha sucedido algo terrible —dijo Daniel con la voz entrecortada—. Tom Render ha muerto.

Capítulo 31

Habían transcurrido varios días desde que Kiara reanudara sus experiencias de sueño. Desde entonces, había estado levantándose antes de que el despertador sonara. Algunos días se levantaba e iba a la cocina a ayudar a su abuela con el desayuno; otros, permanecía despierta en su cama, tratando de recordar en detalle el contenido de sus sueños.

Durante tres noches seguidas, Kiara había despertado a mitad de la madrugada con una sensación muy extraña en el cuerpo, después de unos minutos se dormía de nuevo y en todos los casos había logrado soñar consciente. Lo que la intrigaba era que en una de esas experiencias ella había visto a su padre y él se había comportado de una manera aberrante. En el sueño, lo veía sentado en una mesa junto a unas piezas de cerámica, que no eran indígenas, sino que tenían tallada la imagen de una mujer que Kiara pensó que era su madre. Kiara trataba de hablar con su padre para que se levantara de su silla pero él la ignoraba por completo: acomodaba las piezas de cerámica de diversas formas y permanecía sentado observándolas. Ella le gritaba que su madre ya no estaba ahí; él se molestaba, agarraba las piezas de cerámica y las apretaba contra su pecho, nunca veía a Kiara a los ojos, sino que huía con la mirada.

Eran casi las seis de la mañana y ella estaba por levantarse para ir a la escuela cuando el recuerdo de este extraño sueño la invadió. ¿Por qué su padre había reaccionado así durante el sueño? Kiara sabía que la pérdida de su esposa lo había afectado, pero en el sueño él parecía completamente embrutecido. Esto le preocupó sobremanera, tenía que hablar con él para cerciorarse de que se sentía bien. Abrió el clóset para sacar de su maleta la agenda que siempre cargaba consigo. Sacó algunos papeles que tenía allí y de pronto algo llamó su atención: era un sobre de color amarillo que José le había pedido llevara personalmente a una dirección en el este de Los Ángeles. ¡Que tonta!, ¡lo había olvidado por completo! Hacía dos meses que había llegado y entre tanto estrés de volver a la escuela no había recordado el encargo. "Demonios —pensó—. Tengo que ir hoy mismo a hacer esto."

Se vistió rápidamente con sus habituales jeans y playera y cogió su mochila. Antes de salir sólo tomó un jugo de naranja y en vez de caminar a la escuela, fue directamente a la parada de autobuses y checó el mapa para encontrar la ruta al este. Tenía que tomar dos autobuses para llegar a la calle de Uvalde número 67. Sabía que iba a perder por lo menos dos horas de clase, pero el remordimiento de no haberlo hecho por meses era demasiado para ella.

Tras una escala y casi una hora de viaje, al fin había llegado a su destino. Se trataba de un barrio de mexicanos bastante sucio y desordenado. Kiara preguntó por la calle y una señora que pasaba por ahí le explicó en español cómo llegar, afortunadamente eran menos de cinco cuadras. No perdió tiempo y en cuestión de minutos estaba frente a una casa bastante vieja y desvencijada, la madera de la entrada se veía doblada por la humedad y un poco derruida. Kiara buscó el timbre en el buzón de la correspondencia, que parecía a punto de caerse. Una palabra escrita con marcador negro señalaba: "timbre". Dos cables eléctricos que se encontraban separados. Kiara tomó los cables con cuidado y, al juntarlos, produjeron el ruido bastante fuerte e intenso de una chicharra.

Una mujer morena se asomó por la ventana y miró extrañada a Kiara, luego la puerta se abrió:

—¿Qué se le ofrece, señorita? —dijo la mujer.

—Tengo un mensaje del señor José García. Me pidió que lo trajera personalmente hasta esta dirección.

—¿Eres amiga de José?

—Sí. Él trabaja con mi padre en un proyecto arqueológico en México.

La mujer se acercó y tomó el sobre. Aparentaba unos vientiocho o treinta años. Su cabello era color negro y sus ojos, café oscuro. No era tan delgada como Kiara, pero tampoco parecía estar gorda. Medía alrededor de 1.55 metros. La mujer abrió el sobre y sacó una carta y tres billetes de cien dólares, miró a Kiara y guardó el dinero en el bolsillo delantero de sus jeans. Luego abrió la carta y comenzó a leerla. Una niña de aproximadamente ocho años de edad se asomó por la ventana. Kiara la vió y noto algo familiar en ella.

—¿Quieres pasar a tomar café o un refresco? —le preguntó la mujer.

—No, gracias —dijo Kiara—. ¿Es tu hija? —preguntó señalando a la niña que permanecía parada con la puerta semiabierta.

—Sí —respondió la mujer—. Es hija mía y de José.

Kiara la miró sorprendida. José no le había dicho que tenía una hija en Los Ángeles.

—Es muy linda. ¿Cómo se llama?

—Se llama Aurora. Yo soy Leticia, me da gusto conocerte.

Kiara se presentó y Leticia llamó a la niña. Ella no quiso salir y Kiara finalmente accedió a pasar a la casa. El aspecto adentro era igual de humilde que el de afuera de la casa. Las dos se sentaron en una pequeña mesa en la cocina y la niña se acercó a su madre.

—Mira lo que envió tu papá —dijo Leticia.

Kiara vio que José había mandado una foto de él y otras personas del campamento.

—La carta dice que eres hija del doctor Jensen, ¿cierto? —le preguntó Leticia a Kiara.

Kiara asintió.

—José dice que tu padre es muy amable con él y que está contento con el trabajo que él realiza en el campamento.

Kiara recordó que después del incidente su padre se había molestado con José, pero no mencionó nada.

—Sí, ellos dos se llevan muy bien —respondió—. ¿Por qué están ustedes dos aquí en Los Ángeles? —preguntó ella con la típica indiscreción de los adolescentes.

—¿No te lo dijo José?

—No, no me mencionó nada.

—José estuvo aquí por unos años. Fue cuando nos conocimos, yo me embaracé y tuvimos a Aurora. Él consiguió un trabajo en construcción, como ayudante de carpintero. Las cosas iban bien hasta que un día llegó migración y José fue deportado junto con otros seis trabajadores.

—Entonces, ¿ustedes son inmigrantes ilegales? —preguntó Kiara con tacto de elefante.

—Sí. Somos mexicanos y no tenemos papeles para trabajar. José trató de regresar cruzando el desierto, pero la migra lo atrapó de nuevo. Desde entonces no puede venir porque si lo atrapan de nuevo, se lo llevarían a la cárcel.

—Entonces, ustedes no se ven muy seguido, supongo.

—No. Hace más de cinco años que no lo vemos. Cuando tiene trabajo, nos manda algo de dinero, y algunas fotos de vez en cuando. A él siempre le gustó la arqueología. Cuando trabajaba aquí no era realmente feliz.

Kiara sintió un nudo en el estómago. "Cinco años —pensó—, yo tengo seis que no veo a mi madre y no sé si volveré a verla algún día."

—Siento mucho escuchar eso —dijo—. Pero, ¿por qué no te vas con tu hija para México y así viven los tres juntos?

—La pobreza en México nos hizo venir hasta acá —dijo Leticia—. Mi madre está enferma y el cuidado médico que necesita la imposibilita para viajar y adaptarse a otro lugar. Moriría si la llevara de regreso, y si yo decidiera irme, ella se quedaría sola aquí, tampoco sobreviviría sin los cuidados que necesita diariamente.

Kiara pudo comprender que la situación de ellos no era sencilla.

—¿Qué más dice José en su carta?

—Dice que tú vas a regresar en unos meses al campamento y que le puedo enviar unas fotos contigo.

—Claro que sí —dijo Kiara, y sacó un bolígrafo y un cuaderno de su mochila—. Aquí tienes mi teléfono y mi dirección por si deseas enviarle algo conmigo.

Kiara se despidió de Leticia y fue directo a la parada de autobuses para llegar lo antes posible a la escuela. Eran casi las once de la mañana cuando finalmente entró al salón de clases y Shannon se le acercó:

—¿Dónde estabas?

—Tuve que ir a resolver un asunto pendiente. ¿Qué hay de nuevo?

—Ya sé a dónde vamos a ir en la noche —dijo Shannon—. Vas a conocer el club más cool de toda la ciudad.

—Perfecto —dijo Kiara—. Pero tengo que volver a casa antes de las dos, ¿ok? Mi abuela siempre se desvela cuando salgo.

—No hay problema —dijo Shannon.

Al finalizar las clases, Kiara llamó a Shawn para avisarle del plan que tenían para la noche. Él se ofreció a pasar por ella. Kiara se despidió de Shannon y se fue al centro comercial. Se detuvo en una gasolinera para comprar una tarjeta telefónica de diez dólares y llamó a su padre al teléfono satelital. La operadora automática advirtió que solamente tenía saldo para hablar cinco minutos. "¡Dos dólares por minuto!", pensó Kiara.

—Hola —dijo la voz en el auricular.

—Papá —exclamó Kiara reconociendo la voz de su padre en el teléfono.

—¿Cómo estás? —preguntó su padre—. ¿Estás en casa con tus abuelos?

—No. Voy camino al trabajo, me detuve para llamarte.

—¿Qué sucede? ¿Algo anda mal?

—No, todo está bien. Sólo quería llamarte para saber cómo estabas.

—Todos estamos bien —dijo su padre—. Sólo que es necesario que sepas que el campamento va a ser clausurado y me voy a mudar con José y la doctora Sánchez al campamento militar que instalaron los norteamericanos.

Kiara recordó a los militares que habían acampado cerca de la excavación.

—¿Por qué van a cerrar el campamento?

—No tengo tiempo de explicártelo. Apunta este número que te voy a dar para que puedas llamarme, este teléfono al que marcaste es parte del equipo de comunicaciones de los arqueólogos y se lo van a llevar con ellos. El nuevo número pertenece a la doctora Sarah Hayes, sólo pide que te comuniquen conmigo, todo el personal habla inglés ahí.

Kiara apuntó el número y pronto la tarjeta se quedó sin saldo. Le pareció muy extraño lo que sucedía, pero le costaba muy caro estar llamando a su padre. En el trabajo todo estaba como de costumbre: John estaba estresado y los cocineros gritaban y ponían su música a todo volumen.

Kiara se encontraba en el mostrador y después de la hora pico, la calma llegó al área de comida del centro comercial. Volvió a pensar en su padre: siempre que trataba de hablar con él, se encontraba ocupado o se ocupaba en algo a propósito. Ella empezaba a notar ese comportamiento en él desde hacía más de un año. Tal vez no se atrevía a aceptar que el asunto de su madre lo había afectado más de lo que podía soportar. Él había perdido la espontaneidad que Kiara recordaba. Antes de que su madre desapareciera, había sido alegre, positivo y lleno de vida, ahora le costaba trabajo creer en lo que su padre se había convertido.

A la hora de la salida, Kiara se apuró para llegar a su casa, tenía el tiempo justo para arreglarse antes de que Shawn pasara por ella para ir al club.

Se metió a bañar y cuando se estaba enjabonando, falló la electricidad. Poco a poco el agua fue dejando de correr en la regadera y Kiara no pudo quitarse por completo el jabón. Las fallas de corriente eléctrica ahora eran tan comunes que mucha gente empezaba a comprar unos nuevos generadores de gasolina que hacían que el aire de la ciudad apestara más de lo normal. Sus abuelos no tenían suficiente dinero para comprar uno, así que ella había comprado tres paquetes de velas para alumbrarse cuando la luz se apagaba.

Salió del baño tapándose con una toalla y sacó las velas de uno de los cajones de su cómoda, tomó un encendedor y prendió tres de ellas, que repartió en el cuarto. Se acercó a la ventana: la calle se veía tétrica sin iluminación, sólo una de cada cuatro casas parecía contar con generador y sus luces alumbraban tristemente el vecindario. Sacó la ropa de su clóset y escogió una falda corta con una blusa ceñida al cuerpo. Luego encendió dos velas más y las puso frente al espejo para maquillarse.

La luz que proyectaban las velas era completamente diferente a la luz eléctrica. Mientras se arreglaba, Kiara notó cómo influía la luz en la atmósfera de la habitación, de alguna forma se sentía más cálida a la luz de las velas. Terminó de maquillarse, sin duda se veía más hermosa que nunca esa noche. Tomó un suéter que había puesto sobre la cama para luego apagar todas las velas menos una, que conservó para bajar a la cocina y esperar a que Shawn llegara.

Sus abuelos se encontraban sentados en la sala a la luz de unas velas también.

—¿Qué hacen aquí?

—Estamos esperando que regrese la electricidad para ver la televisión —le respondió su abuela.

Sus abuelos acostumbraban ver la televisión todos los días a la misma hora. El apagón había interrumpido su rutina y no hallaban otra cosa mejor que hacer que permanecer sentados esperando a que regresara la electricidad.

El sonido de unos pasos afuera de la casa llamó la atención de Kiara, que se había sentado junto a sus abuelos, era Shawn. Se despidió y acordó no llegar después de las dos. Subió al auto de Shawn y le dio indicaciones de cómo llegar al club donde iban a encontrarse con Shannon. Tenían que tomar una de las autopistas más congestionadas de la ciudad, el tráfico se movía a vuelta de rueda, miles de autos se encontraban parados en una fila que parecía interminable.

—A este paso no vamos a llegar a tiempo —dijo Shawn.

—No importa. Shannon nos va a esperar en la puerta del club.

La imagen de los miles de autos detenidos en el espeso tráfico hizo que Kiara reflexionara sobre la vida en la ciudad.

—¿No crees que es una locura vivir de este modo?

—¿De qué modo? —preguntó Shawn volteando a mirarla.

—Así, con miles de autos y millones de personas, todos atrapados en un mismo lugar.

—No entiendo a qué te refieres —dijo Shawn—. No conozco otra forma de vida que no sea ésta.

—¿Qué nunca sales de la ciudad? —preguntó Kiara.

—No. Mis estudios y el gimnasio no me dejan tiempo para salir de la ciudad, excepto cuando vamos a otro lugar a competir.

—Hay algo que quizá deberías saber —dijo Kiara en un tono muy solemne.

—¿Eres casada? —preguntó Shawn bromeando y Kiara se rio.

—Mi padre es arqueólogo —dijo ella—. Hace unos meses estuve con él en un campamento en medio de la jungla. La vida es muy diferente en esos lugares.

El auto seguía avanzando lentamente y Shawn escuchaba atento a Kiara.

—¿Cuál es el punto? No te entiendo. ¿Qué tiene que ver eso con nosotros?

Kiara no sabía si platicarle a Shawn los extraños sucesos que habían tenido lugar en la selva durante las semanas que había pasado ahí. Hasta ahora ella no lo había comentado con nadie, pero en su interior necesitaba urgentemente de alguien en quién confiar. Tras unos minutos de silencio decidió probar suerte y le platicó a Shawn sobre la ceremonia y sus sueños lúcidos de todas las noches.

—Estás bromeando, ¿verdad? —le respondió Shawn.

—No, no estoy bromeando. Todo lo que te acabo de decir es verdad.

—Es la historia más extraña que he escuchado en mi vida —comentó él.

—¿Y qué piensas al respecto?

—Pienso que todo es posible en este mundo, pero no le veo ningún sentido a vivir pensando en lo que sueñas —dijo Shawn—. Lo que quiero decir es que el mundo está organizado de cierta manera y que todos nos esforzamos por adaptarnos y sobresalir. Ya sabes a qué me refiero, conseguir un buen trabajo, ganar buen dinero y vivir bien. Ése es el objetivo en la vida, no existe ningún otro.

—Pero es que la gente vive bien sólo en términos materiales —dijo Kiara—. Cuando llegué a la aldea me molestó el hecho de que no tenían sanitarios ni agua potable ni electricidad. Pienso que no hay nada de malo en tener ciertas comodidades, pero aquí en la ciudad, todo es excesivo. Mira los miles de autos que transitan diariamente por estas autopistas, son millones de personas consumiendo, quemando combustibles y produciendo desechos. La gente vive como autómata, de la casa al trabajo y del trabajo a la casa a ver televisión. Mis abuelos tienen una vida tan rutinaria que es verdaderamente desquiciante. Parece que a nadie le importara un comino entender algo sobre la vida y otras cosas interesantes. Lo único que importa es seguir y seguir consumiendo. ¿Cuánto tiempo más podemos aguantar así?

—Muchísimo tiempo —respondió Shawn—. La tecnología de reciclaje se inventó para eso, para volver a utilizar los materiales en vez de desecharlos, así producimos menos basura y ayudamos al medio ambiente.

—Pero no es eso exactamente a lo que me refiero. Hablo de nuestro propósito de vida. Yo siempre he querido ser astrónoma porque me interesa saber qué hay más allá de nuestro planeta, pero últimamente me estoy dando cuenta de que aquí existen quizá más misterios que en el espacio. Verás, desde que empecé a soñar de esa manera, algo dentro de mí despertó, era algo que estaba ahí pero que nunca había tenido valor para mí. Ese algo me comunica cosas importantes sobre el mundo que nos rodea. Antes, mi mente sólo giraba alrededor de lo que tú dices: vestirse a la moda, conseguir un buen empleo y ganar dinero, pero ahora todo es diferente.

—¿Qué es diferente para ti ahora? —le preguntó Shawn mientras los autos seguían moviéndose poco a poco sobre la autopista.

—¡El mundo es diferente! Mi mente percibe otras cosas. Es como si ahora estuviera consciente de que la naturaleza se comunica con nosotros en todo momento. Antes me parecía igual ver un árbol que un poste de concreto. Ambos eran solamente una parte del paisaje. Ahora, cuando veo la naturaleza, percibo un propósito, una fuerza misteriosa y más compleja.

—Yo lo único que percibo aquí es que nunca vamos a llegar al club —dijo Shawn riendo—. Me parece que tú eres de ese tipo de personas que aman a la naturaleza más que a nada en el mundo. Ya sabes, como esos grupos ecologistas que surgieron después del movimiento hippie de los años sesenta. Eres *flower power*.

—¡No seas idiota! —dijo Kiara dándole un puñetazo en el hombro—. *Flower power* al demonio. ¿Te estás burlando de mí?

—No, no me estoy burlando —se defendió Shawn—. Es que dices que la naturaleza te habla y que percibes una fuerza misteriosa y eso me suena a *flower power*. Eso es todo.

—Tú no me entiendes porque nunca sales de tu ratonera. Esta ciudad es tu maldita enorme ratonera. Aquí obtienes todo lo que necesitas diariamente.

—¿Me estás diciendo que soy una rata de ciudad?

—Tómalo como quieras —dijo Kiara enfadada—. Te estoy tratando de explicar algo serio que me está sucediendo y me dices que soy una hippie. Si te digo que la naturaleza nos comunica algo, es porque lo estoy percibiendo. En las mañanas, antes de levantarme, me pongo a revisar mis sueños y siempre encuentro un mensaje escondido. Los sueños también tratan de enseñarnos algo, tratan de hacernos despertar. Luego, cuando salgo de la casa, veo las cosas de manera diferente, veo cómo la naturaleza también nos enseña algo siempre. Me recuerda a los filósofos griegos que estudiamos en clase, ellos aprendían todo simplemente observando la naturaleza. En cambio aquí, ¿qué observamos?: Un montón de autos atorados en el tráfico. ¿Qué demonios te enseña esto?

—¡Te enseña a tener paciencia! —dijo Shawn como si le estuviera dando una lección—. Si no la tienes, te vuelves loco en medio de este caos urbano.

—Siempre tienes una respuesta para todo, ¿verdad? Yo también tengo un apodo para ti. Tú eres un *smartass*.

Kiara soltó una carcajada al tiempo que se burlaba de Shawn. Éste ya no supo qué decir y siguió luchando en el tráfico hasta que la enorme fila de autos se empezó a mover. Dos tipos habían chocado sus autos y habían detenido todo el tráfico por estar peleando en medio de la autopista. La policía estaba dirigiendo a los autos, y la gente que pasaba les gritaba insultos a los tipos que habían chocado.

El beetle de Shawn llegó hasta la dirección que buscaban. Shannon estaba sentada a unos veinte metros de la entrada del establecimiento. Cuando vio a Kiara aproximarse, se levantó de un brinco.

—Llevo más de una hora esperándolos —se quejó.

—Fue culpa del tráfico —dijo Kiara—. Lo importante es que ya llegamos.

Una vez dentro del club, Shawn pidió una mesa, los tres se sentaron y pidieron unos tragos. A Kiara no le gustaba beber alcohol, por lo que sólo quiso jugo de fruta. Shannon reconoció a unos amigos que estaban cerca y se paró para ir a saludarlos. Shawn observaba a toda la gente que bailaba y se divertía dentro del club, miró a Kiara y le dijo:

—Yo creo que todos venimos a este tipo de lugares a olvidarnos un poco de la vida que llevamos en la ciudad. Venimos aquí para sentirnos libres. ¡Mira a todos bailando!, nada les preocupa en este momento, simplemente son felices.

—Yo soy feliz cuando estoy contigo —le respondió Kiara.

Shawn sonrió, pasó su brazo por encima del hombro de ella y los dos se quedaron serios escuchando la música y observando a la gente bailar en la pista.

Después de un rato los dos se unieron a la gente que bailaba y estuvieron ahí por casi una hora descargando sus energías. Kiara había perdido de vista a Shannon y le pidió a Shawn que la disculpara. Empezó a recorrer el club pero no podía encontrarla por ningún lado, entonces, regresó a la mesa:

—No encuentro a Shannon.

—Yo la vi hace un rato, cuando estábamos bailando —dijo Shawn—. Andaba con unos tipos de bastante mal aspecto.

—¿Cómo que de mal aspecto?

—Ya sabes, de esos tipos que parece que andan drogados todo el tiempo.

Kiara se paró de la mesa y empezó a buscarla de nuevo. Recorrió el lugar dos veces y finalmente la vio sentada en una de las mesas más apartadas junto con dos tipos y otra chica. Estaban bebiendo en serio, a juzgar por todos los pequeños vasos sobre la mesa. Se acercó a ellos y pensó que Shawn tenía razón, los tipos tenían muy mal aspecto.

—Vamos a nuestra mesa —le dijo tomándola por el brazo.

—Hey, espérate. Te voy a presentar a mis amigos —dijo Shannon soltándose de la mano de Kiara.

—No gracias. Ya bebiste demasiado. Ven conmigo.

Kiara notó algo extraño en la mirada de Shannon, parecía que su mente no estuviera ahí, seguramente le habían dado alguna droga en la bebida. Siguió forcejeando con ella pero como Shannon no respondía, fue a buscar a Shawn y regresó con él para llevársela. Regresaron a su mesa y Shawn se puso tenso al ver cómo lo miraban los dos tipos.

—Vámonos, Shannon. Shawn y yo te vamos a ayudar a caminar.

Uno de los dos tipos se paró y se puso enfrente de Kiara.

—Ella no quiere irse. ¿Por qué mejor no se largan? —Y diciendo esto le dio un pequeño empujón en el hombro a Kiara. Shawn, que estaba observando toda la escena a unos dos metros, dio dos pasos adelante, pasó a un lado de Kiara y le dio una patada en el pecho al tipo, que salió volando hacia atrás. El otro tipo se paró rápidamente, tomó uno de los vasos de la mesa e intentó estrellárselo en la cabeza a Shawn, pero él reaccionó y bloqueó el golpe con su antebrazo derecho. Sin embargo, el vaso salió disparado, se estrelló en la parte superior de su frente y abrió una pequeña herida que empezó a sangrar de inmediato. Kiara trató de meterse en medio pero la empujaron hacia atrás, tropezó con una silla y se fue al suelo. Shawn empezó a forcejear con el tipo del vaso y le dio un rodillazo en la boca del estómago, el tipo se quedó sin aire y Shawn le propinó un golpe en la cara que lo hizo caerse hacia atrás sobre la mesa de otras personas. El tipo que había recibido la patada se había recuperado y saltó encima de Shawn para derribarlo, los dos rodaron hacia atrás y cayeron en otra mesa. Mientras tanto, Kiara se había levantado y observaba cómo la pelea se estaba extendiendo de mesa en mesa. El tipo al que Shawn había aventado empezaba a pelearse con otros y la amiga trataba de ayudarlo. Kiara tomó a Shannon del brazo y trató de sacarla. Los guardias de seguridad del club empezaban a someter a todos los que estaban peleando; finalmente, después de varios minutos, los echaron fuera a todos.

Shawn traía una servilleta en la mano y se sujetaba la frente con fuerza para detener la hemorragia.

—Vámonos de aquí —les dijo—. Tengo que ir al hospital a que me suturen la herida.

Kiara llevaba a Shannon casi a cuestas y Shawn tuvo que ayudarla para subir al auto. Condujeron por espacio de diez minutos hasta el hospital. La sala de emergencias estaba llena de gente accidentada, golpeada, drogada y baleada, el ambiente era verdaderamente horrible. Un médico joven se acercó para ver a Shannon mientras Kiara y Shawn la traían a cuestas.

—¿Qué le pasó? —preguntó el médico.

—No lo sabemos —dijo Kiara—. Venimos de un bar. Unos tipos le dieron alguna droga. Cuando fuimos por ella, todo acabó en una pelea.

El médico sacó una linterna y miró los ojos de Shannon, sus pupilas no reaccionaban a la luz. Tomó su pulso y lo sintió muy débil.

—Hay que llevarla de inmediato a que le hagan un lavado de estómago y que le pongan suero —dijo el médico—. Su sangre está intoxicada. ¿Cuánto tiempo lleva así?

—Como media hora —dijo Kiara, que empezaba a ponerse nerviosa— Se va a poner bien, ¿verdad?

—Consumió demasiado alcohol y algunas drogas. Tiene suerte de que la hayan traído —respondió el médico al tiempo que llamaba a unos enfermeros para que la acostaran en una camilla. Los enfermeros se la llevaron y Kiara se quedó con Shawn.

—Ve a que atiendan tu herida —le dijo Kiara.

—¿Crees que se va a poner bien? —preguntó Shawn refiriéndose a Shannon.

—Es una estúpida. Va a acabar mal si sigue por ese camino.

Shawn se fue a buscar ayuda y Kiara se quedó viendo a toda la gente herida que entraba a la sala de emergencias. "¡Qué vida tan loca llevamos!", pensó.

Las horas pasaron y no tenían noticias de Shannon. Shawn había vuelto con un parche sobre la frente y se había sentado junto a ella. Eran más de las tres de la mañana y de pronto recordó que su abuela estaría esperándola.

—Demonios —dijo ella—. Tengo que llamar a mi abuela.

—Usa mi celular —le dijo Shawn.

Kiara llamó a su abuela y recibió un fuerte regaño. Volvió a sentarse y pasaron dos horas más. El sueño estaba apunto de vencerla y Shawn ya se había quedado dormido cuando el médico apareció.

—Tu amiga está bien. Pero quisiera que se quedara una hora más para hidratarla completamente. Está despierta, por si quieres hablar con ella.

El doctor llevó a Kiara hasta donde Shannon se encontraba. Le habían quitado la ropa y vestía únicamente una delgada bata de hospital. Kiara se acercó y le tomó la mano.

—¿Cómo estás?

—Me siento mal. La cabeza me duele y tengo náuseas.

—Son los efectos de la intoxicación —dijo el médico—. Si no tienes cuidado con lo que haces, la próxima puede costarte la vida.

El médico se retiró y Shannon se le quedó viendo a Kiara.

—¿Por qué hiciste eso? —le preguntó Kiara—. Se suponía que íbamos a divertirnos.

—Soy una estúpida. No pensé que esas drogas fueran peligrosas, todo el mundo las usa.

—¡Yo no! Hay que ser un verdadero idiota para hacerse daño de esa manera. ¿Qué no te das cuenta? —le respondió Kiara al percatarse que Shannon había tomado las drogas voluntariamente.

Shannon empezó a llorar.

—¡Tú no entiendes! —le dijo a Kiara—. Tú eres estudiosa y ordenada. Yo soy una idiota que no sirvo ni para la escuela. A mí nadie me hace caso. Tu padre y tus abuelos te quieren y se preocupan por ti. Mi padre nunca está en casa y mi madre se la pasa bebiendo. Mis hermanos hace tiempo que se fueron, sólo quedo yo.

Shannon seguía llorando y Kiara trataba de consolarla. Nunca imaginó que su problema provenía de sus relaciones familiares.

Pasó hora y media hasta que finalmente salieron del hospital. El sol ya había salido y los tres se veían fatales. Llevaron a Shannon a su casa y Kiara vio que no había nadie para recibirla, nadie se había preocupado por ella. Luego Shawn la llevó a su casa y se despidió dándole un beso.

Kiara entró a la casa y encontró a su abuela dormida en la sala. La despertó para avisarle que había llegado. Fue a su recámara y se acostó, había sido una noche muy larga.

Ese mismo día, Kiara tuvo que soportar dos regaños, uno por parte de sus abuelos y el otro por parte de John. Se había quedado dormida hasta las cinco de la tarde y había decidido no ir a trabajar ese día. Como castigo tendría que presentarse el domingo desde las nueve de la mañana para doblar turno.

Pasó la mayor parte del día descansando y reflexionando sobre lo ocurrido. Hasta ahora, Kiara no se había dado cuenta del grado en que las relaciones familiares influían en las personas. La gente como Shannon tenía tendencias autodestructivas como consecuencia de una pobre relación familiar y la falta de amor y cariño. Pensó en su padre otra vez y se preguntó si algún día se recuperaría de la pérdida de su esposa, no iba a ser cosa fácil. Ella no dejaba de pensar en su madre, a pesar de que intentaba evitarlo para no seguir martirizándose con su pérdida.

Kiara se fue a dormir temprano esa noche para reponer sus energías y empezar un largo día de trabajo a la mañana siguiente. Cuando despertó no pudo recordar lo que había soñado y se metió a bañar de inmediato, luego evitó pasar por la cocina para no tener que enfrentar de nuevo a su abuela.

Tenía el tiempo medido. El autobús no tardó en llegar y esta vez estaba casi vacío pues era domingo. Se sentó hasta atrás y cerró los ojos. No tenía ganas de ir al trabajo pero era su obligación y sabía que John la despediría si no acataba sus órdenes.

El autobús había avanzado apenas unas cuadras cuando Kiara sintió un movimiento brusco. Abrió los ojos y vio al conductor maniobrando para controlar el vehículo. Hubo un momento de confusión y luego otro movimiento brusco, esta vez fue mucho más fuerte e hizo que el autobús se saliera de control. Kiara escuchó algo como un fuerte impacto en el metal y salió volando fuera de su asiento para aterrizar exactamente en el de enfrente. Sintió un agudo dolor en el hombro izquierdo, seguido por una total confusión.

El autobús se había salido de la carretera y se había volteado sobre un costado. El rechinar del metal y el ruido de los vidrios al quebrarse era aterrador. Todo se sacudía de una manera muy violenta y Kiara se aferraba lo más que podía a uno de los asientos. Su mente no podía entender lo que estaba sucediendo. ¿Los había golpeado otro vehículo? Ella no podía ver nada desde su posición. Un ensordecedor sonido y un intenso golpe hicieron que Kiara saliera volando de nuevo hacia el otro lado del autobús. Se golpeó la cabeza y se le intensificó el dolor en el hombro. Ahora se percató de que ya no podía mover el brazo izquierdo. Estaba sangrando de la cabeza, pero no había perdido el conocimiento. Trató de ordenar su mente y entendió que el autobús estaba de cabeza. Todos los cristales estaban rotos y ella se encontraba bajo la presión de varios asientos que se habían desprendido y le cayeron encima.

El autobús se había detenido pero seguía sacudiéndose con violencia. El metal retorcido la aprisionaba y le lastimaba todo el cuerpo, ella soltaba gritos de dolor. Kiara hizo un esfuerzo sobrehumano para aventar parte de los asientos con las piernas y poder liberarse. El metal cedió poco a poco hasta que ella tuvo suficiente espacio para arrastrarse hacia fuera a través de una de las ventanas. Su confusión fue total cuando al fin logró salir del autobús. Ahora se encontraba a treinta metros de la calle. El autobús había caído hasta los jardines de un parque y Kiara podía sentir cómo todo el piso se sacudía y los árboles se agitaban con fuerza. Trató de incorporarse para caminar pero era difícil mantener el equilibrio. A su alrededor podía ver gente tirada en el suelo y otros tratando de caminar sin conseguirlo. Su mente lo comprendió de inmediato, era un terremoto. Estaba temblando de una forma realmente implacable. A lo lejos, en las calles se escuchaban ruidos de golpes de metal y vidrios que se rompían. Decenas de personas salían a las calles gritando histéricamente.

Kiara se concentró en alejarse del autobús. A pesar de que los dolores en su cuerpo eran insoportables, su instinto de supervivencia la llevó a refugiarse debajo de un árbol. Desde ahí podía ver lo que estaba sucediendo, era espeluznante. La gente corría y tropezaba golpeándose mientras trataba de huir inútilmente. Kiara estaba toda golpeada y su respiración se hacía cada vez más pesada a medida que grandes nubes de polvo se alzaban por el cielo. De pronto escuchó el claro sonido de una explosión, enseguida percibió humo negro a una distancia de probablemente trescientos metros.

Su cabeza empezaba a sentirse más pesada y el temblor no cesaba. Los ruidos de las paredes de los edificios que se resquebrajaban parecían de una cascada. Las calles comenzaban a crujir y el agua se escapaba de los hidrantes que reventaban. Kiara sentía como si se encontrara herida en una zona de combate mientras escuchaba llantos y gritos de pavor. Los tronidos y las explosiones se sucedían y parecían no tener fin. De repente sucedió algo que la hizo sentirse más aterrada de lo que ya estaba, los edificios que estaban frente a la calle donde el autobús circulaba empezaron a venirse abajo uno a uno.

Edificios de más de seis pisos con viviendas se estaban colapsando conforme el temblor cobraba fuerza. Una lluvia de polvo y pequeños escombros cayó sobre ella. Kiara soltó un grito de terror y quiso protegerse atrás del árbol pero no pudo moverse, su cuerpo ya no respondía. Las piernas le temblaban con espasmos, la cabeza empezaba a darle vueltas y el dolor en su hombro se intensificaba. El temblor continuaba y ella ya no podía ver nada con tanto polvo. Su visión se fue oscureciendo por sí sola hasta que no pudo percibir nada más. Empezó a sentir que el ritmo de su corazón se debilitaba y quiso moverse pero ya no tenía control de su cuerpo. Escuchó un crujido en su interior y de pronto se sintió flotar por encima de ella misma. Kiara podía ver su cuerpo sangrando recargado en el árbol y supo que había llegado el fin. Trató de regresar a él pero una fuerza que no comprendía comenzó a elevarla alejándola de sí misma.

Desde esa perspectiva, Kiara pudo ver cómo todos los grandes edificios cercanos se habían colapsado. Las calles estaban resquebrajadas y sobresalían a más de dos metros de altura. El polvo no dejaba de correr movido por la suave brisa y un olor a quemado inundaba el ambiente.

Flotando ahí sola, sobre el césped de ese parque, Kiara pudo recordar lo que estaba viendo ahora. Era una imagen apocalíptica de la civilización tal como las había visto durante su estancia en la aldea de los indios. Nunca pensó que ella también sería una víctima de esos desastres. Miró su cuerpo desvalido por última vez mientras su conciencia seguía ascendiendo y comprendió con dolor que todo había acabado para ella.

Capítulo 32

Mientras esperaban la llegada de Dina, Anya y el maestro Zing hablaban con los capitanes de la guardia para establecer el perímetro de vigilancia alrededor del complejo donde se encontraban los templos sagrados y las tres enormes pirámides.

Anya desconocía los secretos que se guardaban en ese intrincado laberinto de salas subterráneas y túneles, pero sabía que el Concejo no había escatimado recursos en el desarrollo de medidas de seguridad para los edificios. El maestro Zing, contrario a lo que ella hubiera hecho, estaba concentrando la mayor parte de los guardias alrededor del sitio donde se ubicaban los científicos y la tecnología secreta. El resto montaría vigilancia haciendo recorridos alrededor de los templos y los jardines centrales que llevaban hacia las pirámides. Ella y Dina se encargarían de que nadie estuviera distraído y de que los guardias acudieran de inmediato en caso de algún incidente. Todo el lugar había sido asegurado y las puertas que daban acceso al complejo se habían cerrado por primera vez desde su construcción.

Anya miró hacia los jardines y reconoció el andar de Dina, que iba con uno de los capitanes de la guardia. Ambos vestían trajes de combate con armadura completa y el hermoso pelo de Dina sobresalía sobre una diadema metálica. Anya bajó los escalones y se dirigió hasta la mitad de los jardines para recibirla y se dieron un abrazo.

—Estoy muy nerviosa —le dijo Dina al verla—. Pensé que me iban a enviar con Oren a combatir los agresores. Tengo miedo de que les pase algo malo.

—Oren y Dandu cuentan con el mejor entrenamiento y no se van a exponer fácilmente. Estoy segura de que todo va a salir bien.

—Después de tantos años de paz, pensé que nuestro entrenamiento era sólo parte de una antigua tradición que el Concejo se aferraba en conservar. Nunca pensé que algún día tendríamos que valernos de él para protegernos.

—Las cosas están cambiando muy rápidamente —dijo Anya—. Yo siempre supe que si llegaba hasta aquí, nada iba a ser fácil. Hay que afrontar los hechos como son y estar preparadas para lo que venga.

Anya le platicó a Dina que se había molestado porque no la enviaron con Oren al viejo continente. Ella estaba lista para lanzarse al combate sin ni siquiera prever que su complejo podía ser atacado mientras no estaban.

—Creo que lo mejor es hacer lo que nos pidan —dijo Dina—. Los concejales tienen experiencia en este tipo de combates.

—¿Pero cómo van a tener experiencia si las últimas incursiones bélicas de las tribus del norte fueron hace más de doscientos años? —preguntó Anya.

Dina la miró incrédula.

—En verdad tu ignorancia a veces me sorprende. ¿Qué edad crees que tienen los concejales?

—No tengo idea. Sólo sé que son mayores que nosotros.

—Tú en realidad no crees en todo lo que te han mencionado ellos respecto a la evolución de la conciencia, ¿verdad? —le preguntó Dina.

—No sé a qué te refieres.

—¿No has notado que la mayoría de ellos nunca se encuentra en un lugar específico? ¿A cuántos de ellos conoces?

—Sólo a tres —respondió Anya—. Al concejal Kelsus lo conocí hoy. Los he visto a todos de lejos durante la sesión con el parlamento. Dos de ellos estuvieron en mi iniciación, del resto ni siquiera sé sus nombres.

—Yo también los he visto en raras ocasiones —dijo Dina—. Sólo conozco a esos tres concejales y sé por experiencia que todos llevan más de trescientos años en el Concejo.

—¡Pero qué locuras dices! ¡Eso es irracional e imposible!

—Oren me dijo que el maestro Zing tiene más de setecientos años y que está a punto de partir para siempre. No sé cómo lo supo.

—¡Eso es ridículo! ¡Setecientos años! Ningún ser humano puede vivir por más de cien años, en el mejor de los casos.

—Ellos ya no son humanos como tú y yo. Eso es lo que no quieres entender —dijo Dina—. Por eso los demás nunca están aquí: se encuentran alrededor del mundo investigando cosas que tú y yo jamás entenderíamos. Su cuerpo físico parece estar aquí, pero su conciencia se encuentra viajando todo el tiempo como si estuvieran en un estado permanente de sueño. Por eso nos ven de esa manera, igual que si fuéramos niños tontos. El conocimiento que poseen los cambia por completo.

—No me es fácil aceptar todo eso que dices. Yo me siento extraña en su presencia pero parecen seres normales.

—Tampoco para mí es fácil. Al principio les tenía un miedo terrible. Se aparecían en mis sueños a voluntad y me hacían viajar con ellos a lugares inimaginables.

—Pero entonces, si ellos ya no son como nosotros, ¿por qué siguen aquí? —preguntó Anya.

—Sólo ellos lo saben. Lo que sí sé es que están obsesionados con la idea de preservar su conocimiento. Creo que sospechan que los tiempos van a cambiar y que todo se perderá.

—Los tiempos van a cambiar. Ellos me explicaron que el Sol se está moviendo hacia la órbita oscura. Estamos en el crepúsculo de un ciclo cósmico. La oscuridad va a envolver nuestro tiempo.

—¿Y qué va a suceder entonces con nosotros? —preguntó Dina—. Nos encontramos a mitad del camino. Ni somos como ellos, ni somos como los demás.

—Primero va a ser necesario sobrevivir este tiempo —dijo Anya—. Después... quién sabe.

Las dos caminaron hacia la entrada del templo donde el maestro Zing seguía dando instrucciones a los guardias. Anya lo observaba sin dejar de pensar en lo que Dina le había dicho respecto a su edad. El maestro Zing se percató inmediatamente de que Anya lo escudriñaba con la mirada.

—Ustedes dos van a montar guardia durante la noche alrededor del complejo —les dijo el maestro—. Ahora es necesario que vayan a la ciudad y vigilen si se están formando grupos que planeen atacarnos. Será mejor que usen ropa de civil para que no llamen la atención. Usen el intento para percibir cualquier cosa que les parezca extraña.

Anya y Dina se dirigieron a los edificios que albergaban la escuela para comer algo y cambiarse de ropa. Las dos se vistieron con túnicas tradicionales del lugar y salieron por una puerta ubicada en la parte posterior del complejo donde nunca había gente, de esa forma no serían vistas. Bajaron las calles empedradas y llegaron a una avenida principal. Dina conocía perfectamente la ciudad y llevó a Anya a todos los lugares que no había podido recorrer con Oren. Al llegar cerca del puerto, las dos pudieron ver el movimiento de gente que se intensificaba. Enormes barcos mercantes procedentes de todo el mundo hacían cola para desembarcar sus mercancías. Cientos de personas en el puerto empezaban a montar pequeños puestos alrededor de una de las vías de acceso, llenándola de mercaderías. Anya y Dina se pasearon admirando todo tipo de artículos. Los mercaderes vendían telas exóticas, inciensos en resina, toda clase de alfarería, esculturas en piedra y madera, amuletos, pieles de animales y comida. Más adelante, en la misma calle, se encontraban ahora con que las fábricas de muebles empezaban a exhibir diferentes creaciones frente a sus establecimientos.

—Parece que éste es el futuro que nos espera —dijo Dina.

—La ciudad va a crecer rápidamente con tanta gente. No veo ningún tipo de grupo que se esté organizando, por lo menos no en este sitio.

Caminaron en otra dirección y, después de veinte minutos, se encontraban en los límites de la ciudad, donde pudieron ver a cientos de personas que habían establecido campamentos con viviendas provisionales, junto a la ribera del gran río. Dina calculó que había miles de personas ahí.

—Son los extranjeros que llegan en los barcos.

—Llegaron para quedarse —dijo Anya—. Trajeron a sus niños y a sus mujeres. Este campamento pronto formará parte de la ciudad. Es una lástima que este crecimiento se esté dando de una forma tan desordenada. Esta gente debería tener el mismo derecho a vivir de mejor manera en casas de piedra, con agua caliente y energía para alumbrarse de noche.

—Están llegando demasiado rápido —comentó Dina—. El gobierno no puede construir casas tan rápidamente.

—Esta idea del comercio tiene muchas caras. Estoy segura de que el senador Túreck concibió este plan cuidadosamente para su propio beneficio.

—Los senadores no han hecho otra cosa que beneficiarse desde que llegaron al poder. Ahora quieren tener más.

Anya y Dina se pasearon por el campamento de los extranjeros y no notaron nada sospechoso. Entonces decidieron regresar al complejo. Las noticias sobre los sucesos en el viejo continente no eran nada halagadoras: los agresores no habían querido retirarse y amenazaban con matar a los rehenes si eran atacados.

—La guardia del Concejo ha montado un sitio alrededor del complejo —dijo el maestro Zing—. Los agresores están atrapados, van a tener que rendirse tarde o temprano.

Anya y Dina escuchaban atentamente al maestro y se abstenían de hacer comentarios.

—La noche va a ser larga para nuestra guardia —dijo él—. Es probable que los agresores traten de escapar aprovechando la oscuridad.

—¿Cuál es el propósito de atacar el complejo? —preguntó Anya.

—Lo ignoramos. No tiene sentido alguno. Aunque pudieran capturar un vehículo, jamás podrían descifrar la tecnología que lo hace funcionar.

—Quizá estén planeando secuestrar a los científicos y están usando este ataque como una distracción —dijo Dina.

—Los científicos están en un lugar seguro —dijo el maestro Zing—. No corren ningún peligro, pero de todas maneras vamos a estar alertas.

Anya y Dina se retiraron, y después de una pequeña merienda comenzaron a montar la guardia nocturna sobre el complejo. La noche estaba completamente despejada, a la luz de la media luna. La calma que reinaba dentro de los templos era hipnotizante. Dina se acercó al río empedrado que recorría los jardines centrales y comenzó a apreciar el agua que brillaba con los destellos de la luz sobre la superficie.

—Siempre me han gustado estos ríos. Me transmiten una sensación de profunda tranquilidad.

—Todos los jardines de los templos los tienen.

—El agua es el elemento principal que sostiene la vida en nuestro universo. El movimiento del agua en el río simboliza el eterno y constante fluir de la energía creadora. Nada permanece intacto, todo fluye y refluye manteniendo un constante cambio.

—Me suena a palabras de la concejal Anthea —dijo Anya.

—¿Cómo lo supiste?

—Poco a poco empiezo a conocerlos. A ella le encanta filosofar de esa manera.

—Me encanta su filosofía. ¿Puedes imaginar algo más grandioso que descifrar los misterios de este mundo para luego expresarlos en palabras?

—No lo sé. Yo siempre he sido más del tipo guerrero que del filósofo. Me tuve que esforzar demasiado para llegar aquí. Pensé que nunca lo lograría.

Las horas transcurrieron lentamente mientras las dos recorrían todos los puestos de seguridad y volvían a los jardines centrales. De pronto unos sonidos desde el interior de uno de los templos llamó su atención. Eran los gatos que estaban maullando fuertemente. Dina corrió para ver qué sucedía y Anya la siguió. Entraron al templo y subieron las escaleras en dirección de los maullidos. Algunos gatos estaban reunidos alrededor de otro que yacía tirado en el piso. Dina lo recogió.

—¡Está muerto! —dijo sobresaltada.

Anya se acercó para mirarlo y sintió una profunda tristeza.

—No está sangrando —dijo ella—. ¿Qué le habrá sucedido?

Dina lo dejó en el piso y volteó hacia los demás gatos que estaban sentados en el suelo alrededor de ellas. Miró a los animales fijamente y dijo:

—Una sombra pasó por aquí. Están muy asustados. Lo que haya sido mató a uno de ellos.

Anya desenvainó su espada y comenzó a mirar a su alrededor.

—Tenemos que dar aviso a los guardias y al maestro Zing.

Dina desenvainó también su espada y comenzaron a caminar de regreso por la sala del templo. De pronto uno de los gatos soltó un maullido agudo y se erizó mirando en dirección a un rincón. Anya volteó a ver y percibió una silueta escapando a través de un corredor.

—Lo tenemos. ¡Sígueme!

Dina corrió tras Anya y los gatos las siguieron. La silueta se movía muy rápido y se internaba cada vez más en los corredores y las salas del templo. Dina dijo:

—Espera aquí. Conozco este lugar perfectamente. Vamos a emboscarlo. No hay otra salida por este lugar, lo tenemos atrapado.

Dina movió un grabado de la pared y una luz se encendió.

—¡Alerta a toda la guardia! Intruso en el templo de los vientos —anunció por el intercomunicador.

Dina le explicó a Anya cómo moverse a través de los corredores. Los gatos y Anya preseguirían al intruso hasta forzarlo a llegar al último de los salones. Cuando se viera acorralado, trataría de escapar por el único corredor disponible, donde Dina lo atraparía. Los guardias no tardarían mucho tiempo en llegar y lo apresarían. Anya estuvo de acuerdo. Un torrente de adrenalina empezaba a fluir por su cuerpo a medida que se movía por el corredor. Los gatos avanzaban frente a ella y tenían mucho mejor visión nocturna, no tardarían mucho en encontrar al intruso.

El corredor del templo parecía interminable y Anya registraba todas las salas contiguas para no darle oportunidad de esconderse. Los gatos permanecían alertas a cualquier movimiento. Dina se había alejado por otro corredor y se movía con una agilidad felina sin producir el menor ruido. Anya terminó de registrar las salas cuando uno de los gatos lanzó un maullido de alerta. Volvió al corredor y miró al gato avanzar hacia dentro. Lo siguió y percibió un movimiento a unos treinta metros; empuñó su espada con fuerza y corrió hacia el lugar. El corredor terminaba en una pared y luego se bifurcaba. Anya disminuyó la velocidad para esperar a los gatos. Llegó al final del corredor y miró a su izquierda, no había nada. Un maullido agudo la hizo reaccionar y volteó hacia la otra dirección.

Soltó un grito de terror. Una sombra negra se abalanzaba sobre ella con una espada curvada en la mano derecha. Anya levantó su espada y pudo desviar el golpe. La sombra pasó por encima de ella y se volteó para enfrentarla. Traía puesta una máscara grotesca y un traje de combate negro sin armadura. El intruso comenzó a caminar lentamente en círculo alrededor de ella, moviendo su espada de un lado a otro. Anya dejó de mirar su máscara y se concentró en el movimiento de su espada. Este combate era completamente real.

El intruso lanzó un golpe a la cabeza de Anya y ella hizo un movimiento de defensa seguido por un tajo lateral de ataque, que fue desviado. Anya volvió a atacarlo, esta vez a la cabeza. La sombra retrocedió desviando los ataques de Anya, que había tomado la ofensiva de inmediato. La sombra sacó un cuchillo con la mano izquierda y amenazó a Anya con ambas armas. Ella estaba acostumbrada a todo tipo de combate y no sintió miedo. La adrenalina la volvía cada vez más rápida. El intruso la atacó a la cabeza, blandiendo su espada en lo alto. Anya sabía que él esperaba a que ella bloqueara el ataque alzando su espada y entonces le clavaría el cuchillo que sostenía en la mano izquierda. Prefirió dar una marometa sobre el piso, un movimiento perfectamente estudiado gracias al cual quedó a un metro de distancia sobre el costado derecho de su enemigo. Éste trató de voltearse y encararla pero en ese momento Anya le propinó un tajo con toda su fuerza que le desgarró el traje y abrió por completo su costado. Él soltó un grito ahogado de dolor y Anya se sorprendió de que también los demonios sangraran.

—¡Ríndete! —gritó Anya al tiempo que el intruso tiraba el cuchillo de la mano izquierda y trataba de parar la hemorragia.

Se agachó sobre una rodilla soltando la espada y comenzó a recitar algo en una lengua que Anya no entendía. Los gatos, que habían estado observando la pelea, comenzaron a maullar histéricos. Él estaba juntando sus manos y Anya intuyó que iba a hacer algo. Ella rodó por el suelo pensando que le iba lanzar un cuchillo pero en vez de eso el intruso volteó y produjo un estallido con sus manos. Anya sintió como si el aire se hubiera vuelto sólido y pasara a un lado de ella, impactándose contra el muro y produciendo un estallido que hizo volar la piedra. De no haberse movido, la habría matado.

El intruso recogió su arma y se alejó corriendo hacia el otro lado del corredor. Anya se recuperó y volvió a seguirlo. La magia que el extraño sujeto había producido la tenía confundida, tenía que alertar a Dina y a los demás. Se dio cuenta de que el intruso se dirigía a la última sala del templo. Al dar la vuelta en el corredor, escuchó gritos. Dina se había encontrado con el intruso y habían entablado nutrido combate con sus espadas. Los dos se habían metido en la última sala. Anya entró y vio a Dina atacando al intruso con una agilidad impresionante.

Se acercó con sigilo, quería advertirle a Dina que tuviera cuidado pero temía que si la distraía el intruso podría vencerla. Dina siguió atacando con la espada hasta que empezaba a arrinconar a la sombra. De pronto, con un excelente movimiento de espada, logró golpear el brazo derecho del agresor y la espada curvada de éste salió volando. Él corrió hacia un rincón oscuro y Dina lo siguió.

—¡Espera! —gritó Anya con la esperanza de ser escuchada, pero Dina se dirigió a enfrentar al intruso. Anya escuchó de nuevo el extraño lenguaje y trató de prevenir a Dina—. ¡Cuidado, aléjate de inmediato!

Dina se detuvo cuando escuchó el grito. En ese momento escuchó el estallido que producía el intruso con las manos. Saltó ágilmente hacia su lado izquierdo pero sintió como si una enorme roca la golpeara en la parte derecha del abdomen y el muslo. El impacto fue tan fuerte que la hizo caer inconsciente; un hilo de sangre empezaba a salir de su boca. El intruso se movió de inmediato y recogió su espada. Anya se lanzó contra él y éste corrió hacia la salida. Anya quiso perseguirlo pero su compañera seguía tirada en el suelo, así que desistió de la persecución para ayudarla.

La sangre seguía saliendo por la boca de Dina, que trataba de respirar con dificultad. Anya entró en pánico al ver que su amiga se estaba ahogando con su propia sangre. Sacó fuerzas desde sus entrañas para cargarla sobre su hombro derecho. El peso era demasiado, pero no podía perder tiempo. Salió con el enorme peso sobre ella y avanzó lo más rápido posible por los corredores, sin encontrar a nadie. "¿Dónde están el resto de guardias?", se preguntaba con desesperación.

Siguió avanzando por el largo corredor hasta que estaba cerca de la salida. Cuando pensó que iba a desfallecer, se acercaron dos guardias que, al verla, corrieron para asistirla y, sin perder tiempo, pedir ayuda por el intercomunicador. Uno de los guardias tomó el pulso de Dina y se agachó a escuchar los latidos de su corazón.

—Casi no siento su pulso —dijo él—. Está muy mal. Hay que llevarla de inmediato a la cámara de regeneración.

—El transporte aterrizará en unos instantes —dijo el otro guardia—. Estaba sobrevolando el complejo, muy cerca de aquí.

El primer guardia cargó a Dina y empezó a correr con ella a cuestas. Anya lo siguió y al salir del templo una pequeña aeronave estaba ya aterrizando sobre los jardines. El piloto despegó de inmediato y la nave se sacudió. Anya escuchó al piloto informando de un herido en estado crítico. Observó la cara de Dina, su piel empezaba a ponerse pálida, sus ojos se habían cerrado y su respiración descendió al nivel mínimo.

La aeronave llegó en cuestión de un minuto al complejo científico y un equipo con una camilla estaba esperando en el techo. Al entrar al edificio, una enfermera detuvo a Anya.

—No puede entrar a la cámara. Ahí adentro no hará otra cosa que estorbar. Puede mirar por la pantalla, si lo desea.

Dos médicos se encontraban mirando el enorme monitor plano sobre una pared, que reproducía imágenes en luz transparente de la cámara de regeneración. Dos personas introducían a Dina en la cámara y le quitaban la armadura. Luego, la cámara se enfocó en ella, en ese momento, dejó de verse el exterior de su cuerpo y se poyectaron imágenes de su esqueleto y sus órganos.

—¿Cómo está? —preguntó Anya nerviosa.

Los dos médicos estaban tocando diferentes puntos luminosos en la pantalla. Anya se dio cuenta de que estaban programando la máquina.

—No los interrumpa —le dijo la enfermera—. La paciente está en estado crítico.

Anya miraba desesperada cómo los dos médicos movían las manos de arriba abajo. De pronto, una alarma comenzó a sonar y una luz roja se encendió.

—¡El corazón se detiene! —dijo uno de ellos—. Inicia resucitación cardiaca.

Anya era presa de una ansiedad sin igual. Su mente empezaba a pensar lo peor y no podía apartar la mirada de la pantalla. La cámara prodújo una descarga eléctrica sobre el pecho de Dina, pero la luz seguía encendida.

—No hay respuesta —dijo uno de los médicos.

Anya sintió que su cabeza daba vueltas y se sentó en el suelo. Dina se estaba muriendo porque ella no le había advertido sobre el peligro que representaba el intruso. No podía soportar más la tensión nerviosa, sentía que el corazón le iba a estallar.

Miró la pantalla de nuevo y vio cómo la máquina le propinaba a Dina una segunda descarga eléctrica en el pecho, su abdomen se veía completamente oscuro en comparación a su cuerpo. Anya no podía controlar la respiración y sentía como si el tiempo se hubiera detenido en ese lugar. Dina se hallaba luchando entre la vida y la muerte sin que ella pudiera ayudarla. Miró de nuevo la pantalla y la luz roja de alarma se apagó.

—Tenemos latido débil, pero la presión arterial sigue descendiendo —dijo uno de los médicos.

—Iniciando respiración asistida. Inyectando plasma en la arteria femoral.

La cámara de regeneración acercaba brazos mecánicos al cuerpo de Dina mientras los dos técnicos seguían hablando.

—La presión arterial no sube. El nivel de oxígeno en el cerebro está descendiendo a estado crítico.

—Mantén el plasma bombeando, aumenta la presión dos unidades —ordenó uno de los médicos.

—¡La presión se fuga por la hemorragia abdominal! Todos los tejidos siguen inflamándose.

—Cicatrización lumínica en progreso.

Anya sentía que en cualquier momento se iba a desmayar. Las lágrimas empezaban a correr por sus mejillas, el guardia que había cargado a Dina se acercó a ella para levantarla del suelo.

—Hemos dado aviso al concejal Zing —dijo el guardia—. Llegará en cualquier momento.

El guardia llevó a Anya hasta unos sillones que se encontraban al final de la sala. Su corazón no paraba de latir violentamente y no dejaba de pensar en el enfrentamiento que había tenido con el misterioso intruso. ¿Por qué no había advertido a Dina a tiempo? Cuando ella llegó a la sala, los dos se encontraban combatiendo con la espada y Anya había titubeado en actuar para no distraer a Dina. Esto había sido una equivocación. ¿Qué debió haber hecho en ese momento? La magia del intruso la había tomado totalmente por sorpresa. No había sabido cómo reaccionar y ahora Dina estaba pagando las consecuencias.

—Soy el doctor Nefi —dijo uno de los médicos, que se habían acercado.

Anya lo saludó pero no dijo ni una sola palabra.

—La paciente sufrió de un estallamiento de vísceras. Todos los órganos en su costado derecho estallaron. No hemos podido detener el sangrado y su cerebro no recibe suficiente oxígeno. Sus funciones vitales se han colapsado por completo.

Las manos de Anya comenzaron a temblar como esperando escuchar lo inevitable. Algo en su interior se negaba a aceptar lo que estaba sucediendo. Tan sólo hacía unos minutos había bromeado con Dina en los jardines del complejo.

—Estamos induciendo presión sobre sus arterias pero la hemorragia es muy grande —dijo el doctor Nefi—. La cicatrización lumínica necesita tiempo, pero ella no lo tiene. Su corazón late artificialmente. En unos minutos su cerebro se quedará sin oxígeno y ella sufrirá de muerte cerebral.

Anya empezó a ponerse histérica mientras su corazón hacía que su pecho retumbara.

—¿Qué es lo que está diciendo, doctor? —gritó Anya con desesperación—. ¡Tenemos que salvarla!

El doctor Nefi se dio cuenta de la tensión por la que estaba pasando y llamó a uno de sus asistentes y le pidió que le trajera algo para calmarla. El asistente tardó menos de veinte segundos en regresar con una infusión en un recipiente metálico.

—Tranquilícese, por favor —le dijo el doctor Nefi—.

Beba esto, le hará bien. No es fácil recibir este tipo de noticias.

—¡No voy a tomar nada! —gritó Anya—. ¿Qué noticias? —preguntó histérica mientras sus manos temblaban.

—Las heridas que sufrió la paciente son mortales. La cámara de regeneración no puede revertir el daño en sus órganos. Es preferible dejarla morir en paz que esperar a que su cerebro se dañe y retenerla con vida en estado vegetal. Lo siento mucho, no hay forma de salvarla.

Un intenso escalofrío recorrió el cuerpo de Anya. Sintió que su respiración se tornaba inestable y soltó un grito de dolor. Miró a lo lejos en la pantalla el cuerpo desvalido que yacía en la cámara y entonces algo en su interior la hizo estremecerse al tiempo que enfrentaba la inminente realidad. Dina había muerto. Se había ido para siempre.

Capítulo 33

El cambio al campamento vecino de los militares se había realizado sin incidentes. El doctor Jensen, José, Rafael y Elena Sánchez se habían instalado en diferentes remolques y comenzaban a ambientarse en su nuevo hogar. Los arqueólogos habían empezado a desmantelar el campamento bajo muchas protestas, hasta que finalmente el doctor Jensen los convenció de que los militares estaban autorizados a usar la fuerza necesaria para sacarlos de ahí si se rehusaban a hacerlo.

Sarah y Daniel se encontraban totalmente perturbados con la noticia de la muerte de Tom Render. Daniel había conseguido averiguar los pormenores del accidente. Aparentemente su vehículo se había quedado sin frenos y Tom había tratado de detenerse saliendo de la autopista por la vía lateral, pero el auto no se detuvo y se impactó de lleno contra una estación de servicio. Se produjo una enorme explosión que había acabado con la vida de otras seis personas.

—Es un suceso muy extraño —dijo Sarah—. Tom era demasiado cuidadoso con sus cosas como para conducir un vehículo averiado.

—Lo sé —dijo Daniel—. Pero tampoco tiene sentido darle vueltas. Fue una desgracia.

—Mmm, no sé.

—¿A qué te refieres, Sarah? Fue un accidente. ¿Quién podría beneficiarse de su muerte?

Sarah sentía una rabia incontrolable de pensar que alguien efectivamente lo hubiera asesinado.

—Tenemos que hacer lo posible por averiguar qué sucedió. Te juro que si se trató de un asesinato, no voy a parar hasta encontrar al culpable.

—El FBI está investigando el accidente. El director Graham lo solicitó personalmente. Desgraciadamente la explosión no dejó muchos rastros y su cadáver no pudo ser identificado. El funeral se realizó con un féretro vacío.

—Quisiera ir a Houston a dar el pésame a su familia —dijo Sarah—. Deben estar completamente deshechos.

—La muerte es uno de los sucesos en la vida para los cuales es imposible prepararse. No importa en qué circunstancias llegue, siempre es un suceso aterrador y lamentable.

Sarah empezó a llorar y Daniel se sentó junto a ella.

—Nos conocíamos desde hace quince años —dijo ella con la voz entrecortada por el llanto—. Tom siempre me ayudó para que creciera dentro de la NASA.

—Te comprendo. Era un buen amigo mío también.

Sarah y Daniel se quedaron un momento meditando en el comedor cuando vieron entrar a Rafael y a José juntos. Sarah se limpió las lágrimas de las mejillas y Daniel se levantó a saludarlos.

—¿Qué le sucede? —le preguntó Rafael.

—Está llorando por Tom —respondió Daniel—. Eran amigos desde hacía más de quince años.

—Lo siento mucho.

—Sarah lo va a superar pronto —dijo Daniel—. Es muy fuerte.

—Entonces quizá es mejor que esperemos unos días —dijo Rafael.

—¿Esperar qué?

—El doctor Jensen consiguió la autorización del profesor Mayer para visitar hoy la pirámide —dijo José—. Pidió que les avisáramos a ti y a Sarah para que nos acompañen.

Daniel se quedó pensativo. Aún era temprano y ni él ni Sarah habían podido dormir bien, pensando en la muerte de Tom.

—Creo que es mejor que Sarah se distraiga con el trabajo —dijo Daniel—. Voy a hablar con ella y después los alcanzo en el centro de investigación.

Rafael y José salieron sin ver a Sarah, y Daniel se acercó a ella para informarle.

—Ve con ellos, Daniel. Yo los espero aquí.

—Creo que es mejor que nos acompañes. Que te quedes aquí deprimida no va a hacer que Tom regrese. Él quería que averiguáramos qué diablos sucede aquí y no pienso defraudarlo.

Sarah tomó aire profundamente y cerró los ojos. Tenía que seguir adelante con su vida aunque sus emociones la torturaran.

—Tienes razón —dijo ella—. Vamos por el equipo.

Sarah y Daniel se encontraron con el doctor Jensen y cargaron todos sus instrumentos en un jeep. El coronel McClausky volvió a enviar al teniente Mills con ellos y en pocos minutos se encontraban caminando a través de la jungla en dirección a la entrada de la pirámide. Al llegar notaron que todo había cambiado. Sarah y Daniel no habían regresado ahí desde su experiencia y ahora un grupo de siete soldados vigilaba la entrada. Habían montado un pequeño campamento alrededor y habían puesto unas trampas con pedazos de carne cruda como carnada a lo largo del perímetro.

—¿Qué es esto? —preguntó Daniel.

—Las colocaron estos estúpidos —dijo el teniente Mills—. Aseguran que el jaguar se encuentra acechándolos día y noche para que se vayan de aquí.

Sarah escuchó y recordó al jaguar que se había metido en la cámara subterránea cuando ellos estaban ahí.

—Los jaguares no cazan humanos —dijo Elena Sánchez, que casualmente venía al lado de Daniel—. Más bien nos tienen miedo, huyen de nosotros todo el tiempo.

—No es lo único que hacen estos idiotas —dijo Mills—. Han esparcido el rumor en el campamento de que este sitio está embrujado y ya ninguno de ellos quiere estar aquí. Tuve que amenazarlos con someterlos a corte marcial para que se quedaran. Dicen que el jaguar los asusta mientras están despiertos y que cuando duermen, las pesadillas los torturan. Aseguran que es un infierno estar aquí.

—Los jóvenes siempre están inventando historias de terror —dijo Elena Sánchez—. Son muy impulsivos.

Uno de los soldados los vio venir y se acercó. El teniente Mills empezó a regañarlo enfrente de todos por estar colocando trampas alrededor del campamento.

—¡El jaguar no se va! —dijo el soldado—. Le hemos disparado muchas veces y siempre regresa. A mí me atacó el otro día, pero me defendí con el rifle y lo mordió todo.

El soldado le enseñó el rifle automático al teniente Mills, efectivamente tenía marcas de dientes sobre el metal.

—¡Vamos a matarlo! —dijo el soldado—. Cada uno de nosotros va a poner cien dólares para que el que lo mate se gane seiscientos. Cada quien ha puesto ya sus trampas.

—¡El jaguar es una especie protegida! —dijo Elena Sánchez—. No pueden matarlo.

—¿Y qué se supone que debemos hacer? ¿Esperar a que venga y nos mate él a nosotros?

—Es suficiente —dijo el teniente Mills—. Regrese a su puesto, soldado.

El grupo se dirigió a la entrada de la pirámide y, uno a uno, fueron bajando por la escalera. El doctor Jensen iba al principio, seguido por Daniel y Elena. Al llegar a la zona iluminada del corredor, los tres se detuvieron para admirar los grabados.

—Nunca había visto nada parecido —dijo el doctor Jensen—. Estos símbolos no corresponden a la escritura típica de los mayas.

—Esta escritura podría ser mucho más antigua —dijo Elena—. Los glifos parecen estar alineados de manera similar al estilo de los egipcios.

José, Rafael y Sarah aparecieron de repente en el corredor.

—¿Cómo es posible que este lugar produzca esa luz? —preguntó José.

—Debe tratarse de un material fotosensible —dijo Sarah—. Algunos elementos químicos reaccionan al ser expuestos a la radiación de partículas.

—Pero esto parece ser cuarzo común, típico del centro del país —dijo José—. ¿Cómo lograron que reaccione de esa manera?

—Ésa es una de tantas cosas que tenemos que investigar en este lugar. Daniel envió unas muestras a Houston hace varios días.

El doctor Jensen continuó bajando por la escalera y los demás lo siguieron. En poco tiempo se encontraban entrando a la galería. Los arqueólogos no daban crédito a lo que sus ojos estaban viendo. Las fotografías que Sarah les había mostrado no describían lo que se sentía estar en ese lugar.

—¿Qué tipo de cámara es ésta? —preguntó Elena—. No parece ser una cámara mortuoria. Está completamente vacía.

—Está cámara es perfectamente simétrica —comentó Rafael—. Pareciera que los grabados que se encuentran en una pared se duplicaran simétricamente en las paredes opuestas. Todo parece estar grabado dos veces a excepción del gran símbolo que se encuentra justo enfrente de la entrada. Apostaría a que mide exactamente lo mismo que la entrada.

—Es lo más probable —dijo el doctor Jensen, que había permanecido callado observando las paredes—. Desafortunadamente estos glifos no corresponden a nada que haya visto antes. Vamos a tener que empezar de cero para descifrarlos.

—Tenemos que empezar por hacer las mediciones matemáticas correspondientes —dijo Rafael al tiempo que sacaba una cinta metálica retráctil para medir.

Sarah y él empezaron a medir las dimensiones del lugar y Elena Sánchez se sentó en un rincón sobre el suelo.

—¡No te sientes! —le dijo Sarah—. Tienes que permanecer de pie o este lugar te pondrá a dormir.

—¿Te pasa algo? —preguntó Daniel.

—Me siento extraña —dijo Elena—. Este sitio tiene algo que afecta la mente de una forma que no puedo describir. Es como si atrapara toda tu atención y después te sintieras cansado y con sueño.

—Quizá ése fue el propósito para construir esta pirámide —dijo José—. Es probable que hayan encontrado la forma para inducir viajes de conciencia. ¿Por qué no montamos guardia mientras los demás duermen y vemos qué sucede?

Sarah y Rafael se ofrecieron para hacer la primera guardia. El doctor Jensen estaba escéptico sobre el método propuesto por José.

—No sé si es una buena idea.

—No parece ser peligroso —dijo Sarah—. Deberían experimentarlo, créanme.

Daniel le pidió a Sarah que se mantuvieran despiertos y que los despertaran cuando creyeran que ya habían dormido suficiente tiempo. Luego Elena, José, Daniel y el padre de Kiara se sentaron recargándose en la pared y cerraron los ojos. Sarah y Rafael fueron observando cómo rápidamente se quedaban dormidos.

—¡Buen viaje! —dijo Sarah.

—¿De veras crees en eso? —preguntó Rafael.

—Ya te tocará tu turno —le dijo Sarah—. Veremos si crees o no cuando lo hayas experimentado.

Mientras todos dormían, Sarah y Rafael medían y hacían anotaciones en la libreta. Rafael le pidió a Sarah su calculadora y comenzó a hacer operaciones.

—La relación entre los muros es de 13 por 20 con cinco de altura.

—¿Por qué no me sorprende? Siempre aparecen los mismos números.

—Son las mismas proporciones que la esfinge de Egipto —dijo Rafael—. Y eso se encuentra del otro lado del mundo. Extraña coincidencia, ¿no crees?

—Hace tiempo que dejé de creer en las coincidencias. ¿Crees que pudo tratarse de la misma civilización?

—Hay investigadores que afirman que todos estos monumentos fueron edificados hace aproximadamente 13 mil años. Todas las alineaciones astronómicas coinciden con esa fecha, pero los arqueólogos conservadores se niegan a aceptarlo.

—Trece mil años. Eso los situaría exactamente a mitad del ciclo de precesión de los equinoccios, que dura aproximadamente 26 mil años.

—Veintiséis mil años equivaldrían casi exactamente a cinco eras solares mayas de 5 mil 125 años cada una.

—¿O sea que los mayas dividían el ciclo completo en cinco periodos o cinco soles?

—Exactamente.

—¿Por qué cinco y no seis u otro número? —preguntó Sarah de nuevo.

—No lo sé. Pero si un ciclo completo representa un círculo o una vuelta completa, al dividirlo entre cinco obtendrías periodos de 72 grados dentro de este círculo de 360. Tanto el número 72 como el 52 eran muy usados en la contabilidad del tiempo. José me lo ha estado explicando a detalle durante estos días.

—Trescientos sesenta es un número muy cercano a la duración de la órbita de la Tierra sobre el Sol —dijo Sarah—. La diferencia sería apenas de 5.25 días.

—Los mayas conocían la duración de la órbita terrestre. Lo extraño es que usaban el número 360 en uno de sus conjuntos numéricos llamado *tun* en lugar de 365.25. José también me explicó que los cinco días restantes eran considerados de mala suerte.

Justo en ese momento, empezó a despertar José y ambos se le quedaron viendo, expectantes.

—Si les dijera lo que acabo de experimentar, no lo creerían —dijo José.

—Veamos de qué se trata —dijo Rafael.

—Mi sueño me condujo a un lugar extraño donde podía percibir a nuestro planeta como un ser vivo y consciente, tal como lo somos nosotros. El planeta crece y se desarrolla de una forma muy similar a la nuestra. Durante el viaje que realicé, mi conciencia se conectó con él de una manera imposible de describir, como si pudiera sentir su forma de vida y propósito. Su conciencia trató de transmitirme información que simplemente no pude entender, igual que si hablara un lenguaje matemático altamente complejo. Lo único que pude captar fue su intensa lucha por lograr el equilibrio dentro del sistema en que se desarrolla.

—Pues eso sí que es difícil de creer —dijo Rafael—. ¿Cómo sabes que eso con lo que soñaste era nuestro planeta?

—Simplemente lo sabía. No puedo explicar cómo, pero lo sabía sin duda alguna.

—Quizá esta cultura establecía conexiones con las conciencias de los astros —dijo Sarah—. Conexiones que nosotros aún no podemos comprender. Este hecho me recuerda un descubrimiento sorprendente que un equipo de nuestros satélites realizó en el otoño del año 2008.

—¿De qué se trata? —preguntó José.

—Durante varios años, algunos satélites habían captado un extraño enlace electromagnético que se formaba de manera súbita y sin razón aparente exactamente en el espacio que se encuentra entre la Tierra y el Sol. Como los instrumentos de estos satélites no estaban diseñados para estudiar este tipo de fenómeno, la NASA decidió asignar el presupuesto para lanzar cinco sondas de exploración para rodear el espacio interplanetario en busca de estos enlaces desconocidos. Esta misión, llamada Themis, descubrió algo que hasta ahora es imposible de entender para la ciencia actual: las sondas captaron más allá de toda duda que estos enlaces se formaban por la interacción magnética entre el Sol y la Tierra y que tenían una incidencia sincronizada cada ocho minutos. En la actualidad, la ciencia no puede explicar de qué se trata, sólo sabemos que el Sol y nuestro planeta intercambian energía magnética en forma de plasma de manera sincronizada. Ahora pienso que esto puede ser un indicio que muestra comunicación inteligente entre estos dos astros. Sospecho que con los avances que estamos logrando en ese campo es muy probable que pronto se produzca una revolución del pensamiento científico en torno a la verdadera naturaleza de los astros.

—Digamos que… ¿podría esto llamarse un despertar de la conciencia científica? —preguntó José.

—Sería una forma de decirlo —comentó Sarah—. Cada gran descubrimiento científico produce un despertar en la conciencia del ser humano.

—¿Quieres decir que la ciencia contempla la posibilidad que el Sol y la Tierra sean en realidad seres inteligentes? —preguntó Rafael.

—Cada día son más los indicios que sugieren una interacción inteligente entre ellos. Nuestra ciencia apenas comienza a comprender la relación entre la energía electromagnética y la conciencia de los seres vivos.

—Hay que esperar a que despierten los demás para debatir sobre este asunto —dijo José—. Si eso resulta ser cierto, entonces tendríamos que empezar a contemplar a estas culturas desde un punto de vista totalmente diferente.

—¿A qué te refieres? —preguntó Sarah.

—Tanto los egipcios como los mayas consideraban a nuestro Sol como un dios. Siempre hemos pensado que nuestro desarrollo tecnológico nos sitúa muy por encima de ellos y que su adoración por los astros se debía a su ignorancia, pero qué pasaría si averiguamos que de alguna forma ellos habían establecido comunicación con él. Ése sería un hecho que revolucionaría la ciencia.

—Sería un paso muy grande hacia lo desconocido —comentó Sarah—. Pero un descubrimiento de ese tipo siempre produce un shock en las creencias populares. Es un hecho que durante toda la historia de la humanidad las suposiciones en que basaban los hechos que no comprendían resultaban siempre falsas. Como la creencia de que el Sol giraba alrededor de la Tierra y que ésta era plana. Creo que debemos seguir investigando las relaciones matemáticas y la medición del tiempo que utilizaban los mayas para medir la sincronía entre el Sol y los planetas. Quizá ahí se encuentre la respuesta a este misterio.

Daniel y Elena despertaron en ese momento y trataban de levantarse. Sarah se acercó a ayudar a Elena.

—Es normal que pierdas el equilibrio momentáneamente —le dijo.

—No puedo explicar lo que sucedió. Primero sentí como que mi cuerpo se dormía y súbitamente estaba totalmente despierta y consciente en otro lugar lejos de aquí. Daniel estaba ahí también.

Sarah volteó a ver a Daniel, que se había incorporado y tomaba aire con fuerza, después de unos instantes empezó a hablar.

—Elena y yo nos encontramos en un sitio parecido a esta jungla, pero en circunstancias muy diferentes.

—¿A qué te refieres con circunstancias diferentes? —preguntó Sarah.

—Creo que estuvimos juntos en un posible futuro —dijo Elena—. Algo en el planeta había cambiado. La gente era diferente. No sé cómo explicarlo.

—Y los dos estaban juntos, ¿eh? ¿Por qué no me sorprende? —dijo Sarah mientras José y Rafael trataban de contener la risa.

—Creo que hay que despertar al doctor Jensen —dijo José.

—Yo me encargo —Elena se dirigió hacia él. Lo tomó de los hombros y lo empezó a sacudir hasta que abrió los ojos. Se sobresaltó, trató de incorporarse pero las piernas le fallaron y cayó de lado. Daniel y José fueron a ayudarlo y por fin logró levantarse. Todos se quedaron callados, esperando a que el doctor Jensen contara su experiencia.

—¿Qué sucede? ¿Se quedaron mudos?

—Estamos esperando a que nos cuentes qué pasó —dijo Elena, que era su amiga más cercana.

—Estuve con mi esposa —dijo él emocionado—. Ella está viva, estoy seguro de eso.

La galería se llenó de un silencio sepulcral. Elena y los demás se quedaron atónitos al escuchar al padre de Kiara. Como la mayoría conocía la historia de la esposa del doctor Jensen, nadie se atrevió a hacer algún comentario al respecto. Después de un incómodo silencio, Sarah sugirió que quizá deberían salir un momento de la galería subterránea y volver después. Todos estuvieron de acuerdo y fueron abandonando el lugar uno a uno. Una vez en la superficie, se sentaron en círculo sobre unas sillas que les proporcionaron los soldados y empezaron a hacer comentarios sobre las ideas de Sarah.

—Rafael y yo medimos las proporciones de la galería y son exactamente 13 de ancho, 20 de largo y cinco de alto.

—Una vez más 13 y 20 —comentó Elena—. El 13 era un número importante para ellos, igual que el 20. Ésa era la forma en que diferenciaban un día de otro por medio del uso del calendario sagrado Tzolkin.

—Es probable que hayamos encontrado la respuesta —dijo Sarah—. El Sol produce radiación con diferentes grados de polaridad diariamente. Daniel ha estado estudiando los movimientos de rotación del Sol desde el incidente de la llamarada solar. Ayer me llamó la atención que el movimiento de rotación del plano ecuatorial del Sol dura exactamente 26 días o sea dos veces 13. Estoy segura de que este movimiento rotacional del Sol produce los enlaces magnéticos con la Tierra cada ocho minutos como las sondas lo indican.

—Es posible que estés en lo correcto —dijo Daniel—. Este movimiento solar nos podría dar la clave para entender por qué los mayas asignaban signos y números a los días del Tzolkin. Si ellos estaban conscientes de la interacción magnética entre el Sol y la Tierra, es lógico pensar que tenían alguna forma o algún conocimiento específico para utilizar esta energía.

—Sí, pero ¿con qué fines? —preguntó Sarah.

Daniel hizo un ademán con las manos sin saber qué decir.

—¿Ese enlace magnético podría ser un túnel? —preguntó José.

—Sí. Todo enlace magnético es como un túnel que transporta energía en ambos sentidos.

—Entonces entiendo por qué esa sensación de pasar por un túnel cuando uno sueña conscientemente —dijo José—. Acabo de volver a sentirlo cuando mi conciencia se conectó con la del planeta. La sensación de atravesar un túnel tiene que ser el movimiento de conciencia a través de ese nuevo enlace.

—Entonces, ¿tú piensas que esos enlaces magnéticos eran utilizados por los sabios mayas para conectar su conciencia con la suprema conciencia del Sol? Es una teoría interesante —repuso Sarah.

—Pero si eso es correcto, ¿qué función tenían las pirámides? —preguntó Rafael, que escuchaba atentamente la conversación.

—Las pirámides deben ser dispositivos para la captación de esta energía magnética —respondió Sarah—. Seguramente su tecnología abarcaba áreas del conocimiento del espacio –tiempo que nosotros aún desconocemos. Ellos consideraban estos viajes de conciencia como parte de la realidad que habitaban. Su conciencia era el vehículo que utilizaban para viajar y explorar el universo. La función de las pirámides sería entonces el acceso o la apertura de estos túneles de comunicación que les permitían viajar y explorar otras formas de conciencia superiores, como la del planeta o la del Sol. La pirámide que se encuentra aquí es capaz de establecer una apertura en el vórtice de flujo. Esta apertura puede transportar una conciencia más allá de los confines del espacio–tiempo.

—¡Fascinante! —exclamó Daniel.

Mientras el grupo seguía discutiendo, el teniente Mills se acercó y llamó a Sarah Hayes.

—El profesor Mayer la está llamando por el teléfono satelital. Venga conmigo, por favor.

Sarah caminó junto a Mills hasta el teléfono y tomó el auricular.

—Aquí Sarah Hayes, profesor.

—Doctora Hayes, necesito que regrese de inmediato al campamento. Ha ocurrido una catástrofe. Necesitamos hablar con el doctor Resnick.

—¿De qué se trata?

—Un terremoto devastó gran parte de California. Se estima que puede haber miles de muertos. Todas las grandes ciudades han sido severamente dañadas. No hay comunicación y se espera que más personas fallezcan en las próximas horas.

Sarah sintió un escalofrío correr por sus venas al tiempo que su ritmo cardiaco se aceleraba.

—¿Cuándo sucedió?

—Hace unas horas. La guardia nacional se está movilizando hacia allá. Las ciudades están en pánico general mientras todos los sobrevivientes tratan desesperadamente de huir.

—La hija del doctor Jensen se encuentra en Los Ángeles —dijo Sarah—. Seguramente él querrá ir a buscarla.

—No es buen momento para ir allá —respondió Mayer—. Los sistemas de comunicación se colapsaron en toda la ciudad y no hay electricidad.

Sarah Hayes colgó el teléfono y sus manos empezaron a temblar. ¿Cómo le iba a comunicar semejante noticia? Le pidió a uno de los soldados que llamara a Daniel, quien llegó enseguida y la escuchó con atención.

—Hay que llevarlo de regreso al campamento —dijo Daniel—. Este tipo de noticias no se puede ocultar. Es necesario que le informemos de inmediato.

Capítulo 34

La sala de emergencia estaba llena de heridos al momento que Dandu llegó con el antebrazo envuelto en sangre. La batalla contra los agresores se había iniciado dos horas antes y las bajas eran terribles por ambos lados. Dandu no había tenido problema para vencer a la mayoría de sus agresores, pero de entre la multitud de ellos había surgido un individuo perfectamente entrenado en el arte del combate con la espada.

A diferencia de los demás, este individuo vestía ropas negras con una máscara grotesca y una semiarmadura que protegía únicamente su pecho. Apoyado por la muchedumbre, el sujeto atacó a Dandu y entabló con él un combate de fuerza y destreza. Por más de diez minutos habían luchado en uno de los salones del templo hasta que el sujeto decidió escapar después de ser herido.

Dandu tampoco salió ileso. Decidió no perseguirlo debido al fuerte sangrado que sufría en el antebrazo izquierdo. Para detener la hemorragia, arrancó sus ropas y las enrolló sobre la herida. Desafortunadamente, tenía dificultad para mover los dedos de su mano izquierda, esto indicaba que la espada había cortado parte de los tendones. Necesitaba ayuda médica con urgencia.

Un enfermero lo vio llegar y le pidió que se acostara en una de las camas para revisarlo. Con cuidado, removió el improvisado vendaje y miró la herida.

—Esta herida es muy profunda. No servirá de nada llevarlo a la cámara de regeneración sin haber unido los nervios antes. Tiene que pasar a cirugía de inmediato.

El enfermero sacó de uno de los muebles un parche especial para detener hemorragias y se lo puso a Dandu en el antebrazo.

—No puede levantarse —le dijo—. Si lo hace, aumentará la hemorragia y perderá más sangre.

Unos minutos después, Dandu fue llevado a cirugía y un equipo de tres médicos reparó los delicados nervios y vasos sanguíneos dañados. La cirugía duró más de dos horas y al terminar, Dandu fue llevado a la cámara de regeneración para acelerar su cicatrización y evitar que los tejidos se infectaran.

Estaba consciente cuando escuchó a un grupo de enfermeras hablar sobre la batalla y el número de heridos que estaban recibiendo. De pronto algo en la conversación llamó su atención: una de las enfermeras comentaba sobre un ataque en Nueva Atlantis. Dandu se incorporó y salió de la cámara para escuchar mejor. La enfermera hablaba sobre una mujer en estado crítico.

—¿Qué hace usted aquí afuera? —le preguntó la enfermera—. ¡Vuelva inmediatamente a la cámara!

—Soy uno de los maestros guardianes del templo. Necesito información sobre los heridos en Nueva Atlantis.

—Sabemos quién es usted. Pero aquí todos son pacientes. No hay heridos en Nueva Atlantis, solamente se produjo un ataque y una mujer fue malherida.

—¿De quién se trata?

—Sólo los médicos conocen su identidad —contestó la enfermera—. Ahora, vuelva a la cámara.

—¡Necesito hablar con uno de los médicos! —dijo Dandu en tono imperativo.

Las enfermeras se fueron y en un momento uno de los doctores llegó a la sala.

—Tiene que volver a la cámara —dijo el médico—. No queremos que su herida se infecte.

—Solamente quiero información sobre el ataque en Nueva Atlantis. ¿Quién ha sido herido?

—Se trata de una compañera suya. Una guardiana llamada Dina.

Dandu sintió su corazón latir aceleradamente y su sangre se puso fría.

—¿Cuándo sucedió? ¿Cómo se encuentra ella?

—Lamento ser portador de malas noticias —dijo el doctor—. Ella se encontraba en estado crítico cuando llegó al hospital. Hace unos momentos vi la imagen sobre su estado y me temo que no hay nada que se pueda hacer.

Dandu sintió una oleada de sentimientos atravesar su cuerpo. Su mente se preguntaba qué había sucedido, su cuerpo temblaba con la noticia. Empujó al doctor y salió corriendo de la sala de emergencia a buscar a Oren. Mientras avanzaba por el pasillo sus latidos se aceleraban más y más aún. Finalmente llegó al sitio que habían ocupado los agresores y vio a Oren conversando con unos guardias.

—¡Oren!

—Creí que estabas en la enfermería.

—Hubo un ataque en Nueva Atlantis —dijo Dandu jadeando—. Dina está muriendo.

La terrible noticia tomó a Oren desprevenido. Su cuerpo todavía sentía la adrenalina de la reciente batalla y no podía asimilar lo que estaba escuchando. Luego sintió un terrible vacío.

—¿Cómo es posible? ¿Quién te lo dijo?

—Un doctor en la sala de emergencias. Está muerta, Oren.

Al decir esto, las lágrimas comenzaron a correr sobre las mejillas de Dandu. Oren se sentó en el suelo y trató de asimilar la noticia. Conocía a Dina desde hacía años, cuando había llegado a Nueva Atlantis. Él mismo la había entrenado para luchar. ¿Cómo era posible que hubiera muerto? ¿Quién había hecho algo así?

—Tenemos que averiguar lo que pasó —dijo Oren mientras luchaba por contener las lágrimas.

Tomó a Dandu y lo llevó de vuelta a la cámara de regeneración. Luego regresó al sitio de la batalla y se acercó a los concejales Kelsus y Anthea.

—Puedo ver en tu expresión que ya conoces la noticia —le dijo la concejal.

—¿Qué fue lo que sucedió?

—Un mercenario se introdujo en uno de los templos y peleó contra Anya y Dina. No se trataba de un mercenario cualquiera. Era un brujo con mucho poder. Anya salió ilesa, pero Dina fue alcanzada por uno de sus conjuros.

—¿Dónde está ella?

—Sigue en el hospital. Casi no hay posibilidades de que sobreviva. El maestro Zing se dirige hacia allá. En algunos momentos sabremos si podrá salvarse.

Oren se sentó en uno de los sillones y se llevó las manos a la cabeza. No pudo resistir más la presión y comenzó a llorar. El salón donde se encontraba se llenó de un silencio sepulcral.

—Tienes que ser fuerte. Este tipo de sucesos marcan tu vida para siempre. Tenemos que continuar luchando, el peligro es mucho mayor de lo que te imaginas.

—Hay algo que necesitas ver —le dijo Kelsus—. No va ser nada agradable pero te dará una idea de contra quién estamos luchando.

Los dos concejales salieron de la sala seguidos por Oren, bajaron las escaleras y entraron en una de las cámaras subterráneas. Había dos cuerpos tendidos sobre el piso, cubiertos con unas sábanas. El concejal Kelsus destapó uno de los cuerpos y Oren sintió ganas de vomitar. Se trataba del cuerpo de una mujer joven, de veinticinco años tal vez. Había sido mutilada con una crueldad extrema. El torso se encontraba lleno de cortes que representaban diferentes símbolos y su lengua había sido removida de la cavidad bucal. El abdomen había sido abierto desde el ombligo hasta el cuello.

—¿Qué es esto? ¿Quién hizo algo así?

El concejal Kelsus destapó el otro cuerpo y Oren vio el cadáver mutilado de un hombre joven. El abdomen había sido abierto de la misma forma, las órbitas de los ojos estaban vacías y las piernas mostraban heridas a todo lo largo. Los órganos genitales habían sido removidos al igual que otros de la cavidad abdominal y torácica.

Oren no pudo seguir viendo y volteó para otro lado.

—Va a ser necesario incinerar estos cuerpos —dijo el concejal Kelsus.

—¿Qué sucedió? —preguntó Oren.

—Esto es algo que no veíamos desde hace cientos de años —dijo la concejal Anthea—. Es magia oscura. Los espíritus de estos seres se han convertido en esclavos de uno de los brujos de la Orden de los Doce.

—¿Cómo es posible hacer eso?

—Son ritos muy antiguos, casi olvidados. Por medio de magia, el brujo intenta la sumisión del esclavo exponiéndolo a un miedo aterrador. Las mutilaciones que ves en sus cuerpos las sufrieron cuando estaban vivos y conscientes. El último órgano en removerse es el corazón. Mientras la víctima entra en estado de shock, su espíritu se aferra a este mundo y cuando muere, permanece aquí sometido a la voluntad del brujo.

—Eso es lo más tenebroso que he escuchado en mi vida —dijo Oren horrorizado—. ¿Para qué les sirve hacer algo así?

—Los dos espíritus que esclavizó seguirán al brujo a donde vaya —explicó la concejal—. Se les puede percibir en forma de sombras y cualquiera que lo haga sentirá el mismo sufrimiento al que ellos fueron expuestos. El propósito de ese ritual es sembrar el miedo para esclavizar a los demás.

Saben que nadie se atrevería a desafiarlos si son amenazados con correr la misma suerte que estos dos seres.

Oren miró con horror los dos cadáveres. El concejal Kelsus los cubrió de nuevo y todos salieron de la cámara.

—Hemos perdido a más de cien guerreros —dijo Kelsus—. El número de muertos asciende a más de trescientos. La mayoría de los agresores se rindió, pero el grupo de mercenarios logró escapar con algunos rehenes.

—Cometieron un error —dijo la concejal—. A donde quiera que vayan vamos a poder seguirlos.

Oren estaba desvastado con la noticia de la inminente muerte de Dina y lo que acababa de presenciar en la cámara subterránea. Cuando llegaron al salón central del templo, hizo una pregunta.

—¿Es posible liberar los espíritus de esos seres?

—Solamente existe una forma de hacerlo —dijo la concejal.

—¿Cuál es?

—Destruyendo al brujo que los mantiene prisioneros. Pero eso no es tarea fácil. Primero hay que encontrarlo.

—Estos brujos han estado practicando el sigilo por generaciones enteras —dijo el concejal Kelsus—. Han perfeccionado ese arte a tal grado que no podemos saber dónde se encuentran. El que hizo su aparición esta vez se escondió entre los mercenarios. No podemos saber quién era.

—¿Por eso usan esas máscaras horribles?

—Su meta es aterrorizar a la gente. El mal tiene muchas formas, no siempre se presenta de manera grotesca como lo hicieron hoy. Estoy segura de que han elaborado un cuidadoso plan para volver a gobernar los territorios que perdieron en el pasado.

—¿Cómo los vamos a detener?

—No va a ser fácil. Aunque hayan perdido esta batalla, triunfaron en traer de regreso el miedo y la muerte. Este hecho tendrá serias repercusiones en la población. Los familiares de los guardias querrán vengar sus muertes y exigirán que los agresores sean castigados.

—¿Qué pasará con los que se rindieron?

—El senado habrá de juzgarlos. Como se encuentran los ánimos ahora, no me extrañaría que fueran sentenciados a muerte.

—¡Pero si sabemos que parte del senado está detrás de estos ataques! —exclamó Oren—. ¿Cómo van a juzgar ellos mismos a sus propios cómplices?

—La política siempre es un juego de engaños y traiciones —dijo el concejal Kelsus—. Estos hombres fueron utilizados con un solo propósito y ya fue cumplido. Ahora se desharán de ellos de la forma más efectiva: asesinándolos.

—Pero los políticos no son nuestra principal preocupación —comentó la concejal—. Una vez que la Orden de los Doce tome el poder, ellos correrán la misma suerte que los prisioneros o serán usados como marionetas para ejecutar órdenes aún más siniestras. Nuestra tarea es encontrar a estos brujos y destruirlos antes de que logren causar una guerra civil.

Oren se percataba de que los concejales siempre se referían a *destruir* a los brujos y no a matarlos.

—¿A qué se refieren con destruirlos? —preguntó—. ¿Destruir su organización?

Los dos concejales se miraron entre sí. Hacía falta una explicación más clara.

—Estos seres ya no son humanos comunes y corrientes —afirmó la concejal Anthea—. Son espíritus condenados cuyo único propósito consiste en dominar y esclavizar a los demás mientras vivan. Estos seres se convierten en una pesadilla para toda la creación. Cuando mueren físicamente, mutan en demonios y pueden vagar por miles de años entre los mundos antes de ser capturados y lanzados al infierno. La única forma de acabar con ellos es hundiéndolos en las profundidades de ese lugar para que sufran la segunda muerte. Esto sucede después de miles de años de condena que pagan por sus crímenes contra la creación.

—¿Quiere decir que aun muertos pueden volver? —preguntó Oren, desconcertado.

—Sí, definitivamente. Cuando un brujo es asesinado, su oscura conciencia permanece acechando entre este plano y el mundo intermedio. Así, continúa ganando poder y puede prolongar su existencia por miles de años. Durante este tiempo, puede alcanzar el poder suficiente para regresar a este plano materializándose de nuevo. Cuando esto sucede, es muy difícil capturarlo para lanzarlo a la nada.

—¿Su poder es mayor que el del Gran Concejo?

—No, su poder no es mayor que el nuestro, pero se torna demasiado peligroso. Aún para nosotros.

—No es más que un maldito demonio escurridizo —dijo Kelsus—. Debemos comprender la naturaleza de los ataques de la Orden de los Doce. No fue solamente para probar nuestras defensas, estaban buscando algo más. Ese brujo que atacó a Dina fue a Nueva Atlantis porque ellos todavía desconocen dónde guarda el Concejo sus mayores secretos.

—¿Qué es lo que están buscando?

—El conocimiento. Buscan la clave para perpetuar su existencia e incrementar su poder más allá de la muerte.

—No entiendo —dijo Oren—. Creí que finalmente no morían y que ya tenían suficiente poder.

—Ese conocimiento significaría para ellos la diferencia entre ser condenados al infierno, de donde tendrían que estar huyendo permanentemente, y la posibilidad de vencer a la muerte y expandir su conciencia para convertirse en demonios inmortales.

—Pero, ¿es eso posible? ¿Existe algo así en el universo?

—El universo es un lugar misterioso. Nadie sabe si esto es posible o no. Nosotros nunca hemos visto un demonio así, pero los textos antiguos dicen que existieron. Una criatura de ese tipo sería casi indestructible.

—¿Entonces es posible? —Oren sentía un escalofrío sólo de imaginarlo.

—Cualquier cosa es posible cuando se tiene la determinación para lograrlo —respondió la concejal—. Los brujos oscuros son seres con un poder superior al de los mortales, pero ambicionan ser mucho más que eso. Mientras el Sol se interna en la órbita oscura, su poder aumenta y se ven tentados a pelear contra nosotros para obtener el conocimiento que tanto desean. Los textos antiguos dicen que en algún tiempo la Orden de los Doce logró apoderarse de este conocimiento y su poder se difundió en todo el planeta.

—¿Y cuál es ese conocimiento?

—En el inframundo la palabra es poder. Los antiguos sabios fueron iniciados en una forma de lenguaje cuyas vibraciones transforman la realidad y abren los mecanismos que una conciencia necesita para internarse en los planos superiores. De esta forma llegaron al lugar donde se encuentra el árbol de la vida y fue ahí donde aprendieron el secreto de la inmortalidad. Este conocimiento nos fue legado y lo aprendimos para alcanzar un estado de conciencia supremo.

—¿Quiere decir que ustedes no van a morir? —preguntó Oren mientras el corazón le empezaba a latir fuertemente.

—Es tiempo de que lo sepas —dijo la concejal dando un paso hacia él y encarándolo—. Hubiera preferido que fuesen otras las circunstancias pero no ha sido así. Al alcanzar ese estado de conciencia, nuestro viaje en el planeta se termina. Nunca más vamos a tener que experimentar la existencia en el plano tridimensional. Hemos superado esta escala en nuestro infinito viaje.

—Entonces, ¿se van a ir para siempre?

—Esa fue nuestra elección —respondió el concejal Kelsus—. Nuestro destino es seguir viajando a través del tiempo
infinito hacia planos superiores.

Oren sintió una profunda tristeza al escuchar esto. Definitivamente, ése había sido el peor día de su vida. Primero
había perdido a Dina, lo cual lo había deshecho. Luego había
visto las monstruosidades del enemigo y su mente no podía
dejar de pensar en los espíritus de esas dos víctimas, ahora
esclavas del cruel brujo. Y, al final, se enteraba de que los
concejales se iban a marchar para siempre. Se estaba quedando cada vez más solo para enfrentar su destino.

—¿Cuándo se irán?

—No antes de acabar con esta amenaza. No pensamos
dejarlos a merced de la Orden de los Doce.

Capítulo 35

Había un estado de alteración como nunca antes en el campamento cuando el grupo de la doctora Hayes regresó de la pirámide. Los soldados no se encontraban en sus lugares habituales, sino que se movían de un lado a otro hablando por los teléfonos satelitales. Sarah y el grupo se dirigieron al centro de mando donde se hallaban el profesor Mayer y el coronel McClausky. Al entrar a la carpa, Sarah pudo ver las horribles imágenes transmitidas en vivo en la enorme pantalla de plasma. El reportero de la cadena de noticias calificaba el terremoto como devastador y sin precedentes en la historia.

—Doctora Hayes, la mandé llamar porque necesito que nos comuniquemos con el doctor Resnick. El terremoto en California ha conmocionado al mundo entero. Parece ser que las catástrofes naturales se están multiplicando con rapidez alrededor del globo y no sabemos dónde pueda suscitarse la siguiente.

—¿Qué tan graves son los daños? —preguntó Sarah.

—Los daños son severos. Aunque afortunadamente no tanto como en Japón y China. La mayor parte de la gente está tratando de abandonar la ciudad. Las líneas telefónicas están colapsadas en su mayoría y hay pánico general debido a saqueos y pandillerismo en las calles, lo cual era de esperarse. Los servicios de electricidad y agua potable han quedado también interrumpidos.

Sarah volteó a ver las imágenes en el televisor y pudo apreciar el escenario de destrucción. Toneladas de escombros y autos abandonados se encontraban regados por las calles. Al parecer, veinte por ciento de los edificios había sufrido daños en su estructura y por todos los lugares se alzaban cortinas de humo negro que dificultaban la visión de las cámaras que transmitían las imágenes desde los helicópteros. Las autopistas se veían resquebrajadas y en algunas partes el suelo presentaba enormes hoyos que se tragaban calles enteras. Sarah había visto grandes desastres naturales en su vida pero verlo así en su propio país era diferente.

—¿Cuándo sucedió?

—Esta mañana. Alrededor de las nueve y media. La guardia nacional está en estado de alerta y se dirige hacia allá. Aunque va a ser muy complicado evacuar a tanta gente. La única forma de llegar rápidamente es por aire. Antes de eso van a tener que acondicionar los lugares para el aterrizaje y la atención de los heridos. Eso puede tardar más de dos días —dijo el Coronel McClausky, que también observaba las imágenes, con una visible preocupación.

—¡Esta gente no tiene dos días para esperar! —exclamó Sarah—. Si el gobierno no hace algo de inmediato, van a empezar a sufrir de deshidratación.

Todos escuchaban a Sarah Hayes hablar y veían las imágenes con expresión de horror. El doctor Jensen se aproximó al Coronel McClausky y a Mayer y les dijo:

—Tengo que ir en busca de mi hija. Necesito que me lleven al aeropuerto más cercano.

McClausky lo miró fijamente y le respondió:

—El aeropuerto de Los Ángeles no está en funcionamiento. Gran parte de su infraestructura fue dañada y ha cancelado sus operaciones hasta nuevo aviso. Las ciudades de San Diego, Oakland y San Francisco también se encuentran gravemente dañadas. El área está aislada por el momento. Además, aunque pudiera llegar ahí, ¿qué podría hacer? Lamento decirlo, pero lo más seguro es que no conseguiría nada en su búsqueda. La ciudad no tiene agua ni energía eléctrica por el momento. Sabemos por experiencia que en este tipo de desastres los criminales aprovechan para saquear todo lo que encuentran. Hay miles de personas armadas en la ciudad que no dudarían en matarlo o asaltarlo si se atraviesa en su camino. Tiene que esperar a que el ejército restablezca el orden. Es cuestión de unos días solamente. Si su hija sobrevivió, ellos la rescatarán, no se preocupe.

—No puedo quedarme aquí sin hacer nada, ¡compréndalo! —gritó el doctor Jensen—. Tampoco puedo confiar el destino de mi hija a los cuerpos de rescate.

—¡No puede hacer nada allá tampoco! ¡Entiéndalo! No es momento para llevarlo a una zona de desastre. Tiene que esperar. Seguramente pronto tendremos comunicación telefónica.

Elena se acercó al padre de Kiara y lo tomó por el brazo.

—Tranquilízate por favor, Robert —le dijo—. No tiene sentido ir allá por ahora. Sería una torpeza. El coronel tiene razón. Tenemos que esperar hasta que restablezcan las comunicaciones. Te aseguro que Kiara se encuentra bien.

—¿Esperar a qué? —preguntó el doctor Jensen al tiempo que sus ojos se llenaban de lágrimas—. ¿A que mi hija muera víctima de algunos vándalos? ¡Tengo que sacarla de ahí! A ella y a mis padres también.

—Usted no es la única persona que tiene familiares en California —dijo McClausky—. La mitad de mi personal tiene a sus familias allá. Ellos también tienen que esperar a que tengamos noticias o a que nos llamen para ir en su ayuda.

—¡Ustedes tienen los medios para rescatar gente! —dijo el doctor Jensen, que se estaba poniendo histérico—. ¡Use los helicópteros! ¡Vamos allá, hagamos algo para rescatarla!

—Tenemos que esperar órdenes —dijo McClausky—. No podemos abandonar el campamento. Usted no es el único afectado, entiéndalo. Mi hermano y su familia viven en San Diego y no tengo noticias de él. Los teléfonos no funcionan. Sé perfectamente lo que está sintiendo pero lo más sensato es esperar un par de días.

Al escuchar esto, el doctor Jensen empujó a Elena Sánchez y salió del centro de comando dirigiéndose a uno de los jeeps que tenían estacionados a unos cuantos metros de ahí. El coronel McClasuky lo siguió y todos salieron a ver lo que sucedía. El doctor Jensen había tomado uno de los jeeps y se disponía a encenderlo cuando dos soldados lo detuvieron y estaban forcejeando con él. Finalmente lo detuvieron y le pusieron unas esposas en los brazos.

—¡Llévenlo a la enfermería! —ordenó el coronel McClausky.

Sarah Hayes, que había observado la escena, se dirigió al coronel.

—¡No puede detenerlo de esa manera, coronel! —le gritó Sarah—. ¡Ese hombre sólo quiere ir en busca de su hija!

—No lo estoy deteniendo. Solamente lo van a llevar a que el médico le suministre un calmante. Sé perfectamente cómo se siente, pero no pienso dejarlo ir ahora. Usted también tiene que entender que por el momento Los Ángeles no es un buen sitio para ir en busca de alguien. En estos momentos ese sitio es tan peligroso como cualquier zona en guerra. El doctor Jensen no tiene ni el entrenamiento ni el equipo necesario para enfrentar una situación de este tipo.

—El coronel tiene razón —dijo Daniel—. Lo mejor para el doctor Jensen es tratar de calmarse. Tenemos que esperar para evaluar la situación. Me duele decir esto, pero no sabemos si su hija sobrevivió al terremoto.

—¡No se te ocurra mencionar eso en frente de él, Daniel! —le dijo Sarah haciendo un ademán con la mano derecha—. Este hombre ya perdió a su esposa. No creo que pueda soportar una noticia de ese tipo. Hay que pedirle a dios que su hija sobreviva. Te acuerdas de ella, ¿verdad?

—Sí, la recuerdo —dijo Daniel—. La vi el día que llegó al campamento junto con José y Elena.

—Es bastante joven para morir. Esperemos que logre salvarse. Ahora hay que hablar con el profesor Mayer a ver qué podemos hacer para ayudar.

Sarah y Daniel volvieron al centro de comando a hablar con el profesor Mayer mientras Rafael, Elena y José acompañaban al doctor Jensen a la enfermería.

—Sé lo que me va a decir, doctora —dijo Mayer—, así que ahorre sus palabras. Estoy consciente de lo que está sucediendo. Nadie quiso escuchar las advertencias del doctor Resnick, pero todos fuimos advertidos, la humanidad fue advertida y las cosas no cambian. Toda la gente sabe lo que el calentamiento global le está haciendo al planeta y todos hacemos caso omiso. Ahora estamos viendo las consecuencias, así que no quiero escuchar reproches, sino alternativas para detener estos desastres.

—¿Alternativas? No existen alternativas mientras no sepamos exactamente lo que va a suceder. El doctor Resnick tenía razón, así como Hapgood y Albert Einstein la tenían. El eje de rotación del planeta está comenzando a temblar gracias a que hemos estado desarrollando tecnología dañina y peligrosa sin que nos importe alterar el delicado equilibrio que sostiene nuestro mundo. Lo mejor que podemos hacer ahora es pensar cómo podemos proteger a la humanidad de lo que se avecina.

—¿Cómo vamos a protegernos si el eje terrestre cambia de posición súbitamente? —preguntó Mayer—. Sabemos lo que sucedería en ese caso.

—¡Tenemos que tratar de calcular la nueva posición que tomará! —exclamó Sarah—. Estos desastres continuarán, de eso no hay duda. Pero la humanidad siempre ha encontrado la forma para sobrevivir. Si calculamos la nueva posición a donde se dirige el eje de rotación, podríamos salvar a millones de personas.

—Vamos a hablar con el doctor Resnick —dijo Mayer—. Seguramente en estos momentos está pensando lo mismo que nosotros.

Los tres científicos salieron de la carpa y se dirigieron al centro de control donde tenían los enlaces satelitales para comunicarse con la estación de la Antártida. Después de varios minutos y algunos intentos, el doctor Resnick apareció en la pantalla.

—Estamos viendo las imágenes satelitales sobre el desastre en el estado de California —dijo Resnick—. La proporción de los daños es mucho mayor a la de un terremoto convencional. En condiciones normales, esas ciudades necesitarían varios meses para volver a la normalidad, pero con las condiciones que tenemos actualmente, pienso que podrían tardar años para restablecerse por completo.

—¿Es posible calcular dónde sucederán los próximos desastres que sufrirá el planeta? —preguntó Sarah.

—Es casi imposible calcularlo —respondió el doctor Resnick—. Lo que sí podemos prever es la súbita aparición de erupciones volcánicas alrededor del globo terrestre. El movimiento brusco de las placas tectónicas está ejerciendo una enorme presión sobre los mantos de magma que forman los volcanes. En el hemisferio norte, al terminar el invierno, las lluvias comenzarán a precipitarse y muchos países comenzarán a sufrir inundaciones. Esta agua de lluvia llegará a los volcanes y será absorbida por estas gigantescas montañas. En poco tiempo, alcanzará el magma que se encuentra sometido a una enorme presión y está luchando por liberarse. Al juntarse el agua con el magma en las zonas volcánicas se producirán explosiones térmicas que causarán las erupciones más poderosas jamás vistas.

—Ese proceso es imposible de detener, al igual que el movimiento del eje —dijo el profesor Mayer—. No podemos detener la lluvia que cae sobre estas zonas. Ahora mismo, países como Brasil, Colombia y Perú están sufriendo de grandes precipitaciones. En unos pocos días, también los países europeos y asiáticos empezarán a sufrir inundaciones.

—¿Entonces debemos evacuar a toda le gente que vive cerca de las zonas volcánicas? —preguntó Sarah.

—Sería lo mejor —respondió Resnick—. ¿Pero a dónde van a ir? ¿Quién los va a alimentar? ¿Cómo van a dejar sus casas y sus medios de vida atrás? La profunda recesión económica que se vive no les da la capacidad a los gobiernos de sustentar la vida de millones de refugiados ni de construir nuevas viviendas y fuentes de trabajo. Cada familia tendrá que ver por su propia supervivencia.

—¡Es el principio del fin! —dijo el profesor Mayer—. Aunque les advirtamos sobre el peligro, muy pocos contarán con los medios para salvarse.

—¡Esto no puede estar sucediendo! —exclamó Daniel Roth—. El equilibrio del planeta está colapsando y no podemos hacer nada para ayudar. No lo puedo creer. Nunca me imaginé que una situación como ésta pudiera volverse realidad.

—Nadie está preparado para algo así —dijo Sarah—. Ningún gobierno cuenta con los medios para movilizar a su población a zonas más seguras. Los políticos nos han conducido lentamente a este escenario donde el fin se acerca y cada uno de nosotros tiene que ver por su supervivencia.

—¿Qué pasará después de las grandes erupciones? —le preguntó el profesor Mayer al doctor Resnick.

—Todos los modelos climáticos del mundo comenzarán a colapsar de forma abrupta. Las inundaciones continuarán azotando las regiones húmedas del globo y las regiones desérticas sufrirán las peores sequías de la historia mientras el calor evapora la poca humedad que sus suelos conserven. Los mantos acuíferos de agua dulce se verán seriamente contaminados por la acción de las erupciones volcánicas. Mientras esto sucede en tierra firme, en los océanos los movimientos telúricos seguirán produciendo maremotos que arrasarán las costas de todos los países.

—Los sistemas económicos se vendrán abajo instantáneamente —dijo el profesor Mayer—. La estabilidad de estos sistemas se mantiene gracias a la continuidad en el comercio. Cuando la continuidad se vea interrumpida, se terminarán los mercados globales. La gente empezará a proveerse de los productos locales y cuando éstos empiecen a escasear, la violencia estallará.

—Los mercados globales y su ideología de alto consumo económico fue lo que nos condujo a esta situación —dijo Daniel—. ¿Quiere decir que ellos serán los primeros en desaparecer?

—Sin duda alguna —respondió Mayer—. Los únicos que podrán sobrevivir serán aquellos que controlen los productos de consumo más esenciales como los combustibles, el agua y los alimentos.

—¿Cómo la World Oil Corporation? —preguntó Daniel.

Mayer permaneció callado sin saber qué responder. Sarah Hayes enfrentó al profesor Mayer y le preguntó:

—¿Está la corporación petrolera enterada de este posible escenario de destrucción de la humanidad?

Mayer hizo una pausa pensando en lo que podía revelar.

—La World Oil es una corporación inmensa, doctora. No estoy enterado de todo lo que conoce ni de todos sus proyectos de investigación.

—Usted es el director de proyectos de toda la corporación —dijo Daniel—. Eso lo sabemos perfectamente. Usted es uno de los pilares de esa compañía, no pretenda ahora decirnos que solamente es un trabajador de segunda clase.

—¡Los proyectos de la corporación son secretos! —gritó Mayer—. ¡No les puedo revelar ningún detalle sin afrontar las consecuencias! Lo único que puedo decirles es que las corporaciones sabían lo que el cambio climático podía ocasionar y trazaron sus planes de acuerdo con estas predicciones, pero nunca se prepararon para este tipo de escenario. Casi todos los expertos pensaban que el nivel del mar subiría lentamente y como consecuencia la economía mundial colapsaría, pero que tendrían años para adaptarse a los nuevos mercados de consumo.

—¿O sea que sabían que sus prácticas de desperdicio y consumo desmedido iban a ocasionar tarde o temprano un colapso en los mercados globales? —preguntó Daniel con voz alterada.

—Por su puesto que lo sabían —dijo Mayer—. Todo el mundo sabe ahora que el cambio climático destruirá gran parte de los sistemas que sostienen nuestra civilización.

—¿Entonces estaban conscientes de que millones de personas morirían y otros tantos quedarían sin trabajo viviendo en la miseria? —preguntó Sarah.

—Lógicamente. Sabían que a la larga esto sucedería, por lo que en los últimos años han establecido una carrera contra el tiempo para fortalecerse lo más posible y hacerle frente a ese escenario. Entre mayor sea una corporación, mayores son sus oportunidades de acaparar los recursos del futuro y seguir en el poder.

—¡Malditos sean! —exclamó Daniel—. Causar la muerte y miseria de millones de seres humanos solamente para satisfacer su estúpida ambición…

—¡No se atreva a mirarme de esa forma, doctor Roth! —le advirtió Mayer—. Yo no impulsé las leyes del comercio. Yo no creé el maldito sistema. Todos somos responsables.

—¡Usted colabora con esos criminales! —le gritó Daniel—. Conocía sus planes a la perfección.

—¡Yo solamente soy un peón en su tablero! Solamente soy un científico como ustedes que lucha por ganarse la vida.

—¿Ganarse la vida? —preguntó Daniel con ironía—. Usted ha hecho una enorme fortuna trabajando para esos malditos. Colaborando para acabar con la humanidad.

—Mis finanzas no son de su incumbencia. Todos los científicos sabemos cómo operan las corporaciones. ¿Por qué no hizo algo usted para detenerlas?

Sarah Hayes escuchaba la disputa mientras veía que el doctor Resnick trataba de intervenir desde la pantalla.

—¡Es suficiente, Daniel! —gritó Sarah—. El profesor Mayer tiene razón. Todos somos responsables. Quizá algunos más que otros, pero eso qué puede importar ahora. Todos supimos durante años lo que los combustibles fósiles y las industrias hacían con nuestro medio ambiente. Llevamos más de cincuenta años contaminando el agua de los ríos y los océanos. Consumiendo desmedidamente los recursos naturales de los mares y la tierra. Envenenando la atmósfera a diario con millones de toneladas de dióxido de cárbono.

Sarah hizo una pausa y miró al profesor Mayer.

—Ninguno de nosotros ha tratado de impedirlo. Nosotros los científicos somos más responsables que nadie. La gente no conocía las consecuencias de su estilo de vida capitalista pero nosotros sí. Nos dejamos manipular por los intereses de los políticos y los grandes empresarios para que continuaran con sus planes. Sólo que esta vez vamos a perder todos. ¿No es así, profesor Mayer?

—Así es —respondió Mayer, que seguía observando nerviosamente a Daniel Roth—. No es tiempo de falsos idealismos. Son científicos, deben aceptar con realismo el mundo en el que viven: guerra, muerte, odio racial, armas nucleares.

Nuestra civilización marcó el rumbo hacia su destrucción y todos cooperamos para que así siguiera.

El doctor Resnick tomó la palabra aprovechando el silencio que se había suscitado.

—Tienen que dejar de pelear entre ustedes y concentrarse en lo que se avecina. Estamos por enfrentar un cataclismo de proporciones épicas. Nuestro deber es preservar la continuidad de nuestra especie. Sabemos que el planeta buscará una nueva posición de equilibrio para conservar su momento angular, quizá tengamos suerte y no tenga que efectuar un gran desplazamiento para alcanzar su nueva posición. De todas formas, la humanidad tiene que entender que no se puede jugar con este tipo de fuerzas. Tenemos que aprender a vivir en armonía y con verdadero respeto a nuestro medio ambiente o pagaremos las consecuencias como ahora. Para producir un modelo de predicción del movimiento del eje terrestre, necesitamos la colaboración de todos los científicos del mundo, pero nuestras comunicaciones han sido bloqueadas por los militares. Necesitamos que nos den acceso libre para comunicarnos con los científicos de Europa y Asia oriental.

El profesor Mayer entendió que se trataba de una indirecta para que él interviniera.

—Voy a hacer todo lo posible —dijo Mayer—. Todo lo que esté a mi alcance para persuadir al ejército de que libere sus comunicaciones.

La videoconferencia terminó y Sarah y Daniel fueron a ver al grupo de arqueólogos. Todos se encontraban junto a la cama del doctor Jensen en la enfermería. José estaba al lado de Elena y lloraba.

—¿Cómo se encuentra? —preguntó Sarah.

—Bastante mal —le respondió Elena—. Piensa que Kiara murió y nos advirtió que no iba a poder seguir viviendo sin ella. Le tuvieron que dar una dosis fuerte de tranquilizantes, va a estar durmiendo por algunas horas.

—Lo siento mucho —dijo Sarah—. Desafortunadamente tenemos malas noticias. Yo y Daniel queremos que
sepan lo que está sucediendo.

—No entiendo. ¿Noticias sobre el terremoto en Los
Ángeles?

—El terremoto es sólo el principio de una cadena de
eventos mayores que van a tener lugar en los próximos meses —dijo Sarah, luchando por controlar sus emociones—.
Todo lo que está sucediendo en el mundo es producto del
cambio climático.

Rafael se acercó a Sarah y le preguntó:

—Pero el cambio climático solamente va a afectar el
nivel de los océanos, ¿no es así?

—Es muy complicado —dijo Sarah—. El calentamiento
global altera todos los patrones climáticos, lo que ocasiona
un desequilibrio que induce al eje de rotación terrestre a
cambiar de posición.

—¿Eje de rotación? —preguntó Elena, mirando a Daniel—. ¿Qué significa eso?

Daniel les explicó todos los detalles concernientes a la
pérdida de masa continental debido al deshielo y sus consecuencias en el movimiento de giro y la inclinación del eje de
rotación del planeta.

—¿Están sugiriendo que toda la civilización humana
será víctima de una catástrofe global? —preguntó Rafael,
cada vez más intranquilo.

—Los modelos científicos lo demuestran —respondió
Sarah—. Los tsunamis en Asia y el gran terremoto de California son sólo el comienzo.

—¿Qué sucederá cuando el eje terrestre cambie de posición? —preguntó Elena.

—No sé por dónde empezar —dijo Sarah—. Se trata de
un cataclismo global. Los polos cambian de posición y la la-
titud de los continentes se altera; por ejemplo, esta región de

la península podría ser impulsada hacia el hemisferio norte y ocupar el lugar del polo. La temperatura descendería sesenta grados centígrados en cuestión de minutos y todos los seres vivos morirían al instante. Ése sería el comienzo.

—¡Pero eso es imposible! —dijo Rafael.

—¡No lo es! Tienen que enfrentarlo. Existen registros históricos. Hace varios años, en una zona del ártico siberiano se encontraron restos de mamuts congelados. Estos mamuts estaban en perfectas condiciones de salud cuando murieron y lo más increíble es que tenían alimento en sus bocas. Murieron congelados de forma repentina mientras comían. Eso tuvo que haber sucedido en minutos. Ni siquiera tuvieron tiempo de refugiarse.

—¡Dios mío! —dijo Elena—. Entonces, ya ha sucedido con anterioridad.

—El abrupto movimiento de inclinación del eje producirá una enorme fuerza inercial que empujará las aguas de los océanos lejos del ecuador y causará olas de más de cien metros de altitud que chocarán contra las costas alrededor del mundo.

—Ése será el fin del mundo como lo conocemos —dijo Rafael—. ¿Pero por qué no se informa todo esto?

—Aún no estamos completamente seguros, pero a la vista de los acontecimientos, en unas semanas lo estaremos.

—¿Qué va a suceder en unas semanas? —preguntó Elena.

Sarah les explicó las predicciones del doctor Resnick sobre las erupciones volcánicas y los continuos terremotos y maremotos.

Rafael se sentó en una silla y pensó en sus hijos, que se encontraban lejos, en España. Elena se acercó a Daniel y le preguntó:

—¿Qué vamos a hacer?

Daniel notó la ansiedad y la impotencia que la noticia había causado en la mirada de ella.

—Vamos a tratar de calcular el movimiento del eje para prepararnos y sobrevivir —respondió él.

Rafael seguía sentado con una mano apoyada en la frente y Sarah se acercó.

—No podemos perder la esperanza. No ahora. Tenemos que prepararnos para lo que se avecina.

Daniel y Elena se sentaron y observaron a José, que se retiró sin poder ocultar el llanto. Daniel le preguntó a Elena en voz baja qué le sucedía.

—Tiene una hija y una esposa en Los Ángeles que no ha visto en varios años —dijo Elena—. Piensa que murieron también.

Capítulo 36

Kiara se encontraba completamente conmocionada con el accidente que había sufrido en el autobús. El dolor tan intenso que había sentido había hecho que su conciencia se separara de su cuerpo para inducir un sueño reparador y ganar fuerzas para sobrevivir. Cuando despertó, se encontraba exactamente en el mismo lugar que recordaba bajo el árbol del parque. El hombro le dolía cada vez más y ahora ni siquiera se atrevía a mover el brazo izquierdo. Miró a su alrededor y vio a algunas personas pasar a su alrededor sin prestarle atención alguna. Haciendo un gran esfuerzo logró incorporarse y caminó lentamente por la calle, alejándose de los vehículos que despedían un fuerte olor a gasolina. Tenía miedo de que explotaran. Aún se encontraba gente dentro de los autos, y algunas personas se acercaban a ayudar a los heridos, pero ella apenas podía mantenerse en pie. Además sabía que no soportaría ver de cerca un cadáver. Nunca antes había visto gente morir.

Continuó caminando por la calle con la mente confundida hasta que no pudo más, se detuvo y se sentó en la acera. ¿Por qué no llegaban los bomberos o la policía a auxiliarla? Razonó que tenía que llegar a un teléfono y llamar al 911. Se levantó y comenzó a andar por la calle tratando de encontrar alguno. Anduvo más de cien metros sujetando su brazo adolorido y logró ver un teléfono público junto a una pequeña tienda de abarrotes. Se dirigió tan rápido como pudo hacia allá y tomó el auricular. La línea estaba muerta.

"¡Diablos! —pensó—. ¿Qué está sucediendo?" Miró a su alrededor y vio a un hombre maduro que caminaba en dirección a ella.

—El teléfono no sirve —le dijo Kiara cuando el hombre se acercó lo suficiente.

—Estoy buscando algo de agua —dijo el hombre—. Voy a entrar en la tienda.

Kiara miró hacia el interior y se dio cuenta de que el techo había colapsado y destruido todo lo que había adentro.

—Tenga cuidado —dijo ella—. Puede haber un escape de gas.

El hombre no la escuchó, empujó lo que quedaba de la puerta hasta que la abrió, y comenzó a buscar entre los escombros. Kiara lo esperó afuera sentada y después de unos minutos éste regresó con algunas botellas de jugos y bebidas hidratantes.

—¿Quieres una?

—¡Sí! ¿A quién le vamos a pagar por esto?

—No seas ridícula —le contestó el hombre—. Todos están muertos ahí dentro. ¿Qué no ves?

Kiara escuchó la palabra *muerto* y sintió un escalofrío en el cuerpo. Inmediatamente pensó en sus seres queridos. ¿Dónde estaban sus abuelos? Tenía que ir a su casa para ver que se encontraran bien y ayudarlos.

—Tengo que ir a mi casa. Gracias por la bebida.

—¿Casa? —dijo el hombre irónicamente—. ¿Qué no te das cuenta? Toda la ciudad está en ruinas. Tienes que esperar aquí a que lleguen a rescatarnos.

—¿Toda la ciudad? Eso no es posible.

—Lo es —dijo el hombre, que se había sentado en el suelo—. Venía caminando por la calle cuando sucedió. Mi casa estaba en el quinto piso de un edificio cercano. Mi esposa se encontraba adentro y pude ver cómo el edificio se venía abajo hasta sus cimientos. Todos murieron.

El hombre comenzó a llorar a lágrima abierta. Aparentaba tener unos cincuenta años y estaba cubierto de polvo.

—Lo siento mucho —dijo Kiara sintiendo un escalofrío por dentro—. Pero tengo que ir a buscar a mis abuelos —y al decir esto, empezó a caminar penosamente alejándose de la tienda.

—¡Que dios te bendiga! —le gritó el hombre, sentado en lo que quedaba de la acera.

La calle era casi imposible de transitar con todos los autos y escombros amontonados, pero Kiara seguía avanzando sin detenerse a mirar. Su casa no podía estar muy lejos: recordó que el autobús apenas había avanzado unas cuadras cuando el temblor lo empujó fuera de la calle. Sin embargo, ahora casi no podía reconocer el entorno. Todo había cambiado radicalmente. Donde antes había tiendas y edificios de departamentos, ahora solamente había toneladas de escombros apiladas en montículos de cuatro o cinco metros de altura. Los semáforos de la calle estaban caídos sobre el suelo y los cristales rotos formaban una peligrosa alfombra de vidrio donde quiera que pisara. Algunas personas se cruzaban en su camino llorando o lamentándose. Le pedían ayuda, pero no podía hacer nada.

Después de largos minutos, cada vez más asustada con la visión de la ciudad derruida, y estremecida con la desesperación de la gente que hallaba en el camino, llegó a la casa de sus abuelos y miró horrorizada los escombros. La casa se había venido abajo casi por completo, solamente una parte se veía en pie. Partes de la sala y su recámara alcanzaban a verse desde afuera. Kiara subió a los escombros y comenzó a gritar los nombres de sus abuelos. Nadie respondió.

Trató de retirar parte de los escombros para buscar debajo de ellos pero pronto su mente empezó a pensar en la posibilidad de encontrarlos sin vida ahí abajo. Se detuvo y comenzó a llorar de desesperación. Estaba sola en un sitio

completamente destruido. Se hallaba lastimada y no contaba
con ayuda de nadie. Su mente experimentó una tremenda desesperación. ¿Qué iba a hacer? ¿A dónde podía ir ella sola?

Volteó hacia la calle y a lo lejos pudo ver unas personas. Bajó de los escombros y se encaminó hacia ellas. Eran
una mujer con dos niños pequeños. La mujer tenía manchas de sangre sobre la cabeza y uno de los niños lloraba en
silencio.

—¿A dónde van? —les preguntó Kiara.

La mujer volteó a verla:

—Estamos buscando ayuda. Mi esposo se encuentra
atrapado bajo los escombros de la casa. Está con vida pero
no se puede mover. ¡Por favor, ayúdame a liberarlo!

—Tengo el hombro lastimado —dijo Kiara—. Creo que
está roto. Tampoco pude quitar los escombros de mi casa.
Tenemos que encontrar a alguien más. ¿Dónde estan la policía y los bomberos?

—No los he visto —respondió la mujer—. Los teléfonos no funcionan. No creo que vayan a venir. A lo mejor
todos murieron. Todos los edificios se cayeron.

Al decir esto la mujer empezó a llorar de desesperación
y los niños hicieron lo mismo. Kiara no sabía qué hacer. Por
primera vez desde que había sufrido el accidente se preguntó
si lograría sobrevivir.

—Hay que esperar a que llegue ayuda —dijo Kiara y
se sentó en la calle.

La mujer no dijo nada y comenzó a alejarse en la misma
dirección de donde había venido. Kiara la vio irse y prefirió
no decir nada. El dolor en el hombro aumentaba cada vez
más. Se tocó con la mano derecha y lo sintió bastante infla-
mado. Se levantó del asfalto y caminó de vuelta a las ruinas
de la casa. Deseaba poder acostarse en algún lado hasta que
el dolor disminuyera pero no encontraba un lugar adecuado.
Era una situación frustrante.

Con el brazo derecho trató de mover algunos escombros de la casa pero le fue prácticamente imposible. Se sentó en el suelo y empezó a llorar de nuevo por el dolor y la frustración. Tenía que buscar el modo de sobrevivir. Quizá debió haber permanecido en la tienda como el hombre le había sugerido, allí tendría por lo menos algo para beber.

Pero, ¿cómo podía dejar a sus abuelos ahí? Aunque hubieran fallecido, ella sentía que debía quedarse en ese lugar hasta que llegara alguien para liberarlos. Pensó que quizá habían logrado salir de la casa y se habían salvado, quizá la estaban buscando a ella en ese preciso momento... El pensamiento de volver a verlos le dio valor y comenzó a caminar hacia la tienda, tendría que recorrer la calle de nuevo. De pronto pensó en Shawn y en Shannon. Todo este tiempo sólo se había acordado de sus abuelos. Le angustiaba imaginar que sus amigos hubieran muerto, eran tan jóvenes como ella. La idea de perderlos fue tan desgarradora que no pudo seguir caminando. Se detuvo y se sentó a llorar en la calle.

Entonces recordó las imágenes de la destrucción causada por el maremoto en China y Japón. Recordó las caras de desesperación y dolor de los sobrevivientes. No era lo mismo verlas por televisión que vivirlas en carne propia. ¿Cómo le iba a explicar a la gente que conocía lo que estaba sintiendo?

Pasó más de media hora y Kiara se levantó, empezaba a sentir hambre. Pensó que lo mejor sería ir a buscar a la mujer con los niños que había visto antes, no quería estar sola en ese desolado lugar. Su cuerpo se había adaptado al dolor del hombro y ahora no lo sentía tan fuerte como antes. Se incorporó y empezó a andar.

De pronto vio algo moverse justo sobre los escombros donde había estado la casa de sus abuelos. Se fue acercando lentamente y vio a un hombre. Su corazón comenzó a latir fuertemente. Era un milagro del cielo. Era Shawn, que la estaba buscando.

Kiara gritó su nombre y, al reaccionar, Shawn resbaló encima de los escombros. Kiara se asustó pero él se levantó de inmediato y corrió hacia ella. La abrazó con todas sus fuerzas y ella ignoró el fuerte dolor que sentía en el hombro. Los dos permanecieron abrazados por largo tiempo hasta que Shawn le dijo:

—Pensé que también te había perdido.

—Iba en el autobús —dijo Kiara—. Tenía que ir a trabajar. ¿Dónde estabas tú cuando sucedió?

—Mis padres me pidieron que fuera al supermercado a comprar unas cosas para el desayuno. Iba conduciendo el auto.

Shawn se sentó sobre los escombros de la casa mientras recordaba, y sus ojos se llenaron de lágrimas.

—Pasó muy rápido y cuando reaccioné, todo estaba destruido y el auto había chocado contra un poste. Eso me salvó de no morir aplastado por alguno de los edificios. Cuando salí del auto, pensé que había sido un choque entre muchos vehículos, pero pronto me di cuenta de que era algo peor. Me asusté y volví caminando a la casa. Todo se encontraba destruido. Las casas y los edificios ya no estaban ahí. Mi casa se derrumbó y toda mi familia murió aplastada.

Kiara lo abrazó y sintió su dolor. Lloró con él y le dijo:

—Lo siento mucho, Shawn. Creo que mis abuelos también murieron.

Los dos permanecieron ahí por un tiempo y luego se sentaron a decidir lo que debían hacer. Kiara tenía hambre y se quejaba del dolor en el hombro. Shawn empezó a examinarla.

—Parece que tu hombro está dislocado. Voy a tener que jalarlo para ponerlo en su lugar. No te preocupes, sucede todo el tiempo en el gimnasio y sé cómo hacerlo.

Kiara levantó el brazo izquierdo y sintió un dolor terrible. Shawn tomó el brazo y ella apretó los dientes para aguantar el dolor. Kiara escuchó un crujido y luego sintió cómo la articulación volvía a su lugar. El dolor era espantoso y lanzó un grito de dolor.

—Ya está. Necesitas un antiinflamatorio y estarás bien en una semana.

—Tenemos que ir a una tienda. Tengo hambre y sed.

—Lo sé. También tenemos que pensar en dónde pasaremos la noche. No creo que llegue nadie a rescatarnos hoy.

Los dos empezaron a andar rumbo al supermercado y el camino se hacía más difícil cada vez. Algunas calles se encontraban completamente bloqueadas y en algunos lugares se percibía un fuerte olor a gas. De repente, un ruido les hizo alzar la vista. Era un helicóptero pequeño.

—¿Crees que sea un helicóptero de rescate? —preguntó Kiara.

—No lo creo. Debe ser uno privado o de algún canal de noticias.

—¿Cuándo van a venir a rescatarnos?

—Pueden tardar varios días. Seguramente hay miles de sobrevivientes. Va a tomar tiempo que nos saquen a todos. Mira el estado en que se encuentran las calles.

El helicóptero se alejó y los dos continuaron caminando hasta llegar al supermercado. Vieron a mucha gente que entraba y salía del lugar con todo tipo de mercancías.

—Se están robando las televisiones

—Nosotros sólo iremos por comida —dijo Shawn—. No somos ladrones.

Adentro, el espectáculo era espantoso. Todo estaba tirado en el suelo y partes del techo del edificio habían caído. Los dos empezaron a tomar los pocos comestibles que encontraban y luego fueron a buscar agua, aunque a Kiara se le dificultaba cargar. Encontraron bebidas en los refrigeradores y comenzaban a tomar algunas cuando escucharon unos disparos.

—¡Es la policía! Nos van a arrestar.

—No es la policía —dijo Shawn que se encontraba a unos metros—. Unos tipos están peleando por los electrónicos.

Se escucharon tres disparos más y luego unos gritos.

—¡No te muevas! —le dijo Shawn a Kiara—. Acaban de matar a alguien. Hay que esperar a que se vayan.

Permanecieron agachados por varios minutos hasta que no escucharon más ruidos. Luego encontraron un carrito donde pusieron las cosas que llevaban, caminaron a la salida del supermercado y al pasar vieron un charco de sangre y los cadáveres de un hombre y una mujer sobre el suelo. Kiara se volteó para no verlos.

—Tenemos que buscar un lugar para ocultarnos —dijo Shawn—. Espérame aquí.

Shawn se movió rápidamente y Kiara se quedó esperándolo. Mucha gente se asomaba dentro de la tienda, pero nadie se atrevía a entrar por miedo a los disparos. En unos momentos Shawn regresó con un paquete de medicinas en la mano.

—Toma esto. Te ayudarán con el dolor del hombro.

Kiara tomó nerviosamente dos tabletas que Shawn le extendió con la mano y se las tragó. Luego tomó una botella de agua y bebió un poco.

—Vámonos de aquí —dijo él—. Hay que buscar un lugar para comer y pasar la noche.

—¿A dónde iremos?

—Algún edificio tiene que seguir en pie. Tenemos que buscar dónde podamos encerrarnos para no correr peligro.

Kiara volteó a ver todo lo que traían en el carrito y notó que Shawn había encontrado varios paquetes de velas, afortunadamente había pensado mejor que ella. Recorrieron varias cuadras por una avenida principal y luego vieron en una de las calles laterales un edificio que parecía estar en buenas condiciones.

El edificio era un taller de reparación automotriz. Las puertas se encontraban cerradas y Shawn tuvo que forzarlas para entrar. Luego tomó algunas de las herramientas y volvió a asegurar el cerrojo. Una vez adentro, se sentaron en el suelo y comieron galletas, pan y algunas latas de atún. El panorama era completamente desolador.

—¿Qué vamos a hacer, Shawn? ¿Cómo vamos a salir de la ciudad?

—Tenemos que esperar a que lleguen los equipos de rescate. Sería muy peligroso aventurarnos a caminar sin rumbo por la ciudad. Ya viste cómo asesinaron a esas personas en el supermercado.

Kiara comenzó a llorar en silencio. El dolor del hombro se había reducido un poco, pero el dolor de perder a sus abuelos no desaparecía. Pensó en lo que pudieron haber sentido cuando el techo de la casa empezó a caer encima de ellos. Era algo espantoso. También pensó en Shannon. No tenía forma de ir a buscarla, sólo esperaba que hubiera sobrevivido.

Shawn salió un momento del edificio para buscar algo con qué guarecerse del frío nocturno. Al regresar dijo:

—Afuera hay un teléfono público. Traté de llamar a alguien pero no funciona, solamente produce un ruido continuo.

—Yo también traté de llamar en la mañana cuando el temblor acababa de suceder. La línea estaba muerta.

—Sólo quiero informar a alguien que estamos vivos para que vengan a rescatarnos.

—Tarde o temprano alguien vendrá. A estas horas todo el país debe saber lo que sucedió aquí.

—Lo sé, pero las calles están completamente bloqueadas por los escombros. Los autos no pueden circular. ¿Cómo nos van a sacar?

En ese momento Kiara se percató de que su situación podía ser más grave de lo que pensaba. Tenían agua y comida solamente para ese día y quizá unos dos más. Si no eran rescatados, iban a tener serios problemas para sobrevivir.

—No podemos permanecer mucho tiempo aquí —dijo Shawn—. Quizá una noche o dos, pero no más.

—¿Por qué? ¿Qué sucede?

Shawn hizo una pausa antes de responder.

—Hay miles de cadáveres alrededor. En unas horas, la descomposición de los cuerpos va a ser inminente y en un par de días el olor será insoportable.

—¿Cómo pudo suceder algo así?

—California siempre ha sido una zona sísmica. Pero nunca imaginé que un temblor pudiera destruir la ciudad entera.

—Esto no fue un simple temblor.

—¿A qué te refieres? —preguntó Shawn.

—Hace unos días hubo un maremoto que destruyó las ciudades costeras en el lejano oriente. Ahora un terremoto destruye nuestra ciudad. ¡Todo el planeta está sufriendo desastres naturales! ¿Recuerdas los sueños que tuve mientras estuve en la selva?

—Recuerdo lo que platicaste, pero eso no es posible, nadie puede ver el futuro. Fueron sólo pesadillas.

—¡No fueron pesadillas! —le dijo Kiara—. Está sucediendo verdaderamente.

—No lo creo. Tiene que haber una explicación científica.

—¿Y de qué nos serviría una explicación científica? Eso no va a traer de vuelta a todos los que murieron.

Shawn pensó en su familia y se sentó al lado de Kiara.

—Tenemos que luchar por sobrevivir. Si el ejército no viene a rescatarnos, entonces iremos al norte o al sur hasta que encontremos quién nos ayude.

Capítulo 37

Anya no podía creer lo que había sucedido. Su mente no podía pensar racionalmente y no estaba dispuesta a tomar ninguna infusión tranquilizante. Lo que le dijo el doctor había acabado con sus esperanzas de volver a ver a Dina viva. ¿Por qué le había sucedido eso? Una vez más la vida la había sorprendido y se daba cuenta de lo impredecible que podía ser. Pensó en Oren y en Dandu que se encontraban en el viejo continente, la noticia iba a ser devastadora para ellos.

Miró la pantalla una vez más y pudo distinguir en los signos vitales de Dina cómo su vida se escapaba sin que pudiera hacer algo para evitarlo. No pudo soportar más estar ahí y se incorporó de repente, empujó al personal médico que la rodeaba y corrió hacia la cámara de regeneración. Los médicos trataron en vano de detenerla. Quería ver a Dina con vida aunque fuera por última vez. Recorrió el pasillo y llegó hasta donde un cristal la separaba del cuerpo inmóvil. Los médicos le habían quitado su armadura y yacía sin sentido dentro de la fría cámara.

Anya se dirigió a la puerta de la habitación y la empujó con fuerza, pero no se abrió, estaba sellada herméticamente. Luchó para abrirla sin conseguirlo. Regresó a la ventana y decidió darle a Dina el último adiós desde ahí. Puso sus manos sobre el cristal y supo que no había más esperanza, entonces empezó a llorar quedamente.

El personal médico llegó hasta ahí y una enfermera trató de calmarla, pero Anya no se movía de la ventana. De pronto vio algo, el espacio comenzó a moverse y sintió un vuelco en el estómago. Una figura estaba emergiendo del aire, materializándose por sí sola dentro de la cámara. No entendía lo que estaba viendo, pero ella y la enfermera siguieron mirando por la ventana. Un segundo después, pudo reconocer la figura del maestro Zing. ¿Cómo había llegado hasta ahí?

La escena era demasiado increíble para poder ser cierta. Pensó que quizá estaba alucinando debido al estrés. Anya se separó del cristal y su corazón empezó a latir aceleradamente. El maestro Zing estaba revisando el cuerpo de Dina sobre la cámara y estaba poniendo las manos sobre la cabeza de ella. Permaneció así por espacio de unos segundos y luego pasó las manos por encima de su torso, deteniéndolas a la altura del abdomen. El cuerpo de Dina empezó a temblar y sus brazos empezaron a moverse.

El maestro Zing lanzó una mirada a Anya y le ordenó mentalmente que llamara al doctor Nefi. Anya no supo cómo el maestro se había metido en su mente pero corrió de inmediato a llamar al doctor, que se encontraba viendo la pantalla que monitoreaba los signos vitales de Dina.

Al escucharla, el médico la siguió y cuando llegaron a la cámara de regeneración, el maestro Zing abrió la puerta con un movimiento de la mano. Anya y el doctor Nefi entraron y ella pudo sentir el aire cargado de oxígeno fresco que había en el interior. El cambio de aire la hizo reaccionar y sentirse más alerta.

—Necesito que le inyecte las células experimentales —dijo el maestro Zing—. Sus órganos se encuentran demasiado dañados.

—No hemos logrado aún dirigir las células reparadoras de manera efectiva cuando entran en un sistema funcional —dijo el doctor—. Lo más probable es que no tengan ningún efecto.

—Yo las voy a dirigir. ¡Sólo aplíquelas de inmediato!

El doctor Nefi salió de la sala y regresó al instante con un tubo metálico que tenía una larga punta de aguja. El tubo guardaba una solución en su interior. El doctor rompió la tela del traje sobre la pierna derecha de Dina, localizó la arteria femoral e inyectó la solución con mucha destreza. El maestro Zing esperó unos segundos y cerró los ojos.

El doctor hizo una seña a Anya para que lo siguiera. Ella no quería dejar la cámara y se resistía, pero el doctor Nefi insistió, regresaron a la sala de espera y el doctor programó la pantalla para enfocarse en los órganos internos de Dina. De repente, empezaron a ver cómo la solución inundaba el sistema circulatorio y se dirigía hacia los órganos dañados.

—Asombroso —dijo el doctor Nefi—. El maestro Zing está dirigiendo las células hacia los tejidos dañados.

—No entiendo —dijo Anya—. Usted dijo que no podía salvar a Dina.

—Las células las desarrollamos hace años, en experimentos de laboratorio son capaces de reparar tejidos cien veces más rápido que la cámara de regeneración, pero cuando las probamos dentro de los seres vivos, el sistema inmunológico del paciente las desactiva siempre antes de que puedan llegar a las zonas lesionadas.

—¿Qué está sucediendo con Dina entonces?

—De alguna forma, el maestro Zing está dirigiendo las células experimentales antes de que sean destruidas por el sistema inmune de Dina. Una vez que la célula se acopla con el tejido dañado, lo repara instantáneamente. Los órganos de Dina se están restableciendo a una velocidad insólita, el oxígeno está regresando al cerebro y se esparce rápidamente por todo el sistema. Los impulsos eléctricos de las células se están incrementando. En unos minutos sabremos si se podrá salvar.

—¿Cómo lo sabrán?

—La presión arterial comenzará a regularizarse y si su cerebro no ha sufrido daños severos por la falta de oxígeno, va a empezar a respirar por sí misma. Si esto sucede, entonces se habrá salvado.

El doctor Nefi seguía viendo la pantalla y no paraba de asombrarse de la rapidez con que actuaban las células experimentales.

—Vamos, vamos, reacciona —decía el doctor.

Anya ya no podía controlar sus nervios y comenzó a llorar a lágrima abierta. De pronto unas luces se encendieron en la pantalla y una alarma empezó a sonar por toda la sala. Era el nuevo ritmo del corazón de Dina. El doctor Nefi gritó:

—¡Está respirando! ¡Está viva! —dijo el doctor, sorprendido y sin dejar de ver la pantalla—. Las células experimentales funcionaron. Sus músculos comienzan a moverse por sí solos. Está recuperando los reflejos.

Anya sintió como si un milagro hubiera sucedido. Las lágrimas le bañaban las mejillas mientras veía que Dina regresaba de la muerte. Rápidamente recorrió el pasillo que llevaba hasta la cámara de regeneración y vio al maestro Zing.

—Hay que dejarla descansar —dijo él—. Pronto se pondrá bien.

Anya no pudo contener su emoción y se lanzó a abrazarlo. El maestro Zing casi pierde el equilibrio cuando Anya se le echó encima. La abrazó fuerte y le dijo:

—Estuvo muy cerca esta vez. Tienes que ser más cuidadosa de ahora en adelante. El enemigo es sumamente peligroso, ya lo viste. No vuelvas a entrar en combate con ellos sin antes saber de lo que son capaces.

El maestro Zing llevó a Anya hacia la sala de espera y ahí habló con el doctor Nefi. Anya aceptó una taza de té relajante que le ofreció una enfermera y se sentó en uno de los sillones. Su espada se encontraba sobre una de las pequeñas mesas, ni siquiera recordaba cuándo la había dejado ahí. La tomó por la empuñadura y lentamente la fue desenvainado. La sangre del agresor aún se encontraba sobre su filosa hoja. Sintió un odio descomunal contra ese sujeto. Casi había logrado asesinar a Dina y también había intentado matarla a ella.

Sujetó la espada con fuerza y volvió a envainarla. El maestro Zing se sentó a su lado.

—Platícame todo lo que sucedió y dime por qué no pidieron ayuda para atrapar al intruso.

Anya le relató todo lo sucedido desde el momento que habían encontrado a los gatos hasta que habían decidido emboscar al intruso.

—Fui una estúpida. No pude advertirle a Dina que el sujeto sabía utilizar la magia para atacarla.

—Tu error fue tratar de atraparlo sin pedir nuestra ayuda —le dijo el maestro—. Habíamos acordado que llamarían a la guardia en caso de cualquier incidente.

Anya no sabía cómo disculparse.

—Fue exceso de confianza. Dina me presentó el plan y yo pensé que se trataba de un atacante ordinario. Ambas somos expertas en la lucha con la espada, no vi en qué forma un solo atacante podía derrotarnos a las dos. Dina conoce el templo a la perfección y yo pensé que el plan era lógico.

—Para cazar a estos brujos vas a tener que aprender a acecharlos —dijo el maestro Zing—. Éste que los atacó sabía perfectamente cómo hacerles daño y lo hizo, pero estoy seguro de que no era uno de los líderes. Esos brujos son extremadamente peligrosos.

El maestro Zing le relató lo que habían hecho con los dos cuerpos en el templo de la ciudad capital en el viejo continente.

—Eso es completamente irracional —dijo ella horrorizada—. Es monstruoso. ¿Cómo puede un ser humano hacer algo así?

—Hace mucho que esos brujos dejaron de ser humanos. Ésa es la naturaleza del poder. Aunque parezcan seres humanos, te aseguro que ya no lo son.

—¿Y entonces qué son?

—El conocimiento transforma nuestra conciencia. El espíritu toma nuevas formas cuando se adquiere el conocimiento de la magia compleja.

El maestro Zing le explicó también que estos seres eran transformados lentamente en demonios por acción de su propio intento a medida que iban dañando a los demás.

—El libre albedrío no significa que podamos dañar a los demás —dijo el maestro—. Los crímenes contra los demás son castigados por el principio fundamental de acción–reacción. La conciencia nos fue otorgada para evolucionar. Para crear y no para destruir. El que destruye tiene que pagar el precio por sus acciones.

—¿Entonces estos brujos no mueren?

—El momento y la manera en que muere un ser humano determina el sitio a donde se desplaza su conciencia, que ha sido liberada después de su experiencia en este plano —explicó el maestro—. Un ser humano que ha expandido su conciencia llega a los niveles superiores del reino de Xibalba y no al mundo intermedio como un ser humano común. Estos brujos no pueden entrar a estos niveles superiores debido a sus crímenes y tampoco reciben una nueva oportunidad de volver en el mundo intermedio. Ellos son condenados de inmediato a la segunda muerte en un nivel tan profundo de existencia que solamente puede ser alcanzado desde el nivel inferior del reino de Xibalba, pero primero es necesario atraparlos.

Anya escuchó al maestro Zing. No podía concebir que existiera ese grado de maldad.

—¿Cómo es posible que esos seres tan malvados existan en nuestro mundo?

—¿Realmente quieres conocer el porqué?

—Sí, realmente quisiera saber.

—Nuestro mundo se encuentra en uno de los niveles más densos de la existencia para la conciencia. El sufrimiento que se experimenta aquí es casi inconcebible en cualquiera de los planos superiores.

—No entiendo. ¿Quiere decir que nuestro mundo es parecido a ése que llaman el infierno?

—Es similar en algunos aspectos —respondió el maestro Zing—. La materia densa está sujeta a leyes que provocan experiencias sumamente traumáticas como la muerte física. Nada provoca más dolor en este mundo que la pérdida de un ser querido.

Anya no podía estar más de acuerdo después de lo que había vivido esa noche. Había sido una experiencia verdaderamente espantosa en términos de sufrimiento.

—¿Por qué sufrimos los seres humanos de esa manera? ¿Por qué tenemos que enfrentar la muerte?

—Nuestra existencia en este mundo es sumamente compleja. La conciencia realiza un enorme sacrificio para traer vida al planeta en su propósito de crecer y evolucionar. Desgraciadamente, una conciencia inmadura no siempre respeta el milagro que la vida significa. La máxima enseñanza de este plano para un ser humano es la de valorar la vida. La vida es todo lo que poseemos en este mundo y esa vida significa la oportunidad de expandir nuestra conciencia para dejar de sufrir al morir y al ver morir a los seres amados.

—¿Entonces el sufrimiento no termina hasta que somos capaces de expandir nuestra conciencia?

—Ésa es la ley que nos rige en este plano de existencia. Es la ley del kin, la ley que gobierna el flujo y el contraflujo de la energía creadora. Recuerda que la única constante que existe en el universo es la evolución producida por el incesante intercambio de energía. Ése es el propósito de la

existencia y por esta razón fuimos diseñados así. Cuando
una conciencia no identifica su sendero de destino y logra
evolucionar, entonces repite el ciclo de vida y muerte sufriendo una vez más todas las experiencias traumáticas de
este mundo sin saber si va a tener otra oportunidad más o
si está viviendo su última vida antes de ser reabsorbida para
siempre por la conciencia del gran campo creador.

Anya confirmó la importancia que tenía el seguir
el camino del conocimiento y buscar la evolución de su
conciencia.

—¿Qué hubiera sucedido con Dina de haber muerto
esta noche?

—Su conciencia expandida la hubiera transformado en
un ser muy especial —dijo el maestro Zing con una sonrisa
en la boca—. Dina identificó el sendero de su destino desde
hace muchos años y desde entonces ha luchado fielmente y
sin descanso para crecer espiritualmente. La conciencia de
Dina ha cambiado gracias a su determinación por alcanzar
el conocimiento.

—¿Un ser especial? ¿A qué se refiere con eso,
maestro?

—Cuando un ser iluminado es asesinado por un demonio en este mundo, su espíritu se desplaza al nivel más alto
del reino de Xibalba, donde es transformado en un ser de
luz divina cuya función por miles de años es atrapar a estos
demonios y encerrarlos en el infierno hasta que cumplan su
condena y sufran la segunda muerte. Un demonio de éstos
no tiene la más mínima oportunidad de vencer a un ser de
luz divina.

—¿Y estos brujos oscuros lo saben?

—Por supuesto que lo saben. Por eso siempre están
huyendo en vez de enfrentarnos. El brujo que las atacó lo
hizo porque no tenía otra opción. Ustedes lo iban a atrapar
e iba a ser juzgado por sus crímenes. No tenía escapatoria.

Ya lo habían vencido en combate, su única alternativa era usar su magia para acabar con ustedes y huir. —El maestro Zing miró a Anya fijamente y le dijo—: Los peligros para los hombres de conocimiento son mucho mayores que para un ser humano común. Los brujos de la Orden de los Doce seguirán asesinando seres humanos si no los destruimos. Su propósito es sembrar odio y destrucción entre la gente para saturar de esta forma la conciencia colectiva de la especie. Tú y tus compañeros no pueden enfrentarlos directamente, estos brujos podrían atraparlos y no serían tan estúpidos para matarlos, sino que les podrían hacer cosas peores.

Anya no quiso imaginar de lo que serían capaces.

—¿Por qué vino ese brujo al templo esta noche?

—Sus intenciones ahora se han revelado. Estaba buscando el lugar donde el Gran Concejo guarda las tablas del conocimiento.

—¿Las tablas escritas en el alfabeto sagrado?

—Así es.

—Pensé que nadie excepto ustedes sabían leer ese alfabeto.

—La Orden de los Doce no tiene el conocimiento para leer el alfabeto completo, pero con las tablas podrían empezar a descifrarlo. Los antiguos textos dicen que en algún tiempo ellos tuvieron acceso a este conocimiento. Quizá podrían lograrlo, tendrían cientos de años para hacerlo.

—¿Qué vamos a hacer ahora?

—Vamos a reunir a todos los miembros del Concejo para capturar a los líderes de la orden. Ésa es ahora nuestra prioridad.

Anya recordó que solamente una vez había visto a todos los miembros del Gran Concejo reunidos y no pudo evitar preguntarle al maestro dónde se encontraban.

—¿Por qué siempre se hallan ausentes los demás miembros?

—El proyecto para la operación de las pirámides requiere que viajen alrededor de todo el globo. Las pirámides representan el futuro de nuestra civilización y son el único recurso con el que contamos para preservar nuestro conocimiento

—¿Podría hablarme más sobre ese proyecto? ¿Qué función tienen esas pirámides tan impresionantes?

El maestro Zing hizo una pausa como buscando las palabras correctas y finalmente dijo:

—Hace siglos el Concejo descubrió que la verdadera naturaleza del gran campo supremo se asemejaba a un infinito tejido multidimensional que transmite el flujo de energía que crea la realidad que percibimos. Esta estructura de la realidad nos es revelada a los seres humanos en forma de una interacción entre el espacio y el tiempo continuo, pero al comprender que dicho tejido está formado por múltiples capas o dimensiones en donde el tiempo se mueve a distintas velocidades, entonces pudimos darnos cuenta de que tanto el pasado como el futuro podían ser alterados. Para lograrlo basta descubrir la forma de acceder a estas otras capas del tejido dimensional y entrelazar nuestra conciencia a una corriente de flujo más rápida que la de nuestra realidad cotidiana. Esto nos permitiría viajar a cualquier instante en el espacio–tiempo de nuestra realidad y podríamos ser capaces de visualizar el remoto pasado así como el futuro de nuestro mundo y del universo mismo.

”El conocimiento al que podríamos acceder de esta forma es infinitamente grande y en términos concretos nos ayudaría a comprender los mecanismos del universo que rigen sobre la evolución de los seres vivos. Con este conocimiento podríamos ayudar a toda nuestra especie a alcanzar su completa evolución de una forma más rápida y sin el riesgo de fracasar en este gran logro. Desde ese entonces, el Gran Concejo inició la investigación del mayor flujo de energía que conocemos para comprender la forma en que éste era acelerado en las otras capas del tejido dimensional.

—¿Cuál es ese flujo? —preguntó Anya.

—El flujo de energía de nuestro Sol, por supuesto. Al estudiar la propagación del flujo de la energía solar, el Gran Concejo descubrió el mecanismo por medio del cual este flujo resuena con la estructura del tejido dimensional del gran campo supremo y crea nuestra realidad. Fue entonces que comprendió que las formas cónicas y piramidales eran ideales para amplificar diversas frecuencias de este flujo, hasta el punto en que eran capaces de crear una abertura entre las capas de este tejido de la realidad, haciendo posible el viaje temporal a través de las diferentes dimensiones.

—¿Qué significa eso, maestro? No lo comprendo.

—Significa que al fin hemos alcanzado la apertura necesaria en el tejido del gran campo supremo para que le sea posible al ser humano enlazar las corrientes de energía del universo pertenecientes a dimensiones diferentes a la nuestra, por medio de las cuales es posible viajar a cualquier instante en el espacio–tiempo.

"Comprender este hecho revolucionó la ciencia y las implicaciones del descubrimiento casi llevaron a una separación entre las cuatro grandes casas del conocimiento. Con este nuevo conocimiento, el ser humano era capaz de alterar el pasado y el futuro de la humanidad misma, así que los cuatro concejos de las casas del conocimiento se reunieron para decidir si la construcción de este tipo de tecnología debía ser permitida.

Anya escuchaba con atención y no podía dar crédito a lo que escuchaba.

—¿O sea que viajar en el tiempo es posible?

—Es posible. Pero las pirámides no fueron construidas con ese propósito. Los concejos de las grandes casas decidieron que la continuidad del espacio–tiempo no sería alterada, sólo bajo esta condición se realizaría el proyecto de construcción de la nueva tecnología.

—Entonces, ¿cuál es el propósito de su construcción?

—Las pirámides pueden hacer una apertura en el gran campo supremo al acumular enormes cantidades de energía por medio de la resonancia de frecuencia a la que se propaga la luz solar. Esto produce el acceso a corrientes de flujo de energía a las que un ser humano puede enlazarse para expandir su conciencia y lograr su evolución en un tiempo muy corto. Las pirámides pueden enlazar nuestra conciencia con la conciencia suprema de nuestro Sol y las estrellas distantes. Así, un ser humano alcanza estados de energía que le permiten por medio de su intento modificar su estructura genética y alcanzar el máximo grado de evolución posible para la especie. Esta tecnología fue creada para lograr que un número mayor de seres humanos pueda expandir su conciencia, con la intención de alcanzar la cantidad de masa crítica que expanda nuestra conciencia colectiva y libere a toda la humanidad de su estado primitivo.

—Pero, ¿por qué tomaron los concejos de las casas del conocimiento la decisión de alterar el ritmo natural de nuestra evolución?

—Ésa fue la decisión más difícil que jamás se haya tomado. Y sólo después de que conocimos el futuro de la humanidad fue necesario asumirla. Durante los próximos trece mil años la órbita oscura envolverá al planeta y el Gran Concejo presenció la forma en que se desarrollará el futuro de nuestra especie. Antes de la llegada del amanecer estelar, la civilización humana perderá por completo el interés en la evolución espiritual y se entregará desmedidamente a la destrucción de sí misma y del medio ambiente, poniendo en riesgo hasta el planeta mismo. Los científicos de su tiempo descubrirán formas de desintegración de la materia que utilizarán para crear armas de destrucción masiva jamás vistas, con el propósito de destruirse unos a otros por ambiciones políticas y el control de los recursos naturales. Las aguas y la atmósfera del planeta serán envenenadas con combustibles fósiles tóxicos para el ambiente, dañando y matando todo tipo de especies animales y vegetales sin escrúpulo alguno. La población crecerá fuera de control y el mal surgirá como nunca antes en nuestra historia conocida. Es un escenario aterrador para el equilibrio de nuestro planeta. Sin embargo, el capítulo final de la humanidad antes de la llegada del amanecer estelar se decidirá aquí, en Atlantis, en nuestro espacio–tiempo.

Anya se encontraba verdaderamente asombrada con lo que escuchaba y quiso seguir haciendo más preguntas, pero el maestro Zing le ordenó que se fuera a descansar. Había sido una noche muy larga para ella. Cuando finalmente llegó a su habitación, estaba a punto de amanecer y cayó rendida sobre su cama.

Se despertó de nuevo casi al caer la tarde y se dirigió de inmediato a ver a Dina. Para su sorpresa, Oren y Dandu ya se encontraban ahí con la concejal Anthea y el maestro Zing.

Oren y Dandu le dieron un afectuoso abrazo al verla. Anya notó el vendaje en su brazo.

—¿Qué te pasó?

—Una herida de espada. Nada grave.

—Nunca me imaginé de lo que son capaces estos brujos —dijo Anya.

—Vamos a tener que prepararnos mejor para enfrentarlos —respondió Oren.

La concejal Anthea estaba hablando con el doctor Nefi mientras ellos y el maestro Zing esperaban a que Dina recobrara el conocimiento. Anya se acercó al maestro:

—¿Por qué no despierta? Ya estoy empezando a preocuparme de nuevo.

—No hay nada de qué preocuparse —dijo el maestro—. Dina se encuentra perfectamente bien, pero su conciencia realizó un salto hacia los niveles superiores. Le va a tomar un poco de tiempo regresar y habituarse a su vida diaria en este plano.

—No entiendo —dijo Anya—. ¿Qué le sucede?

—Su conciencia está absorbiendo mucho conocimiento con esta experiencia tan cercana a la muerte. Cuando regrese, no va a ser la misma Dina que conocías. Va a ser muy diferente.

—¿Su conciencia cambió?

—Es un efecto secundario de un suceso tan traumático —respondió el maestro—. Pero ya te dije que no tienes nada de qué preocuparte. Simplemente deja que despierte y tú misma te darás cuenta del cambio que sufrió.

—¿Qué sucede? —le preguntó Oren a Anya.

—Nada serio —respondió ella—. Parece ser que Dina va a tener muchas cosas que enseñarnos ahora que recupere el conocimiento.

Capítulo 38

El intercomunicador del escritorio empezó a parpadear con su tenue luz roja y William Sherman tomó el teléfono. Era el jefe del equipo que había contratado para realizar una importante misión en la recién devastada ciudad de Los Ángeles.

—El viento empezó a soplar en la ciudad —dijo la voz en el teléfono.

—Bien —respondió Sherman y cortó la comunicación.

Eran las once de la mañana y estaba a punto de empezar la reunión con el grupo de los ocho. El intercomunicador volvió a sonar mientras Sherman observaba el nuevo cuadro que había colgado en el lugar donde anteriormente se encontraba el retrato de su padre. Tomó el teléfono otra vez.

—Señor Sherman —dijo su secretaria—, el profesor Mayer acaba de llegar al edificio. ¿Lo hago pasar?

—No. Que un equipo de seguridad lo lleve a la sala de reuniones y que espere ahí.

—Muy bien, señor. Le informaré al director de seguridad.

Sherman regresó a su lujosa habitación, se miró en el espejo y se acomodó la corbata. Fue a su escritorio y revisó los informes sobre la compra de las primeras centrales productoras de electricidad del país. Ahora la World Oil Corporation controlaba noventa por ciento del mercado de la energía eléctrica de la nación. La transacción había sido un éxito rotundo para la corporación. Había obtenido las acciones a menos de sesenta por ciento de su valor real gracias a los sobornos que Sherman había pagado a los líderes de los sindicatos mineros para que emplazaran a huelga.

Ahora todos regresarían a trabajar y sus acciones se recuperarían en un par de meses, incrementando aún más su enorme fortuna y fortaleciendo su imperio energético, que abarcaba el mercado de la mayor economía del mundo. Sólo era cuestión de tiempo para que sus planes se concretaran. La llamada que había recibido hacía unos minutos despejaba toda duda: al fin había salido victorioso. Dentro de unos días tendría el control absoluto de la mayor fuerza militar del planeta. Sus enemigos ahora iban a postrarse ante sus pies.

Caminó hasta el elevador privado de su departamento e insertó la tarjeta de seguridad que le daba acceso. Fue al último piso, donde se encontraba la sala de reuniones del grupo de los ocho. Escuchó el ruido de las animosas conversaciones de los demás miembros, y el general Thompson lo recibió para acompañarlo hasta su lugar.

—El día de hoy se ha consolidado el poder que la corporación ha de ejercer sobre la economía y los recursos de este planeta —dijo Sherman con firmeza—. La corporación ha adquirido la absoluta mayoría de las empresas que controlan el mercado energético de la economía más grande y poderosa del mundo. Dentro de unos días, con la caída del presidente de este país, nuestro poder abarcará el control del ejército más fuerte y avanzado que la civilización ha conocido.

Las voces en la sala no se hicieron esperar. El general Thompson había sido tomado por sorpresa, al igual que los otros miembros, con la última declaración de Sherman sobre la caída del jefe de la actual administración. Uno de los miembros, de origen oriental, tomó la palabra.

—¿Cómo puede estar hablando de la consolidación de los mercados energéticos cuando el mundo está experimentando serias catástrofes naturales? Eso no estaba previsto en el informe sobre la transición climática. ¿Qué significan esos desastres para nuestro proyecto?

Sherman lo miró fijamente.

—Es de esperarse que nuestro mundo sufra este tipo de desastres y millones de personas perezcan —dijo Sherman tranquilamente—. Eso estaba previsto. Ustedes lo sabían. Pensamos que sucedería en un par de años debido al aumento en el nivel de los mares, pero resultó en un par de meses debido a algunos temblores. ¡Qué más da! Lo importante es consolidar nuestro dominio. Ahora controlamos la electricidad del país, en unos días tendremos absoluto control sobre el ejército. Con esa fuerza aseguraremos las mayores reservas de petróleo del mundo y con nuestra tecnología de perforación profunda todo el petróleo será nuestro. ¿Quién se atreverá a enfrentarnos?

—Científicos de todo el mundo están haciendo alarmantes declaraciones sobre un posible colapso global de la civilización debido al calentamiento de los polos —dijo el mismo hombre—. Están advirtiendo que el eje de rotación del planeta se alteró cuando se produjeron los terremotos. Hay millones de muertos y los mercados financieros se están colapsando. ¡Hay pánico alrededor del globo!

Toda la sala estalló en murmullos y preguntas sobre la condición actual de los mercados y las pérdidas que estaban sufriendo. Sherman tomó la palabra de nuevo.

—La tormenta del cambio climático alcanzó nuestra civilización. Hace meses que sabíamos que los mercados entrarían en la más severa crisis de su historia, eso no es nada nuevo. Nuestra corporación posee la energía, y los medios para explotarla. En unos días tendremos al ejército para protegerla. ¿Qué demonios más quieren? ¿Que baje un ángel del cielo y detenga los desastres? ¿De qué se están alarmando? Sabíamos que el dióxido de carbono estaba calentando la atmósfera. Todas sus fortunas las lograron con base en la economía petrolera. Quizá perdamos parte de nuestra riqueza los próximos años, pero a cambio de eso seremos los dueños del futuro. Todas las demás corporaciones no sobrevivirán cuando la población deje de interesarse por sus productos. Pero nosotros tenemos la energía. La energía es necesaria para el transporte de bienes y hasta para llevar el agua hasta las poblaciones. ¿No lo comprenden? La civilización jamás podrá existir sin la energía.

—¿Cómo sabemos que no ocurrirá un cataclismo global que acabe también con nosotros? —preguntó otro miembro del grupo.

—Los científicos llevan décadas diciendo que el mundo se va a acabar —respondió Sherman—. Que un cometa va a chocar con nosotros o que el súper volcán de Yellowstone va a hacer erupción. Si hubiera escuchado sus predicciones, haría mucho tiempo que estaría en la ruina económica. La civilización va a continuar y va a seguir consumiendo energía. Si alguno de ustedes desea salir corriendo, que lo haga ahora mismo. Estoy en posición de comprar hasta la última de sus acciones.

La sala se inundó de un silencio sepulcral. Todos sabían que, sea lo que fuere lo que se avecinaba, estarían mejor si permanecían del lado del grupo de los ocho y la corporación a la cabeza. Sherman miró a todos y cada uno de los miembros y dijo:

—He traído al profesor Mayer de nuevo para que nos explique lo que está sucediendo.

El profesor Mayer se levantó de su lugar y se paró al lado de William Sherman.

—Es posible que ocurran mayores desastres geológicos en los próximos meses —dijo el profesor solemnemente—. No existe forma de predecir cuándo o dónde se originarán. Es un hecho que el eje terrestre ha estado inclinándose durante los temblores pero esto puede tratarse de un efecto colateral de las fuerzas de desplazamiento de las placas tectónicas. Nadie sabe si el eje terrestre esté sufriendo un desequilibrio y pueda realizar un movimiento abrupto que produzca un cataclismo de alcance global. Los datos que tenemos hasta ahora solamente indican una remota posibilidad de que eso suceda.

—Es suficiente —dijo Sherman indicándole a Mayer que se sentara de nuevo—. En unos días tomaremos el absoluto control del ejército y estaremos alertas sobre los cambios que se originen en los mercados mundiales. Cuando los mercados empiecen a colapsarse, retiraremos toda la venta de petróleo del mercado para presionar a los gobiernos a seguir nuestras órdenes. Así es como daremos inicio a nuestro plan para el realineamiento del orden global.

Sherman dio por terminada la reunión y los miembros se retiraron de mala gana, temerosos de las consecuencias de los desastres naturales. Mayer estaba a punto de retirarse pero Sherman le ordenó que se quedara. El general Thompson esperó a que los demás salieran y se acercó a él.

—¿A qué te refieres con que en unos días caerá el jefe de la actual administración? —le preguntó el general a Sherman.

—¿Pensaste que iba a esperar más tiempo a que solucionaras tú el problema? Ya todo está solucionado. Ya no tengo que lamentarme de tu incompetencia.

—¿Podrías explicarme qué quieres decir? —volvió a preguntar el general.

—El presidente está enfermo de muerte y ni siquiera lo sabe —dijo Sherman sonriendo—. Cuando finalmente se entere, será demasiado tarde para él.

Mayer y el general Thompson se miraron entre ellos.

—Me parece que no te entendemos, William —le respondió el general Thompson—. ¿Nos puedes explicar exactamente qué sucede?

—No es necesario que lo sepan ahora —respondió Sherman tajantemente—. En unos días podremos dar inicio a nuestro plan cuando nuestro hombre tome el control de la Casa Blanca. Eso es todo lo que necesitan saber por ahora.

El general Thompson miraba fijamente a Sherman pero no se atrevía a decir nada. Finalmente se dirigió a él:

—Espero que no hayas hecho uso del agente gris para solucionar el problema.

El profesor Mayer lo escuchó y su respiración se agitó al tiempo que su ritmo cardiaco aumentaba. Lo último que esperaba escuchar en esa reunión era una locura de ese calibre. Sherman guardaba silencio y caminó alrededor de la enorme mesa para sentarse en su silla.

—¿Por qué esa repentina preocupación, Raymond? Por la forma en que actúas, me parece que estás dudando del éxito de nuestro proyecto, al igual que los demás. ¿Acaso quieres salir corriendo también? —Sherman hizo una pausa para enfrentar al general Thompson, cuyo semblante se había tornado mucho más serio de lo que normalmente mostraba—. El momento de la verdad ha llegado. No estás aquí para cuestionar mis órdenes. ¿No te enseñaron eso en el ejército? Tienes tus órdenes y vas a seguirlas al pie de la letra, ¿me entendiste? No te atrevas a decepcionarme.

El general Thompson no se atrevía a cuestionar a Sherman de nuevo, pues conocía su carácter y sabía lo que eso podía ocasionar. De todas formas Sherman se estaba negando a revelar sus métodos y no había forma alguna de presionarlo. El profesor Mayer se ponía cada vez más nervioso.

—El general tiene razón en estar preocupado —dijo Mayer casi contra su voluntad—. El agente gris es una bacteria experimental sumamente peligrosa que podría acabar con la humanidad entera si es liberada en el ambiente de forma no controlada.

Sherman giró su silla para encarar al profesor Mayer.

—¿A qué se refiere con eso, Mayer? —exclamó Sherman desafiante—. Todo nuestro arsenal biológico cuenta con vacunas efectivas para ser contrarrestado. ¿No es así? ¿Qué es esa estupidez de acabar con la humanidad entera?

Mayer se mostraba sumamente nervioso y titubeaba porque no podía encontrar las palabras para explicarse. Finalmente se decidió a hablar:

—El agente gris no es una bacteria común de la naturaleza. Se trata de una cepa modificada genéticamente con un proceso que desarrolló el régimen soviético durante la guerra fría.

—Explíquese bien, profesor —le ordenó Sherman—. ¿A dónde quiere llegar con todo esto?

—Es un proceso complejo pero trataré de explicárselo. A una bacteria infecciosa no mortal que provocaba solamente fiebres e infecciones intestinales severas, los soviéticos le añadieron un gen responsable de la producción de una lipoproteína llamada mielina. Esta lipoproteína es responsable de la transmisión de los impulsos eléctricos de las células en todos los organismos. Las células del cuerpo se multiplican a través de la comunicación que establecen por medio de estos impulsos eléctricos. La bacteria original no poseía la capacidad de contagiarse de persona a persona, sino que debía ser ingerida para provocar una infección. Esto no les servía para llevar a cabo sus planes de contagio, así que los soviéticos pensaron que este gen permitiría a la bacteria multiplicarse más rápido hasta que mutara para volverse contagiosa de persona a persona. El gen añadido solamente debía acelerar su proceso de mutación natural.

"El propósito no era matar al enemigo, sino inutilizar a todo su ejército por semanas, pues contraería este tipo de infección que inhabilita a los soldados para pelear. De esa forma su ejército ganaría las guerras sin necesidad de destruir al otro país o usar armas nucleares. El plan era perfecto, sólo necesitaban crear el agente indicado para la tarea. De esa forma planeaban desarticular subversiones en la población, derrocar regímenes enemigos en países estratégicos o incluso atacar al ejército de Estados Unidos y a los miembros de la OTAN.

—Conozco perfectamente la ideología de los soviéticos pero eso no me interesa. ¿Por qué no nos explica finalmente cómo actúa este agente biológico? —preguntó William Sherman con impaciencia—. Si se trata de una bacteria que solamente produce fiebres, ¿por qué ahora es mortal? ¡Explíquenos!

—El nuevo gen productor de mielina no tuvo el efecto que deseaban. Cuando los científicos hicieron las primeras pruebas en conejos, ninguno contrajo la infección. Pasaron tres días y no veían efecto alguno que mostrara un proceso infeccioso, esto los desconcertó por completo. Sin embargo, al cuarto día los conejos infectados empezaron a enfermar, pero no de fiebres ni infecciones intestinales. Los conejos empezaron a sufrir muertes fulminantes debido a parálisis cerebral y a una parálisis completa del sistema nervioso central. Eso no estaba planeado, los conejos solamente debían enfermar por unos días y transmitir la enfermedad a otros no infectados, pero en vez de eso estaban sufriendo de convulsiones violentas que producían muertes fulminantes, y la infección no era transmitida de uno a otro.

—¿Qué fue lo que sucedió? —peguntó el general—. ¿Qué fue lo que crearon esos malditos soviéticos?

—El nuevo gen en la bacteria provocó una reacción totalmente inesperada. El cambio genético provocó que el sistema inmune de los conejos se confundiera y empezara a atacar a las propias células de su cuerpo que producían mielina mientras trataba de combatir a la bacteria mutante agresora. Entonces los conejos comenzaron a sufrir un colapso completo al no poder producir más mielina, y las células dejaron de emitir los impulsos eléctricos necesarios para el funcionamiento de todos los sistemas del cuerpo. Los cerebros de los conejos se paralizaban de inmediato y morían sin remedio. La forma en que esta nueva bacteria confundía al sistema inmune del organismo es tan compleja que se asemeja a los mecanismos que producen enfermedades como la esclerosis múltiple, que es incurable. La parálisis que producía era cien por ciento mortal y no había forma de ser tratada. Los científicos soviéticos probaron cientos de métodos para contrarrestar sus efectos pero ninguno funcionó. El agente gris destruye la capacidad de cualquier organismo para operar sus sistemas de soporte vital.

—¡Malditos soviéticos! —exclamó el general Thompson—. ¡Seguro que planeaban lanzar ese agente contra toda Norteamérica!

—Sin duda ésos eran sus planes cuando se dieron cuenta del arma mortal que poseían —dijo Mayer—. Pero pronto se dieron cuenta de que esta bacteria no se comportaba de manera normal durante los experimentos. Su capacidad de mutación era extraordinariamente rápida y prácticamente impredecible, era un verdadero peligro hasta para ellos mismos. Su método de alteración genética había producido una quimera, una aberración biológica que provoca la muerte de una forma espantosa.

»Los soviéticos hicieron pruebas con decenas de antibióticos para probar su resistencia y encontraron que la bacteria se modificaba a sí misma para adaptarse y al cabo de pocos días se volvía resistente a cualquier tipo de medicina conocida. Esto arruinó sus planes de dominación por completo, pues no contaban con un medio efectivo para controlarla en caso de producirse un brote epidémico. Después de años de inútiles intentos para producir una vacuna o tratamiento efectivo, simplemente se rindieron. La nueva bacteria era demasiado peligrosa. Usarla contra la población representaba un suicidio, por lo tanto decidieron abandonar el proyecto y el agente gris se guardó bajo el máximo secreto de estado.

William Sherman se paró de su silla con violencia.

—¡Qué estupidez es ésta! —le gritó Sherman golpeando la mesa con los puños—. Todo nuestro arsenal bacteriológico cuenta con una vacuna efectiva. ¿Por qué dice que los soviéticos abandonaron el proyecto del agente gris? Usted mismo fue quien sugirió la compra de esa bacteria. Alegó que su tasa de mortalidad era del cien por ciento y que también obtendríamos una vacuna segura contra ella.

El profesor Mayer estaba tan nervioso que se quedó callado. El general Thompson se le acercó y lo cuestionó.

—Eso es cierto —le dijo—. En la última reunión nos dijo que había producido suficiente vacuna y que sólo era efectiva si se administraba antes de veinticuatro horas de producirse el contagio. Aclárenos bien lo que está diciendo. ¿Quién desarrolló la vacuna y por qué los soviéticos no pudieron lograrlo?

—La vacuna fue desarrollada años después de la caída del régimen por los dos científicos disidentes que nos la vendieron —dijo Mayer nerviosamente—. Los soviéticos nunca se enteraron de su existencia. De hecho el agente gris fue robado de su arsenal. Por eso la transacción de compra fue ejecutada bajo el mayor de los secretos.

—Lo recuerdo bien —intervino Sherman—. Usted mismo llevó a cabo la compra que me costó varios millones de dólares, sin contar todo lo que he invertido en su posterior estudio. Pero dígame la verdad, profesor, ¿contamos con una vacuna efectiva en caso de que decida usar el agente gris?

Mayer se ponía cada vez más nervioso y no sabía qué responder mientras William Sherman lo taladraba con la mirada.

—Así es —mintió Mayer finalmente—. Contamos con una vacuna efectiva, pero lo que usted no comprende es que una vez liberado el agente gris debe ser eliminado por completo para no correr ningún riesgo. De otro modo podría mutar rápidamente y volverse resistente a la vacuna. De hecho, con las características que cuenta esa bacteria, eso es exactamente lo que sucedería.

Mayer lo sabía porque ya lo había comprobado en el laboratorio y también sabía que la vacuna con la que contaban ya no garantizaba absolutamente ninguna protección efectiva.

—¡Maldito imbécil! —explotó Sherman—. ¿A qué demonios se refiere con eso? ¿A que poseemos un arma mortal totalmente indetectable y que no la podemos usar como les sucedió a los malditos soviéticos?

El general Thompson intervino:

—Obtuvimos el agente gris para usarlo como arma estratégica en un ambiente controlado contra los estados terroristas. Recuerdo bien que eso fue lo que propuso el profesor Mayer cuando decidimos adquirirlo, y nos advirtió del peligro que significa liberar ese tipo de microorganismos en la naturaleza.

—Así es —repuso Mayer—. Por eso convinimos en que sólo yo tendría acceso a esa bacteria experimental. El agente gris se encuentra guardado en una bóveda de seguridad inviolable. Su uso debe ser extremadamente planificado y controlado para evitar una catástrofe.

—No sea estúpido, Mayer —dijo Sherman—. Todos los códigos de seguridad de las bóvedas son operados por la computadora central, y desde ahí son dirigidos a un archivo que guardo yo personalmente. Sólo yo poseo absoluto control de mi corporación. Nadie más decide sobre el uso de nuestras tecnologías. No piense ni por un momento que usted controla nuestros proyectos. La maldita vacuna que poseemos es efectiva, eso lo sé. Yo mismo revisé los resultados de los informes de inmunología. Todo el equipo de investigación los aprobó, no sólo usted.

Mayer se sentó en una de las sillas y tomó un poco de agua. Sus manos estaban temblando tanto que casi no podía sostener el vaso. El general Thompson se sentó también mientras William Sherman los observaba con atención. Ahora sabía perfectamente que no podía confiar en ninguno de los dos.

Tanto Mayer como el general Thompson se preguntaban si Sherman había hecho uso del agente gris y en caso afirmativo cuáles serían las consecuencias. El profesor Mayer sabía que los primeros resultados con la vacuna habían sido realmente efectivos. El equipo científico se convenció de su efectividad y los habían firmado junto con él. Después, con el tiempo, la bacteria se había vuelto resistente, tal como los soviéticos le habían advertido que sucedería, y había tenido que falsificar las pruebas posteriores. Esto nadie lo había notado pues las cámaras de seguridad sólo vigilaban la entrada del laboratorio. Nadie tenía acceso visual a los secretos que la corporación guardaba y él había aprovechado esto en su favor. Todo lo que había tenido que hacer fue, durante las noches, cuando todos se iban, reemplazar los conejos infectados, condenados a morir irremediablemente, con conejos sanos que inyectaba sólo con la vacuna y no con el agente infeccioso. Entonces las pruebas de sangre siempre mostraban anticuerpos formándose y los conejos sobrevivían. Había urdido el engaño perfecto y nadie podía darse cuenta. Sin embargo, ahora se encontraba ante una situación totalmente inesperada por la posibilidad de la liberación de la bacteria. Los millones de dólares que había recibido para la compra del agente gris no habían ido a parar a manos de los científicos disidentes, sino a las suyas propias. A los dos científicos les había pagado sólo un millón de dólares por la cepa; dado que ellos sabían que no contaban con una vacuna efectiva, accedieron de inmediato a venderlo. Estos científicos del extinto régimen soviético nunca habían visto tanto dinero junto en sus vidas y aprovecharon la oportunidad de hacerse fácilmente de una fortuna. Además, se deshicieron de un arma biológica robada que era incontrolable e impredecible.

William Sherman se paró de la mesa y le ordenó al general Thompson reunir el equipo de seguridad para dirigirse al helipuerto. El general se retiró y Sherman se dirigió al profesor Mayer.

—Diríjase de inmediato a los laboratorios de la corporación. Vamos a reunir a todo el equipo científico para probar nuevamente la efectividad de la vacuna. Vamos a llegar hasta el fondo de este asunto, eso se lo aseguro.

Mayer abandonó la sala de reuniones, oprimió el botón del elevador y se dio cuenta de que sus manos seguían temblando incontrolablemente. Sherman iba a efectuar las pruebas con la vacuna en unos días y no había forma de impedirlo. La puerta del elevador se abrió. Mayer presionó el botón que lo llevaría al piso de abajo y en ese instante supo que estaba acabado.

Capítulo 39

Habían transcurrido tres noches desde que la ciudad de Los Ángeles había sido sacudida por el terremoto. Kiara y Shawn seguían refugiándose en el taller mecánico. El hombre de Kiara había mejorado y ya podía mover el brazo izquierdo, pero ahora la situación comenzaba a complicarse. Su reserva de agua se había terminado y Shawn había tenido que ir a buscar más. El supermercado se había convertido en zona de guerra pues decenas de pandilleros habían decidido permanecer ahí y aprovechar la comida que se encontraba almacenada en las bodegas. Los bandos rivales intentaban apoderarse de lo que quedaba y diariamente había enfrentamientos con armas de fuego que producían más muertes violentas. Shawn había desistido de la idea de volver ahí y ahora tenía que recorrer las pequeñas tiendas o gasolineras de la ciudad en busca de agua y algo para comer. Pero todas estas tiendas ya habían sido saqueadas por miles de personas que luchaban por sobrevivir a los primeros días del terremoto.

Kiara se encontraba en el taller buscando un trapo o una toalla con la que pensaba limpiarse el cuerpo. No se había bañado en esos días y la situación era verdaderamente insoportable. Tenía sed, hambre y una desesperación por bañarse y hacer la vida normal a la que estaba acostumbrada.

Recorrió el lugar por enésima vez y no encontró otra cosa que no fueran trapos manchados de grasa y suciedad de las llantas de los vehículos. "Maldita situación —pensó—, no podemos quedarnos aquí por más tiempo. ¿Dónde están los equipos de rescate?"

Volvió al rincón en donde habían estado durmiendo y abrió la última bolsa de papas fritas que les quedaba. Odiaba la comida chatarra y desde hacía tres días no comía nada más. Tomó una de las papas y se la metió a la boca. Su contenido de sal era tan alto que le escaldaba la lengua. Sabía que lo único que lograría era tener más sed y el agua se había terminado. Escupió la papa y aventó la bolsa con desesperación.

Kiara ya no podía llorar. Había agotado absolutamente todas sus lágrimas durante los días que llevaba refugiándose en ese oscuro taller. Ahora sólo existían dos caminos: luchar por sobrevivir o dejarse morir en esa zona de desastre.

Un ruido se escuchó en la entrada y Kiara se puso alerta de inmediato. La puerta del taller se abrió y vio a Shawn cargando una pequeña bolsa en la mano. Sacó una botella de agua de medio galón y se la extendió a Kiara. Ella la abrió con desesperación y comenzó a beber el líquido rápidamente.

—Despacio —le dijo Shawn—. Tenemos que racionarla. Es todo lo que pude encontrar.

—No va a ser suficiente ni para el día de hoy —le dijo Kiara—. No podemos quedarnos aquí sin agua. Mi padre me dijo que cuando uno deja de beber agua, los riñones se secan y se enferman de inmediato. Si nos deshidratamos, nos vamos a enfermar y podemos morir aquí. ¿Por qué no ha venido nadie a rescatarnos?

—Nadie va a venir. Hace unos momentos me encontré con un convoy de sobrevivientes que eran transportados por la guardia nacional. Querían llevarme con ellos pero les expliqué que no podía irme sin ti. Están llevando a las personas heridas hacia campamentos de refugio. Mira lo que me dieron.

Shawn le entregó a Kiara un volante que alertaba a todos los sobrevivientes a dirigirse a los campamentos de refugiados. Las ubicaciones así como los mapas para llegar ahí estaban en el papel.

—Los helicópteros están tirándolos por toda la ciudad —dijo Shawn—. Las calles aún se encuentran intransitables. Por eso no hemos sido rescatados. Los soldados se están ocupando de las personas heridas. Aquellos que aún pueden caminar tienen que valerse por sí mismos. Tenemos que movernos hoy mismo hacia el campamento más cercano.

—El más cercano está como a diez millas de aquí —dijo Kiara, que estaba revisando los mapas—. No tenemos suficiente agua ni sabemos de los peligros que nos esperan ahí afuera. A cada rato se escuchan explosiones y disparos.

—Tenemos que arriesgarnos. Los soldados no van a venir por nosotros. Si nos quedamos aquí más tiempo, vamos a deshidratarnos y seguramente moriremos. ¿Cómo está tu hombro?

—Mejor. Entonces, si no tenemos otra alternativa, será mejor que nos pongamos en marcha.

—Afortunadamente hay un mapa de la ciudad en uno de los directorios telefónicos, nos servirá para orientarnos mejor que ese pequeño diagrama.

Shawn abrazó a Kiara.

—No te preocupes, lo vamos a lograr.

Luego él fue a buscar el mapa y Kiara empezó a hurgar entre las sobras de comida que habían quedado en el carrito de supermercado. Estaba buscando en la basura cuando escuchó un timbre muy familiar. Dejó de moverse y volvió a escuchar. El timbre volvió a sonar. ¡Era el teléfono público que estaba afuera del taller!

Kiara corrió hacia el lugar y descolgó el auricular.

—Hola, hola.

—Hola —dijo la voz en el teléfono—. Habla la operadora de la compañía telefónica. Estamos probando el funcionamiento de las líneas. Algunas líneas se han restablecido.

Deme su nombre. ¿Cómo se encuentra? ¿Hay niños o heridos con usted?

Kiara estaba muy emocionada y comenzó a proporcionar los datos.

—Necesitan dirigirse a un campamento de refugiados —dijo la operadora—. Les voy a proporcionar información sobre el más cercano.

—Ya lo tenemos —dijo Kiara—. Tenemos uno de los volantes que los helicópteros están repartiendo y mi novio habló con personal de la guardia nacional. Nos encontramos bien pero casi no tenemos agua y estamos deshidratados.

—Tienen que llegar al campamento cuanto antes —explicó la operadora—. Allí encontrarán médicos y podrán ser atendidos. No esperen más. Diríjanse hacia allá ahora mismo. Denme algún número de sus familiares para avisarles que se encuentran con vida.

Kiara sacó el papel donde había apuntado el teléfono satelital que su padre le había proporcionado. Desde ese día lo tenía guardado en la bolsa de su pantalón.

—Éste es un teléfono internacional —dijo la operadora—. ¿No tiene otro familiar en el país a quien podamos dar aviso?

—Mi padre se encuentra en un campamento militar en la península de Yucatán —explicó Kiara—. El número es de un teléfono satelital. Por favor, avísenle que estoy con vida.

—No estoy autorizada para marcar esos números —dijo la operadora—. Lo siento mucho.

—Entonces comuníqueme y haga el cargo a mi tarjeta de crédito. ¡Por favor!

La operadora hizo una pausa.

—Espera un momento. Estoy marcando el número.

—Tengo que ir a buscar mi tarjeta —dijo Kiara—. No me cuelgue.

—Olvida la tarjeta. Yo estoy en el centro de reparaciones. Te estoy comunicando sin autorización, pero el sistema tiene un dispositivo que desconecta este tipo de enlaces si no reconoce la autorización. Podrás hablar máximo un minuto o dos, es todo lo que puedo hacer. Espera un momento.

El tono del teléfono cambió y Kiara reconoció el tono de interconexión, el teléfono satelital estaba sonando. Su corazón empezaba a latir frenéticamente.

—Hola —se escuchó una voz femenina al otro lado de la línea.

—Hola, hola. ¿Me escucha? Quiero hablar con el doctor Jensen.

—¿Quién habla?

—Soy Kiara. Soy su hija. Necesito hablar con él.

—¡Kiara! ¿Estás bien? ¿Dónde te encuentras?

—Estoy bien. Estoy en Los Ángeles. Quiero hablar con mi padre, pero rápido, que la llamada se va a desconetar en cualquier momento.

—Soy la doctora Sarah Hayes. Esto es un milagro. Voy a pedir que llamen a tu padre.

Kiara escuchó que Sarah pedía a uno de sus asistentes que llamaran al doctor Jensen.

—¿Te encuentras bien? —preguntó Sarah.

—Me disloqué el hombro, pero estoy bien. Estoy con mi novio. Nos refugiamos en un taller y vamos a dirigirnos hacia un campamento de refugiados. ¿Dónde está mi padre?

—Tu padre está bien —dijo Sarah—. Llegará en cualquier momento. Tienes que llegar al campamento, Kiara. Vamos a enviar a alguien para que te recoja. ¿A qué campamento vas?

Kiara le dio los datos a Sarah sobre el campamento a donde se dirigían.

—Si se corta la llamada, dígale a mi padre que pronto lo veré. Vamos a sobrevivir —dijo Kiara y esperó a que Sarah contestara pero no hubo respuesta.

El tono del teléfono volvió cambiar, la llamada se había desconectado. Ahora no sabía si Sarah había escuchado a qué campamento se dirigía pero al menos su padre sabría que estaba con vida. Colgó el teléfono y le gritó a Shawn, quien salió a la calle y se acercó a ella. Rápidamente le explicó todo.

—No podemos perder más tiempo —dijo él—. El campamento se encuentra a diez millas y ya son las once y media de la mañana. Si logramos caminar dos millas por hora a través de los escombros, tardaremos cinco horas en llegar. No podemos retrasarnos o va a oscurecer y no lo conseguiremos.

Empezaron a caminar y Shawn le indicó a Kiara que debían hacer el menor ruido posible mientras se movían por las calles. Mientras Kiara hablaba por teléfono él había aprovechado el tiempo para dibujar la ruta más corta sobre el mapa con un bolígrafo. Para evitar extraviarse, tenía que contar con exactitud las calles que pasaban pues casi todos los letreros se habían caído con el terremoto.

Shawn estaba usando la calle principal para orientarse, el panorama era desolador y el aire comenzaba a esparcir un olor putrefacto. A lo lejos se veían personas que aun continuaban buscando entre los escombros de los edificios.

—No puedo soportar el olor —se quejó Kiara, que miraba a su alrededor tratando de reconocer el entorno.

—No pienses en eso. Tenemos que seguir adelante.

Kiara se puso un trapo sobre la nariz y siguió caminando atrás de él. Shawn se detenía a cada momento y cambiaba de dirección cuando el paso se encontraba bloqueado. Cientos de vehículos permanecían aún sobre las arruinadas calles y Kiara evitaba acercarse mucho para no ver los cadáveres en descomposición que habían quedado atrapados dentro.

Siguieron caminando por espacio de una hora y Shawn se detuvo de repente.

—Hay unas grietas enormes aquí —advirtió—. Tenemos que buscar otra ruta.

—¿Cuánto hemos avanzado?

—No más de una milla.

—¡Una milla! —Kiara miró su reloj de pulsera—. Ya son más de las doce y media. Vamos muy lento.

—El camino está bloqueado por todas partes. Espérame aquí.

Kiara sacó la botella de agua y bebió un poco. El viento comenzaba a soplar con más fuerza y ella se alegró de que se llevara el horrible olor de putrefacción humana hacia otro lado. Shawn volvió cerca de quince minutos después.

—No podemos rodear. Todas las calles están bloqueadas. Tenemos que pasar a un lado de la grieta.

—Pero eso va a ser muy riesgoso —exclamó Kiara, que había visto las grietas desde lejos.

—No podemos retroceder. O perderemos una hora más y no podremos llegar al campamento con la luz del día.

Empezaron a caminar de nuevo y poco a poco Kiara alcanzó a apreciar la dimensión de la grieta que tenían que atravesar. Todo lo ancho de la calle se había hundido y los edificios del lado derecho se habían inclinado hacia el hundimiento. Del lado izquierdo aún había banqueta pero la grieta se abría enseguida y parecía tener decenas de metros de profundidad. Al acercarse para mirar, el fondo no aparecía. Dos personas que se encontraban sobre un edificio en ruinas los vieron y comenzaron a gritarles y hacer señas de que no se metieran por ahí.

—No podemos pasar por allí —dijo Kiara—. Si se cae la acera, nos vamos a matar.

—No hay otra ruta. O tendríamos que regresar más de la mitad del camino que ya anduvimos.

La grieta tenía más de cien metros de largo y la vista al oscuro precipicio era aterradora. No podían regresar o perderían tiempo valioso. Tampoco regresar al taller era una opción viable. Kiara se encomendó a dios y tomó la mano de Shawn con fuerza.

—Yo te sigo —le dijo.

Shawn le soltó la mano y le dijo que lo mejor era que apoyara ambas manos en las paredes del lado izquierdo caminando de lado, como lo hacen las arañas, y que no mirara hacia abajo. Fueron acercándose a la grieta. El miedo se apoderaba de Kiara conforme empezaban a caminar sobre la angosta acera, apoyando las manos sobre las paredes. Las piernas le temblaban y no podía seguir el paso de Shawn por el terror que sentía de caer al fondo de la grieta. Éste se dio cuenta que ella se estaba quedando atrás.

—Concéntrate, Kiara, y no veas hacia abajo. ¡Tienes que moverte más rápido!

Aún faltaba más de la mitad del camino y las piernas de Kiara no dejaban de temblar. El viento empezaba a soplar con más fuerza y ella estaba a punto de sucumbir ante el pánico. Se detuvo un momento y miró hacia delante. Shawn había avanzado más de veinte metros y le gritaba:

—¡No te detengas! Ya casi lo logramos.

Kiara siguió avanzando pero la acera se hizo más angosta y estaba bloqueada con escombros de los edificios destruidos. Ahora tenía que pisar con mucho cuidado si no quería resbalar. Le faltaban unos treinta metros cuando volteó hacia delante y vio que Shawn ya había cruzado.

La imagen la distrajo por tan solo un segundo y su pie derecho resbaló con un pedazo de ladrillo que estaba sobre la acera. Kiara soltó un grito de terror, cayó sobre su rodilla derecha y perdió el equilibrio.

—¡Cuidado! —gritó Shawn—. Voy a regresar por ti.

Kiara estaba tendida sobre la acera y su brazo izquierdo flotaba sobre el vacío. Tenía mucho miedo de pararse pues no había de dónde sostenerse. Empezó a rezar y a pedirle a dios que la ayudara. Lentamente recogió las piernas y enderezó el cuerpo. La vista a su lado izquierdo era aterradora. No podía distinguir el fondo de la grieta y el viento soplaba amenazando con tirarla.

—¡Agarra mi brazo! —escuchó la voz de Shawn, que le extendía el brazo por encima de su hombro derecho.

Kiara se aferró a él y se levantó con cuidado. Sus pies resbalaron una vez más y Shawn la sujetó con fuerza por el brazo derecho. Esta vez sus dos piernas estaban colgando y Kiara sintió el vacío bajo sus pies.

—¡Ayúdame Shawn! —gritó ella con fuerza, pero su mano resbaló y ahora él tenía que sujetarla con ambos brazos. "Éste es el fin", pensó ella.

Shawn ni siquiera podía hablar por el esfuerzo de sostenerla, y ahora sus pies estaban resbalando poco a poco hacia la grieta.

—¡Suéltame! —le gritó Kiara, pues vio que los dos iban a terminar precipitándose al vacío, y comenzó a sollozar histéricamente.

Shawn seguía resbalando despacio y ahora su pie izquierdo se encontraba a escasos centímetros de caer en la grieta. Kiara lo observó con horror y una energía dentro de sí misma explotó con furia al verse a unos segundos de morir. Entonces contrajo los músculos del abdomen y alzó la pierna derecha para columpiarse produciendo un movimiento que casi desgarra los músculos del brazo de Shawn.

—¿Qué haces? —le gritó Shawn, que también estaba horrorizado y ya no podía sostenerla por más tiempo—. ¡Vas a tirarme!

Kiara volvió a contraer sus músculos con una furia indescriptible y se columpió con toda su fuerza en dirección contraria al brazo de Shawn. Él soltó un grito de dolor al sentir todo su brazo acalambrándose y no pudo sostenerla más. Luego sintió cómo su mano perdía contacto con la muñeca de Kiara.

Shawn se inclinó hacia atrás para apoyarse en la pared con las últimas fuerzas que le quedaban y antes de que pudiera pensar algo, sintió que las dos piernas de Kiara le caían encima y lo derribaban dejándolo en cuclillas.

Kiara había conseguido columpiarse hasta lograr un salto para luego pegarse a la pared como una araña y terminar encima de su adolorido novio. Shawn la sintió encima de él y se aferró de sus piernas con fuerza. Ella seguía como hipnotizada por el esfuerzo y jadeaba como un animal salvaje sin decir una sola palabra.

Shawn se incorporó con cuidado y le hizo señas de caminar detrás de él para alejarse de la grieta. Kiara asintió con la cabeza y empezó a caminar sigilosamente detrás de Shawn. Tras unos minutos, finalmente superó la grieta y los dos fueron a acostarse en la calle.

—Pensé que era el fin.

—Casi me matas del susto —exclamó Shawn—. Poco faltó para que me arracaras el brazo. Dame un poco de agua, por favor.

Shawn y Kiara bebieron un poco de agua y después de unos minutos de descanso continuaron caminando por las calles. Después de tres horas más, habían recorrido apenas seis millas y escucharon el sonido de un helicóptero acercándose.

—El campamento se encuentra cerca —dijo Shawn.

—Son casi las cuatro de la tarde. Nos quedan solamente dos horas más de luz. ¿Cuánto nos falta?

—No estoy seguro. Quizá tres o cuatro millas más.

Kiara sacó la botella de agua, le quedaba sólo un pequeño sorbo.

—Ya no tenemos agua —dijo ella mostrándole la botella.

—Tómate eso —le dijo Shawn—. Tenemos que movernos más rápido.

Los dos reanudaron el camino hasta que encontraron una enorme autopista llena de autos chocados.

—Ya sé dónde estamos —dijo Shawn—. Tenemos que andar una milla por la autopista y después dos millas más por la ciudad y llegaremos.

Kiara tomó fuerzas y empezó a andar rápidamente.

—No mires hacia los lados —le indicó él mientras caminaban evadiendo los autos abandonados con muertos en su interior.

El camino sobre la autopista fue mucho más fácil y de pronto Kiara se dio cuenta de que habían visto muy poca gente en las calles desde que habían salido del taller. Shawn se detuvo para revisar el mapa y Kiara se acercó a él.

—¿Por qué crees que hemos visto tan poca gente en las calles?

—Todos se marcharon hacia los campamentos —dijo Shawn—. Pronto nosotros estaremos ahí, ya verás.

Los dos bajaron de la autopista y siguieron caminando por una calle angosta rumbo al campamento. En esa zona no había edificios grandes, sino solamente pequeñas casas, así que podían moverse más aprisa.

—Nos estamos acercando muy rápido —le dijo Shawn a Kiara.

—Vamos a lograrlo —dijo ella—. Quiero comer algo ya. Mi estómago se queja de hambre desde hace horas.

—Aguanta un poco más.

Conforme caminaban sobre la calle que los llevaría al campamento, empezaron a escuchar ruidos de helicópteros que surcaban los aires. Algunos pasaban por encima de ellos y los dos se alegraban de ver vestigios de orden otra vez.

—¡Allá está el campamento! —Shawn señaló un parque que se encontraba a más de media milla de distancia—. ¡Lo logramos, Kiara! ¡Lo logramos! —gritaba de júbilo.

Kiara sonrió y comenzaron a ver vehículos del ejército, gente entrando y saliendo del campamento.

Llegaron a la entrada, donde había letreros que indicaban las rutas hacia las áreas de enfermería y los refugios para dormir. Decenas de personas caminaban de un lado a otro y nadie les prestaba atención. Shawn identificó unas mesas con garrafones de agua y le hizo señas a Kiara para que lo siguiera. Los dos bebieron hasta saciarse y se tiraron en el suelo a descansar.

Una mujer con uniforme militar y gafete de la cruz roja se les acercó.

—¿Están heridos? ¿Se encuentran bien?

—Estamos bien —dijo Shawn—. Sólo queremos algo de comer.

—¿Cuándo llegaron? —preguntó la mujer.

—Hace dos minutos —le contestó Kiara, que se había sentado sobre el suelo.

—¿Estuvieron allá afuera cuatro días?

—Cuatro largos días —respondió Shawn—. A más de diez millas de aquí.

—Me alegra que lo hayan logrado. Voy a llevarlos al comedor, ahí se encuentra también la sección de registro. Uno de mis asistentes les va a tomar sus datos. Síganme, por favor —dijo la mujer.

Los dos se levantaron y la siguieron a través del campamento. Después de aportar sus datos en el registro, les tomaron la presión, el pulso y les hicieron una revisión rápida. Luego fueron al comedor, donde tomaron un par de charolas para servirse. Kiara le dio gracias a dios de poder probar algún platillo decente después de tantos días comiendo chatarra. Empezó a comer como desesperada y por primera vez en su vida comprendió lo maravilloso que era contar diariamente con un plato de alimento.

La mujer, médico del ejército, se sentó con ellos y les habló de las consecuencias del terremoto. Todo el estado de

California había sido afectado. Todas las grandes ciudades habían sufrido los daños más fuertes y casi veinte por ciento de edificios y calles se encontraba en ruinas. Se estimaba que más de setenta por ciento de la población había sido afectada por el temblor y otra gente había huido de la ciudad, temerosa de que volviera a temblar de nuevo. Los equipos de rescate se concentraban en dar atención a los heridos.

—Esta ciudad fue una de las más afectadas —les explicó la mujer—. Gran parte de la infraestructura de puentes y carreteras se colapsó y otra parte fue dañada por las aguas del océano que se precipitaron contra la costa durante el sismo. Los vehículos casi no pueden circular por las calles, por lo que nos fue imposible salvar a mucha gente. El presidente estuvo en un campamento cercano el mismo día que ocurrió el temblor. Es una de las peores tragedias sufridas en la historia de nuestro país. El estado de California tardará años para recuperarse de este desastre.

Kiara y Shawn escucharon con dolor lo que había sucedido y por fin entendieron por qué nadie había tratado de rescatarlos. Si hubieran seguido esperando en el taller, hubieran muerto. La doctora le indicó a Kiara el lugar de las regaderas para mujeres. Shawn también quiso darse un regaderazo y acordaron verse en el comedor cuando estuvieran listos.

La doctora les indicó los lugares donde iban a dormir. Les proporcionó dos almohadas y una manta de lana para los dos. Todos los catres los ocupaban los heridos, los niños y las personas mayores. En la televisión podían ver en detalle todas las consecuencias del sismo, así como la desesperación de cientos de miles de personas que trataban de abandonar la ciudad por las congestionadas carreteras.

Shawn y Kiara veían las escenas del desastre mientras la doctora del ejército les daba indicaciones cuando unos gritos se escucharon afuera.

Los tres salieron y vieron a un grupo de gente peleando con los soldados. Dos helicópteros estaban despegando y la gente gritaba insultos.

—Esto era de esperarse —dijo la doctora del ejército.

—¿Qué sucede? —preguntó Shawn.

—Esos dos helicópteros eran el último medio de transporte para salir del campamento. Esa gente estaba tratando de abordarlos. Nadie sabe por ahora cuánto tiempo tendremos que permanecer en la ciudad.

Capítulo 40

Los gritos de emoción de Sarah Hayes se escuchaban a lo largo y ancho del campamento.

—¡Está viva! ¡Está viva!

Sarah entró al remolque donde se encontraba el doctor Jensen y lo encontró sentado en su cama poniéndose las botas. José y Elena Sánchez se encontraban con él. Sarah había corrido más de cien metros para llegar ahí y debió tomar aire antes de hablar. Elena la tomó de los hombros.

—Tranquila, tranquila. ¿Qué te pasa, Sarah?

—¡Kiara está viva! ¡Está viva! —decía Sarah sin dar más detalles.

—¿Mi hija está viva? —preguntó el doctor Jensen, poniéndose de pie de inmediato.

Sarah tomó una bocanada de aire y finalmente dijo:

—Acaba de llamar por teléfono. La llamada se cortó pero me dijo que se dirigía hacia un campamento de refugiados. Ella se encuentra bien.

—¡Sí! ¡Sí! —gritó emocionada Elena, abrazando al doctor Jensen, que no sabía qué hacer.

—Pero ¿cómo pudo comunicarse? —preguntó el doctor Jensen.

—No sé cómo, pero lo hizo —dijo Sarah—. Está viva y eso es todo lo que importa.

Los ojos del doctor Jensen comenzaron a humedecerse.

—¿Está segura de que era ella, doctora Hayes?

—Desde luego. Preguntó por usted. Ella se encuentra bien —contestó Sarah.

—¿Qué más le dijo? —preguntó él.

—Dijo que estaba con su novio y que hoy irían hacia el campamento. Aquí tengo los datos del lugar al que se dirigen. Eso fue todo lo dijo antes de que se cortara la comunicación.

El doctor Jensen volvió a sentarse en la cama y se tocó el corazón, que ahora le latía a mil por hora. En ese momento la puerta del remolque se abrió y Daniel entró acompañado por Rafael.

—¿Qué sucede aquí? —preguntó Daniel—. ¿Qué es todo este escándalo?

Elena les explicó lo que había sucedido y ellos dos se alegraron profundamente.

—Ésa es una noticia maravillosa —le dijo Rafael al doctor—. Ya puede estar más tranquilo. Estoy seguro de que pronto volverá a ver a su hija sana y salva.

Todos permanecieron un rato en el remolque, pensando en la forma en que debían rescatar a Kiara de la ciudad de Los Ángeles. El doctor Jensen lloraba de la emoción. José observaba a todos y permanecía muy callado. De pronto salió del remolque sin decir nada. Elena Sánchez lo vio salir y lo siguió.

—¿Qué sucede José? —le preguntó Elena acercándose a él.

—Me siento bien de saber que Kiara sobrevivió. Estoy seguro de que mi mujer y mi hija se encuentran bien también. Ahora ya no tengo ninguna duda. Sólo quería salir un momento.

—Sí, eso es lo que debemos hacer —le dijo Elena tomándolo del hombro—. Piensa que ellas se encuentran bien y nunca pierdas la esperanza de volver a verlas pronto.

—No, no me comprendes —dijo José—. Ayer tuve un sueño y estaba a punto de comentarlo hace un rato con ustedes cuando entró la doctora Hayes al remolque.

Elena lo miró extrañada.

—¿Qué clase de sueño tuviste?

—El chamán anciano que participó en la ceremonia en la aldea vino ayer durante mis sueños y me habló. Es el mismo que inició a Rafael.

—¿Qué dices? —le preguntó Elena—. Eso sí que es extraño. ¿Qué te dijo?

—Me dijo que mi esposa, mi hija y Kiara se encontraban bien, pero que iban a necesitar ayuda para salir a salvo de la ciudad. Dijo que vendría esta tarde a la playa donde estuve con Kiara hace unos meses, ¿te acuerdas?

—Sí lo recuerdo. La playa donde ella se perdió y armó todo ese alboroto. Pero ¿el anciano te dijo que iban a necesitar ayuda nuestra o de quién más para salir de la ciudad?

—No lo sé exactamente —respondió José—. Cuando me levanté esta mañana, tenía mis dudas sobre lo que había soñado, pero al escuchar a Sarah, todo se aclaró. El chamán quiere que vayamos a csa playa. Ese lugar es un sitio de poder y el anciano me dijo que debíamos ir allá todos nosotros esta tarde para hacer una ceremonia y pedirles a los espíritus que ayuden a Kiara, a mi esposa e hija a salir de la ciudad a salvo.

—¿Estás seguro de que era ese anciano? —le preguntó Elena.

José la miró fijamente.

—¿Crees que en estas circunstancias voy a inventar algo así? Era el mismo anciano brujo de la aldea. Me dijo que el códice que le llevamos Rafael y yo tenía un mensaje muy importante para él, no podemos faltar. Eso fue lo que me dijo, ¿satisfecha?

—Te creo —le dijo Elena dando un paso hacia atrás mientras reflexionaba—. Después de todo lo que ha sucedido aquí, ya nada me sorprende. Creo que debemos hablar con los demás al respecto.

Los dos regresaron al remolque y Elena pidió la palabra. Les explicó a todos el sueño que había tenido José y pidió su opinión. Para su enorme sorpresa, el doctor Jensen fue el primero en hablar.

—Yo haré todo lo que sea necesario para que mi hija regrese con vida de ese lugar. Eso incluye participar en las ceremonias de los indios y creer en sus espíritus.

Daniel fue el segundo en hablar:

—Quizá alguien deba permanecer en el campamento por si intenta comunicarse de nuevo. No creo que debamos ir todos.

—El chamán me pidió que todos los que estuvimos en la pirámide fuéramos a la ceremonia —le respondió José—. Me dijo que tenía un mensaje muy importante para nosotros.

El grupo comenzó a deliberar si debían o no asistir a la ceremonia que el chamán proponía. José estaba resuelto a ir pues su esposa e hija aún seguían desaparecidas. El doctor Jensen le dijo que lo acompañaría, al igual que Elena Sánchez. Rafael estaba a la expectativa de lo que decidieran Sarah y Daniel.

—¿Estás seguro de que el chamán también se refería a nosotros? —le preguntó Sarah a José—. Quizá solamente se refería a ti y a Rafael. A nosotros no nos conoce.

—El chamán sabe que ustedes encontraron la pirámide —respondió José—. En mi sueño me transmitió claramente su intención de que tú y Daniel fueran a la ceremonia, pero la decisión es de ustedes.

Sarah volteó a ver a Daniel mientras los demás los observaban. José les dijo que lo pensaran durante la mañana. El grupo salió del remolque y Sarah, Daniel y el doctor Jensen se dirigieron a la carpa principal a hablar con el coronel McClausky. Sarah lo puso al tanto del mensaje que había recibido de Kiara.

—La guardia nacional está coordinando la ayuda a los damnificados por el terremoto —le respondió el coronel—. ¿Tiene los datos sobre el campamento al que se dirige?

—Aquí están.

El coronel tomó la nota y llamó a uno de sus subordinados. Le extendió un par de instrucciones y luego se dirigió al doctor Jensen:

—Vamos a enviar un comunicado al director del campamento para que nos notifique de inmediato cuando su hija llegue. Una vez que la hayamos localizado, enviaremos un helicóptero para que la trasladen aquí lo antes posible.

El doctor Jensen sonrió y agradeció al coronel McClausky su ayuda.

—Sé perfectamente por lo que está pasando —le dijo el coronel—. Espero que nos disculpe por las medidas que tuvimos que tomar con usted, pero ahora que sabemos que su hija sobrevivió, no escatimaremos en esfuerzos para ayudarla donde se encuentre.

Sarah, Daniel y el doctor Jensen salieron de la carpa con un sentimiento de alivio. El posible rescate de Kiara era la primera buena noticia que recibían tras muchos días de intensa preocupación por lo que se avecinaba para el futuro de la humanidad. La posibilidad de que el eje de rotación de la Tierra se desplazara y produjera un cataclismo global estaba latente; y todos estaban aterrados desde entonces.

Sarah le pidió a Daniel que revisara si habían recibido algún reporte desde la estación de investigación en la Antártida y acordaron con el doctor Jensen verse en un par de horas para comer todos juntos y notificar a José su decisión sobre la asistencia a la ceremonia.

Sarah se dirigió a su remolque y revisó las carpetas de estudio con las que planeaba trabajar ese día. Empezó a poner orden entre los archivos y de repente tuvo una sensación muy extraña en el cuerpo. Era como si alguien la estuviera observando muy de cerca. Sarah volteó a su alrededor para cerciorarse de que se encontraba sola y en uno de los rincones de su recámara alcanzó a ver el bastón de plumas que Rafael le había regalado. La sensación de estar frente a una presencia desconocida que la observaba aumentaba a cada momento. Esta extraña fuerza hizo que olvidara lo que estaba haciendo y concentrara toda su atención en el objeto de poder que parecía llamarla. Dejó las carpetas sobre los estantes y se dirigió a la recámara a tomar el bastón. Ya en sus manos volvió a infundirle esa extraña sensación de ser observada. No era una sensación de molestia, sino más bien una sensación concreta de estar acompañada por alguien más a pesar de encontrarse completamente sola. ¿Qué le estaba sucediendo?

Observó el bastón cuidadosamente y pudo darse cuenta de que se repetía la misma sensación de poder que había tenido la primera vez que lo tomara en sus manos. ¿Qué significaba esto?

Sarah recordó que el bastón le había pertenecido al chamán de la aldea vecina y que lo había intercambiado luego con Rafael, quien se lo regaló a ella. De pronto pensó en algo. Quizá el chamán había cambiado de opinión sobre el intercambio y quería que su bastón de poder le fuera devuelto. Luego razonó que probablemente ésa era la razón por la que el anciano brujo deseaba verlos en la ceremonia. Sarah reflexionó unos segundos más sobre esta hipótesis y de pronto su escepticismo científico la hizo entrar en razón. ¿Pero qué tonterías estaba pensando ahora? José había tenido un sueño y ella lo estaba considerando como si fuera un hecho real con implicaciones directas sobre ella. Ni siquiera sabía qué tipo de rito se llevaría a cabo en ese lugar.

Se sentó en la cama para pensar con más claridad y se dio cuenta de que todos ellos estaban pasando por momentos de una incertidumbre tal que todos sus sistemas de creencias se estaban derrumbando. Ya no sabía cuál era la forma correcta de proceder, ni qué razonamiento era ahora el adecuado para elegir. Ante la amenaza inminente de un colapso global que podría acabar con la humanidad dentro de muy poco tiempo,

Sarah se dio cuenta de que lo único que le importaba era el aquí y el ahora de su existencia. Desde hacía varios días que vivía a plenitud cada instante de su vida, pues no sabía cuánto tiempo más podía durar. El futuro quizá ya no existiría más para todos ellos. Ahora estaba recibiendo un mensaje claro de que había alguna fuerza depositada en ese bastón que luchaba por comunicarse con ella y no había tiempo para ignorarla. Con este razonamiento decidió asistir al lugar donde José los había convocado y averiguar lo que sucedía.

Sarah estaba a punto de levantarse de la cama cuando alguien tocó la puerta de su remolque. Era Rafael.

—Fui a buscarte con Daniel y me dijo que aquí te encontraría. Vengo a avisarte que voy a acompañar a José esta tarde. Está muy preocupado por el destino de su familia y quiero solidarizarme con él. Ha sido muy amable conmigo desde que llegué al campamento.

—Hay que tener fe en que sus seres queridos se encuentran bien —dijo Sarah—. Estos son momentos muy difíciles para él y para toda la humanidad. Yo he decidido acompañarlos también. Vayamos a ver a Daniel, tengo unas carpetas que necesito entregarle.

Daniel y Elena se encontraban hablando afuera de una de las carpas de investigación cuando Sarah y Rafael llegaron. Él había decidido también acompañarlos a la ceremonia.

Pasaron unas horas y todos se reunieron en el comedor. José les pidió que comieran muy ligeramente y luego todos se alistaron para dirigirse a la playa. El coronel McClausky le ordenó al teniente Mills y a dos soldados más que los escoltaran hasta ese lugar.

Todo el grupo subió a los vehículos y recorrieron el camino que conectaba la playa y el campamento. El lugar permanecía igual a como José y Kiara lo habían visto aquel día. La tormenta había tirado algunas ramas de los árboles cercanos, pero el paisaje se veía limpio y ordenado. El agua del océano resplandecía cristalina y la arena blanca hacía que el paisaje fuera aun más espectacular.

Sarah y Rafael bajaron de uno de los jeeps y quedaron maravillados con lo que veían.

—¡Este lugar es hermosísimo! —exclamó Sarah mirando a su alrededor.

—¿Por qué no habíamos venido antes? —preguntó Daniel, que se acercaba con Elena Sánchez a su lado—. Mira los colores del océano.

—Yo les hablé varias veces de este lugar —dijo José acercándose—. Ya era tiempo de que vinieran a conocerlo.

Sarah se quitó las botas y corrió hacia el agua. Se metió hasta que el agua bañaba sus rodillas y vio que los peces se le acercaban lentamente para nadar entre sus piernas. Todos los demás la imitaron y entraron al mar para refrescarse. El reflejo de los rayos del sol sobre el agua cristalina inundaba de luz el lugar y cegaba los ojos de todos.

—En verdad este lugar tiene un poder especial —dijo Elena Sánchez sintiendo el viento y la luz del sol sobre su rostro—. ¿Cómo es posible que los humanos no nos demos cuenta de lo hermoso que es nuestro mundo?

—Ya estamos cobrando conciencia —dijo Daniel—. Cuando veo lugares como éste, comprendo lo fascinante que es la naturaleza.

Sarah y Rafael voltearon a ver las enormes palmeras con cocos y las rocas donde anteriormente Kiara había encontrado al anciano brujo.

—¿Qué te parece si nadamos un poco y luego descansamos en esas rocas de allá? —le preguntó Rafael.

Sarah accedió y regresó a la playa con Elena para ponerse su traje de baño. Rafael y José fueron a ayudar al teniente Mills y a los soldados a instalar unas carpas para protegerse de los rayos del sol, y al cabo de unos minutos su nuevo campamento ya estaba por completo armado. Daniel y el doctor Jensen acomodaron unas toallas bajo las carpas y se acostaron a disfrutar del paisaje.

—En momentos como éste, me pregunto por qué el ser humano desea tener más de todo lo que nos ofrece la naturaleza —dijo Elena mientras se acomodaba junto a Daniel—. ¿No es suficiente tener cerca todas las bellezas naturales del mundo y disfrutar de ellas?

—El mundo es fantástico en su estado natural —dijo Daniel emocionado—. Nosotros sólo lo hemos estropeado con nuestras ciudades y nuestra contaminación. Al estar aquí me doy cuenta de que todos nacimos para ser libres y para disfrutar. Mira a esas aves en el cielo y a los peces en el agua; ellos se integran a su medio y viven su experiencia de vida lo mejor que pueden en completa libertad.

José miró a Sarah y a Rafael subiéndose en las rocas. El sol empezaba a caer y el paisaje se hacía más cautivador a medida que la playa se inundaba de la luz del atardecer. Sarah se sentó sobre la enorme roca y contempló el mar a la distancia. Algo en su conciencia le hizo darse cuenta de los millones de años que ese mar llevaba bañando las playas donde se encontraban. La brisa golpeaba suavemente su rostro cuando advirtió lo insignificantemente pasajera que era su vida comparada con ese mar tan antiguo. Rafael se sentó a su lado y contempló el mar con ella.

—Este lugar me hace sentir tan extraña —dijo Sarah—. Por un lado estoy consciente de lo infinitamente corta que es nuestra vida en comparación con la del planeta, y por otro me hace sentir inmensamente llena de vida.

—Yo siento como si todo en este lugar estuviera vivo y nos estuviera observando a cada momento —dijo Rafael—. Creo que cuando uno se integra con este medio, todo empieza a cobrar vida propia.

—Es que aquí todo está lleno de vida y el sitio capta nuestra presencia tal como nosotros sentimos la suya. Es increíblemente misterioso y bello.

Rafael tomó a Sarah de la mano y ambos acercaron sus rostros con suavidad. Rafael besó a Sarah apasionadamente y ella sintió una placentera emoción que recorría todo su cuerpo, haciéndola vibrar hasta el fondo de sus entrañas. En ese momento, el tiempo y el espacio se extinguieron para ellos, dejándolos disfrutar del inmenso placer de estar enamorados.

El viento comenzaba a soplar con más fuerza y Sarah se separó de Rafael al percibir algo a su lado izquierdo. Volteó y pudo ver la figura de un hombre a unos cuantos metros de ellos. Reaccionó de inmediato y Rafael volteó para encontrarse con el anciano indio que los estaba mirando desde otra de las rocas.

Sarah se levantó apenada y vio que la playa se había llenado de gente de un momento a otro. Tres hombres y tres mujeres indígenas estaban parados en la playa hablando con Daniel, Elena y José. El anciano indio les sonrió y bajó de la roca con una agilidad estupenda. Rafael miró a Sarah y le dijo:

—¿De donde salió este hombre?

—No lo sé —respondió Sarah—. Nos sorprendió por completo.

Abajo en la playa, los indios apilaban la leña que habían traído para la ceremonia y tres de sus mujeres preparaban algo en unas ollas de cocina. Daniel y Elena les estaban ayudando, mientras los demás observaban lo que hacían. Sarah y Rafael bajaron para encontrarse con los demás y José les dio las instrucciones para la ceremonia que empezaban a organizar.

El sol estaba a punto de caer cuando todos fueron llamados hacia donde empezaba a arder el fuego. Las mujeres se formaron de un lado y los hombres de otro. Rafael miró a los indios que acompañaban al anciano y reconoció a Chak entre ellos.

Todos formaron un círculo alrededor del fuego y el anciano comenzó a recitar unas palabras en su lengua. Bendijo el lugar y depositó pequeñas ofrendas de copal en dirección a los cuatro puntos cardinales. Después los miró a todos y comenzó a hablar despacio. Inmediatamente después Chak tradujo sus palabras.

—Nuestro hombre de conocimiento me ha pedido que les haga saber que el Nuevo Sol se aproxima y que traerá consigo una nueva época de amor, libertad y conocimiento para todos los hombres. Por eso los ha invitado aquí. El conocimiento ahora será revelado para todos aquellos que lo deseen sin importar su raza o su color de piel. Dentro de poco tiempo, todos los hombres saldrán de la oscuridad y empezarán a comprender la conexión que los une con nuestro mundo natural. Cuando el Nuevo Sol alumbre su conciencia, entenderán el carácter sagrado de la creación y podrán servir a su propósito en el gran esquema de la vida.

"Este lugar ha sido visitado por nuestros antepasados desde hace miles de años y su poder y sabiduría se encuentran aquí observándonos a todos, tal como el gran espíritu de la selva ahora nos observa. El día de hoy, que se encuentran frente al fuego, el agua, el aire y la tierra, comenzará su viaje para descubrir el conocimiento de los ancestros, lo que los llevará hacia la comprensión de la verdadera naturaleza de nuestro mundo.

Cuando terminó, el anciano siguió recitando unas palabras en su lengua indígena. Una de las mujeres llamó a José y le dio una cubeta con la medicina, José la tomó e intercambió unas palabras con ella, luego se acercó a Rafael.

—Nosotros vamos a ser los encargados de darles la medicina a los demás —le dijo—. Vamos a empezar con las mujeres.

Los dos se acercaron a Sarah. José tomó una pequeña jícara que le habían dado, la llenó por completo y se la dio a Rafael. Sarah bebió la medicina y empezó a hacer gestos horribles con la cara.

—¡Qué sabor tan espantoso tiene! —se quejó.

José se rio. Luego continuaron y Rafael le dio la medicina a Elena Sánchez. Ella la fue tomando despacio y casi vomita.

—Oh, dios —dijo cuando por fin se la acabó—, ahí vamos otra vez.

El anciano y los demás indios observaban todo atentos. José se acercó con los hombres. El primero era Daniel, quien tomó la medicina de mala gana haciendo gestos.

Después llegó el turno del doctor Jensen. Todos sin excepción hacían caras grotescas al beber la medicina. Por último les tocó a Rafael y a José. Los dos cerraron los ojos y bebieron el brebaje. Los indígenas los observaban y no paraban de reírse de todos ellos.

Cuando hubieron terminado, se sentaron en su lugar y el anciano se acercó a limpiarlos con su bastón de plumas. El sol casi se había ocultado y de pronto una figura apareció sobre las rocas donde se habían sentado Sarah y Rafael. Era un jaguar, que los estaba observando, y al percatarse de que lo habían visto, les lanzó un rugido imponente. Todos se quedaron petrificados sin saber qué hacer. Chak se paró de su lugar y les dijo que no se movieran, que no corrían peligro. El jaguar era el aliado del anciano brujo y siempre se le acercaba cuando iba a esa playa.

Todos ellos seguían mirando al jaguar a pesar de que Chak les decía que no le prestaran atención. Después de unos minutos, el jaguar se acostó y siguió observando la ceremonia, siendo su testigo desde lo alto de la roca. Todos se acostumbraron a su presencia y pronto dejaron de sentir miedo. Los tres indígenas tomaron sus tambores y comenzaron a tocar aceleradamente mientras el anciano brujo cantaba una tonada monótona y todos empezaban a sentir los efectos de la medicina en sus cuerpos.

La luz de las estrellas comenzó a brillar sobre el mar Caribe, la noche extendía su manto. La suave arena de la playa se enfrió lentamente, mientras el viento soplaba con fuerza sobre las palmeras. La marea comenzaba a subir y el agua del mar se acercaba al lugar donde los hombres se sentaron alrededor del fuego para honrar el conocimiento de los ancestros.

Mientras esto sucedía, la selva advirtió que, ahí en su corazón, el sonido de los tambores empezaba a invocar a su gran espíritu para que condujera a sus hijos más allá de esta realidad, en un viaje hacia las profundidades de lo desconocido.

Fue ahí, en ese hermoso lugar de la selva, donde la serpiente emplumada escuchó desde el cielo el sonido de los tambores y vio a los hombres siguiendo las huellas del venado azul. Entonces hizo venir al jaguar que ahora empezaba a acechar en busca del conocimiento, para que presenciara cómo los cuatro elementos de la creación se reunían una vez más en ese rincón del planeta, recordando a los diferentes hombres y mujeres que el supremo creador había tomado prestada la esencia de cada uno de los elementos para dar nacimiento al quinto y más perfecto de todos.

Un elemento concebido con la magia de su infinito poder, que tanto las estrellas como los planetas, los humanos y todos los demás seres vivos compartíamos y que nos permitía brillar dentro de la oscuridad del vacío de la creación, llevando la resplandeciente luz de la vida hasta los más remotos confines del universo y dando fe de la existencia del más perfecto, asombroso, misterioso y divino regalo que el supremo creador pudiera otorgarnos: nuestra conciencia de ser.

Fin del primer libro.

CONTINUARÁ...

Agradecimientos.

Quiero expresar mi más profundo agradecimiento a las personas que hicieron posible que el manuscrito de *El Sexto Sol* viera la luz y resonara en la conciencia de todos aquellos que lo han leído.

A Elizabeth Rosales Gallardo, por su entusiasmo y acertada decisión de ponerlo en las manos correctas para su posterior publicación.

A Laura Lara Enriquez, directora de Suma de Letras, por su determinación y firme convicción de publicar una novela con temas tan controvertidos, que amenazan el racionalismo lógico de nuestros tiempos.

A Jorge Solís Arenazas, mi editor, por su esmerado trabajo y su apasionada dedicación en los cambios y correcciones a la novela, que lograron un manuscrito mucho más brillante, comprensible y sobrecogedor.

Por último, un agradecimiento especial a Marilú Figueroa, por su apoyo a mi trabajo y por ponerme en contacto con estas tres magníficas personas.

Que el Sol los bendiga a todos.

J.L. Murra

Este libro se terminó de imprimir en el mes de
octubre de 2011, en Edamsa Impresiones S.A. de C.V.
Av. Hidalgo No. 111, Col. Fracc. San Nicolás Tolentino C.P. 09850,
Del. Iztapalapa, México, D.F.